HEIKE KNAUBER

Najaden

HEIKE KNAUBER

NAJADEN

DAS SIEGEL DES MEERES

ROMAN

blanvalet

MIX
Papier aus verantwortungsvollen Quellen
FSC® C014496

Verlagsgruppe Random House FSC® N001967

1. Auflage

Redaktion: Catherine Beck
Umschlaggestaltung und -illustration: Melanie Korte, Inkcraft
Karte: © Melanie Korte
BL · Herstellung: sam
Satz: Uhl + Massopust, Aalen
Druck und Bindung: GGP Media GmbH, Pößneck
Printed in Germany
ISBN 978-3-7341-6143-8

www.blanvalet.de

Für Thomas

»Sieg! Er ist mein!« So ruft die Naíad, und jegliche Hülle
schleudert sie fort und wirft sich mitten hinein in die Wellen,
Hält den Streitenden fest und raubt im Ringen ihm Küsse …
… Endlich hält sie, wie sehr er sich sträubt und sucht
zu entkommen,
Ihn wie die Schlange umstrickt, die der Königsvogel
davonträgt …

Ovid, Metamorphosen: Salmacis und Hermaphrodit

»Lege mich wie ein Siegel auf dein Herz,
wie ein Siegel auf deinen Arm.
Denn Liebe ist stark wie der Tod
und Leidenschaft unwiderstehlich wie das Totenreich.
Ihre Glut ist feurig und eine Flamme des Herrn.«

– Hoheslied 8,6 (DAS HOHELIED SALOMOS)

Kapitel 1

Der Hüter des Siegels

Der kalte Wind in der Hafenbucht zerrte an Miltiades' Gewändern. Die Tracht der northanischen Seeleute, die er zur Tarnung trug, bereitete ihm Unbehagen, denn er war es nicht gewohnt, seinen Körper derart primitiv zu verhüllen. Die grobe Tunika juckte und scheuerte auf seiner Haut. Außerdem sickerte Regen durch das minderwertige Manteltuch in seinem Nacken.

Miltiades schob die Finger in den Halsausschnitt und kratzte sich. Diese Lumpen machten es einem wirklich leicht, sich wie ein Barbar zu benehmen.

Wieder wallte der Zorn über seine Lage in ihm auf, und das Jucken wurde noch schlimmer. Seit drei Tagen nun irrte er auf der Suche nach dem Gilde-Ersten und seiner Familie durch die besetzte Stadt Glarnos. Die Priester waren schuld – die verweichlichte Bruderschaft von Göttervater Xern. Einst hatten sie viel Gold von der najadischen Königin erhalten, dafür, dass sie im Falle einer Besatzung den Gilde-Ersten und seine Familie in ihren Katakomben verstecken. Doch statt den Verhören der Feldherren mit Gelassenheit zu begegnen, waren sie wie die Kaninchen in die Stollen unter dem Tempel geflüchtet. Dort war ihnen dann recht schnell die Ausweglosigkeit ihrer Situation bewusst geworden, und sie hatten den Freitod gewählt. Die ganze Stadt sprach von der Feigheit dieser Männer. Miltiades entrang sich ein frustriertes Schnauben. Für die Dauer eines Lidschlags konzentrierte er sich darauf, Magie aus seinen Poren strömen zu lassen. Aufatmend bewegte er die Schultern. Die dünne Luftschicht, die jetzt zwischen ihm und diesen Lumpen lag, war eine Wohltat!

Er blickte den Ochsenkarren und Pferdefuhrwerken hinterher, die auf der breiten Hafenstraße an ihm vorbei in Richtung Wasser rumpelten. Den ganzen Morgen beobachtete er nun schon, wie sie in Kolonnen zu den bauchigen Frachtseglern fuhren, die behäbig vor den Pieren im dunklen Hafenwasser schaukelten. Das geschäftige Treiben sah nach einem wenig durchdachten, sogar überstürzten Aufbruch der Besatzungsmacht der Aššuner aus.

Sein verwunderter Blick glitt von den schlanken Trieren, die mit ihren Rammspornen und den seitlich aufgemalten Augen wie Spottbildnisse von Delfinen wirkten, zu zwei Konteren. Die gewaltigen Schiffe waren schwimmende Festungen mit einem von Säulen getragenen Mitteldeck. Auf den Kastellen und zwischen den Katapulten auf den Oberdecks bewegten sich die in Schwarz gerüsteten Soldaten des Sultans. Schakalfratzige Ashák, die Krieger der Aššuner.

Die Anzahl der Schiffe, bei denen nun das Wappen des Sultans an den Mastspitzen flatterte, wuchs mit jedem Tag. Der dreiköpfige Schakal auf dunklem Purpur.

Verständnislos schüttelte Miltiades den Kopf. Die Aššuner waren vollkommen unerfahren, was die Seefahrt anging! Wenn sie schlau wären, hätten sie auf die Seeleute von Glarnos gehört, die während der Monde der starken Winde und Strömungen ihre Schiffe im Hafen ließen und nur die allernötigsten Fahrten unternahmen. Der Siegestaumel machte die Sultanssöhne wohl übermütig, und sie konnten es nicht abwarten, ihrem Vater die Kriegsbeute zu präsentieren.

Miltiades lächelte. Lägen die Dinge anders, wäre er geblieben, nur um sich an dem Verderben zu ergötzen, in das die Aššuner auf der stürmischen Glarnsee unweigerlich hineinsteuern würden.

Doch auf einem dieser Schiffe, möglicherweise auch auf mehreren, befanden sich Menschen, für deren Leben er bürgte.

Ein Lastkarren polterte dicht an ihm vorbei. Miltiades ließ ihn passieren und ging dann grübelnd auf der dem Meer zugewandten Seite der Hafenstraße weiter. Wie sollte er allein die Familie des Gilde-Ersten in dieser riesigen Flotte ausfindig machen? Wenn er hinter den Weltengürtel zurückkehrte, um Verstärkung zu holen, riskierte er, dass die Schiffe mit seinen Schützlingen in der Zwischenzeit ablegten. Kurz kniff er die Augen zu. Er hatte die Situation in der besetzten Stadt unterschätzt.

Vor dem Rand des Kais blieb er stehen und blickte auf das verdreckte Hafenwasser, das gegen das Mauerwerk schwappte. Der Gedanke, in dieses Wasser zu steigen, war nicht gerade verlockend. Dennoch würde er den Tag verstreichen lassen müssen, um im Dunkeln hinauszutauchen.

Er zählte die Frachtsegler und Kriegsschiffe, die für den Sklaventransport infrage kamen. Zweifelnd presste er die Lippen zusammen. Selbst wenn er es schaffte, diese schwimmenden Festungen vom Wasser aus zu erklimmen – wie sollte er seine Schützlinge unbemerkt von Bord schaffen? Er hob den Kopf und sog die salzige Seeluft durch die Nase ein, dann stieß er den Atem frustriert wieder aus. Was nutzte es ihm, wenn er sowohl Luft als auch Wasser atmen konnte? Die Menschen konnten es schließlich nicht.

Miltiades kehrte der Hafenbucht den Rücken zu und beobachtete gebannt ein vergittertes Ochsenfuhrwerk, das vorbeizog. Das Gespann wurde von einem Aŝhāk gelenkt. Zum Schutz vor dem Regen hatte der Sultanskrieger eine geölte Decke übergezogen. Nur seine spitze Schakalschnauze und die fellbedeckten Arme lugten darunter hervor.

Hinter den Gittern drückten junge Adlige ihre grün und blau geprügelten Gesichter gegen die Eisenstreben, reckten ihre Fäuste hindurch und grölten Racheschwüre. Die Prügel, die sie bezogen hatten, schien sie nicht gebrochen zu haben. Das würde sich ändern, wenn die Sklavenaufseher erst mit ihnen fertig waren.

Miltiades sah den Gefangenen hinterher. Simos, der Sohn des Gilde-Ersten, war nicht darunter. Die Fuhre kam hinter einer Schlange aus Lastenkarren auf dem Pier zum Stehen. Dort beluden northanische Seeleute und – zu Miltiades' Überraschung – auch Kentauren, die im Dienst des Sultans standen, die Frachtschiffe mittels hoher Kräne. Sklaven, Pferde und Holz schafften sie über Rampen an Bord.

Der Anblick der Kentauren brachte Miltiades auf einen Gedanken, und er wandte der Hafenbucht abrupt den Rücken zu. Der Kentaurenfürst Brevenor war mit seinen Söldnern in der Stadt. Möglicherweise wusste er, wo der Gilde-Erste und seine Familie gefangen gehalten wurden.

Im Windschatten der Häuser traf Miltiades der Gestank von faulem Fisch und menschlichen Exkrementen wie ein Fausthieb in den Magen. Durch den Regen waren die Abwasserfurchen der Gassen zu reißenden Bächen angeschwollen. Er raffte seine Hose bis zu den Waden und watete hindurch. Gern hätte er einen magischen Kokon um sich gewoben, der ihm den Unflat vom Leib hielt. Aber er durfte es nicht riskieren, durch saubere Kleidung aufzufallen.

Vor ihm quiekte es, und er wich aus, als ihm im Abwasserstrom eine Ratte entgegenschwamm. Das ölig glänzende Tier paddelte mit einem unkenntlichen Brocken im Maul an ihm vorüber. Miltiades watete weiter, während sich die Gasse vor ihm verzweigte und anstieg.

Er gelangte in die Arkaden der Fischhändler, wo der Putz verfault von den Wänden bröckelte. Der Gestank lud zu vielem ein, bloß nicht dazu, etwas zu kaufen. Von den Tischen rann ein Gemisch aus Blut und Schleim herab, Äxte steckten im Holz, zerlegte Thunfische und ausgenommene Makrelen stapelten sich darauf. Als Miltiades an drei Haien vorbeiging, die zum Ausbluten an Eisenstangen hingen, sträubten sich ihm die Nackenhaare. Ausgeweidet und mit eingeschlagenen Köpfen starrten sie auf das dreckige Pflaster hinab. Rasch ging er weiter. In ihm regte sich etwas, das ihn sonst nur im Tiefenrausch des Meeres überfiel: die Lust an der Jagd.

Menschen waren die schlimmeren Haie; feige saßen sie in ihren Booten und jagten mit Harpunen. Sie bewunderten die springenden Delfine, erstickten sie aber schon einen Moment später in ihren Fangnetzen.

Dem Fischmarkt folgte ein Gemüsemarkt mit welker Ware, dann kamen die Läden der Handwerker. Zwischen den Häusern klafften Durchgänge, die in mit Unrat überladene Hinterhöfe führten. Irgendwo klirrte der Amboss eines Schmieds.

Immer wieder ertappte sich Miltiades dabei, wie er in der von Menschen überfüllten Gasse nach oben starrte und um Luft rang. Es kam ihm vor, als rückte die düstere Häuserschlucht immer enger zusammen. Angestrengt heftete er schließlich den Blick auf den Boden und ignorierte die schmutzigen Füße, die ihm auswichen, und die Flüche der Leute, die er anrempelte.

In unregelmäßigen Abständen waren Tonsteine mit dem Phallussymbol in das Pflaster eingelassen – die Wegweiser zu den Tavernen und Bordellen. Jetzt, zur Mittagsstunde, waren dort sicher die Söldner Brevenors beim Bier und einer gebratenen Hammelkeule anzutreffen.

»He, kann's sein, dass Ihr einen Knaben sucht?«

Miltiades drehte sich um. An der schmutzigen Hauswand lehnten zwei magere Gestalten in den gelben Gewändern der käuflichen Lust. Er trat zu den Jungen und sah zuerst in ein braunes Augenpaar, das ihm unsicher auswich. Borstiges Flachshaar rahmte das kantige Gesicht des Burschen ein, auf seinen eingefallenen Wangen spross goldener Flaum.

Den Blick des zweiten Knaben fühlte Miltiades wie eine Berührung. Blaue Augen, die lebhaft um Beachtung buhlten. Ein Kind noch, schwarz gelockt mit mädchenhaften Zügen. Der Lockenschopf schabte mit den Zähnen über seine blau gefrorenen Lippen und grinste dann gewinnend.

Miltiades verzog den Mund. »Ich suche einen fuchsroten Kentauren mit einer Augenbinde. Er heißt Brevenor und führt ein Söldnerheer an. Habt ihr von ihm gehört oder ihn gar gesehen?«

»Klar, erst gestern um diese Zeit!«, platzte der Lockenschopf heraus und handelte sich von dem Älteren einen Rempler ein.

»Wo? Wo war das?«

»Ich kann Euch hinführen«, trumpfte der Kleine auf und rieb die Fingerspitzen als Aufforderung zur Bezahlung aneinander, während der Ältere »Schleimige Ratte!« zischte.

Unwillkürlich schmunzelte Miltiades und kramte aus dem Lederbeutel unter seinem Manteltuch einige Kupferlinge hervor, die er dem Älteren hinhielt. »Hier, nimm und verschwinde!«

»Wie heißt du?«, wandte er sich an den Lockenschopf, nachdem der Ältere gegangen war, und wurde prompt wieder breit angegrinst.

»Nennt mich, wie Ihr wollt, Herr.«

»Ich erwarte eine Antwort!«

Das Grinsen im Gesicht des Jungen erlosch. »Erys«, murmelte er und blinzelte verunsichert.

»Also gut, Erys, wenn du mich zu Brevenor führst, gehört dir ein Silberling!«

Die Taverne, zu der Erys ihn führte, befand sich auf einem Hofgelände zwischen dem Handwerkerviertel und den Rückseiten der Werfthallen und hieß *Orons Odem*. Der rote Lehmziegelbau war einst eine Werftschmiede gewesen. Fenster gab es keine, nur ein Tor, das in Richtung Schiffshallen mit einem Flügel offen stand. Trotz der Weite des Schanksaals schlug Miltiades verqualmte Hitze entgegen. Dazu stank es nach angebranntem Hammel, Schweiß und saurem Wein. Die hohe Decke war verkohlt, die Schanktheke unter der größten Esse war aus Wrackplanken gezimmert. Dahinter standen Tavernenknechte und drehten über der offenen Feuerstelle Spieße, an denen Ziegen- und Hammelhälften brieten. Die Flammen in den kleineren Essen tauchten den Schanksaal in flackerndes Halblicht. Auf den Bänken saßen überwiegend northanische Seefahrer in Fellumhängen.

Miltiades sah sich um. Im Dämmerlicht machte er vor dem Ausschank tatsächlich mehrere dunkle Kentauren mit ledernem Brustpanzer aus, die ihre Schwerter auf den Rücken gegurtet trugen. Von Brevenor jedoch keine Spur.

Miltiades drängte Erys zu einem freien Tisch, von dem aus er das Tor sehen konnte, und zog ihn neben sich auf die Bank. »Du hast behauptet, ich würde Brevenor hier finden.« Er griff in die Locken des Burschen. »Du hast meine Zeit verschwendet, du Nichtsnutz!«

»Brevenor wird kommen«, ächzte Erys. »Orons Odem ist die einzige Taverne, in der sich die Pferdekerle nicht den Schädel an der Decke stoßen. Bekomme ich nun meinen Silberling?«

»Der, den ich suche, ist nicht da. Mach, dass du wegkommst!«

»Der rote Kentaur kommt jeden Tag hierher. Ich seh ihn immer, wenn ich hier um Küchenabfälle bettle.«

Miltiades ignorierte den Jungen, denn auf dem Hof erschollen Hufschläge, und kurz darauf verdunkelten die Umrisse eines Kentauren den Eingang.

Eilig tastete er in seinem Münzenbeutel nach Silberstücken. Es gab Zeiten, da hätte er nicht gezögert, einen Menschen zu töten, nachdem der ihm seinen Dienst erwiesen hatte. Er wusste nicht genau, warum, aber er legte alles, was er an Silber ertasten konnte, durch seine Hand verdeckt auf den Tisch. Genug, um den Rotzbengel und seinen großen Freund ein Jahr lang durchzufüttern. Offenbar berührten die Jungen etwas in ihm, das er vor langer Zeit schon abgelegt hatte – seine Menschlichkeit.

Miltiades spürte Erys' eindringlichen Blick. Der Junge sah, was er ihn sehen ließ: einen grauhaarigen Northaner in der Mitte seines Lebens; vom Wetter gegerbte Züge, aus denen ozeanblaue Augen hervorstachen. Manches, was Miltiades den Menschen nahm, konnte er ihnen nicht wiedergeben. So auch dem Jarl aus Northan, dessen Aussehen er sich vor einigen Jahren angeeignet hatte.

Miltiades schob seine Hand mit den Münzen zu Erys hinüber. »Geh zu deinem großen Freund und heuert heute noch bei den Söldnern Northans an. Lernt, ein Schwert zu führen, damit ihr euch Glarnos eines Tages zurückholen könnt.«

Langsam hob Miltiades die Hand und hörte Erys entzückt nach Luft schnappen. »Verschwinde!«

»Danke, Herr, den Segen der Götter auf Euch«, keuchte der Junge und sammelte die Münzen ein.

»Lass dir nichts abnehmen.«

»Bestimmt nicht.« Erys rutschte von der Bank und rannte an dem Kentauren vorbei auf den Hof. Niemand nahm Notiz von ihm.

Der Kentaur trug eine Augenbinde aus Leder. Ein roter Zopf, dick wie ein Seil, hing über seine Schulter, dahinter ragte der Griff seines Beidhänders auf. Brevenor.

Miltiades blieb sitzen, bestellte beim Schankburschen einen Becher Wein und beobachtete eine Weile, wie Brevenor mit seinen Männern scherzte. Zwei der Kentauren schienen seine Offiziere zu sein. Sie alle sprachen im Dialekt der northanischen Steppen.

Ein Tavernenknecht kam um den Tresen herum und stellte

ein Tablett mit dampfenden Schalen und mehreren Krügen Wein zwischen den Pferdemännern ab. Miltiades sah seine Geduld auf eine harte Probe gestellt, als die Kentauren anfingen, mit Ausdauer zu essen und zu trinken. Dann endlich hatten sie ihr Gelage beendet.

Miltiades erhob sich, legte ein paar abgezählte Münzen auf den Tisch und schlenderte zum Tresen. »*Na' eschte Hoar!*«, grüßte er den Anführer der Kentauren im Dialekt der Steppe und blieb hinter dessen peitschendem Pferdeschweif stehen.

Mit stampfenden Hufen fuhr Brevenor zu ihm herum und musterte ihn mit seinem funkelnden Auge. »Feuerbrut! Miltiades?« Er stieß die Luft aus. »Scheiße, du rennst ja noch immer mit Jarl Gunnars Fresse rum!« Mit der Faust schlug er neben sich auf den Tresen. »Komm, lass uns einen heben, und dann erzählst du mir, was du hier treibst.«

Miltiades stellte sich neben ihn und wartete, bis ein Tavernenknecht zwei neue Weinkrüge und Becher gebracht hatte. »Du könntest mir einen Gefallen tun«, kam er ohne Einleitung zur Sache und legte eine Goldmünze neben Brevenors Pranke.

Schnaubend blickte der Kentaur auf die Münze, die Königin Lydraia im Profil zeigte. »Verstehe, die Schlange hat ihren Meuchler ausgesandt.« Er schnalzte mit der Zunge. »Wer steht ihr denn diesmal im Weg?«

Geflissentlich überhörte Miltiades die Frage. »Der Gilde-Erste darf dem Sultan nicht in die Hände fallen. Wenn du mir hilfst, ihn und seine Familie aus der Stadt zu schaffen, lasse ich dir so viel Gold in deinen Graspalast bringen, dass du deinen Hintern für niemanden mehr in der Schlacht riskieren musst!«

»Soso.« Brevenor bleckte die Zähne und schüttelte den Kopf. »Such dir einen anderen. Ich falle den Feldherren, die mir und meinen Männern pünktlich den Sold zahlen, nicht in den Rücken.« Er setzte den Becher an, kippte den Inhalt hinunter und rülpste vernehmlich.

Miltiades legte eine Goldmünze nach. »Wo ist der Gilde-Erste? Wo halten sie ihn und seine Familie gefangen?«

Der Kentaur schob die Münzen von sich weg und stieß einen Seufzer aus. »Behalt dein Gold. Außerdem kommst du zu spät!«

»Was soll das heißen?«

»Heute Morgen gab es Tote auf der Agora. Spontane Hinrichtungen, wenn du so willst.« Brevenor schnaubte. »Die Gemahlin des Gilde-Ersten war eine der Unglücklichen.«

Ein kalter Schreck fuhr Miltiades durch die Glieder. »Woher willst du wissen, dass sie es war?«

»Die Soldaten des Sultans haben sie und ihre Tochter in den Katakomben aufgelesen und zum Verhör auf den Platz gebracht.«

Miltiades griff nach seinem Weinbecher und merkte, wie seine Hand zitterte. »Wie hat das Mädchen denn ausgesehen?«

Brevenor brummte etwas in sich hinein. »Zartes Ding mit dunkelroten Locken«, sagte er dann. »Ihre Mutter, die überhebliche Ziege, war selbst schuld an ihrem Tod. Ist dem Satrapen derart frech übers Maul gefahren, dass der Pöbel auf dem Platz zu jubeln begann.« Mit dem Daumennagel fuhr er sich die Kehle entlang. »Tja, daraufhin hat der Satrap nicht lange gefackelt. Mit einem Wink hat er die Frau zum Schweigen bringen lassen. Sein Tribun hat ihr vom Pferd aus die Lanze in den Rücken gestoßen.«

»Was ist mit dem Mädchen?« Es kostete Miltiades einiges, seine wachsende Ungeduld zu verbergen.

»Die Kleine hat für ziemlichen Wirbel gesorgt«, schnaubte Brevenor belustigt.

»Inwiefern?«, stieß Miltiades durch die Zähne hervor.

Doch Brevenor ignorierte die Frage, in Plauderlaune fuhr er fort: »Als der Tribun dann auf ein Nicken hin ein weiteres Mal ausgeholt hatte, um auch das Mädchen zu töten, ist ihm Heeresfürst Abu Sayaf mit seinem Säbel zuvorgekommen. Stell dir vor, der Satrap bekam Maulsperre, als sein Tribun ohne Kopf vom Gaul gekippt ist. Ich kann dir sagen, die Menge hat vor Begeisterung getobt. Wo gibt's denn so was? Die Eroberer töten sich gegenseitig. Und Amir Khayam hat ausgesehen, als hätte er beide – Satrap und Bruder – am liebsten an den Eiern aufhängen lassen.«

»Was ist mit dem Mädchen passiert?«

»Abu Sayaf hat es seinem Legaten überlassen, sich das heulende Gör zu schnappen.«

Vor Erleichterung stieß Miltiades die Luft aus. »Wohin hat man sie gebracht?«

»Auf sein Schiff. Amir Khayam hat seinen Bruder vorerst gewähren lassen, er wollte wohl keinen weiteren peinlichen Zwischenfall riskieren.« Vergnügt gluckste Brevenor vor sich hin und schüttelte den Kopf. »Verrückte Geschichte, nicht? Zu was sich ein Mann wie der Heeresfürst nicht alles wegen eines Mädchens hinreißen lässt.«

Miltiades nippte am Wein, der wie Säure in seinem Mund ätzte, und rang den Impuls nieder, sich sofort nach dem Schiff des Heeresfürsten zu erkundigen. *Meliaé,* dachte er, sprach ihren Namen aber natürlich nicht aus. »Weißt du, was aus dem Gilde-Ersten und seinem Sohn geworden ist?«, erkundigte er sich.

Brevenor nahm die Münzen nun doch in die Hand. »Wie ich schon sagte, du bist etwas zu spät. Die beiden liegen genau wie König Medon und seine Sippe in Ketten, und zwar im Laderaum einer Kontere. Dank Khayams Foltermeister sind die mittlerweile mehr tot als lebendig. Wenn du mich fragst, gehen sie dieser Tage noch in Leinen gewickelt von Bord.«

Miltiades verzog den Mund. Was Brevenor sagte, klang nicht gut, aber auch nicht hoffnungslos. Vielleicht konnte er doch noch etwas für die beiden tun. Aber bevor er mit dem Kentauren noch einmal in Verhandlung trat, musste er wissen, wo Meliaé hingebracht worden war. »In welchem Schiff reist der Heeresfürst?«

»Vergiss es«, zischte der Kentaur und knallte die Münzen wieder hin. »Abu Sayaf hat die Kleine in seine Kabine sperren lassen. Da kommst du nicht an sie ran.«

»Auf welchem Schiff reist Abu Sayaf?«

Brevenor starrte ihn an. »Also gut«, seufzte er. »Seine Triere ist die letzte am Pier nördlich der Mole. Seine Kabine liegt Backbord unterhalb des Heckkastells. Dürfte verdammt schwierig werden, da ungesehen reinzukommen. Meine Männer und ich können dir dabei nicht helfen.«

»Das ist auch nicht nötig.« Miltiades nickte. Dann überlegte er einen Moment. »Nun zu dem Gefallen, den du mir erweisen könntest.« Er legte Brevenor noch eine dritte Goldmünze hin.

Als der Luft holte, um abzuwehren, hob Miltiades die Hand. »Hör dir doch wenigstens an, was ich zu sagen habe. Deine Feldherren brauchen ja nichts davon zu erfahren.«

Der Kentaur rollte mit dem Auge, nickte dann aber.

»Wie ich dich kenne, bist du nicht ohne Dryad in die Schlacht gezogen?« Dryad war der Meuchler des Kentaurenfürsten. Ein Baumnymph, der sich nahezu überall ungesehen einschleichen konnte.

Schnaubend nickte der Kentaur erneut.

»Gut, dann soll der sich heute Nacht auf das Folterdeck der Kontere schmuggeln und das tun, was er am besten kann. In einem Stapel Leichen sollte es doch möglich sein, zwei besinnungslose Männer von Bord zu schaffen. Oder?«

Brevenor griff nach der dritten Münze, um sie zu betrachten, und schob die Unterlippe vor. »Tja, und was soll ich dann mit den halb toten Gestalten anfangen? Ich kann sie ja schlecht in eine northanische Rüstung stecken.« Er lachte.

»Bring sie aus der Stadt und versteck sie in den Wäldern. Sobald das erledigt ist, schicke mir morgen Abend einen Boten in den Götterhain hinter dem Pantheon, der mir sagt, wo ich die beiden finde. Egal, in welchem Zustand sie ist, ich kann sie heilen. Später, wenn du mit deinem Heer nach Hause ziehst, nimm sie mit. In einem halben Jahr schicke ich jemanden vorbei, der die beiden dann abholt. Mit Gold.«

Kapitel 2

Im Wein liegt Wahrheit

Meliaé schlug die Augen auf und stöhnte gegen den Knebel in ihrem Mund an. Um sie herum war es stockfinster. Sie lag auf dicken Fellen, und irgendwie schien alles unter ihr zu schwanken. Als sie die über dem Kopf festgebundenen Hände zu bewegen versuchte, entrang sich ihr ein Winseln. Die straff gezogenen Lederriemen schnitten ihr ins Fleisch.

Angespannt lauschte sie auf ihre Umgebung, hörte aber nur das Knarzen des Schiffsrumpfs und ihre eigenen rasselnden Atemzüge. Schlagartig holte sie das Grauen ein.

Alles war so schnell gegangen. Die Ermordung ihrer Mutter inmitten der Leute. Der Wink des Satrapen und dann das Zustoßen des schakalfratzigen Ašhāk mit der Lanze, eiskalt und ohne Gnade. Und dann war alles unter dem Zorngebrüll des aššunischen Heeresfürsten erstarrt. Ohne Vorwarnung hatte er sein Schwert gezogen und dem Ašhāk den Kopf abgeschlagen.

Es hatte Blut geregnet, und Meliaé war nur knapp den vor ihr aufstampfenden Pferdehufen entgangen. Allein die Erinnerung daran ließ ihr Herz schneller schlagen und trieb ihr wieder den metallischen Geruch von Blut in die Nase. Sie schluckte, Übelkeit wallte in ihr auf.

Ein Titan von einem Ašhāk aus dem Gefolge des Heeresfürsten war vom Pferd gesprungen und hatte sie gepackt.

»Bringt sie auf mein Schiff!«, hatte Abu Sayaf befohlen. Das war das Letzte, an das sie sich erinnern konnte, ehe der schakalfratzige Titan sie bewusstlos geschlagen hatte.

Meliaé bewegte ihre durch die Fesseln ebenso tauben Füße und stöhnte gegen den speicheltriefenden Knebel in ihrem Mund. Wie lange sie nun hier lag, ob erst einige Stunden oder schon die ganze Nacht, vermochte sie nicht zu sagen.

Oh, ihr Götter, lasst uns noch nicht ausgelaufen sein!

Tränen rannen ihr heiß über die Schläfen. Sie warf den Kopf zur Seite und entdeckte umherhuschende Schatten unter einem verzogenen Türblatt. Verhalten drangen Männerstimmen an ihr Ohr. Aber das waren keine Männer, es waren Aŝhāk! Schakalköpfige Sultanskrieger.

Meliaé zog die Nase hoch, erneut wallte Panik in ihr auf. Was, wenn sie an diesem Knebel erstickte? *Nicht weinen!* Verzweifelt konzentrierte sie sich darauf, ruhiger zu atmen, und nach einer Weile ging es tatsächlich leichter. Ihr Herzrasen ließ nach. Um sich abzulenken, sah sie dorthin, wo sie ein mit rotem Stoff verhangenes Fenster vermutete. Wie geronnenes Blut sickerte Licht durch den Vorhang. Dahinter war die Struktur eines Ornamentgitters zu erkennen.

Meliaé erinnerte sich, solche Gitter an den Kastellen der prächtigen Trieren gesehen zu haben, die die meiste Zeit des Jahres in Glarnos' Hafen lagen.

Die Männerstimmen vor der Kammer wurden lauter. Als sie den Kopf zur Tür drehte, ging sie auf, und ihr Herz überschlug sich.

Der Titan, der sie bewusstlos geschlagen hatte, trat mit eingezogenem Kopf ein. Jedoch war er kein Aŝhāk mehr – statt eines schwarzen Schakalschädels saß nun ein menschliches Haupt auf seinen Schultern, und er hatte jetzt Menschenhände statt der fellbewachsenen Klauen. Er trug ein Tablett mit dampfenden Schüsseln und Öllampen herein, Helligkeit drang in die Kammer.

Hinter ihm schloss jemand die Tür. Flüchtig sah der Titan in ihre Richtung und ging zu einem mit Pergamentkarten überhäuften Tisch nahe dem dunkelroten Vorhang.

Meliaé schauderte. Die Wangenknochen in seinem sonnengegerbten Gesicht traten so scharf hervor wie bei einem Totenschädel. Einen hässlicheren Aššuner hatte sie noch nie gesehen.

Mit dem Rücken zu ihr stellte er das Tablett auf dem Tisch ab. Im Nacken wurde sein welliges Haar von Metallspangen zusammengehalten. Er räumte Papyrusrollen beiseite und schob Pergamentkarten übereinander, dann hantierte er mit den Öllampen. Eine nach der anderen befestigte er in schmiedeeisernen Halterungen, die aus den Holzwänden ragten, und allmählich vertrieb ihr Schein den Rest Finsternis.

Hastig bog Meliaé den Kopf zurück. Ineinander verdrehte Riemen fesselten ihre überkreuzten Handgelenke an die Querbalken des Bettes. Sie sah an sich hinunter, doch an dem mit schwarzen Fellen belegten Lager konnte sie nicht erkennen, wo die Riemen um ihre Fußgelenke befestigt waren.

Meliaé starrte auf den Rücken des Titanen. Ob das seine Kammer war? Bang blieb ihr Blick an der schwarzen Kleidung hängen, die über einem Stuhl hing.

Der Geruch fremdartiger Speisen drang ihr in die Nase, und sie blähte angewidert die Nasenflügel. Obwohl sie tagelang gehungert hatte, drehte sich ihr der Magen um. Sie würgte an dem bitteren Schleim, und der Knebel in ihrem Mund schien immer dicker zu werden. Hustend bäumte sie sich auf, doch plötzlich war der Titan über ihr, lockerte die Knebelfessel in ihrem Nacken und zerrte ihr den nassen Brocken aus dem Mund.

»Lieg still, Mädchen!«, befahl der Aššuner ihr mit hartem Akzent und drückte sie in die Felle.

»Nein, nicht!«, wimmerte sie, als seine schwieligen Hände über ihre Arme glitten und ihr sein weinschwerer Atem entgegenwehte. Sie drehte den Kopf weg und weinte. Das gierige Flackern in seinen schwarzen Augen machte ihr Angst. »Hau ab, verschwinde!« Verzweifelt und weinend kämpfte sie gegen ihre Fesseln. In einer überwältigenden Bilderflut kam das Grauen zurück.

Unter der Brust ihrer Mutter ragte eine blutige Lanzenspitze aus ihrem Leib. Hinter ihr thronte der Ašhāk auf einem riesigen Pferd. Er hatte sie hinterrücks durchbohrt und zerrte nun an dem Schaft, um seine Lanze freizubekommen.

Meliaé fiel schreiend auf die Knie, um sie herum das Gebrüll aufgebrachter Aššuner. Vor ihr auf dem Pflaster lag ihre Mutter. Blut rann ihr aus dem Mund, und es war auch überall auf ihrem Gewand, ihre Augen blickten leer.

Plötzlich vibrierte die Luft vor Gefahr. Ein Pferd wieherte schrill, und im nächsten Moment schlugen Hufe vor ihr auf dem Pflaster auf.

Eine harte Ohrfeige traf Meliaé, und der reale Schmerz vertrieb die Schreckensbilder in ihrem Kopf. Tränenüberströmt sah sie in die hässliche Fratze des Aššuners. »Los, warum tötest du mich nicht? Das ist doch das Einzige, was ihr räudigen Hundesöhne könnt!«

In seinem Blick wandelte sich Zorn zu Verblüffung. Dann warf er den Kopf zurück und lachte, dass es in der ganzen Kammer dröhnte. Zu Meliaés Erstaunen machte er kehrt und marschierte mit eingezogenem Kopf zur Tür hinaus.

Mit pochendem Herzen beobachtete sie die Wachen auf dem Flur. Zwei Ungeheuer, halb Mann, halb Wüstenwolf. Sie standen mit dem Rücken zur Tür und hatten die Ohren gespitzt. Aus ihren Klauen ragten Lanzen empor. Lanzen wie die, mit der ihre Mutter niedergestochen worden war.

Wenige Augenblicke später erklangen Schritte auf den Planken, und eine stattliche Gestalt schälte sich aus dem Dunkel des Flurs.

Als sie erkannte, wer da durch die Tür trat, blieb Meliaé die Luft weg. Abu Sayaf. Der Heeresfürst von Aššu.

Aber er sah so ganz anders aus als auf der Agora. Kein Mantel aus nachtdunklem Purpur, kein ornamentverzierter Helm, keine prächtige Bronzerüstung. Stattdessen trug er einen metallbeschlagenen Sarrock aus schwarzem Leder, der ihm bis zu den Schenkeln reichte, eine eng anliegende Hose und Schnabelstiefel mit metallenen Beinschienen. Die Lederbänder seines Sarrocks hingen offen herab, so als sei er hastig hineingeschlüpft, und offenbarten seine gebräunte Brust und den muskulösen Leib. Sein dunkles Haar war von der Sonne ausgebleicht und nur nachlässig zusammengebunden. Für einen Aššuner besaß er ein ungewöhnlich wohlgestaltes Gesicht. Ein gut aussehender Höllenhund mit goldenen Augen.

Auf einen Wink von ihm schloss die Wache die Tür. Am Fußende des Lagers blieb er stehen.

»Was heult Ihr?« Abu Sayaf senkte den Kopf und erinnerte sie an einen Wolf, der Beute witterte. »Hat Euch mein Legat geschlagen? Oder gar unschicklich berührt?«

»Als ob Euch das etwas schert!«, fauchte sie. *Dieser Heuchler!* »Warum hat Euer Satrap das getan? Meine Mutter wollte bloß verhindern, dass ich der Hundemeute in die Hände falle, die Ihr Soldaten nennt.«

Er trat ein wenig näher und zuckte nur die Schultern, jedoch sprach sein Blick jetzt eine deutliche Warnung aus.

Die aufsteigenden Tränen zogen Meliaé die Kehle zusammen, sodass sie nicht mehr sprechen konnte, aber gleichzeitig erhitzte sie ein so unbändiger Zorn, dass sie unmöglich Ruhe geben konnte. »Warum habt Ihr nicht eher etwas unternommen? Warum habt Ihr den Feigling mit der Lanze gewähren lassen? Meine Mutter war eine Frau, von der niemand auf dieser Welt je ein böses Wort gehört hat.« Schluchzend brach sie ab. Unter seiner abschätzenden Musterung wurde ihr ganz schlecht. Er hielt an ihr Beschau, als wäre sie eine gehäutete Ziege auf dem Fleischmarkt.

»Eure Mutter ließ dem Satrapen meines Bruders keine andere Wahl. Mit ihrem Gekeife hat sie es fertiggebracht, den ganzen Platz aufzuwiegeln. Sie hätte auf seine Fragen eingehen müssen. Stattdessen hat sie nur auf die Freilassung ihres Sohns und ihres Gemahls gepocht.« Abu Sayaf kreuzte die Arme vor der Brust und legte den Kopf schräg. »Na? Wo hätte es denn sonst hingehen sollen? Zurück in die Katakomben? Damit Ihr Euch im Dunkeln wieder verlauft und verhungert? Einfach nur dumm nenne ich das!«

Sie stieß einen verächtlichen Laut aus. »Jetzt wollt Ihr mir auch noch weismachen, Ihr hättet nur die edelsten Absichten gehabt? Warum habt Ihr den Satrapen die Sache nicht zu Ende bringen lassen? Warum lebe ich noch?«

Ein schmales Lächeln glitt über seine Züge. »Nun, vielleicht bin ich der Meinung, Ihr wärt mir noch von Nutzen.« Erneut zuckte er die Schultern. »Möglicherweise hat es mich auch einfach nur gereizt, Eurer habhaft zu werden.« In seinen Augen blitzte es auf.

Meliaé hob den Kopf und versuchte, ihn anzuspucken. Sie scheiterte kläglich, die Spucke landete auf ihrem eigenen Gewand. »Verflucht sollt Ihr sein, Ihr und Eure räudige Bande von aasfressenden Hunden!« Mit einem wütenden Aufschrei warf sie den Kopf zurück. Ein Jammer, dass sie angebunden war!

»Hüte deine Zunge, Mädchen, sonst schneide ich sie dir heraus!«, grummelte er, doch in seinen Augen funkelte es jetzt eher belustigt als beleidigt.

Aber damit stachelte er Meliaés Wut nur noch mehr an. »Nur zu! Ich winsle bestimmt nicht um Gnade!«

Mit zwei Schritten kam Abu Sayaf an das Lager und packte sie am Kinn. »Wenn du weiter herumkeifst, werde ich dich wieder knebeln! Die Soldaten vor der Tür verstehen deine Sprache nicht, wohl aber deinen frechen Ton.« Er ließ sie los und stützte die Hände neben ihrem Kopf ab. Ganz dicht brachte er sein Gesicht vor ihres. »Ginge es nach meinem Bruder, wärt Ihr jetzt auf seinem Schiff. In seiner Kabine. Keine Ahnung, was er in diesem Moment mit Euch anstellen würde. Aber vielleicht hättet Ihr es auch schon hinter Euch, und seine Wachen würden das, was er übrig gelassen hat, über Bord werfen.«

Dass er wieder zur förmlichen Anrede gewechselt hatte, obwohl er ihr mit seinen Worten nur noch größere Angst machen wollte, irritierte sie. Für einen atemlosen Moment sah sie in seine zornigen Augen, die dunkel waren und goldene Einsprengsel besaßen.

»Was ist?«, drängte er. »Nur ein Wort, und ich lasse Euch zu Amir Khayam in die Kabine schaffen!«

Langsam schüttelte sie den Kopf. Doch der Heeresfürst von Aššu rührte sich nicht von der Stelle. Offenbar wartete er darauf, dass sie ihn anflehte, es nicht zu tun.

Meliaé blinzelte die erneut aufsteigenden Tränen weg, denn ihr ging durch den Sinn, was ihre Mutter gesagt hatte, kurz bevor sie gestorben war. »Am Ende wird Amir Khayam mit leeren Händen dastehen. Nichts bekommt er! Weder das Siegel noch meine Tochter!«

Sie biss sich auf die Unterlippe. »Ich weiß nichts über die Geheimnisse der Gilde meines Vaters«, flüsterte sie. »Das müsst Ihr mir glauben! Euer Bruder kann mit mir anstellen, was immer er will, ich werde ihm nichts sagen können.«

»Möglicherweise wisst Ihr mehr, als Ihr denkt …«, murmelte Abu Sayaf und schwieg, während er gründlich ihr Gesicht erforschte. »Was habt Ihr und Eure Mutter in den Katakomben zu suchen gehabt? Gibt es von dort aus einen Weg aus der Stadt? Wie ist Euer Name? Ihr seid doch die Tochter des Gilde-Ersten, richtig?«

Die unerwartete Frage in samtweichem Ton fuhr ihr in den Magen wie eine Nadel. Sie musste auf der Hut sein, er horchte sie aus. Was sollte sie jetzt tun? Zudem wusste sie ja tatsächlich nicht, ob es in den Katakomben einen Weg aus der Stadt gab. Ihre Mutter hatte nur gemeint, sie müssten sich dort unten verstecken und auf Hilfe warten. Hilfe, die nicht gekommen war.

Schweigend hielt sie seinem forschenden Blick stand.

Der spöttische Zug um seinen Mund verschwand, seine Miene wurde ausdruckslos. »Habt Ihr noch andere Geschwister außer Simos?«, herrschte er sie scharf an. »Nennt mir die Namen aller Kaufleute von Glarnos. Welche Adligen sind in Eurem Haus ein und aus gegangen?«

Heftig schüttelte sie den Kopf.

Triumphierend bleckte er seine Raubtierfänge. »Das heißt also, es gibt eine ganze Menge, was mein Bruder aus Euch herauspressen kann. Und das wird er, da könnt Ihr Euch sicher sein.«

»Würdet Ihr Eure Familie und Eure Freunde an Eure Feinde ausliefern?«

Er blieb ihr die Antwort schuldig, wich vor ihr zurück und ging zum Tisch. Dort machte er sich in aller Ruhe an den tönernen Gefäßen auf dem Tablett zu schaffen.

»Spart Euch die Mühe!«, krächzte sie. »Ich will nichts!« In ihrer Kehle kratzte noch immer die Galle, und der Gedanke, etwas von diesen fremdartig gewürzten Speisen zu sich zu nehmen, stieß sie ab.

Gleich darauf kam Abu Sayaf mit einem dampfenden Tonbecher zurück und setzte sich neben sie. »Trinkt! Es ist warmer Wein mit Honig und Gewürzen.«

Langsam bewegte Meliaé den Kopf hin und her. »Ich bin nicht durstig!«

»Doch, das seid Ihr, und hungrig dazu.« Mit der freien Hand wedelte er vor seiner Nase herum. »Außerdem stinkt Ihr wie eine Herde Ziegen. Wenn ich Euch weiterhin gestatten soll, in meinem Bett zu liegen, werdet Ihr ein Bad nehmen müssen.«

Sie riss die Augen auf. Sein Bett! Ihr brach der Schweiß aus allen Poren. »Bindet mich los! Ich bade nicht!«

Zwischen seinen dunklen Brauen erschien eine Falte. »Ihr werdet trinken, essen und baden!«

»Nein!«

Seine Hand glitt unter ihren Kopf. »Mund auf!« Schmerzhaft vergrub er die Finger in ihrem Haar, und der Tonbecher schlug gegen ihre Zähne. »Trinkt! Dann binde ich Euch los!«

Hasserfüllt funkelte sie ihn an. Er köderte sie mit leeren Versprechungen. Aber letztendlich blieb ihr nichts anderes übrig, als sich zu fügen. Zögernd lockerte sie den verkrampften Kiefer und teilte die Lippen. Der bittersüße Wein rann brennend ihre Kehle hinab und setzte ihren Magen in Flammen. Meliaé stockte der Atem, als sein Daumen an ihrem nassen Kinn entlangstrich, bis hoch zu ihrer Schläfe. Das Kratzen des getrockneten Salzes auf ihrer Wange jagte ihr Schauer durch den Leib. Doch sie schluckte folgsam, bis Abu Sayaf den Becher absetzte.

Pures Vergnügen leuchtete aus seinen Augen. Behutsam legte er ihren Kopf auf den Fellen ab. Dann schleuderte er den Becher achtlos weg und zog einen Dolch aus der Halterung an seiner Stiefelschiene.

Erschrocken drückte sich Meliaé in die Felle, dann war er erneut über ihr, und wieder kam ihr sein Gesicht so nah, dass sie den Bartschatten auf seiner Haut erkennen konnte. Er roch nach dem kostbaren Öl der Holzorange und nach Leder. Blinzelnd hielt sie die Luft an, während er sich an den Riemen über ihrem Kopf zu schaffen machte. Er schnitt sie los, und begleitet von einem sengenden Schmerz rissen ihre Fesseln.

Sie ließ zu, dass er ihr die Arme vor die Brust drückte, um die Riemen von ihren Handgelenken zu wickeln. Brennend schoss das Blut zurück in ihre Hände, während er sich von ihr abwandte, um auch noch die Lederriemen von ihren Fußgelenken zu zerschneiden. Als er damit fertig war, zupfte er ihr das

Gewand über die nackten Beine, umfasste ihren Arm und half ihr auf.

Während sie ein Stöhnen unterdrückte, blickte sie auf ihre gefühllosen Füße. An Weglaufen war nicht zu denken, keines ihrer Glieder gehorchte. Sie rutschte bis zum Kopfende des Lagers und vergrub das Gesicht im Ärmel ihres Gewands.

»Nicht weinen«, murmelte Abu Sayaf und griff nach ihrer Hand. Sie versuchte, sich ihm zu entziehen, aber er hielt sie fest und fuhr mit dem Daumen über ihre blutig gescheuerten Handgelenke. »Naphassa!«, zischte er durch die Zähne und sah in Richtung Tür. Ein unheilverkündender Wortschwall in seiner Sprache folgte, ehe er ihr den Blick wieder zuwandte. »Eure Wunden müssen gesäubert und verbunden werden.«

»So?«, krächzte sie. Eine seltsame Benommenheit machte sich in ihr breit. Der Wein, den er ihr aufgezwungen hatte, war ungewöhnlich stark gewesen.

Seine Augen wurden schmal. »Wo waren wir stehen geblieben? Ah ja, richtig, Ihr wolltet mir Euren Namen verraten.«

»Eher ersticke ich!«

Er schnaubte. »Aber ich habe Wort gehalten und Euch losgeschnitten.«

Sie presste die Lippen zusammen. Sollte er doch gegen die Wand reden. Sie würde sich von seinem scheinheiligen Getue nicht einwickeln lassen. Ihre Benommenheit nahm zu. Die Kammer fing an zu schwanken. Haltsuchend tastete sie nach dem hölzernen Pfosten am Kopfende des Lagers.

Er legte den Kopf schräg. »Ein bisschen seltsam zumute, hm? So, als hättet Ihr zu viel Wein getrunken?«

»Ich weiß nicht, ich …« Ihr gesamter Körper fühlte sich an wie mit warmer Grütze gefüllt. Ihr Hinterkopf prallte gegen das Holz.

»Das kommt von dem Mardom, den ich in den Wein getan habe.«

»Mardom?«, nuschelte sie. In ihren Lippen kribbelte es derart, dass sie nicht anders konnte, als zu grinsen.

»Eine Schlafdroge, die, sparsam dosiert, auch noch anderes bewirkt. Sie lässt Euch alle Scham und Zurückhaltung vergessen.« Er lächelte verschlagen.

»Ah ja?« Sie verdrehte die Augen, ihre Lider waren auf einmal ganz schwer. Wieder dröhnte ihr Kopf gegen das Holz. Er hatte ihr ein Rauschmittel verabreicht. Eigentlich hätte sie wütend sein sollen, doch seltsamerweise empfand sie keinen Zorn. Ganz im Gegenteil.

Am liebsten hätte sie gelacht. Aus voller Kehle. Aber sie beherrschte sich und kniff die Lippen zusammen. Ihr Kopf rutschte gegen seine Schulter. Und obwohl der letzte Rest ihres Verstands sie klar davor warnte, ließ sie es geschehen, dass er den Arm unter ihren Körper schob und sie zu sich zog. »Sagt, wie heißt Ihr?« Er griff nach ihrem Kinn und hob ihr Gesicht an.

»Meliaé«, murmelte sie. Mit einem Mal hatte sie das Bedürfnis, auf seine Fragen einzugehen.

»Klingt hübsch. Aber nicht gerade tharisch.« In seinen Augen flackerte Interesse auf, und ihr wurde ganz seltsam zumute. »Woher stammt dieser Name?« Sein Gesicht war jetzt so dicht vor ihrem, dass sein Atem sie an den Lippen kitzelte.

Sie bewegte den Kopf. »Keine Ahnung.« Sie würde ihm nicht auf die Nase binden, dass ihr Vater sie nach einer Najade aus den Legenden benannt hatte.

Er rückte von ihr ab und musterte sie schmunzelnd. Dann hob er die Hand, und sie zuckte zusammen, als er die Beule an ihrer Schläfe befühlte, die sein Titan ihr verpasst hatte. Mit dem Fingerknöchel strich er über ihre Unterlippe. »Nun, Meliaé, vielleicht noch etwas Wein? Ich habe das Gefühl, dass es mit Euch noch eine aufschlussreiche Nacht werden könnte.«

Irgendwo klopfte es gegen Holz, und von weit weg rief eine

resolute Männerstimme harsche Worte, denen Meliaé jedoch keine Bedeutung abringen konnte.

»Hat Euer Vater in Eurem Beisein je über seine Geschäfte gesprochen?«, drängte Abu Sayafs Stimme sanft neben ihrem Ohr. »Hat er vielleicht ein Siegel erwähnt? Oder etwas in der Art?«

»Ähm …« Sie fuhr sich mit der Zunge über die Lippen. Das Siegel war ein Mysterium der Gilde. Sie selbst vermutete eine Art Synonym dahinter. Aber weder ihr Vater noch sonst jemand aus der Gilde hatte sich in ihrem Beisein je näher dazu geäußert. »Kann ich noch etwas zu trinken haben? Wasser, bitte«, versuchte sie Zeit zu schinden, doch das Verlangen, ihm zu antworten, wurde übermächtig. »Mein Vater spricht zu Hause nie über seine Geschäfte, jedenfalls nicht, wenn ich dabei bin.« Sie schaffte es, seinem Blick standzuhalten und sich auf die Frage zu konzentrieren, die ihr in der Seele brannte. »Geht es ihm gut? Ich meine, ist er … Hat Euer Bruder … Und was ist mit Simos?« Heiß strömten die Tränen über ihr Gesicht. »Bitte!«, flehte sie nun. »Amir Khayam darf meinem Bruder nichts tun. Simos weiß doch ebenso wenig über Vaters Geschäfte wie ich.«

Abu Sayaf zog seinen Arm unter ihr hervor, schob ihr die Felle in den Rücken und erhob sich vom Lager. Verwirrt blickte sie ihm hinterher.

Mit einem scharfen Wort riss er die Tür auf, verharrte einen Moment mit gestrafften Schultern, bevor er seinen Legaten hereinwinkte.

Kurz begegnete Meliaé dem unwirschen Funkeln in den Augen des Titanen, sein Blick verhieß nichts Gutes. Dann verstellte ihr Abu Sayafs Rücken die Sicht. Es folgte ein Wortwechsel in dem kehligen Singsang der Aššuner. Ernüchternd drang Amir Khayams Name durch den Nebel, der ihr Denken und Fühlen beherrschte.

Sie zog die Beine an und schlang die Arme darum.

Die Unterhaltung verebbte, Abu Sayaf deutete mit dem Daumen über die Schulter auf sie und brummte etwas, das wie eine Anweisung klang.

Instinktiv krümmte sie sich noch enger zusammen. Würde er sie doch an seinen Bruder ausliefern? Selbst durch den Rausch des Mardoms kroch die Furcht vor Amir Khayam in ihr empor.

Die ruppige Antwort des Legaten ließ sie zusammenzucken. Der Titan schlug sich die Faust gegen die Brust, verbeugte sich knapp und verließ die Kammer.

Einige Herzschläge lang starrte der Heeresfürst auf die Tür, vergrub die Finger in seinem zusammengebundenen Haar, sodass sich einzelne Strähnen lösten. »Mein Bruder verlangt nach mir.« Zischend stieß er die Luft aus und griff nach dem Türriegel. »Wenn ich zurückkomme, erwarte ich, Euch in einem ansehnlichen Zustand vorzufinden!«

Kapitel 3

Unter dem Purpur des Sultans

Begleitet von seinem Legaten marschierte Sayaf durch den äußeren Säulengang auf dem Oberdeck der *Glarnos*. Sechs seiner Gardisten folgten ihm. Unwillkürlich zählte er seine Schritte auf dem schwankenden Boden. Der Rumpf der Kontere, die den Namen der Stadt trug, maß 120 Schritt in der Länge und 27 in der Breite. So jedenfalls war es in den Plänen verzeichnet, die sie in der Bibliothek des Pantheons gefunden hatten. Es schien unvorstellbar, dass ein Schiff solchen Ausmaßes überhaupt gebaut werden konnte, und die Glarnoser hatten gleich zwei davon erschaffen.

Lächelnd schüttelte Sayaf den Kopf. Dass Khayam sogleich eines dieser Prunkschiffe für sich beansprucht hatte, um darauf zu residieren, sah ihm ähnlich. Aber musste er unbedingt auf diesem Koloss zurück in die Heimat fahren und dabei sein Leben aufs Spiel setzen?

Anfangs waren nur ihre northanischen Berater skeptisch gewesen, was die Seetauglichkeit der Konteren anging, doch mittlerweile teilte Sayaf diese Bedenken. Niemand vermochte sicher zu beantworten, ob sie auch für die Unbilden der winterlichen See geschaffen waren.

Er wurde langsamer und trat aus dem Gang heraus, um die tragenden Säulen zu begutachten. Als er zum Oberdeck mit den mächtigen Segeln hinaufblickte, peitschte ihm eisiger Regen ins

Gesicht, und er kniff die Augen zusammen. Die Säulen waren aus den knochenbleichen Stämmen der Amiantbäume geschlagen, gefurcht und gekalkt, sodass sie wie tharische Palastsäulen anmuteten. Das darüber liegende Gebälk ruhte satt auf den glarnblau lasierten Kapitellen. Keine Frage, die Zimmermannsarbeiten waren vortrefflich ausgeführt, doch das sagte nichts über die Tauglichkeit des Schiffs auf hoher See aus. Was geschah, wenn in einem schweren Sturm die Katapulte auf dem obersten Deck aus ihren Verankerungen rissen? Könnten sie dabei die Masten beschädigen, sodass diese brachen? Und ließe sich solch ein Unglück womöglich vermeiden, indem sie vor dem Auslaufen demontiert wurden?

Müde strich sich Sayaf über das regennasse Gesicht. Derlei Fragen raubten ihm seit Tagen den Schlaf. Er schloss die Augen und sah sofort die toten Xernpriester in dem Katakombenlabyrinth des Pantheons vor sich. Die Gelehrten hatten den Freitod gewählt, um ihren Verhören zu entgehen. Einen Fluch zischend, blinzelte er in den Regen hinaus. Die Geronten, die verbliebenen hohen Männer von Glarnos, brauchte er gar nicht erst zu befragen. Gewiss würden sie sich die Hände reiben, wenn ihre Eroberer mit Mann und Maus untergingen.

Sayaf bemerkte den eindringlichen Blick seines Legaten, ging jedoch zur Reling, ohne ihm Beachtung zu schenken. Dort stellte er sich breitbeinig hin und sah in das weitläufige Hafenbecken, das die Form eines Oktagons besaß. Vor den strahlenförmig angelegten Kais wippten unzählige Kriegsschiffe und Frachtsegler im dunklen Wasser.

Aus dem Augenwinkel bemerkte er, wie Naphassa neben ihn trat.

Schweigend sahen sie hinaus in den Sturm, der Meer und Himmel sämtlicher Farben beraubte. Die Mole, die den Hafen wie ein Trutzwall umgab, erhob sich perlweiß aus dem Flutendunkel. Jenseits davon verschmolzen die Wellen wie wogender

Basalt mit den bleiernen Wolkentürmen. Überdeutlich spürte Sayaf das Wiegen der Planken unter seinen Füßen. Er runzelte die Stirn. Da war es wieder, dieses ungute Gefühl, welches das Errungene schal und abgestanden schmecken ließ. Zwar hatten sie die reichste Stadt Thariens erobert, doch standen sie jetzt vor weit größeren Herausforderungen. Neben Söldnern und Kriegsgerät mussten Sklaven, Pferde und Glarnstein in die Heimat geschafft werden – eine Fracht, ebenso kostbar wie schwer. Erst dann konnten sie daran denken, das übrige Tharien zu unterwerfen.

Hinzu kamen die vielen Schiffe, die sie nun besaßen. Bereits eine Kontere benötigte knapp zweitausend Mann Ruderer und Besatzung, die mit Proviant und Trinkwasser versorgt werden wollten. Wenn ihnen in der Proviantberechnung auch nur geringe Fehler unterliefen, konnte es sie alle das Leben kosten. Eine notleidende Besatzung war unberechenbar.

Gequält schüttelte er den Kopf. Sie kamen nicht umhin, einem Kapitän der Northaner das Flottenkommando zu übertragen – im aššunischen Heer gab es keinen Mann, der erfahren genug wäre. Doch Khayam würde es nicht gefallen, einem Fremden derartige Macht zuzusprechen.

Sayaf drehte sich halb und blickte in die mürrische Miene seines Legaten. »Die Heimfahrt bereitet mir Kopfzerbrechen!« Der Wind riss ihm die Worte von den Lippen. »Aber um sicher in die Heimat zu kommen, braucht es mehr als nur einen Berater. Wir brauchen einen Mann, dem das Meer ein zweites Zuhause ist und der gleichzeitig einen unerschütterlichen Charakter hat. Jemanden, dessen Aufrichtigkeit wir nicht allein durch Gold erkaufen können.«

Naphassa schien ihn trotz des Sturmwütens gehört zu haben, denn er bellte: »Sehe ich genauso. Deswegen brennt mir die Musterung der northanischen Kapitäne so sehr unter den Nägeln.« Er trat dichter an Sayaf heran. »Auch reicht es nicht, dass wir beide uns darüber einig sind. Wir brauchen die Zustimmung Eures Bruders.«

Seufzend sah Sayaf in Naphassas schwarze Augen. Ärger und Ungeduld funkelten in ihnen. »Ihr habt mein Wort – ich werde meinen Bruder bitten, sich die Männer anzuschauen, die Euch geeignet erscheinen – aber nicht heute!«

»Verstehe!« Die zerklüftete Miene seines Legaten, die durch die Kälte wie in Granit gehauen wirkte, verdüsterte sich noch mehr.

»Gar nichts versteht Ihr.« Sayaf lächelte. »Am allerwenigsten, dass ich wegen des Gildemädchens wichtige Besprechungen zurückstelle.«

Naphassas Brustkorb bebte vor mühsam gezügeltem Zorn. »Die Zeiten, in denen ich Euch vor Torheiten bewahren konnte, junger Amir, sind vorbei. Aber seht Euch vor, die Gesetze der Legion gelten auch für Euch. Und gerade für Euch! Wie Euer Vater nie müde wird, mich zu erinnern, wann immer ich ihm unter die Augen trete.«

Abrupt wandte Sayaf den Kopf und blickte über den Hafen. Vor seinem geistigen Auge sah er erneut die Torheit, die Naphassa ihm vorhielt. Inmitten des lärmenden Pöbels auf der Agora kniete ein Mädchen im Gewand der Gilde auf dem Pflaster. Meliaé. Mit ihrer zarten Schönheit und ihrem Haar, das ihr in gewellten Feuerkaskaden über den Rücken fiel, hatte sie die Blicke sämtlicher Soldaten auf sich gezogen. Weinend hatte sie sich an die Leiche ihrer Mutter geklammert. Doch bevor der Tribun des Satrapen auf dessen knappes Nicken ein weiteres Mal zustoßen konnte, hatte Sayaf den Säbel gezogen und ihn enthauptet. Blut war in die Menge gespritzt. Ein steigendes Kriegsross und ein kopfloser Tribun, der im Dreck der Straße gelandet war. Der Pöbel war atemlos gewesen. Die Eroberer bekämpften sich gegenseitig! Tödliche Stille hatte sich über die Agora gesenkt, nur durchbrochen von Meliaés Geschrei, als Naphassa sie sich auf sein Geheiß geschnappt hatte, bevor Khayams Legat die Geistesgegenwart dazu besaß.

Sayaf sah Naphassa wieder an. »Al-Aran hat uns auf der Agora vorgeführt wie eine Horde frauenschändender Barbaren. Eigentlich wäre es an meinem Bruder gewesen, ihm Einhalt zu gebieten.«

»Was er aber nicht getan hat.« Einen Moment spielten die Kaumuskeln an Naphassas Wangen. »Und Ihr hättet Euch heraushalten müssen, Heeresfürst. Weil es Euch schlicht und ergreifend nicht zugestanden hat.« Naphassa bleckte die Fänge. »Wenn der kleine Feuerschopf eine so wichtige Geisel ist, warum übergebt Ihr sie dann nicht Eurem Bruder? Damit würdet Ihr al-Aran den Wind aus den Segeln nehmen und die Wogen bei Eurem Bruder glätten.«

»Nein!«, zischte Sayaf. »Wenn ich Khayam das Mädchen überlasse, dauert es keinen Tag und sie ist tot. Wie so viele andere, die nicht hätten sterben dürfen!«

Noch ehe Naphassa etwas entgegnen konnte, drangen harsche Rufe in northanischer Sprache durch das Sturmheulen. Sayaf und sein Legat drehten sich um.

Auf dem Oberdeck mühten sich unter einem der drei baumdicken Masten northanische Seeleute, ein purpurnes Segel aufzuziehen. Die bärtigen Kerle, nur mit Wollhosen und zerschlissenen Tuniken bekleidet, waren dem wütend hin- und herschlagenden Segel hilflos ausgeliefert.

Ungläubig fuhr Sayafs Blick zum Mastkorb hinauf. In schwindelerregender Höhe umklammerten drei Northaner den Mast, um die blauweiße Flagge von Glarnos gegen das Sultanswappen auszutauschen. Sayaf fluchte. Die Männer setzten für Khayams Eitelkeit ihr Leben aufs Spiel. Jedes der erbeuteten Schiffe hatte unter dem Purpur des Sultans zu fahren. Blanker Unfug! An ein Auslaufen war in den nächsten Wochen überhaupt nicht zu denken.

An Naphassa gewandt knurrte Sayaf: »Gebt Befehl, diese Arbeiten sofort einzustellen. Wenigstens so lange, bis sich der Sturm gelegt hat.«

Kurz zögerte Naphassa. Für die Dauer von ein, zwei Herzschlägen schien es, als wolle er einen Einwand machen, doch dann schlug er gehorsam die Faust gegen die Brust.

Sayaf blieb stehen und sah zu, bis die drei Northaner wieder sicher auf dem Oberdeck standen. Dabei überkam ihn Unbehagen. Es stand ihm nicht zu, auf der Kontere seines Bruders Befehle zu erteilen. Wenn er sich nicht vorsah, brauchte er mit Khayam gar nicht erst um das Leben des Gildemädchens zu verhandeln. Ob Sohn des Sultans oder nicht, dann würde er sich selbst in Ketten wiederfinden.

Prompt erinnerte er sich an ein meergrünes Augenpaar, das ihn hasserfüllt anfunkelte. Meliaé durfte nicht wie ihr Vater und ihr Bruder enden: an ein Folterrad gekettet, in einem der unteren Laderäumen dieser Kontere.

Was schert dich das Schicksal dieses Mädchens? Sorge lieber dafür, dass Heer und Kriegsbeute ohne Verluste zu Hause ankommen, verhöhnte ihn sein Gewissen.

Sayaf riss den Blick von den Seeleuten los und sah zum Bugkastell, einem Gefechtsturm in Ockergold, der von blauen Schanzschilden gekrönt war. Dort unter Deck hatte Khayam die Kapitänskabinen bezogen.

Mit einem knappen Nicken bedeutete Sayaf seinem Legaten, dass er weitergehen wollte. Doch nach wenigen Schritten schon merkte er Naphassa an, dass der noch etwas loswerden wollte.

»Sprecht!«, forderte Sayaf ihn auf.

Naphassa schob das Kinn vor. »Soll ich Euch in die Gemächer Eures Bruders begleiten?«

»Nein«, schnarrte Sayaf, »wenn ich Khayam in der Sache mit dem Gildemädchen zum Einlenken bringen will, muss ich mit ihm allein sein.«

»Verstehe«, kam es knurrig zurück.

Kurz vor der Treppe, die in die Korridore des Mitteldecks führte, blieb Sayaf stehen, löste die Fibel seines Mantels und sah am Kastell empor. Zwischen den Schilden blickten vier Gardisten auf sie herab, die Khayams Legaten unterstanden. Die schwarzen Rossschweife an ihren Bronzehelmen wurden vom Wind zerzaust.

Dass er die Arbeiten an den Segeln hatte einstellen lassen, dürfte ihnen nicht entgangen sein. Sayaf ließ seinen Mantel von den Schultern gleiten und reichte ihn Naphassa, dann gürtete er das Säbelgehänge ab und übergab ihm auch das. Lächelnd blickte er zu den Gardisten empor. Sollten sie doch ihre Freude daran haben, dass das Gebot zum Waffenablegen für ihn ebenso galt wie für jeden anderen, der Khayams Gemächer betreten wollte.

Unterdessen sank Naphassa vor ihm auf ein Knie und zog ihm den Dolch aus der Halterung seiner metallenen Stiefelschiene. Dann erhob sich sein Legat und befahl zwei der eigenen Gardisten, mit Sayafs Waffen und seinem Mantel vor dem Deckabgang Posten zu beziehen. Sayaf drehte sich um und stieg die Treppen hinab.

Kapitel 4

Die Söhne der Sonne

An den holzvertäfelten Korridorwänden, die zu den Kapitänsgemächern führten, fielen Sayaf Öllichter in versilberten Schneckengehäusen auf. Er runzelte die Stirn. Solche Brandquellen mussten vor dem Auslaufen unbedingt entfernt werden!

Am Ende des Gangs wachten zwei Gardisten vor einer Flügeltür, die mit Intarsienarbeiten aus blau strahlendem Glarnstein verziert war. Die Szene kannte Sayaf von einigen Tempelreliefs: ein nackter Krieger mit Kammbuschhelm, bis zur Brust in den Meereswellen stehend, im Kampf gegen eine Dschinnīya, eine Meeresdämonin mit Schlangenleib und einem Kopf voller sich windender Schlangen. Auf einigen Abbildungen trieben es die beiden leidenschaftlich miteinander, auf anderen bekämpften sie sich erbittert.

Sayaf ging jede Wette ein, dass das frivole Motiv etwas mit dem Gildegeheimnis zu tun hatte, doch bis jetzt hatten sie nur Märchen über die Liebschaften irgendwelcher Götter zu hören bekommen. Möglicherweise bekam er ja aus Meliaé etwas Brauchbares dazu heraus.

Die Wachen grüßten Sayaf mit einem Nicken und öffneten einen Flügel der Tür, damit er eintreten konnte. Gedämpftes Licht und stickige Wärme empfingen ihn. Hinter ihm schloss sich die Tür wieder. Die Ausdünstungen des Beilagers lagen in der Luft.

Mehrstimmiges Stöhnen lenkte Sayafs Blick zwischen die offenen Vorhänge des riesigen Bettes. Khayam hielt eine goldhaarige Frau, die vor ihm kniete, bei den Hüften gepackt und vögelte sie heftig. Unter ihr rekelte sich eine zweite Frau, eine dritte mit schweren Brüsten lag dabei und massierte Khayams Oberschenkel.

Sayaf stieg die Hitze ins Gesicht und zu seiner Schande auch ins Gemächt. Er verschränkte die Arme vor der Brust und versuchte dem Treiben möglichst unbeteiligt zuzusehen. »Ich komme wohl ungelegen.«

»Ach, woher denn, schnapp dir eine!«, keuchte Khayam, dem Höhepunkt nahe, und sah flüchtig in seine Richtung.

Sayaf machte kehrt. »Sieh zu, dass du fertig bist, wenn ich wiederkomme!« Er riss die Tür auf.

Die Wachen verstellten ihm mit blankgezogenen Säbeln den Weg.

»Waffen runter!«, zischte er, während Khayams Gespielin ihrer Lust mit spitzen Schreien Luft machte.

Die Wachen grinsten nur und versuchten mit gereckten Hälsen, einen Blick auf das Treiben zu erhaschen.

Sayaf fluchte. Hätte er sich doch bloß von Naphassa begleiten lassen. Nie wäre ihnen in dieser Situation Einlass gewährt worden. »Klingen runter! Sofort!« Er sah von einem zum anderen, und den beiden verging das Grinsen.

»Komm rein«, schnarrte Khayam, »und mach die verdammte Tür zu!«

Breitbeinig blieb Sayaf auf der Schwelle stehen und verschränkte die Arme. »Schick die Weiber raus!«

»Wieso?«, gluckste Khayam. »Keinen Appetit bekommen?«

Kalte Wut packte Sayaf. »Soll ich dir helfen, sie hinauszuwerfen?«

Hinter ihm klatschten Schläge auf nackte Haut, die Frauen kreischten empört. Polternd kippte ein Stuhl um. »Komm her!«, blaffte Khayam auf Tharisch. »Du gefällst meinem Bruder nicht.«

Ein gellender Schrei fuhr Sayaf in die Glieder, er drehte sich um. Khayam, nachlässig von einem Überwurf verhüllt, stand vor dem Bett. Er hatte der Goldhaarigen den Krummdolch an den Hals gesetzt und zwang sie niederzuknien.

»Nein, Herr«, winselte sie, »tötet mich nicht!«

»Aber warum nicht? Hier hat doch niemand mehr Appetit auf dich.« Hart riss er ihr die Klinge durch die Kehle.

Panisch presste sie sich die Hände gegen den Hals, aus dem das Blut in dicken Strömen pulsierte, und stieß gurgelnde Laute aus.

Sayafs Magen verkrampfte sich, aber er nahm demonstrativ eine entspannte Körperhaltung ein, um Khayams Triumph nicht noch zu vergrößern. Er brachte sogar ein gelangweiltes Lächeln zustande, während sein Bruder die Sterbende gegen seinen Oberschenkel drückte und zusah, wie sich die Frau unter ihm wand.

Die anderen beiden kämpften sich durch die Kissenberge und sprangen aus dem Bett. Khayam pfiff durch die Zähne, und die Wachen stürmten an Sayaf vorbei in die Kabine. Jeder fing eine der um sich Schlagenden ein. Khayam ließ die erschlaffte Frau zu Boden gleiten, hob den Dolch an die Lippen und sah Sayaf an, während er ihr Blut von der Klinge leckte. Maßlose Befriedigung funkelte in seinen Augen.

In Sayafs Hals brannten Wut und Galle, Khayams Perversionen und seine Lust am Quälen Wehrloser widerten ihn an. Er schluckte, bezwang den Drang, auf seinen Bruder loszugehen. Wegen ein paar Huren würde er sich nicht zu Torheiten verleiten lassen.

Meliaés Gesicht tauchte vor seinem geistigen Auge auf, und er ballte die Hand zur Faust. Khayam würde sie nicht bekommen, ganz gleich, was er ihm bot. Mit zusammengebissenen Zähnen hielt Sayaf dem süffisanten Lächeln seines Bruders stand.

»Halt!«, befahl Khayam den Wachen. »Ihr habt was vergessen!«

Einer der Männer stieß das kreischende Weib, das er gepackt hatte, seinem Kameraden entgegen und machte kehrt. Mit dem Stiefel glitt er unter den Seidenteppich, warf ihn über die Tote, schulterte sie und marschierte aus der Kabine.

Khayam trat an den großen Kartentisch in der Mitte der Kabine und legte den Dolch darauf ab. Dann ließ er seinen Überwurf zu Boden fallen und tappte nackt zum Waschtisch. Aus einem Krug goss er Wasser in eine breite Schüssel. Erst spülte er sich das Blut von den Händen, dann tauchte er das Gesicht ein. Prustend richtete er sich wieder auf und fuhr sich durch die Haare.

»Warum hast du mich herbestellt?« Sayaf wunderte sich, wie gleichgültig ihm die Worte über die Lippen kamen, obwohl jede Faser seines Körpers vor Zorn und Abscheu vibrierte.

Khayam lachte nur, warf ein Handtuch in die Waschschüssel und wusch sich ungeniert das Gemächt.

Sayaf wandte sich ab, trat an den Kartentisch und starrte auf den blutverschmierten Dolch.

»Es wird Zeit, dass wir nach Aššu aufbrechen«, begann Khayam hinter ihm. »Ich bin des Lagerlebens überdrüssig. Wir lassen al-Aran eine Legion da, um Glarnos zu halten, dazu vier Kohorten Northaner. Schiffe haben wir jetzt ja mehr als genug.«

»Nein!«, widersprach Sayaf. »Jeder rät uns davon ab, zu dieser Jahreszeit in See zu stechen. Selbst die Glarnoser!«

Wieder lachte Khayam. »Ein jämmerlicher Versuch, Zeit zu schinden, findest du nicht? Sie hoffen wohl noch immer, dass sich das übrige Tharien zusammenrauft, um ihnen zu Hilfe zu eilen. Aber diese vollgefressenen Fürsten werden nichts dergleichen tun. Sie sind froh, dass wir ihnen König Medon vom Hals geschafft haben.«

»Lass uns zwei Monde mit dem Aufbruch warten! Was haben wir zu verlieren?«

Khayam fluchte. »Alles könnten wir verlieren, wenn wir uns nicht bald mit Kriegsbeute und dem Gilde-Siegel in Dschadun zeigen.«

Seine Worte krochen Sayaf kalt über den Nacken. Er drehte sich um. »Ich rate dir, die Heimreise auf einer Triere anzutreten. Der Sultan reißt mir den Kopf ab, wenn ich ihm berichten muss, dass du im Wrack dieses Ungetüms auf dem Meeresgrund liegst.«

Statt zu antworten, trat Khayam vor eine Kommode, auf der Salbgefäße aus buntem Glas im Schein der Wandlampen funkelten. »Ja, vermutlich blüht dir das, wenn mir etwas zustößt.« Mit gebleckten Zähnen sah er über die Schulter. »Aber Vater wird auch nicht erfreut sein zu erfahren, was du dir heute geleistet hast. Verflucht, Sayaf, was ist nur mit dir los? Entspann dich! Wir haben diese Stadt eingenommen. Mach dir doch wegen ein paar adliger Hühner nicht solchen Ärger.«

Sayaf schluckte; besser, er wechselte das Thema. Khayam musste sich zuerst abkühlen, bevor er das Gildemädchen ansprechen konnte. Er holte tief Luft und stieß sie wieder aus. »Wir brauchen einen fähigen Mann, der das Kommando über die Flotte übernimmt. Und der wird nicht so schnell gefunden sein. Wir sollten uns ein paar Wochen Zeit nehmen, um ihn auszuwählen. In der Zwischenzeit machen wir auch das Siegel ausfindig.«

Khayam hob den Deckel von einem Salbgefäß, goss Öl in seine Handflächen und verteilte es in den Haaren. »Das ist alles gut und schön, aber ich muss so schnell es geht zurück. Du lässt dich im Palast ja kaum noch sehen, deswegen weißt du vielleicht nichts davon. Vater hat sich wieder zu Torheiten verführen lassen – ich muss das unterbinden.«

Khayam sprach von der neusten Gemahlin des Sultans. Eine

junge Fürstentochter, die dem Sultan auf seine alten Tage binnen kürzester Zeit noch zwei Söhne geboren hatte. Der Harem war eine Natterngrube, jedes Weib buhlte um die Gunst des Sultans. Mit allen Mitteln lockten sie ihn in ihr Bett, erhofften sich Söhne, mit denen sie den Erstgeborenen der Sultana das Erbe streitig machen konnten. Und nun ließ Khayam durchblicken, dass er die jüngsten Söhne des Sultans aus dem Weg räumen wollte. »Glaubst du wirklich, es würde Vater verborgen bleiben, wer hinter den Morden steckt?«

Khayam gab ein Glucksen von sich. »Ach, Bruder, wer hat uns nicht schon alles nach dem Leben getrachtet, und es ist auch nie ans Licht gedrungen.« Er machte eine wegwerfende Geste und ging zur Kleidertruhe, auf der Hose und Sarrock ausgebreitet lagen. »Während du dich in der Arena feiern lässt, habe ich Leute um mich geschart, die mich so gern auf dem Thron sehen wie andere dich mit dem Schwert. Und es sind etliche darunter, die mir so viel schulden, dass sie ihren Kopf auch noch freiwillig auf den Richtblock legen würden, nachdem sie mir gefällig waren.«

Sayaf holte tief Luft. Jetzt war vielleicht der beste Moment. »Ich möchte mit dir über das Gildemädchen sprechen.«

Khayam ließ die Schnüre seiner Hose los und sah ihn an. »Oh, gut, dass du endlich zur Sache kommst, aber da gibt es nichts mehr zu bereden. Schaff sie hierher.« Er deutete vor seine Füße.

Sayaf biss die Zähne zusammen und hob den Blick. »Ich erinnere dich ungern an unsere Vereinbarung. Aber ich verlange, dass du sie respektierst. Das Mädchen gefällt mir. Ich will sie behalten.«

Khayam schnaubte. Er zog sich den Sarrock über und zerrte an der Ärmelverschnürung. »Mach dich nicht lächerlich. Was willst du mit dem Kind? Aber gut. Amüsiere dich mit ihr, und dann schaff sie mir her.«

Sayaf stieß einen verächtlichen Laut aus. »Das Gildemädchen entstammt dem hiesigen Adel. Ich will sie zur Gemahlin. Auch dir bringt das Vorteile. Du könntest Druck auf den Gilde-Ersten ausüben, du kannst ihm Versprechungen machen. Dass du ihn wieder in sein Amt einsetzt, dass er Sohn und Tochter wiedersehen kann. Vielleicht spuckt er dann aus, was es mit diesem verfluchten Siegel auf sich hat!«

»Du willst mich darüber belehren, wie man Druck ausübt? Stellst meine Entscheidungen infrage und diskutierst meine Befehle? Du vergisst dich!« Fahrig schloss Khayam die Schnallen seines Sarrocks.

Sayafs Mut sank. Zur Not musste er versuchen, eine Bedingung an Meliaés Auslieferung zu knüpfen. Auf keinen Fall würde er sie mit Khayam allein lassen. Unwillkürlich ballte er die Fäuste – er durfte sich nicht provozieren lassen.

Khayam atmete hörbar aus und deutete mit dem Finger auf seinen Bruder. »Eigentlich wollte ich nicht mehr davon anfangen. Aber du hast mit deinem impulsiven Handeln al-Arans Ansehen sehr geschadet. Er hat sich bitterböse bei mir beschwert. Er fürchtet, durch deine Reaktion sein Gesicht verloren zu haben.«

»Al-Aran ist ein unbedachter Narr. Er hat sich …«

»Du hast einen verdienten Offizier abgeschlachtet. Ohne ersichtlichen Grund!«

»Hätte ich es nicht …«

»Al-Aran ist mein Statthalter«, unterbrach ihn Khayam eisig. »Sein Wort ist in dieser Stadt Gesetz. Sein Wort! Nicht das deine.«

In Sayafs Hals pochte das Blut, und er zwang sich, ruhiger zu atmen. Er durfte sich seinen Zorn nicht anmerken lassen. »Hätte ich mich nicht eingemischt«, knirschte er durch die Zähne, »wäre jetzt eine wertvolle Geisel tot. Es gäbe nichts mehr, was den Gilde-Ersten noch zum Einlenken bringt.«

Khayam zischte einen Fluch. »Du bist Heeresfürst, Sayaf. Bilde dir bloß nicht ein, du könntest dich außerhalb des Schlachtfelds als mein Ratgeber aufspielen. Sollte es dir noch einmal in den Sinn kommen, mir in den Rücken zu fallen oder meine Befehle infrage zu stellen, trägst du die Konsequenzen.« Khayam fasste sein Haar im Nacken zusammen und schlang einen Lederriemen darum. »So, und jetzt schick jemanden, der mir die Kleine herholt. Sofort!«

»Khayam! Sie ist kaum vierzehn, fast noch ein Kind. Wenn ich sie dir überlasse, ist sie morgen tot.«

Sein Bruder stieß ein kaltes Lachen aus. »Ach, woher denn. Ich will sie doch nur ihrem Vater zeigen. Danach darfst du sie wiederhaben.«

Grollend warf Sayaf den Kopf zurück. Er konnte sich lebhaft vorstellen, auf welche Art Khayam dem Gilde-Ersten seine Tochter zeigen würde. »Und dann? Womit willst du ihn danach noch treffen? Die Tochter geschändet, die Frau tot und der Sohn zum Krüppel gemacht. Was bleibt ihm noch? Nur der Triumph über dich, indem er verreckt, ohne dir vorher sein heiligstes Geheimnis verraten zu haben.«

Gedankenvoll strich Khayam die Konturen seines Kinnbarts nach, seine Augen wurden schmal. »Dein Einwand ist nicht unberechtigt.«

Sayaf konnte kaum glauben, dass er endlich zu Khayam durchgedrungen war. »Mit etwas Geduld hole ich alles aus ihr heraus, was uns weiterhelfen kann. Auf der Überfahrt werde ich mich eingehend mit ihr befassen.«

Der Blick seines Bruders wurde zur Zerreißprobe, Sayaf verkniff sich das kleinste Wimpernzucken.

»Gut, einen Versuch ist es wert«, stimmte Khayam schließlich zu. »Sie gehört dir. Aber dafür verlange ich Ergebnisse. Und zwar noch bevor wir auslaufen. Bring sie in die Bibliothek unter dem Pantheon. Sie soll dem fetten Geronten helfen, die alten

Glyphen zu übersetzen. Wenn sie das nicht kann, soll sie dir Leute nennen, die dazu in der Lage sind.« Ein grausames Lächeln umspielte seine Lippen. »Wenn sie störrisch ist, bring ihr doch etwas von ihrem Bruder. Ein Auge vielleicht? Das sollte sie wiedererkennen.«

Kapitel 5

Die Legende vom Glarn

Auf dem Tisch standen neben einer Schale mit Feigen nur noch leeres Geschirr und ein Kelch mit Wein. Meliaé schob sich ein letztes Brotstück mit Bratensatz in den Mund und sah zur Kabinentür. Prompt klopfte ihr Herz schneller, und ihre bleierne Müdigkeit verflog. Was, wenn der Legat auftauchte, oder der Heeresfürst? Was würden sie mit ihr anstellen?

Unbehaglich blickte sie zu dem kupfernen Badezuber, der auf Löwenklauen zwischen Tisch und Bett stand. Die Wachen hatten ihn gebracht und eimerweise mit dampfendem Wasser befüllt. In der ganzen Schiffskabine roch es nach den zugesetzten Duftessenzen. Über dem Zuberrand lag ein Holzbrett, darauf ein Klumpen Seife. Salbgefäße und ein Tonbecher standen daneben.

Gequält verdrehte sie die Augen. So verlockend es auch war, sie würde kein Bad nehmen. Unwillkürlich sah sie das Gesicht des Heeresfürsten vor sich. Wer konnte sagen, auf welche Gedanken er kam, wenn sie erst sauber war?

Ihr Blick blieb an dem Glaskelch mit Wein hängen, der funkelnd vor ihr stand, und sie merkte, wie durstig sie war. Doch davon trank sie besser nichts. Bestimmt war der Wein wieder mit Mardom versetzt. Unschlüssig trommelten ihre Finger auf den Armlehnen des Stuhls. Von den Wachen hatte sie länger nichts mehr gehört. Ihr Blick glitt zurück zum Badezuber. Leise erhob sie sich und ging daneben in die Hocke. Sie inspizierte die Gefäße auf dem Brett.

Das Wasser in dem Tonbecher roch nach Minzblättern. Meliaé spülte ihren Mund damit aus und trank den Rest. Das Badewasser war so klar, dass sie den wärmenden Stein auf dem Kupferboden sehen konnte. Sie tauchte den Becher ein und nippte. Die zugesetzten Essenzen ließen es leicht bitter schmecken, doch war es trinkbar.

Während sie ihren Durst stillte, lauschte sie auf Geräusche vom Gang. Als es draußen weiter ruhig blieb, hob sie die Deckel der Salbgefäße an. Eines enthielt Nelkenpaste zum Zähneputzen, ein anderes Leinenstreifen, die sie zum Verbinden ihrer Handgelenke verwenden konnte. Sie schob die schmutzigen Ärmel ihres Gewands hoch und tauchte die Hände in das warme Wasser. Die Ärmelsäume waren dunkel vom getrockneten Blut ihrer Mutter.

Meliaé verzog das Gesicht und rieb sich die hauchfeinen Blutspritzer des Geköpften von der Haut. Sie vermied es, durch die Nase zu atmen, der metallische Geruch kehrte ihr den Magen um. Während sie sich säuberte, konzentrierte sie sich auf das Brennen in ihren wund gescheuerten Handgelenken, um nicht an ihre Mutter denken zu müssen. Auf der Wasseroberfläche tanzte ihr verzerrtes Spiegelbild. Nein, so verlockend der Gedanke auch war, sich das Blut des Aŝhāk aus den Haaren zu spülen, sie würde Abu Sayaf diesen Gefallen nicht tun. Stattdessen wusch sie sich nur das Gesicht und verband sich mit den sauberen Leinenstreifen die Handgelenke. Mit den Zähnen zog sie die Enden fest, dann erhob sie sich.

Auf der Truhe neben dem Bett lagen Handtücher und die blaugrünen Gewänder der Gilde: ein helles Unterkleid mit langen Ärmeln, dazu das Wickelgewand aus Muschelseide und ein Manteltuch aus feinster Wolle, darauf ein Gürtel aus gehämmertem Gold und eine Handvoll Gewandfibeln.

Sie hob den Gürtel vom Truhendeckel. Er war für eine wesentlich fülligere Figur als die ihre angefertigt worden. Seine Glieder maßen an die zwei Handbreit, und die Schließe war zur Seidenmuschel geformt. Wer trug eine solche Muschel doch gleich noch im Familienwappen? Gesichter zogen vor Meliaés geistigem Auge vorbei. Festlich geschmückte Säle, durchzogen vom Geruch delikater Speisen, erfüllt von Flötenspiel und Gelächter. Versteckspiele im Garten der Gildevilla bei Vollmond in den Labyrinthen aus Perlblatthecken, verstohlene Küsse zwischen jungen Adligen. So würde es nie wieder sein.

Draußen auf dem Flur näherten sich Schritte, und die Wachen blafften etwas im Chor. Hastig legte Meliaé den Gürtel zurück. Im nächsten Moment ging die Tür auf.

Unter dem finsteren Blick des Heeresfürsten spürte sie, wie ihr Mund schlagartig trocken wurde. Abu Sayaf trug jetzt eine Rüstung aus dunkler Bronze. Sie schien nicht ganz so prachtvoll wie die auf der Agora, entsprach aber wohl seinem hohen Rang. Der Mantel hing ihm tropfnass vom Regen von den Schultern. Zwischen seinen Brauen stand eine steile Falte. »Bevor ich Euch verließ, habe ich Euch die Anweisungen erteilt, ein Bad zu nehmen. Ihr wagt es, Euch zu widersetzen?«

Meliaé schob nur das Kinn vor und wich bis zur Kabinenwand zurück.

Ungehalten rief Abu Sayaf in seiner Sprache nach den Wachen, und sogleich erschien ein Aŝhāk mit rabenschwarzem Schakalkopf, der das Geschirr zusammenräumte und hinaustrug. Ein zweiter kam hinzu, mit struppig braunem Fell und grauer Schnauze, der ihm den Mantel abnahm und aus dem gepanzerten Rock half.

Die Tür schloss sich, und Meliaés Herz raste. Abu Sayaf stand nun auf der anderen Bettseite, aus seinem Zopf hatten sich Strähnen gelöst, die ihm feucht ins Gesicht hingen. Sein Sarrock war dunkel vor Nässe. Wo er wohl die ganze Zeit gewesen war? Er hatte doch seinen Bruder aufsuchen wollen.

»Ihr badet jetzt!«, beschied er ihr und zog mit einer geschmeidigen Bewegung den Dolch aus seiner Stiefelschiene. Mit großen Schritten kam er um das Bett. »Und wenn ich Euch die verdreckten Lumpen vom Leib schneiden muss!«

Sie raffte die Gewänder und sprang auf die Bettfelle, um auf die andere Seite des Bettes zu entkommen. Doch da war er schon bei ihr und riss sie zu sich hinunter. Keuchend blickte sie auf den Dolch in seiner Faust. Sein Unterarm schnürte ihr die Luft ab, ihre Rippen brannten wie Feuer.

»Ihr seid einfältiger, als ich dachte«, knurrte er und stellte sie vor der Wanne auf die Füße.

Das Blut wich ihr aus dem Gesicht. *Wehr dich nicht!*, hatte ihre Mutter ihr eingeschärft, für den Fall, dass sie dem Feind in die Hände geriet. Aber selbst wenn sie es gewollt hätte, Meliaé konnte sich nicht rühren.

Er gab sie frei und deutete mit dem Dolch zur Truhe. »Da liegt etwas, das Eurem Stand angemessen sein dürfte.«

Aufkeuchend zog sie die Schultern hoch, als er die Klinge unter die Fibeln schob, die ihr Wickelgewand zusammenhielten. Mit einem Ruck war die Seide zerschnitten. Klirrend landeten die Fibeln auf dem Boden.

»Nein, nicht!«, krächzte sie. Doch er zerrte und schnitt an ihrem Unterkleid, bis ihr die Seide von den Schultern rutschte.

Hastig raffte sie den schmutzigen Stoff vor der Brust zusammen. Dabei bekam sie auch den Anhänger mit dem eiförmigen Glarnstein zu fassen, den sie an einer langen Goldkette um den Hals trug.

»Was habt Ihr da?« Er schob ihr Haar beiseite, sein Atem strich über ihren Nacken.

Sie rührte sich nicht, wagte nicht einmal zu atmen. Die Halskette war ein Geschenk ihrer Mutter gewesen. Doch wenn sie ihm dies eingestand, würde er sie vielleicht mit dem Siegel in Verbindung bringen.

Kalt schob sich die flache Klingenseite unter ihren Schmuck. Ein Schnitt, und er wäre unwiederbringlich verloren. »Es ist doch bloß eine Kette«, stieß sie hervor und versuchte ihn über die Schulter hinweg anzusehen. »Nehmt sie mir nicht weg!«

»Haltet still!« Seine warmen Finger tasteten ihren Nacken nach dem Verschluss ab.

Sie hielt die Luft an, Schauer durchrannen ihren Körper. Er zog die geöffnete Kette über ihren Kopf, und ihr fielen die Haare in langen schmutzigen Strähnen vor das Gesicht. Es klirrte leise. Verstohlen wandte sie sich um.

Abu Sayaf begutachtete den Anhänger zwischen seinen Fingern. Ein Wirbel aus Goldfäden fasste einen blau glimmenden Stein ein. Langsam trat der Heeresfürst vor eine Öllampe an der Wand, um den Schmuck noch genauer zu untersuchen, und durch die Nähe zur Flamme begann der Glarnstein hell zu strahlen. Abu Sayaf verringerte den Abstand, bis er ihn ungehindert betrachten konnte.

Erleichtert atmete Meliaé aus. Ihre Beine zitterten.

»Darin ist ja eine Schlange eingeschlossen«, wunderte sich Abu Sayaf. »Ein Jungtier, wie in einem Ei.« Er schlenderte zurück zum Bett und ließ sich darauf nieder. »Sagt, wie ist sie da hineingekommen?« Mit fragendem Blick drehte er sich zu ihr um.

»Das weiß ich nicht.« Alles, was Meliaé über das Phänomen wusste, stammte aus den Göttermythen, die sie von ihrem Hauslehrer, einem Xernpriester, kannte. Sie konnte sich nicht vorstellen, dass Abu Sayaf derlei Geschichten interessierten.

Er blickte wieder auf den Anhänger. »Vielleicht kann ich davon ausgehen, das Siegel in den Händen zu halten? Euer hübscher Hals wäre doch ein gutes Versteck.«

Meliaé zog die Schultern hoch und sah an sich hinab. Der Schmuck war ohnehin verloren – sollte er doch damit anstellen, was er wollte. Hauptsache, er kam nun nicht auf widerwärtige Gedanken. Der Gedanke ließ sie schaudern. »Behaltet die Kette, aber verschwindet und lasst mich allein!«

»Ihr hattet Zeit genug, um ungestört zu baden. Jetzt bin ich hier, und Ihr werdet mir Rede und Antwort stehen.« Seine Faust schloss sich um den Anhänger. Nachdenklich legte er den Kopf in den Nacken. »Sagt, was hat es mit diesen Reliefs auf sich, die ein schlangenschwänziges Weib im Kampf oder im Liebesspiel mit einem tharischen Ritter zeigen?«

Meliaé stieß einen Laut der Verzweiflung aus – wenn Abu Sayaf es darauf anlegte, konnte er sie bis zum Morgengrauen verhören. Sie schluckte. Wenn sie schwieg, würde sie ihn nur so weit provozieren, bis er ihr womöglich etwas antat.

»Sie zeigen unseren Stadtgott Glarnos und die Najade Tioné.«

»Tioné? Eine der Konteren trägt diesen Namen.«

»Ja, richtig.«

»Ist Najade in Eurer Sprache ein anderes Wort für Dschinnīya?«

»Nein.«

»Was dann?«

»Das zu erklären, würde zu weit führen.«

»Das zu entscheiden, dürft Ihr getrost mir überlassen. Fangt an!«

Stöhnend verdrehte sie die Augen. »Ihr wollt Geschichten hören? Jetzt?«

»Warum nicht? Ich habe heute nichts mehr vor.« Er legte die Kette neben sich auf die Bettfelle. »Steigt in den Zuber und erzählt mir von Glarnos und der Dschinnīya.« Mit einer Hand nestelte er an den Schnallen seines Sarrocks.

»Was macht Ihr da?« Polternd gingen die Schienen zu Boden, die er über den Stiefeln trug. »Das hier ist mein Quartier. Habt Ihr das schon vergessen?« Er streifte den Sarrock ab, die Tunika folgte.

»Könntet Ihr damit nicht warten, bis ich wieder angezogen bin?«

Ein höhnischer Satz in seiner Sprache folgte, während er sich mit nacktem Oberkörper erhob und Sarrock und Tunika über die Stuhllehne warf. »Steigt endlich in den Zuber, sonst komme ich und setze Euch hinein!«

»Könntet Ihr Euch vielleicht so lange umdrehen?«

Wieder folgte ein fremder Ausruf, triefend vor Ironie. Doch er ging zum Bett, ließ sich mit dem Rücken zu ihr nieder und nahm den Anhänger zur Hand. »Worauf wartet Ihr noch? Ich werde mich nicht umdrehen.«

Hastig streifte sie die Schuhe ab. Dennoch kostete es sie große Überwindung, die zerschnittenen Gewänder loszulassen. Abu Sayaf saß reglos mit gesenktem Kopf da, spielte mit dem Anhänger und schien darauf zu lauschen, was sie tat. Mit fliegenden Fingern hakte Meliaé die Gürtelschließe auf, und die Seide glitt an ihr hinab. Zögernd ließ sie den Gürtel los, und er polterte zu Boden. Rasch schwang sie ein Bein nach dem anderen über den Zuberrand, schob mit den Zehen den wärmenden Stein ans Fußende und setzte sich ins laue Wasser. Sie unterdrückte einen Seufzer, zog die Beine an und tauchte unter. Mit beiden Händen fuhr sie durch das heillose Gewirr verknoteter Strähnen auf ihrem Kopf.

Erst als ihr die Luft ausging, rutschte sie hoch und sah sich blinzelnd um.

Neben dem Badezuber richtete sich Abu Sayaf mit ihrem Gürtel in der Hand auf. Eilig glitt Meliaé tiefer ins Wasser und zog das Holzbrett über sich.

Er beachtete sie nicht weiter, ging zur Gewandtruhe, nahm von dort den anderen Gürtel und hielt ihren daneben. »Warum ist Eure Schließe wie eine Schlange geformt?«

Elender Schnüffler! Böse funkelte sie zurück. »Die Seeschlange ist das Wappentier meiner Familie.«

Es zuckte um seine Mundwinkel. »Das ist mir nicht entgangen, als ich mich in Eurem Haus umgesehen habe.«

»Weshalb fragt Ihr dann?«

Lächelnd legte er beide Gürtel auf dem Truhendeckel ab. »Erzählt mir von dem Schlangenweib und was Glarnos mit ihm zu schaffen hatte!«

Sein belustigter Blick ziepte in ihrem Bauch. Betreten sah sie auf die Salbgefäße auf dem Holzbrett. »Das Wasser ist mittlerweile …«

»Euer Problem! Seift Euch ein und fangt an zu erzählen!«

Zähneknirschend griff Meliaé nach dem Seifenklumpen, während er immer noch zu ihr hinübersah. »Dreht Euch um!«

»Legt los, meine Geduld hat Grenzen!«

Sie rutschte bis zum Kinn ins Wasser und bearbeitete ihr Haar mit der Seife. Zögernd wandte sich Abu Sayaf ab und setzte sich mit dem Rücken zu ihr auf die Bettfelle.

Das Herz pochte Meliaé bis in den Hals. Sie musste die Geschichte so weit ausschmücken, dass ihr genügend Zeit zum Waschen und Anziehen blieb. Wo sollte sie bloß anfangen? Sie holte tief Luft: »Vor langer Zeit unterhielt Xern, der mächtigste unserer Götter, eine Liebschaft zu Glauke, einer Tochter von König Areios dem Eroberer. Jenem tharischen König, der als Erster eine Festung auf dem Felsen erbaute, auf dem sich heute Glarnos erhebt. Und so geschah es, dass die Prinzessin ihm einen Sohn gebar und ihn Glarnos nannte. Als aber Xerns Gemahlin Almanthea von seiner Schwäche für eine Sterbliche erfuhr, suchte sie die Rivalin auf und verwandelte sie in einen schneeweißen Felsen. Aus diesem Stein ließ sie von ihrem besten Steinmetz einen prachtvollen Stuhl hauen, den sie ihrem Gemahl mit einem bösen Hinweis zum Geschenk machte, und mit einer Warnung, was seinen unehelichen Sohn betraf. Daraufhin schickte Xern heimlich einen Boten aus, der Glarnos bei Schafhirten unterbrachte. So war der Junge vorerst in Sicherheit, denn

Almanthea kam nicht auf den Gedanken, ihn bei solch einfachen Leuten zu suchen.«

Meliaé rann der Schmutz in dunklen Bächen über die Haut, die Seife brannte in ihren Augen. Sie schob das Holzbrett beiseite und tauchte unter, um ihre Haare auszuspülen und die verhedderten Strähnen zu entwirren.

»Ihr sollt zu der Stelle kommen, an der das Schlangenweib ins Spiel kommt«, brummte Abu Sayaf, kaum dass sie wieder auftauchte.

Verschwommen konnte sie sehen, dass er über die Schulter blickte. »Wenn Ihr gestattet, erzähle ich weiter, sobald ich aus dem Zuber bin.« Mit zugekniffenen Lidern erwartete sie seine ruppige Abfuhr.

»Von mir aus, aber sputet Euch!« Zu ihrer Erleichterung drehte er sich wieder um.

Hastig wrang Meliaé ihr Haar aus, stieg aus dem Wasser und griff nach einem der Handtücher auf der Truhe. »Als Glarnos zu einem Jüngling herangewachsen war«, fuhr sie fort, »traf er am Fluss die Nymphe Kyana, und die beiden verliebten sich. Doch Kyanas Vater …«

»Kürzt diesen Unsinn ab.«

Meliaé nahm das Untergewand vom Truhendeckel. »Aber wenn ich die Hälfte weglasse, ergibt der Rest keinen Sinn.« Der leichte Stoff rieselte an ihrem Körper hinab.

»Fahrt fort!«

Sie griff nach dem Obergewand aus Muschelseide. »Glarnos wurde zu Oron verbannt, dem Gott der Unterwelt, und dem kam er gerade recht. Glühendes Land musste aus seiner Schmiede unter dem Meer gehoben werden, und zum Dank dafür, dass Glarnos kräftig mit anpackte, schuf er ihm eine Frau aus Meeresschlamm. Sie verwandelte sich in allerlei Meeresgetier, weswegen der Gott sie Najade nannte. Aber Glarnos gab ihr den Namen Tioné, und weil sie keine Seele besaß, schenkte er ihr einen Teil seiner eigenen und machte sie zu seinem Weib.« Sie nahm die Gewandfibeln zur Hand.

Entnervt stieß Abu Sayaf die Luft aus. »Ihr versteht es wahrlich, die Sache auszuschmücken. Seid Ihr endlich angezogen?«

Meliaé steckte die losen Tuchenden fest. »Beinahe, nur Geduld.«

»Fahrt fort!«

»Auch Glarnos' neues Glück war nur von kurzer Dauer. Almanthea machte ihn ausfindig und flüsterte Tioné ein, dass Glarnos noch immer ein Verhältnis zur Nymphe Kyana unterhielt. Bevor sie ging, verfluchte sie die Najade dazu, abwärts der Hüfte eine Schlange zu bleiben, und beraubte sie aufs Neue ihrer Seele.« Meliaé wickelte die nassen Verbände von ihren schmerzenden Handgelenken. »Tioné, die nun nichts mehr für ihren Gemahl empfand, lähmte Glarnos mit einem Schlangenbiss und zerrte ihn hinab auf den Meeresgrund, wo sie ihn am Fuße einer Feuerinsel festkettete.«

»Feuerinsel?«, hakte Abu Sayaf mit einem Mal interessiert nach und setzte sich auf. »Ihr meint die Inseln, die der Sage nach hinter dem Weltengürtel liegen?«

Unsicher hob sie die Schultern. »Ja, vermutlich sind die damit gemeint.«

Abwesend fuhr er sich über die Augen. »Hinter dem Weltengürtel gibt es aber nichts als Wasser und Nebel. Da kommt kein Land mehr.«

»Und woher wollt Ihr das so genau wissen? Euer Volk mag für vieles berüchtigt sein, aber gewiss nicht für die Seefahrt.«

Er sah auf und lächelte. »Dank der erbeuteten Schiffe wird sich das nun ändern.«

»Nur zu, segelt hin und findet heraus, ob es hinter dem Weltengürtel noch Land gibt.« Meliaé zuckte die Schultern. »Sofern Ihr den Mut dazu aufbringt. Auf den Felsen, die aus dem Meer ragen, sitzen Najaden und treiben die Seeleute mit ihren Gesängen in den Wahnsinn. Dann steigen die Ungeheuer vom Meeresgrund auf und zerren die Schiffe mit ihren mastlangen Fangarmen samt Besatzung in die Tiefe.«

»Nette Geschichte.«

»Wenn Ihr meint.«

»Wie ist die Sache mit dem Schlangenweib ausgegangen?«, brummte Abu Sayaf nun.

Sie unterdrückte ein Lächeln – ihre Stichelei nagte offenbar doch an ihm. »In der Legende heißt es, Glarnos sei es nicht gelungen, sich zu befreien. Seit dieser Zeit hänge er weinend in seinen Ketten, und seine Tränen, der Glarn, steige erstarrt empor und werde bis an die Strände von Glarnos getragen. Wo ihn die Sammler der Gilde als muschelverkrustete Brocken auflesen. Und manchmal ist auch ein Meerestier darin einschlossen, so wie die junge Schlange in meinem Anhänger.« Sie nahm ihren Gürtel vom Deckel der Truhe.

Hinter ihr knarzte die Lederbespannung des Bettes. »Nicht zu fassen, ich sitze hier und schlage mir die Nacht mit Euren Märchen um die Ohren.«

Hastig hakte sie ihre Gürtelschließe ein und zupfte die Gewänder darüber zurecht. Als sie aufblickte, kam der Heeresfürst ihr mit zwei langen Schritten entgegen, und sie wich zurück, bis sie mit dem Rücken gegen die Wand stieß.

Er blieb stehen, und der Blick, mit dem er sie musterte, war eine Tortur. Meliaé starrte auf ihre Zehen, und die nassen Haare rutschten ihr über das Gesicht. Angestrengt überlegte sie, was sie sagen sollte, doch ihr fiel nichts ein. Sie ballte die Fäuste und wappnete sich gegen seinen Griff.

Doch Abu Sayaf stand nur reglos vor ihr, wie sie an seinen Stiefeln erkennen konnte. Als er sich endlich bewegte, war es, um einen Schritt zur Seite zu gehen. Hastig sah Meliaé auf.

Er las ein Handtuch vom Deckel der Truhe und hielt es ihr hin. »Hier«, sagte er, »macht Euch anständig trocken.« Ohne ihm in die Augen zu sehen, griff Meliaé mit zitternden Händen nach dem Handtuch und schlug ihr Haar darin ein. Die Stiefel verschwanden aus ihrem Blickfeld, und wenig später knallte der Truhendeckel gegen die Wand.

Aufatmend zwängte sie sich am Tisch vorbei, hinüber zur anderen Seite der Kabine. Ihr Blick fiel auf das Bett, wo der Dolch und ihre Halskette zwischen den zerwühlten Bettfellen schimmerten. Ihr Herz setzte für einen Schlag aus. Rasch sah sie zur Truhe, wo Abu Sayaf immer noch mit dem Rücken zu ihr über den Rand gebeugt dastand. Offenbar suchte er nach trockener Kleidung.

Meliaé trat an das Bett und warf das Handtuch auf den Dolch. Und als Abu Sayaf in die Tunika schlüpfte, beugte sie sich vor und griff nach dem Stoff. Den eingewickelten Dolch vor die Brust gepresst, wich sie zur Tür zurück.

Abu Sayaf schlüpfte in den Sarrock und zurrte die Ärmelverschnürung fest.

Sie zwang sich, ruhig zu atmen. Was jetzt? Wenn es ihr gelang, ihn zu töten, würden die Wachen sie umbringen.

Lächelnd trat er ans Bett und nahm ihre Halskette von den Fellen auf. »Ihr glaubt doch nicht wirklich, mit einem Dolch etwas gegen mich ausrichten zu können?«

Als hätte er ihr einen Stoß versetzt, prallte Meliaé mit dem Rücken gegen die Tür.

Langsam kam er näher, in seinen Augen tanzten Spottdämonen. Die Kette mit dem Anhänger ließ er hin- und herpendeln. »Wenn dem so wäre, hätte ich wohl kein besseres Schicksal verdient als Euer Stadtgott.«

»Was wollt Ihr jetzt tun?« Ihre Rechte umklammerte den Dolchgriff nur umso fester. »Ich meine, mit mir. Was wird jetzt aus mir?« Ihre Knie zitterten unter ihrem Gewicht.

Abu Sayaf zuckte die Schultern und wickelte die Kette spielerisch um seine Hand. »Ich werde Euch allein lassen, damit Ihr ungestört schlafen könnt.«

Meliaés Füße schienen wie festgewachsen. Sie heftete den Blick auf seinen Leib. Sie müsste ihm die Klinge nur mit Wucht in den Magen rammen. Er würde sterben, so wie er es verdient hatte. Auch er war nur aus Fleisch und Blut. Doch die Vorstellung, wie er sich blutend vor ihr auf dem Boden wand, schien ihr unerträglich. Sie konnte das nicht tun.

»Wollt Ihr erfahren, wie es um Euren Vater und Bruder bestellt ist?«

Sie sah ihm ins Gesicht. »Geht es den beiden gut?«, flüsterte sie.

Mit schräg gelegtem Kopf betrachtete er die Kette in seiner Hand, wie um sie noch etwas länger zappeln zu lassen. Schließlich begegnete er wieder ihrem Blick. Die Selbstgefälligkeit war aus seiner Miene gewichen, seine Augen blickten kalt. »Die beiden sind am Ende. Und doch gibt Euer Vater nach wie vor nicht preis, wo sich das Siegel befindet. Oder was es mit diesem Artefakt überhaupt auf sich hat. Er weigert sich, darüber zu sprechen, wie sich die strahlenden Mächte des Glarnsteins brechen lassen. Das allein ist der Grund, warum wir ihn verhören. Aber er redet nicht, ganz gleich, was man ihm antut. Warum ist das so, Meliaé? Warum schweigt er? Wieso hält er das so lange durch?«

Die hochgewachsene Gestalt Abus Sayafs verschwamm in Tränen. Angestrengt blinzelte Meliaé dagegen an.

Er trat noch näher und streckte die Hand aus. »Gebt mir den Dolch.«

Durch ihre Glieder rann flüssiges Blei, kraftlos fielen ihre Arme hinab. Das Handtuch landete zu ihren Füßen. Den Dolchgriff aber hielt sie weiter fest. »Die beiden sind am Ende«, hatte er gesagt. Sollte das heißen, sie würden sterben? Waren ihre Knochen unter der Folter zerbrochen? Was hatte man ihnen angetan? Meliaés Vorstellungskraft reichte nicht aus, um es sich auszumalen.

Ohne Hast streckte Abu Sayaf seine gebräunte Hand nach ihrer Faust aus, die den Dolchgriff umklammerte, und umschloss sie mit kräftigen Fingern. »Was fürchtet Euer Vater mehr als den Tod? Und was ist ihm wichtiger als sein Sohn?« Allmählich verstärkte er den Druck, bis ihre Fingerglieder taub vor Schmerz wurden.

Meliaé biss sich auf die Lippe und ließ den Kopf hängen.

Abrupt lockerte er den Griff und fing geschickt den Dolch, bevor er zu Boden fallen konnte. »Ich habe den Eindruck, er würde alles tun, um Euch zu schützen.« Er steckte den Dolch in den Bund seiner Hose und drückte ihr die Halskette in die schmerzende Hand. »Als ich ihm gesagt habe, dass der Satrap sein Weib heute Morgen hinrichten ließ, schien ihn das kaum zu berühren. Seine Sorge galt einzig Euch.« Sanft bog er ihre Finger um den Schmuck und schloss seine Hand darum. »Ich werde herausfinden, warum Ihr so wertvoll für ihn seid. Ich glaube nämlich, dass mehr dahintersteckt als reine Vaterliebe.«

Seine Worte schmerzten so sehr, dass Meliaés Schultern zu beben begannen. Wie konnte er so etwas sagen? Wie konnte er behaupten, dass es Vater nicht berührte, was mit Mutter geschehen war? Und warum erwähnte er Simos mit keinem Wort? »Sagt mir, was ich tun muss, um die beiden zu retten.« Ihre Stimme klang beschämend brüchig. »Gleich, was es ist, ich werde es tun.« Krampfhaft blickte sie auf die dunklen Stoppeln auf seinem Kinn.

Abu Sayaf zupfte an ihrer Hand, bis sie in seine Augen sah. »Findet das Siegel für mich. Falls es dieses Ding überhaupt gibt. Könnt Ihr lesen und schreiben, und seid Ihr der Sprache Eurer Ahnen kundig?«

Niedergeschlagen nickte sie.

»Gut. Morgen bringe ich Euch in die Bibliothek des Pantheons. Ihr werdet Schriften für mich heraussuchen, aus denen hervorgeht, wie man die magischen Kräfte des Glarnsteins bricht und welche Rolle das Siegel dabei spielt.«

Endlich brachte sie die Kraft auf, ihm die Hand zu entziehen. »Aber warum ist das bloß so wichtig für Euch? Jeder begehrt doch den Glarnstein gerade wegen seiner leuchtenden Kräfte.«

Seine Nasenflügel bebten, während er sie an den Oberarmen packte und sie von der Tür wegzog. »Seht mich an«, zischte er, und Meliaé gehorchte, obwohl sie am ganzen Leib zitterte. »Ich will die Geheimnisse der Gilde. Und Ihr liefert sie mir. Habt Ihr verstanden?«

In diesem Moment zerbrach etwas in ihr. Es war der Damm, der ihre Trauer im Zaum gehalten hatte. Mutter war tot. Nie wieder würden sie zusammen lachen. Vater und Simos aber lebten, und es war ihr egal, was sie tun musste, um sie zu retten. »Lasst meinen Vater und Simos frei. Jetzt gleich. Dann bringt mich in die Bibliothek, und ich verspreche, ich komme nicht eher wieder heraus, bis ich gefunden habe, wonach Ihr sucht!« Schluchzend ließ sie die Kette fallen und vergrub die Finger im Leder seines Sarrocks. »Lasst sie frei!«

Als sich seine massige Gestalt nicht bewegte, obwohl sie aus Leibeskräften an ihm rüttelte, stieg eine solche Hoffnungslosigkeit in Meliaé auf, dass ihre Arme schlapp hinabfielen. »Ich tue, was Ihr wollt«, flüsterte sie und zwang sich aufzusehen. Aber sie konnte ihn nicht wirklich sehen, nur einen dunklen Schemen, der sich gegen das Licht der Lampen abhob. »Ich halte still.« Sie ließ sich gegen ihn sinken, bereit, sich aufzugeben.

Abu Sayaf schlang die Arme um sie, und obwohl sein Griff nicht besonders fest war, meinte sie, in seiner Hitze zu ersticken. Sein Körper roch nach Schweiß und Holzorange, der Geruch nahm ihr den Atem. Meliaé presste die Wange gegen seine Brust, in der sein Herz zu ihrem Erstaunen laut und aufgeregt hämmerte.

Doch dann packte er sie und schob sie von sich. »Glaubt Ihr, ich hätte es nötig, mich einem Kind aufzuzwingen?«, herrschte er sie an, und ihre Wangen brannten vor Scham. Er griff in ihr Haar und bog ihren Kopf zurück. »Wenn Ihr nicht wollt, dass die beiden unter der Folter sterben, liefert Ihr mir besser, was ich fordere.« Brüsk schob er sie zum Bett, machte kehrt und riss die Tür auf. Auf der Schwelle verharrte er, ohne sich noch einmal umzudrehen. »Schlaft jetzt, Meliaé.«

Damit schlug er die Tür hinter sich zu. Meliaé sank nieder, wo sie stand, und presste sich die Hände vor das Gesicht.

Kapitel 6

Leichenzug

Durch die Sänfte ging ein Ruck, dann stand sie bis auf ein leichtes Schwanken still. Für einen atemlosen Moment blieb Meliaé liegen, um zu lauschen. Als sich nichts tat, stemmte sie sich in den Kissen hoch, und prompt hob sich ihr der Magen. Dieses verfluchte Mardom. Mühsam würgte sie die Übelkeit hinunter. Der Legat hatte sie aus dem Schlaf gerissen und ihr einen Becher Wein mit der Droge eingeflößt. Seine brutalen Finger schmerzten noch überall auf ihrem Kiefer.

Angewidert ließ sie den Blick an dem Mantel des Legaten entlanggleiten, in den sie gehüllt war. Der Lumpen stank nach Pferd und Schweiß. Sie löste die Fibel und streifte ihn von ihren Schultern. Dann beugte sie sich zur Schiebetür in der Mitte der Sänfte vor, um durch das rechteckige Ornamentgitter hinaus in die Dunkelheit zu spähen. Die nasskalte Seeluft, die durch die filigrane Schnitzerei strömte, wirkte wie Balsam für ihren geschundenen Magen, und die Übelkeit ließ nach.

Statt in die Bibliothek des Pantheons war sie auf ein anderes Schiff gebracht worden. Was hatte das zu bedeuten? Noch dazu zu so früher Stunde.

Im ersten Grau des Tages zeichneten sich schakalköpfige Krieger in schwarzen Mänteln und Rüstungen ab, die sich in zwei Reihen gegenüberstanden. Die Erkenntnis traf sie wie ein Schlag: Sie war auf dem Folterschiff. Abu Sayaf lieferte sie also doch an seinen Bruder aus. Deswegen auch das Rauschmittel. Sie sollte reden! Nur was sollte sie ihm über das Siegel erzählen? Sie wusste doch nichts. Die Benommenheit verflog.

Meliaé griff sich an den Hals. Es gelang ihr nicht, sich vorzustellen, in welchem Zustand Vater und Simos sich befanden. Plötzlich verdunkelte eine Gestalt das Ornamentgitter, und die Einstiegstür wurde zurückgeschoben. Es dauerte einen Moment, bis sie zwischen den Wangenklappen des Bronzehelms, der auf stilisierte Weise einen Schakalkopf darstellte, das Gesicht des Legaten erkannte.

Er beugte sich zu ihr herab. »Zieht den Mantel an und verhüllt Euer Haar so, wie es sich für ein Weibsbild geziemt, sonst setzt's was!« Damit stieß er sie in die Kissen zurück.

Meliaé stemmte sich erneut hoch. Als ob dieser Kerl eine Ahnung hatte, was sich geziemte! Und außerdem, was spielte es jetzt noch für eine Rolle, was sie anhatte? Mit ihren zitternden Händen brauchte Meliaé eine Ewigkeit, bis sie den Mantelstoff so drapiert hatte, dass ihr Haar darunter verschwand.

»Aussteigen!«

Den hingehaltenen Arm des Legaten ignorierend, rutschte sie zum Ausstieg hinüber. Zu beiden Seiten hielt sie sich am Holzrahmen fest und glitt mit den Füßen voran hinaus. Kaum stand sie auf ihren Beinen, taumelte Meliaé wie volltrunken gegen die Sänfte. Eine Böe riss ihr das Manteltuch vom Kopf, und die Regentropfen stachen ihr wie Eisnadeln ins Gesicht.

»Reißt Euch zusammen!« Der Legat zerrte ihr den schweren Stoff wieder über den Kopf und schüttelte sie wie einen ungehorsamen Hund.

»Wie denn? Wenn Ihr mich mit Wein und Mardom abfüllt, kaum dass ich die Augen aufschlage!«

Jemand packte sie bei den Schultern, drehte sie um, und sie sah sich einem Aŝhāk gegenüber, der in einer eng an den Körper geschnallten Lederrüstung steckte. In der Mitte seines Brustpanzers prangte eine Bronzescheibe mit dem dreiköpfigen Schakal. Sie musste sich zwingen, den Kopf zu heben, um ihm ins Gesicht zu sehen, doch statt einer Schakalfratze erkannte sie hinter dem Nasensteg des Helms Abu Sayafs ebenmäßige Züge. Er sah mitgenommen aus. Unter seinen Augen lagen Schatten, als hätte er nicht geschlafen.

»Was passiert jetzt mit mir?«, stieß Meliaé hervor.

Statt ihr zu antworten, nahm er den Helm ab und übergab ihn seinem Legaten. Dann packte er sie am Arm und zog sie an der Reihe von Aŝhāk vorbei, hinüber zu einem von Säulen getragenen offenen Gang unter dem Oberdeck. Dort, vor Wind und Regen geschützt, baute er sich mit gekreuzten Armen vor ihr auf. »Ich will Euch erst etwas zeigen, dann erfahrt Ihr, was ich mit Euch vorhabe.«

Meliaé tastete nach einer Säule und hielt sich daran fest. Die Kälte, mit der er sprach, erschreckte sie. Letzte Nacht hatte er sie angelogen. Nun würde er ihr zeigen, was die Folterknechte Vater und Simos angetan hatten, und dann würde er sie verhören. Und wenn sie nichts Brauchbares ausspuckte, würde er sie der Folter überlassen.

Er ließ die Arme fallen. »Was habt Ihr?«

Sie starrte ihn nur an.

Da glitt ein mürrisches Lächeln über seine Züge. Er schüttelte den Kopf. »Ihr glaubt, ich würde Euch nun doch meinem Bruder überlassen. Nein, das hier ist mein Schiff, meine Kontere.«

Mühsam schluckte Meliaé. Warum sprach er nicht weiter, warum sah er sie nur so seltsam an? Hinter seiner gerunzelten Stirn schien ein Sturm von Gedanken und Gefühlen zu wüten. Seine Miene verfinsterte sich noch mehr, doch sie glaubte auch Besorgnis darin zu lesen. Sie senkte den Blick. Irgendetwas Schlimmes war passiert. Aber sie brachte nicht den Mut auf, ihn danach zu fragen.

Er trat vor sie hin, schob ihr das Manteltuch aus dem Gesicht und legte ihr seine Hand an die Wange. Seine Haut glühte. Flach atmend hielt sie den Blick gesenkt.

»Ich möchte nur, dass Ihr etwas beobachtet.« In seiner Stimme lag ein Schwanken.

Ihr rann ein Schauer über den Rücken, das ungute Gefühl wuchs.

»Aber ich will nicht, dass Ihr dabei vom Pier oder von anderen Schiffen aus gesehen werdet. Dass sich herumspricht, wo Ihr seid. Deswegen soll der Mantel Eure Züge verdecken. Verstanden?« Er zupfte ihr den Mantelstoff wieder über das Gesicht.

Mit einem bangen Ziehen im Magen sah Meliaé ihn an. Sie brannte darauf zu erfahren, was er ihr zeigen wollte. Aber noch viel mehr interessierte es sie, was auf einmal mit ihm los war. Und warum er nicht wollte, dass bekannt wurde, wo sie war. Zumal der Hafen um diese Zeit doch wie ausgestorben dalag. Wer sollte sie sehen? Sie nahm all ihren Mut zusammen: »Sagt, warum soll denn niemand erfahren, wo ich bin?«

Die Muskeln an seinem Kiefer spannten sich. Statt auf ihre Frage einzugehen, hielt er ihr nur die Armbeuge hin. Irritiert schüttelte sie den Kopf. Aber da griff er schon nach ihrer Hand und legte sie sich über den Arm. »Folgt mir.«

Seine Miene war wieder verschlossen und verbat jede weitere Erkundigung. Die Wärme seiner Finger durchdrang sie. Es war ein merkwürdiges Gefühl, Schauer rannen ihr über den Rücken. Ohne ihre Hand loszulassen, zog er sie mit sich.

Als sie aus dem Säulengang traten, schlugen ihnen Wind und Regen entgegen. Meliaé überging das trotzige Verlangen, sich ihm zu entziehen. Seine sonderbare Stimmung machte ihr Angst.

Zielstrebig marschierte Abu Sayaf mit ihr zu dem Gefechtsturm, der sich vor dem hochgezogenen Schiffsbug erhob. Meliaé musste sich anstrengen, um mit seinen weiten Schritten mitzuhalten. Aber dann schien er sich zu besinnen und wurde langsamer. Vor der Reling neben dem Aufgang zu einem Turm hielt er an und schob sie zu der Brüstung.

Von hier aus war fast das ganze Hafenbecken zu überblicken. Im Osten über dem Meer durchbrach ein erstes Gleißen die dunklen Wolkentürme. Auf dem Kai und den Pieren herrschte überraschende Geschäftigkeit. Neben Lastenkarren, Seeleuten und berittenen Aŝhāk schien trotz der frühen Stunde bereits die halbe Stadt unterwegs zu sein. Allen voran die Stadtwachen, dazu eine Schar Ratsbeamte nebst einem Paradevierspänner der Gerusia, auf dem zwei Geronten standen, die die Standarte des Königshauses hielten.

Meliaé klappte der Mund auf. Was war da los?

Abu Sayaf deutete zu der anderen Kontere hinüber. »Das Schiff meines Bruders. Wir beide werden diese Kolosse nach Hause segeln.« Er drehte Meliaé zu sich um und sah ihr in die Augen. »Und Ihr werdet mich begleiten. Als meine Gemahlin.«

Ihr entfuhr ein Lachen. »Was?« Sie musste sich verhört haben. Das oder ihr überdrehter Verstand spielte ihr einen Streich. Heftig schüttelte sie den Kopf.

»Nach dem, was sich heute Nacht ereignet hat, sehe ich keine andere Möglichkeit, als Euch zu heiraten. Andernfalls müsste ich Euch an meinen Bruder ausliefern, und dann habe ich keine Möglichkeit mehr, Euch zu beschützen.«

Mit einem Mal schien der kalte Wind ungehindert durch ihren Mantel zu dringen. Meliaé schlang die Arme um sich, ihre bebenden Lippen suchten nach Widerworten, während ihr Verstand fieberhaft einzuordnen versuchte, was Abu Sayaf da andeutete. Ihr Blick hetzte das Deck entlang zu den Aŝhāk, die sich noch immer in zwei Reihen gegenüberstanden. Sie saß in der Falle.

Ihr Kopf flog zu Abu Sayaf herum. »Bringt mich zu Eurem Bruder. Ich erkläre ihm, dass ich nichts über das Siegel weiß. Ich verspreche ihm, die ganze Bibliothek für ihn auf den Kopf zu stellen. Aber dafür muss er mich zu meinem Vater und Simos lassen.« Mit den Augen flehte sie ihn an.

Abu Sayaf setzte zum Sprechen an, doch dann schloss er den Mund und deutete nur über die Reling. »Seht dort hinüber und beobachtet, was passiert. Alles Weitere erkläre ich dann.«

Meliaé presste die Lippen zusammen, um nicht zu widersprechen. Sie musste ihn dazu bewegen, sie zu Vater und Simos zu lassen. Wenn es sein musste, würde sie sich vor ihm zu Boden werfen und ihn auf Knien anflehen. Sie zwang sich zu einem gehorsamen Nicken, dann drehte sie sich zur Brüstung herum.

Auf dem Pier vor der anderen Kontere trafen der Vierspänner, die Stadtwachen und Ratsbeamten ein, während es auf dem Deck des riesigen Schiffs plötzlich nur so von Ašhāk und northanischen Seeleuten in Fellumhängen wimmelte. Die Ašhāk marschierten die Laderampe hinab und bauten sich auf dem Pier auf. Sie standen da wie eine Mauer und versperrten den Männern von Glarnos den Zutritt zum Schiff.

Die Geronten zogen sich mit ihren Beamten zurück und berieten sich eine Weile. Schließlich wagten sie sich in Begleitung der Stadtwachen vor die Ašhāk. Ihre behutsamen Gesten verrieten, dass sie zu verhandeln versuchten. Doch die Ašhāk gaben sich unnachgiebig, sie ließen sich nicht dazu herab, auch nur ein Wort mit den Geronten zu wechseln.

Meliaé sah sich nach Abu Sayaf um. »Warum will niemand von Euren …«

»Ihr sollt hinsehen!« Er packte sie bei den Schultern, sodass sie sich nicht mehr abwenden konnte. »Ihr werdet Euch jetzt von Eurem Vater und Eurem Bruder verabschieden.«

»Was?« Meliaé wand sich in seinem Griff. Wie meinte er das? Er schlang die Arme um sie und hielt sie fest. Mit dem Rücken stand sie gegen ihn gepresst, sie bekam keine Luft mehr.

»Sieh hin, Meliaé«, raunte er an ihrem Ohr, und sie war so starr vor Entsetzen, dass sie gehorchte.

Auf der Laderampe der Kontere erschien ein Kentaur, ein Hüne seiner Art, mit Augenbinde und rotem Zopf. Die Ašhāk auf dem Pier bildeten eine Gasse für ihn, und auch die Beamten und Stadtwachen wichen zurück.

Zwei weitere Kentauren betraten die Laderampe, die Haut ebenso dunkel wie ihre Pferdeleiber. Sie hatten Geschirre angelegt und zogen Holzbahren hinter sich her, auf denen sich in Leinen gewickelte Körper stapelten.

»Nein!« Meliaé wurden die Knie weich, ihr Verstand weigerte sich anzuerkennen, was sich da vor ihren Augen abspielte.

»Es tut mir leid.« Warmer Atem drang durch den Mantelstoff an ihr Ohr. »In der Nacht hat ein Meuchler ein Blutbad unter den Geiseln angerichtet.« Abu Sayafs Griff lockerte sich, und während Meliaé sich noch immer nicht rühren konnte, drehte er sie zu sich um. »Euer Vater und Euer Bruder sind gemeinsam mit König Medon und seiner Familie gestorben.«

Sie konnte nur auf seinen verkniffenen Mund starren, dann schien etwas in ihr zu bersten. Wie ein Krug, der einen Sprung bekam, weil ihn jemand zu fest aufgesetzt hatte. Hektisch schlug sie nach seinen Händen, und als er sie unvermittelt losließ, taumelte sie gegen die Reling.

Nein. Er log. Er erfand all das nur, um sie kleinzukriegen. Sie kehrte ihm den Rücken zu, umklammerte die nasse Brüstung und sah erneut zum Pier hinüber.

Dort bahnten sich bronzebeschlagene Leichenfuhrwerke den Weg durch die Menge. Der rote Kentaur versagte den Männern von Glarnos mit einem Kopfschütteln, ihre Toten in Empfang zu nehmen. Zwei weitere Pferdemänner kamen die Rampe hinab und verluden die Leichen auf die Fuhrwerke.

Doch, es war die Wahrheit, Vater und Simos waren unter den Toten. Warum sonst zeigte sich Abu Sayaf so betroffen? Er war nun seiner Geiseln beraubt. Meliaé presste sich die Faust gegen den Mund und blickte nach unten, wo das Hafenwasser dunkel gegen den Schiffsrumpf wogte. Nur ein Schritt trennte sie davon, ihre Familie im Schattenreich wiederzusehen. Außer Qualen hatte sie in dieser Welt so oder so nichts mehr zu erwarten.

Sie kniff die Augen zu. Sie brauchte sich bloß über die Brüstung zu werfen. Das Meer war eiskalt. Der Mantel würde sich vollsaugen und sie in die Tiefe ziehen.

Meliaé stieß den Atem aus und warf sich mit einem Ruck nach vorne. Doch statt vornüberzukippen, schlangen sich Abu Sayafs Arme um sie, und er riss sie zurück.

Sie strampelte und bohrte ihm die Nägel in den Handrücken. Aber er ließ sie nicht los. Stattdessen schleppte er sie zur Wand des Gefechtsturms und stieß sie dagegen. Dann war sie gefangen zwischen dem Holz und seinem Körper. »Ich gehe der Sache auf den Grund. Und wenn ich den Meuchler habe, nagle ich ihn ans Kreuz.« Sein Bart kratzte an ihrer Wange.

»Bringt mich zu Eurem Bruder!«, schrie sie und bohrte ihre Fingernägel in das Holz. »Er war es, der sie alle umgebracht hat. Bringt mich zu ihm, ich will auch sterben.«

Sie wurde herumgerissen, dann explodierte eine Ohrfeige in ihrem Gesicht. Ihr Kopf schlug gegen die Wand, Meliaé schmeckte Blut, und sie sackte zu Boden. In ihrem Kopf drehte sich alles, verschwommen sah sie Abu Sayafs dunkle Umrisse. Er hatte sich umgedreht und winkte jemanden herbei. Dann bückte er sich und zog sie hoch.

Fest an sich gedrückt, trug er sie eine steile Treppe hinunter in einen schwach von Öllampen erhellten Gang. Jemand ging vorneweg, schwere Schritte polterten auf den Planken.

Eine Tür wurde aufgestoßen, und Abu Sayaf trug sie an einem mit Karten übersäten Tisch vorbei, hin zu einem Bett mit blauen Vorhängen. Auf der Decke legte er sie ab. Sie rollte sich zusammen.

»Ruht Euch aus!« Seine Stimme klang atemlos. »Um Mitternacht reiten wir zum Pantheon. Eure Eltern werden dort dem

Feuer übergeben. Anschließend entrichte ich der Gerusia das Brautgold für Euch.«

Abu Sayaf sprach noch weiter, aber Meliaé presste das Gesicht in die Decke. Sie wollte nichts mehr hören. Bis zum Abend würde sie einen Weg finden, ihr Leben zu beenden. Was auch geschah, sie würde nicht mit ihm nach Aššu gehen.

Wie lange sie so dalag, wusste sie nicht. Auf einmal hörte sie Metallschnallen klirren und Leder knirschen. Erschrocken sah sie auf.

Abu Sayaf hatte Mantel und Brustpanzer abgelegt. Und während er die Verschnürung seines Sarrocks löste, sah er auf sie herab. Dieser Teufel. Jetzt würde er auf das zurückkommen, was sie ihm gestern Nacht angeboten hatte.

Meliaé warf sich herum, um zur anderen Bettseite zu entkommen, aber unter ihr senkte sich die Matratze. Im nächsten Moment hatte er sie gepackt und begrub sie unter sich. Die Mischung aus Schweiß und Holzorange, die er ausdünstete, raubte ihr den Atem. »Hör mir zu. Sei doch vernünftig. Ich tue doch schon alles, was ich kann, um dir zu helfen«, zischte er durch die Zähne.

»Helfen?«, keuchte sie. »Töte mich. Das würde mir helfen!«

Mit der freien Hand packte er sie am Hals, dann schlug seine Stirn gegen ihre, und sein Mund erstickte ihren Schrei. Erst saugte er an ihrer Unterlippe, und als sie nach Luft japste, drang er mit der Zunge ein.

Beherzt biss sie zu, und mit einem Aufschrei riss er den Kopf zurück. Seine Augen funkelten wie die eines hungrigen Tiers, und der Griff um ihre Kehle verstärkte sich. In der Erwartung, dass er ihr nun etwas Schreckliches antun würde, kniff sie die Lider zu.

Aber Abu Sayaf rührte sich nicht. Sein Atem fegte über ihr Gesicht, und der Druck seiner Finger auf ihre zum Zerreißen gespannten Halssehnen ließ allmählich nach. Leise zischte er ein aššunisches Wort, dann löste er sich von ihr. Die Matratze hob sich mit einem Ächzen.

Meliaé kämpfte gegen die Starre, die sie befallen hatte. Mit aufgerissenen Augen sah sie ihn an.

Langsam bückte sich ihr Peiniger nach seinem Mantel und legte ihn über seinen Arm. Mit dem Handrücken wischte er sich das Blut von den Lippen und deutete mit dem ausgestreckten Finger auf sie. »Ein falsches Wort zur falschen Person, und ich kann nichts mehr für Euch tun. Ich stehe zu meinem Teil der Abmachung: An meiner Seite seid Ihr sicher. Das Einzige, was ich dafür als Gegenleistung erwarte, ist das, wofür Euer Vater starb. Das Siegel.«

Ohne ihre Reaktion abzuwarten machte er kehrt und stürmte aus der Kabine.

Kapitel 7

Der Meuchler im Götterhain

Miltiades folgte dem in der Dämmerung schimmernden Marmorweg, der an den Mauern des Xernklosters entlang in den Götterhain führte. Über langen weißen Untergewändern trug er das blaue Manteltuch der Gerusia. Im feinen Tuch eines Geronten herumzulaufen, war weitaus angenehmer, als in den Lumpen eines Seefahrers. Miltiades' Blick schweifte über die bis auf den Boden hängenden Äste der Amiantbäume. Die Kaskaden aus Zweigen und weißgrünem Laub rauschten im Wind. Vermutlich hockte Brevenors Meuchler hier irgendwo auf einem der Bäume und beobachtete ihn.

Ärger über sich selbst wallte in Miltiades auf. Es war ein Fehler gewesen, Brevenor zu bitten, Dryad auf die Geiseln anzusetzen. Dem Kerl war nicht zu trauen, dazu kochte er zu gern sein eigenes Süppchen.

Miltiades sog die kalte Luft durch die Nase, um Witterung aufzunehmen. Doch aus dem, was der Wind mit sich führte, stachen nur die Ausdünstungen der Kentauren hervor. Im nächsten Moment sah er sie auch schon: hohe Pferdegestalten unter den Ästen eines Baums. Drei Kentaurenkrieger, die ihre Beidhänder auf den Rücken gegurtet trugen. Der größte und sehnigste der drei trat auf ihn zu. Für einen Sohn der Steppe hatte er ein recht ansehnliches Gesicht. Sein Haar war kurz und dunkel, und seine Ohren liefen spitz zu.

»Miltiades?«

»Der bin ich.«

»Wir haben den Sohn des Gilde-Ersten.« Er legte den Kopf mit einem Grinsen schief und verschränkte die Arme vor der Brust. »Wenn wir durch ihn an das Siegel gelangt sind, werden wir sehen, was es den Sultanssöhnen wert ist. Ihr werdet also einige Schaufeln Gold drauflegen müssen, wenn Ihr ihn wiederhaben wollt.«

Miltiades entfuhr ein Schnauben. »Und warum habt ihr nicht auch den Gilde-Ersten befreit?«

»Für den Mann war es besser, mit seinem König zu sterben. Aus seinen Schwären ist ja schon das Gewürm gekrochen. Der wäre uns auf dem Weg über die Pässe doch nur verreckt.«

Aufstöhnend schloss Miltiades die Augen. Brevenor wusste, dass er den Gilde-Ersten hätte heilen können, ganz gleich, was aus seinen Wunden gekrochen kam. Es gab nur einen Grund, warum sich Brevenor nicht an die Abmachung hielt: Es vereinfachte die Sache erheblich, nur eine Geisel aus dem Land zu schaffen. Hinzu kam, dass er hinter dem Siegel eine noch fettere Beute witterte.

Miltiades hob die Schultern. »Tut mir leid, aber mit nur einer Geisel kommen wir nicht ins Geschäft. Bestellt eurem Jarl und Heerführer das von mir. Der Junge besitzt für Najadís keinen Wert, jedenfalls keinen, der es rechtfertigen würde, einem Goldboten eine derart gefahrvolle Reise zuzumuten.«

Ein Rascheln in der Baumkrone ließ Miltiades nach oben blicken. In einer Astgabel, beinahe unsichtbar in dem Gewirr aus Luftwurzeln und Blattwerk, saß ein drahtiger Mann, nackt bis auf den Lendenschurz. Seine Haut hatte die Farbe und Musterung der silbrigen Amiantbaumrinde angenommen. Das nackenlange Haar klebte mit einer dunkelgrünen Paste beschmiert an seinem Kopf.

»Oh, Dryad, nun wundert mich gar nichts mehr. Aber ich

muss dich enttäuschen, du hast deinen Jarl denkbar schlecht beraten.«

Im Zwielicht blitzten Dryads Zähne auf. »Ach, woher denn, ich berate meinen Fürsten nie schlecht.« Mit einem Kichern ließ er sich nach hinten kippen und kopfüber aus den Zweigen schwingen. »Der Junge ist also wertlos, behauptest du. Nun, wir werden sehen. Aber ich will dir dennoch ein Angebot machen. Möglicherweise kommen wir ja doch noch ins Geschäft.«

Miltiades gab ein Glucksen von sich, von dem er hoffte, dass es wie eine amüsierte Regung klang. »Ich wüsste nicht, womit.«

Wieder kicherte es aus dem Geäst. »Ich bin ungesehen auf Khayams perfekt bewachtes Folterdeck gekommen, da sollte es doch ein Leichtes werden, die Wachen vor Abu Sayafs Schlafgemach auszuschalten. Bezahl mich, und ich hole dir die Kleine, die Tochter des Gilde-Ersten. Hinter der bist du doch her? Irgendetwas sagt mir, dass sie ziemlich wertvoll für dich ist.«

»Danke für das Angebot, Dryad, aber ich habe kein Interesse. Hier gibt es nichts mehr, was für Najadís noch von Belang wäre.« Miltiades machte Anstalten, dem Kentauren auszuweichen, der die Hände in die Seiten stemmte.

»Hiergeblieben, Alter!« Der Pferdemensch tat einen Schritt auf ihn zu.

Betont langsam sah Miltiades an ihm empor. »Geh mir aus dem Weg.«

Die Hand des Kentauren schnellte vor. Doch bevor er Miltiades an der Kehle zu packen bekam, riss der die Hände hoch und zischte ein Wort der Macht.

Die magische Druckwelle, die Miltiades aus den Handflächen drängte, ließ ihn selbst zurücktaumeln. Dem Kentauren aber flog der Kopf mit einem Knirschen verdreht zur Seite. Ein erstickter Laut entrang sich ihm, seine Flanken zitterten, dann knickte er mit den Hinterläufen ein und ging zu Boden. Die beiden anderen Kentauren stürzten herbei, um nach ihm zu sehen.

Miltiades sah zu Dryad empor. Für einen Moment war er versucht, auch ihn mit einem magischen Schlag aus dem Geäst zu holen. Aber da zogen die beiden Kentauren schon ihre Schwerter und bauten sich mit stampfenden Hufen vor ihm auf.

»Lasst stecken, Jungs!«, zischte Dryad. »Wer soll nachher dem Heerführer Meldung machen?«

Bedächtig nickte Miltiades. »Mir scheint, es wird immer fraglicher, ob ihr hier noch mit heiler Haut herauskommt.«

Obwohl die Kentauren sichtlich um Fassung rangen, steckten sie ihre Schwerter weg.

Miltiades sah hinauf zu Dryad. »Also schön, möglicherweise komme ich ja doch noch auf den Jungen zurück. Nehmt ihn mit und behandelt ihn gut.« In Militades' Mundwinkel schlich sich ein Lächeln, dann machte er kehrt und ging davon.

Kapitel 8

Der Hai in der Zisterne

Vom Götterhain trat Miltiades in den Arkadengang, der die Zeremoniensäle des Pantheons mit den Schreibsälen der Bibliothek verband. Unwillkürlich stockte er. In einer windgeschützten Ecke saßen sich zwei Aŝhāk an einem Brettspieltisch gegenüber, neben sich eine wärmende Feuerschale. Mit in die Klauen gestützten Schnauzen brüteten sie über ihren Spielsteinen.

Miltiades ging weiter. Kahl geschoren und im Gewand der Gerusia, bot er den gleichen Anblick wie jeder andere aus dem Hohen Rat. Die Aŝhāk würden keinen Verdacht schöpfen. Mit gesenktem Haupt passierte er die Wachen, um einige Säulen weiter in den Flur abzubiegen, der zum Schreibsaal von Geront Kylon führte.

In dem von Öllampen und Glarnsteinlaternen erhellten Saal erschlugen ihn die Gerüche beinahe: traniger Schweiß, Flatulenz und saurer Wein.

»Ah, Miltiades, da seid Ihr ja!« Kylon umfasste seinen ausladenden Bauch mit beiden Händen und erhob sich aus dem Lehnstuhl hinter seinem Arbeitstisch. In den fast sieben Dekaden seines wohlhabenden Lebens war er zu einem der unansehnlichsten Vertreter seiner Art verkommen. Der Leib eine unförmige Masse, die Haut grob und grau und die Zähne gelbe Ruinen. Ächzend bückte sich Kylon nach einer Holzkiste und stellte sie auf seinen Stuhl. »Gebt mir einen Augenblick.«

Angewidert blickte Miltiades auf den Arbeitstisch. Inmitten von Tontafeln, Schriftrollen und Papyrusblättern standen schmutziges Geschirr, ein Weinkrug und zwei Trinkkelche. Dazwischen waren Brotkrumen und Dattelkerne verstreut.

Miltiades nahm eine der tönernen Schrifttafeln zur Hand, die Kylon gerade so sorgsam in Leinentücher wickelte, um sie in der Kiste zu verstauen. Die viertausend Jahre alten Schriftzeichen darauf muteten wie die Fußabdrücke von Seevögeln in nassem Sand an. Sollten die Sultanssöhne ihre Zeit ruhig mit dem Übertragen dieser Verse ins Neutharische vergeuden. Das Geheimnis des Gildesiegels erschloss sich ihnen damit noch lange nicht.

»Was ist mit dem Sohn des Gilde-Ersten? Konntet Ihr etwas über ihn in Erfahrung bringen?«

Unbehagen ergriff Miltiades. Es war an der Zeit, Kylons Platz in der Gerusia einzunehmen. Deswegen hatte er ihn aufgesucht. Aber um in Kylons Haut schlüpfen zu können, musste er erst die Gestalt des Northaners ablegen. Angeekelt musterte Miltiades den fettleibigen Geronten und reichte ihm die Tontafel über den Tisch.

»Dann ist der Junge also doch tot.« Bedauernd schüttelte Kylon den Kopf. Das Schweigen hatte er gründlich missverstanden.

»Nein, er lebt. Der Kentaurenfürst Brevenor hat ihn aus der Stadt schaffen lassen«, stellte Miltiades richtig. Das Schicksal verhöhnte ihn. Nie hätte er gedacht, dass er es einmal bedauern würde, das grobschlächtige Aussehen des Northaners abzulegen.

Mit einem Seufzer der Erleichterung hob Kylon die Kiste von seinem Stuhl und watschelte damit zu einem der Tische im Halbdunkel weiter hinten im Saal, wo noch andere dieser Art standen, und stellte sie daneben ab. »Nach all den Katastrophen endlich mal eine gute Nachricht. Wir holen ihn zurück, sobald diese Barbaren vertrieben sind!«

Miltiades schwieg dazu. Kylons Hoffnung würde mit ihm sterben.

Als er die Kiste abgestellt hatte, zog Kylon einen Stuhl für Miltiades heran. »Setzt Euch, darauf trinken wir einen, auch wenn die jüngsten Ereignisse wahrlich keinen Anlass bieten.« Der Weinkrug schlug klirrend gegen die Kelche, so sehr zitterten Kylons Hände beim Ausschenken. »Leider habe ich alles andere als erfreuliche Neuigkeiten.«

Den hingeschobenen Weinkelch ignorierte Miltiades. Mit einem Mal roch er Angst. Interessiert beugte er sich vor.

»Der Heeresfürst will Meliaé zum Weibe!«, schnaubte Kylon abfällig und stürzte den Wein in einem Zug hinunter.

»Was?«, entfuhr es Miltiades.

»Das hat das einfältige Ding nun davon zu behaupten, die alten Schriften übersetzen zu können. Sie hat wohl geglaubt, es reicht, ihm schöne Augen zu machen. Lasst Euch gesagt sein, für diesen Schwindel geht sie auf den Scheiterhaufen!«

Miltiades zwang sich zur Ruhe. Das verworrene Gefasel fing an, ihn wütend zu machen.

Matt sank Kylon in seinen Stuhl zurück. »Und am Ende dieses tragischen Lieds bin ich ebenso verloren wie die alten Schriften. Mich will der Heeresfürst nämlich auch mit nach Aššu nehmen.«

»Was ist mit Meliaé? Wo ist sie jetzt, wann wird sie hergebracht?«

Kylon umklammerte den Weinkelch, sein Blick ging ins Leere. »Stellt Euch vor, diese Barbaren zwingen mich, vor dem Pantheon die Feuerzeremonie abzuhalten. Der weiße Platz wird für alle Zeiten ruiniert sein! Die Götter werden uns zürnen.« Wieder kippte er den Wein hinunter.

»Was ist mit Meliaé, wo ist sie jetzt?«, zischte Miltiades erneut. In seinem Kopf begann es heiß zu pulsieren. Kylon würde leiden, bevor der Tod ihn erlöste.

Mit glasigem Blick sah Kylon ihn an. »Noch ist sie auf dem Schiff des Heeresfürsten. Zur vierten Stunde nach Sonnenuntergang bringt er sie hierher, dann soll ich die Totenfeuer entzünden und anschließend die Vermählung in der Brauthalle vornehmen. Der Satrap…«

»Brauthalle«, murmelte Miltiades und blendete das Geschwätz des Geronten aus. Einige Säle des Pantheons waren genau wie die Villa der Gilde über geheime Gänge mit der Zisterne der Stadt verbunden. Und von dort gab es einen Weg ins Meer. »Was ist mit dem Stollen zwischen Brauthalle und Zisterne? Wissen die Sultanssöhne davon?«

Kylon brauchte mehrere Ansätze, bis er ein Wort herausbekam. »I-Ihr wollt Meliaé aus der Brauthalle entführen? A-Ausgeschlossen, das dürft Ihr nicht! Der Heeresfürst…«

»Was ist mit dem Gang?«

»Die Aššuner wissen davon. Im Verbindungsstollen haben sie die Leichen der Xernbrüder entdeckt!«

»Gibt es von hier aus einen Zugang?«

Einen Moment lang druckste Kylon herum, dann nickte er nur.

»Gut, zeigt mir den Weg!«

Der schwere Mann stemmte sich mit einem Ächzen aus dem Stuhl empor. Doch Miltiades war sitzen geblieben, ihm war noch etwas eingefallen. »Wartet! Wo bewahrt Ihr die Schatulle mit dem Blasrohr und der Giftphiole auf?« Gespannt hielt er den Atem an.

Der Geront, der ihm den Rücken zugewandt hatte, war erstarrt. »Das Gift?« Erstaunlich behände fuhr er herum. »Bei den Göttern, was wollt Ihr denn damit?«

Miltiades hob die Brauen. »Daraus schließe ich, Ihr seid noch in seinem Besitz.«

Die Hände des Geronten umklammerten die Stuhllehne, steif nickte er.

Ein Lächeln schlich sich in Miltiades' Mundwinkel. »Hat es Euch gute Dienste erwiesen?«

»O ja.« Kylon kniff die Lippen zusammen.

Misstrauisch verengte Miltiades die Augen. »Ihr habt doch nicht alles für Eure Belanglosigkeiten verschwendet?«

»Wo denkt Ihr hin.« Der Geront ging zu einer unscheinbaren Kommode, die hinter seinem Arbeitstisch stand. Wenig später stellte er eine schwarz schimmernde Schatulle aus Hämatit auf den Tisch.

Miltiades zog sie zu sich heran und löste den goldenen Verschluss. In den Deckel war ein Wappen mit sich windenden Schlangen eingeschnitzt. Er hob ihn an. Eingebettet in schwarze Rochenhaut lag ein silbernes Blasrohr, darüber steckte eine Phiole aus Obsidian. Vorsichtig und ohne sie herauszuheben, entkorkte er die Phiole, um sich davon zu überzeugen, dass sie noch genügend von der perlmuttschillernden Flüssigkeit enthielt. Erleichtert verschloss er Phiole und Schatulle.

Schnaufend hielt Kylon vor einem weiteren deckenhohen Regalgang mit tönernen Schriftrollenkrügen an. »Dort!« Er hob die strahlende Glarnsteinlaterne an, und Miltiades erblickte einen Wandteppich am Ende des Gangs.

Rasch ging er darauf zu, während Kylon mit schlurfenden Schritten folgte. Die Farben der Knüpfarbeit waren im Schmutz der Jahrhunderte ertrunken. Nur mehr schemenhaft war das Bildnis einer bis zu den Hüften zur Schlange gewandelten Tioné zu erkennen.

Miltiades zog den Teppich von der Wand und schlüpfte dahinter. Muffiger Staub schlug ihm entgegen, kroch ihm in Mund und Nase. »Wo bleibt das Licht?«, presste er zwischen den Zähnen hervor. Währenddessen ertastete er die eisenbeschlagene Holztür und ihre Verriegelung. Er schob den Bolzen zur Seite. Dann warf er sich gegen die Tür, die ruckelnd und knirschend über den Boden schrammte. Kühle und modrige Luft schwappte ihm entgegen.

Kylon lupfte den Wandteppich, und das Strahlen des Glarns trieb die Finsternis in den Stollen zurück. »Ihr solltet ohne mich weitergehen, ich halte Euch doch nur auf!«

Miltiades drehte sich herum. »Ihr begleitet mich!« Die hingehaltene Laterne übersah er geflissentlich.

»A… aber die Wachen. Sie tauchen bestimmt gleich auf, um mich zur Feuerzeremonie abzuholen.« Aus jeder Pore verströmte Kylon nun Furcht.

»Wir werden nicht lange brauchen, Ihr werdet rechtzeitig zurück sein.« Die Angst des Geronten erregte Miltiades. Dem Fettwanst schien langsam zu dämmern, wie leichtsinnig es war, einem Najaden zum Wasser zu folgen.

»Ich bin zu alt, um mich da hinunterzuquälen!«

»Ihr meint wohl zu fett!« Miltiades versetzte ihm einen Rempler. »Los, bewegt Euch, ich will keine Ausflüchte mehr hören!«

Kurz zögerte Kylon noch, dann zwängte er sich in dem engen Gang murrend an Miltiades vorbei. Dabei tastete er mit einer Hand nach der Felswand, hob mit der anderen die Lampe und blickte auf die flachen Tritte, die hinab in die Finsternis führten. Vorsichtig schob er die Füße Schritt um Schritt voran.

Miltiades zwang sich, langsam zu gehen, Abstand zu wahren. So konzentrierte er sich auf das entfernte Rauschen in der Tiefe und den betörenden Geruch des Süßwassers. Früh genug würde er die Jagd eröffnen. Der Schmerbauch sollte sich gefälligst selbst hinunterschaffen.

Mehrmals kamen sie an Öffnungen vorbei, die wie schwarze Wunden im Felsen klafften. Stollen, die diesen Gang mit anderen verbanden. Allmählich intensivierte sich der Duft des süßen Wassers, und die Finsternis wich einem unsteten grünlichen Licht, das über die Wände tanzte.

Kylon ließ die Laterne sinken. »Bei der Gnade der Götter, wir haben's!«

Die Stufen liefen aus, die Felsendecke stieg an, und eine blaugrün schimmernde Säulenhalle tat sich vor ihnen auf. Reihen aus hohen Marmorsäulen erhoben sich aus dem gut fünf Schritt tiefen Wasser und trugen ein mit strahlendem Glarnstein verblendetes Gewölbe. Aus den Wänden ragten steinerne Delfine, aus deren Schnäbeln sich das kostbare Nass ergoss, das über Aquädukte aus den umliegenden Wäldern und Bergen herbeigeführt wurde.

Kylon schlurfte zu der Säulenbrüstung, die hüfthoch einen seitlich offenen Korridor säumte. Er stellte die Öllampe darauf ab und hielt sich um Atem ringend daran fest.

Unterdessen folgte Miltiades dem Verlauf der Brüstung, bis die Säulen den Blick auf zwei mächtige Statuen freigaben, die halb aus dem Wasser ragten. Auf dem Haupt der weiblichen Steinfigur wanden sich Schlangen. Die göttlichen Abbilder hielten einander im Liebesakt umschlungen. Dahinter, am anderen Ende der Säulenhalle, lag eine halbrunde Terrasse, die glatt mit der Wasserkante abschloss. Eine Freitreppe führte von dort zum Brüstungsgang hinauf, und von da gab es einen Aufgang in die Heilige Therme der Brauthalle. Miltiades gab einen amüsierten Laut von sich. Der Plan, wie er Meliaé sicher aus der Stadt bringen konnte, fügte sich in seinen Gedanken passgenau zusammen. Endlich lief alles so, wie es von Anfang an hätte sein sollen.

Mit schleppenden Schritten näherte sich Kylon. Der Schweiß lief in Rinnsalen über sein aufgedunsenes Gesicht. »Ich verstehe nicht, warum Ihr ein solches Aufhebens um dieses Mädchen macht.« Schnaufend legte er den Wanst auf der Brüstung ab und wischte sich über den kahlen Schädel. »Soll der Heeresfürst doch seine Freude mit ihr haben. Rettet lieber ihren Bruder und schafft die Tafeln in Sicherheit!«

Mit mildem Tadel sah Miltiades Kylon an. »Ich schätze es gar nicht, wenn man mir sagt, was ich tun soll.« Dann tat er einen Schritt zurück. Aus beiden Händen ließ er eine magische Druckwelle fahren und rammte Kylon damit in den schwartigen Rücken, sodass der schwere Mann durch die Säulenbrüstung brach und ins Wasser klatschte.

Miltiades starrte in das aufgewühlte Zisternenbecken, in dem sich Kylon japsend an die Oberfläche kämpfte. Suchend tastete er an der Wand unterhalb der Brüstung vergeblich nach einem Halt. Erneut versank er, nur um gurgelnd wieder aufzutauchen.

Rasch warf Miltiades das Manteltuch ab. Nun über die Brüstung zu hechten, würde gewiss am schnellsten gehen. Doch in Miltiades sträubte sich alles dagegen, den Geronten allzu schnell zu erlösen. Angst würde diese Fettschwarte erst genießbar machen, andererseits erlahmten Kylons Bewegungen bereits.

Flüchtig sah er zu der Steinterrasse auf der gegenüberliegenden Seite. Wenn er Kylon die Gestalt nehmen wollte, musste der dafür noch am Leben sein. Miltiades hastete über den Gang, der zur Terrasse führte. Er nahm die Freitreppe hinunter und drückte sich aus vollem Lauf und im gestreckten Sprung vom Terrassenrand ab.

Kühl und Blau umfing die klare Süße Miltiades, schickte Wellen der Ekstase durch seinen Leib. Verzückt füllte er seine Lunge bis zum Bersten. Auch wenn dem Süßwasser die machtvollen Essenzen des Meeres fehlten, tat es doch unendlich gut, wieder frei durchatmen zu können.

Alle Sinne Miltiades' schärften sich, seine Sicht klarte auf. Mit kraftvollen Stößen schoss er voran. Er sprach ein Wort der Macht und ließ die Gestalt des Northaners von sich abgleiten wie ein störendes Gewand. Drei Schwimmstöße legte er in seiner wahren Gestalt über dem Grund des Zisternenbeckens zurück, vorbei an den steinernen Liebenden. Miltiades musste sich überwinden, die Wandlung erneut zuzulassen, doch wenn er sich Kylons Aussehen aneignen wollte, war das unumgänglich. Also presste er die Gliedmaßen fest an den Leib, und bei seinem nächsten Atemzug entwich das Atemwasser seinen Kiemenspalten. Gleichzeitig rannen ihm machtvolle Schauer siedend heiß über sämtliche Wirbelknochen bis in die Zehenspitzen hinab. Alle seine Muskeln dehnten sich zum Zerreißen. Und dann, mit einem befreienden Knacken, brach aus Miltiades' Rücken eine steil aufgerichtete Rückenflosse hervor und ein Stück abwärts noch eine zweite, deutlich kleinere. Kurz verlor er die Balance, schrammte mit dem Bauch über den Zisternenboden. Aber erst, als auch Brust- und Bauchflossen zu beiden Seiten aus ihm herausdrängten, stabilisierte sich sein Gleiten.

Die Wandlung war vollendet. Kraftvoll schlug er mit der Schwanzflosse. Da, direkt vor ihm! Eingehüllt in eine schäumende Wolke aus silbrigen Blasen stampften bleiche Gliedmaßen. Beute! Ein betörender Geruch streifte ihn. Todesangst! Durch begieriges Hin-und-her-Pendeln mit dem Kopf nahm Miltiades die Witterung auf und hielt direkt auf den strampelnden Brocken in wallenden Gewändern zu. Dann bohrte er sich wie eine Ramme in den weichen Wanst, vergrub die Zähne in ihm und brach rüttelnd den Rumpf auf. Tief fraß er sich in den verendenden Leib, bis die Wandlung in ein Menschenwesen erneut einsetzte. Glied für Glied verwandelte sich Miltiades, während im klaren Blau des Wassers stinkende Innereien umherwirbelten und blutige Schlieren zogen.

Kapitel 9

Asche, Erde und Wasser

Der Hufschlag der Pferde hallte von den bleichen Mauern wider, die die ansteigende Prachtstraße zum Pantheon einfassten. Sayaf sah auf Meliaé hinab, die bewusstlos an seiner Brust lehnte. Mit hängendem Kopf kauerte sie quer vor ihm im Sattel seines Pferds. Er senkte den Arm, um es ihr bequemer zu machen, dann sah er wieder zu seinem Legaten, der, gefolgt von einer Eskorte Gardisten, neben ihm durch die dunkle Zitadellenpassage ritt. »Dass sich Kentauren auch mal gegenseitig den Schädel einschlagen, ist doch nichts Neues. Ihr messt dem Vorfall zu viel Bedeutung bei.«

»Das mag ja sein, aber mir wäre wohler, wenn sich jemand unauffällig in den Lagern der Pferdemänner umsähe«, grummelte Naphassa uneinsichtig.

»Nein, das lassen wir bleiben«, widersprach Sayaf mit erzwungener Ruhe. »Fürst Brevenor genießt mein Vertrauen. Das werde ich nicht von ein paar schlangenzüngigen Geronten ankratzen lassen. Dieser korrupte Haufen versucht doch nur, uns gegeneinander aufzubringen. Die Kentauren haben nichts mit dem Verschwinden der Leiche zu tun. Da steckt die Gerusia dahinter. Nach der Vermählung werde ich mich mit dem Ältesten, diesem Kylon, unterhalten. Vielleicht hole ich ja etwas aus ihm heraus. Außerdem will ich, dass er auf das Gildemädchen einwirkt, ihr Widerstand wird dann sicher schneller brechen.«

Naphassa schob das Kinn vor und deutete auf Meliaé. »Was ist los mit der kleinen Sandkatze? Schnurrt sie, weil es ihr in Eurem Arm plötzlich doch gefällt?«

Schmunzelnd sah Sayaf auf das Mädchen hinab, dem die Haare in seidigen Wellen vor dem Gesicht hingen. Sandkatze passte zu ihr. Ein flaues Gefühl überkam ihn, sein Lächeln erlosch. Sie musste nun langsam zu sich kommen, auch wenn sie dann die Krallen ausfahren und fauchen würde.

Entschlossen nahm er die Zügel in eine Hand, fasste nach ihrem Kinn und bog ihren Kopf zurück. Im Dunkeln wirkten ihre zarten Züge bleich und leblos. Er fuhr mit der noch immer tauben Zungenspitze über seine geschwollene Unterlippe. Dabei sah er sie wieder zu seinen Füßen auf den regennassen Schiffsplanken kauern und dann unter sich auf dem Bett. Er hätte sie weder schlagen noch küssen dürfen. Die dicke Lippe hatte er verdient. Aber mit ihrer törichten Widerborstigkeit reizte sie ihn immer wieder bis aufs Blut.

Behutsam bettete er sie wieder in seine Armbeuge. »Wir sind gleich da. Komm schon, Augen auf!« Mit dem Daumen zeichnete er den Schwung ihres Wangenknochens nach. Ihre Lider flatterten, aber sie kam nicht zu sich.

Sayaf verlagerte das Gewicht. Was er jetzt tun musste, würde ihr gar nicht gefallen, aber es war unumgänglich. Er holte tief Luft: »Reißt Euch zusammen, sonst verschlaft Ihr noch die Einäscherung Eurer Eltern.« Unter seinem harschen Ton versteifte sich ihr Körper, stöhnend riss sie die Augen auf. Sofort erwachte Abscheu in ihrem trüben Blick.

Sayaf schluckte. Wut über die vertrackte Situation, in der sie beide steckten, wallte in ihm auf. Nein, er brachte es nicht fertig, ihr jetzt auch noch zu sagen, dass die Leiche ihres Bruders verschwunden war. Dass sein Leib fehlte, würde sie früh genug feststellen, wenn sie auf dem Pantheonplatz einritten. Unwirsch blickte Sayaf zu seinem Legaten. »Gebt mir Euren Trinkschlauch!«, befahl er auf Tharisch, weil er wollte, dass Meliaé ihn verstand.

Naphassa band den ledernen Wasserbehälter von seinem Sattel und reichte ihn ihm.

Sayaf löste den Verschluss und hielt Meliaé das Mundstück hin. »Hier! Wasser hilft gegen den Rausch!«

Sie verdrehte nur die Augen, schlug kraftlos nach seiner Hand.

»Das war heute etwas viel Mardom. Tut mir leid. Aber es musste sein.« Sayaf nahm selbst einen Schluck aus dem Trinkschlauch, dann blickte er auf ihre schmalen Handgelenke, die mit Leinen umwickelt in ihrem Schoß lagen.

Das flaue Gefühl kehrte mit der Wucht eines Huftritts zurück. Sie hatte versucht, sich mit einer Tonscherbe die Blutwege aufzuritzen. Ein Glück, dass Naphassa sie dabei gestört hatte. Es war unumgänglich gewesen, sie zu betäuben. Er konnte seinen Legaten nicht den ganzen Tag dazu verdonnern, auf das Mädchen aufzupassen, und er selbst hatte auch nicht die Zeit, sie im Auge zu behalten. Verdammt, er musste jemanden finden, der auf sie achtgab. Am besten eine Frau, eine Sklavin vielleicht. Jemanden, dem sie ihren Kummer anvertrauen konnte.

Sayaf drückte Meliaé das Mundstück des Trinkschlauches gegen die Lippen, die sie prompt zusammenpresste.

»Ihr wollt doch aufrecht vor Euren Feuerpriester treten und würdevoll Abschied von Euren Toten nehmen. Hm, oder nicht?«

Träge tastete Meliaé nach dem Mundstück, nippte zuerst, trank dann aber nach anfänglicher Zurückhaltung gierig. Sayaf ließ sie ihren Durst stillen und beobachtete sie dabei. Im gleichen Maß wie sich ihr Blick klärte, schlugen ihm Hass und Verzweiflung entgegen. Sayaf schüttelte den Kopf. Nie hatte ihn eine Frau so angesehen. Die Weiber, die ihm bisher begegnet waren, hatten sich ihm zumeist ungeniert an den Hals geworfen. Weibsvolk eben, das zu nichts anderem taugte, als den Lenden

Erleichterung zu verschaffen. Aber Meliaé war anders, nicht zu vergleichen mit den aššunischen Fürstentöchtern. Sie war Männern gegenüber völlig respektlos und hatte von weiblicher Raffinesse keinen blassen Schimmer. Aber dennoch war sie nicht einfältig.

Als Meliaé den Trinkschlauch absetzte, nahm Sayaf ihn weg und gab ihn an Naphassa zurück. Sobald er der Gerusia das Brautgold gezahlt hatte, würde er sie auf die Kontere zurückbringen. Was immer sie in den geheimen Archiven finden mochten, konnte bis morgen warten. Das Mädchen war viel zu mitgenommen, sie musste zur Ruhe kommen. Ohne Mardom. Und ob es ihr passte oder nicht, er würde sie in dieser Nacht nicht allein lassen.

Sayaf half Meliaé, sich aufzurichten, und zog seinen Mantel um sie. Als sie aber seine Hände wegzuschieben versuchte, drückte er sie nur fester an sich und gab Naphassa ein Zeichen, die Gardisten vorauszuschicken, damit die ihre Ankunft auf dem Pantheonplatz verkündeten.

Meliaé atmete tief durch und hoffte, dass die frische Luft endlich die Bleiketten um ihren Verstand sprengen würde. In ihren Handgelenken pochte es dumpf. Sie ließ die Hände sinken, gab es auf, sich gegen den Griff des Heeresfürsten zu wehren.

Fröstelnd und aufgewühlt sah sie, wie die schwarz gerüsteten Soldaten hinter einer Biegung verschwanden, den die von Mauern gesäumte Prozessionsstraße machte. Was sie wohl vor dem Pantheon erwartete? Totenfeuer auf dem Platz aller Götter. Für jeden Bürger von Glarnos ein Schlag ins Gesicht. Aber sie würde ihre Familie ein letztes Mal sehen und dabei sein, wenn die Flammen ihre Seelen von allem Irdischen befreiten. Hoffentlich gab es jemanden, der die Zeremonie würdig durchzuführen wusste.

Unvermittelt trieb der Heeresfürst sein Pferd zu einer rascheren Gangart an, und Meliaé wurde so hart durchgeschüttelt, dass ihr Kopf zum Zerspringen schmerzte.

Eine quälend lange Zeit stieg die Prozessionsstraße noch steiler an, bis sie schließlich breiter wurde und in den weiten Platz vor dem Pantheon überging.

Mit einem Mal verebbte der Hufschlag in der hellen Sandschicht, die dick über dem Marmorpflaster lag. Im Zentrum des von Menschen erfüllten Pantheonplatzes erhoben sich drei flach aufgeschüttete Sandhügel, auf denen die Scheiterhaufen errichtet worden waren. Hölzerne Brandplattformen und obenauf aus Schilfrohr gebundene Totenbarken. Darin lagen paarweise die Leichname. Sie trugen weiße Gewänder und waren halb in Leinen geschlagen. Die Asche der Vergehenden würde sich vermischen und eine ehrenvolle Beisetzung in getrennten Urnen unmöglich machen. Wieder fröstelte Meliaé. Die Sultanssöhne schreckten vor nichts zurück, um die Trauernden zu demütigen.

Im Schritt lenkte der Heeresfürst sein Pferd vorbei an Kentauren mit nackten Oberkörpern, an schakalköpfigen Kriegern in schwarzen Lederpanzern und bärtigen Northanern in Fellmänteln. Die Söldner des Sultans bildeten eine Gasse bis hin zu der Menschenmenge, die sich um die Scheiterhaufen versammelt hatte. Meliaé richtete sich auf, so gut es ging. Der Rausch, der sie für alles taub gemacht hatte, schien mit einem Mal verflogen.

In der ersten Totenbarke lag der füllige Leib König Medons, an seiner Seite die schlanke Gestalt der Königin. Den beiden folgten in der nächsten Barke ein dunkelhaariger Mann und eine gedrungene Frau mit einem Kleinkind im Arm. Prinz Androklos mit seiner Gemahlin und seinem dreijährigen Sohn. Das Kind war zur Gänze mit Leinenbinden umwickelt und lag steif wie eine Puppe zwischen seinen Eltern.

Meliaé saß ein Kloß im Hals. Wie hatten die Sultanssöhne nur ein so kleines Kind als Geisel nehmen können? Mit wachsender Beklemmung starrte sie zu dem dritten Scheiterhaufen, dem sie nun entgegenritten.

In der Totenbarke lagen ihre Eltern. Aber wo war Simos? »Wo ist mein Bruder?«, hauchte sie und sah zu der versteinerten Miene über ihr auf.

Abu Sayaf antwortete nicht, reagierte mit keinem Wimpernzucken, trieb nur stur seinen Rappen durch die zurückweichenden Menschen. Neben dem Scheiterhaufen hielt er an. Der Legat, der ein Stück vorweggeritten war, schwang sich vom Pferd, stapfte eilig herbei und ergriff die Zügel.

Abu Sayaf saß ab, packte Meliaé um die Mitte und zog sie zu sich herab. Als ihre Füße den mit Sand bedeckten Boden berührten, konnte sie sich nur an ihn klammern, alles unter ihr schien zu schwanken, als wären sie auf hoher See.

Ein Priester Orons im schwarz-roten Gewand des Feuers trat auf sie zu. Mit beiden Händen hielt er sich den runden Bauch wie eine Schwangere vor der Niederkunft. Hinter ihm versammelte sich eine Schar von Beamten in den blauen Mänteln der Gerusia. »Seid gegrüßt, Heeresfürst Abu Sayaf.« Der Priester zog sich das Manteltuch von seinem kahlen Haupt. »Seid gegrüßt, Meliaé, Tochter Thereons!«

Der Kloß in Meliaés Hals wuchs. Sie versuchte, sich von Abu Sayaf loszumachen, doch er griff nur noch fester zu.

Atemlos sah sie in das aufgedunsene Priestergesicht, das fahl unter der dicken Puderschicht aus Glarnstaub glomm.

Die hellen, mit schwarzer Schminke umrandeten Augen waren ihr unheimlich. Von irgendwoher kannte sie diesen Mann. Er war kein Priester. Er war ein Mitglied der Gerusia, dem Hohen Rat von Glarnos.

»Ich bin Geront Kylon«, stellte sich der Geront vor. »Doch war ich einst ein Diener Orons. So werde ich es sein, der unsere Toten dem Fluss der Flammen übergibt.«

»Wo ist Simos, mein Bruder?«, wiederholte sie mühsam.

Der Geront hob die haarlosen Brauen. »Oh, Ihr wisst es also noch gar nicht!«

Hinter ihr schnaubte es ungehalten. »Na los, erklärt es ihr!«

Kurz flatterten die bemalten Lider des Geronten wie schwarze Motten, dann fixierte er Meliaé. »Es ist ein Rätsel, wie das geschehen konnte. Aber die Leiche Eures Bruders ist aus der Salbungshalle verschwunden, obwohl die Türen des Tempels von den Soldaten des Sultans bewacht wurden.«

Verschwunden, echote es in Meliaé nach, ihr Atem beschleunigte sich. *Bei Xern!* Durfte sie hoffen, dass Simos noch lebte?

Der Geront hüstelte, in seine Stirn grub sich eine wulstige Falte ein, als er auf sie herabblickte. »Die Kentauren hatten die Leichen in die Salbungshalle geschafft. Doch als kurz darauf die Tempeldienerinnen zur Waschung erschienen sind, fanden sie neben der Bahre Eures Bruders nur noch das blutbefleckte Leinen. Die Dienerinnen veranstalteten ein großes Geschrei, gingen sogar auf die Wachen los, weil sie glaubten, die Männer hätten etwas mit dem Verschwinden der Leiche zu tun. Aber dem war nicht so. Jede Nische der Halle ist durchsucht worden. Nichts, kein Blutstropfen wurde gefunden, keine Spur, die Aufschluss gegeben hätte, was mit Eurem Bruder geschehen ist. Und wie mich Legat Naphassa wissen ließ, konnte auch die Befragung der Kentauren diese unerfreuliche Angelegenheit nicht aufklären.«

»Darüber werdet Ihr mir später Rede und Antwort stehen«, grollte der Heeresfürst. »Jetzt entfacht die Feuer!«

Es gab so viel, was Meliaé den Geronten fragen wollte, doch im Moment war das unmöglich. Wie aus weiter Ferne drängte sich seine empörte Stimme in ihr Bewusstsein. »Aber das könnt Ihr nicht tun! Die Asche ist dem Volke!«

»Was das Feuer von Medon und seiner Sippe übrig lässt, gehört mir! Asche, Erde und Wasser! Bringt mir, was ich fordere, als Zeichen der Unterwerfung in den Ratssaal!«

Schwankend trat der Geront von einem Fuß auf den anderen, sein Blick huschte zu Meliaé. »Und was soll mit der Asche des Gilde-Ersten und seiner Gemahlin geschehen?«

Kurz herrschte Schweigen. »Verfahrt damit nach Euren Bräuchen. Aber jetzt entfacht endlich die verdammten Feuer!«

»Wie Ihr wünscht, Heeresfürst.« Mit einem verkrampften Lächeln richtete der Geront sich aus seiner Verbeugung auf. »Bleibt es dabei? Nach der Feuerzeremonie darf ich Euch in der Brauthalle empfangen?«

»Ja!«

Meliaé bäumte sich auf. *Nein!*, schrie alles in ihr, doch es kam nicht mehr als ein Wimmern aus ihrem Mund. Niemand würde ihr jetzt noch helfen können. Die Gerusia hatte sie verkauft!

Abu Sayaf drehte sich mit ihr weg und bugsierte sie vor die Stufen, die hinauf zu der Totenbarke ihrer Eltern führten. Weinend sank sie davor in den Sand, und als sie sich nicht zum Erheben bewegen ließ, griff er sie an den Armen und zog sie nach oben.

»Seht Euch das gut an!« Er drängte sie vor die aus Schilfrohr gebundene Barke. »Helft mir, dieses verfluchte Siegel zu finden. Ich kann Euch schützen, solange Ihr in meiner Nähe seid, aber ich vermag nicht zu sagen, was geschehen wird, wenn ich mondelang auf Feldzügen bin.« Er sprach nicht weiter.

Meliaé klammerte sich an den aufragenden Bug und blickte auf die weiß gewandeten Leiber ihrer Eltern. »Wie könnt Ihr glauben, ich würde jetzt, da sie tot sind, noch irgendetwas für Euch tun?« Sie sah zu ihm auf und erkannte nur seinen dunklen Schattenriss. »Wenn Ihr in die Schlacht reitet, werde ich beten, dass Ihr nicht zurückkommt!« Er rührte sich nicht, stand nur reglos da, es war ihm nicht anzumerken, ob ihre Worte ihn getroffen hatten. Zitternd tastete sie sich bis zum flachen Rand der Barke vor, um davor niederzuknien.

Die schönen Züge ihrer Mutter waren zu einer wächsernen

Maske erstarrt. Silbermünzen lagen auf ihren Augen, sie war gewaschen und hergerichtet, weiße Blüten waren in ihr Haar geflochten. Meliaé umklammerte das Schilfrohr und betrachtete das verhärmte Gesicht ihres Vaters. Der Obolus an den Fährmann vom Flammenfluss lag tief in seinen Augenhöhlen. Von seiner einst so imposanten Gestalt war nichts mehr übrig. Eitrige Geschwüre übersäten seine Haut, sein Handrücken war durchbohrt, die Finger schwarz und verstümmelt. Meliaés Blick stockte an dem dunkel ausgebluteten Schnitt quer über seiner Kehle, und eine eisige Faust presste ihr den Magen zusammen.

Kraftlos ließ sie sich auf die Fersen sinken, ihre Hände rutschten vom Barkenrand. Sie sah ihren Tränen nach, wie sie auf das Holz der Brandplattform tropften. Ein seltsam unwirkliches Gefühl überkam sie, es war, als kniete sie in einem bösen Traum neben sich selbst. Ihr ganzer Körper verkrampfte sich, und da erst begriff sie, dass sie weinte.

Hände packten sie bei den Schultern und zogen sie auf die Füße. Der Heeresfürst zerrte ihren Arm hoch und warf sie sich über die Schulter. Meliaé rang um Luft, ihr Bauch schmerzte so sehr, dass sie glaubte, ohnmächtig zu werden, während er mit ihr zum Rand der Plattform ging und die Stufen hinabstieg.

»Lasst mich runter!«, keuchte sie. Die Welt um sie herum verschwamm zu Schlieren aus Licht und Dunkel.

Wieder wurde sie gepackt, dann landete sie quer über einer Pferdeschulter. Ihr Gesicht versank in kratzigem Fell. Neben ihr schlug ein kräftiger Schenkel gegen den Pferdeleib, und Abu Sayaf saß im Sattel.

Er packte sie um die Taille, und nach einer Drehung saß sie mit seitlich herabhängenden Beinen vor ihm. Mit einem Arm presste er sie an sich, dann spannte er die Schenkel an, und das Pferd sprengte los. Direkt auf die gewaltige Treppe zu, die hinauf zum Säulenportal des Pantheons führte.

Meliaé blieb der Schrei im Hals stecken, sie krallte sich an die

Mähne, während der Pferdeleib unter kraftvollen Sprüngen erbebte. Auf dem Podest in der Mitte des Aufgangs zügelte Abu Sayaf das Pferd und wendete es, sodass der Platz jetzt vor ihnen lag.

Durch ein Gewirr von Haaren sah Meliaé ihn an, aber als er die Hand hob, duckte sie sich in Erwartung eines Schlags.

Er zischte in seiner Sprache etwas, das sie wohl beruhigen sollte, dann verhedderte er sich mit den Fingern in ihren Haaren, die er ihr aus dem Gesicht zu streichen versuchte. Erneut stieß er einen unverständlichen Schwall Worte aus und deutete mit dem Kopf zu dem Platz unter ihnen. »Hierzulande ist es Brauch, seine Angehörigen zu verbrennen.« Seine Augen forschten in ihrem Gesicht. »Könnt Ihr das ertragen? Wollt Ihr das sehen? Oder soll ich Euch fortbringen, weil es zu sehr schmerzt?«

Verstört folgte Meliaé den fahrigen Bewegungen seiner Hände, schaute zu, wie er die Zügel fest um die Fäuste schlang. »Ich«, würgte sie hervor und sah ihn wieder an, »ich will es sehen.«

»Gut.« Sein Kehlkopf ruckte beim Schlucken. »Aber wir können nicht allzu lange bleiben. Ich will vermeiden, dass Ihr meinem Bruder über den Weg lauft. Er wollte mit al-Aran, dem Satrapen, hierherkommen, sobald die Feuer niedergebrannt sind.«

Sie begegnete seinem Blick. Er sah sie genauso seltsam an wie am Morgen auf der Kontere. Wieder schien er mit sich zu ringen, wollte ihr etwas sagen, aber sein Mund blieb verkniffen.

Wortlos wandte sie sich dem Pantheonplatz zu. Sie konnte sich keinen Reim auf sein Verhalten machen. Einmal war er grausam, dann wieder zeigte er fast menschliche Regungen. Sie versuchte auszublenden, wie sein Atem warm auf ihren Scheitel blies, und sah angestrengt nach unten auf den Platz.

Die Diener der Gerusia zogen in einer Prozession um die Scheiterhaufen. Sie befüllten die rundum laufenden Brandrinnen mit Öl. Der Geront entzündete seine langstielige Zeremonienfackel in einem Feuerbecken und sang auf Altharisch von der Fahrt der Seelen auf dem Fluss der Flammen. Meliaé brannten Tränen in den Augen. Die getragenen Worte ließen sie an die Lehrstunden mit ihrem Vater denken. Ihr halbes Leben hatte sie gebraucht, bis sie den krähenfüßigen Abdrücken auf den uralten Tontafeln eine Bedeutung hatte abringen können. Doch jetzt wäre es besser gewesen, nichts davon zu verstehen.

Der Geront umrundete den Scheiterhaufen ihrer Eltern und zog Flammenwände hoch, indem er die Brandrinnen mit der Fackel antippte. Krachend brandeten die orangeroten Wellen gegen die Plattform, auf der die Totenbarke stand. Qualmwogen schlugen über den weiß gewandeten Körpern zusammen und trübten den Nachthimmel.

Meliaé wischte ihre Tränen weg. Auch wenn es nicht den Bräuchen entsprach, Leiber gemeinsam vergehen zu lassen, hatte der Anblick doch etwas Tröstliches. Hand in Hand würden ihre Eltern dem Fährmann gegenübertreten.

Sie dachte an ihren Bruder und biss sich auf die Lippe. Vielleicht bot sich ja im Pantheon die Gelegenheit, jemanden nach ihm zu befragen. Die Hoffnung keimte in ihr auf, dass er noch lebte.

Als die zweite Totenbarke in Flammen aufging, ritt eine Schar Sultanskrieger aus dem Schatten der Zitadellenpassage. Den Berittenen trabten zwei Männer in Purpurmänteln vorneweg, die fast gleichzeitig zum Pantheon hinaufsahen. Rücksichtslos bahnten sie sich eine Schneise durch die Menschenmenge.

Abu Sayaf fluchte, und sein Pferd tänzelte, bis er es hart durchparierte.

Einer der Männer in Purpur hielt neben Legat Naphassa an, während der andere geradewegs auf die Treppe des Pantheons zugeritten kam.

»Was auch geschieht, haltet die Augen gesenkt. Nur ich richte das Wort an meinen Bruder«, befahl Abu Sayaf.

Als Meliaé Amir Khayam mit seinem Schimmel die Stufen nehmen sah, würgte sie die aufwallende Übelkeit hinunter. Die prunkvolle Rüstung mit dem dunklen Purpurmantel und das von sonnenbleichen Strähnen durchzogene Haar, das über seine kräftigen Schultern fiel – hätte Abu Sayaf nicht das Schwarz der Aŝhāk getragen, hätte sie die Söhne des Sultans jetzt kaum auseinanderhalten können.

Angekommen auf ihrer Treppenstufe, parierte der Prinz seinen Schimmel. Von Nahem sah er dem Heeresfürsten nicht mehr ganz so ähnlich. Er war von drahtigerer Statur, und der schmale, schwarze Bart, der sich sorgsam gestutzt an seinem Unterkiefer entlangzog, ließ ihn strenger und älter aussehen. »Du willst dich also tatsächlich vermählen, Bruder?«, rief er auf Tharisch aus. »Du übertreibst. Man muss doch nicht gleich alles in den Harem schleppen, was einem Hübsches vor den Säbel kommt.« Er kam so dicht heran, dass er Meliaé mühelos hätte packen können, und maß sie von oben bis unten. »Ich muss zugeben, jetzt, da der Straßendreck von ihr abgewaschen ist, sehe auch ich ihre Vorzüge.« Er brach in schallendes Gelächter aus.

Instinktiv flüchtete sich Meliaé zwischen die Arme, die sie hielten. »Freut mich, dass dir mein Fang gefällt«, erwiderte Abu Sayaf in eisigem Ton, bevor er in seiner Sprache weiterredete.

Meliaé starrte zu dem funkenstiebenden Scheiterhaufen ihrer Eltern hinunter. *Harem.* Davon hatte sie gehört. Angeblich besaßen der Sultan und seine Söhne so viele Eheweiber, dass sie sie in einem eigens erbauten Palast unterhielten und sich darin jede Nacht mit einer anderen vergnügten. Es hieß, mitunter würden sie ihre Gemahlinnen sogar untereinander austauschen. Schaudernd kniff Meliaé die Augen zu. Sie würde es zu verhindern wissen, in diesem Harem zu landen.

Der Wortwechsel der Sultanssöhne verebbte. Meliaé riss sich vom Anblick der hungrigen Flammen los. Etwas in Abu Sayafs Stimme bewirkte, dass es ihr eiskalt den Rücken hinunterrann.

Unvermittelt packte er sie am Kinn: »Schwöre, dass du mir hilfst, das Siegel ausfindig zu machen. Dass du die Wahrheit darüber aus den Schriften heraussuchst.« Er deutete zum Pantheon hinauf. »Oder ich binde dich da oben an eine Säule, und du wirst jede Nacht drei deiner Landsleute brennen sehen, bis ich habe, was ich will.« Schwer atmend sah er sie an, in seinen Augen spiegelten sich die Totenfeuer. »Los, schwöre!« Endlich ließ er los.

Meliaé konnte nicht mehr still sitzen, ein Zittern schüttelte ihren Körper. Keine Frage, er war dazu imstande. Und doch konnte sie diesen Schwur nicht leisten. Was, wenn sie in den Schriften nicht fündig wurde? Wie weit würde er dann gehen? Außerdem hatte er schon einmal nicht Wort gehalten. Er hatte Vater und Simos nicht gehen lassen. Sie sah zu seinem Bruder und funkelte den älteren Sultanssohn voller Verachtung an. »Nach dem, was Ihr meiner Familie angetan habt, wie könnt Ihr da…«

Fluchend packte Abu Sayaf sie im Nacken. »Sieh mich an, nur mich, verflucht! Und schwöre! Sonst gehen sofort nach unserer Vermählung die ersten drei auf den Scheiterhaufen. Willst du das?«

Ihre Nackenwirbel schmerzten unter seinem Griff. Ohne zu blinzeln, versuchte sie dem Funkeln in seinen Augen standzuhalten. »Ich schwöre nichts«, presste sie hervor.

Sein Aufstöhnen fegte über ihr Gesicht. Er ließ sie los. Als er sie mit der Wange an seinen Brustpanzer drückte, tanzten Funken vor Meliaés Augen.

»Binde sie da oben fest, wenn sie nicht spurt. Und dann brenne ein Stadtviertel nach dem anderen nieder!«, forderte eine kalte Stimme. »Fang da draußen mit den dreckigen Gehöften der Bauern an.«

Unter Schmerzen versuchte Meliaé, den Kopf zu drehen, um den Prinzen anzusehen. »Stellt mit mir an, was Ihr wollt, aber lasst die Menschen in Ruhe.«

Amir Khayam bedachte den Heeresfürsten mit einem raubtierhaften Grinsen. »Du bist um deinen Spaß mit ihr zu beneiden.« Dann verfiel er in seine Sprache.

Meliaé wurde schlecht. Sie verstand die Worte nicht, wohl aber hörte sie die Drohung darin.

Abu Sayaf blieb seinem Bruder die Antwort schuldig. Stattdessen packte er sie an den Haaren und bog ihr den Kopf zurück. »Der Satrap wird uns mit dem Feuerpriester hinauf in das Pantheon folgen. Der Priester bekommt das Brautgold, und du leistest mir im Beisein des Satrapen den Brautschwur. Haben wir uns verstanden?«

Mit brennender Kopfhaut schielte sie zu Amir Khayam hinüber. »Nein, niemals! Eher gehe ich zu meinen Eltern auf den Scheiterhaufen.«

Die Tränen schossen ihr in die Augen, so sehr riss der Heeresfürst an ihren Haaren, und Amir Khayam stieß ein kaltes Lachen aus. »Da hörst du es. Sei kein Narr, Sayaf. Wirf das freche Dreckstück ins Feuer. Los, mach schon, es würde mir gefallen, sie zappeln und brennen zu sehen und ihr Gekreische zu hören.«

Doch Abu Sayaf kümmerte sich nicht um die Forderung seines Bruders. Er riss sein Pferd herum und jagte mit ihr die restlichen Stufen zum Pantheon hinauf.

Kapitel 10

Brautschwur

Sayaf ließ sich mit Meliaé aus dem Sattel gleiten und warf einem herbeieilenden Soldaten die Zügel zu. Am Oberarm gepackt, zerrte er sie in die Vorhalle des Pantheons. Aus dem Bronzetor schien gleißend blaues Licht. Die Kuppel des Tempels war eine Mosaikarbeit aus Glarnstein. Neben dem Tor entdeckte Sayaf eine von Säulen verdeckte Gebetsnische, zu der er Meliaé zog und hineinstieß. Hierhin konnten ihnen die Blicke seiner Männer nicht folgen.

Mit schreckensweiten Augen sah sie zu ihm auf. Einen Moment lang starrte er auf ihre blutig gebissene Unterlippe. Er musste sich zusammennehmen, sie nicht durchzuschütteln. Was hatte sie sich bloß dabei gedacht, ihm in Khayams Gegenwart derart die Stirn zu bieten?

Er drängte sie gegen die Wand und stützte die Hände zu beiden Seiten ihres Kopfs ab. »Der Satrap wird gleich hier sein«, herrschte er sie außer Atem an, und sie duckte sich wie unter einem Peitschenhieb.

Sayaf zwang sich, ruhiger zu atmen und leiser zu sprechen. »Neben dem Brautschwur erwartet er die Beteuerung von Loyalität und Ergebenheit. Ihr müsst ihm schwören, mich bei der Suche des Siegels zu unterstützen. Euer Leben hängt davon ab, wie überzeugend Ihr ihm jetzt gegenübertretet.«

»Ich will nur, dass es aufhört!«, wisperte sie mit glasigem Blick.

»Was aufhört?

»Das Töten. Der Krieg.«

Sayaf presste die Knöchel seiner Fäuste gegen die Wand und sah sie eindringlich an. »Ihr leistet mir den Brautschwur und den Untertaneneid auf Aššunisch … das bekundet Euren guten Willen.«

Eine Träne perlte über ihre bleiche Wange.

Hilfloser Zorn packte Sayaf. »Du tust, was ich sage!« Fluchend stieß er sich von der Wand ab. Mit ihrem Starrsinn brachte sie sich und ihn in Schwierigkeiten. Al-Aran erwartete sie gefügig. Sayaf blickte auf seine Fäuste, er stand kurz davor, sie zu schlagen. Warum war mit diesem Mädchen nur alles so kompliziert? Er atmete tief durch und lockerte seine Hände, dann erst sah er sie wieder an. »Ich spreche die Worte vor, ja?«, probierte er es, so sanft er nur konnte. »Ihr wiederholt sie, es ist ganz leicht.«

Sie reagierte nicht, starrte nur abwesend vor sich hin.

So behutsam es ging, griff Sayaf nach ihrem Gesicht. Mit den Daumen versuchte er, ihre Tränenflut zu stoppen. »Du willst, dass der Krieg vorbei ist? Dann leiste deinen Beitrag. Du hast mein Wort, dass Glarnos dann sicher ist.« Er biss die Zähne zusammen, sie zitterte am ganzen Leib und kniff die Augen zu.

»Nehmt Euer Messer und beendet es«, stieß sie hervor. »Wenn ich das Geheimnis des Siegels aus den alten Glyphen nicht entschlüsseln kann, werden Menschen sterben. Meine Stadt wird brennen. Ich ertrage das nicht. Tötet mich, oder ich tue es selbst.«

Sayaf ließ ihr Gesicht los und trat einen Schritt zurück. »Ihr müsst es wenigstens versuchen. Wenn nicht, lasse ich die alten Schriften auf mein Schiff verladen und suche nach jedem Gelehrten, den ich in dieser götterverfluchten Stadt finden kann und der in der Lage ist, sie zu lesen.« Er deutete mit dem Finger auf sie. »Und sollte keiner dieser Männer mir binnen von drei

Tagen das Geheimnis um das Siegel lüften, lasse ich jeden von ihnen ans Kreuz schlagen. Von mir aus so viele, bis die Prachtstraße hinauf zum Pantheon voll mit Kreuzen steht.«

Ihre meergrünen Augen begannen, hasserfüllt zu flackern. »Na los!«, fauchte sie. »Bringt mich zu Eurem Satrapen!« Angewidert verzog sie das Gesicht. »Ja, nur zu, ich spucke diesem feigen Mörder ins Gesicht!«

Heißer Zorn durchzuckte Sayaf. Sie verhöhnte ihn! Nie hatte sich ein Weibsbild zu so etwas erdreistet. Seine Hand schnellte vor, er packte sie am Hals. »Wag es nicht, mir zu drohen.«

Sie schloss die Augen, und er fühlte, wie sie schluckte. »Sonst was? Komme ich dann auch ans Kreuz?«

Der Blutweg an ihrem Hals trommelte hart gegen seine Finger. Unter Sayaf schien sich ein Abgrund aufzutun, gleichzeitig überkam ihn das aberwitzige Verlangen, sie um Verzeihung zu bitten. Ihr alles zu versprechen, nur damit sie ihn nicht länger hasste und verachtete. Er stieß die Luft durch die Nase aus und lockerte seinen Griff. Wie von selbst strich sein Daumen über ihre Kehle. Ihre Haut war weich und glatt wie Seide, ein Schauer rann ihm den Rücken hinab. »Leiste mir den Brautschwur und hilf mir, das Siegel zu finden, im Gegenzug verschone ich Glarnos.« Behutsam löste er die Hand von ihrem Hals.

Sie öffnete die Augen. »Gebt mir Euer Wort, dass niemand ans Kreuz gehen oder auf dem Scheiterhaufen brennen wird«, flüsterte sie. »Schwört mir, kein Haus niederzubrennen. Schwört es mir, bei allem, was Euch heilig ist. Und ich tue, was immer Ihr von mir verlangt.«

Hastig wich Sayaf vor ihr zurück, er hätte sich sonst vergessen. Ein Schwur! Sie verlangte ihm einen Schwur ab! Ihm, dem Heeresfürsten von Aššu! Sein Blick jagte durch die Vorhalle, während er keuchend um Fassung rang. Als das wilde Hämmern in seiner Brust nachließ, trat er vor sie hin und schloss sie wieder zwischen seinen Armen ein. »Also gut, Meliaé, Ihr habt mein Wort.« Er sah ihr in die Augen. »Aber mehr als das steht nur dem Sultan zu.« Er drückte ihr den Zeigefinger gegen die Lippen. »Überlegt Euch die Antwort gut. Sonst schwöre ich, bei allen Rachegeistern, ziehe ich meinen Dolch und beende Euer Leben hier und jetzt.«

Mit geblähten Nasenflügeln und flachen Atemzügen starrte sie ihn an. Der Moment dehnte sich aus. »In Ordnung«, flüsterte sie schließlich und nickte steif. »Dann will ich auch Euch mein Wort geben. Ich leiste den Brautschwur und setzte alles daran, das Geheimnis um das Siegel für Euch zu lüften.«

Sayaf, der den Atem angehalten hatte, schnaufte. »Also schön. Wir sind uns einig.« Er schlang den Arm um sie, und sie ließ es geschehen, dass er sie hochhob und durch das Tor trug.

Miltiades schleppte sich durch das Längsschiff der Brauthalle in den halbrunden Altarraum. Kylons fetter Leib lastete wie ein Gebirge auf ihm. In aller Hast hatte er das Feuergewand abgelegt, das er über dem weißen Gewand der Xernbruderschaft trug. Er hoffte, dass die Priesterschminke dabei nicht verwischt war, doch um es zu überprüfen, blieb keine Zeit mehr.

Vor dem Altarstein standen der schwarzhäutige Satrap al-Aran im feinen Purpur und Abu Sayaf. Die Helligkeit im Altarraum ließ den Sultanssohn in seiner von Kampfspuren gezeichneten Lederrüstung noch barbarischer erscheinen. Neben ihm wirkte Meliaé verstört und verschreckt. Sie war das Abbild ihrer Mutter. Nur das scheußlich rote Haar zeugte davon, dass sie den Lenden des Gilde-Ersten entstammte.

Im Grunde war es unverantwortlich, Meliaé nach Najadís zu bringen. Dort würde ihr jeder nach dem Leben trachten, der sie zu Gesicht bekam. Vielleicht war es gnädiger, sie zu töten und Lydraia gegenüber zu behaupten, das Mädchen sei wie ihr Vater durch die Hand der Sultanssöhne gestorben. Schnaufend beschleunigte Miltiades seine Schritte.

Als er auf den Altarstein zuging, hörte er Meliaés Stimme. Abgehakt und holprig sprach sie Aššunisch. Offensichtlich verstand sie nichts von dem, was sie da faselte. Sie leistete dem Sultan den Untertaneneid und gelobte, ihren Gemahl bei der Suche nach dem Siegel zu unterstützen. Die ganze Zeit über hing sie an den Lippen des Heeresfürsten, der sie keinen Wimpernschlag lang aus den Augen ließ. Wort für Wort sprach er ihr vor.

Alarmiert von dem, was sich da anbahnte, kämpfte sich Miltiades voran. Meliaé mochte noch jung sein, doch sie besaß die Macht Tionés. Niemand, am allerwenigsten sie selbst, ahnte, dass sie dabei war, Abu Sayaf für alle Zeit an sich zu binden. Er würde ihr verfallen, aber sie würde mit dieser Macht über ihn nichts anzufangen wissen. Sie war zu jung. Hüstelnd machte sich Miltiades bemerkbar.

Der Satrap wandte sich ihm zu und bleckte die Fänge, Abu Sayaf maß ihn unter lauernd gesenktem Blick, Meliaés Augen flehten stumm um Hilfe.

»Die hohen Herren mögen mir verzeihen, dass ich sie so lange haben warten lassen«, säuselte Miltiades mit einer tiefen Verbeugung. »Aber schneller konnte ich die Feuerzeremonie beim besten Willen nicht abhandeln.« Vor Meliaé verneigte er sich ein weiteres Mal. »Mein Beileid zu Eurem Verlust.« Er tat, als suche er nach Worten, musterte sie dabei von oben bis unten. »Nun, es mag Euch in Eurer Situation banal vorkommen. Aber wie ich sehe, seid Ihr gar nicht auf den Brautschwur vorbereitet. Ich schicke sofort jemanden, der die Dienerinnen Almantheas herholt.« Miltiades machte Anstalten, sich umzudrehen.

»So viel Aufhebens braucht es nicht«, hielt ihn Abu Sayaf zurück. Er deutete auf eine Kiste, die mit offenem Deckel neben dem Altarstein auf dem Boden stand. Sie war randvoll mit Goldmünzen. »Sprecht Eure Formel, Priester, dann entfernt Euch. Meine Männer tragen Euch die Kiste, wohin Ihr wünscht.«

Miltiades spitzte die Lippen. »Nun, wenn es bei der Vermählung mit rechten Dingen zugehen soll, müssen die rituellen Handlungen eingehalten werden. Die Braut hat ein Bad in der heiligen Quelle zu nehmen, wo sie den Psalmgesängen der Priesterinnen lauscht. Auf diese Weise erfährt sie die Mysterien der sinnlichen Pflichten. Anschließend legt sie das Weiß der Unberührtheit an und wird dem Bräutigam übergeben.«

Die Augen des Heeresfürsten wanderten zu Meliaé, einen Lidschlag lang wirkte er verunsichert, dann aber blickte er grimmig. »Für so etwas ist keine Zeit. Mein Bruder und die Gerusia erwarten mich im Ratssaal.«

»Nun, was für ein Dilemma«, seufzte Miltiades. »Das Zeremoniell soll die Fruchtbarkeit des Weibs und den Segen der Lenden garantieren. Auf eine Formel lassen sich die Psalmgesänge nicht reduzieren, auch will ich das gar nicht erst versuchen. Es liegt mir fern, die Götter gegen Euch aufzubringen. Deswegen schlage ich vor, übergebt das Gold der Gerusia. Damit wäre der Angelegenheit dann wohl Genüge getan.« Diesmal verbeugte sich Miltiades nur steif und blinzelte den Sultanssohn abwartend an.

In dessen Miene kämpften sichtlich die Bedenken, während sich der Satrap schwertat, das ernste Mienenspiel beizubehalten. Meliaé starrte verkrampft zu Boden.

»Den Segen für die Lenden solltet Ihr nicht aufs Spiel setzen, Heeresfürst«, brummte der Satrap auf Tharisch. »Lasst Euer Weib bei den Priesterinnen, vor dem Rat ist sie Euch doch nur im Weg.«

Abu Sayaf warf Miltiades einen finsteren Blick zu. »Also gut, ruft die Priesterinnen.«

Rot angelaufen stieß Meliaé die Luft aus, sie konnte kaum verbergen, wie erleichtert sie war, ihrem zukünftigen Gemahl zu entkommen.

Miltiades verneigte sich und wies zu einem Bogengang.

»Wenn Ihr erlaubt, geleite ich Eure Braut hinüber in die Therme und verständige die Hohepriesterin Theia.«

»Geht und holt das Weib. Ich sehe mich in der Zwischenzeit in der Therme um.« Abu Sayaf straffte die Schultern, plötzlich lauerte der Tod in seinem Blick. »Wenn meiner Gemahlin etwas zustößt oder sie gar verschwindet, nagele ich Euch ausgeweidet an die Pantheontür und brenne die Stadt nieder. Haben wir uns verstanden?«

»Bei der Gnade der Götter!«, keuchte Miltiades. »Wo denkt Ihr hin, Eurer Gemahlin wird nichts geschehen!« In gespielter Kapitulation hob er die Hände. Dabei überkam ihn geradezu lustvolle Genugtuung. Bevor die Nacht vorüber war, würde sich der Schlachterfolg dieses überheblichen Barbaren in eine herbe Niederlage verwandeln.

Meliaé starrte Abu Sayaf fassungslos an. Was er da von ihr verlangte, brachte sie nicht fertig. Vor ihr knieten fünf Priesterinnen mit hängenden Köpfen. Zwei sollte sie zu Sklavinnen degradieren. Hohe Töchter der Stadt, die ihr Leben Almanthea verschrieben hatten. Hilfe suchend blickte sie zu Kylon, der nur die Schultern hob und albern die Lippen spitzte. Der Geront war ihr zutiefst zuwider, und doch hoffte sie, dass er ihr etwas über Simos berichten konnte. »Ich brauche keine Dienerin.« Schnell trat sie zu der Hohepriesterin, die auf Knien gequält das Gesicht vorzog, und schob ihr den Arm unter die Achsel. Die gebeugte Alte war dürr wie ein Reisigbündel und klammerte sich zitternd an ihren Gehstab, jedoch war es schwerer als gedacht, ihr aufzuhelfen.

Wütend schoss Meliaé einen Blick auf Kylon, und endlich kam Bewegung in den ignoranten Kerl. Ächzend wälzte er sich an den knienden Frauen vorbei, um ihr behilflich zu sein.

»Gesichter zu Boden«, blaffte Abu Sayaf, und sein Kiefer spannte sich, als wollte er jeden Moment wie ein Hund zuschnappen.

Kylon reckte das Kinn, dass der Hautsack darunter wie erstarrte Grütze bebte und blieb, wo er war. Die Hohepriesterin hakte sich mit schmerzverzerrter Miene bei ihm unter und versuchte ebenfalls, eine möglichst würdevolle Haltung einzunehmen.

Meliaé trat Abu Sayaf mit erhobenen Händen entgegen. »Bitte, Herr…« Sie wusste nicht, wie sie ihn anreden sollte, ohne ihn zu verärgern.

»Gemahl!«, kam er ihr zu Hilfe, und es zuckte um seinen Mundwinkel. »Oder: Sayaf, wenn wir uns ein wenig besser kennen.«

Schaudernd dachte sie daran, wie brutal er sie am Morgen auf dem Bett niedergerungen hatte. In dieser Nacht würde ihr noch einiges bevorstehen. Sie sah ihn dennoch fest an. »Ich komme gut allein zurecht. Ich brauche wirklich niemanden.«

Er trat näher, griff nach ihrem Handgelenk und rieb mit dem Daumen über den Verband, der darum gewickelt war. »Das nennt Ihr zurechtkommen? Kaum kehre ich Euch den Rücken, stellt Ihr Dummheiten an!« Sie entwand sich ihm, doch hielt er ihr den Zeigefinger unter die Nase. »Sucht endlich zwei aus. Ich hab nicht die ganze Nacht Zeit für diesen Unsinn.«

Langsam bewegte sie den Kopf hin und her, obwohl ihr nicht entging, wie er Arme und Schultern anspannte, als wollte er sich jeden Moment auf sie stürzen. »Ich kann das nicht. Bitte verlangt das nicht von mir.«

»Also gut. Dann treffe ich die Wahl. Aber beklagt Euch nachher nicht, dass sie Euch langweilen oder Ihr sie nicht leiden könnt.« Er sah auf die vier Knienden hinunter. »Los, auf mit Euch.«

Einer nach der anderen packte er ans Kinn, ließ sich ihre Zähne zeigen, kniff ihnen in die Wangen und besah sich eingehend ihre Gesichter. Schließlich wies er auf die beiden Jüngsten. »Wie heißt du, Mädchen?«

»Moira«, hauchte die junge Frau. Unter ihrem Priesterinnenschleier quollen goldene Locken hervor.

Er nickte und blickte zur Nächsten. »Und du?«

»Helena«, stieß die Dunkelhaarige atemlos hervor, während sie einen Schritt auf ihn zu machte. Ihr Gesicht glühte.

»Sehr schön. Moira und Helena. Ihr dient meiner Gemahlin, gehorcht ihr aufs Wort. Wenn sich eine zum Schlafen legt, beginnt die andere ihren Dienst. Verstanden? Und die Antwort lautet: Jawohl, Amir! Das bedeutet Fürst in meiner Sprache.«

Die beiden nickten eifrig und lächelten.

»Wenn ich noch einen Atemzug länger auf: Jawohl, Amir, warten muss, ist die nächste Tagesration gestrichen. Wer nicht spurt oder nicht ordentlich arbeitet, darf sich zehn Peitschenhiebe bei einem meiner Tribune abholen.«

Die Köpfe der jungen Frauen ruckten gleichzeitig hoch. »Jawohl, Amir!«

Mit einem Fingerschnippen zitierte er den Geronten zu sich. »Folgt mir, Kylon, während meine Gemahlin nun ihr Bad genießt, unterhalten wir beide uns mal.«

Kapitel 11

Almantheas Dienerinnen

Mit angehaltenem Atem blickte Meliaé auf die Tür, die sich hinter Abu Sayafs hoher Gestalt schloss, dann wurden ihr die Knie weich, und sie begann zu schwanken. Moira, ihre soeben ernannte Sklavin, stürzte ihr so hastig mit vorgestreckten Armen entgegen, dass ihr der Schleier vom Kopf wehte. »Herrin, ist Euch nicht gut?«

In Meliaés Kopf surrte es, als hätte sich dort ein Hornissenschwarm eingenistet. »Keine Ahnung«, murmelte sie und konnte sich nur an der zierlichen Person festklammern. Dann war sie von besorgten Gesichtern und wärmenden Armen umringt.

Die Priesterinnen geleiteten sie zu einer gepolsterten Steinliege, legten ihr eine Decke um und gaben ihr heißes Quellwasser zu trinken, das die Schwäche aus ihren Gliedern vertreiben sollte.

Als Meliaé den Becher absetzte, ließ sich die alte Hohepriesterin neben ihr auf dem Rand der Liege nieder und stellte sich ihr als Theia, die Hohe Mutter, vor.

»Geront Kylon war nicht zum ersten Mal an diesem Abend bei mir!«, eröffnete sie bedeutsam, während ihre trüben Augen Meliaé eingehend musterten. »Schon vor Sonnenuntergang hat er mir den Beschluss der Gerusia überbracht und mich gebeten, diese Pläne zu unterstützen. Der Hohe Rat hat Verbündete aufgetan, die Euch sicher aus der Stadt bringen werden.«

Meliaé glitt der Becher aus der Hand, dumpf zerschellte er auf dem Steinboden. Was für ein verworrenes Spiel trieb die Gerusia da? Erst wurde sie für eine Kiste Gold verschachert, dann wollte man sie dem Heeresfürsten dreist vor der Nase wegschnappen. Steckte die Gerusia am Ende auch hinter dem Verschwinden von Simos' Leiche? »Aber das geht nicht«, stieß sie verwirrt von ihren Überlegungen hervor. »Ich kann hier nicht weg!«

»O doch, Ihr könnt! Für Eure Flucht ist alles vorbereitet.«

»Nein!«, entfuhr es ihr, und der Alten klappte brüskiert das Kinn nach unten. »Ich habe dem Heeresfürsten mein Wort gegeben.«

»Oh, Ihr habt Gefallen an Eurem Gemahl gefunden.« Ein Lächeln zupfte an ihrem Mundwinkel, eines, das darauf hindeutete, einen völlig falschen Eindruck gewonnen zu haben. »Verstehe.« Sie nickte.

»Gar nichts versteht Ihr.« Ärger, aber auch Verlegenheit fluteten Meliaé heiß ins Gesicht, und sie erzählte von Abu Sayafs Drohung mit den Kreuzigungen und dass Amir Khayam noch einen Schritt weiter gehen würde und die Stadt niederbrennen wollte.

Die Alte senkte den Blick auf ihre gefalteten Hände. »Und dennoch ändert dies nichts am Beschluss der Gerusia. Ihr werdet fliehen.«

»O doch, es ändert alles!«

Theia sah auf und schüttelte den Kopf. »Die Sultanssöhne werden nicht so weit gehen, hier alles niederzubrennen, es ist nur eine leere Drohung, um Euch gefügig zu machen. Auch das mit den Kreuzigungen hat er nur gesagt, um Euch einzuschüchtern.«

Meliaé schüttelte den Kopf und zog die Decke fester um sich. »Ihr habt ja keine Ahnung. Vorhin hat er Kylon gedroht, ihn ausgeweidet an das Pantheontor zu nageln, wenn ich verschwinde oder mir etwas passiert.«

»Ihr geht trotzdem.«

Meliaé sprang auf und wäre fast in die Becherscherben auf dem Boden getreten, wenn Theia nicht geistesgegenwärtig nach ihr gegriffen hätte. »Nein, das tue ich nicht!« Sie machte sich los. »Ich laufe nicht davon, ich werde ihm liefern, was er will. Die Übersetzungen der Glyphen. Ich kenne einen Großteil dieser Texte schon. Er wird nicht viel damit anfangen können. Es sind doch nur Legenden. Er hat mir versprochen, Glarnos zu verschonen, wenn ich ihm die Übersetzungen liefere.«

»Es ist alles vorbereitet.« Die Priesterin tat, als hätte sie nichts gehört, und deutete auf Moira, die in diesem Moment mit den aufgelesenen Becherscherben hochkam. »Ich habe Moira ausgesucht, weil sie Euch in Größe und Statur ähnelt. Sie wird dem Heeresfürsten an Eurer Stelle im Brautschleier übergeben werden. Wenn er den Schwindel bemerkt, seid Ihr längst weg.«

Meliaé klappte der Mund auf, während Moira mit glühenden Wangen dastand und auf die Scherben starrte, die Helena ihr abnahm. »Aber er hat sie zur Sklavin gemacht. Das wird er niemals hinnehmen. Er wird sie umbringen!«

»Das ist unwahrscheinlich.« Erneut zuckte es um Theias Mundwinkel. »Moira ist orgiastische Priesterin.«

»Nein«, flüsterte Meliaé und bewegte den Kopf hin und her. Sie war fassungslos. Wie konnte die Hohe Mutter nur so berechnend sein. Sie warf Moira diesem Höllenhund zum Fraß vor.

Verlegen senkte Moira den Blick.

»Ich kann das nicht«, stieß Meliaé hervor. »Ich laufe nicht davon, ich habe mein Wort gegeben. Wie kann ich verlangen, dass der Höllenhund seines hält, wenn ich meines bei der erstbesten Gelegenheit breche?«

Moira ging vor ihr in die Hocke und sah mit ihren klaren blauen Augen zu ihr auf. »Als ich die Hand des Heeresfürsten vorhin auf meinem Gesicht gespürt habe, überfiel mich die

Gewissheit, dass er mir nichts Böses will. In seinem Blick liegt keine Tücke. Ich glaube, es wird mir gefallen, sein Interesse zu wecken.«

Wieder klappte Meliaé der Mund auf. Entweder war Moira über alle Maßen töricht und naiv, oder sie stand so unter Schock, dass ihr Verstand sie im Stich ließ. »Du bist seine Sklavin. Wenn er dich satthat, verkauft er dich.«

Moira war blass geworden, aber dennoch schüttelte sie den Kopf und sah sich nach Helena um, die jetzt hinter ihr stand und ihr die Hände verkrampft in die Schultern grub. »Er wird mich nicht verkaufen, genauso wenig wie Helena. Dazu werden wir ihm zu gute Dienste leisten.«

Jetzt war Meliaé so entsetzt, dass sie nichts mehr sagen konnte. Dazu brannten ihre Wangen. Moira redete wie eine Streunerin daher, die sich in den Hafengassen verdingte.

»Kommt jetzt, Dame Meliaé, ich zeige Euch, wie Ihr zu Kylon gelangt«, vermeldete Theia schroff und kam schwerfällig auf die schief stehenden Beine. »Meine Priesterinnen kennen ihre Pflichten.«

Schnaubend blieb Meliaé einfach sitzen.

Theia trat vor sie hin und legte ihr die knochige Hand auf die Schulter. »Kylon ließ mich wissen, dass Euer Bruder am Leben ist. Man hat ihn sicher aus der Stadt gebracht. Ihr wollt ihn doch sicher bald in die Arme schließen, nicht wahr?«

Ein Hitzestoß jagte Meliaé durch den Körper. Sie griff nach Theias knochigem Handgelenk. »Simos lebt?« Sie konnte nicht weitersprechen, weil sie sonst vor Freude und Aufregung laut geschrien hätte.

»Ja, und nicht nur das. Er ist in Sicherheit.« Sauer wehte ihr Theias Atem ins Gesicht. »Ein Zeichen der Götter!« Die Alte richtete sich mit steifen Gliedern auf.

Meliaé sah Simos' Gesicht in allen Einzelheiten vor sich, in ihrem Magen wurde es warm. Durch irgendein Wunder hatte er den Angriff des Meuchlers überlebt. Sie schloss die Augen und sah ihn verschmitzt grinsen. Hoffentlich hatte sich Theia das nicht nur ausgedacht, um sie zur Flucht zu bewegen. Aber könnte sie ihn so fröhlich vor sich sehen, wenn er tot wäre? Sie versuchte, sich die lächelnden Gesichter ihrer Eltern vorzustellen, doch es gelang ihr nicht.

»Abu Sayaf kann jeden Moment zurück sein. Ihr müsst hier weg«, riss die Alte sie aus ihren Gedanken. »Kommt, ich zeige Euch, wie Ihr in die Zisterne gelangt. Dort wartet schon derjenige, der Euch zu Eurem Bruder bringen wird.«

Meliaé erhob sich mit wackeligen Beinen. Die Frage, wer ihr zu fliehen half und wohin er sie bringen würde, schluckte sie hinunter. Was half es, den Namen eines Unbekannten zu erfahren? Oder von einem Versteck in den Wäldern zu hören?

Theia scheuchte Moira und Helena mit harschen Worten in die Therme. Sie sollten beide ein Bad nehmen und sich zurechtmachen. Meliaé ging hinter den Priesterinnen her. Sie würde zwar in die Zisterne hinabsteigen, aber nur, um ihrem Retter zu sagen, dass sie nicht fliehen würde.

Theia hakte sich bei ihr unter und dirigierte sie an Moira vorbei, die vor dem Thermenbecken ihre Gewänder ablegte. Hinter dem Thermengewölbe tat sich noch eine niedrigere Grotte auf, die durch die Glarnsteinverblendung an der Decke blau illuminiert war.

Theia deutete auf das dreigeteilte Wandgemälde an der hinteren Wand zwischen den Säulenbögen. Darauf waren Najaden zu sehen. Mädchen mit schneeweißer Haut, die abwärts der Taille Fische oder Schlangen waren und sich ausgelassen auf einem Felsen in der Meeresbrandung tummelten.

»Hinter dem mittleren Teil verbirgt sich eine Tür in die Stollen«, erklärte die Hohe Mutter und lächelte Meliaé zu. »Eine Tür, wie Ihr sie vermutlich kennt.«

Meliaé zog die Unterlippe hinter ihre Zähne und nickte.

Über eine ähnliche Geheimtür war sie mit ihrer Mutter in das Stollenlabyrinth unter der Stadt geflüchtet, das der Heeresfürst für Katakomben hielt. Ihr Vater hatte gewollt, dass sie sich in der Zisterne versteckten, bis die Verbündeten eintrafen. Leider hatten sie sich gleich zu Beginn verlaufen, und als das Lampenöl ausgegangen war, waren sie nur im schwachen Schein ihres Glarnanhängers durch die Finsternis geirrt, bis sie auf die grauenvoll stinkenden Leichen der Xernpriester gestoßen waren.

Ein Schaudern kroch Meliaé über den Rücken. Sie und ihre Mutter hatten es nicht fertiggebracht, über die Toten hinwegzusteigen, sie hatten kehrtgemacht und waren in den nächsten Tunnel abgebogen. Aber dort waren sie nach Kurzem den Soldaten des Heeresfürsten in die Arme gelaufen, die sie dem Satrapen ausgeliefert hatten.

Theia winkte Helena herbei und trug ihr auf, eine Lampe zu holen. Meliaé sah ihr nach und entdeckte Moiras schlanken Körper im Dunst. Anmutig stieg die junge Priesterin in das dampfende Wasser der Therme. Wenn diesen Frauen kein Leid geschehen sollte, musste sie schnell zurück sein.

Als Helena mit einer Öllampe wiederkehrte, trat Meliaé vor das Wandgemälde. »Ich weiß, wie sie zu öffnen ist«, sagte sie und schlug mit den Handballen gegen die Säulenschäfte.

Im Mauerwerk klackte es vernehmlich, und aus dem Marmorbogen über ihr rieselte Staub. Mit einem Knirschen gab die Wand nach und schwang in die Finsternis auf. Kalte Luft schwappte ihr aus dem Stollen entgegen. Rasch tat sie einen Schritt zurück.

Theia humpelte an ihr mit der Lampe vorbei ins Dunkle und kam mit einem zufriedenen Nicken wieder hervor. »Achtet auf das Rauschen des Wassers und ein grünliches Leuchten gegen Ende des Stollens. Dann seid Ihr richtig. Aber wenn Ihr irgendwo Abzweigungen seht, haltet Euch davon fern, die Gefahr ist groß, sich zu verirren.«

Meliaé sah auf das Flämmchen der Lampe, die Theia ihr übergab, und nickte. »Ich weiß.« *Bis zur Zisterne kann es von hier aus nicht allzu weit sein,* versuchte sie ihr schneller schlagendes Herz zu beruhigen. *Das Öl wird bis dorthin reichen.* Beklommen trat sie in die Dunkelheit.

»Die Götter seien mit Euch!«, krächzte Theia hinter ihr.

»Sie mögen auch mit Euch sein«, murmelte Meliaé und schloss hastig die Tür, bevor der Mut sie wieder verließ. Als der Schließmechanismus einrastete, stellten sich in ihrem Nacken die Haare auf. Die Dunkelheit stank nach Tod. Vor ihrem geistigen Auge blitzten die aufgedunsenen Gesichter der Toten auf. Sie hätten sich vergiftet, hatte ihre Mutter behauptet, um der Folter der Sultanssöhne zu entgehen. Fahrig nestelte sie ihren Glarnanhänger unter dem Gewand hervor. Vor das Ölflämmchen gehalten, trieb er mit seinem Gleißen die Finsternis gut fünf Schritt weiter den abschüssigen Stollen hinab. Mit hämmerndem Herzen drückte sie sich von der Tür ab und ging los.

Kapitel 12

Das Geheimnis der Gilde

Nachdem Meliaé an einigen Abzweigungen vorbeigekommen war, die wie Tore zur Unterwelt im weißen Felsen klafften, hörte sie ein entferntes Plätschern. Sie ging weiter, und das Geräusch fließenden Wassers kam näher. Erleichtert ließ sie die Schultern fallen. Hier war sie richtig. Die Stollendecke wuchs empor, und der grob behauene Boden ging in glatte, lang gezogene Stufen über, die von Felswand zu Felswand reichten. Den Glarnanhänger drückte sie gegen die Brust und raffte die Gewänder. Die Dunkelheit verlor an Bedrohlichkeit. Kurz darauf erfüllte grünliches Zwielicht den Stollen, und mit jedem Tritt nach unten schien es heller zu werden. Als dann blaugrüne Lichtflecke über die weißen Felswände tanzten, mündete der Treppenabgang hinter einem Torbogen in einen Brüstungsgang, der sich in einer strahlend blauen Säulenhalle verlor.

Meliaé sog die nach der Frische des Wassers duftende Luft ein. Vor ihr lag ein unterirdischer See, aus dem gewaltige weiße Säulen weit hinauf in ein mit Glarn verblendetes Gewölbe wuchsen. In der Ferne ergossen sich Wasserfälle aus den Schnäbeln steinerner Delfine, die aus den Wänden zu springen schienen. Was für ein traumhafter Ort, ging es ihr durch den Kopf. Sie blickte nach oben. Der Glarn strahlte heller wie nirgends sonst, obwohl es hier unten weder Tageslicht noch Feuerschalen gab, an denen sich der Stein hätte aufladen können. Dieser Ort war mystisch.

Ihre Mutter hatte ihr auf der Flucht durch die Stollen erzählt, dass sie nie zuvor hier unten gewesen war, weil es nur den Priesterschaften und männlichen Vertretern der Gilde erlaubt war, die geheimen Gänge zu betreten.

Meliaés Blick blieb an zwei Statuen hängen, die vor einer halbrunden Steinterrasse aus dem Wasser ragten. Vom Brüstungsgang führte eine Freitreppe hinab.

Sie hob ihren Gewandsaum und folgte dem Gang. Als sie die Stufen hinabstieg, bekam sie Herzklopfen, und sie konnte die Augen nicht von den Statuen lassen. Tioné, von deren Haupt sich Schlangen herabwanden, saß in den Händen des muskulös dargestellten Glarnos und schmiegte sich aufreizend an ihn.

Die Najade besaß Beine und umschlang seine Hüften damit, und er beugte sich über ihren Mund, begierig nach einem Kuss.

Dabei schien er nicht zu bemerken, dass sich seinem Hals eine der Schlangen mit ihren gebleckten Giftzähnen näherte.

Meliaé krauste die Nase. Ganz schön gemein von Tioné. Offenbar war das der Moment, in dem sie ihren Geliebten für seine vermeintliche Untreue bestrafte.

Meliaé trat an den Terrassenrand, der glatt mit der Wasseroberfläche abschloss, und sah grünliche von Algen bewachsene Steinstufen, die zum Zisternenboden hinunterführten. Sie runzelte die Stirn. Hier lagerten die Trinkwasservorräte der Stadt, das war doch kein Badebecken. Wozu also die Stufen?

Sie kniete sich hin und stellte die Lampe neben sich ab. Womöglich hatte der Ort kultische Bedeutung. Ihr Blick wanderte zu den Statuen zurück. Ein Ort, an dem besondere Riten abgehalten wurden. Orgiastische. Priester und Priesterinnen gaben sich innerhalb einer heiligen Zeremonie einander hin. Oder es waren die Männer der Gilde, die sich hier zu was auch immer trafen.

Peinlich berührt verzog sie das Gesicht und blickte in das blaugrün schimmernde Wasser. Simos und Vater, die es hier mit

Priesterinnen trieben. Orgiastikerinnen wie Moïra und Helena. Aber Tioné war eine najadische Gottheit aus einer viertausend Jahre alten Legende. In Tharien besaß sie keine Priesterschaft. Jedenfalls keine offizielle.

Nachdenklich berührte Meliaé die Wasseroberfläche, und ihr Herz machte einen Satz. Von ihren eingetauchten Fingern jagte ein Kribbeln ihren Arm empor, das ihr in heißen Kaskaden Rückgrat und Brust hinabrann. Das klare, kalte Wasser lockte so sehr, dass sie sich am liebsten kopfüber hineingestürzt hätte.

So erging es ihr sonst nur am Strand der Sommerresidenz ihrer Eltern. Das Meer schimmerte dort in so wundervollen Blautönen, dass man nur darin versinken wollte. Aber sie hatte nie allein an den Strand gedurft, ihre Mutter hatte jedes Mal einen Tobsuchtsanfall bekommen, wenn sie dahintergekommen war, dass sie sich doch heimlich hingeschlichen hatte. Die Brandung war gefährlich, sie zog Menschen hinters Riff. Vater hatte es lockerer gesehen, es ihr aber trotzdem verboten.

Meliaé biss sich auf die Lippe, der Gedanke an ihre Eltern machte ihr das Herz schwer. Nun gab es niemanden mehr, der ihr irgendetwas verbieten würde. Was sollte nur aus ihr werden? Gedankenversunken löste sie die Verbände. Ungläubig sah sie auf die Innenseiten ihrer Handgelenke. Die Schnitte, die sie sich mit der Tonscherbe zugefügt hatte, waren nahezu verheilt. Sie beugte sich vor, tauchte die Hände ins Wasser, und erneut jagten köstliche Schauer durch ihren Körper. Mit dem Daumen strich sie über die bereits verblassenden Narben. Wie war das möglich? Besaß das Zisternenwasser heilende Kräfte? Die Haare rutschten ihr über die Schultern. Hastig raffte sie die triefenden Strähnen zusammen und wrang sie aus. Die Lampe schob sie vorsichtig ins Trockene, glücklicherweise war sie nicht erloschen.

Im nächsten Moment hallte ein Platschen durch die Zisterne, und sie richtete sich etwas höher auf. Am anderen Ende der Halle schien etwas Schweres ins Wasser gefallen zu sein. Sie sprang auf, aber die liebenden Steinstatuen versperrten ihr die Sicht. Lauschend hielt sie die Luft an.

Außer dem Wasserrauschen war nichts zu hören. Langsam atmete sie aus. Vielleicht hatte sich ihr überdrehter Verstand das Geräusch nur eingebildet? Wie dem auch sei. Es war besser, sich im Stollen zu verstecken, bis sie wusste, was hier vor sich ging.

Im Kehrtmachen raffte sie die Gewänder, lief zur Treppe und hastete die Stufen hoch. Auf dem Brüstungsgang hielt sie jäh an. *Die Lampe!* Sie musste sie holen.

Als sie über die Brüstung zum Terrassenrand blickte, stutzte sie, denn da war etwas im Wasser. Ein silbriger Schemen schoss an den Statuen vorbei. Sie blinzelte. Ein Mann. Und er trug keinen Faden am Leib. Er war von schlanker, muskulöser Gestalt mit langem schwarzen Haar und flog geradewegs auf die Terrassenstufen zu.

Erschrocken zerrte Meliaé ihre Gewänder hoch und sprintete in Richtung Stollenaufgang los. Im vollen Lauf sah sie erneut über die Brüstung und stolperte fast. Wie war das möglich? Er stieg schon aus dem Wasser und sah geradewegs zu ihr herauf, als wüsste er, dass sie dort oben war. Quer zwischen den Zähnen hielt er etwas, das wie eine Flöte aussah.

Sie beschleunigte, passierte den Torbogen und hastete immer zwei Stufen auf einmal nehmend die Treppe hoch. Um sie herum tanzte blaugrünes Licht auf den Felswänden, und wieder überkam sie so heftiger Schwindel, wie er schon in der Brauthalle über sie gekommen war.

Knapp verfehlte sie die nächste Stufe, riss die Hände nach vorne, und der Felsenboden raste ihr entgegen.

Scharfer Schmerz fuhr ihr in die Knie und Unterarme. Keuchend rappelte sie sich auf, doch ihre Füße verfingen sich in ihrem Untergewand, und sie landete erneut auf den Stufen. Ihre Arme zitterten so sehr, dass sie sich nicht aufrichten konnte. Sie zischte einen Fluch.

Hinter ihr klatschten nackte Sohlen in atemberaubendem Takt über den Steinboden. Der Kerl war nicht nur im Wasser ein Pfeil. Zitternd kroch sie auf allen vieren weiter, ihr Herz überschlug sich. Aber da wurde sie auch schon gepackt und hochgerissen. Sie verschluckte ihren Schrei, etwas stach ihr in die gespannte Halssehne. Über den Einstich jagte ein Hitzesturm durch ihren Körper, der sie an den Rand der Ohnmacht trieb. Gleichzeitig drangen kalter Atem und ein fremdartig zischendes Wort in ihr Ohr, und mit einem Mal schien ihr Blut zu kochen, all ihre Muskeln krampften. *Gift! Hilfe, er bringt mich um!*

Der Mann zupfte die brennende Spitze aus ihrem Hals. Hinter ihr klackte es metallisch, als er sich etwas zwischen die Zähne klemmte.

Meliaé erschlaffte in seinen Armen, die Beine knickten gefühllos unter ihr weg. Mühelos hob er sie hoch. Ihr Kopf fiel zurück, doch war es zu dunkel, um sein Gesicht zu sehen. Schwindel und Ohnmacht zerrten an ihr. Er trug sie die Stufen wieder hinunter, zurück in die Säulenhalle. Auf dem Brüstungsgang flogen seine Füße nur so über den Boden.

Trotz seiner Last bewegte er sich mit unglaublicher Leichtigkeit, dann nahm er auch schon die Freitreppe zur Terrasse mit ihr. Vor dem Terrassenrand blieb er stehen und stellte sie ab. Er hinderte ihren Körper am Zusammenbrechen, indem er sie fest an sich drückte.

Durch schwarze Schlieren sah Meliaé in sein Gesicht, das durch die bleiche Haut und das strenge Ebenmaß seiner Züge geradezu abstoßend wirkte. Um seine unterkühlt violetten Lippen spielte ein Lächeln, und es verstärkte noch den Eindruck, dass nicht Blut, sondern Eiswasser in seinen Adern zirkulierte.

Als sich ihre Blicke trafen, machte ihr Herz einen Satz. Ein Dämon! Seine Pupillen waren senkrecht geschlitzt, und die Iris schimmerte wie flüssiges Silber.

Er sah sie nur an und stieß ihr durch die geweiteten Nasenflügel seinen Atem ins Gesicht. Zwischen den tadellos weißen Zähnen hielt er ein silbernes Schilfrohr mit einer dünnen Pfeilspitze. Panik überfiel sie. Starb sie jetzt langsam und qualvoll? Sie versuchte zu strampeln, sich zu befreien, aber keines ihrer Glieder wollte sich regen.

Unvermittelt drehte er den Kopf und spuckte das Rohr aus. Klirrend landete es auf dem Boden, und er sah sie wieder an. »Keine Angst, Meliaé, ich bringe Euch nach Hause. Dorthin, wo Ihr wirklich hingehört.«

Ihr stockte der Atem. Er kannte ihren Namen! Aber wovon sprach die Ausgeburt des Feuers? Sie war doch zu Hause! Nur war jeder, der ihr je etwas bedeutet hatte, tot oder geflüchtet.

Seine geschlitzten Pupillen rundeten sich, was seine Augen jedoch keineswegs menschlicher machte. »Bevor wir von hier weg können, muss ich Euch mit einer Seite von Euch vertraut machen, die Ihr noch nicht kennt.«

Sie versuchte ihn wegzuschieben und zu strampeln, ihre Glieder zuckten aber nur wie kraftloses Gewürm. »Wer seid Ihr?«, hauchte sie und war erschüttert, wie viel Kraft sie das Sprechen kostete.

»Ich bin Miltiades.« Er schlug mit den Lidern, als überlegte er, was er sonst noch preisgeben wollte. »Der Hüter des königlichen Siegels. Ich bin hier, um Euch zurückzuholen.«

Meliaé zog die Brauen zusammen. Meinte er das Gildesiegel? Über seine markante Miene huschte ein ungeduldiger Ausdruck. »Wir müssen schleunigst verschwinden, bevor es dem Heeresfürsten einfällt, hier unten nach Euch zu suchen. Für Erklärungen ist später noch Zeit.« Miltiades tastete nach ihrer Kette und riss sie ihr vom Hals. Den Anhänger nahm er zwischen die Zähne, die Kette schleuderte er weg. Mit einer Drehung befreite er den Glarnstein aus seiner Fassung und spuckte diese aus.

Bestürzt riss sie die Augen auf. Also doch! Der Anhänger war das Siegel. Aber warum zerstörte er es?

Miltiades ließ den eiförmigen Stein in der Faust verschwinden und näherte sich damit ihrem Gesicht. Es gab ein knackendes Geräusch, als zerbreche ein Ei, und zwischen seinen Fingern troff eine zähe, leuchtende Flüssigkeit hervor, die ihr in die Augen zu tropfen drohte. Reflexartig kniff sie die Lider zu. Dann lag seine Hand auf ihrer Stirn, wo er etwas Glitschiges auf ihrer Haut verteilte.

In Meliaés Kehle wurde es eng. Rasselnd sog sie den Atem ein, aber davon wurde alles nur noch schlimmer. Obwohl ihre Lunge bis zum Bersten gefüllt war, bekam sie keine Luft mehr. Röchelnd bäumte sie sich auf. Was hatte er mit ihr gemacht? Sie wurde hochgehoben und Stufen hinuntergetragen.

Eisige Nässe fraß sich in ihre Gewänder, zerrte an ihren Haaren, kroch unter ihre Haut, drang ihr bis in die Knochen und schwappte ihr in die Ohren. Sie wollte schreien, doch es ging nicht. Hustend rang sie um Atem. Ihre Arme trieben nutzlos zuckend im Wasser, abwärts der Hüfte fühlte sie nichts außer Kälte und tauber Schwere.

Der dämonische Fremde sah auf sie herab. »Keine Angst, Ihr werdet nicht ertrinken! Ihr seid wie ich!« Es blieb ihr keine Zeit zu protestieren, ihr schlug Wasser ins Gesicht, und er riss sie mit sich.

Mit aufgerissenen Augen sah sie den emporwirbelnden Blasen hinterher. *Ihr Götter, helft mir!* Um sie herum wallten ihre Gewänder, vermischt mit ihrem Haar. Dazwischen schimmerten Miltiades' bleiche Züge in den rauschenden Luftblasen.

Er blähte die Nasenflügel, als atmete er ein, und blies ihr einen lauwarmen Strom ins Gesicht. »Atme, Meliaé!« Seine Stimme dröhnte dumpf, aber volltönend unter Wasser. Er nickte ihr zu.

Finstere Schatten sprangen Meliaé an. Panik schrillte in ihren Ohren. Ihre Kehle krampfte von der beißenden Kälte, und in ihrem Brustkorb tobte ein Feuersturm. Sie presste die Lippen aufeinander, denn es waren die einzigen Muskeln, über die sie noch Gewalt besaß. In ihrem Kopf begannen Feuerräder zu rotierten. Warum tat Sterben bloß so weh?

»Atme, Meliaé!« Die Finger des Dämons umspannten ihren Schädel wie eherne Zwingen. »Hör auf, dich dagegen zu wehren, atme endlich!« Er packte sie bei den Schultern, schüttelte sie, zwang ihr so einen tödlichen Atemzug auf.

Würgend bäumte sie sich auf, aber dann – klar und kalt – strömte die Befreiung in ihre Lunge. Voller Gier sog sie Wasser durch den aufgerissenen Mund und verschluckte sich. Hustend griff sie sich an die Kehle, aber der Reiz verging mit dem nächsten Atemzug. »Ich … Wie?« Die Worte entschlüpften ihr mit einem Schwall silbriger Bläschen. Wie war das nur möglich? Sie atmete Wasser! Zwar fiel es ihr etwas schwer, weil es so zäh und eisig war, aber es wurde mit jedem Atemzug leichter. Sie sah zur Wasseroberfläche, die sich sanft über ihnen kräuselte. Bin ich tot?

Miltiades lockerte seinen Griff und massierte ihre Schultern mit den Daumen. Verstört sah sie ihn an. Er lächelte, seine Augenfarbe wechselte zu einem tiefen Blaugrün, und seine Pupillen rundeten sich, bis sie menschlich wirkten. »Wir müssen hier weg. Hinaus ins Meer. Sonst wird die Zisterne zur tödlichen Falle für uns.«

Meliaé schüttelte den Kopf, die lähmende Wirkung des Gifts schien nachzulassen. »Ins Meer?«, entfuhr es ihr, und erneut schüttelte sie den Kopf. Ihre Stimme klang dumpf, aber es war eindeutig ihre. Sie sprach, also konnte sie nicht tot sein. Verunsichert sah sie ihn an. »Nein, lasst mich los, ich will auftauchen!«

Zu ihrer grenzenlosen Verblüffung nahm er die Hände von ihr und nickte. »Na bitte, nur zu!«

Sie trat Wasser und erschrak. Was sich da abwärts ihrer Hüfte regte, waren nicht ihre Beine. Es war etwas, das sich taub und bleiern anfühlte. Etwas, das nicht zu ihr gehörte. Als neben ihr ein schillernd weißer Schlangenschwanz hochpeitschte, erstarrte sie.

Miltiades packte zu, und Meliaé verschluckte sich am nächsten Atemzug. Der Schwanz war Teil ihres Körpers. »Was ist das? Was habt Ihr mit mir angestellt?«

Seine Lippen verhärteten sich. »Ich habe Eure najadische Natur geweckt.«

»Najadisch?«, presste Meliaé schrill hervor, während sie auf ihre zuckende Schwanzspitze in seiner Faust starrte. Es tat weh. Er quetschte ihre Muskeln gegen die Knochen. Sie versuchte, sich dem brutalen Zupacken zu entziehen, und ruderte erschrocken mit den Armen, als er noch einmal kräftig an ihrem Schwanz zerrte und dann unerwartet losließ.

Schlingernd schoss sie nach oben und durchbrach japsend die Oberfläche. Doch statt Luft drang Staub in ihre Lunge. *Trockener, ätzender Staub!* Hustend ging sie unter. Strähnen wehten ihr ins Gesicht und gerieten ihr in den Mund. Sie spuckte aus und keuchte vor Erleichterung, denn es strömte wieder klare und befreiende Kühle in ihre Lunge. Der Dämon hatte sie verflucht. Sie konnte keine Luft mehr atmen. Ihre Sicht verschwamm in Tränenhitze. Er hatte sie in ein schlangenschwänziges Ungeheuer verwandelt.

Inmitten ihrer wogenden Haarflut erschien Miltiades' große, kräftige Hand und bekam ihren Arm zu fassen. »Ihr könnt nicht mehr zurück, Meliaé! Probiert es und Ihr werdet sterben!« Sein schreckliches Gesicht tauchte zwischen ihren aufgebauschten Gewändern auf. »Kommt mit mir, und ich lehre Euch, die najadische Natur zu beherrschen.«

»Najadisch?«, schrie sie jetzt, dass ihr die Kehle brannte, und versuchte, seine Hand abzuschütteln. »So ein Unsinn. Hört auf. Sagt mir, was ihr mit mir gemacht habt. Ist es die Droge, die ihr mir gegeben habt? Die mich diesen Unsinn sehen lässt?«

Er zerrte sie so dicht zu sich heran, dass sie mit den schnell vorgestreckten Handflächen gegen seine nackte Brust prallte. »Seht uns an, Meliaé, wir gehören ins Meer! Wir sind Najaden.«

»Nein!« Entsetzen machte sie steif. Ihn zu berühren, war ekelhaft. Seine Haut war hart und rau wie die eines Hais und sein Blut kalt. Er war kein Mensch. Er war ein Ungeheuer. Das schlimmste, das ihr je begegnet war. Nein. Dieser Drogenalbtraum würde bestimmt bald nachlassen. Mit den Handballen versuchte sie, ihn wegzuschieben, dabei sah sie ihm krampfhaft ins Gesicht. Seine Nacktheit stieß sie ab.

Er hielt ihr Handgelenk fest und schob ihr den Ärmel bis zum Ellenbogen hoch. »Seht her! Ehe Ihr nicht gelernt habt, das hier zu beherrschen, werdet Ihr verenden wie ein Fisch, der so dumm war, sich an den Strand spülen zu lassen.« Grob stieß er sie von sich.

Meliaé drehte ihre Hände und fuhr über die weiß schillernde Schlangenhaut auf ihren Unterarmen. Sie tastete nach ihren erhitzten Wangen und fühlte die weichen Schuppen auch dort. Das Herz sackte ihr in die Magengrube. »O nein, was habt Ihr mit mir angestellt?« *Das ist kein Drogenrausch! Es ist echt!*

Seine ozeanblauen Augen blickten kälter als alle Augenpaare, in die sie je geblickt hatte. »Ich habe nichts mit Euch angestellt, was ein Mensch auch nur einen Herzschlag lang überlebt hätte. Ihr seid von Tionés Blut, dem Blut unserer göttlichen Mutter.«

»Ihr seid ja verrückt! Götter haben kein Blut. Es gibt sie ja nicht einmal.«

Miltiades lachte verärgert. »Der Gilde-Erste hat Euch mit der Erbin Tionés gezeugt. Ihr seid sein Siegel.«

Heftig schüttelte Meliaé den Kopf, sie konnte diesem abstrusen Zeug nicht ansatzweise mehr folgen. »Was heißt das, sein Siegel?« Mit den Armen ruderte sie um ihr Gleichgewicht. »Meine Mutter hat mir nie etwas davon gesagt – sie konnte das Meer nicht ausstehen, es hat ihr Angst gemacht.«

Unwirsch hob er die Hand. »Schluss jetzt. Wir müssen hier

weg. Der Heeresfürst darf Euch kein zweites Mal in die Finger bekommen.«

Sie konnte Miltiades nur mit offenem Mund anstarren. Dabei bewegte sich ihr Kopf wie von selbst hin und her. Sie war das Siegel. Das Geheimnis der Gilde. Und noch eine Erkenntnis brach wie eine Eiterbeule in ihr auf. »Meine Mutter …«

Miltiades' Griff wurde schmerzhaft. »Nekaria war nicht Eure Mutter. Sie hat Euch nur großgezogen.« Er schüttelte sie. »Wir müssen hier raus, bevor dieses Becken zur tödlichen Falle wird!«

Die letzten Worte rauschten ungehört an ihr vorbei. Ihr ganzes Leben war eine Lüge gewesen. Wie betäubt schluckte sie Wasser, um die Übelkeit erregende Mischung aus Scham und Enttäuschung hinunterzuwürgen. Sie war nichts weiter als der Bastard ihres Vaters. Diese irreführende Bezeichnung Siegel diente nur dazu, das zu verschleiern. Als ob ein Mensch ein Siegel sein könnte. Könige setzten ihr Siegel unter Edikte.

»Seht mich an!« Meliaé schlugen die Zähne aufeinander, so hart rüttelte Miltiades sie jetzt durch. »Uns läuft die Zeit davon. Ihr müsst ins Meer. Es hängt mit Eurer ersten Verwandlung zusammen, Süßwasser ist nicht lange gut für Euch.« Er nahm die Hände von ihr und zupfte an ihrem Gewand. »Ich will nicht, dass Ihr damit irgendwo hängen bleibt. Legt es ab, während ich weg bin, um den Ablauf ins Meer zu öffnen. Ihr braucht keine Scham zu haben. Kein Najade trägt etwas auf dem Leib, wenn er ins Meer geht. Im Meer sind wir, wie Oron unsere göttliche Mutter erschuf.«

Ehe sich Meliaé sammeln konnte, um zu protestieren, bauschte ein Wirbelstrom ihre Gewänder auf und wehte sie ihr ins Gesicht. Als sie es geschafft hatte, sich zu befreien, sah sie, wie Miltiades mit gestreckten Armen an den Statuen vorbeiflog. Er schlug mit den Beinen, und in einer fließenden Bewegung verschmolzen sie zu einer hakenförmigen Schwanzflosse. Silbern auf dem Rücken und weiß auf der Unterseite. Einer Haifischflosse. Er wurde so schnell, dass er zu einem Schemen verschwamm, der sich in der blauen, diesigen Kühle verlor. Sie schüttelte den Kopf. Er war ja eine noch grausigere Kreatur als sie!

Sie sah zur Oberfläche und bewegte vorsichtig die Beine, die es nicht mehr gab. Jedoch nicht vorsichtig genug. Ihr Schwanz peitschte gegen den Boden, und sie schoss nach oben und durchbrach die Wasseroberfläche.

Sofort trübte sich ihre Sicht. Die Luft rieb wie Sandkörner hinter den Lidern. Mit zugekniffenen Augen öffnete sie den Mund, und ihre Zunge wurde pelzig. Das hätte ihr eine Warnung sein müssen, schnell wieder abzutauchen, doch dann saß die einströmende Luft auch schon wie klebriger Staub in ihrer Lunge.

Hustend ging sie unter und griff sich an die Kehle, schwarze Flecken tanzten vor ihren Augen. Die Luftblasen, die sie ausstieß, fühlten sich an wie kleine zerfetzte Brocken ihrer Lunge. Ihr Magen hob sich, und das wenige, das sich noch darin befand, stieß ihr als bittere Wolke über die Lippen. Würgend ruderte sie mit den Armen, und die trübe Brühe schlug ihr ins Gesicht. Die umherwirbelnden Gewänder nahmen ihr die Sicht, und im nächsten Moment schmetterte sie ihr peitschender Schwanz gegen den Zisternenboden.

Schmerz durchzuckte ihr umgeknicktes Handgelenk und ihren geprellten Ellenbogen. *Dieser götterverfluchte Schwanz!* Die najadische Natur war ein übler Scherz Orons. Als es ihr gelungen war, dem Wust verdrehter und hochgerutschter Gewänder wieder Herr zu werden, kroch sie auf dem Bauch zu den Stufen hinüber, die zur Terrasse hinaufführten.

Sie war ein lächerlicher Wurm, der nicht einmal Gewalt über seinen eigenen Schwanz besaß. Weinend schlug sie sich die Hände vor das Gesicht. Bestimmt war es ganz einfach, den Schwanz in Beine zurückzuverwandeln und die Lunge dazu zu bringen, wieder Luft zu atmen. Wenn man wusste, wie.

Sie setzte sich auf, und als ihr Blick an ihrem Schwanz hängen blieb, der verdreht auf den Stufen lag, schüttelte sie erneut das Grauen über sich selbst.

Da erschütterte ein Donnerschlag das Zisternenbecken, und sie schlang im Reflex die Arme um sich. Lauschend hielt sie den Atem an. Entfernt setzte ein Rauschen wie von gewaltigen in Bewegung geratenen Wassermassen ein. Irgendwo hinter den Statuen ächzte und knirschte Metall auf Stein. Das Geräusch war so durchdringend, dass sich ihr die Schuppen sträubten. Angespannt starrte sie ins diesige Blau zwischen den Säulen und den Statuen. Die Zisternenwände waren nur schemenhaft zu erkennen, und von Miltiades fehlte jede Spur.

Vor ihren Augen trieben ihre dunkelroten Haarwellen. Eine leise Strömung sog daran. Ihr leerer Magen krampfte sich zu einem Klumpen zusammen. Sie war verloren. Die Soldaten des Heeresfürsten würden sie töten, wenn sie sie aus diesem Becken herausfischten.

Sie blickte zu den Statuen. Der Abfluss war geöffnet, sie musste sich nur von der Strömung leiten lassen. Aber was sollte sie im Meer? Wovon sollte sie sich ernähren? Außerdem lauerten Haie da draußen. Und wie es nachts im Meer zuging, wollte sie sich erst gar nicht vorstellen. Sie konnte nicht da raus. Es wäre Selbstmord.

Sie sah zu den Stufen, die zur Terrasse hinaufführten. Wenn sie schon sterben musste, dann hier. Wenn Abu Sayaf erfuhr, was es mit dem Geheimnis der Gilde auf sich hatte, verschonte er die Stadt vielleicht. Er musste es erfahren, schließlich hatte er ihr Wort.

Plötzlich bauschte ein Wirbelstrom ihre Gewänder auf, und im nächsten Augenblick wurde sie bei den Schultern gepackt. »Ich habe Euch doch gesagt, dass Ihr diese Fetzen ablegen sollt.« Miltiades' Stimme dröhnte in ihr Ohr. Er schob die Finger unter ihren Gürtel, hakte ihn auf und ließ ihn fallen. »Von jetzt an tut Ihr genau, was ich sage, oder Ihr lernt mich kennen!«

Er riss ihr das Obergewand von den Schultern und zerrte am Ausschnitt ihres Untergewands, bis es zerriss. Rüde schüttelte er sie aus dem Wust von Tüchern.

Meliaé ging das Atemwasser aus, aber da stieß er sie auch schon von sich.

Mit aufgerissenen Augen sah sie an sich hinab. Schlangenhaut auf jedem Flecken ihres Leibs, selbst auf den Brüsten. Und ab dem Nabel liefen ihre Hüften in einen weißen Schwanz aus. Schön war sie noch nie gewesen. Aber jetzt war sie ein Ungeheuer. Sie griff nach ihren Haaren, um ihre Brust vor Miltiades zu verbergen, doch der starrte zur Oberfläche.

Sie kniff die Augen zu. Nein. Selbst wenn er ihr half, im Meer zu überleben. Sie wollte so eine Existenz nicht. Sie war ein Mensch, auch wenn sie keine Luft mehr atmen konnte.

Als sich Miltiades' Hand hart um ihren Arm schloss, riss sie die Augen auf. »Sie sind in den Stollen!«, stellte er immer noch zur Oberfläche blickend fest. »Dem Lärm nach ist es eine Hundertschaft!«

Verwirrt folgte sie seinem Blick. Jetzt hörte sie es auch, ihr Herz fing an zu hämmern. Ein Geräusch, das sie vom Tag der Ermordung ihrer Mutter kannte. Eine Schar knirschender Stiefelsohlen auf dem Steinboden. Die Soldaten des Sultans. Sie schienen aus verschiedenen Richtungen über den Brüstungsgang der Säulenhalle zu stürmen.

Abu Sayaf ließ sie suchen. Theia und Moira würden mit ihrem Blut für ihren Betrug bezahlen, aber letztendlich würde die ganze Stadt unter seiner Wut brennen.

Und womöglich war sie es, die das sinnlose Morden verhindern konnte. Einzig dadurch, dass er erfuhr, dass er sie nicht mitnehmen konnte. Sie konnte nicht sein Siegel sein. Wenn er und sein Bruder das begriffen hatten, ließen sie vielleicht von der Stadt ab.

Meliaé atmete tief ein. Sie musste Miltiades entkommen. Die

Soldaten mussten auf sie aufmerksam werden, durch ihren Tod würde die Stadt frei werden von der Last des Siegels.

Mit aller Kraft peitschte Meliaé mit dem Schwanz um sich, Miltiades ließ sie mit einem Aufschrei los. Sie hatte ihn getroffen. Das diesige Blau um sie herum verschwamm. Im nächsten Moment begriff sie, dass sie direkt auf eine Marmorsäule zuraste. Mit einer geschraubten Drehung entging sie dem Zusammenprall, streifte aber mit der Schulter noch den Säulensockel. Brennender Schmerz ließ sie zu Boden schlingern. Sie biss die Zähne zusammen, drückte sich mit den Händen ab und schlug kräftig mit dem Schwanz. Im planlosen Zickzack sauste sie durch den Säulenwald, schlug Haken wie ein Marschlandkaninchen.

Lange hielt sie dieses Tempo nicht mehr durch, ihr Herz pochte wie verrückt. Sie würde irgendwo gegenknallen und sich sämtliche Knochen brechen. Aber es war die einzige Chance, Miltiades zu entkommen. Er war schnell. Aber sie musste es schaffen, die Soldaten auf sich aufmerksam zu machen.

Je länger sie um die Säulen jagte, desto klarer wurde ihre Sicht. Alle ihre Sinne schärften sich. Es war, als nehme sie jedes Schimmern, jeden leisen Strom im weiten Umkreis um sich herum wahr. Selbst ihr Herz gewöhnte sich an dieses Wahnsinnstempo, und ein nie gekanntes Glücksgefühl durchströmte sie. Sie konnte es schaffen. Sie war schneller als Miltiades! Aus dem Augenwinkel nahm sie seinen silbrigen Schemen wahr, und da flüsterte es in ihr: *Spring und schrei!*

So fest sie nur konnte, schlug sie mit dem Schwanz, schoss der Oberfläche entgegen, durchbrach sie, schraubte wirbelnd in die Höhe und tauchte so widerstandslos in der wohltuenden Kühle ab, dass es nicht das leiseste Plätschern gab.

Sie musste es lauter tun. Auffälliger. So, wie es das dunkle Flüstern in ihr verlangte.

Sie füllte ihre Lunge bis zum Bersten mit Wasser, streckte

den Schwanz und die Arme bis in die Fingerspitzen und stürzte sich erneut in die sengende Luft. »Ich bin hier!« Über Wasser verzerrten sich ihre Worte zu einem gellenden Schrei. Ähnlich dem Kreischen einer Möwe, aber viel lauter. Extrem. Abstoßend. Vernichtend.

Sie riss den Schwanz hoch, breitete die Arme aus und klatschte mit dem Bauch auf. Das Brennen auf ihrer Haut war nichts im Vergleich zu dem Aufschrei, den ihre Seele tat.

Sie war kein Mensch mehr. Das war nicht mehr ihre Stimme, dieses Kreischen war Najadengesang.

Sie wurde langsamer, ihre Muskeln erlahmten. Ihr Leben war eine üble Laune des Oron. Als Miltiades von der Seite heranschoss und sie packte, wehrte sie sich nicht.

»Du tötest uns beide!« Mit einer Drehung riss er sie unter sich, sodass sie die Oberfläche nicht mehr erreichen konnte, und zog sie mit sich. Er stieß ihr das Atemwasser ins Gesicht. Seine Pupillen waren kaum noch sichtbare Schlitze. Mörderaugen. Er peitschte mit der Flosse, und ihr Schwanz glitt von ihm ab. »Wenn du nicht endlich tust, was ich sage, sterben wir!«

»Na und? Verschwinde doch ins Meer, ich lenke die Soldaten von dir ab.«

Der Druck seiner Arme verstärkte sich. »Ich kann dich nicht zurücklassen. Du bist das Siegel meiner Königin.« Ein Ruck ging durch Miltiades, er versteifte sich, jäh bremste er seinen Tauchflug. Mit verzerrter Miene blickte er zur Oberfläche. Rings um sie herum zischten Luftsäulen durch das Wasser. »Verdammt will ich sein!«, keuchte er und lockerte den Griff.

Meliaé machte sich mit einer Drehung von ihm los, ihr wehte Blutgeruch in die Nase. Sie sah sich um. Miltiades hatte einen Speer in den Rücken bekommen. Er versuchte ihn mit der Hand zu erreichen, ihn durch heftige Bewegungen abzuschütteln. Dabei umwehten ihn rote Schlieren.

Gierig sog sie Wasser ein und schoss der Oberfläche entgegen. Luftblasen streiften sie, ein Speer sauste vor ihr ins Wasser, und beim nächsten schmerzhaften Herzschlag tauchte sie in die von harschem Gebrüll dröhnende Luft ein.

»Aufhören!« Ihr Kreischen verschluckte jedes andere Geräusch. Dann tauchte sie wieder unter, wirbelte herum und schoss in die Richtung, in der die Terrasse lag.

Vor ihr brodelte eine Wand aus Luftblasen und lederumhüllten Gliedmaßen. Soldaten drängten die Terrassenstufen hinunter.

Hastig breitete sie die Arme aus, um ihren Tauchflug zu bremsen, doch es nutzte nichts, sie geriet unter die Soldaten. Jemand packte sie, und sie ließ es geschehen. Sie sah in ein junges männliches Gesicht. Ein Schwall Luftblasen quoll dem Aššuner aus dem Mund, seine Augen wurden groß und sein Griff noch fester.

»Bring mich zu Abu Sayaf!«, fuhr Meliaé ihn an. »Sag ihm, ich bin das Siegel der Gilde. Das Najadenkind unter den Menschen. Wenn er Glarnos nicht verschont, werden die Najaden seine erbeuteten Schiffe versenken. Ihr werdet alle sterben! Hörst du?«

Der Soldat reagierte nicht. Hatte er sie nicht gehört, oder verstand er ihre Sprache nicht? Das Brodeln ringsum schien nachzulassen.

»Hör mir zu!« Meliaé bekam die Hände frei und schlang sie um seinen Nacken, um an sein Ohr zu kommen. »Abu Sayaf. Verstehst du? Bring mich zu ihm!«, schrie sie aus voller Kehle, weil es ringsum so laut war. Luftblasen, vermischt mit einer Blutfahne, wehten ihr in die Augen. Die Arme des Soldaten glitten von ihr ab, und er sank dem Zisternenboden entgegen. Meliaé schnappte erschrocken nach Atemwasser. Sie hatte ihn getötet. Die Erkenntnis kehrte ihr den Magen um. Das Brodeln ringsum wurde lauter. Ein Stoß traf sie gegen die Schulter, kräftige Hände griffen nach dem jungen Mann, bekamen den Bund seiner Hose zu fassen und zerrten ihn von ihr weg.

Im nächsten Moment lag eine Hand auf ihrem Mund, und ein Arm presste ihr das Wasser aus der Lunge. Sie ließ es geschehen. Sie war das Verderben ihrer Familie und das der ganzen Stadt. Ihretwegen herrschte Krieg.

Der Soldat, der sie gepackt hatte, zerrte sie die Stufen hoch, alle wichen vor ihnen zurück. Meliaé kniff die tränenden Augen zu. Derbe Hände fassten sie an, rissen an ihren Armen, ihren Haaren, hinterließen Brandspuren auf ihrem Körper. Ergeben keuchte sie den letzten Rest Wasser aus und schnappte nach der tödlichen Luft.

Durch ätzende Tränenschlieren sah sie die Silhouetten der Soldaten, und über allem strahlte das Glarngewölbe. Würgereiz schüttelte sie, und beim nächsten Hammerschlag ihres Herzens knallte sie mit dem Rücken auf den Terrassenboden. Luft und männliches Gebrüll rauschten in ihren Ohren. Ihr Brustkorb ruckte hoch, und ihr Hinterkopf schlug auf dem Steinboden auf. Staub und schwarzer Qualm überall. Ihr Herz geriet ins Stolpern. Zwischen den Schlägen lagen schmerzhafte Ewigkeiten. Die Qual ließ einfach nicht nach. Warum verlor sie nicht die Besinnung? Verzweifelt reckte sie den verzerrten Gestalten die Hände entgegen. *Erlöst mich!*

Sterben tat so schrecklich weh. Doch dann rückten die dunklen Gestalten über ihr so dicht zusammen, dass ihre Schatten sie anfielen, mit heißen Händen an ihr zerrten und sie mit sich in bodenlose Finsternis rissen.

Kapitel 13

Kaltes Versprechen

Sayaf rempelte sich durch das Gedränge auf der Freitreppe. Alles lief aus dem Ruder. Und das nur, weil er in der Hitze des Zorns jeden, der rund um das Pantheon im Wachdienst gewesen war, hinunter in die Stollen befohlen hatte. »Lasst mich durch!«, brüllte er, und da erst reagierten seine Männer, wichen zurück und bildeten eine Gasse für ihn.

Sayaf schnappte nach Luft, als sein Blick auf das weiß schillernde Wesen, halb Mädchen, halb Schlange, auf dem Boden fiel. Dunkelrote Haarsträhnen klebten wie Adern an ihrem Leib. Meliaé. Ohne Zweifel. Sie war es.

Er hastete die Stufen zu ihr hinunter. Neben ihr kauerte ein junger Soldat mit nacktem Oberkörper, der seine Knie mit den Armen umschlungen hielt. Blut rann ihm aus den Ohren, und er stammelte: »Lass bloß unsere Schiffe in Ruhe. Hörst du?«

Sayaf fasste ihm an die Schulter, und der Mann sah verstört zu ihm auf. »Sie hat zu mir gesagt, die Najaden werden unsere Schiffe versenken.« Der Junge schüttelte den Kopf und sah auf Meliaé hinab. »Seht nur, mein Fürst, wie schön sie ist. So wunderschön. Ich würde sterben, wenn ich sie noch einmal lebendig im Arm halten dürfte.«

»Aufstehen, wegtreten!«, befahl Sayaf, jedoch reagierte der Soldat nicht, er wippte nur vor und zurück und redete einfach weiter.

»Er hört Euch nicht!«, schnaufte Naphassa außer Atem hinter ihm. »Das Biest hat ihn taub gekreischt. Aber nicht nur ihn, der halben Mannschaft klingelt es davon jetzt noch in den Ohren. Sie ist eine verfluchte Dschinnīya.«

Sayaf heftete den Blick auf Meliaés geschlossene Lider und ließ sich auf ein Knie zu ihr hinunter. Seine Hand zitterte, als er ihren schlaffen Arm aufhob. Eiskalt. Er sah auf ihre blau verfärbten Lippen und ihr strahlend weißes Gesicht. Der junge Soldat hatte recht. Selbst tot war sie so schön, dass es wehtat, sie nur anzusehen.

In seiner Brust fing es an zu brennen. Unbeschreiblicher Schmerz peinigte ihn. Er hatte sie doch gar nicht wirklich gekannt. Wie kam es dann, dass es ihn so berührte, sie tot zu sehen?

Er rutschte dicht an sie heran und zog sie auf seinen Schoß. Das Ohr senkte er an ihren offenen Mund. Aber da war nichts. Nicht der leiseste Hauch.

»Mein Fürst!«, zischte Naphassa neben ihm und griff nach seiner Schulter. »Nicht! Ihr könntet taub werden, wenn sie die Augen aufschlägt.«

Sayaf schüttelte die Hand des Legaten ab. Der Rest von dem, was Naphassa sagte, ging in dem Tumult unter, den die Männer veranstalteten, die noch immer mit dem fischschwänzigen Mann im Wasser rangen. Der Kerl blutete wie ein angestochener Stier. Unsterblich oder unverletzbar war er also nicht. Die Männer würden schon mit ihm fertig.

Sayaf ließ den Blick über Meliaés Hüften gleiten, die fließend in den weißen Schlangenschwanz übergingen. Sie sah aus wie die Dschinnīya von den Tempelreliefs. Wie Tioné. Behutsam legte er sie wieder auf dem Boden ab und blickte auf die Kuhle zwischen ihren Brüsten. Dann neigte er sich zu ihr hinunter und legte sein Ohr auf ihre eisige Haut. Nichts. Stille. Er presste das Ohr fester auf. Nur Schweigen und Tod. Das Geheimnis der Gilde war mit ihr verloren.

In Sayafs Kehle verklemmte sich etwas. Warum nur war sie den Männern direkt in die Arme geschwommen? Hatte sie damit von dem fischschwänzigen Kerl ablenken wollen? Wer war er? Ihr Geliebter? War sie deshalb hier runtergelaufen, weil sie wusste, dass er hier auf sie wartete?

»Mein Fürst!« Sayaf sah auf in Naphassas wutverkniffene Miene. »Der Dschinn hat aufgehört, sich zu wehren, er will Euch sprechen.«

Sayaf schob die Hände unter Meliaé und zog ihren zarten Leib an seine Brust. Er brauchte Antworten. Aber es war nicht richtig, sie hier auf dem Boden liegen zu lassen – nackt und schutzlos den Blicken der Männer preisgegeben. Hätte er jetzt seinen Mantel, könnte er sie darin einwickeln. »Macht mir Platz zum Aufstehen!« Der Legat richtete sich auf und schwand aus seinem Sichtfeld, die Soldaten traten zurück und zerrten auch ihren Kameraden weg, der jetzt lauthals heulte.

Sayaf erhob sich. Meliaé hatte in ihrer menschlichen Gestalt schon kaum etwas gewogen, doch jetzt, so halb zur Schlange gewandelt, schien sie in seinen Armen zu schweben. Er wappnete sich mit einem tiefen Atemzug gegen die Wut, die er auf den Dschinn hatte.

Warum hatte der Kerl nicht besser auf sie aufgepasst?

Als er zum Rand der Terrasse sah, musste er blinzeln, weil er glaubte, seine Augen spielten ihm einen Streich.

Der Dschinn hatte jetzt Beine, der Fischschwanz war verschwunden. Zwei Soldaten zwangen ihm die Arme auf den Rücken, um ihn fesseln zu können, zwei andere drückten ihre Speerspitzen gegen seine Brust.

Die Augen des Dschinns klafften wie schwarze Löcher zwischen dem nassen Haargewirr. »Sie muss ins Wasser, sonst stirbt sie!«, zischte er und bäumte sich im Griff der Soldaten auf. »Lasst mich zu ihr! Schnell, ich kann …«

»Ihr Herz schlägt nicht mehr«, unterbrach Sayaf ihn barsch.

Aufgebracht warf sich der Dschinn in die Brust. »Sie ist nicht tot! Ihr Körper schützt sich nur vor der brennenden Luft, indem ihr Herz nicht schlägt. Aber sie steht das nicht mehr lange durch. Lasst mich mit ihr ins Wasser, ich hole sie ins Leben zurück.«

Plötzlich hatte Sayaf einen trockenen Mund. Er musste an sich halten, nicht loszusprinten, um mit ihr ins Wasser zu springen. »Schafft ihn da rüber!«, knurrte er und deutete mit dem Kopf zu einer Säule, die ein gutes Stück vom Terrassenrand entfernt aufragte. Wenn es stimmte, was der Dschinn sagte, konnte er sie selbst ebenso gut wieder zu sich bringen.

Der Dschinn ließ sich zu der Säule führen. »Meliaé läuft die Zeit davon«, rief er von dort und brachte Sayaf dazu, stehen zu bleiben. »Ich habe den Ablauf ins Meer geöffnet. Bald wird die Zisterne leergelaufen sein. Sie muss ins Meer. Heute Nacht noch. Es hängt mit ihrer ersten Verwandlung zusammen, Süßwasser ist nicht lange gut für sie. Hört Ihr?«

Sayaf starrte auf die mit Algen verschmierten Stufen, die vier oberen ragten bereits aus dem Wasser. Ihre erste Verwandlung also, dachte er und hielt lauschend die Luft an. Jetzt, da die Männer endlich Ruhe gaben, war trotz des Plätscherns aus den Delfinschnäbeln, ein gurgelndes Fließen zu hören. Meliaé lief die Zeit tatsächlich davon. Dennoch setzte Sayaf vorsichtig den Fuß auf die erste Stufe.

»Nicht!«, rief Naphassa hinter ihm bebend vor Zorn. »Selbst tot vernebelt sie Euch noch den Verstand. Merkt Ihr das denn nicht? Sie ist unser Verderben! Werft sie zusammen mit dem Dschinn auf den Scheiterhaufen des Gilde-Ersten, dann sind wir diesen Fluch los!«

Sayaf drehte den Kopf zur Seite. »Wagt es nicht, mir zu folgen!« Kaltes Wasser drang ihm in die Stiefel, kroch an ihm empor und saugte die Lederhose an seinen Beinen fest. Jetzt war er froh, den Mantel im Ratssaal gelassen zu haben. Als er bis zum

Bauch im Wasser stand, schlang er die Arme um Meliaé und umfasste ihren Hinterkopf. Bis auf die blauen Lippen sah sie so friedlich aus, als schliefe sie nur.

Rasch nahm er noch einige tiefe Atemzüge, dann warf er sich mit ihr ins Wasser. In der sprudelnden Kälte öffnete er die Augen. Ihr weißes Gesicht leuchtete unwirklich in der roten Haarflut. Er sah auf ihren Mund. Die Luft musste aus ihrer Lunge heraus und das Wasser hinein.

Fest schlang er die Arme um sie und drückte sie mit einem kräftigen Ruck an sich. Ein Schwall Luftblasen aus ihrem Mund streifte seine Lippen, die sich wie von einer unwiderstehlichen Macht angezogen auf ihre gelegt hatten. Wohlige Schauer jagten über seinen Rücken. Er wich mit dem Kopf zurück. Er musste doch den Dschinn ins Wasser holen. Das hier führte zu nichts.

Aber er schaffte es nicht, Meliaé loszulassen, stattdessen drückte er sie noch einmal fest an sich und wärmte ihre kalten Lippen mit dem eigenen Mund. Plötzlich schnappte sie nach Wasser und bog sich ihm entgegen.

In Sayafs Magen brach ein Hitzesturm los. Ihm entglitten dicke Atemblasen, während sich ihre Arme um seinen Nacken schlangen und sie sich an ihm emporzog.

Unfähig, sich zu rühren, sah er ihr in die Augen.

Sie klammerte sich an ihn und atmete schwer. Ungläubigkeit stand in ihrem Blick, dann schlug sie mit den Wimpern.

Sayaf sah auf ihre Lippen, die sich bewegten.

»Versprecht es!« Über ihrer Nase erschien eine Falte. »Ihr sollt es versprechen!«, verlangte sie.

Was? Sayaf hatte keinen blassen Schimmer, was sie von ihm verlangte. Und es war ihm auch egal, solange er sie nur festhalten durfte. Aber gleichzeitig wurde es in seiner Brust eng.

»Versprecht mir, Glarnos zu verschonen, egal, was Euer Bruder befiehlt. Der Sultan kann kein Siegel haben, höchstens ein totes. Nämlich mich. Hört Ihr, ich bin das Siegel! Aber ich kann nicht mit Euch gehen, denn ich kann keine Luft mehr atmen.«

Sayaf wurde schwindelig. Die Lederrüstung quetschte seinen Brustkorb zusammen, er konnte die Beine nicht bewegen. Wovon redete sie da nur? In seinem Kopf war nichts als Leere. Mit Erstaunen beobachtete er, wie sie von ihm abrückte, wie ihre Hände an seinem Brustpanzer entlangglitten, ihn unter den Achseln packten und ihn hochhoben. Sein Kopf brach durch das Wasser, und er schnappte nach Luft, als täte er gerade die allerersten Atemzüge überhaupt. Dann zerrte sie ihn erneut zu sich unter die Oberfläche.

Mit brennender Lunge starrte er sie an. Etwas schlang sich um eines seiner Beine. Ihr Schwanz.

Sie kam ganz dicht heran. »Los, macht schon, versprecht es. Bitte!«

»Ja, ich verspreche es!«, gluckerte es mit einer dicken Blase aus ihm hervor. Träumte er? Er sprach unter Wasser. Wie verrückt war das denn?

Wütend funkelte Meliaé ihn an. »Wo ist Miltiades? Eure Männer haben Speere nach ihm geworfen, er ist verletzt, lasst ihn ins Wasser! Dann könnt Ihr mich von mir aus mitnehmen!« Sie umfasste sein Gesicht, und Sayaf schloss hingerissen die Augen. Aber sie rüttelte an ihm. »Werft mich Eurem Bruder vor die Füße, dann begreift er hoffentlich, dass er nichts davon hat, die Stadt niederzubrennen!«

Sayaf riss die Augen wieder auf. Sie hatte einen Namen erwähnt. *Miltiades! So hieß der Dschinn also!*

»Hört Ihr? Eure Männer dürfen Miltiades nichts tun! Bitte lasst ihn zu mir ins Wasser.«

Sayaf nickte, obwohl er sie packen und die Treppen hochschleifen wollte. Er musste sie gehen lassen, sie war gefährlich. Und diesen Miltiades auch. Denn jemand musste auf sie aufpassen – im Meer.

»Lasst ihn ins Wasser. Bitte!«

Instinktiv wich Sayaf zurück. Als er ihre Handgelenke anfasste, um sich von ihr zu lösen, schossen Blitze durch seine Adern. Er musste aus dem Wasser. Sie verhexte ihn. Sie war eine Najade. Jetzt endlich begriff er, was es damit auf sich hatte. Doch Sayaf hielt inne, denn sie lächelte.

»Geht!« Sie packte ihn wieder unter den Armen und hob ihn der Oberfläche entgegen. »Ihr müsst atmen. Taucht auf!«

Er schloss die Augen und ließ sich ihr entgegensinken. Er wollte nicht von ihr weg, er wollte ihre Lippen noch einmal auf seinen fühlen. Doch da packte ihn etwas wie mit Eisenhaken an den Schultern, und Meliaé entglitt seinen Händen.

Blaues Licht blendete ihn, und ein Schatten näherte sich. Ein Schlag gegen die Brust und gleich darauf noch einer zertrümmerte den Mühlstein zwischen seinen Rippen und brachte die Stille um ihn herum zum Zerplatzen. Sayaf schnappte nach Luft. Treppenstufen bohrten sich in seinen Rücken.

»Amir Sayaf! Bei sämtlichen Rachegeistern!«

Die muffige Weinfahne des Legaten drehte Sayaf den Magen um. Er bäumte sich auf und spie Wasser mit Galle. Sein Rücken jaulte, der Legat lastete auf ihm wie ein gestürztes Schlachtross.

Sayaf versuchte die Unterwasserbilder loszuwerden, die durch seinen Verstand geisterten. Was war passiert? Jemand zerrte ihn ins Sitzen hoch, benommen starrte er auf eine schwielige Pranke. Warum konnte Naphassa ihn nicht mal einen Augenblick durchschnaufen lassen?

Der Legat half ihm auf die Beine. Alles drehte sich in Sayafs Kopf, und es dauerte, bis die Wirklichkeit scharfe Konturen bekam. Die Soldaten sahen aus wie in den Fluss gefallene Hunde.

Schwankend griff Sayaf nach Naphassas Schulter und ließ sich die Stufen hochziehen. Die nasse Lederrüstung hemmte seine Bewegungen. Als er den Kopf hob und den nackten Dschinn vor der Säule erblickte, wusste er mit einem Schlag wieder, was passiert war. *Miltiades!* So hatte sie ihn genannt. Sayaf drückte den Handrücken gegen seinen Mund, um sich nicht im hohen Bogen zu übergeben. Ihm war speiübel.

»Ich habe Euch doch gesagt, lasst mich zu ihr!«, höhnte Miltiades. Er sprach jetzt akzentfrei Aššunisch. »Macht mich jetzt bloß nicht für Euer Elend verantwortlich. Menschensöhne sollten sich hüten, einer Najade zu nahe zu kommen. Ihr habt verdammtes Glück, dass sie euch nicht ersäuft hat.«

Sayaf ließ die Hand fallen. In seinem Bauch brodelte das Verlangen, Miltiades das Genick zu brechen. Doch er blieb stehen und musterte den muskulösen Körper des Dschinns, bevor er sich zwang, nur noch in dessen seelenlose Augen zu blicken.

»Ich möchte daran erinnern«, fuhr der Dschinn mit seinem Hohngeschwätz fort, »dass Meliaé die Zeit davonläuft wie das Wasser im Zisternenbecken. Lasst mich zu ihr, und ich helfe ihr durch den Ablauf ins Meer. Sie kann dort noch nicht allein überleben, sie braucht mich.«

»Wer ist Meliaé?«

»Müsst Ihr das wirklich noch fragen? Sie ist wertvoller als alles in dieser vor Dreck starrenden Stadt. Genügt das?«

Sayaf tastete nach der pochenden Stelle über seiner Nasenwurzel und massierte sie. »Ich werde sie in einen Zuber mit Wasser stecken und mit nach Aššu nehmen.«

»Sie wird das nicht überleben. Sie muss ins Meer.«

Lahm wischte sich Sayaf über das Gesicht. »Von mir aus stecke ich sie in einen Zuber mit Meerwasser. Aber sie geht mit mir nach Dschadun. Mein Vater verlangt zu erfahren, was es mit diesem verfluchten Siegel auf sich hat.«

Der Dschinn funkelte ihn von unten herauf an. »Da wird Euer Vater aber die Nase rümpfen, wenn Ihr einen Zuber voller Maden und Verwesung vom Dromedar ladet.«

Sayaf zwang sich, tief durchzuatmen. Das Brodeln in seinem Magen wurde heftiger. Natürlich konnte er Meliaé nicht mitnehmen. Das wusste er doch selbst. »In Ordnung«, keuchte er. »Ich weiß, wann es klüger ist, sich aus einer Schlacht zurückzuziehen.«

Auf steifen Beinen ging er dem Dschinn entgegen. Seinen Männern machte er mit einem Wink klar, dass sie ihn umdrehen sollten. Die blutende Speerwunde in dem muskelbepackten Rücken war verschwunden. Nur noch eine verblasste Narbe zeugte davon. Miltiades war ein Maguš, er heilte mit Magie und hätte die Soldaten, die ihn gefangen hatten, mit seinen Kräften vermutlich töten können.

Er gehörte jener Zunft an, auf die der Sultan von Aššu erbittert Jagd machte. Aber er war noch gefährlicher als die aššunischen Maguš. Er wirkte Magie, obwohl er von Glarnstein umgeben war.

Sayaf sah auf die ringenden Fäuste des Dschinns. Der Kerl war nicht so abgebrüht, wie er tat. Er verbarg etwas. Etwas, das mit Meliaé zu tun hatte. Sayaf griff nach Miltiades' Fäusten, um ihm die Fesseln abzunehmen. Wenn er nur mehr Zeit hätte, ihn zu verhören. Aber dann riskierte er, dass sich Khayam einmischte und Meliaé in noch schlimmere Gefahr geriet als jetzt in einem leerlaufenden Zisternenbecken.

»Umdrehen!«, befahl er und wickelte die abgenommenen Lederriemen um die eigene Faust, wie um sie davon abzuhalten, vorzuschnellen, um dem Dschinn das Nasenbein zu zertrümmern. »Ich lasse Euch mit ihr frei«, sagte er stattdessen, so freundlich er nur konnte, und brachte auch noch ein gönnerhaftes Lächeln zustande. »Sie hat mir gestanden, dass sie das Siegel ist. Aber ich werde nicht aufgeben, sie zu suchen. Und verlasst Euch drauf, ich finde das Land hinter dem Weltengürtel. Die Feuerinseln, von denen sie mir erzählt hat. Und dann macht euch Fischschwänze auf den Untergang gefasst. Es sei denn, ihr liefert mir Meliaé aus. Sie ist meine Gemahlin. Ich will sie als Mensch zurück, damit ich sie mit nach Aššu nehmen kann.«

Miltiades schürzte anerkennend die Lippen. »Ihr seid dem Siegel recht nahe gekommen. Aber dennoch werdet Ihr es nie besitzen. Sucht ruhig nach den Feuerinseln und fahrt in Euer Verderben.«

Kapitel 14

Glarnos' Tränen

Der Meeresboden hinter den Riffen glühte förmlich von den leuchtend blauen Klumpen, die von der Unterströmung herausgewaschen aufwärtsschwebten. Erfasst und emporgewirbelt durch die Strömung der Brandung, barsten sie an der Unterseite des Klosterfelsens zu erlöschendem Sternenregen.

Meliaé blickte den Klumpen hinterher, die sich mit der Unterströmung im Dunkel der Nebelsee verloren.

Glarnos' Tränen traten ihre Reise in den Norden an.

Vorbei am Weltengürtel würden sie durch die kühleren Meere des Nordens auf wundersame Weise zu Thariens Südspitze finden. So, wie sie es immer getan hatten.

Die Wärme, die der Meeresgrund abstrahlte, machte Meliaé schläfrig. Sie hatte sich im weichen Sand eingegraben und wehrte sich nicht, als ihr die Augen zufielen, konzentrierte sich aber darauf, nicht einzuschlafen.

Seit vier Jahren nun, da sie auf Vasumana lebte, tauchte sie regelmäßig zu dieser Stelle unter dem Klosterfelsen hinab. Und mittlerweile wusste sie, dass es nichts Gutes verhieß, wenn der Meeresboden derartige Mengen an halb erstarrtem Glarn ausschwitzte. In der Tiefe weinte kein Gott, und es glühte auch nicht die Esse Orons, sondern es brodelte im Bauch des Inselvulkans. Es mehrten sich die Zeichen, dass ein Ausbruch bevorstand. Ob es noch Wochen dauern würde oder nur Tage, war dennoch schwer zu sagen. Der Agung Vasuma war wie alle Feuerberge launisch.

Um nicht doch noch in den Schlaf zu gleiten, drehte sie sich auf den Rücken, verschränkte die Arme hinter dem Kopf und blickte durch die Riffspalte hindurch nach oben.

Im fahlen Licht des aufsteigenden Glarns schillerten bunte Korallen und Anemonen an der Unterseite des Klosterfelsens.

Die Nacht war bald vorüber. Sie musste ins Kloster zurück. Der Dukun musste erfahren, was am Meeresgrund vor sich ging. Aber dann würde er die Tempelglocke den nahenden Ausbruch verkünden lassen.

Der tiefe, vibrierende Ton würde nicht nur in den Dörfern zu hören sein. Das Schlagen der mächtigen Holzramme gegen den Glockenkörper aus faustdicker Bronze würde bis hinauf zu König Simhas Bergfeste dringen. Und selbst das Meer würde den Atem anhalten, wenn die Glocke den Tod verkündete. Den Tod Einzelner oder gar den von Tausenden.

König Simha, der Herrscher von Vasumana, würde Opfer verlangen. Opfer, die den Feuerberg besänftigen sollten. Menschenopfer. Und Miltiades würde nichts dagegen unternehmen, denn er war der Meinung, dass sich Najaden nicht in die Geschicke der Menschen einzumischen hatten. Meliaé setzte sich auf und schüttelte sich den Sand aus den Haaren. Es wurde Zeit, mit diesen unmenschlichen Gebräuchen zu brechen. Sie würde nicht zusehen, wie der Inselkönig seine Häscher in die Dörfer aussandte. Mit der Hand pflückte sie Seekletten aus ihrem Haar und blickte in die Dunkelheit der offenen See. Zwischen den aufsteigenden Glarnbrocken wirbelten Sandschleier.

Miltiades' Schattenhaie hatten sich die ganze Nacht noch nicht blicken lassen, was aber nicht bedeutete, dass sie nicht vor dem Riff patrouillierten. Die haigestaltigen Klosterwachen ließen sie in Ruhe, solange sie nicht versuchte, allein ins offene Meer hinauszuschwimmen. Auch mischten sie sich nicht ein, solange sie im Kloster und den Dörfern nur ihren Pflichten nachging.

Vom konzentrierten Starren fingen Meliaés Augen an zu brennen, sie blinzelte zum Tempelfelsen hinauf. Sie würde nicht ins Kloster zurückkehren. Sie würde in die Dörfer gehen und die Menschen warnen, ob Miltiades das nun passte oder nicht.

Meliaé drückte sich vom Boden ab und stieg durch Schlängelbewegungen ihres Schwanzes in der Riffspalte empor. Mit gestreckten Armen ließ sie sich von der Brandungsströmung mitziehen. Als die Felsspalte einer Meereshöhle in Sicht kam, durchbrach sie die Aufwärtsströmung und schwamm in die Höhle hinein.

Diffus sickerte dunkelgrünes Licht zwischen den eng zusammenstehenden Felswänden herab, das der Schlangengrotte des Klosters entstammte.

Meliaé stieg so hoch, bis das grünliche Leuchten die schwarzen Felsen herabgetanzt kam, dann verharrte sie durch sanftes Schlängeln auf der Stelle.

Sie musste einige Zeit verstreichen lassen, bevor sie wieder aus der Höhle herausschwimmen konnte. Die Schatten sollten glauben, sie sei ins Kloster zurückgekehrt.

Mit geschlossenen Augen lehnte sie sich gegen die Felswand und legte die Arme an den Körper. Im Geiste sah sie die kleine Seeschlange vor sich, in die sie sich verwandeln wollte. Weiß auf der Unterseite und kupferfarben auf der Rückseite und dem Kopf. Ein heißes Kribbeln stieg ihr von der Schwanzspitze über das Rückgrat bis in den Nacken hoch. Es knirschte laut in ihrem Kopf, und als Meliaé die Augen wieder öffnete, verlor sie die Orientierung und fiel. Arme und Hände gab es nicht länger, sie waren wie ihre Beine mit ihrem Schlangenleib verschmolzen. Die Höhle wirkte jetzt riesig, und das sattgrüne Zwielicht war nur noch ein farbloses Gemisch aus hell und dunkel. Unaufhaltsam trudelte sie in die Tiefe und der klaffenden Felsspalte entgegen. Krampfhaft hielt sie dabei den Kopf erhoben, während ihre Zunge hervorschnellte und tastend umherhuschte. Das Züngeln half, das Gleichgewicht wiederzufinden, und ihr langer Leib verfiel endlich in das harmonische Seitwärtsschlängeln der Seeschlange. Keinen Moment zu früh. Die Steinwände hörten auf, und sie schwebte hinaus ins schimmernde Riff.

Hastig schlängelte sie aufwärts, an der Unterseite des Klosterfelsens entlang. Vorbei an scharfkantigen Korallenstöcken stieg sie der Oberfläche entgegen und hinein in den Sog, der alles zwischen flachen Felsen hindurch an den Strand trug.

Im Schaum der Brandung glitt sie auf davonrollenden Sandkörnern vorwärts, bis sich der Boden unter ihrem Bauch verfestigte.

Meliaé spannte sich bis in die Schwanzspitze, dabei nahm ihr Körper wieder die menschliche Größe an, und sie stieß das Atemwasser durch die Nase aus. Die leise Panik, die sich in ihr regte, verflog mit dem Einströmen der Luft in ihre Lunge. Knirschend lösten sich ihre Arme und Beine wie aus einem zäh gewobenen Kokon, der ihre Gliedmaßen an den Körper gezwungen hatte. Sie dehnte die Armmuskeln und grub die Finger in den Sand, um nicht von der nachrollenden Welle zurückgerissen zu werden. Von der nächsten Woge überspült, drehte sie sich auf den Rücken und blinzelte zum Nachthimmel auf, an dem der Mond wie ein verzerrtes Schlierengebilde gleißte. Einen Moment lang kostete sie es aus, einfach dazuliegen und sich vom Wasser umspülen zu lassen. Doch der Wind ließ sie frösteln, und sie setzte sich auf.

Die dunklen Umrisse des Klosterfelsens erhoben sich wie ein mächtiger Schiffsrumpf aus den Fluten. Mit den drei schlanken Tempelpagoden, die zwischen buschigen Baumkronen emporragten, ähnelte das Meereskloster einer dreimastigen Kontere, die unter geblähten Segeln die Küste anlief.

Meliaé schlang die Arme um die Beine und unterdrückte das

Klappern ihrer Zähne. Jedes Mal, wenn sie das Felsenschiff betrachtete, spukte Abu Sayafs Gesicht in ihrem Kopf herum. Er hatte seine ehrgeizigen Pläne wahr gemacht. Wieder einmal raubte er Land und versklavte Menschen. Die letzten vier Jahre hatte er Schiffe bauen lassen, die er unaufhörlich über den Weltengürtel zu Beutezügen entsandte.

Meliaé krallte die Finger in den nassen Sand, bis sie schmerzten. Im Wasser der Zisterne wäre es ein Leichtes gewesen, ihn zu töten, und keiner seiner Soldaten hätte es verhindern können. Energisch schleuderte sie den Sand weg. Nein, sie hätte bloß den Mund halten müssen, statt ihm von der Glarnlegende zu erzählen.

Sie sah zu den verblassenden Sternen hinauf. Es hätte Miltiades das Leben gekostet, wenn sie Abu Sayaf in der Zisterne ertränkt hätte. Außerdem war sie noch ein Kind gewesen. Wie hätte sie denn ahnen sollen, welch verheerende Folgen es haben würde, mit ihm über die Inseln hinter dem Weltengürtel zu sprechen?

Meliaé spülte ihre Hände sauber. Es brachte nichts, dazusitzen und über verpasste Gelegenheiten nachzugrübeln. Sie würde nicht tatenlos im Kloster sitzen, während die Tempelglocke den Tod verkündete. Sie würde die Menschen warnen, bevor es die Glocke tat. Bevor der König der Bergfeste seine Soldaten zum Eintreiben der Menschenopfer aussandte.

Der Agung Vasuma würde ausbrechen. Oder er würde sich wieder beruhigen. Ganz gleich, ob nun Menschen über den Kraterrand gestoßen wurden oder nicht.

Meliaé blickte in die Fluten, die unaufhörlich dem Land entgegenrollten. Fast erwartete sie, in den Wellentälern die Schwanzflosse eines Hais zu sehen oder den Kopf eines Schattengardisten. Langsam und geduckt stand sie auf. Sie musste hier weg.

Zu den Morgenriten würde Hati, die Hohepriesterin des

Tempels, sie vermissen, und ihr Gemahl, der Dukun, würde die Schatten nach ihr suchen lassen.

Sie lächelte. Die Schatten sollten ruhig in den Nebelwäldern umherstreifen. Sie würden sie nicht finden.

Nach einem letzten Blick zum Horizont, an dem sich jetzt purpurn die Dämmerung erhob, drehte sie sich um und lief dem Dschungel entgegen, der den Strand säumte. Dichte Nebelschwaden krochen daraus hervor.

Über dem Dickicht aus Blättern und Palmen ragte ein Wall aus bleichen Stämmen auf, an denen Kaskaden von Lianen herabhingen. Ein Torbaum.

Meliaé lenkte ihre Schritte dorthin, und das Rauschen der Brandung versank im Surren der Insekten. Der Torbaum war ein heiliger Platz für Mensch und Tier. Eine Festung, erbaut von der Natur.

Der weiche Sand ging in einen Teppich aus Schlingpflanzen über, die unter ihren Fußsohlen knirschten. Sie schlang die Arme um sich, ließ sie aber gleich wieder fallen. In menschlicher Gestalt nackt herumzulaufen, war ihr immer noch unangenehm. Sie musste ihre Sachen holen, die sie im Torbaum für ihre Jagdausflüge versteckt hielt.

Der monotone Insektenlärm schwoll an, je tiefer sie in den Wald vordrang. Dazu riefen Vögel und Frösche in bizarren Tonfolgen. Stille, wie sie in den winterlichen Wäldern des Nordens herrschte, gab es hier nicht.

Meliaés Augen gewöhnten sich rasch an die Düsternis. Sie folgte einer Schneise im Blättergestrüpp, die vor dem höhlenartigen Portal des Torbaums endete. Davor hing ein Vorhang aus Luftwurzeln. Lauschend hielt sie die Luft an. Einfach so in das Innere dieser Baumfestung zu treten, war ebenso töricht wie tödlich. Denn hin und wieder nächtigte dort ein alter Tiger.

Meliaé lief wieder ein Stück zurück und gab sich diesmal keine Mühe, leise zu sein. Geräuschvoll zertrat sie Äste und klatschte in die Hände. Der Tiger sollte Gelegenheit haben, würdig seinen Rückzug in den Nebelwald anzutreten. So er sich nicht ohnehin längst zur Jagd aufgemacht hatte.

Sie hatte den Wall aus Stämmen fast umrundet, da erhob sich Affengekreische in den Baumwipfeln. Äste und Palmwedel krachten herab. Sie hielt inne und wartete, bis sich die Fluchtgeräusche entfernten. Was hatte die Makaken so aufgescheucht? Hoffentlich war in dem nahen Fischerdorf nicht wieder eine Hütte in Brand geraten, weil jemand unvorsichtig mit dem Herdfeuer hantiert hatte.

Hastig beendete Meliaé ihre Runde. Sie konnte es kaum abwarten, zu den Menschen zu kommen, zu ihren Freunden und Patienten unter den Vasumati. Aber zuerst musste sie ihre Sachen holen.

Im Inneren des Torbaums war es zunächst stockdunkel. Behutsam tastete sie sich mit den Fußsohlen auf dem mit Samenkapseln übersäten Boden voran und verlagerte das Gewicht. Vielleicht hatte sich der alte Tiger ja dazu entschlossen, sie als Frühmahl willkommen zu heißen? Die Aussicht, seine Reißfänge in der Dunkelheit aufblitzen zu sehen, ließ sie selbst die Zähne blecken. Sie hatte keine Angst vor ihm. Er war ein sterbender König, der sein Reich längst an die Menschen verloren hatte.

Angestrengt starrte sie in die tiefen Schatten hinter dem glitzernden Morasttümpel in der Mitte des Innenhofs. Erleichtert ließ sie den Atem fließen. Der alte König war zum Jagen ausgegangen.

Im Laub raschelten davonhüpfende Kröten, während sie in den von Wasserlinsen durchzogenen Tümpel stieg und sich mit dem Morast einrieb. Sie schmierte auch die Haare dick damit ein und drehte sie zu einem Strang, den sie über ihre Schulter warf. Unter der getrockneten Morastschicht würde sie im Wald selbst bei Tageslicht nahezu unsichtbar sein.

Sie trat wieder ins Trockene, zu den von Luftwurzeln überwucherten Hofwänden. Ihre Sicht hatte sich jetzt so sehr geschärft, dass sie die Jagdbögen, Harpunen und Blasrohre erkennen konnte, die dort aufgereiht hingen.

Hier im Torbaum gaben die Vasumati ihre ausgedienten Jagdwaffen an die Geister der Natur zurück. Von den meisten Waffen war kaum mehr etwas übrig. Der Regen und die Zeit weichten auf, was der Torbaum dann durch sein Wurzelwerk auflöste und zurücknahm.

Auf den Zehen gehend suchte Meliaé nach einem verknoteten Wurzelstrang, in dessen Ende sie Muscheln hineingeflochten hatte. Als sie daran zog, löste sich die Schlinge, und ihr in drei Teile zerlegtes Blasrohr glitt ihr entgegen. Es war mit Schnüren und breiten Lederstreifen umwickelt, die sie sich als Jagdschurz um die Hüfte band.

Dort, wo sie stand, ging sie in die Hocke und wühlte im Laub nach einem flachen Stein, der über einer Bodenmulde lag. Sie zerrte ihn beiseite und ertastete in der Vertiefung den Trageriemen ihres Pharmakons. Nachdem sie den Holzkasten, in dem sie ihre Arzneien aufbewahrte, herausgehoben und den Deckel aufgeklappt hatte, fuhr sie andächtig mit den Fingern über die verkorkten Alabastren, die an den Rändern zu beiden Seiten in geschnitzten Vertiefungen saßen. Ihre kostbarsten Schätze. Gifte und Heiltinkturen, die sie selbst hergestellt hatte.

Dazwischen lagen ein Jagddolch in einer Lederscheide und ein verkorktes Schilfrohr, das vergiftete Pfeile enthielt. Den Dolch band sie am Oberschenkel fest, und das Rohr mit den Giftpfeilen klemmte sie zu den Blasrohrteilen unter die Verschnürung ihres Lendenschurzes.

Sie sah auf. Die tiefen Schatten schwanden bereits, wichen bläulichem Halblicht. Wenn sie noch etwas jagen wollte, wurde es höchste Zeit aufzubrechen. Bedauernd blickte sie auf die Alabastren. Sicherlich würde sie die Heiltinkturen in den Dörfern brauchen, aber der Kasten war einfach zu sperrig, um ihn herumzuschleppen. Sie würde später hierher zurückkehren. Zunächst einmal war es wichtig, dass die Vasumati gewarnt wurden, bevor die Glocke es tat.

Kapitel 15

Anuk

Der Wasserfall riss eine gleißende Schneise in die bewachsene Felswand, über die er sich stürzte. Meliaé ließ die Farnwedel los, hinter denen sie kauerte, und zog zwei Teile ihres Blasrohrs und den Behälter mit Giftpfeilen aus ihrer Lendenschurzverschnürung. Der Regen der letzten Nächte hatte die Lichtung vor dem Tosbecken in einen dampfenden Tümpel verwandelt. Keine zwanzig Schritte entfernt wühlten Wasserschweine im Schilf. Ein Jungtier war jetzt so dicht herangekommen, dass sie es bequem erlegen konnte.

Meliaé ließ einen Giftpfeil in das Mundstück ihres Blasrohrs gleiten, steckte die Verlängerung auf und brachte es zwischen den Farnwedeln in Position. Während sie tief einatmete, blickte sie auf das Rohrende, bis sie das Ferkel doppelt sah. Als sich das Wasserschwein scheinbar genau dazwischen befand, presste sie die Luft durch die Lippen, und beim nächsten Lidschlag stürmte das kleine Tier quiekend los, während die übrigen in alle Richtungen davonstoben. Aber nach nur wenigen Schritten brach das Ferkel zusammen.

Meliaé steckte die Blasrohrteile weg, sprang auf und rannte zu dem Wasserschwein, das jetzt fiepend und zuckend auf der Seite lag. Das Schlangengift lähmte seine Muskeln und Lunge. Meliaé lief schneller und zog den Dolch. Niemand sollte den Erstickungstod bis zum Ende erleiden müssen. Bei dem Tier angekommen, klemmte sie den Körper zwischen den Beinen ein, stach ihm in den Hals, und aus dem kratzigen kleinen Leib wich spürbar die Spannung.

Sie zog die Klinge aus dem Tierkörper. Auf ihren Schienbeinen landeten warme Blutspritzer. Vielleicht sollte sie genau das mit König Simha anstellen! Ein Schauer überlief sie, und sie wischte den Dolch an ihrem Lendenschurz sauber. Wer sollte sie daran hindern, in Schlangengestalt in die Bergfeste einzudringen? Der König würde an einem Schlangenbiss sterben. Nachts in seinem Gemach. Wieder schauderte sie. Tief in der Brust, dort, wo ihr Herz wie besessen hämmerte, hatte sie die Vorstellung mit eisigen Klauen berührt.

Sie bückte sich nach den Schlingpflanzen, die auf dem Morast trieben, riss einige davon aus und schälte die Blätter von den Stängeln ab. Doch die grausige Fantasie wollte sie nicht loslassen.

Die Körperwärme des Königs würde sie leiten, wenn sie durch die Laken kroch. Sie würde ihm in den Hals beißen. Es würde keine Rettung für ihn geben, höchstens drei Herzschläge, dann war sein Leben beendet. Aber was, wenn er das Bett mit seinen Weibern teilte? Und was, wenn einer seiner Söhne oder Soldaten die Herrschaft in der gleichen menschenverachtenden Art fortsetzte?

Heftig schüttelte sie den Kopf. Sie war keine Meuchlerin. Sie würde die Menschen in den Dörfern warnen. Weiter nichts.

Mit den abgeschälten Stängeln band Meliaé die Läufe des Wasserschweins zusammen, damit sie es bequemer tragen konnte. Das fette kleine Ding würde ein passables Jagdgeschenk für das erste Dorf abgeben, in das sie kam.

Durch das Tosen des Wasserfalls drang das Wiehern eines Pferdes. Meliaé legte ihre Jagdbeute wieder ab und sah zur Absturzkante hinauf. Das Wiehern war von da oben gekommen. Sie runzelte die Stirn. König Simha konnte seine Krieger doch unmöglich schon zum Eintreiben der Opfer losgeschickt haben. Das Wiehern erklang erneut. Aber war da nicht auch ein heller Schrei gewesen?

Instinktiv suchte Meliaé zwischen den Felsen beim Wasserfallbecken Deckung. Mit tiefen Atemzügen versuchte sie, ihr rasendes Herz zu beruhigen. Nie wurde Jagd auf die Menschenopfer gemacht. Sie waren von der Dorfgemeinschaft auserwählt worden und gingen freiwillig mit. Das Los der Opfer stand bei manchen schon von Geburt an fest. Das war ja das Finstere an diesem urzeitlichen Brauch.

Meliaé legte einen Giftpfeil ins Blasrohr und steckte die Verlängerung auf. Drei Pfeile waren noch übrig. Bei Weitem nicht genug, um gegen Simhas Krieger etwas ausrichten zu können.

Aus dem Augenwinkel nahm sie eine fallende Bewegung wahr, und im nächsten Moment klatschte es auch schon ins Tosbecken.

Sich reckende Hände tauchten in dem schäumenden Brodeln auf und verschwanden wieder. Meliaés Blick jagte hinauf zur Felsenkante, über die sich die Wassermassen stürzten. Wer immer da gesprungen war, hatte alles gewagt, um sich vor seinen Verfolgern zu retten. Doch er schaffte es nicht mehr an die Oberfläche.

Zwei Atemzüge ließ sie noch verstreichen, dann hechtete sie ins Wasser. Als sie die sprudelnde Kühle in die Lunge sog, schärfte sich ihre Sicht, aber sie unterdrückte ein Fortschreiten der Verwandlung, indem sie die Beine grätschte. Vor ihr in den Luftblasen trieb ein dürrer Arm. *Ein Kind!* Von der Wucht des Wassers wurde es gegen die Felsen gedrückt, es konnte nicht auftauchen.

Meliaé streckte sich und bekam seinen Ellbogen zu greifen, ihre Finger rutschten weiter und umfassten einen schmalen Unterarm. Sie zog den schlaffen Körper an sich und sah in ein braunes Jungengesicht, umrahmt von schwarzem Haar. Der Geruch von seinem Blut wehte ihr in die Nase, und ihr zog sich das Herz zusammen. Sie packte den Jungen um den Bauch und stieß mit ihm aufwärts. Auf der Stelle tretend versuchte sie, seinen Kopf über Wasser zu halten. Doch er kam nicht zu sich, und sie schaffte es nicht, ihn noch länger hochzuhalten.

Hastig zog sie ihn zu den Felsen am Rand des Tosbeckens. Mit den Füßen suchte sie nach einem Halt, und es gelang ihr, sich mit dem Jungen ein Stück aus dem Wasser zu drücken. Doch dabei stieß seine Stirn unsanft gegen ihre Schulter. Behutsam ließ sie seinen Kopf in die Handfläche gleiten, um nachzusehen, was mit ihm war und warum er nicht zu sich kam.

Blut und Wasser rannen über sein Gesicht, das trotz der Bräune erschreckend fahl wirkte. Jetzt erkannte sie ihn. Das war Anuk, ein Junge aus einem nahegelegenen Dorf. Er hatte nichts als Unsinn im Kopf. Und er war ein Feuerkind. Von Geburt an war er dem Feuerberg versprochen.

»Oh, Anuk, was hast du nur wieder angestellt?« Meliaé biss sich auf die Lippe, ihr Daumen berührte eine dicke Beule hinter seinem Ohr. Mit der freien Hand zog sie sich an den Felsen hoch, bis sie eine Nische fand, in der sie ihn ablegen konnte. Hastig stieg sie über ihn hinweg und schob den Arm unter ihn.

Als sie den zierlichen Körper zu sich heranzog, rutschte sie mit dem Knie in eine Felsspalte, und der Schmerz jagte ihr wie eine Speerspitze durch den Oberschenkel. Keuchend presste sie das Kind an ihre Brust. Es half nichts. Weiter. Sonst kippte sie vornüber und landete wieder im Wasser. Sie biss die Zähne zusammen, machte eine Drehung und ließ sich mit ihrer Last nach hinten kippen. Heller Schmerz explodierte in ihrem Knie, als das Gelenk zwischen den Steinen herausrutschte, und in ihrem Rücken wurde von den spitzen Steinkanten alles taub.

Anuk aber riss hustend die Augen auf, und Meliaé spritzte Wasser vermischt mit Erbrochenem ins Gesicht. Zitternd stemmte sie den Jungen von sich weg.

»Meli?«, japste er und patschte ihr mit den Händen im Gesicht herum, als müsse er sich davon überzeugen, dass sie es wahrhaft war.

Sie konnte ihn nicht länger halten, und er plumpste auf ihre Brust und schlang ihr so fest die Arme um den Hals, dass sie keine Luft mehr bekam. »Oh, Meli, hilf mir…« Der Rest ging in einem Gemisch aus Husten und Weinen unter. Aber dann schien er sich zu fassen, rollte sich von ihr herunter und zerrte an ihr, um ihr aufzuhelfen.

»Mannpferde und Gehörnte.« Wieder schüttelte ihn ein Weinkrampf. In seinen mandelförmigen Augen stand blankes Entsetzen. »Sie sind mit der Nacht über uns gekommen. Aber ich war nicht da, ich war bei Lu und Nenek. Lu wird heute sterben, sagt Nenek. Die Geister sagen das.«

Meliaé kämpfte sich hoch und zog den aufgelösten Jungen in die Arme. »Lu muss nicht sterben. Ich kann ihr ganz bestimmt helfen.« Mannpferde. Das Wort, das Anuk gebraucht hatte, ließ sie nicht los. Meinte er etwa, dass Kentauren das Dorf überfallen hatten? »Bist du gesprungen, weil ein Mannpferd hinter dir her war?«

»Nein, es war ein grün…« Erneut musste Anuk husten.

Im Augenwinkel bemerkte Meliaé eine Bewegung. Ein Schemen glitt mit der gleißenden Gischt ins Tosbecken. »Bleib unten!«, zischte sie leise und schob den Jungen von sich. Ihr Blick jagte zur Absturzkante des Wasserfalls hinauf. »Da ist noch immer jemand hinter dir her.« Auf Händen und Füßen lief sie über die moosbewachsenen Steine zu der Stelle, an der sie das Blasrohr hatte fallen lassen. Der Giftpfeil steckte noch im Mundstück und war trocken geblieben. Sie drehte die Verlängerung fest und kauerte sich zwischen die Felsen. Den Behälter mit Giftpfeilen legte sie griffbereit neben sich.

Aus dem Schäumen tauchte ein Kopf auf, sehnige Arme teilten in kräftigen Schwimmzügen das Wasser.

Meliaé konzentrierte sich auf das Doppelbild, das sie sah. Aber das Rohrende zitterte, und das Gesicht des Mannes verschwamm zu grünlichen Schlieren. Sie zwang ihren Atem, ruhiger zu fließen, zählte das harte Klopfen in ihrem Hals. Wer das auch war, war noch immer hinter Anuk her.

Sie stellte ihre Sicht scharf und schnappte nach Luft. Die Haut des Mannes war grün gesprenkelt, bei jeder Bewegung pulsierten die Farbtöne anders, begannen sogar in der Farbe des Wassers zu schimmern, das ihn umgab. Sein kurzes Haar klebte dick mit einer grünlichen Paste beschmiert an seinem Kopf. Der Mann war kein Vasumati. Und allem Anschein nach war er nicht einmal ein Mensch. Was wollte er von Anuk?

Meliaé visierte ihn wieder durch das doppelte Rohrende an, doch er tauchte ab. Er hatte sie gesehen.

Mit dem Blasrohr an den Lippen richtete sich Meliaé auf, und beim nächsten Herzschlag schoss er direkt vor ihr aus dem Wasser. Sie presste die Luft aus, und er warf sich mit einem gurgelnden Laut nach hinten. Wie von Sinnen wälzte er sich im schäumenden Wasser. Sie hatte ihn getroffen. In den Hals.

Meliaé lud einen Giftpfeil nach und stellte sich auf einen erhöhten Stein, von dem aus sie besser ins Wasser sah. Sie musste ihn töten, es gab ohnehin keine Rettung mehr für ihn. Zu ihrem Erstaunen waren seine Bewegungen ungebrochen kraftvoll, er riss die Faust mit dem Pfeil hoch, funkelte sie mit gefletschten Zähnen an, während ihm das Wasser ins Gesicht schlug. Seine Augen waren von stechendem Grün. Sie hob das Blasrohr an den Mund und zählte. Bei fünf ließ sie es wieder sinken. Das Gift würde seine Wirkung tun. Ganz sicher.

Anuks schriller Aufschrei ließ sie herumfahren. Ein Kentaur in ledernem Brustpanzer preschte durch das Schilf, er hielt mit dem gespannten Bogen auf sie an. Meliaé riss das Blasrohr an die Lippen. Zielen, Luftausstoßen und unter dem heransurrenden Pfeil hinwegducken passierte innerhalb zweier Herzschläge.

Der Kentaur stieg auf die Hinterläufe, der Bogen schnellte ihm aus den Händen. Er schlug sich an den Hals, als hätte ihn dort ein Insekt gestochen, seine Vorderläufe wirbelten ins Leere.

Langsam kam Meliaé aus der Hocke hoch. Der Kentaur stieß einen erstickten Schrei aus, sein mächtiger Pferdeleib machte einen Satz, geriet ins Kippen und krachte ins Schilf. Morast spritzte auf, als er sich dort im Todeskampf wälzte.

So schnell es ging, stakste sie über die glitschigen Steine. Sie bog die Schilfrohre auseinander, stieg in den knietiefen Schlamm und watete dorthin, wo der Kentaur noch immer mit dem Ersticken kämpfte. Seine Hufe peitschten Dreck auf, seine schaumbedeckte Flanke zitterte. Mit einer Hand mühte er sich, an den Beidhänder zu gelangen, den er auf den Rücken gegurtet trug. Meliaé zückte ihren Dolch.

Der Kentaur stieß einen fremden Wortschwall aus, schaffte es, sein Schwert zu ziehen, doch es entglitt ihm und versank in der braunen Brühe.

Meliaé schlug einen Bogen um seine schlagenden Hufe. Eisige Schauer rannen ihr über den Rücken. Da war sie wieder, diese finstere Berührung. Es war, als fasste etwas mit bleichen Knochenfingern nach ihrer Seele. Sie hatte getötet. Und es erschreckte sie, dass sich so gar kein Erbarmen mit dem hilflosen Gegner in ihr regte.

Die Haut des Kentauren war so dunkelbraun wie sein Pferdeleib. Er war erstaunlich jung, hatte spitz zulaufende Ohren und kurzes struppiges Haar.

Sie packte ihren Dolch fester. Das Gift wirkte jedoch wegen seines mächtigen Körpers viel langsamer. Sie musste es schnell zu Ende bringen.

Der Kentaur starrte sie unverwandt an. Seine Augen loderten wie glühende Bernsteine, sein Atem ging rasselnd. »Nejada!«, spie er ihr verächtlich entgegen, dann warf er sich zurück, und die Schlammbrühe schlug über seinem Kopf zusammen.

Meliaé watete zu der Stelle, wo er versunken war, und blickte in den brodelnden Schlamm. Dicke Luftblasen stiegen auf und zerplatzten. Sie musste sich beeilen, ihn packen, um ihn mit einem Kehlenschnitt zu erlösen, doch sie konnte sich nicht bewegen. Ein kaltes Flüstern raunte ihr zu, dass er die Qualen des Ertrinkens verdiente. Und zwar ohne Gnade. Noch ein letzter blubbernder Blasenschwall folgte, dann wich die Spannung aus dem Pferdebauch, und das Kochen der Schlammbrühe ließ nach. Meliaé drehte sich um und watete zurück zu den Felsen, wo Anuk auf sie wartete. In ihrer Brust pochte es dumpf. Sie war eine Mörderin. Grausam und herzlos.

Kapitel 16

Im Wald der Kommenden und Gehenden Geister

Mächtige Torbäume herrschten im Wald der Ahnenseelen. Kaum ein Lichtstrahl schaffte es durch ihre engmaschig gewobenen Pfade und verborgenen Wehrgänge, die von bläulichen Schatten und kriechendem Nebel geflutet waren.

Meliaé peitschten Äste gegen die Schienbeine, während sie Anuk hinterherhetzte. Sie rannte in die falsche Richtung! Sie musste zurück ins Kloster! Der Dukun musste erfahren, was auf der Insel los war. Längst sollten Glockenschläge König Simhas Soldaten zum Kampf aufrufen. Wo steckten die Schatten bloß? Miltiades' Männer mussten die Schiffe der northanischen Eindringlinge doch bemerkt haben.

Meliaé verhedderte sich mit dem Fuß in klingenscharfem Wurzelgeflecht und schlug der Länge nach ins Gestrüpp. Kalter Bodennebel schwappte über sie hinweg, er war die reinste Wohltat auf ihrer mit tiefen Schrammen übersäten Haut. Im Stillen verfluchte sie ihre empfindsamen Fußsohlen, die längst nicht so abgehärtet waren wie die von Anuk. Sie rappelte sich auf und stieß mit dem Jungen zusammen, der zu ihr zurückgelaufen war.

»Was, wenn wir zu spät kommen?«, keuchte er und umklammerte ihre Handgelenke, um ihr aus dem Gestrüpp zu helfen. »Was, wenn die Mannpferde Neneks Hütte entdeckt haben?«

Seine dunklen Mandelaugen schwammen in Tränen. »Oh, meine Lu, wenn sie durch meine Dummheit sterben muss.«

Meliaé löste sich aus Anuks Griff. »Los, weiter!« Atemlos machte sie eine scheuchende Geste, worauf er sich zwar umdrehte und weiterlief, jedoch nicht mehr ganz so schnell.

Offensichtlich bereute Anuk es heftig, sich nicht an Neneks Anweisungen gehalten zu haben. Die Schamanin und Geburtshelferin seines Dorfs stand mit den Kommenden und Gehenden Geistern in Verbindung. Diese hatten ihr in einer Vision Lus Tod bei der Geburt ihres Kinds und den Überfall des Dorfs durch fremde Krieger gezeigt. Die Geister waren es auch, die Nenek verraten hatten, wo Meliaé an diesem Morgen jagen würde. Daraufhin hatte die Schamanin Anuk aufgetragen, Meliaé beim Wasserfall zu suchen und zu ihrer Hütte zu bringen. Doch der Junge war in seinem Entsetzen zuerst zu seinem Dorf gelaufen. Aber dadurch hatte er die Aufmerksamkeit der Northaner auf sich gezogen, die ihm dann den Kentauren und den Krieger mit der seltsam grünen Haut hinterhergeschickt hatten. Da diese beiden nun nicht mehr in ihr Lager zurückkehren konnten, würde ihr Anführer sicher bald weitere Krieger aussenden, die vermissten Kameraden zu suchen.

Meliaé lauschte angestrengt in das schier ohrenbetäubende Surren der Insekten. Bald musste der Fluss am Mangrovenwald doch zu hören sein, sonst stand fest, dass sie sich verlaufen hatten. Aber dann endlich mischte sich in den monotonen Dschungelatem ein schäumendes Gurgeln. Auch Anuk, der nun an ihrer Seite lief, schnaufte erleichtert aus.

Nach und nach lösten sich die schattenblauen Nebel in diesig weiße Luft auf, und der Torbaumpfad zerbrach im moosüberwucherten Geröllbett eines breiten, aber flachen Flusses. Sonnenstrahlen stachen durch die Blätterkronen, sie funkelten auf den Taurinnsalen, die von den Farnbäumen am Flussufer tropften.

Anuk lief wieder voraus. In halsbrecherischem Tempo setzte er über die von reißendem Wasser umspülten Steine zur anderen Flussseite über. Meliaé breitete zur Balance die Arme aus und huschte hinter ihm her.

Das andere Ufer war mit Mangrovenschösslingen durchsetzt, die wie Speerspitzen aus dem grauen Schlick ragten. Der Wald der Gehenden Geister traf hier auf den der Kommenden. Bäume und Sträucher kamen auf Wurzelstelzen aus der Lagune daher. Die Luft roch nach Salz, und in der Ferne schrien Seeadler.

Inmitten der funkelnden Speerlandschaft, umarmt von mächtigen Mangroven, erhob sich ein Langhaus auf Pfählen. Davor war ein Boot angebunden.

Anuk war nicht mehr zu bremsen. Wasser spritzte hoch, als er sich Haken schlagend einen Weg durch die Mangrovenschösslinge bahnte. Mit einem Satz sprang er auf die Plattform des Langhauses, drehte sich zu Meliaé um und wartete dort mit wippenden Knien auf sie.

»Was ist?«, drängte sie, während sie über Holztritte die Plattform erklomm. »Kündige uns an!«

»Ich kann da nicht reingehen!«, flüsterte er mit tränenüberströmten Wangen. »Ich hab Angst, dass Lu tot und mit aufgeschnittenem Bauch daliegt!«

»Komm.« Meliaé legte den Arm um seine Schultern und zog ihn in den Schatten des mit Palmwedel gedeckten Vordachs. Im Eingang klimperte ein Vorhang aus Schnüren, in den Muscheln und Federn eingewoben waren. Aus der Hütte drang kein Laut.

»Nenek?« Meliaé trat mit Anuk in die trübe Dunkelheit des Vorraums. Kalter Rauch hing in der Luft, der wie Sand in der Kehle kratzte. In einer Ecke stand ein erkalteter Gluttrog aus Stein, darin eine Metallschale, in der eine schwarze, krallenartige Wurzelknolle lag. Ibogawurz, eine Schmerzdroge, die so stark war, dass sie über grellbunte Träume in das Reich der Schatten führen konnte.

Der Durchgang zum Hauptraum war mit Tüchern verhängt, ein qualvolles Stöhnen dahinter verriet, dass Lu noch am Leben war und sich tapfer in den Wehen schlug.

Anuk biss auf seine Faust und schüttelte den Kopf. Meliaé legte ihm stärkend die Hand in den Nacken. »Dürfen wir eintreten, Nenek? Hier sind Anuk Feuersohn und Tionés Dienerin.«

Statt einer Antwort klatschte jemand in die Hände. Meliaé schob Anuk sanft, aber bestimmt durch den Tüchervorhang in den von Halblicht und Schatten erfüllten Hauptraum.

Durch das Bambusflechtwerk vor den Fenstern stachen Lichtspeere, die eine zierliche junge Frau trafen, die im Schneidersitz auf dem Boden saß. Kraftlos hing sie in Seilen aus geflochtenen Tüchern, die von der Decke herabhingen. Schwarzes Haar, das bis auf den Boden reichte, verdeckte ihr Gesicht, ihr Bauch war ein riesiges schweißglänzendes Ei.

Der Anblick trieb Meliaé Tränen in die Augen. Lu war fünfzehn. Aber das scherte die Vasumatimänner nicht. Es war eben das Los der Frauen. Zumal dann, wenn sie so schön waren wie Lu. Sie war gerade sieben Jahre alt gewesen, als ihre Mutter bei Anuks Geburt gestorben war. Seither hatte sie sich fast ganz allein um Anuk gekümmert, ihn großgezogen, war ihm eine Mutter gewesen. Deswegen war Anuk zum Feuersohn geworden; ihm war die zweifelhafte Ehre zuteilgeworden, eines Tages dem Agung Vasumana geopfert zu werden. Er hatte seine Mutter getötet. Nach den Gesetzen der Vasamati gab es nur diese eine Möglichkeit, eine solche Schuld für künftige Inkarnationen von der Seele zu waschen. Und wenn Lu bei der Geburt ihres Kinds starb, stand diesem das gleiche Schicksal bevor.

Meliaé blinzelte in die Schatten, erst jetzt wurde sie der gebeugten Gestalt gewahr, die hinter Lu saß und träge einen Bambusfächer bewegte. Nenek, die Muttersmutter und Stammesschamanin. Weißes Haar und ein Wust von Amulettketten verdeckten ihren ausgemergelten Körper.

Auf einer Matte neben ihr lag ein Obsidiandolch. Außerdem standen Schalen und Kalebassen herum, in denen Flüssigkeiten schimmerten.

Als Anuk leise schniefte, sah Meliaé auf ihn hinab und drückte seine knochige Schulter. »He, du solltest dich nützlich machen und draußen die Lagune im Auge behalten. Ja?« Sie zog die Teile ihres Blasrohrs und den leeren Behälter mit Giftpfeilen aus ihrem Lendenschurz.

Der Junge nahm ihr die Sachen ab und nickte eifrig, an Nenek gewandt fragte er: »Hast du noch irgendwo Giftpfeile versteckt? Oder einen Jagdbogen? Es ist, wie du gesagt hast. Mannpferde und die Gehörnten der Unterwelt sind auf unser Land gekommen.«

Nenek ließ den Fächer sinken. »Du hast deine Schwester lange warten lassen, Feuersohn.« In ihrem Ton lag kein Vorwurf, eher schwang so etwas wie resigniertes Verständnis mit. Die Alte deutete auf eine Truhe unter dem Fenster. »Schau nach, Feuersohn, aber ich bin nicht sicher, ob das Gift dieser alten Pfeile noch Wirksamkeit hat. Ich erhebe schon seit Langem keine Waffe mehr.«

Nenek griff nach einem Meeresschwamm in einer der Schüsseln, drückte ihn aus und fuhr damit über Lus Rücken. »Tretet näher, Tochter der Tioné, unsere Ahnengeister sahen dich. Lu bleibt keine Zeit mehr, wenn die Kommenden Geister ihrer Kinder nicht mit ihrem Gehenden Geist weiterziehen sollen.«

Anuk warf sich vor Lu auf die Knie und schob ihr die Haare aus dem Gesicht. »Alles wird gut, liebste Sonne. Sei tapfer! Mach dir keine Sorgen, ich bewache die Lagune.«

Lu krächzte etwas Unverständliches, dann warf sie sich in die Tücherschlingen, ihr ganzer Körper krampfte unter einer Wehe.

Anuk sprang auf, rannte zur Truhe und riss den Deckel auf.

Meliaé setzte sich vor Lu auf die Fersen und umfasste ihren zum Zerreißen gespannten Bauch. Die junge Frau stöhnte auf und klammerte sich an die Tücherschlingen, die sie aufrecht hielten. Meliaé durchzuckte ein gleißend rotes Bild, und sie kniff die Augen zu. Zwei Menschlein umklammerten einander in pochender Finsternis, eines mit angezogenen Beinchen sitzend, das andere auf dem Kopf liegend. Beide hatten die Nabelschnüre wie Todesschlingen um den Hals gewickelt. Nenek hatte recht. In Lu waren Zwillinge herangewachsen. Und bei Tioné! Die Kinder lagen falsch. Das sitzende Kind versperrte dem Kind in besserer Geburtslage den Weg. Lu war nicht in der Lage, die Kleinen durch Pressen aus ihrem Schoß zu entlassen. Lu war dem Tod geweiht, und ihre Kinder auch.

Meliaé riss die Augen auf, erst blickte sie auf den Obsidiandolch, dann in Neneks Augen, die ebenso schwarz glänzten. Nenek sah auch keinen Ausweg mehr. In diesem Fall war die Mutter zu opfern, um die Kinder zu retten. Nenek wandte sich ab und begann mit den Schüsseln und Tüchern zu hantieren, die um sie herumstanden.

Meliaé schluckte schwer, ihr Blick huschte zu Anuk, der die Giftpfeile überprüfte, die er in der Truhe gefunden hatte. Nein! So durfte es nicht für Lu enden.

»Anuk, komm und nimm das hier!« Meliaé löste die Schnüre ihrer Dolchscheide, die sie um den Oberschenkel trug, und reichte dem Jungen die Waffe. »So, und nun lauf, damit Lu dich endlich zum Oheim machen kann! Gib aber Bescheid, wenn sich draußen etwas tut. Wenn du irgendwo Reiter siehst.«

Anuk blickte mit leuchtenden Augen auf ihren Dolch und fletschte die Zähne. »Ich lass hier keinen rein!« Damit drehte er sich um und rannte hinaus.

Nenek stellte eine flache Waschschüssel vor sie hin und legte saubere Tücher hinzu. Meliaé wusch sich gründlich die Hände. Mit Bedacht trocknete sie ihre Finger ab. In Miltiades' Schriften über die Heilkunst hatte sie von ähnlichen Geburtskomplikationen gelesen. Er hatte beschrieben, wie er falsch liegende Ungeborene mittels Magie in den Leibern ihrer Mütter gedreht hatte. Grausig detaillierte Zeichnungen hatten seinen Berichten beigelegen. Miltiades vermochte auf die gleiche Weise in todgeweihte Lebewesen hineinzusehen, wie sie es konnte.

Meliaé bewegte die Finger. Jedoch gebot sie nicht wie er über magische Fertigkeiten. Allerdings gab es da etwas, das sie noch nie ausprobiert hatte. Ihr Herzschlag beschleunigte sich. Sie musste es versuchen. Lu hatte nur diese eine Chance.

Hastig rutschte Meliaé dicht an Lu heran und schob ihr die schweißnassen Haare aus dem Gesicht. »Ich glaube, ich kann dir helfen, vertraust du mir?«

Lu hob den Kopf und ließ ihn stöhnend wieder fallen. Sie war am Ende. Ihr schien alles egal zu sein.

»Du musst dich hinlegen. Ich hole jetzt deine Kinder. Keine Angst, keins davon wird ein Feuerkind. Du wirst leben und sie aufwachsen sehen.«

Mit einem erstickten Laut, der wohl ihre Zustimmung ausdrücken sollte, löste Lu ihre Arme aus den Tücherschlingen und fing mit schmerzverzerrtem Gesicht zu hecheln an. Meliaé griff ihr unter die Achseln, zog sie an sich und hielt sie, bis die Wehe verklungen war.

Nenek schob ebenfalls ihre Hände um Lu und half ihr, sich auf den Rücken zu legen. Während Nenek Tücher zwischen Lus gespreizte Beine legte, blickte Meliaé auf ihre Hand und konzentrierte sich auf das strahlende Bild in ihrem Geist. Einen sich windenden Schlangenschwanz.

Aber auch nach endlos vielen Atemzügen tat sich nichts. Zweifel nagten an ihr. Ganz deutlich sah sie vor sich, was zu tun war. Sie musste die Nabelschnur vom Hals des Kinds lösen, das mit dem Kopf nach unten im Mutterleib lag. Wenn es den Schoß verlassen hatte, würde Platz für das sitzende Kind sein. Dieses würde mit dem Gesäß voran zur Welt kommen.

Meliaé kniff die Augen zu. Was, wenn sie etwas übersehen

hatte? Was, wenn der große Blutweg in Lus Bauch durch die enorme Belastung platzte? Dann würde es für sie keine Rettung mehr geben. Meliaé rief sich Miltiades' akribische Zeichnungen über die Körper der Lebewesen ins Gedächtnis. Nein. Die Hauptblutwege lagen alle außerhalb der Muskelhöhle, die die Ungeborenen wie eine schützende Eierschale umgab.

Stumm, aber mit aller Inbrunst flehte Meliaé ihre Fingerknochen an, sich zu regen. Doch als es endlich geschah, tat es so weh, als zerquetsche ihr jemand die Hand. Quälend langsam verformte sie sich, zog sich in die Länge zu einem schlangenhaften Fortsatz.

Nenek entging die Wandlung nicht. Selbst als sie Lu mit einem tropfnassen Schwamm eine schmerzlindernde Droge einflößte, sah sie immer wieder mit einer Mischung aus Faszination und Abscheu hin.

Schaudernd blickte Meliaé auf den peitschenden Schlangenschwanz, der sich aus ihrem Handgelenk wand. Es kostete einiges an Konzentration, ihn kontrolliert zu bewegen. Schließlich gelang es. Und Meliaé umfasste mit der normalen Hand Lus Knie und drang mit der Schlangenhand in ihre Weiblichkeit ein. In ihrer Enge herrschte fiebrige Hitze.

Vorsichtig wagte sich Meliaé weiter vor, stieß gegen einen zum Bersten gespannten Muskelring. Dahinter wölbte sich die Wasserblase, die die Kinder umgab.

Lu warf den Kopf hin und her und presste die Hände gegen ihren Bauch. Und als Meliaé die Blase beim Vordringen zu den Kindern sprengte, ergoss sich ein warmer Schwall aus ihrer Weibesöffnung.

Behutsam schlängelte sich Meliaé zwischen den winzigen Leibern aufwärts und konzentrierte sich darauf, die Schlangenhand dünner und länger werden zu lassen. Die Kinder aber umklammerten einander so fest, als fürchteten sie sich. Es waren Jungen. Zwei neue Krieger für Anuks Stamm.

Rasch glitt sie unter die Nabelschnur, die um den Hals des sitzenden Jungen geschlungen war, und befreite ihn davon. Doch als sie sich wieder zurückzog und dem Kleinen, der mit dem Kopf voran lag, aus seiner Todesschlinge half, zog sich die Muskelschale hart um die Kinder zusammen.

Lu bäumte sich schreiend auf, mit hochrotem Gesicht fing sie an zu pressen.

Nenek, die hinter ihr saß, hielt sie mit einem scharfen Ausruf zurück.

»Doch, Lu! Du musst pressen!«, rief Meliaé. »Dein Junge ist so weit!«

Lus Beine schlotterten. Sie war am Ende. Mit hochroter und verzerrter Miene biss sie jedoch die Zähne zusammen, bereit für die nächste Schmerzwelle.

Meliaé umschlang den zierlichen Oberkörper des Jungen mit ihrer Schlangenhand, und als Lu sich zum Pressen aufbäume, zog sie ihn mit einem heißen Schwall Blut und Wasser aus ihr hervor. Hastig streckte sie die normale Hand aus und fing das warme, blutverschmierte Menschlein auf.

Vor Glück rannen Meliaé Tränen über die Wangen, während ihre Schlangenhand wieder menschliche Formen annahm und sie den Jungen nun mit beiden Händen greifen konnte. Er war wunderschön, hatte schwarzes Haar und kniff fest die Augen zu. Es schien, als behagte ihm die helle und kalte Welt überhaupt nicht, denn er verzog Mund und Nase.

Meliaé sah zu Nenek auf. Die Alte lachte meckernd und zeigte ihre gelben Zahnstümpfe. Unterdessen wand sich Lu erneut unter Geburtskrämpfen; ihr zweiter Sohn drängte ins Leben.

Nenek half Lu beim Aufsetzen und legte ihr die Tücherschlingen um, die von der Decke herabhingen. Im Knien würde die zweite Geburt leichter gehen.

Behutsam legte Meliaé den zappelnden Kleinen auf die blutgetränkten Tücher. Lu hing ermattet in den Schlingen und sah auf ihren Erstgeborenen hinab, der ihr die Fäustchen entgegenreckte und aus voller Kehle krähte. »Ma'anuk!«, keuchte sie, was in der Sprache der Vasumati, der nach Anuk kommt, bedeutete.

Lächelnd griff Meliaé zum Obsidianmesser und durchtrennte die Nabelschnur, die Mutter und Kind noch verband.

Nenek zog eine Waschschüssel herbei, um den kleinen Krieger von seiner ersten Schlacht zu säubern.

Aber da ließen Schreie, die von draußen kamen, Meliaé erschrocken zum Tüchervorhang blicken. Anuk!

»Grüner Krieger!«, schrie der Junge immer wieder aus Leibeskräften.

Wassermassen spritzten auf, ein Pferd schnaubte.

Die Plattform, auf der das Langhaus stand, erbebte unter Schritten, während Lu ihren Geburtsschmerz herauskreischte.

Der Vorhang aus Tüchern teilte sich, Anuk stürmte herein und schlug der Länge nach hin. Meliaés Dolch, den er in der Faust gehalten hatte, sauste scheppernd über die Planken. Ein schwarz gefiederter Pfeil steckte in seinem Rücken.

Meliaé sprang auf und warf sich vor Anuk auf die Knie. Zitternd legte sie die Hände um den Pfeilschaft, der tief zwischen seine sich heftig bewegenden Rippen eingedrungen war. Kaltes Entsetzen packte sie. Die Metallspitze hatte seine Lunge zerrissen! Ein dunkler Schatten wuchs in ihm heran. Der Junge ertrank in seinem Blut.

Seine Rückenmuskeln spannten sich, er versuchte, sie anzusehen. »Der grüne Krieger!«, keuchte er und schlug mit der Wange auf den Boden. »Er … ist uns gefolgt!«

Meliaé beugte sich zu ihm hinunter und umfasste sanft sein rundes Gesicht. Ihr Herz pochte schmerzhaft. Tränen würgten sie.

Er setzte zum Sprechen an, und ein Schwall Blut rann aus seinem Mundwinkel. In seine Augen trat ein entrückter Glanz.

»Wo ist Lu?«, krächzte er und tastete nach ihrer Hand. »Ich hör sie, kann sie aber nicht sehn.« Seine Unterlippe zitterte. »Mir ist kalt.«

In Meliaés Kehle wuchs ein Brocken aus Eis. Schuld. Sie hätte ihn nicht da rausschicken dürfen. Er war ein Kind, er hätte in Neneks Boot zum Kloster fahren und Hilfe holen sollen. Die Glocke sollte längst schlagen.

Unmerklich vibrierte die Plattform der Hütte wieder unter Schritten. Meliaé sah auf, während das Leben aus Anuk wich und er in ihren Händen erschlaffte. Behutsam, ohne hinzusehen, legte sie seinen Kopf ab.

Im Licht des Eingangs zeichnete sich eine drahtige Silhouette ab. Der Mann war auffallend klein gewachsen und trug die lederne Rüstung der Northaner, die aus knielangem Rock und Brustpanzer bestand. Geduckt und mit durchgezogener Bogensehne schlich er heran und hielt einen Pfeil zum Nachlegen zwischen den Zähnen.

Der Schmerz in Meliaé wich Hass, so glühend, dass er ihr lodernd das Rückgrat hinabfuhr. *Du bist tot!*, formte sie stumm mit den Lippen, dann knirschte es auch schon ohrenbetäubend in ihrem Schädel.

Hastig presste sie die Arme an den Körper. Die Schlangennatur forderte Rache und ließ sich nicht länger bezwingen. Lus Schmerzensschreie verhallten, die Welt verstummte. Alle Farben erloschen. Sie fiel vornüber, landete auf Anuks Beinen und rollte sich dazwischen zusammen. Züngelnd hob sie den Kopf, ihr Blickfeld verengte sich. Nur Licht und Schemen existierten noch. Und der Schattenriss des Feinds. Er wuchs. Der Tüchervorhang bauschte sich auf.

Jetzt!, zischte die Schlange in Meliaé, und sie stieß zu, schlug die Zähne durch dünnes Fleisch und Sehnen hindurch bis auf den Knochen. Ein harter Stoß traf sie. Der hintere Teil ihres Leibs wirbelte durch die Luft, ihre Zähne drohten aus dem Kiefer zu brechen. Wie Krummdolche hatten sie sich in ihrem Opfer verhakt und pumpten Gift. Ein Gift, das wie Säure in ihrer Mundhöhle ätzte und Schockwellen durch ihren Körper sandte.

Wieder ein Schlag. Sie klatschte zu Boden und explodierte beim nächsten Atemzug in ihre menschliche Gestalt. Unter ihr erzitterten die Planken unter einem harten Aufprall.

Die Geräusche der Welt kehrten mit der Wucht eines Donnerschlags zurück. Sie riss den Kopf herum.

Vor ihr wand sich der grüne Krieger mit angezogenen Knien auf dem Rücken. Der Pfeil, den er noch immer zwischen den Zähnen hielt, zerbrach mit einem Knacken. Hinter ihm krümmte sich Lu in den Tücherschlingen hechelnd und wimmernd vor Schmerz. Nenek kauerte neben ihr, den nackten, schreienden Säugling an sich gedrückt.

Meliaé stemmte sich hoch. Mit dem gegrätschten Bein trat sie den Bogen außer Reichweite des grünen Kriegers, dann hechtete sie zu ihrem Dolch. Bereit zuzustechen, wirbelte sie herum und zögerte. Die grünbraune Haut des Kriegers war von einem pulsierenden Geflecht roter Adern durchzogen, seine giftgrünen Augen schwammen in Blut und wölbten sich aus den Höhlen. Meliaé dröhnte der Herzschlag in den Ohren, bei zehn hörte sie auf mitzuzählen.

Der Krieger hielt den zerbrochenen Pfeil in der Faust, bereit, sie damit zu attackieren. »Los, komm schon, Najadendreckstück!«

Sie erstarrte. Tharisch! Woher wusste der Kerl, dass sie diese Sprache verstand? Und wie kam er dazu? Er war doch Northaner.

Er bleckte die fahlen, spitzen Zähne zu einem unheimlichen Grinsen. »Komm schon, gib mir den Rest!«

Meliaé packte den Dolch fester, zögerte jedoch, sich damit auf ihn zu stürzen. »Sag mir, wer du bist und was du hier willst! Vielleicht erlöse ich dich dann.«

»Ich bin dein Albtraum«, keuchte er nur und krümmte sich unter sichtlichen Qualen zusammen, den Pfeil aber umklammerte er.

»Was willst du?«

»Komm her, dann sag ich's …« Blutiger Schaum wallte ihm über die Lippen.

Den Dolchgriff zwischen den Zähnen, stürzte Meliaé vor, griff nach seinem Handgelenk und schlug ihm den Pfeil aus der Faust. Sie warf ihn auf den Rücken, setzte sich auf ihn und klemmte seine Arme mit den Knien ein. Dann packte sie ihn an den Haaren, knallte seinen Kopf zu Boden und drückte ihm die Klingenspitze gegen die Kehle. »Rede! Woher weißt du, dass ich Tharisch spreche?«

Sein Körper zuckte unter Krämpfen, was ihr siedend heiße Schauer des Triumphs über den Rücken sandte. Da war es wieder. Dürre Finger strichen über ihren Nacken, etwas in ihr züngelte nach dem Blut dieses Mannes, lechzte nach Rache. Es war abstoßend und erregend zugleich. »Rede!«, fauchte sie und stieß härter mit der Klinge zu.

Der Krieger riss den Mund auf, gab aber nur gurgelnde Laute von sich. Blutiger Nebel spritzte ihr in die Augen und färbte ihr Sichtfeld rot. Ihr blieb die Luft weg. Was hatte sie getan? Der Dolch war durch den Knorpel seines Kehlapfels gefahren. Sie leckte sich die Lippen, und die metallische Süße auf ihrer Zunge verlangte nach mehr. Mehr von seinem Blut.

Doch da erhoben sich Flüsterstimmen im ganzen Raum. Ein Orkan aus Schwatzen, Raunen und Säuseln. *Meuchler! Unschuldiges Blut hat er vergossen!*, klagten sie an.

Aus dem Körper des Kriegers wich die Anspannung. Mit einem Ruck setzte sich Meliaé auf und blinzelte durch die brennend roten Schlieren. Entsetzen lähmte sie. Schattenhafte Klauenhände huschten von allen Seiten heran, die an der Brust des Sterbenden zerrten. *Die Gehenden Geister!* Es gab sie tatsächlich!

Unschuldiges Blut klebt an dieser Seele!, zeterten die einen, während die anderen prophezeiten: *Hundert Tode wird es brauchen, um es abzuwaschen.* Und überall dort, wo die Krallen der Klauenhände zwischen die Rippen des Kriegers fuhren, traten zähe Lichtfäden hervor, die von anderen herbeieilenden Klauen gepackt und davongezerrt wurden.

Kapitel 17

Dämonenfratze

Simos stand zwischen den Säulen eines Saals, der zum üppig blühenden Garten hin offen war. Der Schweiß rann ihm in Strömen über den Rücken, trotz der Brise, die vom Meer heranwehte. Diese verfluchte Insel nannte sich zu Recht Feuerinsel. Das war kein Land, das war Orons grüne Unterwelt oder besser noch sein Glutofen!

Simos wechselte seinen Hörnerhelm unter den anderen schweißnassen Arm. Den halben Tag schon stand er sich die Beine in den Bauch und wartete darauf, von dem Dukun, dem Hohepriester, empfangen zu werden. Mittlerweile war er so weit, den Kerl an den Eiern aufzuhängen, so er sich denn endlich mal blicken ließ. Der Dukun würde ihm von Meliaé berichten können. Das zumindest hatte Fürst Miltiades behauptet, als sie sich vor drei Tagen an der Ostküste der Insel getrennt hatten.

Neben einer Karte und der Beschreibung, wie er zum Meereskloster gelangte, hatte Miltiades ihm sein Fürstensiegel und ein Schriftstück in die Hand gedrückt, das er dem Dukun überbringen sollte. Und hier im Kloster sollten sie wieder zusammentreffen, um das weitere Vorgehen gegen die aššunische Invasion zu besprechen. Drei Tage Marsch durch die grüne Verdammnis lagen nun hinter ihm, nur um festzustellen, dass sie gleich hier vor Anker hätten gehen können. Aber gut. Es war Miltiades' Entscheidung. Schließlich war es seine Insel.

Simos kratzte sich den vom Schweiß juckenden Nacken und sah sich nach den Saalwachen um. Furcht einflößend wirkten die schmalbrüstigen Inselburschen in ihren kurzen Röcken ja nicht gerade. Und daran änderten auch ihre zwei Schritt langen Lanzen nichts. Ob er nochmals versuchen sollte, einen von denen dazu zu bewegen, den Dukun hierherzuholen? Zwecklos! Die würden nur wieder blöd glotzen und die Schultern zucken. Doch dann konnte es gut passieren, dass Simos die Gäule durchgingen und er die Burschen im Teich ersäufte. Allerdings würde der Tumult den Dukun gewiss motivieren, hier einmal nach dem Rechten zu schauen.

Das ungebetene Lächeln, das an Simos' vernarbtem Mundwinkel zupfte, erstickte seine aufgeflammte Erheiterung. Mit dem Daumen rieb er über die wulstige Narbe, die sein Gesicht zu einer Dämonenfratze verzerrte. Der Foltermeister der Sultanssöhne hatte dafür gesorgt, dass er ihn in keinem heiteren Moment seines Lebens mehr vergaß. Mit einem glühenden Haken hatte er ihm das Grinsen eines Feuergeborenen eingebrannt. Sengender, die Sinne raubender Schmerz. Verbranntes Fleisch, wohin die Zunge tastete.

Simos blickte zu der weißen Statue in der Teichmitte. Die Göttin Tioné. Schlangen wanden sich auf ihrem Haupt, und von den Hüften abwärts besaß sie einen Schlangenschwanz. Erstarrt in einem ekstatischen Tanz hob sie die Arme über den Kopf und stellte ihre nackten Reize zur Schau. Für einen Moment kniff er die vom Schweiß brennenden Augen zu. Das war nicht Tioné. Der Steinmetz hatte ihr Meliaés Gesichtszüge verpasst. Gequält blinzelte Simos ins Sonnenlicht. Er hätte nicht herkommen dürfen. Hier zu sein, hieß, die Götter erneut herauszufordern.

Das Schließen einer Tür hallte durch den Saal. Simos drehte sich um, und sein Herz trommelte vor Aufregung los. Eine Frau in einem weißen Gewand war eingetreten. Enttäuscht stieß er die Luft aus, es war nicht Meliaé. Nur eine Dienerin, die einen

Becher und einen Krug in den Händen hielt. Barfuß kam sie näher, und ihr schwarzes Haar wehte wie ein seidiger Schleier hinter ihr her. Ihr Kleid war aufregend geschnitten, es ließ ihren Bauch frei. Mit einer Verneigung blieb sie vor ihm stehen.

»Der Dukun«, sprach Simos sie an, wobei er sich Mühe gab, jede Silbe deutlich zu betonten. »Du-kun! Verstehst du? Wann kommt der Dukun?«

Der Blick ihrer mandelförmigen Augen huschte von unten zu ihm herauf. Doch in seinem Gesicht angekommen, fingen ihre mit Goldstaub überpuderten Lider heftig an zu flattern. Atemlos stieß sie einen fremden Wortschwall hervor. Dazu hob sie demonstrativ den Krug, um die Absicht, in der sie gekommen war, zu verdeutlichen.

»Schon gut«, entfuhr es ihm schroffer als beabsichtigt, und der Dienerin zitterten die Hände, als sie ihm ausschenkte. *Bei den Göttern,* dachte Simos bei sich, *ich komme um vor Durst.* Behutsam griff er nach dem hingehaltenen Becher und roch daran. Nur Wasser. Rasch setzte er an. Die Erfrischung spülte den pelzigen Geschmack von seiner Zunge, und zu seiner Erleichterung ging beim Hinunterstürzen nichts daneben. Jedoch hatte er nicht mit den flinken Händen der Dienerin gerechnet, die ihm rascher nachgeschenkt hatte, als er verneinen konnte. Diesmal allerdings blamierte er sich. Die Nässe rann ihm über den Hals, er sabberte wie ein alter Karrengaul. Mit einem Grienen, von dem Simos wusste, dass es selbst die hartgesottensten Kerle in die Flucht schlug, reichte er der Dienerin den Becher zurück.

Keuchend stieß sie etwas hervor, dann floh sie auch schon in Richtung Saaltür, die im gleichen Moment von außen aufgezogen wurde. Simos blinzelte verblüfft, als er im hereinflutenden Sonnenlicht Miltiades erkannte, der in Begleitung zweier Männer eintrat, wie sie nicht unterschiedlicher hätten sein können. Einer von Kopf bis Fuß in Schwarz gekleidet. Ein vermummter Krieger, der wie eine Katze neben dem Najadenfürsten herschlich. Der andere in einem schillernden Gewand, das mit Glarnsteinperlen bestickt war. Er bewegte sich wie eine Bordelltänzerin.

Miltiades war rasiert und mit ordentlich zusammengebundenem Haar kaum wiederzuerkennen. In Northan und auf der Überfahrt hatte er in Lederharnisch und Yakfell ausgesehen wie ein Steppenkrieger. Jetzt aber war er ganz der Fürst, für den er sich ausgegeben hatte. Von den Schultern bis zu den Sohlen war er in einen Mantel gehüllt, der aus Silberfäden gesponnen schien. Darunter trug er ein schwarzes Seidengewand, auf dessen Brust ein Schlangenwappen aus Obsidianplättchen funkelte.

Simos' Herz überschlug sich vor Aufregung. Endlich würde er etwas über Meliaé erfahren. Um nicht wie ein nervöser Trottel dazustehen, straffte er sich.

Miltiades blieb vor ihm stehen und nahm ihn mit seinen grauen Raubtieraugen ins Visier. »Ihr habt unsere Vereinbarung gebrochen!«, begann er dann übergangslos.

Simos schluckte, er hatte keinen blassen Schimmer, wovon der Fürst sprach. »Ich habe meine Hundertschaften drei Tage durch Orons Glutofen gehetzt, nur um festzustellen, dass wir ebenso hier vor Anker hätten gehen können.«

Der Fürst winkte schroff ab. »Ich dulde kein Schiff in der Nähe dieses Klosters! Zudem diente der Marsch dazu, Euch mit den Eigenheiten meiner Insel vertraut zu machen. Nun aber stelle ich fest, dass Ihr Eure Horden nicht im Griff habt.«

In Simos' Hals fing es vor Ärger heiß zu pochen an. Er ballte die Faust. »Was schwafelt Ihr da?«

»Ich rede von den Dörfern, die weiträumig zu umgehen waren.«

Simos zuckte mit der Schulter. »Aber dann hätte ich nicht in drei Tagen hier sein können.«

»Das stimmt nicht. Ihr wart länger unterwegs, weil Ihr meintet, diese Dörfer überfallen zu müssen.«

»Ja und?« Er stellte sich breitbeinig hin und hängte den Daumen im Schwertgurt ein. »Meine Männer hat es nach Monden der Enthaltsamkeit zwischen den Beinen gejuckt.«

»Dann sollten sie sich dort vielleicht einmal waschen.«

»Wir haben auch Sklaven erbeutet. Allerbeste Ware. Die werden mir Kisten voller Gold einbringen.«

Miltiades furchte finster die Brauen. »Ihr habt bereits viel Gold von mir bekommen. Warum teilt Ihr es nicht unter Euren Leuten auf und seht es als Ansporn, Euch den Rest in Aššu zu holen.«

Simos umfasste seinen Schwertknauf, dass es knirschte. »Bevor ich noch irgendeinen Handstreich tue, will ich meine Schwester sehen.«

»Sie ist nicht Eure Schwester.« Miltiades' Augen färbten sich ebenso schwarz wie der Obsidian auf seinem Gewand. Rasch wechselte er einen Blick mit dem vermummten Krieger an seiner Seite. »Die Hohe Tochter Meliaé ist heute Nacht verschwunden. Mein Hauptmann hat sie in der Nähe jenes Dorfs gefunden, wo sich Eure wildernde Meute herumgetrieben hat!«

Simos zischte einen Fluch. »Aber Ihr sagtet doch, sie lebt im Kloster.«

»Das heißt aber nicht, dass wir sie Tag und Nacht einsperren!«

»Vielleicht solltet Ihr aber genau das tun, solange ich hier bin. Wo ist sie? Ich will sie sehen. Ist sie verletzt?«

Miltiades ließ ihn zappeln, indem er ihn nur aus den seelenlosen schwarzen Löchern anstarrte, zu denen seine Augen geworden waren.

Langsam ließ Simos den Atem ausströmen. Doch sein wild trommelndes Herz wollte sich nicht beruhigen. Nicht eher, bis er sie selbst gesehen hatte. Ihm wurde flau zumute. »Wo ist sie?«, stieß er heiser hervor. »Ich will sie sehen!«

»Ihr seid nicht in der Position, Forderungen zu stellen. Und

Ihr werdet nicht umhinkommen, Eure Beute wieder laufen zu lassen.«

Simos atmete tief durch und versuchte die Wut, die in seinen Eingeweiden brodelte, in den Griff zu kriegen. Brevenor hatte ihn davor gewarnt, sich mit Miltiades einzulassen. Und wie es aussah, sollte der alte Steppenfuchs recht behalten. »Das kann ich nicht. Ich würde mein Gesicht verlieren.«

»Dann bedenkt, dass die Menschen, die Ihr erbeutet habt, aus jenem Dorf stammen, in dem sich Meliaé die letzten Jahre als Heilerin verdient gemacht hat. Sie wird darüber nicht erfreut sein.«

Simos presste die Lippen aufeinander, um das Zerren seiner Narbe zu fühlen. Damit wollte der Fürst ihm wohl zu verstehen geben, dass ihr nichts zugestoßen war. Schwer atmend kniff er die Augen zu. Was spielte es für eine Rolle, wo die Leute herstammten. Meliaé brauchte ja nichts davon zu erfahren. Außerdem waren Skrupel so ziemlich das Letzte, was er sich leisten konnte. Seine Männer verlangten Gold. Sehr viel mehr, als Miltiades ihm gegeben hatte. Und das meiste Gold erzielte man nun einmal auf den Sklavenmärkten.

Simos blickte Miltiades entschlossen an. »Was passiert ist, kann ich nicht ungeschehen machen. Jedenfalls werde ich nicht wegen einer Handvoll dreckiger Waldmenschen die Achtung meiner besten Männer aufs Spiel setzen.«

Miltiades zuckte die Schultern. »Und ich verlange, dass Ihr meine Befehle achtet und Eure Horden im Griff habt, solange Ihr Euch auf meinem Land befindet. So etwas wie letzte Nacht wird sich nicht mehr wiederholen.« Flüchtig deutete er auf den schwarz verhüllten Krieger an seiner Seite. »Meine Schatten werden jeden töten, der sich irgendwo aufhält, wo er nichts zu suchen hat.«

Simos blickte in die hellgrünen Augen des vermummten Hauptmanns, der Haar und Gesicht hinter Tuchbinden verbarg.

Seine Raubtierpupillen ließen nur den Schluss zu, dass auch er ein Najade war. »Meine Männer werden sich von den Dörfern fernhalten. Mein Wort darauf.«

Der najadische Hauptmann reagierte mit einem knappen Nicken, doch in seinen Augen flackerte ein tödliches Versprechen. Dann wandte er sich an Miltiades und richtete einige Sätze in seiner Sprache an ihn. Schließlich machte er kehrt und verließ den Saal.

»Wo ist Meliaé?«, versuchte Simos es erneut. »Ich muss sie sehen. Ihr könnt es ja so einrichten, dass sie mich nicht sieht. Ich weiß selbst, dass ich kein hübscher Anblick bin.«

Miltiades' Miene blieb undurchdringlich. »Morgen trifft die Elefantensänfte des Königs hier ein. Meliaé wird damit zur Festung reisen. Wir werden knapp vier Tage unterwegs sein. Die Schatten werden die Sänfte als Eskorte begleiten. Und ich erwarte, dass Ihr unseren Zug mit zwei Hundertschaften verstärkt. Sucht dazu aber nur die Diszipliniertesten aus.«

Simos nickte.

Miltiades wandte sich dem Mann in dem schillernden Gewand zu, der bis dahin nur schweigend danebengestanden hatte. Was er ihm in seiner Sprache sagte, klang wie eine Anweisung.

Als Miltiades seine Augen wieder auf Simos richtete, löste sich die Schwärze darin in helles Silber auf. »Geht jetzt hinunter zum Strand. Dort findet Ihr die Leiche von einem Eurer Männer. Er hat nicht nur ein Kind getötet, er war auch hinter Meliaé her. Und ein paar Meilen nördlich von hier, im Schlammloch eines Wasserfalls, findet Ihr noch einen Eurer Krieger. Einen Kentauren. Meliaé hat beide getötet. Lasst Euch das eine Warnung sein. Sie ist nicht mehr die, die Ihr einst kanntet. Wenn Ihr Euch um diese Dinge gekümmert habt, kehrt gegen Mitternacht allein hierher zurück. Dann sollt Ihr Gelegenheit bekommen, sie zu sehen.«

Kapitel 18

Feuer und Schatten

Im Licht des Monds leuchtete der Strand der weitläufigen Bucht unwirklich hell. Das Meer hatte Glarnsteinstaub unter den perlweißen Sand gemischt. Simos, der auf seinem Hengst saß, stand in den auslaufenden Wellen und blickte hinaus in die Fluten. Von den improvisierten Totenbarken aus Treibholz, mit denen sie Dryad und den Kentauren Nessos dem Meer übergeben hatten, war nichts mehr zu sehen. Die schäumende Brandung hinter dem Riff hatte sie hinausgezogen und in den Wellen zertrümmert.

Kopfschüttelnd stieß er ein leises Schnauben aus. Der Mann, der ihn mehr tot als lebendig vom Folterdeck der Sultanssöhne gerettet hatte, hatte hier am Ende der Welt nun selbst den Tod gefunden. In Gestalt eines Mädchens. Unfassbar. Erneut schnaubte Simos. Was für eine Ironie des Schicksals.

Neben Simos trat eine hoch aufragende Pferdegestalt ins Wasser. »Hier, Kapitän, trinken wir einen.«

Simos wandte sich dem Kentauren Farkon zu und ergriff die Kalebasse, die dieser ihm hinhielt, dann wendete er sein Pferd und prostete den noch am Strand verbliebenen Kentauren und Steppenkriegern zu. »Auf Dryad und Nessos. Mögen sie heute Nacht in Orons Schmiede nichts anbrennen lassen.«

Sein Trinkspruch wurde lautstark erwidert, und Simos nahm selbst einen großen Schluck. Der süßliche Trunk aus gegorenen Nebelwaldfrüchten, den sie im letzten Dorf erbeutet hatten, griff in seinem leeren Magen wie ein Steppenbrand um sich. Ein Brand, der bestens dazu taugte, bis zum nächsten Morgen alles zu vergessen. Doch Simos widerstand und reichte Farkon die Kalebasse zurück. In dieser Nacht benötigte er noch einen klaren Kopf.

Flüchtig sah er zum Lager hinüber, wo sich die übrigen Männer und Kentauren um die Feuerstellen zwischen den Zelten versammelt hatten. »Ich muss noch einmal zum Kloster reiten, der Najadenfürst erwartet mich dort zu letzten Instruktionen«, informierte er seine Männer, griff nach seinem Helm, den er vor sich auf dem Sattel abgestellt hatte, und setzte ihn auf.

»Wir begleiten dich.« Zwei seiner besten Schwertkämpfer ritten ihm entgegen und nahmen ebenfalls ihre Helme auf.

Simos hob die Hand. »Nein, der Fürst erwartet, dass ich allein komme.« Mit dem Zeigefinger deutete er warnend in die Runde. »Und haltet euch daran: Heut Nacht verlässt niemand das Lager zu Vergnügungsausflügen in die Dörfer. Auch will ich keinen besoffen vor seinem Zelt liegen sehen, wenn ich zurückkomme. Die nächsten vier Tage werden kein Spaziergang. Legt euch früh schlafen und brecht das Lager noch vor Sonnenaufgang ab.«

Als alle trotz leisem Gemurre nickten, wendete Simos sein Pferd, schlug die Hacken in den Pferdeleib, und sein Hengst sprengte los. Salzwasser peitschte aus den auslaufenden Wellen auf und legte sich kühl auf seine Haut. In gestrecktem Galopp hielt Simos auf die Landzunge zu, hinter der das Meereskloster lag. Und es dauerte nicht lange, und er entdeckte es in den zurückweichenden Fluten. Jetzt sah es aus wie ein gestrandetes Schiff. Eine Laune Orons hatte dem Felsen, auf dem es erbaut war, diese markante Form verliehen.

Das Klosterportal lag unerreichbar hoch. Wer hinaufwollte, musste die Wachen dazu bringen, im Aufzugsschacht einen ehernen Käfig hinabzulassen, der groß genug war, zwei Pferde mitsamt Reiter hochzuhieven. Doch das war nur mit Miltiades' Fürstensiegel möglich. Einer geflügelten Silbermünze, in deren Mitte das Schlangenhaupt der Tioné abgebildet war.

Simos zügelte den Hengst und tastete nach dem Lederriemen, mit dem er die Münze in einem Säckchen um den Hals trug. Aber er zögerte, damit zum Aufzugsschacht zu reiten.

Die Ebbe offenbarte eine tiefe Auswaschung unter dem Klosterfelsen, durch die am Mittag noch die Brandung getost war. Jetzt lag sie im Trockenen und offenbarte, dass sie ein Durchgang zur anderen Strandseite war.

Ein unstetes Licht flackerte darin, so als brenne drüben ein großes Feuer. Von Neugier getrieben, ritt er in das Felsentor, das sich als lang gezogene Höhle entpuppte, in der Trommelschläge und weiblicher Gesang von den muschelverkrusteten Wänden hallten.

Simos' Herzschlag beschleunigte sich. Er zog am Zügel und glitt vom Pferderücken. Kurz überlegte er, den Helm abzunehmen. Doch er ließ es. Nur ein flüchtiger Blick, was da vor sich ging, dann würde er sich wieder zurückziehen.

Mit dem Rücken gegen den Felsen verschmolz er mit der Dunkelheit und legte dem Hengst die Hand an die Nüstern, damit der sie nicht durch ein Schnauben verriet. Die Trommelschläge und der Gesang vermischt mit dem Rauschen des Meeres klangen fremdartig, jedoch lag eine Wehmut darin, die durch Mark und Bein ging. Vorsichtig spähte er an der Felswand vorbei. Die Flammen eines Scheiterhaufens leckten in den Nachthimmel. Von der Totenbahre waren nur noch gleißende Trümmer übrig.

Priesterinnen in weißen Gewändern standen um das Feuer. Simos hielt die Luft an. Eine grazile Erscheinung überstrahlte alle anderen mit ihren langen Locken, die sie wie ein flammender Schleier umgab. Es war Meliaé, und sie war noch schöner als in seiner Erinnerung. Klar und kräftig hob sich ihre Stimme aus dem Frauenchor ab, und die fremden Worte kamen ihr flüssig über die Lippen.

Im Sand zu ihren Füßen kniete ein nacktes Vasumatimädchen mit langem schwarzem Haar, das geschickt und rhythmisch auf eine bauchige Trommel zwischen ihren Beinen einschlug. Ihre Hände wurden immer schneller, flogen in atemberaubendem Tempo über die Trommelbespannung. Dazu wippten ihre hübschen Brüste mit den dunklen Warzen. Doch plötzlich schrie sie auf, und ihr Trommeln brach ab. Sie schlug sich die Hände vor das Gesicht und weinte laut mit bebenden Schultern.

Meliaé kniete neben ihr nieder und zog sie in die Arme. Tröstend rieb sie ihr den Rücken und redete in der fremden Sprache auf sie ein.

Simos wich zurück und lehnte sich mit dem Rücken an den Felsen. Er hatte genug gesehen. Das hier war die Feuerbestattung des Vasumatijungen, von dem Miltiades gesprochen hatte. Wenn Meliaé wüsste, was er und seine Männer in diesem Dorf alles getrieben hatten, würde sie ihm die Augen auskratzen. Wie die brünstigen Stiere hatten sie sich über Frauen und Mädchen hergemacht und jeden erschlagen, der ihnen dieses Vergnügen nach so langer Zeit auf See hatte streitig machen wollen. In Simos' Gedanken blitzte das in Panik erstarrte Gesicht des Mädchens auf, das er sich in dieser Nacht geschnappt hatte. Etwas in ihm war außer Kontrolle geraten. Die Mädchen der Insel waren ausgesprochen schön und liefen fast alle nackt herum, selten hatten sie mehr als ein Stück Leder um die Lenden gebunden. Dass dann Männer, die so eine Freizügigkeit nicht kannten, vor Geilheit durchdrehten, war nicht verwunderlich, jedoch unentschuldbar.

Simos rückte von der Felswand ab und drückte seinem Hengst gegen die Nase. Das kluge Tier verstand und ging rückwärts aus dem Felsentunnel. Das peinigende Gewissen drängte

Simos beiseite. Was er getan hatte, konnte er nicht ungeschehen machen. Aber er konnte dafür sorgen, dass es sich nicht wiederholte. Und das würde er.

Vor dem in den Felsen getriebenen Aufzugsschacht tastete er nach dem Ledersäckchen, um die Münze hervorzuholen. Doch plötzlich warf sein Hengst wiehernd den Kopf hoch.

Beschwichtigend hob er die Hand, aber der Gaul riss ihn fast von den Beinen, als er auf die Hinterläufe stieg und sich losriss. Etwas stimmte hier nicht.

Simos verschwendete keinen Blick an das davonstürmende Tier. Er zog sein Schwert, und im nächsten Moment kam die zum Leben erwachte Finsternis durch das Felsentor geschlichen. Schwarz vermummte Gestalten, die sanft gebogene Silberklingen führten. Miltiades' Schatten.

Simos fluchte, denn wie Schatten verhielten sie sich auch. Sie wirbelten um ihn herum und teilten elegant geführte Schwerthiebe aus. Doch so hart und schnell Simos sie auch zu parieren versuchte, gegen die blitzenden Stahlzungen, die nach seinem Blut lechzten, kam er nicht an. Ein Luftzug, begleitet von einem sengenden Schmerz, streifte seinen rechten Oberarm. *Volltreffer!* Bleierne Hitze breitete sich in seiner Schulter aus. Aber schon zischten die nächsten Silberblitze heran. Eine hinterließ eine brennende Spur auf seinem Oberschenkel, die andere schrammte seinen Helm. Ein Schlag zwischen die Schulterblätter warf ihn nach vorne, und sein Helm dröhnte erneut unter einem gegnerischen Treffer.

Jemand trat ihm die Beine weg, doch sein rasch vorgestreckter Arm knickte unter ihm weg, und der Nasensteg seines Helms bohrte sich in den Sand. Zwischen seinen Zähnen knirschten Blut und Sand. Ein Fußtritt entwaffnete ihn, ein weiterer traf ihn in den Magen und trieb ihm die Galle in den Hals. Hände packten ihn und warfen ihn auf den Rücken. Eine Klingenspitze bohrte sich in die Senke neben seinem Hals. Eine weitere

Klinge fand unter seinen hochgerutschten Lederrock, wo sich die Stahlspitze direkt neben seinen Eiern in die Innenseite seines Oberschenkels bohrte. In Erwartung, jetzt kastriert zu werden, biss Simos die Zähne zusammen. Doch es zerrte ihm nur jemand den Helm vom Kopf, und im nächsten Moment gellte ein durchdringender Schrei in seinen Ohren. Wie das Kreischen von einer Möwe, nur viel lauter. Als sich die Stahlspitze noch tiefer in sein Oberschenkelfleisch bohrte, entwich Simos ein Stöhnen.

»Aufhören!« Meliaé packte Hauptmann Áris mit beiden Händen am Arm und versuchte, sich zwischen ihn und den Northaner zu drängen, der sich stöhnend im Sand wälzte. »So lasst doch von ihm ab. Was soll er denn noch tun?«

Áris fuhr zu ihr herum, tastete nach seiner Schwertscheide und versenkte seine Schattenklinge darin.

Doch bevor sie Luft für ihre Vorwürfe fand, zerrte der Hauptmann sie auch schon weg von dem sich am Boden Windenden. Drohend senkte er den Kopf zu ihr herab. Seine Augen funkelten durch die Sehschlitze seiner schwarzen Vermummung. Er kochte vor Zorn, weil sie ihm und seinen Männern in der vergangenen Nacht entkommen war. »Keine Versteckspielchen mehr, sonst lernt Ihr mich kennen!«, hatte er ihr gedroht, als er sie vor der Tür zu ihren Gemächern abgefangen hatte. Und seither konnte sie keinen Schritt mehr ohne ihn tun. »Wenn es recht ist, lasse ich den Northaner jetzt wegschaffen.« Er verschränkte die Arme vor der Brust.

Sie kreuzte die Arme ebenfalls. »Wohin denn? Ins Meer?«

Er riss sich die Vermummung herunter. »Für das, was dieses Schwein auf unserer Insel verbrochen hat, hätte er sicher nichts Besseres verdient. Aber nein. Ich sperre ihn in den Reiskeller. Soll Fürst Miltiades darüber befinden, was mit ihm geschieht.« In Áris' bleicher Miene zuckten die Kiefermuskeln, als schwebten ihm Dinge mit dem Northaner vor, die sich am genussvollsten im Meer verwirklichen ließen.

»Einverstanden. Aber ich gehe mit und sehe mir seine Verletzungen an!«

»Ihr tut nichts dergleichen. Ihr geht in Eure Gemächer, und zwar auf direktem Weg!«

Sie stieß die Luft aus. »Nein, ich suche Fürst Miltiades auf, denn er ist mir ein paar Erklärungen schuldig.« Sie blickte zu Nenek und Lu hinüber, die mit den Zwillingen und umringt von den Priesterinnen etwas abseits standen. Dann sah sie Áris wieder an. »Statt mir hinterherzurennen solltet Ihr lieber für die Sicherheit dieser Frauen sorgen. Dafür, dass sie unbeschadet in ihrem Dorf ankommen.«

»Das werde ich, verlasst Euch drauf!« Er kehrte ihr den Rücken zu und befahl seinen Männern lauthals in der Sprache der Vasumati, die Frauen zurück in ihr Dorf zu begleiten und die Patrouillen an Land zu verdoppeln.

Meliaé umrundete ihn. »Wo war Eure Patrouille letzte Nacht?« Sie sprach Najadé, weil ihre Worte nur für seine Ohren bestimmt waren. »Es kann doch Euren Männern nicht entgangen sein, dass vor der Küste ein northanisches Schiff vor Anker gegangen ist.«

»Drei Schiffe, um genau zu sein«, verbesserte er sie und packte sie am Arm. »Und genauso wenig dürfte es Euch entgangen sein, dass sich am Meeresboden die Zeichen eines Ausbruchs mehren.« Er lächelte auf geradezu irritierende Weise triumphierend.

»Ihr habt drei Schiffe gesehen und nichts dagegen unternommen?«

»Ihr werdet dem Dukun jetzt Meldung darüber machen, was auf dem Meeresgrund vor sich geht. Haben wir uns verstanden?« Er zog sie mit sich hinter den Schatten her, die den Northaner durch den Sand wegschleiften.

Sie versuchte, sich aus seinem schmerzhaften Griff zu befreien. »Ich werde dem Dukun nichts sagen. Das alles ist doch menschenverachtender Wahnsinn.«

Abrupt hielt er an. »Darüber solltet Ihr die Menschen selbst befinden lassen. Wir mischen uns nicht ein.«

Als sie nach Luft für einen Einwand schnappte, winkte er nur ab und zog sie weiter. »Ihr führt Euch kindisch auf, Hohe Tochter. Der Dukun weiß längst Bescheid. Ich habe es ihm gesagt. Morgen wird die Glocke den Zorn des Feuerbergs verkünden.«

»Das werden wir ja sehen. Ich rede jetzt mit dem Fürsten. Dieser Wahnsinn muss ein Ende haben.«

Kapitel 19

Miltiades' Geschenk

Trotz der fortgeschrittenen Nacht war der Studiersaal des Dukuns von Glarnlaternen hell erleuchtet. Miltiades sah von einem Stapel Landkarten auf, die vor ihm und dem Dukun ausgebreitet auf dem Tisch lagen. »Ja, Meliaé?« Sein Ton war ebenso abweisend wie sein Blick, offenbar war er nicht gewillt, sich in seiner nächtlichen Unterredung mit dem Klostervorsteher von ihr stören zu lassen.

»Auch wenn es spät ist, ich muss dringend mit Euch reden.« Meliaé schoss Áris, der wie festgewachsen neben ihr stand, einen giftigen Blick zu.

Miltiades murmelte etwas, woraufhin der Dukun knapp nickte, und kam dann um den Tisch herum.

»Ich möchte, dass Ihr Hauptmann Áris von der Pflicht entbindet, sich unentwegt an meine Fersen zu heften. Wenn er es letzte Nacht auch so ernst mit seiner Dienstbeflissenheit genommen hätte wie vorhin am Strand, wäre der Überfall auf Anuks Dorf sicher zu verhindern gewesen, und der Junge könnte noch am Leben sein.«

Miltiades blickte den Hauptmann an und runzelte die Stirn. »Haben die Northaner wieder Ärger gemacht?«

Um Áris' Lippen zuckte es süffisant. »Ich habe unserem Northaner eine kleine Abreibung verpasst. Er liegt im Reiskeller und leckt seine Wunden. Wir haben sein Pferd. Niemand wird nach ihm suchen.«

Miltiades nickte. »Gut. Lasst ihn dort bis zum Morgen, dann soll er in sein Lager zurückkehren.«

Áris runzelte die Stirn, verneigte sich jedoch.

Meliaé schnappte empört nach Luft. »Ihr wollt diesen Mann wieder laufen lassen? Ihr solltet lieber einen Boten zu Königin Simha schicken, damit der seine Soldaten ausschickt, diese mordenden Barbaren von der Insel zu verjagen.«

»Verdoppelt die Patrouillen«, fuhr Miltiades ungerührt ihres Einwands an Áris gewandt fort.

»Ist bereits veranlasst«, entgegnete der Hauptmann.

»Ausgezeichnet. Dann geht jetzt zum Essen. Danach erwarte ich Euch hier zur Lagebesprechung. Danke. Wegtreten.«

Meliaé wartete, bis Áris zur Tür hinaus war. Seit Miltiades am Morgen von seiner mehrere Monde andauernden Reise zurückgekehrt war, verhielt er sich ihr gegenüber merkwürdig. Er wich ihr aus. Er verheimlichte etwas. »Aber was gedenkt Ihr, gegen die Northaner zu unternehmen?«

Miltiades atmete hörbar aus. »Es ist wirklich spät, Meliaé. Lasst uns morgen über alles reden. In Ruhe. Was letzte Nacht passiert ist, wird sich nicht wiederholen. Die Patrouillen sind verdoppelt, und der Kommandant der northanischen Horden liegt in unserem Reiskeller in Ketten. Mehr kann ich im Augenblick nicht tun.«

»Aber was wollen die Northaner? Und was habt Ihr mit diesem Räubergesindel zu schaffen? Ihr habt sie hergeführt. Oder etwa nicht?«

Miltiades' Pupillen verengten sich. »Also gut. Aber ich sage Euch gleich, ich werde nicht die halbe Nacht mit Euch diskutieren. Ich habe noch zu tun.«

Ärgerlich presste sie die Lippen zusammen.

Miltiades legte besorgt die Stirn in Falten und sah sie an. »Die Königin trug mir auf, Verbündete gegen den Sultan aufzutun. Und das habe ich getan«, kam er dann unumwunden auf den Punkt. »Es sind northanische Söldner, die einst auf der Seite des Sultans gekämpft haben. Jedoch stehen sie jetzt in unserem Sold. Was aber genau wir gegen die Invasoren planen, erfahrt Ihr in den nächsten Tagen.«

Vor Verblüffung war ihr der Mund aufgeklappt. »Ihr habt Euch mit Verrätern verbündet?«, stieß sie mit wachsendem Entsetzen hervor. »Aber was macht Euch so sicher, dass dieses abtrünnige Pack tatsächlich auf unserer Seite steht? Die Kerle haben Anuks Dorf überfallen. Denen ist doch nicht zu trauen.«

Zu ihrem grenzenlosen Erstaunen lächelte Miltiades. »Warum fragt Ihr den northanischen Kommandanten nicht selbst, wie ernst es ihm mit unserer Allianz ist?«

Sie blinzelte verdutzt. Unwillkürlich sah sie den Hünen vor sich, wie er sich zu ihren Füßen stöhnend im Sand gewälzt hatte. »Offen gestanden wollte ich sowieso noch nach ihm sehen. Áris' Leute haben ihn verletzt. Womöglich müssen seine Blessuren genäht werden.«

»Ja. Warum nicht? Kümmert Euch um seine Wunden und unterhaltet Euch mit ihm.«

»Ihr habt nichts dagegen?« Argwohn regte sich in ihr. »Aber ich spreche doch gar nicht seine Sprache.«

Leichthin winkte Miltiades ab. »Der Mann ist Tharier.«

»Tharier?« Ihr Entsetzen wuchs. Der Mann hatte alles verleugnet. Er konnte weder Moral noch Gewissen besitzen. Er hatte sein Land verraten und war jemand, der für genug Gold alles tat. »Aber dann ist ihm ja noch viel weniger zu trauen.«

»Geht zu ihm.«

Meliaé beäugte Miltiades und nagte dabei an ihrer Unterlippe. Er führte irgendetwas im Schilde. Inzwischen kannte sie ihn gut genug, um das sagen zu können. Aber ihn direkt darauf anzusprechen, war nicht geschickt. »Gut, vielleicht ist es tatsächlich das Beste, ich bilde mir selbst ein Urteil über ihn.«

Mit einem hochzufriedenen Ausdruck im Gesicht nickte

Miltiades und wandte sich zu dem Dukun um. »Boyani, tut mir den Gefallen und schickt Eure Gemahlin und den Wachmann vom Reiskeller hinaus zu meinen Gemächern. Die beiden sollen die Hohe Tochter zu unserem Gefangenen begleiten.« Sein Blick kehrte zu Meliaé zurück. »Kommt, meine Liebe, ich habe da noch etwas für Euch, das ich Euch unbedingt geben möchte.«

Die Nachtluft in den Wohngärten war erfüllt vom Lärm der Insekten und schwer vom Duft der blühenden Büsche. Auf den Schindeln der Pagodendächer spiegelte sich Mondlicht. Meliaé blickte zu Miltiades' Veranda hinauf. Er hatte ihr nie gestattet, ihm in seine Räumlichkeiten zu folgen.

»Kommt, macht schnell«, rief er im Hocheilen. »Ich brenne darauf zu erfahren, ob Euch gefällt, was ich Euch vom Hof der Königin mitgebracht habe.«

Mit einem Mal kitzelte Aufregung in ihrem Magen. Bisher hatte er ihr nur Schriften über die Heilkunst und anatomische Zeichnungen geschenkt. Und von seinen Reisen durch die Meere hatte er ihr allerlei bizarres Getier mitgebracht, das sie studieren sollte. Fische ohne Augen, die im Dunkeln leuchteten. Oder Kreaturen, die so hässlich waren, dass man sie kaum anschauen mochte.

Sie raffte ihr Gewand und stieg die Treppe hinauf. Er stand schon in der offenen Tür und bedeutete ihr mit einem Wink, ihm zu folgen. Gespannt hielt sie den Atem an, stieß ihn jedoch enttäuscht wieder aus.

Seine Räume waren nichts Besonderes und ähnelten den ihren, bis auf die dunklen Farben, in denen sie eingerichtet waren. Im zentralen Gemach stand ein raumfüllendes Baldachinbett, und es gab auch ein großes Fenster, durch das das Donnern der Brandung hereinwehte. Mit den hauchdünnen Bettvorhängen spielte der Wind.

Miltiades ging ins angrenzende Arbeitszimmer. Über seinem Schreibtisch hing wie bei ihr auch eine Glarnlaterne.

Meliaé beobachtete ihn dabei, wie er das Lochblech der Lampe hochschob, um den Kienspan darin zu entzünden. Es war faszinierend, ihn beim Wirken von Magie zu beobachten. Er sah weder besonders konzentriert noch sonderlich bemüht aus. Ein sachtes Antippen genügte, und der Span brannte lichterloh. Die Magie schien förmlich aus seinen Fingern zu rinnen.

Schaudernd erinnerte sie sich an seine Berührung. Er gebot über eine Magie, die tödlich war. Was erst musste er anrichten, wenn er diese Macht mit aller Kraft aus seinen Händen entließ? Oder wenn Wut ihm die Beherrschung raubte?

Die mit Glarnsteinperlen besetzte Laterne drehte sich im Luftzug und warf ein Muster aus Licht und Schatten auf die Wände. Miltiades ging zu seinem Wandschrank neben dem Schreibtisch und öffnete die Türen. Mit dem Rücken verstellte er ihr die Sicht.

Verlegen, weil er immer noch keine Erklärung zu dem abgab, was er für sie hatte, verhakte sie die Finger hinter dem Rücken und ließ den Blick in seinem Schlafgemach umherwandern.

Als sie eine dunkle Gestalt in einer Ecke neben dem Bett entdeckte, schrak sie zusammen. Ein gepanzerter Soldat, der einen grinsenden Maskenhelm trug. Sie ließ die Schultern fallen. Der vermeintliche Soldat war nichts weiter als eine Rüstung auf einem Ständer.

In einer Halterung davor lag eine schimmernde Shía Hatthaí auf schwarze Seide gebettet. Eine Schattenklinge, wie Áris und seine Männer sie besaßen. Ein schmales, leicht gebogenes Schwert mit rasiermesserscharfer Klinge.

Flüchtig sah Meliaé über die Schulter, doch Miltiades machte keine Anstalten, in seinem Wandschrank fündig zu werden. Neugierig wandte sie sich wieder der Rüstung mit der grimmig dreinblickenden Bronzemaske und dem mächtigen Helm zu. Lederne Nackenschutzplatten schützten den Hals des Kriegers vor den gefährlichen Hieben der Shía Hatthaí. Die Hochgestellten unter König Simhas Soldaten trugen solche Rüstungen. Diejenigen, die die Trupps anführten, die in den Dörfern die Opfer für den Feuerberg eintrieben. Auf diesem Brustpanzer prangte jedoch statt des Tigerhaupts von König Simha das Schlangenhaupt der Tioné.

Meliaé streckte die Hand aus, um die fein gearbeiteten Schlangen zu berühren.

»Die Rüstung meines Vaters.«

Erschrocken zog sie die Hand zurück und fuhr zu Miltiades herum, der sie mit vor Erheiterung funkelnden Augen musterte. »Sie war ein Geschenk von König Simhas Urgroßvater an meinen Vater. Und es gab nur eine einzige Gelegenheit, bei der er diese Rüstung getragen hat. Bei seiner Vermählung mit Prinzessin Ahea – meiner Mutter.«

Meliaé wagte kaum zu atmen. Zum allerersten Mal sprach er über sich. Darüber, dass auch er nur zur Hälfte Najade war. Doch wenn Miltiades' Vater die Schwester von König Simhas Großvater geheiratet hatte, musste das schon eine ganze Weile zurückliegen. Demnach war Miltiades viel älter, als er aussah. Jedoch wirkte er erst wie ein Mann in der Mitte seiner dritten Lebensdekade.

Während sie mühsam die Fragen hinunterwürgte, die ihr auf der Zunge lagen, lächelte Miltiades. »Was ist? Keine Fragen?« Wie von einem unsichtbaren Pfeil getroffen, fasste er sich an die Brust.

»Doch«, flüsterte sie. »Wie alt seid Ihr?«

Sein Lächeln erlosch, er ließ die Hände sinken. »Alt genug, um Euer Großvater zu sein.«

»Aber wie ist das möglich?«

»Nun. Es sind die Verwandlungen und die Magie, die mir dies zum Geschenk machen. Aber es gibt Schattenseiten. Glaubt mir. Es gibt nichts, was nicht seinen Preis hat.« Damit war sein gesprächiger Moment mit einem Schlag vorüber. Er fasste nach ihrem Arm und zog sie zu seinem Arbeitszimmer. Meliaé musste sich zwingen, sich nicht loszureißen. Über die Jahre hatte sie die Furcht vor ihm verloren, doch jetzt war sie wieder da.

Vor seinem Schreibtisch blieben sie stehen, und dort stand der prächtigste Pharmakon, den sie je gesehen hatte. »Der ist für Euch«, beschied er ihr in feierlichem Tonfall und ließ ihren Arm los.

»Für mich?« Ungläubig weiteten sich ihre Augen, ihre Angst war wie weggeblasen, und sie kam sich jetzt albern dafür vor.

»Ich habe ihn am Hof Königin Lydrias für Euch anfertigen lassen und ihn mit den wichtigsten Tinkturen gefüllt. Wenn Ihr ihn aufklappt, enthält er noch eine weitere kleine Überraschung. Nun, was sagt Ihr? Gefällt er Euch?«

Sie blickte auf die mit Blattgold verzierten Schnitzereien und nickte. »O ja, er ist wunderschön«, hauchte sie. »Aber womit habe ich …« Sie brach ab. Ihr Studium war doch noch längst nicht beendet. Hilflos hob sie die Schultern.

»Ihr habt nun das Wissen und die Erfahrung einer großen Heilerin. Zumindest nach den Maßstäben der Menschen. Und da schickt es sich doch, dass Ihr einen ordentlichen Pharmakon besitzt.«

Ein Seufzer entrang sich ihrer Brust. Aus einem unerfindlichen Grund machte sich Enttäuschung in ihr breit. Sie hatte gehofft, noch so viel mehr über die Heilkunst von ihm lernen zu dürfen. »Soll das heißen, Ihr wollt mich nicht mehr unterrichten?«

»Das habe ich nicht gesagt.« Er verschränkte die Arme vor der Brust und zog die Brauen zusammen. »Also, ich muss mich doch sehr wundern. Offen gestanden hätte ich etwas mehr Enthusiasmus erwartet. Zumal Ihr nun das schäbige Ding, das Ihr im Torbaum versteckt haltet, nicht mehr benötigt.«

Sie schnappte nach Luft.

In seinen Augen blitzte es vergnügt auf. »Ihr solltet Áris nicht unterschätzen. Nur leider kann auch er nicht an zwei Orten gleichzeitig sein. Aber er meint, Ihr hättet mit dem Blasrohr beachtliches Geschick entwickelt und würdet Euch wahrlich auf das Anlegen einer Tarnung verstehen.« Und wie um dieser Schmach noch die Krone aufzusetzen, lächelte er.

Peinlich berührt kniff sie die Augen zu. Ein wahrer Hitzesturm jagte durch ihren Körper. Dann war sie wohl öfter dabei beobachtet worden, wie sie splitternackt zum Torbaum geschlichen war. Und dabei hatte sie sich eingebildet, Áris jederzeit an der Nase herumführen zu können.

Miltiades wurde ernst. »Aber die Sache mit dem northanischen Baumnymph, der Euch in die Mangroven gefolgt ist, hätte auch ganz anders ausgehen können. Es grenzt an ein Wunder, dass Euch nichts passiert ist.« Und bevor sie auch nur blinzeln konnte, hatte er sie bei den Schultern gepackt. »Nie wieder werdet Ihr irgendwo hingehen, ohne dass Áris oder ich davon wissen. Habt Ihr mich verstanden?« Er schüttelte sie derart durch, dass ihr die Zähne aufeinanderschlugen.

Schwer atmend sah Meliaé ihn an. »Ihr sperrt mich seit Jahren in diesem Kloster ein.« Sie schlug seine Hände weg. »Ihr weigert Euch, mich auf Eure Reisen mitzunehmen. Und außer den Schatten habe ich noch keine anderen Najaden zu Gesicht bekommen. Was erwartet Ihr? Irgendetwas musste ich doch tun, um vor Einsamkeit nicht durchzudrehen. Ihr könnt mir nicht verbieten, mich um die Menschen hier zu kümmern. Wozu habe ich sonst Heilkunst studiert. Es ist alles, was ich kann und was mir geblieben ist.«

Einen endlosen Augenblick sah er sie nur an. Er schien heftig mit sich zu ringen, mit dem, was er ihr sagen wollte. »Was Ihr heute getan habt … Den Baumnymph in Gestalt der Schlange zu töten … Das hätte furchtbar schiefgehen können. Als Schlange seid Ihr eine tödliche Waffe, aber Ihr seid auch sehr verwundbar. Der Schlangenkörper und seine Reaktionen sind Euch fremd. Euch fehlt das Gehör, und Eure Sicht dürfte so stark eingeschränkt sein, dass Ihr gerade mal hell von dunkel unterscheiden könnt. Wenn Euch zu kalt wird, werdet Ihr bewegungsunfähig. Ganz zu schweigen davon, was die Schlangennatur sonst noch mit Euch anstellt. Was sie von Euch fordert. Ihr habt ja keine Ahnung, was mich die Jahre gekostet haben, die ich in der Haigestalt zugebracht habe.«

Im ersten Moment fehlten Meliaé die Worte. *Was für ein Appell!* Ausgerechnet er warnte vor der najadischen Natur? Er, der nichts so sehr liebte wie die Jagd in Haigestalt. Und doch hatte er recht. Da passierte etwas. Das Dunkle, das sich da in ihr geregt hatte, als sie den Kentauren und den grünen Krieger getötet hatte, war gefährlich, es griff nach der Seele. Und womöglich verdarb es sie. Hastig sammelte sie sich. Er durfte nicht erfahren, dass sie davon wusste. Irgendetwas sagte ihr, dass er das gar nicht gut finden würde. »Ähm. Was haben Euch denn die Jahre als Hai gekostet? Ihr seht aus wie ein Mann in den besten Jahren«, erkundigte sie sich.

Seine ohnehin steinern wirkenden Gesichtszüge schienen noch kantiger zu werden. »Sie haben mich meine Menschlichkeit gekostet.«

Sie lachte freudlos. »Ihr wisst doch gar nicht, was das ist. Die Menschen sind Euch egal. Ihr lasst es zu, dass König Simha jedes Mal, wenn sich am Grund des Meeres die Zeichen nach einem Ausspruch mehren, Opfereintreiber in die Dörfer schickt, um Menschen aus ihren Familien herauszureißen, die in einem vorzeitlichen Ritual über den Kraterrand gestoßen werden. Ihr bestärkt sie auch noch in diesem Aberglauben.«

»Ja, denn es ist wichtig, dass diese wertvolle Tradition fortgesetzt wird.«

»Wertvoll?«, zischte sie. »Was da vor sich geht, ist barbarisch. Und nutzlos obendrein. Der Feuerberg wird ausbrechen, oder er wird sich wieder beruhigen. Es sind die Kräfte der Natur, die darüber befinden, und nicht irgendwelche von den Priestern ersonnenen Feuergestalten, die im Bauch des Bergs hausen und die man mit Menschenopfern besänftigen muss. Das sind doch nur Schauergeschichten, um sich die Menschen gefügig zu machen. Damit sie König und Priesterschaft fürchten. Damit sie pünktlich ihre Abgaben zahlen, die höher sind als das, was ihnen selbst zum Leben bleibt. Und letztendlich haltet Ihr die Hand auf und presst den Menschen auch noch das Verbliebene ab.«

»Aber nur so ist sicher, dass Fürsten und Könige ihrem Volk ausreichend Schutz vor Bedrohungen bieten können. Vor Eroberern wie den Sultanssöhnen.«

»Und wem nutzen die sinnlos erbrachten Menschenopfer?«

»Den Menschen selbst.«

»Was seid Ihr nur für ein selbstgerechter Heuchler!«

Unwirsch schüttelte er den Kopf. »Es werden Menschen geopfert, die nicht mehr arbeiten können, weil sie alt oder krank sind. Menschen, die ihren Familien zur Last geworden sind. Und sie tun es freiwillig. Früher sind sie selbst auf den Berg gestiegen. Heute ist ihnen König Simha dabei behilflich. Wer nicht mehr laufen kann, wird hochgekarrt. Und es hilft denjenigen, die Schuld auf sich geladen haben, ihre Seelen für das nächste Leben reinzuwaschen.«

Sie drückte die Hände gegen den Bauch. Seine kaltschnäuzige Art kehrte ihr den Magen um. »Ihr dreht alles so, wie es für Euch passt.«

»Und Ihr redet daher wie ein Kind, das nur die Welt hinter seinen Händen kennt, die es sich vor das Gesicht presst, weil es glaubt, sich so vor den schwierigen Themen des Lebens verstecken zu können.«

In Meliaé machte sich eine Hilflosigkeit breit, die ihr den Hals zuschnürte. Sie hatte nichts erreicht. Alles würde so bleiben, wie es war. »Ihr seid doch schuld, dass ich nur die Welt hinter meinen Händen kenne. Ihr sperrt mich doch hier von allem weg.«

Miltiades kehrte ihr den Rücken zu und trat aus seinem Arbeitszimmer. Er sah zur offen stehenden Tür seines Gemachs. »Wo bleibt Hati nur? Sie sollte längst hier sein. Diese Nacht hat ohnehin nicht mehr Stunden genug, um noch alles für die morgige Abreise zu organisieren.«

»Abreise?« Alarmiert horchte Meliaé auf, sie trat hinter ihn. »Ihr wollt schon wieder fort und mich hier zurücklassen?« Plötzlich saß ein Kloß in ihrer Kehle.

Er drehte sich zu ihr um. »Nein. Dieses Mal nehme ich Euch mit.«

Ihr Herzschlag beschleunigte sich, und zu allem Überfluss traten ihr auch noch die Tränen in die Augen. Sie räusperte sich, ihre Stimme war vor lauter Aufregung immer schriller geworden. »Aber wohin denn? Und wann hattet Ihr denn vor, es mir zu sagen? Morgen früh?« Alles Blinzeln half nicht mehr. Die erste Träne hatte sich gelöst, und die nächste rann hinterher. Der ganze Tag war einfach zu viel gewesen. Sie wollte sich nur noch im Bett verkriechen und schlafen. Hastig wischte sie sich das Gesicht trocken.

»Geht jetzt!«, fuhr er sie an. Hastig zog er die Hand zurück, die er ihr schon auf halben Weg entgegengestreckt hatte. »Geht ins Bett! Morgen brechen wir in aller Frühe auf. Es geht zu König Simhas Feste.« Er drehte sich zur Tür um. »Ich verstehe gar nicht, wo Hati so lange bleibt. Boyani muss vergessen haben, sie hierherzuschicken. Sie soll Euch zu Bett bringen.«

Meliaé stolperte an ihm vorbei. *Nur weg.* Sie ertrug ihn nicht länger. Sollte er doch allein zu König Simha reisen. Sie wollte gar nicht mit. Und den Pharmakon konnte er auch behalten!

In dem Flur zur Tür kam ihr eine zierliche Gestalt entgegen. Hati, die Gemahlin des Dukuns. Sie breitete die Arme aus, und Meliaé ließ sich weinend hineinsinken. Hati rieb ihr den Rücken. »Unser Fürst hat wohl wieder ziemlich dumme Sachen gesagt, hm?«, murmelte sie. »Er meint es nicht so.«

»Doch, er meint es so«, entfuhr es Meliaé scharf und laut, und es war ihr egal, ob Miltiades es mitbekam. Sie sah auf, denn der Flur hatte sich verdunkelt.

Ein Schatten war gekommen. Er war nicht vermummt. Mit hinter dem Rücken verschränkten Händen blieb er auf der Veranda stehen. Das Haar stand ihm kurz und struppig vom Kopf ab.

Meliaé löste sich von Hati und trat zu dem Schatten auf die Veranda. Es war Paisis, ein noch sehr junger Schatten. »Ihr seid die Wache vom Reiskeller. Richtig?«

Der Najade nickte knapp.

»Gut. Dann bringt mich zu dem gefangenen Northaner.« Ohne sich noch einmal umzusehen, ob Paisis oder sonst wer ihr folgte, stieg sie hinab in den Garten.

Kapitel 20

Der Mann im Reiskeller

Vor der zweitletzten Vorratszelle hängte Paisis seine Glarnsteinlaterne in die Halterung neben der Tür ein und blieb dann mit der Hand am Schwertgriff stehen.

Meliaé wandte sich zu Miltiades um. »Ihr begleitet mich zu dem Gefangenen hinein?«

Statt zu antworten, trat der Fürst mit dem Pharmakon auf sie zu, den er ihr in beharrlichem Schweigen hierhergetragen hatte, und hängte ihr den Tragegurt über die Schulter. In der Finsternis funkelten seine Augen. »Nein«, sagte er leise. »Boyani und Áris erwarten mich.«

Als sich Meliaé enttäuscht abwenden wollte, hielt er sie am Arm zurück. »Es tut mir leid, Meliaé, dass ich nicht das für Euch sein kann, was Ihr Euch wünscht. Ein väterlicher Freund. Aber ich werde Euch andere Dienste leisten. Dienste, die weitaus wichtiger sind.« Er hatte Najadé gesprochen und presste nun die Lippen zusammen, es musste ihm schwergefallen sein, ihr das in Paisis Gegenwart so offen einzugestehen. »Nun geht. Seht Euch den Gefangenen an, redet mit ihm und verbindet seine Wunden. Aber haltet Euch nicht zu lange mit ihm auf. Ihr müsst ins Bett. Wir brechen sehr früh auf.« Er hob die Hand und legte sie ihr auf die Wange. Mit dem Daumen streichelte er sanft ihre Haut, doch dann zog er die Hand abrupt wieder weg, machte kehrt und ließ sie im Dunkeln zurück.

Meliaé konnte sich nicht rühren. Sie sah Miltiades' Schemen die Treppe heraufgleiten und kämpfte mit den aufsteigenden Tränen. *Was war das denn?* Sie fasste nach ihrer Wange, die von seiner Berührung noch prickelte. Etwas stimmte ganz gehörig nicht mit ihm. Morgen würde sie versuchen, es aus ihm herauszukitzeln.

Hinter ihr entriegelte Paisis die Tür, und sie zwang sich dazu, sich zu ihm umzudrehen. Er hielt ihr eine kleine Öllampe hin und bedeutete ihr mit einem Nicken, dass sie eintreten konnte.

In der Finsternis klirrten Ketten. Meliaé runzelte die Stirn. Man hatte den Mann verwundet in Ketten gelegt und ihm nicht einmal ein Öllicht dagelassen. Die schwarzen Basaltwände schluckten jegliche Helligkeit. Angestrengt blinzelte sie, bis sie überhaupt die Reissäcke erkennen konnte, die sich in den Nischen stapelten.

Meliaé hob ihr Öllicht, und der Schein fiel zuerst auf eine blecherne Waschschüssel, die mit Wasser gefüllt auf dem Boden stand. Daneben stand eine Bambusschale mit eingerolltem Verbandsleinen. Hati musste jemanden damit hergeschickt haben.

Sie hob die Lampe noch etwas höher, und der Lichtkegel berührte einen Northaner. Einen Berg aus Muskeln in Lederrüstung, der mit gekreuzten Beinen in einer Felsnische hockte. Um seine Hände und Füße lagen eherne Schellen, von denen Ketten abgingen, die mittels Eisenpflöcken in den Felsen getriebenen waren. Geblendet hielt er sich den Arm vor das Gesicht. »Verschwinde, Mädchen, lass mich in Frieden.«

Meliaé stockte der Atem. Der Mann war nicht nur Tharier, er sprach im Dialekte Glarnos'. Aber da war noch etwas anderes gewesen, was ihr an seiner rauen Stimme vertraut vorkam. Vor Aufregung flatterte es plötzlich in ihrem Magen. Sie konnte es kaum abwarten, mit ihm zu sprechen.

Sie stellte den Pharmakon neben der Waschschüssel und dem Verbandszeug auf dem Boden ab. »Ich möchte mich um Eure

Wunden kümmern«, sagte sie und ließ sich mit dem Öllicht in der Hand nieder. Verstohlen sah sie zu der Gestalt im Dunkeln hin. Doch er schwieg.

Nur seine Ketten klirrten, während er sich mit dem Rücken gegen den Felsen lehnte. Damit verschwand er fast zur Gänze im Schatten der Nische. Er legte die Arme auf den Knien ab und umfasste seine Faust. Die lässige Pose drückte nicht nur Abwehr aus, sie war eine Kampfansage.

Sie lächelte. Wenn er glaubte, sie mit diesem Kriegergetue einschüchtern zu können, täuschte er sich. Sie klappte den Deckel des Pharmakons auf und hielt unwillkürlich die Luft an. Obenauf auf den verkorkten Heiltinkturgefäßen lag eine zusammengerollte Rochenhautscheide. Das war also die Überraschung, von der Miltiades gesprochen hatte. Sie schluckte, während sie die samtig weiße Kostbarkeit aufwickelte. Chirurgenbesteck und ein Blasrohr aus feinstem Silberstahl kamen zum Vorschein. Darunter Skalpelle, Wundlöffel, gekrümmte Nadeln zum Nähen von Wunden und Pfeilspitzen für ein Blasrohr. Erneut wurden ihr die Augen vor Rührung feucht. Hastig wickelte sie die Scheide wieder zusammen und legte sie im aufgeklappten Deckel ab.

Mit einem tiefen Atemzug schob sie alle Gedanken an Miltiades' seltsames Verhalten beiseite und suchte nach einer Essenz, die sie zum Auswaschen der Wunden ins Wasser gießen konnte. Prompt wurde sie fündig. Sie schüttelte den Kopf. In dem Pharmakon war alles haargenau so angeordnet wie in ihrem alten Kasten, der noch im Torbaum lag. Áris, dieser elende Fliegenbeinzähler. Sie musste lächeln.

Sie stellte die Essenz zurück und tauchte einige Tücher ein, die beim Verbandszeug gelegen hatten. Dann erhob sie sich mit der Waschschüssel und machte einige Schritte auf den noch immer beharrlich schweigenden Mann zu.

Vielleicht waren sie sich in Glarnos sogar schon über den Weg gelaufen? Womöglich war er Adliger. Ein Ritter. Im letzten Moment unterdrückte sie ein abfälliges Schnauben. Der Kerl hatte seine Heimat verraten! Und er saß da wie ein verwundetes Tier, das nur darauf wartete, jeden anzufallen, der ihm oder seinem Unterschlupf zu nahe kam.

»Gassendreck!«, fauchte er. »Ihr sprecht doch meine Sprache, warum verschwindet Ihr dann nicht? Ich brauche nichts!«

Meliaé sah auf ihre Hände und zog den Bauch ein. Seine ruppige Redensart hatte sie zurückweichen lassen. Dabei war die Schüssel übergeschwappt und hatte ihr Gewand durchnässt. Sie musste sich überwinden, langsam weiterzugehen und ihn erneut anzusprechen. »Ihr tragt eine northanische Rüstung, redet aber wie ein Tharier. Wie ein Bürger von Glarnos. Woher kommt das?« Atemlos blieb sie stehen und wartete auf seine Reaktion.

Aus der Dunkelheit schlug ihr beharrliches Schweigen entgegen.

»Warum seid Ihr hergekommen? Ich meine auf diese Insel?«, zwang sie sich dann, das Erstbeste zu sagen, nur damit die Stille nicht noch unerträglicher wurde.

Er zischte die Luft aus. »Ich wüsste nicht, was Euch das angeht.«

Sie kniff die Augen zu. »Das geht mich sehr wohl etwas an. Vasumana ist meine Heimat.«

Er gab ein belustigtes Brummen von sich. »Ihr seht mir aber nicht aus wie eine katzenäugige Vasumati, und obendrein meckert Ihr so geschwollen daher wie die Adelsziegen von Glarnos.«

Ihr klappte der Mund auf. Der freche Kerl versuchte doch glatt, den Spieß umzudrehen.

»Was denn?«, stichelte er. »Hab ich den Nagel auf den Kopf getroffen?«

Zu ihrem Ärger brannten nun auch ihre Wangen.

»Ah, Ihr habt wohl auch so Eure kleinen Geheimnisse.« Als er lachte, rieselte es ihr warm über den Rücken.

Hastig stellte sie die Schüssel auf den Boden, um nur nicht der Versuchung zu erliegen, ihm das Wasser ins Gesicht zu kippen.

Und als hätte er geahnt, was in ihr vorging, wich er mit klirrenden Ketten noch tiefer in seine Nische zurück. »He, trotzdem nett von Euch, mir etwas Wasser bringen zu lassen.« Mit der Hand machte er eine scheuchende Geste. »Also dann, schönes Kind, den Segen der Götter auf Euch. Habt Dank und gute Nacht.«

Sie schnaubte ihre Entrüstung in Richtung Decke. »Wenn Ihr glaubt, mich so einfach loszuwerden, täuscht Ihr Euch. Wenn es sein muss, quäle ich Euch die ganze Nacht mit meinen Fragen.«

Ein spöttisches Hüsteln blieb sein einziger Kommentar.

Sie verschränkte die Arme vor der Brust. »Sagt, ist es da, wo Ihr herkommt, rühmlich, über schlafende Menschen herzufallen und kleinen Jungen in den Rücken zu schießen?«

Statt ihr zu antworten, beugte er sich ein Stück vor, um die Waschschüssel zu sich heranzuziehen.

Sie hielt die Luft an. Sein Unterarm war mit schlecht verheilten Narben nur so übersät. Kein Wunder, dass er von so rohem Charakter war, er schien ja einiges hinter sich zu haben.

Wasser plätscherte, als er seine Wunde auszuwaschen begann. Zu ihrem Vorwurf sagte er nichts.

Sie schob das Kinn vor. So einfach durfte sie sich nicht geschlagen geben. »Ich könnte Euch noch mehr frisches Wasser bringen, und bequemes Bettzeug könnte ich auch herschaffen lassen.« Sie legte eine Pause ein. »Aber vorher müsstet Ihr mir ein paar Fragen beantworten.«

Er hielt inne. »Ich pfeif auf Euer Bettzeug, es sei denn, Ihr packt Euch selbst zwischen die Laken, dann säusele ich in Euer hübsches Ohr, was immer Ihr von mir hören wollt.«

Sie hielt die Luft an. »Ihr werdet mir auch so meine Fragen beantworten.«

»O Feuerbrut, holt Euch dieses Weib«, stöhnte er. »Also gut. Gewiss hat es nichts Ehrenhaftes an sich, kleinen Jungen in den Rücken zu schießen. Und die Götter oder vielmehr ein vortrefflicher Blasrohrschütze tat gut daran, die Schuldigen umgehend zu bestrafen. Das müsste doch genug Gerechtigkeit für einen kleinen Vasumatischeißer und seine dreckige Sippe sein.«

Keuchend wies sie mit dem ausgestreckten Finger auf ihn. »Morgen werdet Ihr und Euresgleichen dorthin zurücksegeln, wo ihr hergekommen seid. Sonst sorge ich dafür, dass ihr auf eure Schiffe getrieben werdet, damit man sie mit Mann und Maus versenkt.«

Als er die Tücher in die Waschschüssel warf, platschte es heftig. »Das würde ich mir an Eurer Stelle aber noch mal überlegen. In ein paar Tagen werdet Ihr noch froh sein, dass ich mit meinen Söldnern hier bin.«

Sie stieß ein Zischen aus. »Euer Schädel muss im Gefecht ja arg gelitten haben.«

Er setzte sich wieder breitbeinig hin und lehnte sich gegen die Wand. Gereizt stieß er den Atem aus. »Auf Eure hübsche kleine Insel hier hat es noch jemand ganz anderes abgesehen. Jemand, der sich um ein paar schmutzige Waldmenschen noch viel weniger schert als ich. Jemand, der Euch genauso die Familie weggenommen hat, wie mir. Wollt Ihr diesem Kerl noch mal in die Finger fallen?«

Schwer atmend starrte Meliaé in die finstere Nische. *Simos! Bei der Gnade der Götter!* Sie taumelte zurück, um die Lampe zu holen. Aber sie riss sie viel zu hastig vom Boden, und ihr spritzte heißes Öl auf den nackten Bauch. Doch sie spürte den Schmerz kaum.

»Halt, bleib, wo du bist!«, herrschte er. »Komm nicht näher!«

Sie schluckte an dem Klumpen, der plötzlich in ihrer Kehle saß. »Simos«, krächzte sie.

»Stell das Licht weg. Und verzieh dich!«, grollte er heiser.

»Das kann nicht dein Ernst sein!« Sie musste die Lampe mit der zweiten Hand festhalten, so sehr zitterte sie auf einmal. »Du kannst mich doch nicht einfach so wegschicken.«

»Und ob ich das kann!« Simos stemmte sich in die Ketten und stieß wütende Schreie aus. »He, Najadenarsch! Komm her und mach mich los, wenn du dich traust. Gib mir mein Schwert, damit ich dich in Stücke hauen kann.«

Paisis tauchte so unerwartet schnell neben Meliaé auf, dass sie schon wieder Öl verschüttete. Auf dem Boden leckte ein bläuliches Flämmchen nach ihrem Gewandsaum. Hastig tat sie einen Schritt zurück.

Der Schatten griff mit spitzen Fingern nach der Lampe und deutete mit dem Kopf in Richtung Tür. »Dieser Abschaum hat Eure Zuwendung nicht verdient. Morgen kümmern wir uns um ihn.«

»Gebt mir das Licht und wartet draußen«, fauchte sie ihn an. »Und wagt es ja nicht, noch einmal ungebeten hier hereinzukommen. Dieser Mann wird mir nichts tun. Er ist mein Bruder!«

Paisis stutzte, doch dann griente er freudlos. »Ihr scherzt.«

Sie trat auf ihn zu und umschloss die Hand, mit der er die Lampe hielt. »Raus«, zischte sie.

Sein eingefrorenes Grinsen erlosch. »Wie Ihr wünscht, Hohe Tochter.« Er überließ ihr das Licht, machte kehrt und trat hinaus auf den Flur.

Simos stieß einen belustigten Laut aus.

Meliaé drehte sich zu ihm um. »Bei den Göttern, Simos. Du redest wie ein Tavernenwirt! Was ist bloß mit dir geschehen?«

Als Antwort versetzte er der Waschschüssel einen Tritt, dass sie gegen die Wand schepperte. Wasser breitete sich in einer schwarzen Lache auf dem Boden aus.

Meliaé traten Tränen in die Augen. Jahrelang hatte sie sich gefragt, was aus ihm geworden war und ob sie ihn je wiedersehen würde.

»Du hast dich nicht verändert! Brichst immer noch für jeden Fliegendreck in Tränen aus!«

Ihr entfuhr ein weinerlicher Laut.

»Komm her«, schnauzte er.

Ihr Herz hämmerte, sie versuchte sich zu bewegen, konnte es aber nicht.

Er streckte die Hand nach ihr aus und wackelte ungeduldig mit den Fingern. »Komm her, hab ich gesagt, und bring das verdammte Licht mit. Aber ich muss dich warnen, was du zu sehen kriegst, wird dir nicht gefallen.«

Meliaé zwang sich dazu, auf ihn zuzugehen.

Simos rutschte aus dem Schatten der Nische hervor und verharrte mit gesenktem Kopf im Schneidersitz. Von dem Gefecht gegen den Schatten klaffte ein Schnitt in seinem rechten Oberarmmuskel, und am äußeren Oberschenkel hatte es ihn ebenfalls mit einer tiefen Schnittwunde erwischt. Getrocknetes Blut und Sand klebten überall dort auf seiner Haut, wo seine Lederrüstung eine freie Stelle ließ. Aber das war längst nicht alles. Sein Körper war von Narben nur so übersät.

Sie schüttelte den Kopf, während die Tränen mit aller Macht zurückkehrten.

»Na? Gefalle ich dir?« Trotz der Schmerzen, die er haben musste, breitete er die kräftigen Arme aus.

Sie blickte auf seinen gesenkten Kopf, dessen Seiten hoch ausrasiert waren. Er trug die barbarische Haartracht. Ein verfilzter und mit Leder umwickelter Zopf, der sich von seinem Oberkopf bis in seinen Nacken hinabzog. Die kahl geschorene Haut rund um seinen Schädel war mit schwarzen Ranken und Runen tätowiert. Früher hatte er dunkelblondes Haar gehabt und eine helle, reine Haut. Die Adelsdamen hatten ihm allesamt schöne Augen gemacht, wenn er auf einem Fest erschienen war.

»Na? Sag schon. Gefalle ich dir?« Langsam blickte er zu ihr auf. Ein kurzer, struppiger Bart bedeckte seine Wangen. Dann bleckte er die Zähne zu einem verzerrten Grinsen. »Los, verschwinde«, zischte er. »Sonst verfolgt dich meine entstellte Fresse noch bis in deine Träume!«

Meliaé sank vor ihm in die Knie. »Simos.« Sie streckte die Hand nach ihm aus. »Hör auf, so zu reden. Bitte.«

Grob wischte er ihre Hand von seinem Arm. »Geh! Tu dir das nicht an. Ich bin es nicht mehr wert. Ich bin ein Schwein. Ein Mörder und Vergewaltiger. Ich bin nicht mehr der Simos, den du gekannt hast. Aus mir ist Abschaum geworden.«

Sie bekam keine Luft mehr. Heftig schüttelte sie den Kopf. Das hatte ihm Amir Khayam angetan, und der Mann, dem sie den Brautschwur geleistet hatte.

»So, nun hast du mich gesehen. Geh!«

Meliaé schloss die Augen.

»Geh schon«, murmelte er.

Tränen tropften von ihrem Kinn auf ihre Hände, die sich verkrampft in ihrem Schoß wanden. »Schick mich nicht weg. Ich hab nie aufgehört, an dich zu denken. Du bist doch mein Bruder. Der Letzte in meiner Familie, der mir noch geblieben ist.«

Sein scharfes Luftholen ließ sie verstummen. »Wir sind nicht Bruder und Schwester. Uns verbindet nichts. Dein Vater war bloß so großmütig, meine Mutter vor der Schande zu bewahren, die schwangere Mätresse eines verheirateten Adligen zu sein.«

Sie hob den Kopf. Wie konnte er nur sagen, dass es nichts gab, was sie verband?

»Geh jetzt. Du hättest nie herkommen dürfen. Ich wollte nicht, dass du mich so siehst.«

»Aber warum denn nicht? Du brauchst dich doch vor mir nicht zu schämen. Ich kann nur nicht verstehen, warum du dich Northanern angeschlossen hast, die die friedfertigsten Menschen überfallen, die je auf dieser Welt gelebt haben? Die

Northaner sind keinen Deut besser als die Männer, die dir diese schrecklichen Narben zugefügt haben. Du kannst doch nicht so verblendet sein, um das nicht zu sehen.«

»Ach, was weißt du denn schon.« Er rutschte zurück in die Dunkelheit und lehnte sich gegen die Wand. »Ich bin hier, weil mir Miltiades Rache versprochen hat. Rache an den Männern, die mir alles genommen haben.«

Meliaé schlang die Arme um sich. Sie fror wie seit einer Ewigkeit nicht mehr. »Du willst dich an den Sultanssöhnen rächen? Hier?«, krächzte sie. Furcht stieg in ihr auf. Ein zweites Glarnos würde sie nicht überleben. Es musste doch einen Weg geben, Vasumana davor zu bewahren. Sie presste die Lippen zusammen. Doch plötzlich lagen seine Hände auf ihren. Warm. Rau. Stark.

Er rutschte dicht an sie heran, und sie konnte ihn schlucken hören, als er ihr Gesicht in beide Hände nahm.

Hingerissen gab sie sich der Hitze hin, die aus seinen Fingern strömte. Nie hatte sie sich mehr nach einer Umarmung gesehnt als in diesem Augenblick.

»Abu Sayaf«, hörte sie ihn wie aus weiter Ferne sagen, und mit diesem Namen erstarb der wundersame Zauber, der sie beide umgab. Er löste die Hände von ihrem Gesicht, und ihr sank der Kopf auf die Brust. »Er ist mit einer Flotte Kriegsschiffe über den Weltengürtel gekommen. Sogar Konteren hat er bauen lassen. Er ist auf Beutezug für seinen Vater. Sklaven. Exotische Tiere. Gewürze. Glarn. Und nebenbei sucht er sämtliche Inseln ab.«

Es dauerte, bis sie die Kraft fand, zu ihm aufzusehen. Simos' eisgraue Augen funkelten im Schein der Öllampe. Seine Pupillen waren weit und schwarz. Auf seiner einst makellosen Stirn hatten Leid und Drangsal tiefe Furchen hinterlassen. Sie blickte von den von Bartstoppeln überschatteten Wangen zuerst auf seinen unversehrten Mundwinkel, dann sah sie zu dem anderen, der durch die wulstige Narbe zurückgezerrt war. An Simos war nichts, was sie abstieß. Plötzlich pochte ihr das Herz im Hals. Sie hob die Hand zu seiner vernarbten Wange. Sie ertrug es kaum, ihn nur anzusehen. Sengendes Kribbeln breitete sich in ihrer Handfläche aus.

»Hast du gehört, was ich gesagt habe?« Er fing ihre Hand ab, bevor sie ihn berühren konnte, und drückte grob zu. »Abu Sayaf sucht die Inseln ab. Eine nach der anderen knöpft er sich vor. Und dort, wo er nicht findet, wonach er sucht, hinterlässt er Tod und Verwüstung.«

»Aber«, keuchte sie unter seinem brutalen Griff, »wonach sucht er denn?«

Er schleuderte ihre Hand weg. »Ich glaube, du weißt das sehr gut«, presste er hervor und zog sich in den Schatten der Nische zurück. »Er sucht sein Weib. Dich!«

Kapitel 21

Auf dem Thron des Tigers

Als der durchdringend tiefe Klang eines Schneckenhorns ertönte, verebbte mit einem Mal das Wiegen und Schwanken. Erschlagen von der Hitze rollte sich Meliaé auf den Rücken und blinzelte zur seidenbespannten Decke der Elefantensänfte hinauf. Unter den Atemzügen des Elefanten schaukelte alles. Würden sie jetzt doch noch eine weitere Nacht im Dschungel lagern müssen? Mit angehaltenem Atem lauschte sie. In der Ferne waren noch immer die Schläge der Klosterglocke zu hören, die nun schon seit Tagen vom erwachenden Zorn des Feuerbergs kündeten. In der Nähe galoppierten Pferde vorbei. Peitschen knallten, und über allem lag das Rumoren von Stimmen wie auf einem Markt. Im nächsten Augenblick riefen sich die Soldaten des Königs Befehle zu, und jemand brüllte etwas von einer Brücke.

Meliaé setzte sich auf und schob die Vorhänge vor dem Sänftenfenster auseinander. Im goldenen Abenddunst erhob sich ein gelbschwarz marmorierter Felsen in den Himmel. *Endlich.* Simhas Feste. Schnell kniete sie sich hin, um alles besser sehen zu können. Die breite, von Sumpflöchern durchzogene Straße durch den Dschungel endete vor einem von Schlingpflanzen überwucherten Wassergraben. Auf gleicher Höhe zu beiden Seiten des Grabens wölbten sich zwei mächtige Steintore in den Himmel, jedoch fehlte die verbindende Brücke dazwischen. Jenseits davon breitete sich die Königsstadt mit prachtvollen Häusern und

Tempelanlagen aus. Über allem thronte der gut zweihundert Schritt hohe Felsen, in den Simhas Festung hineingebaut war. Der Tigerkopf. Durch das besondere Muster von gelben und schwarzen Gesteinsschichten wirkte der Festungsfelsen aus der Entfernung tatsächlich wie der Kopf eines Tigers, der auf mächtigen Pranken ruhte.

Eine Hundertschaft königlicher Soldaten trabte an dem Sänftenelefanten vorbei. Vorneweg Miltiades in der Rüstung seines Vaters, jedoch ohne den Maskenhelm. An seiner Seite der vermummte Hauptmann Áris. Suchend blickte sich Meliaé nach Simos um, aber sie konnte ihn oder seine Männer nirgendwo entdecken.

Vor dem Wassergraben herrschte ein Treiben, als sei die halbe Insel auf den Beinen. Bauern und Handwerker, die schwer beladene Büffelfuhrwerke lenkten. Berittene Stammeskrieger in bunten Federmänteln oder welche, die Raubtierfelle trugen und schwarzgoldene Gesichtsbemalung. Dazwischen königliche Soldaten und …

Meliaés schnappte nach Luft. Beim Steintor vor dem Wassergraben stand ein Dutzend schwarz gerüsteter Aš̌hāk. Die Schakalkrieger des aš̌šunischen Heeresfürsten.

Miltiades und Áris hielten mit ihren Pferden genau auf sie zu, und ein auffällig groß und breit gewachsener Aš̌hāk ritt ihnen entgegen. Zum Gruß schlug er sich gegen die Brust und setzte den Helm ab. Meliaé durchfuhr es siedend heiß. Legat Naphassa. Seine von der Sonne dunkel gegerbte Fratze war unverkennbar. Sie war entsetzt. Was trieb Miltiades da? Wie hatte er zulassen können, dass die Aš̌šuner auf sein Land kamen?

Wieder ertönte das Schneckenhorn. Ein königlicher Soldat, der beim Steintor stand, stieß ausdauernd hinein. Mit einem dumpfen Knirschen setzten sich jenseits des Wassergrabens schwere Ketten in Gang, und die Wasserfläche zwischen den beiden Toren fing zu brodeln an. Aus den schlammigen Fluten erhob sich die Brücke, die die Tore miteinander verband. Und als sie ganz aus dem Wasser getreten war, rastete sie mit lautem Krachen ein.

Der Elefantenführer, der in der Halsbeuge des mächtigen Tiers saß, stieß schroffe Rufe aus, und die Sänfte begann zu wanken. Der Berg auf vier Beinen tappte behäbig auf die Brücke zu. Dabei schwankte die Sänfte so stark, dass sich Meliaé nicht länger am Fenster halten konnte. Sie rutschte zur hinteren Wand und schlang die Arme um die Knie. Das sah nach einem arrangierten Treffen aus.

Auf ihr beharrliches Nachhaken, was sie denn bei König Simha wollten, hatte Miltiades nur immer wieder stoisch erwidert, dass sie es erfahren würde, sobald sie dort angekommen seien.

Wütend presste sie die Lippen aufeinander. Was hatte er sich bloß dabei gedacht, sie so vor vollendete Tatsachen zu stellen? Das mit Simos war schon unverzeihlich gewesen. Aber das hier konnte er nicht mehr gutmachen!

Meliaé zwang sich, ruhiger zu atmen. Die Soldaten des Königs und die Stammeskrieger waren überall, und im Dschungel verbarg sich Simos mit dreihundert northanischen Söldnern. Womöglich wollte man dem Heeresfürsten eine Falle stellen. Sie schloss die Augen, sie musste Miltiades vertrauen. Vasumana war sein Zuhause, er würde nichts tun, was seine Insel in Gefahr brachte.

Der Elefant tat einige Schritte zurück und zur Seite, dann stand er still. Angespannt blickte Meliaé zur Sänftentür. Das letzte Mal, als sie in einer Sänfte gesessen hatte, hatte der Legat sie von Drogen umnebelt auf eine Kontere verschleppt. Nie hatte sie sich in einer auswegloseren Situation befunden. Sie schrak zusammen.

Die Sänftentür ging auf, und zwischen den Vorhängen erschien ein grinsendes Mädchengesicht mit großen mandelförmigen Augen. »Willkommen, Tochter der Tioné! Kann ich Euch beim Aussteigen behilflich sein?«

Erleichtert rutschte Meliaé zur Tür und griff nach den hingehaltenen Händen des Mädchens, die bis zu den Schultern hinauf mit goldenen Blütenranken bemalt waren.

Mit hochgerafftem Gewand stieg Meliaé aus und fand sich umringt von einer bunt gekleideten Frauenschar auf einer steinernen Plattform wieder.

Die Helferin, die Jüngste von allen, hüpfte aufgeregt von einem Fuß auf den anderen. Sie trug rote Pluderhosen und ein gewagt knappes Oberteil aus Goldblech und Seide, das ihre Brüste betonte. »Seht nur«, rief sie aus und wirbelte zu ihren Begleiterinnen herum. »Sie sieht fast normal aus.«

Angesichts der mit einem Schlag peinlich betroffenen Mienen musste Meliaé lachen. Doch mit ihrer entspannten Reaktion gab sie Entwarnung, und einige der jungen Frauen kicherten nun ebenfalls hinter vorgehaltener Hand.

Die Älteste aus der Schar trat hervor und fing die noch immer umhertänzelnde Helferin mit einem harschen Griff ein. »Du bist unmöglich, Ayu!«, schimpfte sie das Mädchen und sah dann entschuldigend Meliaé an. »Es tut mir leid, Hohe Tochter, unsere Schwester Ayu fällt mitunter aus der ihr zugedachten Rolle. Eigentlich hätte sie es übernehmen sollen, uns vorzustellen. Stattdessen hat sie Euch beleidigt und uns blamiert.«

»Macht Euch keine Gedanken«, beschwichtigte Meliaé. »Ich freue mich, hier zu sein.«

Die junge Frau senkte lächelnd den Blick. »Ich bin Prinzessin Nila, die älteste Tochter von König Simha.« Sie deutete um sich. »Die Übrigen sind meine Schwestern und Halbschwestern. Wir heißen Euch auf das Herzlichste willkommen. Mein Vater trug uns auf, Euch Gesellschaft zu leisten, solange Ihr bei uns weilt.«

Meliaé hob etwas ratlos die Schultern und stellte sich mit

Namen vor. »Ich begleite Fürst Miltiades, doch offen gestanden hat er mir nicht gesagt, was ihn herführt.«

Nila winkte ab. »Mein Vater gibt heute Abend zu Ehren hoher Gäste ein Bankett. Das ist Grund genug für Miltiades, hier zu sein.«

Meliaé zog die Brauen zusammen. »Was sind denn das für Gäste?«

Die Prinzessin schnappte nach Luft, als brächte sie die Frage in Bedrängnis, doch sie fasste sich rasch wieder und lächelte. »Nun, um ehrlich zu sein, möchte mein Vater das heute Abend gern selbst verkünden.« Sie deutete hinter sich zu einem geschwungenen steinernen Aufgang, der mit Tigerköpfen verziert war. »Was haltet Ihr davon, wenn ich Euch jetzt Eure Gemächer zeige? Nach den Strapazen in der Sänfte werdet Ihr sicher ausruhen wollen.«

Staunend blickte sich Meliaé in dem riesigen Gemach um, in das sie nach dem Baden gebracht worden war. Überall standen mit Blattgold verzierte Möbel, und die Teppiche waren so dick, dass die Zehen darin versanken. Zu beiden Seiten der Fenster, zwischen hohen Säulenbögen, erstreckte sich eine Terrasse, in deren Mitte ein ausladender Baum mit flammend roten Blütenrispen thronte. Dahinter bot sich dem Betrachter eine atemberaubende Aussicht über den Dschungel. Endlos und sattgrün ragten die undurchdringlichen Baumwipfel auf; darüber kräuselte sich der goldene Abendnebel.

Meliaé riss sich von dem herrlichen Ausblick los, trat vor ihre aufgeklappte Reisetruhe neben dem Bett und suchte die Teile ihrer Priestergewandung heraus. Das rote Winkelgewand, in das sie nach dem Bad geschlüpft war, ließ sie von den Schultern gleiten und drapierte stattdessen den schlichten weißen Sari um ihren Körper.

»Halt, so wartet, ich habe da was für Euch!« Aus einem angrenzenden Raum, dessen Tür Meliaé jetzt erst bemerkte, kam Ayu herein und hielt ihr ein kunstvoll gearbeitetes Oberteil aus Goldblech und blaugrüner Seide hin. »Ist diese Choli nicht ein Schmuckstück? Dazu ein Wickelrock in der gleichen Farbe, und die Verehrer liegen Euch in einer langen Reihe zu Füßen.« Kritisch verzog sie den Mund. »Seid Ihr sicher, dass Ihr so zum Bankett wollt?«

Meliaé bemühte sich, ernst zu bleiben. »Wieso? Gibt es denn an meinem Gewand etwas auszusetzen?«

Ayu blinzelte. »Also, um ehrlich zu sein, meine Brüder und die jungen Offiziere werden Euch in diesem Bettlaken sterbenslangweilig finden.« Sie legte die Choli auf dem Bett ab. »Meine Schwestern tragen heute alle ihre aufregendsten Gewänder, sie sollen nämlich den aššunischen Prinzen betören.«

Meliaé runzelte die Stirn. »Du meinst den Heeresfürsten von Aššu?«

»O ja.« Ayu verdrehte die Augen. »Schade, dass nur Nila neben ihm sitzen darf.«

Meliaé entfuhr ein ärgerliches Schnauben. »Dieser Mann hat zu Hause mehr Weiber in seinem Harem, als Frauen in diesem Palast wohnen. Er ist nur wegen der Feuerinseln hier, und wenn ihn niemand aufhält, wird er sie sich nehmen!«

Ayu war der Mund aufgeklappt. »Aber Nila findet ihn nett.«

»Ich verstehe nicht, warum dein Vater ihn überhaupt empfängt. Er hätte seine Soldaten zum Strand schicken sollen, um den Prinzen mitsamt seinen räudigen Bluthunden von der Insel zu jagen.«

Ayu kaute auf ihrer Lippe. »Aber die Königin …«

»Wirst du wohl still sein, Ayu!«, erscholl es scharf von der Tür her. Nila kam durch den Raum gehastet und legte ihrer Schwester die Hände auf die Schultern. »Ich möchte nicht noch einmal erleben, dass du unseren Gast mit deinem Geplapper belästigst.«

Ayu sah wie geohrfeigt zu Boden. »Verzeiht mir, Hohe Tochter.«

»Da gibt es nichts zu verzeihen«, erwiderte Meliaé und sah der davonschleichenden Ayu hinter.

»Ist das alles wahr?«, flüsterte Nila und sah sie entsetzt an.

»Ja. Der Prinz wird euer Volk versklaven und das Land ausbeuten, bis es nichts mehr zu holen gibt.«

Betroffen schlug sich Nila die Hand vor den Mund und winkte ab. »Bitte sprecht nicht weiter! Unser Vater hat bestimmt Kenntnis von diesen schrecklichen Dingen. Und sicher hat er gute Gründe, warum er seinen Frauen gegenüber nichts davon erwähnt.«

»Aber wie kann der König bloß eine Bedrohung, wie sie von dem aššunischen Prinzen ausgeht, seiner Familie verschweigen.«

Kopfschüttelnd senkte Nila den Blick. »Es tut mir leid, wir sind doch nur Töchter. Dazu da, dass der König uns verheiraten kann. In unserer Gegenwart spricht er nie über ernste Themen wie Krieg oder Politik.«

Meliaé stand wie vom Donner gerührt da. Der König glaubte wohl, dass er sich mit Nila den Abzug des Heeresfürsten erkaufen konnte. Aber da kannte er Abu Sayaf schlecht, der würde Nila mitnehmen und die Insel trotzdem plündern. »Habt Ihr etwas von Fürst Miltiades gehört?«, wechselte sie rasch das Thema, um Nila nicht zu verängstigen. »Ich muss ihn sprechen.«

Nilas Miene erhellte sich. »O ja, entschuldigt. Er hat gerade nachfragen lassen, ob Ihr ihn empfangen könnt. Allerdings hat er keinen Zutritt zu den Frauengemächern. Daher folgt mir bitte.«

Meliaé presste die Lippen zusammen, damit sie nicht mit offenem Mund herumlief. Die Pracht des Palasts erschlug sie. Kaum eine Säule, die nicht mit Gold und Edelsteinen verziert war. Dazu Heerscharen von Dienern auf den Fluren.

Der Reichtum des Königs war sagenhaft. Woher kam das alles? In den Dörfern lebten die Menschen in den ärmlichsten Hütten. Manche hatten kaum das Nötigste, um alle Mäuler zu stopfen. Und dann so etwas. Simha war ein Nimmersatt. Siebzehn Töchter und wer weiß wie viele Söhne mit unzähligen Weibern.

Am Ende des Flurs erhob sich ein Flügeltor, das von einem golden glänzenden Bronzerelief bedeckt war und eine Jagdszene mit Tigern und Elefanten zeigte. Vier Wachleute des Königs flankierten es mit Lanzen.

Nila, die neben ihr herging, blieb stehen. »Ich darf die Audienzhalle meines Vaters nicht betreten. Ich warte hier.«

Meliaé unterdrückte ein ärgerliches Kopfschütteln. Hätte Miltiades sie nicht irgendwo anders hinbestellen können, wo es weniger formell zuging?

Nila huschte zu einer von Kissen übersäten Sitzbank in einer Fensternische, und die Wachen stießen einen Torflügel auf und ließen Meliaé hindurch.

Die Audienzhalle aus hellem Marmor übertraf in Pracht und Größe alles zuvor Gesehene. Vom Boden bis zur Kuppeldecke leuchtete sie im Licht der untergehenden Sonne, die durch die vielen Bogenfenster fiel. Säulen säumten den Weg zum goldenen Thronpavillon am Ende der Halle.

Miltiades stand in der Rüstung seines Vaters bei einem prächtig gerüsteten Offizier, der das schwarze Haar streng zusammengebunden und zu einem imposanten Knoten aufgetürmt trug. Als die beiden sie erblickten, traten sie auf sie zu.

»Ich hatte gehofft, noch die Zeit zu finden, Euch ein paar Dinge zu erklären«, raunte Miltiades ihr auf Najadé zu, bevor er sich mit einer Verbeugung an den Offizier wandte. »Eure Hoheit, König Simha, darf ich vorstellen, die Hohe Tochter. Meliaé von Glarnos.«

Erschrocken, so unerwartet dem König gegenüberzustehen,

stolperte Meliaé zurück und blickte in die härtesten braunen Augen, die sie je bei einem Vasumati gesehen hatte.

Doch dann verneigte sich der König wider Erwarten vor ihr. »Willkommen in meinem Palast, Prinzessin, ich freue mich sehr, Euch endlich kennenzulernen.«

Hilfesuchend sah Meliaé zu Miltiades, der nur die Lippen fest zusammenpresste.

Der König lächelte, ohne dass das Lächeln seine Augen erreichte. »Ich hoffe, dass meine Töchter Euch einen angemessenen Empfang bereitet haben.«

Meliaé bekam nichts heraus. Wie sollte sie denn jetzt auf diesen Irrtum reagieren? Simha hielt sie für eine Prinzessin.

Als der Inselherrscher die Stirn furchte, schnappte sie nach Luft. »Eure Töchter haben mir einen wundervollen Empfang bereitet, vielen Dank, König Simha.«

»Freut mich zu hören«, brummte der König und verbeugte sich abermals.

Miltiades räusperte sich. »Ich dränge ungern, aber die Königin wünscht nun, sich ungestört mit ihrer Tochter zu unterhalten.«

Perplex beobachtete Meliaé, wie der König kehrtmachte und aus dem Saal eilte. Um Worte ringend sah sie Miltiades an. »Was soll dieses Theater?«

»Ich bedauere.« Er gestikulierte in der Luft. »Wenn es nach mir gegangen wäre, hätte ich Euch auf diese Situation ordentlich vorbereitet. Aber Eure Mutter, die Königin, wollte das nicht. Wir reden später. Habt keine Furcht. Ich weiche nicht von Eurer Seite.«

Als er nach ihrer Hand fasste und sie sich unnachgiebig fest gegen den Arm presste, trommelte Meliaés Herz los. »Verzeiht mir, Prinzessin.« Mit diesen Worten zog er sie mit sich, und sie konnte nur mit gerafftem Gewand neben ihm hereilen. In ihrem Kopf überschlugen sich die Gedanken so wild, dass sie nur starr zu dem Thronpavillon am Ende der Halle blicken konnte. Unter der Goldblechkuppel saß eine zierliche Gestalt in einem weißen Kleid auf einem mit roten Kissen übersäten Sessel. Meliaé wurde schwindelig. Das sollte ihre Mutter sein? Die Königin?

Leichtfüßig kam die Herrscherin von Najadís die Stufen herab, dabei schmiegte sich ihr mit Perlen besticktes Seidenkleid eng an ihren schlanken Leib. Im Haar, das ihr in dicken, weißgoldenen Wellen über den Rücken fiel, trug sie einen Silberreif.

Meliaé konnte kaum atmen, als die Königin vor ihr stehen blieb und sie mit ihren wie Jade schimmernden Schlangenaugen musterte. Ihr fein geschnittenes Gesicht hatte etwas Maskenhaftes. Ob das an der nahezu weißen Haut oder der ausdruckslosen Miene lag, vermochte Meliaé nicht zu sagen. Unmerklich schüttelte sie den Kopf. Das war nicht ihre Mutter. Nekaria war ihre Mutter, die Einzige, die immer für sie da gewesen war. Sie kniff die Augen zu. Gut, dass sie sich nie nach ihr erkundigte hatte. Es gab ihr jetzt etwas Genugtuung. Sie reckte das Kinn und schluckte an dem Kloß in ihrem Hals.

»Sieh mich an!«, raunte ihr die Königin auf Najadé ins Gesicht.

Als Meliaé gehorchte, kamen ihr die Tränen.

»Du hast die Augen deines Vaters«, stellte die Herrscherin fest und ging langsam um sie herum. »Und sein Haar.«

»Was war mein Vater für Euch?«, flüsterte Meliaé. Sie hatte keine Ahnung, warum sie das fragte, warum sie überhaupt mit dieser Frau sprach. Sie sollte sie mit Schweigen und Verachtung strafen.

Die Königin blieb dicht vor ihr stehen. »Was er für mich war?« Ein schwaches Lächeln zupfte an ihren Lippen. »Thereon war meine letzte Hoffnung, meinem Reich doch noch die geforderte Erbin zu schenken. Mit keinem najadischen Fürsten ist es mir gelungen, eine Tochter mit deinen Anlagen zu zeugen. Aber dann traf ich Thereon, und er stach mir aus den Reihen der

Adligen sofort ins Auge. Sein scharfer Verstand und sein diplomatisches Geschick. Er schien mir als Einziger geeignet, um aus dem Schatten seines Königs heraus in meinem Sinne wirken zu können. Abgesehen davon besaß er eine Reihe körperlicher Vorzüge.« Sie hob die feinen Brauen. »Und wie sich nun herausgestellt hat, hätte ich keine bessere Wahl treffen können. Du bist meine Erbin. Du bist wie ich.«

»Und was versprecht Ihr Euch davon, dass ich so bin wie Ihr?« Meliaé hatte keine Kontrolle mehr über ihre Gesichtszüge. Voller Ekel sah sie ihre wahre Mutter an.

Doch die Königin schien das nicht zu stören. »Du wirst nach mir auf dem najadischen Thron sitzen. Du wirst mir helfen, die Macht über Aššu zu erlangen. Ich werde dich mit dem Thronerben von Aššu vermählen. Und wenn aus dieser Verbindung ein Erbe hervorgegangen ist, wirst du mir deinen Sohn überlassen. Er wird unser Siegel in Aššu sein. Der Schlüssel zur Macht.«

Meliaé bekam keine Luft mehr angesichts einer solchen Abgefeimtheit. Erst ließ sie ein Leben lang nichts von sich verlauten, und dann bestellte sie sie hierher, um ihr in einem Satz um die Ohren zu hauen, dass sie zugleich Thronerbin und Spielfigur ihrer politischen Ränkespiele war.

Die Königin drehte sich zu Miltiades um. »Die Entscheidung, sie auf diese Insel zu bringen, war richtig. Aber es ist unverzeihlich, dass Ihr sie so lange hinter Klostermauern eingesperrt habt. Sie hätte an diesen Hof gehört. Von Simhas Töchtern hätte sie lernen können, was ihr jetzt von Nutzen wäre.« Der Fürst nickte knapp, jedoch war seine Miene finsterer denn je.

Heftig fuhr sie zu Meliaé herum. »Seht sie Euch an. Eine Priesterin habt Ihr aus ihr gemacht. Und ich vermute, wenn ein Mann sie zu lange ansieht, läuft sie auch noch rot an. Wie soll sie über dieses Reich herrschen ohne einen Funken Selbstvertrauen?«

Meliaé musste an sich halten, der Königin nicht vor die Füße zu spucken und auf der Ferse kehrtzumachen. Mehrmals atmete sie tief durch, bevor sie zum Sprechen ansetzte, und dennoch bebten Körper und Stimme vor Zorn. »Ich lebe gern im Kloster. Ich studiere Heilkunst und kümmere mich um Menschen, die mich brauchen. Und nebenbei gesagt finde ich nichts dabei, rot zu werden, wenn es angebracht ist.«

»Wie bitte?« Ungläubig neigte die Königin den Kopf. Im Hintergrund hob Miltiades warnend die Hände.

»Ihr habt mich sehr gut verstanden. Ich lasse mich weder nach Belieben verheiraten noch nehme ich Euer großzügiges Thronangebot an. Es tut mir leid. Ich bin Priesterin, ich werde nie Kinder haben.« Meliaé fühlte Genugtuung. Auch wenn es gegen alles war, was sie wollte. Doch eher versauerte sie im Kloster.

»Oh, du bildest dir ein, du hättest eine Wahl«, rief die Königin schneidend aus. »Du hast in deinem Leben ebenso wenig die Wahl, wie ich sie hatte. Du bist meine Thronfolgerin. Und wenn wir uns zu einem mächtigen Mann legen, tun wir dies einzig zu dem Zweck, eine Erbin oder ein Siegel zu zeugen. Was nicht bedeutet, dass du es nicht auch zu deinem Vergnügen tun kannst oder aus taktischen Gründen.«

Meliaé konnte nicht mehr. Ärgerlich schnaubte sie die Luft aus. »Ich habe kein Interesse an Eurem Thron. Und Eure Zuchtstute bin ich erst recht nicht.«

Ehe sie wusste, wie ihr geschah, wurde sie bei der Kehle gepackt. »Du tust, was ich sage«, zischte ihr die Königin wutverzerrt zu. Dabei wirbelte ihr Haar wie von einem Windstoß auf. Die weißgoldenen Strähnen drehten sich zu Schlangenleibern ein, und die Silberkrone rutschte ihr vom Kopf und klirrte zu Boden. Fauchende Schlangenmäuler mit spitzen Fängen schossen Meliaé bis dicht vor die Augen. »Du wirst mit dem Thronerben von Aššu ein Siegel zeugen. Du wirst es für Najadís tun. Aššu ist ein gewaltiges Reich, in dem du viel vollbringen wirst.«

»Und wenn ich mich weigere?«, knirschte Meliaé durch die Zähne.

»Dann töte ich dich!« Lydraia teilte die Lippen und entblößte nadelspitze Schlangenfänge.

Meliaé schluckte in dem harten Griff. »Und was wird dann aus den Feuerinseln?«

Die Königin stieß sie so heftig von sich, dass Meliaé rücklings auf dem Boden landete. »Glaubst du immer noch, wir hätten eine Wahl?« Sie wirbelte herum, und die Schlangen auf ihrem Haupt zerfielen zu weichem Haar. Wütend trat sie nach der Krone, bis das zierliche Gebilde direkt vor Meliaé liegen blieb.

»Heb sie auf«, fauchte die Königin, »und mach, dass du auf die Beine kommst. Nie wieder will ich meine Tochter am Boden sehen. Dort gehören andere hin.«

Mit zitternden Fingern griff Meliaé nach der Krone. Schlangenleiber, ineinander verwoben aus einem silberweißen Metall, mit grauen und weißen Perlen besetzt. Als das Kleid der Königin Meliaé am Arm streifte, stand sie hastig auf.

»Du wirst mir liefern, was ich fordere.« Die Königin nahm ihr die Krone aus der Hand und wies zum Ausgang. »Geh hinaus in die Welt und tu, was für die Feuerinseln getan werden muss.«

Bebend vor Wut ballte Meliaé die Fäuste. »Also gut. Ich töte die Sultanssöhne. Einzig zu diesem Zweck steige ich in das Bett dieser brandschatzenden Mörder.«

Die Hand der Königin flog heran, und Meliaé unternahm nichts, um der Ohrfeige auszuweichen.

»Und was glaubst du damit zu erreichen? Binnen kürzester Zeit treten andere Fürsten an ihre Stelle, und dann beginnt der Kampf von vorne. Wir brauchen jemanden, den wir lenken können, und das wird dein Sohn sein, Meliaé. Er wird der mächtigste Sultan, den Aššu je hatte, denn er trägt die Macht über den Glarnstein in sich. Seine Feinde wird er mit nichts als seinen bloßen Händen töten. Keiner seiner Fürsten wird es mit ihm aufnehmen können. Aber das Wichtigste ist: Er wird im Interesse von Najadís handeln. Verstehst du nun, warum wir deinen Sohn brauchen?« Sie setzte sich die Krone wieder auf und rückte sie zurecht.

»Aber warum fährst *du* nicht zu Amir Khayam und lässt dich von ihm schwängern?«, schrie Meliaé außer sich.

Erneut schlug die Königin zu, und dann kam sie ganz nah. »*Du* wirst das tun«, zischte sie. »Meine fruchtbare Zeit ist vorüber.«

Heftig atmend stand Meliaé da. Sie wusste nicht, ob Miltiades das Eingeständnis gehört hatte. Ihr war, als wankte der Boden unter ihren Füßen.

»Du wirst einmal Königin sein, Meliaé. Vergiss das nicht. In deiner Hand liegt es, uns den entscheidenden Vorteil zu holen. Wenn du den Sohn von Amir Khayam in dir hast, dann kehre zu mir zurück, und ich bereite dich auf deine Aufgabe als Herrscherin vor.«

»Du irrst dich, ich kann nicht Königin werden, ich bin nicht wie du.« Tränen brannten in ihren Augen.

»Doch, du bist wie ich.« Langsam hob die Königin die Hände, und Meliaé unternahm nichts, als sie behutsam nach ihrem Gesicht fasste. »Auch ich war einmal so schwach, wie du dich jetzt fühlst. Miltiades wird dich weiter unterrichten. Was du brauchst, ist Geduld mit dir selbst. Deine magischen Kräfte. Alles entwickelt sich zu seiner Zeit. Schließlich bist du von Tionés Blut.« Mit einer resoluten Bewegung ihrer Daumen wischte sie Meliaé die Tränen weg. »Hab keine Furcht, mein Kind. Ich schicke dich ja nicht allein los. Miltiades wird dafür sorgen, dass du und dein Sohn unversehrt zu mir gelangen.«

Kapitel 22

König Simhas Angebot

Sayaf ließ den Blick zur gegenüberliegenden Seite der verschwenderisch gedeckten Tafel schweifen, wo Meliaé steif auf ihrem Sitzkissen saß und mit den Essstäbchen in ihren Schalen stocherte. Wenn sie ihn nicht gerade hasserfüllt anfunkelte, beobachtete sie jeden am Tisch genau und horchte konzentriert hin, wenn Miltiades etwas in seiner Sprache der Königin zuraunte.

Sayaf atmete tief durch die Nase ein. Es wurde Zeit, sie endlich unter vier Augen zu sprechen, damit er sie beruhigen konnte.

Die Forderung der Königin, Meliaé mit Khayam zu vermählen, war gar nicht zu erfüllen. Khayam würde sich nie von seiner Fürstgemahlin trennen, die ihm bereits zwei Söhne geboren hatte. Außerdem galt Meliaé nach aššunischem Gesetz als vermählt, und dabei spielte es keine Rolle, ob die Vermählung vollzogen worden war oder nicht.

Khayam würde Lydraia ins Gesicht lachen, er würde ihr Friedensabkommen unterzeichnen und Meliaé in den Harem verbannen. Wenn sie ihm dann einen Bastard geboren hatte, würde er sie töten und ihn, seinen Heeresfürsten, ausschicken, um neue Feuerinseln zu erobern.

Sayaf massierte sich den Unterkiefer und musterte dabei die Königin. Es konnte ihr doch nicht egal sein, was aus ihrer Tochter wurde. Auch wenn es, wie sie durchblicken ließ, genügend Prinzessinnen gab, die ihr auf den Thron folgen konnten.

Sayafs Blick kehrte zu Meliaé zurück. Dass sie etwas ganz Besonderes war, war ihm vom ersten Augenblick klar gewesen, als er sie in der Blutlache der toten Gildefrau hatte knien sehen. Und noch immer überkam ihn dieses Gefühl, wenn er sie ansah. Trotz ihres schmucklosen, weißen Gewands überstrahlte sie ihre Mutter in jeder Hinsicht. Vielleicht war das ja der Grund, warum sie ihre Tochter loswerden wollte. Sie schloss ein Friedensbündnis und schaffte sich nebenbei die Rivalin um die begehrlichen Blicke der Männer vom Hals.

Sayaf sah zu dem Krieger, der mit gekreuzten Beinen neben Miltiades saß und die Augen kaum von Meliaé lassen konnte, obgleich sie ihn mit Verachtung strafte. Sein verfilzter Zopf, die tätowierte Kopfhaut und der northanische Lederrock, über dem er einen wuchtigen Schwertgurt trug, ließen fast vergessen, dass er Tharier war. Brevenor hatte Meliaés Bruder Simos also doch gerettet, und er hatte einen ansehnlichen Kämpfer aus ihm gemacht.

Sayaf begegnete seinem Blick, und das von einer wulstigen Narbe entstellte Gesicht Simos' erstarrte im Hass. Unmerklich nickten sie einander zu und besiegelten damit das Versprechen, dass sie nach dem Blut des anderen trachteten. Aber aus den eisgrauen Augen des Thariers sprach noch mehr als der Durst nach Rache. Er wollte seine Schwester.

Sayaf zog sich aus dem Blickduell zurück und sah wieder zu Lydraia. Es ging ihr nicht nur darum, ihre Tochter für ein Friedensabkommen zu verpfänden. Sein Gespür warnte ihn, dass sie noch etwas anderes ausheckte. Und als hätte sie seine Gedanken vernommen, wandte sie sich ihm zu und lächelte ihn unter halb geschlossenen Lidern an.

»Nun, was sagt Ihr zu König Simhas großzügigem Angebot? Wir sind alle schon sehr gespannt, ob Ihr es annehmen werdet?« Sie hatte Tharisch gesprochen, sodass vermutlich alle am Tisch außer Simha und seine Tochter Nila ihn verstehen konnten.

In Sayafs Miene sperrte sich alles, dennoch legte er sein gewinnendstes Lächeln auf. »Ich muss gestehen, ich denke den ganzen Abend über nichts anderes nach.« Langsam blickte er auf Nila hinab, die zu seiner Linken saß. Dann griff er nach seinem Weinbecher und deutete über die Prinzessin hinweg in Simhas Richtung eine Verbeugung an.

Miltiades wandte sich daraufhin an den König der Vasumati und übersetzte seine Entgegnung auf Lydraias Frage.

Alle Augen waren nun auf Sayaf gerichtet, und er fing Nilas flatternden Blick ein. Heute war sie nicht mehr in Stimmung, wie zufällig seine Hand zu berühren und ihm süße Versprechungen mit den Augen zu machen. Heute stand blanke Furcht in ihren braunen Katzenaugen. Jemand musste ihr reinen Wein eingeschenkt haben. Er nickte ihr lächelnd zu, in der Hoffnung, sie damit etwas beruhigen zu können.

Sanft ergriff er ihre Hand und streifte ihren duftenden Handrücken mit den Lippen. »Keine Angst«, flüsterte er, obwohl sie ihn nicht verstand, und legte ihre Hand wieder behutsam auf dem Tisch ab.

»Nun?« Lydraia beugte sich erwartungsvoll vor. »Der König kann es kaum noch erwarten, Eure Antwort zu hören.«

Wie auf ein unsichtbares Zeichen verstummten alle Gespräche im Bankettsaal. Nila ließ ihn nicht aus den Augen. Ihre Brust hob und senkte sich unter heftigen Atemzügen, während sich ihre Finger auf dem Tisch zur Faust zusammenkrampften.

Gegenüber starrte Meliaé ihn an, als wollte sie sich jeden Moment auf ihn stürzen.

Sayaf beugte sich vor, um Simha in die Augen zu sehen. »Prinzessin Nila gehört zu den schönsten Frauen, die mir je begegnet sind, Hoheit. Euer teures Angebot schmeichelt mir wie kein zweites. Aber dennoch werde ich es nicht annehmen.«

Es blieb still, bis Miltiades übersetzt hatte. Dann keuchte Nila erschrocken auf und starrte zu ihrem Vater hinüber. Der sagte nichts, erwiderte nur mit versteinerter Miene ihren Blick.

Die Spannung im Saal stieg ins Unerträgliche, bis der König seiner Tochter mit einer schroffen Kopfbewegung zu verstehen gab, dass sie ihm aus den Augen gehen sollte.

Sayaf rann es kalt über den Rücken, als Nila mit einem erstickten Schluchzen unter sich blickte. Er hatte einen Fehler gemacht. Seine Zurückweisung hatte für die Prinzessin fatale Konsequenzen. Rasch streckte er die Hand nach ihrer aus, um seine Entscheidung zu widerrufen, doch sie sprang bereits auf und rannte wie von Furien getrieben auf eine steinerne Brüstung zu. Die Götter schienen alle im Saal Anwesenden zu lähmen und den Lauf der Zeit anzuhalten. Denn niemand rührte sich vom Fleck, als sie sich über die Brüstung warf und in die Tiefe stürzte.

Tumult brach los. Mit hämmerndem Herzen sprang Sayaf auf und rannte zur Brüstung. Um ihn herum verzweifelte Schreie von Frauen und Mädchen. Wachen stürmten herbei, packten die Todessehnsüchtigen, die sich Nila hinterherwerfen wollten, und zerrten sie aus dem Saal.

Dann war Lydraia auf einmal an seiner Seite. Er nahm sie nur aus dem Augenwinkel wahr. Fühlte ihre machtvolle Präsenz, konnte aber den Blick nicht von dem verdrehten Mädchenkörper losreißen, der zerschmettert in der Tiefe auf den Felsen lag. Um Nilas Kopf breitete sich ein dunkel glänzender Fleck aus, der sternförmig in alle Richtung zerlief.

Sayaf umklammerte die Brüstung, er wollte nicht Gefahr laufen, Lydraia zu packen und hinterherzuwerfen. Auf jedem Zoll seines Körpers brannte Gänsehaut. Dieses götterverfluchte Miststück hatte genau gewusst, wie Simha auf die Zurückweisung seiner Tochter reagieren würde.

Neben ihm gab Lydraia ein leises Glucksen von sich. Behutsam schob sie die schmale Hand über seine, und in diesem Moment überkam Sayaf die Gewissheit, dass sie tatsächlich in der Lage sein musste, Gedanken zu lesen.

»Seht gut hin, Amir Abu Sayaf, und begeht nicht den Fehler zu glauben, ich sei so schwach wie mein Vasall Simha.«

Vor Schmerz stockte Sayaf der Atem. Die Fingerspitze, mit der sie an seinem Arm aufwärtsstrich, hinterließ ein Sengen, als triebe sie glühenden Stahl durch sein Fleisch.

»Ihr habt keine Ahnung, mit welchen Mächten ich im Bunde stehe.«

Doch, die hatte er. Sie gab ihm gerade eine Kostprobe davon. Mit zusammengebissenen Zähnen sah er auf die dünne Brandspur, die sie mit ihrem Finger auf seiner Haut hinterließ.

Unerwartet packte sie ihn am Arm, und er musste sich zwingen, sie nicht von sich zu stoßen, sondern ihr gelassen in die jadegrünen Schlangenaugen zu sehen. »Wenn meiner Tochter bei Eurem Bruder ein Leid widerfährt, wird ganz Aššu dafür brennen. Vergesst nicht, Eurem Vater das von mir auszurichten!«

Kapitel 23

Orons Auge

Der Himmel über dem Krater des Agung Vasuma erglühte in der Farbe flüssigen Kupfers. Die Nacht kam viel zu schnell. Miltiades senkte seinen Blick auf den blaugrün schimmernden Kratersee, den ein Strand aus Schutt und Geröll säumte. Tiefe Spalten klafften im Boden, überkrustet von leuchtend gelben Gesteinsauswüchsen. Blassgelber Schwefeldunst stieg auf.

Miltiades sah zu der zierlichen Gestalt, die in einiger Entfernung am Seeufer stand und die von Kopf bis Fuß in einen Federmantel gehüllt war. Blutrote, feuergelbe und goldene Federn, die derart schillerten, als stünde der Mantel in Flammen. Warum zögerte Lydraia? War ihr doch noch klar geworden, welch enormes Risiko sie einging? Wenn ihr etwas zustieß, stand Najadís ohne Königin da.

Eine Situation, die den Aššunern zum alles entscheidenden Vorteil gereichen würde. Miltiades strich über sein straff zurückgebundenes Haar. Vielleicht war das der Moment, sie zum Einlenken zu bewegen.

Das Klirren des Fuhrwerksgeschirrs ließ ihn hinter sich blicken. Der Büffel, der das Fuhrwerk mit den Menschenopfern zum Krater heraufgezogen hatte, warf unruhig den Kopf hoch.

Schaum troff ihm aus dem Maul, das Tier litt unter Atemnot. Die Luft um die Segeltuchplane, mit der das Fuhrwerk dicht verzurrt war, flirrte wie flüssiges Glas. Ein Kokon aus Magie schützte die betäubten Insassen vor den Schwefeldämpfen. Aber dennoch, es war nicht gut, die Opferung noch länger hinauszuzögern.

Als Miltiades wieder zum Kratersee blickte, stand Lydraia inmitten der abgelegten Federn nackt da. Ihr Leib schillerte wie Perlmutt, und um ihren Kopf zuckte ein Pulk Schlangen, die züngelnd bis zu ihren Schultern hinabstießen.

Miltiades ging auf sie zu. Die Schlangen bemerkten ihn sofort, wogten alle in seine Richtung. »Hoheit?«

Sie antwortete nicht. Blickte nur weiter auf den Kratersee hinaus.

Er hob den Federmantel auf, zögerte aber, ihn ihr um die Schultern zu legen. »Ihr solltet zurückreiten und mir das hier überlassen.«

»Schweigt, Miltiades. Es gibt keine andere Möglichkeit, das Übel, das Ihr heraufbeschworen habt, noch anders aus der Welt zu schaffen.«

Er legte sich ihren Mantel über den Arm. »Ihr wisst, dass es nicht so ist. Aber dazu müsstet Ihr mir noch einmal vertrauen.«

»Vertrauen?« Sie fuhr zu ihm herum, und die Schlangen auf ihrem Haupt bleckten die Giftzähne und versuchten, nach ihm zu schnappen. »Eure Dreistigkeit verschlägt mir den Atem. Das letzte Mal, als ich Euch vertraut habe, habt Ihr einen Krieg heraufbeschworen und meine Tochter in diese Einöde verschleppt.«

Um Worte ringend sah Miltiades nach oben. Sie hatte ja recht. Er hatte in Glarnos auf ganzer Linie versagt. Das Siegel der Königin hätte, ohne Aufsehen zu erregen, aus der Stadt verschwinden müssen. Und die Sultanssöhne hätten nie erfahren, welche Macht sich damit verband. Nur in einem Punkt stimmte er ihr nicht zu. Nach wie vor hielt er es für richtig, dass er Meliaé ins Kloster gebracht hatte. Aber mit seiner eigenmächtigen Entscheidung hatte er sich des Hochverrats schuldig gemacht.

Er stieß die Luft aus. »Dann schickt Áris an meiner Stelle nach Dschadun. Er ist mein fähigster Mann, er wird Euch gewissenhaft und ehrenvoll dienen.«

Abwehrend hob sie die Hände. »Áris würde scheitern, das wisst Ihr so gut wie ich. Was kann er denn schon, außer die Shía Hatthaí zu schwingen? Er hat keine magische Ausbildung und spricht nicht einmal Aššunisch. Abgesehen davon genießt er nicht das Vertrauen meiner Tochter.« Sie wies mit dem ausgestreckten Finger auf ihn. »Das alles habt Ihr raffiniert eingefädelt, indem Ihr Euch bei ihr nach Menschenart eingeschmeichelt habt. Ihr wisst genau, dass ich jetzt nicht auf Euch verzichten kann.«

In Miltiades machte sich Resignation breit. Er hatte Lydraia unwiderruflich verloren. Der Gedanke nagte wie Säure an ihm. Dennoch wollte er noch einen letzten Vorstoß wagen, um sie von ihrem gefährlichen Vorhaben abzubringen. »Bitte lasst mich zum Kratergrund hinabtauchen.«

Ihr Blick ließ ihn verstummen. »Und dann? Mein Vater wird Euch nicht einmal ansehen, geschweige denn auf Eure Forderung eingehen.« Sie deutete mit dem Kopf zum Fuhrwerk. »Zieht die Plane erst vom Wagen, wenn Ihr seht, dass ich zurückkehre.«

Miltiades presste die Lippen zusammen und nickte.

Sie kehrte ihm den Rücken zu und setzte sich anmutig in Bewegung. Einen Fuß vor den anderen, als fürchte sie, sich an dem scharfkantigen Geröll die Fußsohlen aufzureißen. Das milchige Wasser umschmeichelte ihre schlanken Beine, und als es ihr bis zu den Hüften reichte, warf sie sich mit durchgestreckten Armen nach vorne und tauchte mit schlagender Schwanzspitze ab.

Kaskaden sengend heißer Luftblasen fuhren über Lydraias Leib, während sie mit bis in die Finger gestreckten Armen dem Grund des Sees entgegenflog. Das Kraterwasser ätzte so sehr in ihrer Lunge, dass sie kaum atmen konnte. Aber dennoch schlug sie kräftig mit dem Schwanz und schoss hinab in die Tiefe. Sie zischte ein Wort der Macht, und die reinen Bestandteile des Wassers um sie herum verdichteten sich zu einem kühlen, flirrenden Kokon. Das Atmen fiel ihr schlagartig leichter, und auch das Brennen in den Augen ließ nach.

Je näher sie dem Grund kam, desto heller strahlte die Umgebung. Ein Wispern und Raunen setzte ein. Hämische Stimmen, die nach ihrem Blut sangen, danach gierten, ihren Körper in der Säure aufzulösen.

Ein Sog zerrte an Lydraia, dem sie sich nicht widersetzte. Er zog sie immer weiter abwärts und in die Mitte des Sees. Und dann – endlich. Das milchige Wasser verdunkelte sich, auch klarte es etwas auf. Schattenhaft traten felsige Konturen daraus hervor.

Eine von tiefen Felsfalten durchzogene Fläche, die sich um ein mächtiges gewölbtes Oval schmiegte. Das Wispern schlug in dumpfes Grollen um. Die Furchen am Grund regten sich, bildeten einen Spalt, aus dem schwarze Qualmsäulen emporstiegen. Der Spalt wuchs. Feuerzungen leckten ohne Scheu vor dem Wasser daraus hervor. Gaben Schritt um Schritt eine von Glut und Flammen umkränzte Iris frei. Eine sichelförmige Pupille aus glühendem Stein spaltete sie. Infernalische Hitze schlug Lydraia entgegen. Die Schlangen auf ihrem Haupt drohten in den Lohen zu vergehen.

Reflexhaft beschirmte sie ihren Kopf mit den Armen. »Vater!«, keuchte sie. »Sende meine Brüder auf mein Land. Najadís hat mächtige Feinde. Sie müssen mir helfen, sie zu vernichten!« Feuer strömte in Lydraias Lunge. Verzweifelt presste sie die Hände gegen das Gesicht, auf dem sich ihre Schuppenhaut knisternd abzulösen begann. »Vater, mein Volk braucht mich.«

Ein Strom Gasblasen erfasste Lydraia und drückte sie aufwärts. Dorthin, wo es kühler war. Doch der flammende Blick folgte ihr, und die glühende Pupille fing an zu pulsieren. »Was willst du deinem Volk denn noch geben? Aus deinem Schoß kriecht ja nicht mal mehr giftiges Gewürm. Überlasse die Macht deiner Erbin, räume den Thron.«

Lydraia riss die Hände vom Gesicht und ballte sie zu Fäusten. »Meliaé kann weder sich noch uns vor solchen Feinden beschützen. Sie ist ein Nichts, sie kann Najadís nicht führen.«

»Geh mir aus den Augen, du eitles Geschöpf, warum hast du sie denn nicht besser auf diesen Tag vorbereitet. Zeit genug hattest du ja.«

Panik erfasste Lydraia. »Najadís wird untergehen.«

»Komm in mein reinigendes Feuer, auf dass ich deine Seele neu aussäen kann in den Schoß deiner Tochter.«

Sog setzte ein, zerrte Lydraia abwärts. Verzweifelt peitschte sie mit dem Schwanz, sodass sie wieder an Höhe gewann. »Meliaé wird die Erste sein, die der Feind wie ein Lamm zur Schlachtbank führt. Und ich kann nichts dagegen tun. Hilf mir, schick ihr meine Brüder.«

Ein donnerndes Grollen erschütterte den Grund des Sees. Die glühende Pupille weitete sich und zog sich zusammen. In ihrem dunkel pulsierenden Kern erstand eine flammende Schattengestalt. Ein skorpionschwänziger Mann, der auf zwei kräftigen Löwenläufen ging. Lohende Hörner krönten sein Haupt. Mit ihm kam ein flirrender Schwarm aus Rauch und Feuer. Krähen mit der Pest im Gefieder. In Massen strömten sie aus dem glühenden Pupillenspalt und durchzogen das Seewasser mit schwarzen Qualmsäulen, während sie zischend an die Oberfläche drängten.

»Danke, Vater.« Ein Lächeln zerrte an Lydraias versengten Gesichtszügen, doch sie spürte den Schmerz nicht.

»Danke mir nicht. Kehre zu deinem Fürsten zurück und gib ihm letzte Anweisungen. Nun geh schon, ich erwarte dich in meinen Hallen.« Die Worte waren mit solcher Wucht ausgestoßen, dass sie Lydraia aufwärtskatapultierten, der blutrot schäumenden Oberfläche entgegen.

Miltiades starrte zu der dunkel brodelnden Stelle weit draußen auf dem See. Im nächsten Moment schoss eine tiefrote Fontäne in den Nachthimmel. Auf den ersten Blick sah es aus, als sprühte Blut aus einer riesigen Wunde. Er schloss die Augen. Hoffentlich war Lydraia nichts zugestoßen! Nur schwer widerstand er dem Drang, sich die Rüstung vom Leib zu schnallen und in den See zu steigen, um nach ihr zu suchen.

Er fuhr herum und eilte am Fuhrwerk entlang. Im Vorbeigehen löste er die Schnallen der Segeltuchplane von dem vergitterten Aufbau des Wagens, aber er sah noch davon ab, sie herunterzuzerren.

Stattdessen trat er zu dem Büffel, der unruhig den Kopf hochwarf. Blutiger Schleim aus seinem Maul spritzte ihm auf die Rüstung. Rasch zerrte er den mächtigen Schädel mit den ausladenden Hörnern am Halfter zu sich herab, umfasste ihn und entließ seinen Handflächen einen magischen Schlag. Durch das Tier ging ein Ruck, und mit einem Ächzen brach es sterbend zusammen.

Miltiades blickte am Fuhrwerk vorbei zum See. Die blutrote Fontäne schoss noch immer himmelwärts. Flache Wellen waren aufgekommen, schoben sich in konzentrischen Kreisen von der Seemitte heran und schwappten an den Strand.

Es hatte also begonnen. Die feuergeborenen Söhne Orons erhoben sich.

Miltiades griff nach der Plane und zog sie vom Wagen. Die Gitterstäbe des Fuhrwerks waren von geschmolzenem Glarnstein dick ummantelt. Lydraia hatte das magische Gefüge des Steins so verändert, dass keine noch so finstere Macht, wenn sie erst einmal hinter diesen Gittern gefangen saß, dagegen ankommen würde.

Kurz schloss Miltiades die Augen. Das hoffte er. Sonst war alles verloren. Lydraias Brüder würden über ganz Vasumana herfallen und es mit Feuer und Pest verheeren, wenn sie kein lebendiges Fleisch vorfanden, in das sie fahren konnten.

Er nestelte den Fuhrwerksschlüssel unter seiner Tunika hervor, den er mit einem Lederriemen um den Hals trug, trat an den Wagen heran und blickte durch die Gitterstäbe.

Die Opfer, acht Stammeskrieger und ein Mädchen, hingen erschlafft in ihren Sitzen oder lagen am Boden. Bei der Opferungszeremonie im Tempel waren ihnen Tränke mit betäubender Wirkung verabreicht worden.

Kurz blickte Miltiades in jedes Gesicht. Zweien der Männer troffen schaumige Speichelfäden aus den Mundwinkeln. Ihre Haut hatte einen bläulichen Farbton angenommen.

Er streckte die Hand durch das Gitter und tastete nach dem Pochen neben ihren Kehlen. Der Pulsrhythmus war flach und unregelmäßig. Verärgert schüttelte er den Kopf. Kein gutes Zeichen. Die Tränke setzten diesen beiden derart zu, dass sie schon dem Tod entgegenschliefen.

Miltiades' Blick blieb an dem sechzehnjährigen Mädchen hängen, das wie schlafend zu Füßen der Krieger auf ein Seidenkissen gebettet lag. Bedauern erfasste ihn. Simha neigte zu Überreaktionen. Er hätte Ayu nicht zu opfern brauchen. Aber er gab ihr die Schuld an Nilas Unglück. Die Kleine musste arglos in Meliaés Beisein über den Heeresfürsten gesprochen haben, woraufhin sich ihre Schwester Nila nicht mehr genügend um den Prinzen bemüht hatte.

Miltiades befühlte den schmalen Hals der Prinzessin, in dem ihr Blut nur noch zaghaft pochte. Sie würde einen ehrenvollen Tod sterben, und Oron würde ihre reine Seele freudig willkommen heißen.

Er zog seine Hand zurück, schloss die Gittertür auf und arretierte sie zu beiden Seiten mit Splinten, sodass sie nicht zuschlagen konnten. Hinter ihm klatschten die Wellen an den Strand. Er drehte sich um.

Die Fontäne war versiegt, auf dem See breitete sich eine dunkle, irisierende Fläche aus, auf der die Flammen hoch in den

Nachthimmel schlugen. Ringsum wallte und brodelte das Wasser. Wo blieb Lydraia nur?

Unruhe, die er nicht länger ignorieren konnte, ergriff Miltiades. Er musste Lydraia da rausholen. Ob er sie damit weiter gegen sich aufbrachte oder nicht. Sollte sie ihn nur als Hochverräter beschimpfen, dann war sie wenigstens am Leben.

Unter den metallverstärkten Schulterklappen seiner Rüstung tastete er nach den Schnallen und löste sie. In fliegender Hast legte er alle schweren Teile ab, ließ den Gürtel mit der Shía Hatthaí zu Boden gleiten und streifte die Stiefel ab.

Immer kräftiger schlugen die Wellen an den Strand und tränkten ihn mit öligem, blutrotem Wasser. Hastig entledigte er sich noch der Tunika, nur die Hose ließ er an. Magie strömte aus seinen Poren, bildete eine Luftschicht, die ihn vor dem aggressiven Säurewasser schützte.

Er rannte los, und gerade, als er sich in die Fluten werfen wollte, sah er sie. Etliche Schritte vom Ufer entfernt ruderten ihre Arme in den brodelnden Fluten und versanken wieder. Mit einem gestreckten Sprung tauchte er unter und schlug kräftig mit den Beinen. Nur mühsam widerstand er dem Drang, in die Haigestalt zu wechseln. Das Säurewasser schnürte ihm die Kehle zu und brannte so sehr in seinen Augen, dass er sie kaum noch offen halten konnte. Würgend keuchte er ein Wort der Macht, das alle wasserfremden Elemente aus seiner Lunge drängte. »Lydraia!«, schrie er dann in die undurchdringlich trübe Brühe. Mit angehaltenem Atem wartete er auf ihre Reaktion. Nichts. Nur das Dröhnen des Wassers.

Wut und Hilflosigkeit übermannten ihn. Sie musste die Besinnung verloren haben, was fatale Folgen hatte, denn dann war ihr magischer Kokon zusammengebrochen.

Er konzentrierte sich darauf, trotz des Brennens in den Atemwegen ihre Witterung aufzunehmen. Aber die vielen Substanzen, die das Wasser verunreinigten, machten es unmöglich.

Dann fuhr ihr mit einem Mal der Geruch verbrannten Fleisches wie ein Schwall Säure in die Nase. Wie von Sinnen trat er Wasser, und im nächsten Moment hatte er sie. Das Atemwasser blieb ihm im Hals stecken, während er die Arme um sie schlang. Ihre Haut war von Brandblasen übersät, und die Säure fraß ihr Fleisch.

In der trüben Düsternis starrten ihn rubinrote Augen an. »Miltiades«, wisperte sie. »Schnell, die Feuergeborenen.«

Eine eisige Klaue packte nach dem hämmernden Klumpen, der in seiner Brust saß. Sie starb. Der Schatten des Todes lag über ihr. So behutsam es ging, ließ er die Arme um sie geschlungen, trat kräftig mit den Beinen und flog dem Ufer entgegen. Im flachen Wasser stellte er sich auf und blickte auf sie hinab. Entsetzen packte ihn.

Feuer und Säure hatten ihre Gesichtshaut abgelöst. Ihre Wangenknochen stachen bleich aus dem glänzend roten Muskelfleisch hervor, und die Nase war bis auf zwei tiefe Löcher weggefressen. Mit lidlosen Augen starrte sie ihn an. »Miltiades, die Feuerkinder, sind sie … hast du …«

»Ja, ja, alles ist bereit«, beschwichtigte er sie. »Nicht mehr sprechen, es kostet zu viel Kraft, ich heile dich.«

»Miltiades, du musst.« Sie hob eine Hand, an deren Knochen nur noch Fetzen von ihrem Fleisch hingen, und drückte sie ihm gegen die Brust. »Achte auf Meliaé. Sie ist nun deine Königin. Nur sie kann die Feuergeborenen zu Oron … Hörst du? Nur sie.«

Miltiades' Herz setzte einen Schlag aus. Er bekam keine Luft mehr. »Sprich nicht so, du wirst noch lange leben.« Gehetzt sah er hinter sich. Der See stand in Flammen. Über der Mitte formte sich ein Wirbel aus Rauch und Feuer, der sich dem Ufer entgegenwälzte.

An seiner Brust keuchte Lydraia gepeinigt auf, unwillkürlich hatte er sie fester an sich gedrückt. Er fuhr mit seiner Last herum und begann zu laufen, wie er noch nie in seinem ganzen Leben gelaufen war. Das messerscharfe Geröll unter seinen Fußsohlen spürte er kaum. Auch merkte er nichts von dem Stechen in seiner Lunge, obgleich die Kraterschlucht längst hinter ihm lag. Er rannte einfach weiter. Von dem tobenden Inferno, das Lydraias Brüder im Krater anrichteten, drang kaum etwas in sein Bewusstsein.

Immer wieder sah er nur blind von Tränen in ihr zerstörtes Gesicht, das so wunderschön gewesen war, dass er sich nie daran hatte sattsehen können.

Dann, als ihn die Kräfte doch verließen, brach er in die Knie. Aber er legte seine Königin nicht in den Staub des Feuerbergs. Er hielt sie, ließ heilende Magie in sie hineinströmen, bis sein Körper vor Schwäche taub wurde und er sich nicht länger aufrecht halten konnte.

Ohne Lydraia loszulassen, kippte er nach hinten und bettete ihren Kopf auf seiner Brust.

Die gefühllosen Hände drückte er beharrlich gegen ihren von Brandblasen übersäten Rücken, bis der heilende Strom endgültig versiegte. Er sprach zu ihr, flüsterte ihr Mut zu. Aber sie antwortete nicht.

»Achte auf Meliaé. Sie ist nun deine Königin.« Ihre Worte hörten nicht auf, schmerzhaft in ihm nachzuhallen. Dennoch dauerte es lange, bis er sich damit abfinden konnte, dass keine Magie der Welt das Leben in ihre Augen zurückbringen würde. Sie hatte ihn verlassen. Najadís stand ohne Königin da.

Und die Einzige, die über das Meer und das Land herrschen konnte, war fast noch ein Mädchen und befand sich in der Hand des Feinds. Niemand durfte davon erfahren. Nicht einmal Meliaé selbst.

Kapitel 24

Der Fürst der Mobulae

Bis zum Horizont erhoben sich Felskuppen aus den Meeresfluten. Dazwischen klaffte ein meilenbreiter Spalt. Der Weltengürtel, der die Feuerinseln vor Eindringlingen schützen sollte, wies erschreckend große Lücken auf. Lücken, die sich der Heeresfürst zunutze hatte machen können, weil die Titanen der Tiefe nicht mehr zu ihrer Allianz mit Najadís standen.

»Da sind sie!« Áris, der neben Miltiades auf dem Gefechtskastell der Dschadun stand, deutete auf die schwarz-weißen Rochen, die erst vereinzelt aus den Fluten sprangen, sich dann aber immer zahlreicher erhoben und durch kräftiges Schlagen mit ihren Brustflossen gut zehn Schritt an Höhe gewannen. Der Schwarm hielt direkt auf die Kontere des Heeresfürsten zu.

Die Rochen waren die Vorhut von Fürst Seanders Schwarzen Schwingen. Najadische Krieger, denen gewaltige Rochenschwingen aus dem Rücken wuchsen, die, mit Giftharpunen bewaffnet, unsichtbar in den Fluten blieben.

Miltiades machte kehrt und ging zu dem schakalköpfigen Tribun der Kastellwachen hinüber, der mit seinen Männern den Rochenschwarm ebenfalls bemerkt hatte. Als der ihn näher kommen sah, verwandelte sich seine Schakalfratze innerhalb eines Atemzugs in ein dunkelhäutiges Antlitz mit herben, männlichen Zügen.

»Die Rochen sind keine Bedrohung, sie gehören zu Fürst Seanders Eskorte!«

»Mag sein, aber ich musste die Schützen trotzdem auf ihre Posten rufen.« Der Tribun blickte zwischen den Bronzeschilden des Kastells auf das Mitteldeck hinunter und blaffte seinen Befehl auf Aššunisch.

Miltiades gab Áris einen Wink, und sie eilten die Stufen hinab. Auf dem Deck schwärmten Bogenschützen zu den Gefechtsnischen aus, während oben auf dem Kastell mit einem lauten Krachen der Wurfarm der Brandschleuder in Schussposition gebracht wurde. Die Aššuner blieben skeptisch. Sie wappneten sich mit ihrer Flammenschleuder, mit der sie den Kriegern von Najadís bereits verheerende Verluste beschert hatten.

Mit langen Schritten hielt Miltiades auf Abu Sayaf zu, der das Aufstellen seiner Bogenschützen aufmerksam verfolgte. »Fürst Seander ist eingetroffen.«

Ohne die Augen von seinen Schützen zu nehmen, nickte der Heeresfürst knapp. »Heißt ihn auf meinem Schiff willkommen. Aber sagt ihm gleich, dass er die Prinzessin nur in meiner Gegenwart sprechen darf.«

Innerlich musste Miltiades schmunzeln. Der junge Feldherr hatte seit Glarnos einiges dazugelernt. »Damit brüskiert Ihr den Fürstenrat. Die Prinzessin wird Seander gegenüber befangen sein, solange sie Euch in der Nähe weiß.«

»Ich werde den Fehler, den ich vor vier Jahren begangen habe, gewiss nicht wiederholen. Entweder akzeptiert der Rat meine Bedingungen, oder dieses Zusammentreffen ist gescheitert.« Mit unbewegter Miene gab Abu Sayaf seinen Männern ein Zeichen, den ehernen Aufzugkäfig zu Wasser zu lassen und die Bogenschützen davor zu positionieren.

Miltiades machte sich zum Heck auf, wo der Aufzug am Schiffsrumpf montiert worden war, der ihnen Jagdausflüge im Meer gestattete. Als der Käfig in der Haltevorrichtung einrastete, eilte Áris mit Mänteln herbei, mit denen die Ankömmlinge ihre Blößen bedecken konnten.

Zwei muskulös gebaute Krieger mit Dreizackharpunen in der Hand stießen die Gittertür auf und stellten sich schützend vor ihren unbewaffneten Fürsten, der die Arme vor der Brust kreuzte. Das Volk der Mobulae musste auf Menschen abstoßend hässlich wirken. Sie besaßen ein weißes, flächiges Gesicht, in dem die Nase nur eine leichte Wölbung mit zwei Atemschlitzen war. Aus ihren Schläfen ragten schwarze Auswüchse wie Hörner empor, und die schräg stehenden Augenschlitze machten es schwierig, ihr Mienenspiel richtig zu deuten.

Áris trat mit den Mänteln vor die Mobulae. Die Harpuniere des Fürsten lehnten kopfschüttelnd ab, doch Seander ließ sich den Mantel nach einem dankbaren Nicken um die Schultern legen.

»Willkommen auf dem Schiff von Amir Abu Sayaf.« Miltiades verneigte sich.

Seander fixierte die Bogenschützen, und über seiner flachen Nasenwurzel grub sich eine Falte ein. »Begrüßt man so ein Mitglied des Fürstenrats, wenn man gedenkt, Frieden zu schließen?«

»Die Aššuner sind vorsichtig«, wandte Miltiades ein.

Der auffallend hochgewachsene Seander trat näher und sah auf Miltiades herab. »Wo ist die Prinzessin?«

»In einer der Kabinen des Heeresfürsten, denn der wünscht, bei der Unterredung zugegen zu sein.«

Unwillig bewegte Seander seinen breiten Kopf. »Dort werde ich sie nicht den Untersuchungen unterziehen können, mit denen der Rat mich beauftragt hat.«

»Sie ist gesund und fruchtbar. Mit dieser Aussage wird sich der Rat vorerst begnügen müssen. Die Prinzessin weiß nichts vom Tod ihrer Mutter. Sie darf es erst erfahren, wenn sie an den Hof kommt. Der Feind hat keine Ahnung, dass er die Thronerbin in seiner Gewalt hat.«

»Der Rat wünscht, dass ich die Prinzessin an den Hof bringe«, murmelte Seander unbeirrt und mit umherschweifendem Blick. »Schafft sie von Bord. Heute Nacht rammen Wale das Schiff, den Rest holt sich der Kalmar.«

»Das ist barer Unsinn!« Miltiades räusperte sich in dem Bemühen, die Stimme gesenkt zu halten. »Ihr könnt Euch nicht mit einer ganzen Flotte anlegen. Najadís hat genug Verluste erlitten.«

»Wir lassen es ein letztes Mal darauf ankommen. Ich und meine Krieger sind zu allem bereit. Wenn der Heeresfürst tot ist, wird sich niemand mehr hierherwagen.«

»Schlagt einer Hydra den Kopf ab, und es wachsen ihr zwei neue. Wir erreichen nichts, wenn wir den Sultan und seine Söhne töten. Andere Fürsten werden an ihre Stelle treten. Wir brauchen jemanden auf dem Thron von Aššu, den wir lenken können. Wir brauchen ein männliches Siegel. Königin Meliaés Sohn.«

»Ich bin beauftragt, die Prinzessin an den Hof zu bringen, wo ihr Thronanspruch geprüft wird.«

»Den hat die Königin zu Lebzeiten selbst festgestellt. In meinem Beisein wurden vereidigte Zeugen mit dem Edikt an den Hof entsandt. Eine versiegelte Abschrift liegt in König Simhas …«

»Das Auswahlverfahren unter den Prinzessinnen wird in drei Monden abgeschlossen sein«, fuhr Seander fort, als existierten weder sein Einwand noch das Edikt.

»Blast diesen Unfug ab. Solange die Thronerbin auf dieser Mission ist, befinden wir uns im Krieg. Der Rat verwaltet das Reich, bis die Prinzessin zurückkehrt, um ihr Erbe anzutreten.«

Langsam schüttelte Seander den Kopf. »Die Prinzessin geht nirgendwohin. Schafft sie von Bord!«

Mühsam um Geduld ringend sah Miltiades in den von grauen Wolken verhangenen Himmel. »Königin Lydraia hat dem Sultan ein Abkommen unterzeichnet, das von seinem Sohn, dem Heeresfürsten, angenommen wurde. Darin hat sie Prinzessin Meliaé zur Ehe mit dem Erben des Sultans verpflichtet. Darüber kann sich der Rat nicht einfach hinwegsetzen.«

»Wir verzichten auf ein Siegel. Den Verlust von ein paar Feuerinseln können wir verschmerzen, nicht aber, dass der Erbin Tionés etwas zustößt.«

Bitter verzog Miltiades den Mund. Den Ratsvorsitzenden lag das Edikt also sehr wohl vor. Das Auswahlverfahren war demnach ein Strategem, um Zerwürfnisse unter den Fürstentümern hinauszuzögern. Und dennoch gab es aus dieser Situation für sie alle kein Zurück mehr. »Der Rat lässt außer Acht, dass der Tod von Königin Lydraia kein Unfall war. Sie verlor ihr Leben, als sie die Söhne Orons aus der Unterwelt geholt hat. Neun Feuerkinder, die wir auf der Triere eines Verbündeten mit uns führen, tragen sie in sich.«

Endlich war Miltiades zu Seander durchgedrungen, denn der starrte ihn nur mit seinen stechend gelben Augen an. Er holte tief Luft und stieß sie mit einem resignierten Seufzer wieder aus. Betroffenheit zeichnete sich auf seinen befremdlich flachen Zügen ab. Und Begreifen. Endlich war ihm klar geworden, welche Konsequenzen sich daraus ergaben. Zum einen war bewiesen, dass Meliaé Tionés Erbin war, und zum anderen blickten sie einer Gefahr ins Auge, die der Rat nicht aus der Welt schaffen konnte. Orons Söhne würden Tod und Zerstörung bringen. Egal, um welchen Flecken Land oder um welchen Teil des Ozeans es sich auch handeln mochte. Nur die Königin besaß die Macht, die Feuergeborenen in die Unterwelt zurückzuschicken.

»Erlaubt mir, kurz mit der Prinzessin zu sprechen«, stieß Seander sichtlich um Fassung bemüht hervor. »Dann überbringe ich dem Rat die Nachricht, dass wir eine neue Königin haben.« Er sah unter sich und wackelte mit dem breiten Kopf, als könne er selbst nicht fassen, dass er das tatsächlich gesagt hatte.

Kapitel 25

Letzte Freiheit

Die Stufen der Mitteldecktreppe schwankten so stark unter Meliaés Füßen, dass sie sich mit beiden Händen am Geländer festklammern musste, um sich daran hochzuziehen. Flüchtig blickte sie hinter sich in den finsteren Konterengang, in dem wegen der schweren See alle Öllampen abgehängt worden waren. Alles war ruhig, und das würde so bleiben.

Die Gardisten hatten ihren Rundgang beendet, und Meliaés Dienerinnen lagen ausnahmslos entkräftet von der Seekrankheit in ihren Unterkünften.

Hastig zog sich Meliaé die letzten Stufen hoch. Auf der Hut vor den Wachen spähte sie vorsichtig in den Säulengang unter dem Oberdeck hinaus. Doch da war niemand.

Sie huschte in den Gang, und eine Böe sprühte ihr eisige Salzgischt ins Gesicht. Das Meer ständig vor Augen zu haben, aber nicht hineinzudürfen, war die reinste Folter. Außer Atem und von heißer Vorfreude erfüllt, blieb sie an die Wand gepresst stehen, um dem Sturm zu lauschen, der in der Takelage hoch über dem Oberdeck in den gewaltigen Segeln der Dschadun donnerte.

Sie schlang den Mantel aus Pfauenfedern enger um sich und rieb sich fröstelnd die Arme. Sie war die rauen Temperaturen nördlich des Weltengürtels nicht mehr gewohnt. Sehr bald schon erreichten sie das aššunische Festland.

Fast meinte sie Miltiades' Ermahnung zu hören, die er seit der letzten Nacht im Meereskloster nicht müde wurde zu wiederholen: *»Nie wieder werdet Ihr irgendwo hingehen, ohne dass Áris oder ich davon wissen! Habt Ihr mich verstanden?«*

Sie schloss die Augen. Zwei Monde lag nun die überstürzte Abreise aus dem Kloster zurück, und seither war so viel geschehen. Schon wieder war sie eine Gefangene. Jedoch bekam sie Abu Sayaf nur selten zu Gesicht. Die meiste Zeit vergrub er sich in seinen Arbeitsräumen, wo er von Zeit zu Zeit lange Gespräche mit Miltiades führte. Es war Meliaé schleierhaft, was die beiden so ausführlich zu bereden hatten, aber Miltiades behauptete, er verschaffe sich auf diese Weise Kenntnisse über die Gepflogenheiten des Feinds, und nebenbei vertiefe er seine aššunischen Sprachkenntnisse.

Torkelnd huschte sie zu einer dicken Säule, schmiegte sich dagegen und blickte zu dem von Schilden gekrönten Turm am Bug hinauf, gegen den die Gischt klatschte.

Von den Gardisten, die von dort aus darüber wachten, was auf Deck vor sich ging, war nichts zu sehen. Gewiss suchten sie Schutz vor dem Sturm in ihrem Unterstand.

Sie sah zur Reling und den schaumgekrönten Wellenbergen dahinter, die von himmelzerreißenden Blitzen erhellt wurden. In der Ferne, zum Teil nur noch als helle Punkte wahrnehmbar, fuhren die Schiffe der aššunischen Kriegsflotte.

Unweit hinter der Reling schimmerten die Segel von drei deutlich kleineren Trieren, die unter Simos' Kommando fuhren.

Meliaé sah sich auf dem leeren Deck um. Jetzt oder nie. Sie musste es wagen. Seit Wochen hatte sie kein frisches Meerwasser mehr geatmet. Außerdem war Simos ständig Teil ihrer Gedanken. Sie musste ihn sehen und mit ihm sprechen.

Das würde ihr Kraft geben für das, was ihr in Dschadun bevorstand. Getrieben sah sie zu dem Turm am Bug hinüber, auf dem sich nach wie vor keine Wachen blicken ließen.

Dann zog sie die Kapuze ihres Federmantels über den Kopf und rannte los. Keuchend klammerte sie sich an der Reling fest und blickte hinter sich. Auf dem Deck war immer noch keine Seele. Niemand würde sie jetzt noch aufhalten können.

Sie kannte ihre Pflichten, sie musste sich dem Befehl der Königin beugen, sonst würden die Menschen der Feuerinseln die Leidtragenden sein. Aber sie musste noch ein letztes Mal die Freiheit kosten, bevor sie sich als Pfand für den Frieden wie eine Hafendirne an den Thronfolger von Aššu verkaufte.

Mit vor Kälte steifen Fingern öffnete sie ihren Federmantel, und der eisige Wind zerrte ihn von ihrem nackten Leib. Ein taubes Gefühl legte sich über die Haut. Fest biss sie die Zähne zusammen, damit sie nicht aufeinanderschlugen.

Als Schlange musste sie die Unterkühlung fürchten, da hatte Miltiades wohl recht. Nicht aber in der halb gewandelten Najadengestalt. Sobald sie im Wasser war, würde der Schmerz der Kälte vergehen.

Sie stemmte sich an der Reling hoch, schwang die Beine darüber und stieß sich mit den Füßen von der Holzwand ab. Im freien Fall riss der Wind mit Eisklauen an ihr, und einen Herzschlag darauf schlugen die schwarzen Wogen mit sprudelnder Kälte über ihr zusammen.

Der erste Schreck wich einem ekstatischen Hochgefühl, als sie ihre Lunge mit frischem Meerwasser füllte und ihre untere Körperhälfte zur Schlange wurde. Zum ersten Mal seit der schrecklichen Begegnung mit der Königin genoss sie es wieder, ein Kind Tionés zu sein.

Mit nach hinten gestreckten Armen und peitschendem Schwanz flog sie durch die dunklen Fluten und genoss die Strömung im Gesicht. Alles in ihr sehnte sich danach, einen freudigen Schrei auszustoßen. Aber sie beherrschte sich. Sie würde nur Áris' Männer, die den Schiffen als Schattenhaie folgten, auf sich aufmerksam machen.

Bald tauchte der Rumpf von Simos' Triere in der Dunkelheit auf. Sein Schiff fuhr, seit sie in Vasumana abgelegt hatten, neben Abu Sayafs Kontere her.

Doch im nächsten Moment schossen zwei dunkle Haie heran und hefteten sich an ihre Flanken. Der Kopf des einen pendelte gierig wie auf Beutesuche, der andere schwamm starr geradeaus blickend neben ihr her.

Meliaé lächelte. Sie wusste nicht, wer von den Schatten sie waren, aber Áris war nicht dabei. Der Hauptmann wäre längst in seine Halbgestalt gewechselt und hätte ihr befohlen, sofort auf die *Dschadun* zurückzukehren. Wahrscheinlich hätte er sie sogar gepackt, um sie in den ehernen Aufzug zu zwingen, durch den Miltiades und die Schatten das Schiff zum Jagen verlassen konnten.

»Verschwindet!«, rief sie. »Lasst mich in Ruhe, ich will nur durchatmen.« Sie kniff die Augen zu. »Hauptmann Áris weiß Bescheid!« Gespannt beobachtete sie die Schattenhaie, die einen Blick wechselten. Doch als keiner Anstalten machte, in seine Halbgestalt zu wechseln, um sie eine lausige Schwindlerin zu nennen, tauchte sie mit kräftigen Schwanzschlägen in der Tiefe ab.

Dort flog sie einige Zeit auf dem Rücken dahin, um Simos' Triere nicht ganz aus den Augen zu verlieren, die sie nur noch als konturlosen Schemen weit über sich sah.

Die Schattenhaie machten unruhige Wendemanöver unter dem Schiffsrumpf. Offenbar waren sie unschlüssig, was sie tun sollten. Schließlich aber zogen sie immer größere Kreise, bis sie so weit hinter den Trieren zurückfielen, dass Meliaé sie in der aufgewühlten nächtlichen See nicht mehr ausmachen konnte.

Langsam tastete sie sich höher, um unter dem muschelverkrusteten Rumpf dahinzufliegen. Sie ließ sich etwas zurückfallen, stieg backbords der Triere auf und raste mit peitschendem Schwanz neben dem durch die Wellen pflügenden Schiff her. Immer wieder machte sie hohe Sätze wie ein Delfin, was von

Simos' Ruderern, die bei dem schweren Wellengang die Ruder hochgeklappt ließen, nicht lange unbemerkt blieb.

Die Männer brüllten sich gegenseitig etwas zu und wiesen mit ausgestreckten Armen auf sie. Schließlich wurde ein Holzgestell seitlich ausgeklappt, in deren Mitte ein Fangnetz gespannt war.

Von dieser Vorrichtung hatte Miltiades ihr erzählt. Er hatte sie auf der Fahrt von Northan zu den Feuerinseln anbringen lassen, um jederzeit ins Meer zu können.

Eine Weile tauchte Meliaé unter dem ausgeklappten Netz her. Zweifel nagten mit einem Mal an ihr. Sie war nackt. Und so wollte sie sich nicht der Mannschaft zeigen. Simos würde sie verfluchen. Und was Miltiades dazu sagen würde, wollte sie sich gar nicht erst ausmalen. Allerdings besaß die Vorstellung, wie zornig es Abu Sayaf machen würde, einen gewissen Reiz.

Die Rufe der Männer rissen sie aus ihren Überlegungen. Entweder sie tauchte jetzt ab und kehrte wie eine ins Wasser gefallene Katze auf die *Dschadun* zurück, oder sie kostete den Triumph einer letzten Freiheit aus.

Meliaé nahm noch einen tiefen Atemzug Meerwasser, dann sprang sie hoch und landete im Netz. Doch als das Gestell eingeklappt wurde und sich die rauen Taue um ihren Körper wickelten, japste sie erschrocken auf.

Durch eine Ruderluke glitt sie in den Schiffsrumpf und landete mit einem harten Plumps auf den Planken.

Sie nahm keine Menschengestalt an. So weiß und schillernd und mit dem Schlangenschwanz fühlte sie sich weniger nackt. Die Luft war warm und stank derart nach Schweiß und ungewaschenen Körpern, dass sie sich hastig die Nase zuhielt. Zu welcher Dummheit hatte sie sich da bloß verleiten lassen? Sie hätte im Meer bleiben sollen.

Durch die Maschen des Fangnetzes sah sie hagere Gestalten, die auf Northanisch durcheinandergrölten und mit ausgestreckten Fingern auf sie wiesen.

Zwei Kerle mit struppigen Bärten packten das Netz, aber statt ihr hinauszuhelfen, schnitten sie es von der Vorrichtung und hinderten sie daran, sich zu befreien.

Panik erfasste sie, und sie schnappte nach Luft, um einen Schrei auszustoßen. Doch da wurde ihr auch schon ein stinkender Lappen auf den Mund gepresst, sodass sie nicht einmal zubeißen konnte. Jemand zog sie an seine Brust, und ein anderer packte sie am verschnürten Schwanzende. Gemeinsam wurde sie hochgehievt und in einer johlenden Prozession weggeschleppt.

Über eine schmale Treppe ging es steil nach oben. Und bei dem Manöver, sie dort hochzuschaffen, presste ihr der Kerl, der sie am Kopfende hielt, so hart die Rippen zusammen, dass schwarze Punkte vor ihren Augen tanzten. Benommen merkte sie, dass eine Tür krachend aufflog. Beißender Gestank nach menschlichen und tierischen Ausscheidungen drang ihr durch die panisch geweiteten Nasenflügel, die gierig um einen Hauch Atemluft rangen.

Im nächsten Moment traf sie ein Faustschlag am Wangenknochen, und der grelle Schmerz, der in ihrem Kopf explodierte, riss sie in einen finsteren Abgrund.

Als sie die Augen wieder aufschlug, meinte sie zu ersticken. Der Lappen steckte jetzt ganz in ihrem Mund, und die Hände waren ihr mit Lederriemen auf den Rücken gebunden worden. Sie hob die pochende Wange von dem kratzigen und nach faulem Fisch stinkenden Untergrund und tastete in der Dunkelheit, auf was sie da lag. Es waren Netze und Taue. Ein ganzer Berg davon, und ihr Schwanz, der darunter begraben war, fühlte sich so taub an, als läge er unter einem Felsbrocken. Sie presste die vor Tränen brennenden Augen zu.

Die Königin hatte recht, sie war ein törichtes Ding, das von nichts eine Ahnung hatte.

Im Dunkeln klirrten Ketten und meckerten verängstigte Ziegen in allen Tonlagen. Der Sturm tobte noch immer. Viel Zeit konnte also noch nicht vergangen sein.

Möglichst flach atmend lauschte sie, wohin sie gebracht worden war, und vernahm neben dem geschundenen Ächzen des Schiffsrumpfs leise männliche Stimmen. Jemand stieß ein kraftloses Husten aus, und ein ihr ungekanntes Tier tat einen grollenden, zutiefst gequälten Seufzer. Auf dem Deck über ihr knarrte das Plankenholz unter polternden Schritten.

Allmählich gelang es ihr, ruhiger zu atmen, und das Hämmern in ihrer Brust ließ nach. Sie war im Laderaum, zusammen mit Proviantieren und Seeleuten, die sich hier ausruhten.

Doch sie war weder wehrlos noch befand sie sich in einer aussichtslosen Situation. Mit zugekniffenen Augen konzentrierte sie sich auf ihre gefesselten Handgelenke, deren Knochen sich prompt mit hellem Schmerz verschoben.

Die Riemen, die ihr tief in die Haut schnitten, lockerten sich, dann waren ihre Hände frei.

Angeekelt riss sie sich den Lappen aus dem Mund und griff nach ihrem eingeklemmten Schwanz. Mit zusammengebissenen Zähnen zog sie ihn heraus, und als sie ihn zu strecken versuchte, teilte er sich sogleich in ihre beiden Beine.

Sie sah sich um und bemerkte ein bläuliches Schimmern hinter hohen Holzgestellen mit Säcken und Amphoren. Das schwache Leuchten war die einzige Lichtquelle im Raum.

Simos' Söldner hatten sie entführt, wurde ihr mit einem bangen Ziehen im Magen bewusst. Womöglich wollten sie ein Lösegeld erpressen. Das war zwar eine Erklärung, doch das Risiko, das diese Männer eingingen, war enorm hoch. Es würde sie den Kopf kosten, wenn Simos dahinterkam. Andererseits, wer sollte sie schon in diesem stinkenden Loch vermuten?

Die Einzigen, die mitbekommen hatten, dass sie nicht mehr an Bord der *Dschadun* war, waren die beiden Schattenhaie. Aber die hatten sie nur in der Tiefe des Meeres abtauchen sehen und glaubten, dass sie auf die *Dschadun* zurückkehren wollte.

Miltiades würde also erst am Morgen feststellen, dass sie verschwunden war, und er würde denken, dass sie Najadís und die Feuerinseln im Stich gelassen hatte.

Vorsichtig betastete Meliaé ihren Wangenknochen, der von dem Fausthieb dick angeschwollen war. Sogleich setzte in ihrer Handfläche ein kühles Kribbeln ein, das von der geprellten Stelle angezogen wurde und den Schmerz zum Verebben brachte. Sie schloss die Augen, und es kam ihr so vor, als betrachtete sie durch ihre Fingerspitzen ein rötlich, wässriges Gebilde, das auf dem Jochbein unter ihrer Augenhöhle saß. Leichter Schwindel ergriff sie. Die Schwellung wurde von dem kühlenden Strom erfasst und weggeschwemmt. Die Verdickung schmolz unter ihren Fingerkuppen förmlich dahin, bis es nichts mehr zu ertasten gab.

Ungläubig verzog sie das Gesicht und starrte auf ihre Hand, die im Dunkeln nur ein Schemen war. Nachdem sich Miltiades beharrlich weigerte, ihr zu zeigen, wie man mit Magie heilte, war sie dem Mysterium endlich selbst auf die Spur gekommen.

Das tiefe, grollende Stöhnen des fremdartigen Tiers ließ sie aufblicken, und sie rappelte sich auf. Sie würde einen Weg ins Meer finden, schließlich passte sie in Gestalt der Seeschlange durch jede noch so kleine Luke.

Mit vorgestreckten Armen und über den Boden schlurfenden Füßen tastete sie sich zu den Holzgestellen mit den Amphoren vor und spähte daran vorbei. Der beißende Stallgestank auf dem Unterdeck schnürte ihr die Kehle zu, und sie öffnete den Mund, um atmen zu können.

Das bläuliche Schimmern stammte von einem rechteckigen Verschlag, der mit einer Segeltuchplane abgehangen war. Daneben standen zwei Käfige, in denen jeweils eine Raubkatze lag. Die Leiber waren vom Hunger so eingefallen, dass die Rippenbögen unter dem dreckverkrusteten Pelz hervorstachen. Zwei Tiger. Nur die zuckenden Ohren und eine schwach schlagende Schwanzspitze zeugten davon, dass sie noch am Leben waren.

Der Anblick zog ihr das Herz zusammen und ließ sie an den alten Tiger im Torbaum denken. Schon jetzt, so wurde ihr bewusst, vermisste sie Vasumana schmerzlicher, als sie Glarnos je vermisst hatte.

Kettenklirren und verhaltene Stimmen lenkten ihren Blick in die Bugnische des Deckraums, wo ausgemergelte Gestalten auf klumpigen Strohsäcken lagen oder kauerten.

Sie griff sich an die Kehle. Was hatte Simos getan? Wie gleichgültig und abgestumpft musste er sein, um Menschen so etwas anzutun?

Aus dem fröhlichen Jungen, der sie früher mit seinen Späßen zur Weißglut treiben konnte, war ein Menschenschinder geworden. Ein ebensolcher wie die Sultanssöhne. Er war auch nur ein Kriegsfürst, ein Hordenführer, der Menschen raubte und für Gold verkaufte.

Sie torkelte zu den Angeketteten hin und sank vor ihnen nieder. »Bei Tioné!«, stieß sie in der Zunge der Vasumati hervor und kreuzte verlegen die Arme vor der nackten Brust. »Ich hole euch hier raus!«

Schweigen antwortete ihr. Einige hatten sich aufgesetzt und sahen mit hängenden Köpfen zu ihr hin. Im Halbdunkel funkelten ihre Augen.

»Ich hole euch hier raus! Ich verspreche es.«

»Red keinen Unsinn, Mädchen, versteck dich lieber!«, zischte einer der Männer und machte eine scheuchende Geste.

Eine hagere Gestalt, die zusammengerollt auf ihrem Strohsack lag, wurde von einem Hustenanfall geschüttelt.

»Was ist mit ihm?«, erkundigte sie sich und rutschte näher heran.

»Er fiebert«, brummte derjenige, der ihr geraten hatte, sich zu verstecken. »Und wenn er sich morgen nicht endlich wieder aufraffen kann, werden die Nordmänner ihn über Bord werfen.«

Meliaés Entsetzen wuchs. »Wer bist du?«

»Niemand. Ein Sklave der Nordmänner. Ich habe meinen Namen auf Vasumana gelassen. Denn wenn ich sterbe, wird meine Seele nach Hause und zu meinem Namen zurückfinden.« Der Mann blickte sich um, die anderen nickten. »So wie wir alle. Sollen uns die neuen Herren doch nennen, wie sie wollen.«

»Ich werde euch befreien.«

»Gar nichts wirst du. Rette dich lieber selbst. Wir haben uns damit abgefunden, dass wir Vasumana in diesem Leben nicht mehr wiedersehen.«

Zögernd streckte sie die Hand aus, um den fiebernden Mann zu berühren, und zuckte zusammen, als es in ihrer Handfläche vor Magie zu kribbeln begann. Gänsehaut überlief sie, und der Mann seufzte schwer. Die Fieberhitze, die er ausstrahlte, schoss ihr sengend den Arm hoch, sodass sie die Hand wegzog.

Der Mann, der hinter dem Fiebernden saß, stieß sie mit dem Fuß an. »Besser, du lässt ihn schlafen, und uns auch. Wenn die Aufseher dich hier finden, sind wir dran.«

»Verkriech dich irgendwo!«, wurde ihr erneut geraten.

»Lass sie doch, die finden sie sowieso. Und wenn nicht, wird sie angekrochen kommen und verlangen, dass wir unsere Rationen mit ihr teilen.«

Meliaé schlang die Arme um sich. »Ich sehe nach, ob ich irgendwo Wasser für euren Kameraden auftreibe.«

»Spar dir den Unfug«, kam es schroff zurück. »Such dir lieber'n gutes Versteck. Du bist ihnen wohl entwischt. Hm?«

»Nein, ich …« Sie stöhnte. Wie töricht es doch gewesen war, hier an Bord zu gehen. »Ich werde Fürst Miltiades hiervon berichten. Er wird euch freilassen. Und er wird dafür sorgen, dass ihr anständig behandelt werdet, bis wir einen Hafen anlaufen können.«

»Du meinst, du bist …« Der Mann brach ab und die Ketten der anderen rasselten, als diese vor ihr zurückwichen.

»Ich schwöre, ich hole euch hier raus«, flüsterte sie noch, dann rutschte sie zurück und stand auf. Doch der Boden schwankte so stark, dass sie gegen das Amphorengestell stolperte. Umständlich rieb sie sich die schmerzenden Stellen, während ihr Blick zu dem bläulich schimmernden Verschlag wanderte, über dem die Segeltuchplane hing.

Um Gleichgewicht ringend ging sie darauf zu.

»Bleib da bloß weg!«, warnte die Stimme des Mannes, der die meiste Zeit zu ihr gesprochen hatte. »Böse Geister aus dem Feuer des Bergs sind in jene Krieger in diesem Käfig gekrochen. Sie sind wie die Feuerkinder, die einst von ihrer Opferung zurückkehrten und den Tod über ihre Insel brachten.«

Meliaé schüttelte den Kopf. Davon, dass Feuerkinder von ihrer Opferung zurückgekehrt waren, hatte sie noch nie gehört. Doch die Vasumati waren ziemlich abergläubisch, es musste nichts heißen. Sie bückte sich und untersuchte das Segeltuch nach einer Lücke, durch die sie spähen konnte, fand aber keine. Allerdings befanden sich Schnallen am unteren Ende, die sich lösen ließen.

Mit einem Ruck hob sie die Plane an, aber als sie die merkwürdig blau leuchtenden Eisenstäbe des Verschlages berührte, fuhr ihr ein sengender Schlag den Arm hoch, der ihr einen spitzen Aufschrei entlockte.

Die Gitterstäbe waren mit geschmolzenem Glarn ummantelt. Von dem Stein ging eine unnatürliche Macht aus. Mit schmerzverzerrtem Gesicht massierte sie ihre Hand, die brannte, als hätte sie in Flammen gefasst. Magie musste im Spiel sein. Langsam trat sie näher, um das Segeltuch erneut vorsichtig anzuheben.

Die Männer saßen einander gegenüber wie Statuen. Im Schneidersitz mit geschlossenen Augen und den Händen auf den Knien abgelegt, wirkten sie der Welt entrückt wie tief Meditierende. Es waren stattliche Stammeskrieger in Leopardenfellen mit goldschwarz bemalter Haut.

Mit einem lauten Krachen flog die Tür des Laderaums auf. Die Helligkeit einer Glarnlaterne gleißte herein, und Meliaé entglitt die Plane. Im Reflex riss sie noch den Arm vor ihre geblendeten Augen, und beim nächsten Herzschlag klatschte sie in Schlangengestalt auf die Planken.

Flieh, verkriech dich!, schrie die Schlange in ihr. Aber sie konnte sich nicht rühren. In ihrem Kopf drehte sich alles, sie hatte völlig die Orientierung verloren. Der Raum war von gleißendem Licht und verzerrten Schatten erfüllt. Unter ihr erzitterte der Boden unter schweren Schritten. Doch statt sich zu lösen, um egal wohin zu flüchten, wuchs ihre Lähmung. Panische Starre presste ihren Leib zusammen.

Schemen wuchsen vor ihr aus dem Nichts, huschten vorbei. Dann stieß etwas Hartes in ihren Nacken und quetschte ihren Kopf zu Boden. Grob schlossen sich Finger um ihren Schädel, aber die Berührung machte sie nur noch steifer. Verzweifelt schnellte ihre Zunge vor, doch sie bekam das Maul nicht auf, um zuzubeißen. Eine warme, kräftige Hand umschloss ihre Körpermitte und riss sie hoch.

Jemand trug sie weg. *Hilf mir, Oron! Bitte!*

Nach einer gefühlten Ewigkeit lockerte sich der Griff um ihren Leib, und sie plumpste auf einen weichen, dunklen Untergrund. Erschrocken rollte sie sich zusammen, machte sich so klein es nur ging. Lange geschah nichts. Züngelnd und flach atmend lag sie da. Ihr Herz raste. Die dröhnende Stille und die dunkle, konturlose Umgebung ängstigten sie. Nicht zu wissen, was um sie herum vor sich ging, machte sie verrückt. Was, wenn sie jeden Moment wieder angegriffen wurde? Ohne noch länger darüber nachzudenken, was in ihrer Situation richtig oder falsch war, streckte sie sich in ihre menschliche Gestalt und stieß sich prompt den Kopf an einer Holzwand an.

»Feuerbrut!«, polterte eine bekannte raue Stimme, und sie begriff, dass sie bäuchlings auf einer Schlafpritsche lag, die mit nach Schweiß und Schimmel stinkenden Decken belegt war.

Sie fuhr hoch und presste die gekreuzten Arme vor die Brust. Gleichzeitig wäre sie vor Scham am liebsten eins mit der Wand in ihrem Rücken geworden.

Simos, der die enge, nur schwach von einem Glarnsteinklumpen beleuchtete Kabine nahezu ausfüllte, war mit zwei Schritten am Fußende der Pritsche, wo eine kleine Truhe stand. Er riss den Deckel auf und warf ihr etwas zu. »Zieh das an!«

Wütend presste sie die Lippen zusammen und schlüpfte in sein viel zu großes Hemd. Der männliche Geruch, der dem groben Stoff anhaftete, sandte ihr Schauer über den Rücken und machte sie umso wütender auf sich selbst.

Mit beschämt gesenktem Kopf beobachtete sie, wie er in dem engen Holzverschlag, der sein Quartier war, unruhig von einer Wand zur anderen lief.

»Nackt auf einem Schiff mit über hundert Söldnern herumzulaufen, die mondelang bei keiner Frau mehr gelegen haben … Sag, was hat man dir in diesem Kloster eigentlich beigebracht?« Er hielt inne und sah sie an. Im Dunkeln wirkte sein Gesicht wie ein grinsender Totenschädel. »Du kannst von Glück sagen, dass meine Männer noch zur Vernunft gekommen sind, ehe …« Ein Schwall Gassenflüche ging auf sie nieder, bevor er ins Northanische wechselte, um ihr vermutlich noch Übleres an den Kopf zu werfen.

Sie sprang auf. »Also das muss ich mir nun wirklich nicht anhören!« Sie versuchte, sich an ihm vorbeizuschieben, doch er stieß sie grob auf die Pritsche zurück. »Was hast du dir hierbei bloß gedacht? Meine Söldner wissen, wie wertvoll du bist.« Er verschränkte die Arme vor der Brust und funkelte auf sie herab. »Fast zwanzig Mann hat die Gier gepackt. Ist dir eigentlich klar, was dir alles hätte passieren können?«

»Was denn?«, fauchte sie und rutschte mit dem Rücken zur Wand, wo sie ihre Beine unter seinem viel zu weiten Hemd verbarg. »Du glaubst wohl immer noch, dass ich mich meiner Haut nicht zu wehren weiß.«

Er stieß ein lautes Lachen aus. »Für eine Giftschlange hast du lausige Reflexe. Ich frage mich, wie Dryad so dämlich sein konnte, sich von dir beißen zu lassen.«

Der Gedanke an die Schmach, sich vor Panik nicht mehr rühren zu können, ließ sie das Gesicht verziehen. »Sei froh, dass ich einen schlechten Tag hatte.«

»Miltiades hängt mich an den Eiern auf, wenn er hiervon erfährt.«

Noch während sie fieberhaft nach einer halbwegs vernünftigen Erklärung suchte, warum sie überhaupt hier war, sog er scharf den Atem ein, als sei ihm plötzlich etwas klar geworden. Mit zwei Schritten war er bei der Pritsche und ließ sich darauf nieder. »Sag, ist alles in Ordnung?« Er streckte die Hand aus, packte sie am Fußknöchel und zog sie zu sich heran.

Mit einem heißen Ziehen im Magen schielte sie auf seine Hand.

»Ich meine …« Er brach ab, und sie zuckte unter seinem Griff zusammen. »Abu Sayaf. Ist das Schwein zudringlich geworden? Hat er …? Ist er …? Verflucht, warum hast du Miltiades nichts gesagt?«

Sie kämpfte ihren Fuß frei, rutschte wieder zur Wand und schüttelte den Kopf. Ihr Gesicht glühte mit einem Mal vor Verlegenheit. Er würde sie auslachen, wenn er wüsste, dass sie nur seinetwegen hier war.

»Was ist da drüben passiert?«, blaffte er im Kommandoton.

»Nichts«, gab sie gereizt zurück. »Der Heeresfürst ist im Moment nicht mein Problem. Er hat mir versichert, solange sein Vater nicht darüber befunden hat, wem ich nun gehören soll, wird er mich nicht anrühren. Und damit kein Zweifel an seiner

Ehrenhaftigkeit aufkommt, unterhält er sich mit mir stets nur in Anwesenheit von Miltiades und seinem Legaten.«

»Wer hätte das gedacht? Gibt sich als Tugend in Person, unser Heeresfürst.« Er schnaubte spöttisch. »Der scheint ja mächtig Respekt vor seinem Vater zu haben.«

Meliaé schloss den Mund wieder, der ihr zu einer spontanen Entgegnung aufgeklappt war. Sie runzelte die Stirn. Da hatte sich doch tatsächlich Widerspruch in ihr geregt, denn eigentlich hatte sie es Abu Sayaf zugutegehalten, dass er sich so verhielt.

Sie dachte an die angeketteten Menschen in Simos' Laderaum, und ihr schossen Wut und Enttäuschung heiß in den Hals. »Du mieser Verbrecher!« Sie trat ihm gegen den Oberschenkel. »Ich kann es noch immer kaum fassen. Und es ist gut, dass ich es mit eigenen Augen gesehen habe. Allein deswegen hat es sich schon gelohnt herzukommen.«

Nun war er es, der seinen Mund mehrmals öffnete, um etwas zu sagen, wohl aber nicht die richtigen Worte fand. »Was?«, bellte er schließlich. »Wovon redest du?«

»Tu nicht so. Du hast Vasumati versklavt. Miltiades' Leute. Was glaubst du wohl, wird er dazu sagen, wenn er von den Menschen erfährt, die du in deinem Laderaum wie halb verhungerte Tiere hältst?« Sie griff sich an den Hals, in dem sich bei der Erinnerung an den stinkenden Frachtraum alles zusammenzog. »Und dann die Tiger«, krächzte sie. »Kein Lebewesen hat solch eine Behandlung verdient!«

Auf seiner Stirn gruben sich Furchen ein. »Ja und?«, schnaubte er dann und zuckte die Schultern.

»Ist das alles, was du dazu zu sagen hast?«

Er fletschte schauderhaft die Zähne. »Verflucht, du bist so naiv, dass ich dich am liebsten kräftig durchschütteln würde.«

»Und du stehst den Männern, die dir in Glarnos alles weggenommen haben, in nichts nach. Du ziehst ebenso plündernd und raubend durch die Gegend wie sie!«

Ruckartig straffte er den Rücken und ragte damit bedrohlich über ihr auf. »Was glaubst du wohl, wo die Mittel für den Feldzug gegen die Sultanssöhne herkommen sollen?«, herrschte er sie dann so laut an, dass sie zusammenzuckte. »Ich bin nicht mehr der Sohn eines tharischen Adligen, der auf ein reiches Erbe hoffen darf. Dein Vater konnte mir nichts hinterlassen. Ich bin mit dem nackten Leben davongekommen. Vor dir siehst du ein Nichts, das sich in Northan als Söldner in einem kentaurischen Heer hochgedient hat. Hast du dich schon mal gefragt, woher ich drei Schiffe mit Besatzung nehme? Mein Gönner hat sie mir anvertraut. Er erwartet mich mit vollzähliger Mannschaft und Kisten voller Gold zurück.« Er schlug sich auf die Schenkel, erhob sich und begann, wieder hin und her zu laufen.

Obwohl seine Worte sie schmerzhaft berührt hatten, schüttelte sie heftig den Kopf. »Ich verlange, dass du die Menschen in deinem Laderaum im nächsten Hafen freilässt!«

Er blieb stehen und zischte einen Fluch. »Das kann ich nicht! Das Gold, das sie einbringen werden, gehört der Mannschaft.«

Sie schwang die Füße auf den Boden und sprang auf. »Bring mich an Deck! Ich will ins Meer, ich ersticke sonst in deiner Gegenwart. Aber verlass dich darauf, ich werde mit Miltiades sprechen. Er wird dich zwingen, diese Menschen freizulassen!«

»Gar nichts wird dein feiner Fürst! Er weiß davon.«

Erst konnte sie nur sprachlos starren, dann riss sie die Hände hoch. »Nein, tut er nicht! Hör auf, mir solche Lügen aufzutischen.«

»Frag ihn doch!« Er stemmte die Hände in die Hüften.

»Das werde ich!« Sie versuchte, sich an ihm vorbeizuschieben. Doch er vertrat ihr den Weg, indem er sich mit dem Rücken gegen die Tür lehnte.

»Mach dich weg da!«

»Nein. Hör mir zu! Ich will nicht, dass du schlecht von mir denkst.«

»Dann lass diese Menschen im nächsten Hafen frei! Ich hab ihnen darauf mein Wort gegeben.«

»Dann hast du dein Wort leichtfertig verschenkt.«

Sie ballte die Fäuste, mit denen sie am liebsten auf ihn eingeschlagen hätte. »Du bist das Letzte!«

Er stöhnte auf. »Versteh doch, ich kann diese Menschen nicht einfach laufen lassen. Wie sollen sie zurück in ihre Heimat gelangen? Außerdem säßen sie bald schon im Frachtraum eines anderen Sklavenschiffs. Glaub mir, in Dschadun an reiche Häuser verkauft, werden sie es gut haben.«

Genau wie ihre Hoffnung sank ihr das Kinn auf die Brust. Die Männer, die ihre Namen auf Vasumana zurückgelassen hatten, würden ihre Heimat tatsächlich nie wiedersehen. Mit aller Macht versuchte sie ein Schluchzen zu unterdrücken, aber es ging nicht.

Da machte er einen Schritt auf sie zu und hob beschwichtigend die Hände. »Ich tue wirklich alles, damit jeder an Bord diese beschwerliche Reise einigermaßen unbeschadet übersteht. Aber ich musste die Rationen kürzen, weil uns das schlechte Wetter mehr Segelwochen beschert hat, als einkalkuliert waren. Auch ich und meine Söldner mussten uns mit kargen Mahlzeiten zufriedengeben. Und was die Tiger angeht, glaub mir, es ist besser für alle, dass sie nicht ganz so gut beieinander sind. Es erleichtert ihre Haltung. Sie gehen an den Sultan, und wenn sie erst in der Hauptstadt sind, werden sie reichlich zu fressen bekommen.«

Verzweifelt sah Meliaé auf ihre bleichen Füße und versuchte sich zu sammeln. Was er sagte, klang plausibel, doch gleichzeitig fühlte es sich einfach nur falsch an. Weder die Vasumati noch die Tiger hätten hier sein dürfen. Und Miltiades wusste davon.

Simos trat dicht vor sie, zupfte mit zwei Fingern an ihrem Hemd und zog sie zur Pritsche, wo er sich niederließ. Seine Finger machten keine Anstalten den Stoff loszulassen.

Wie festgewachsen stand sie zwischen seinen Beinen und starrte auf seinen gesenkten Kopf. Mit dem schwarzen Runenmuster auf seinen kahl rasierten Schläfen und dem mit Lederriemen umwickelten Zopf sah er zum Fürchten aus.

Aber wenn sie ihn ansah, wurde ihr schwindlig von dem flatternden Tumult in ihrer Magengrube. Sie sollte ihn anschreien, sich von ihm losmachen, aber stattdessen sehnte sie sich danach, dass er sie in die Arme nahm.

Wie von selbst hoben sich ihre Hände. Sie musste ihn wegstoßen, brachte es aber nicht fertig. Nur einmal wollte sie, dass er sie ganz fest hielt, so, als existierte Lydraias Befehl nicht.

Zitternd senkte sie ihre Hände auf seine Schultern, nur um sie erschrocken wieder anzuheben. Er war nur Haut und Knochen. Bei seiner Größe und dem fehlenden Licht war es ihr nur nicht gleich aufgefallen. Die Entbehrungen der langen Reise hatten ihm die Muskeln von den Knochen geschmolzen.

Als er den Kopf hob und sie ansah, senkte sie die Hände doch. »Tut mir so leid«, murmelte sie schluckend. »Ich meine alles, was dir je widerfahren ist.«

»Hör auf«, brummte er. »Mitleid ist das Letzte, was ich von dir will.«

»Was willst du dann?« Ihr Herz begann zu hämmern.

»Ich glaube, das weißt du.«

Sie schloss die Augen und ließ sich gegen ihn sinken.

Aufstöhnend vergrub er das Gesicht an ihrer Brust. »Bei den Göttern, Meliaé. Weißt du, was du mir antust?«

»Seit wann?«, flüsterte sie und meinte in der Hitze seines Atems, der durch das dünne Hemd drang, vergehen zu müssen.

Fast glaubte sie, keine Antwort zu erhalten, aber dann sagte er ebenso tonlos: »Seit ich sechzehn bin.«

Atemlos wartete Meliaé, dass er noch eine Erklärung hinzufügte. In diesem Alter hatte er bereits sieben harte Jahre in den Militärlagern des Königs hinter sich.

»Ich war mehr als drei Jahre nicht mehr zu Hause gewesen. Und als ich dich da wiedergesehen habe, warst du nicht mehr meine Schwester«, erklärte er stockend. »Theréon hätte mich mit bloßen Händen umgebracht, wäre er dahintergekommen. Ich konnte nicht länger zu Hause bleiben, meine Mutter hätte es mir angemerkt. Ich konnte doch kaum noch die Augen von dir lassen.«

»Aber da war ich noch ein Kind«, flüsterte sie und wusste gleichzeitig, dass sie es nur im Herzen noch gewesen war, denn mit dreizehn hatte sie bereits ihre Blutungen, und ihr Vater hätte sie verheiraten können.

»Nein, du warst kein Kind mehr, und ich war nicht länger dein Bruder.« Er zog sie auf seinen Oberschenkel, und sie konnte nicht mehr atmen, als er die Arme um sie schlang. »Warum bist du hergekommen?«

Zitternd holte sie tief Luft. »Sehr bald schon muss ich mich einem Mann hingeben, den ich lieber töten würde, als mich von ihm schwängern zu lassen.«

»Ich knöpfe mir den Dreckshund vor, sobald wir …«

»Nein!«, zischte sie. »Die Königin will Einfluss in Aššu haben. Dazu braucht sie meinen Sohn. Aber wenn ich ihr schon mein Kind überlassen muss, will ich vorher wenigstens einmal bei einem Mann gelegen haben, der mir etwas bedeutet. Und ich hatte gehofft, dass du …«

Sprachlos starrte er ihr in die Augen.

Verlegen senkte sie den Blick auf ihre Hände, in denen es vor Magie plötzlich nur so kribbelte.

»Das kann nicht dein Ernst sein!«

»Doch!« Sie ballte die Fäuste, um dem Kribbeln, das zunehmend schmerzhafter wurde, Einhalt zu gebieten.

Schnaubend schüttelte er den Kopf. »Ausgeschlossen. Ich kann dich ja nicht einmal küssen. Hör auf, das willst du nicht. Das kannst du nicht wollen.«

Sie sah auf, zögerte aber, sein Gesicht mit den Händen einzufangen. Das Kribbeln war jetzt unerträglich. Unsichtbare Blitze schossen zwischen ihren Handflächen hin und her, gleichzeitig konnte sie kaum noch ruhig atmen.

Simos blickte mit hochgezogenen Brauen auf ihre Hände. »Was ist das?«, entfuhr es ihm.

»Ich glaube, ich kann deine Narbe glätten. Jedenfalls so, dass sie dir beim Trinken und Essen nicht länger ein Hindernis ist.« Sie suchte seinen Blick.

Aber als er zurückwich und gedehnt »Bist du sicher?« fragte, überkamen sie die größten Zweifel. Was, wenn sie ihm mit der Magie Schaden zufügte? Miltiades konnte mit Magie töten. Und Lydraia wohl auch.

»Vertraust du mir?«

»Ja«, stieß er ohne Zögern hervor.

»Gut, aber ich höre sofort auf, sollte es dir wehtun ...«

In seinem Gesicht zuckte es, als müsse er sich ein Grinsen verkneifen. »Mach nur, ich halte einiges aus.«

Sie runzelte die Stirn. »Wie ist das passiert?«

In seinem Körper spannten sich die Muskeln an, als wollte er aufspringen. »Es war ein glühender Schürhaken.«

Betroffen zuckte sie zusammen.

»Fang endlich an«, knurrte er. »Langsam werde ich nervös.«

»Gib mir nur einen Augenblick.« Sie biss sich auf die Lippe und konzentrierte sich darauf, ihr wild trommelndes Herz durch tiefe Atemzüge zu beruhigen. Irgendetwas sagte ihr, dass sie erst ihre Aufgewühltheit in den Griff bekommen musste, bevor sie ihn berührte.

Simos aber saß völlig reglos da. Behutsam nahm sie sein Gesicht in beide Hände, und das Kribbeln erhob sich sogleich wieder.

Sie schloss die Augen und sah durch ihre Hände, eingebettet in gleißenden Rottönen, eine dunkel verhärtete Struktur. Zerrissene Fleischfasern, die verzerrt zusammengewachsen waren. Dahinter schimmerten Simos' Backenzähne, die er fest zusammenpresste, wie ihr seine angespannte Kiefermuskulatur verriet.

Behutsam begann sie, seinen Narbenwulst mit dem Daumen zu massieren, und zu ihrer Überraschung gaben die Verhärtungen sogleich willig nach und wurden weicher. Dabei schabte sein kurzer Bart hörbar unter ihren Fingerkuppen.

Simos tat einen langen und tiefen Seufzer. Mit einem Mal fühlte sie Nässe auf seinen Wangen. Erschrocken sah sie ihn an. Seine Augen waren funkelnde Höhlen im Dunkeln, er schluckte.

Auch ihr traten Tränen in die Augen, und es schien, als verstärke dies noch den Magiestrom, der unablässig durch ihre Finger rann. Durch ihre Hände sah sie, dass allmählich Ordnung in die verzerrt zusammengewachsene Struktur seiner Haut kam. Und der Narbenwulst schmolz zusehends unter ihrer Berührung, bis sich Simos' kratzige Wangen auf beiden Seiten nahezu gleich anfühlten.

Sie ließ aber die Hände auf seinem Gesicht und setzte die Massage fort, bis der magische Strom letztendlich verebbte.

»Wie hast du das bloß gemacht?«, flüsterte er und entglitt ihrem Griff. Zunächst vorsichtig, aber dann zunehmend fester betastete er seine Wangen, öffnete den Mund, schloss ihn wieder und presste die Lippen aufeinander. »Verflucht, fühlt sich das gut an.«

Mit einem erstickten Aufschrei riss er sie an sich und drückte sie, dass ihr die Luft wegblieb. Dann löste er sich, und sein Gesicht kam ihrem so nah, dass sich ihr Atem vermischte. Sie hob das Kinn und strich mit der Unterlippe an seiner stoppeligen Oberlippe vorbei. Das Kitzeln jagte ihr heiße Stiche durch den Magen.

Er fing ihre Lippen mit seinen ein, und seine Zunge stieß ungestüm zu ihrer vor und begann ein aufregend wildes Spiel.

Seine Hände wanderten über ihren Körper, er ließ sich auf der Schlafpritsche zurücksinken und zog sie mit sich.

Sie schnappte nach Luft und krallte die Finger in sein Hemd, seine Erregung drückte schmerzhaft gegen ihre Weiblichkeit. Er stieß einen keuchenden Laut aus. Dann waren seine Hände unter ihrem Hemd und packten sie bei den Hüften. Sein Bauch verhärtete sich, er richtete sich mit ihr wieder auf, um ihr das Hemd über den Kopf zu ziehen.

Halb sitzend sah er sie an. Langsam kam er mit dem Kopf näher und fand ihre Lippen zu einem Kuss, den er rasch so intensivierte, bis sie sich nur noch keuchend an ihn klammern konnte, während er unablässig die Konturen ihres Körpers nachzeichnete, als müsste er sich davon überzeugen, dass sie ihm tatsächlich so nah war.

Bisher hatte sie sich kaum Gedanken darüber gemacht, auf welche Weise die menschliche Vereinigung vonstattenzugehen hatte. Sie wusste nur, dass es beim ersten Mal schrecklich wehtat. Und dass es auf weiblicher Seite nicht selten zu Blutungen kam, wenn er die Beherrschung verlor.

Seine Hände kehrten zu ihrem Gesicht zurück, und plötzlich zitterte er am ganzen Leib.

»Was muss ich tun?«, flüsterte sie gegen seine Lippen.

»Nichts!«, stöhnte er.

»Was hab ich falsch gemacht?«

Schwer atmend blickte er sie an. »Du hast nichts falsch gemacht. Aber wir werden nicht … Jedenfalls nicht so und nicht hier.«

Ihr traten Tränen in die Augen. »Aber warum nicht?« Ihre Stimme klang brüchig, während ihr Herz wie ihr Gesicht von seiner Zurückweisung brannte.

Er fing ihre Handgelenke ein. »Hör mal, vergiss, was deine Königin von dir verlangt hat«, presste er hervor. »Das ist doch alles nur ein Vorwand, damit du deine Rolle überzeugend spielst.«

»Meine Rolle?« Verwirrt schüttelte sie den Kopf. »Wovon redest du?«

»Mit dem, was Miltiades da auf mein Schiff gebracht hat, lässt sich ganz Aššu vernichten. Aber dein Fürst will nicht, dass du davon weißt.« Simos klemmte ihr eine Haarsträhne hinters Ohr und hob ihr Kinn mit dem Finger an. »Hörst du? Die Aššuner werden dafür bezahlen, dass sie Najadís herausgefordert haben. Miltiades hat mich angeheuert, damit ich für deine Mutter Feuergeborene nach Dschadun bringe. Wenn du vom Thronerben schwanger bist, will er die Feuerdämonen auf die Stadt loslassen, um mit dir leichter entkommen zu können. Meine Aufgabe ist es, euch mit meinen Söldnern den Rücken freizuhalten. Und ich hole mir von den Sultanssöhnen zurück, was sie mir genommen haben. Ich plündere ihre zerstörte Stadt. Mit Laderäumen voller Gold sollte es ein Leichtes werden, in Tharien Truppen anzuwerben, die mir helfen, Glarnos zurückzuerobern.«

Meliaé bekam keine Luft mehr, ihr war, als hätte er sie mit Eiswasser übergossen. Mit wachsendem Entsetzen blickte sie auf ihre Handgelenke, die er unerbittlich festhielt. Sie sah in sein Gesicht, das von der Dunkelheit mit tiefen Schatten überzogen wurde. Die Narbe war nahezu verschwunden. Fast erinnerte er sie an den Jungen, der ein knappes halbes Jahr, bevor die Sultanssöhne Glarnos erobert hatten, einige freie Tage zu Hause verbracht hatte.

Aber was erzählte er da? Miltiades wollte Dschadun vernichten? Alles – die Vermählung mit dem Thronfolger – war nur ein Vorwand, damit sie überzeugend ihre Rolle spielte … Ihr wurde schwindelig, und da erst wurde ihr bewusst, dass sie noch immer die Luft anhielt.

»Nein!«, japste sie, während Simos unbeirrt weitersprach. Sie dachte an die Leute in dem blau leuchtenden Käfig und die Warnung der Vasumati. »Was ist mit diesen seltsamen Kriegern in deinem Frachtraum? Sind das die Feuergeborenen, hat Miltiades sie an Bord gebracht?«

Er umfasste ihr Gesicht. »Ja. Aber hast du gehört, was ich gesagt habe? Ich hole uns Glarnos zurück, ich bringe dich nach Hause. Ich werde die Gilde neu erstehen lassen. Mit dir.« Er lächelte etwas schief, denn die Narbe war doch nicht ganz verschwunden. »Ich hätte nie gedacht, dass ich dich das einmal fragen würde. Aber willst du mich? Könntest du dir vorstellen …«

Hastig presste sie ihm die Hand auf den Mund. »Nein, sag nichts mehr!« Sie schüttelte den Kopf, machte sich aus seinem Griff los, sprang auf und taumelte rücklings gegen die Tür. Er war auch nur hinter ihr her, weil er sich ein Siegel erhoffte. Er liebte sie nicht. Er wollte nichts weiter, als seine Feinde vernichtet sehen. Wie viel Unschuldige dabei ihr Leben ließen, interessierte ihn nicht. Genauso wenig wie Miltiades. Er wollte Glarnos zurück. Er wollte Macht.

Plötzlich ragte er wie ein finsterer Turm über ihr auf. »Jetzt beruhige dich mal!«

»Was ist mit diesen Leuten in deinem Frachtraum? Was hat Miltiades mit ihnen angestellt?«

Seine Hände schlugen wie Schmiedehämmer zu beiden Seiten ihres Kopfes gegen das Türblatt, sodass das Holz in ihrem Rücken erzitterte. »Du tust, was deine Mutter dir befohlen hat. Du spielst deine Rolle, bis ich komme und dich da raushole! Ich lasse nicht zu, dass dich einer dieser Bastarde bespringt. Denk nur, in zwei Monden schon könnten wir zusammen auf dem Weg nach Glarnos sein.« Er löste eine Hand, und sie musste sich zwingen stillzuhalten, als er mit dem Finger an ihrer Unterlippe entlang strich. »Tut mir leid, ich hätte dich nicht so überfallen dürfen. Ich liebe dich schon so lange, aber du … Für dich ist das alles neu. Du brauchst etwas Zeit.« Er ließ die Hand sinken, und sie hielt seinem Blick mit erzwungener Ruhe stand.

All die Sehnsucht, die sie noch einen Moment zuvor empfunden hatte, war mit einem Schlag weg. Aber ihr Gesicht brannte noch immer vor Scham. »Ja, du hast recht, Simos«, stieß sie hervor und versuchte zu lächeln, weil ihr klar wurde, dass sie ihm jetzt auf keinen Fall ihre wahren Gefühle offenbaren durfte. »Lass mir etwas Zeit.« Sie musste herausfinden, was mit diesen Vasumatikriegern los war. Aber aus Miltiades würde sie nichts herausbekommen. »Ähm, was Miltiades da vorhat, mit den Feuergeborenen.« Sie schluckte. Jeder wollte, dass sie ihre Rolle spielte. Dann würde sie jetzt endlich damit anfangen. »Was weißt du darüber?«

Er stieß die Luft durch die Nase aus und sah ihr mit gesenktem Kopf in die Augen. »Ich weiß nicht, was man tun muss, um die Feuergeborenen zu erwecken. Militades hat mir gesagt, ich darf den Käfig auf keinen Fall öffnen. Selbst dann nicht, wenn das Schiff in einem Sturm zu sinken droht. Diese Menschen sitzen, seit sie an Bord sind, nur reglos in ihrem Käfig. Sie schlafen nicht, sie essen und trinken nicht. Miltiades hat gesagt, Oron selbst hätte sie der Königin zu deinem Schutz entsandt. Ich habe von dem Ganzen zuerst kein Wort geglaubt, aber es muss etwas Wahres dran sein, denn die Vasumati in meinem Laderaum fürchten sich vor denen zu Tode.«

Kapitel 26

Geständnis

Áris drängte Meliaé in den ehernen Aufzugskäfig. Die Strömung des fahrenden Schiffs riss an ihrer beider Haare, verwirbelte und vermischte sie. Meliaé klammerte sich an die rostigen Gitterstäbe, während Áris hinter ihr die Tür des Aufzugs arretierte und an der Kette zog, die der Mannschaft das Zeichen gab, den Käfig nach oben zu ziehen. Mit einem Ruck ging es an dem muschelverkrusteten Schiffsrumpf aufwärts.

Daran, dass ihr Ausflug auf diese Weise enden würde, hatte sie keinen Gedanken verschwendet. Trotzdem bereute sie nichts.

Áris hatte sie in großer Tiefe im Meer aufgelesen. Flüchtig sah sie zu ihm hin. Er war wieder vollständig in seine menschliche Gestalt gewechselt und kehrte ihr den breiten Rücken zu. Er hatte es aufgegeben, ihr Vorwürfe zu machen, weil sie ihm ohnehin keine Antwort gab.

Mit zusammengebissenen Zähnen zwang sie ihren Schlangenschwanz dazu, sich in ihre Beine zu teilen, und der Schmerz der Kälte traf sie mit solcher Wucht, dass ihr ein Aufschrei entfuhr. Im nächsten Moment durchbrach der Käfig die graue Gischt und fuhr an dem turmhohen Rumpf der Kontere aufwärts. Sie sah auf ihre gefühllosen Füße hinab, die sich mit den Zehen in das Gitterwerk am Aufzugsboden krallten. Eisiger Wind zerrte an ihrem Körper, und sie presste das Gesicht zwischen die Stäbe und starrte blind vor Tränen zu den geblähten Segeln an Simos' Triere hinüber. Er bildete sich doch tatsächlich ein, sie würde seinetwegen die Feuerinseln im Stich lassen. In ihrer Brust stach heller Schmerz. Kein Mann, der wusste, wer sie wirklich war, würde ihr jemals wahrhafte Gefühle entgegenbringen können. Jeder würde ihr alles Mögliche vorlügen, nur um ihre Gunst zu erlangen.

Kein Wunder, dass aus Lydraia solch ein Ungeheuer geworden war. Ob es in ihrem Leben je einen Mann gegeben hatte, der sich ernsthaft etwas aus ihr gemacht hatte? Wohl kaum. Meliaé zog die Nase hoch und leckte sich das Salzwasser von den Lippen. Sie musste aufhören, sich selbst leidzutun, sonst würde sie eine ziemlich jämmerliche Figur abgeben, wenn ihr gleich das Donnerwetter von Miltiades und Abu Sayaf entgegenschlug. Am besten, sie sagte erst einmal nichts. Schweigen war die beste Verteidigung.

Hoffentlich kam niemand auf die Idee, sie den Rest der Reise in ihrer Kabine einzusperren. Ihre Schultern begannen zu beben, und sie schluckte das Schluchzen hinunter, das sich in ihrem Hals anbahnte. Nur schwer widerstand sie dem Drang, sich in Gestalt der Seeschlange zurück ins Meer zu werfen.

Der Aufzugskäfig rastete mit einer krachenden Erschütterung ein, und sie schlang die Arme um den Körper, von dem ihr langes Haar zum Glück das meiste verbarg. Sie heftete den Blick auf ihre blau gefrorenen Füße, während Áris die Aufzugstür aufstieß und hinaustrat. Jemand hielt ihr einen Mantel hin, den sie ohne richtig hinzusehen ergriff. Mit ihren von der Kälte steifen Fingern gelang es ihr kaum, den rauen Stoff um sich zu wickeln. Sie sah auf. Der Jemand war Miltiades. Seine Miene war ernst, aber nicht zornig. »Kommt«, sagte er nur und hielt ihr die Hand hin. »Ihr müsst ins Warme.« Es lag kein Vorwurf in seinen Worten. Im Gegenteil. So etwas wie mürrische Nachsicht schwang darin mit.

Hinter ihm stand Abu Sayaf. Mit finster zusammengezogenen Brauen ließ er den Blick von oben bis unten über sie gleiten.

Aber statt loszudonnern, presste er nur die Lippen zusammen, die in dem dichten schwarzen Bart versanken.

Miltiades entging nicht, dass sie sich kaum auf den schlotternden Beinen halten konnte. Er legte den Arm um sie und brachte sie zu dem Abgang, der in die unteren Decks hinabführte. Zu Meliaés Erstaunen folgte ihnen der Heeresfürst nicht in ihre Kabinen, wo ihre Zofen sie bereits mit heißer Suppe und einem dampfenden Badezuber erwarteten.

Wieder angekleidet und frisiert ließ sie sich auf ihrem Bett nieder und beobachtete zwei Gardisten Abu Sayafs dabei, wie diese den Badezuber aus ihrer Kabine schleppten.

Da trat Miltiades aus dem Dunkel des Flurs, und auf seinen Wink verschwanden die Zofen eilig hinaus, und er machte die Tür hinter sich zu. In Erwartung heftiger Vorwürfe hielt sie die Luft an. Doch der befürchtete Vortrag blieb aus. Eine ganze Weile stand er nur mit verschränkten Armen da und sah sie an. »Was hat Euch zu Simos getrieben?«

Sengende Hitze schoss ihr ins Gesicht, ihr klappte der Mund auf. »Also ich, ich weiß nicht, wie Ihr darauf kommt, dass …«

»Ich komme soeben von ihm«, unterbrach er sie eisig, und seine Augen wurden schmal. »Euer Stiefbruder wirkte noch nervöser als Ihr jetzt. Was ist zwischen euch vorgefallen? Hat er Euch aus lauter Dankbarkeit, dass Ihr die Entstellung von seinem Antlitz genommen habt, entehrt?«

»Nein, hat er nicht!«

»Entschuldigt, aber das nehme ich Euch nicht ab.« Er kam langsam auf sie zu.

»Wagt es nicht, mich anzufassen!« Sie ballte die Fäuste im Schoß.

Er sah auf sie hinunter. »Ihr könnt angekleidet bleiben. Stellt Euch hin, Ihr wisst ja, wohin ich meine Hände legen muss.«

Als Meliaé nur fassungslos zu ihm hochstarrte, ließ er sich neben ihr nieder und packte ihr mit einer Hand an den unteren

Rücken und mit der anderen an den Unterleib. Aufkeuchend versuchte sie seine Hand wegzuschieben, nie im Leben war sie so gedemütigt worden.

»Haltet still!«, zischte er.

Noch einmal sammelte sie all ihre Kräfte, um sich von ihm zu befreien. Doch er war zu stark, und schließlich gab sie auf. Er drückte seine Hände fester auf und blickte einige Zeit unter sich. Schließlich stieß er den Atem aus, und sie schlug seine Hände fort und sprang auf. »Raus! Raus aus meiner Kabine! Verschwindet, wagt *das* nie wieder.«

Miltiades erhob sich. »Haltet Euch von Simos fern. Er begehrt Euch. Aber nicht so, wie Ihr Euch das vielleicht wünscht.« Nach diesen Worten, die in Meliaés Gesicht brannten wie schallende Ohrfeigen, machte er kehrt und ging zur Tür.

»Ich war im Laderaum seines Schiffs«, stieß sie dem Ersticken nah heraus. »Die Sklaven. Wie konntet Ihr nur? Diese Menschen sind Euer Volk!«

Er blickte auf die Tür. »Auch der Frieden hat seinen Preis.«

»Und was ist mit den Kriegern in dem seltsamen Käfig? Die Gitterstäbe sind mit Glarnstein ummantelt. Ein Kokon aus Magie umgibt ihn. Die Vasumati sagen, sie seien wie die Feuerkinder, die einst von ihrer Opferung zurückkehrten und den Tod über ihre Insel brachten. Simos hat mir gesagt, Ihr hättet ihn angeheuert, um für die Königin Feuergeborene nach Dschadun zu bringen. Er will die Stadt plündern, wenn sie zerstört ist.«

Gelassen drehte sich Miltiades um, seine Miene war nicht zu deuten. »Ja. So weit der Plan.«

Meliaé zwang sich aufzustehen und ging ihm auf steifen Beinen entgegen. »Ich lasse das nicht zu. Ich bringe kein Verderben über Unschuldige. Und ich bin auch nicht wie Ihr oder Simos, denen ein Menschenleben nichts bedeutet. Und wie meine Mutter bin ich erst recht nicht, auch wenn sie das gern so hätte. Ich verlange, dass Ihr den Käfig ins Meer werft. Wir bringen keine

Feuergeborenen nach Dschadun! Ich erfülle meine Aufgabe, und Ihr tragt Sorge dafür, dass wir heil aus der Stadt kommen.«

Miltiades schüttelte den Kopf. »Den Käfig ins Meer zu werfen, schafft die Bedrohung aber nicht aus der Welt.«

Mit zusammengezogenen Brauen blinzelte sie ihn an. »Warum nicht?«

»Die Feuergeborenen werden sich daraus befreien. Früher oder später zersetzt das Salzwasser erst die Leiber der Geopferten, dann die ehernen Stäbe. Und wenn niemand sie aufhält, werden sie auf ihrem Weg, den sie sich selbst in die Unterwelt suchen, alles zerstören, was ihnen in die Quere kommt. Dabei machen sie keinen Unterschied zwischen Feind und Freund, und erst recht nicht zwischen dem Leben im Ozean und dem auf dem Land. Alles, was ihren Weg kreuzt, wird sterben.«

»Woher kommen die Feuergeborenen?«

»Oron hat sie der Königin zu Eurem Schutz entsandt. Sie stammen aus dem Agung Vasumana.«

»Dann muss jemand den Käfig dorthin zurückbringen.«

»Das allein genügt aber nicht. Sie werden die Insel zerstören. Nur die Königin vermag es, die Feuergeborenen in die Unterwelt zurückzuschicken.«

Meliaé senkte den Blick, ihre Augen hetzten über den Boden. Es gab kein Zurück, sie befuhren bereits die Glarnsee, das Meer zwischen Tharien und Aššu. Nicht einmal mehr eine Woche trennte sie vom aššunischen Festland. »Ihr sorgt dafür, dass die Feuergeborenen in ihrem Käfig bleiben.« Sie sah zu ihm auf. »Wir nehmen sie wieder mit, wenn ich Khayam einen Sohn gestohlen habe.«

Miltiades verdrehte die Augen und stieß gereizt die Luft aus. »Khayam wird Euch nicht entkommen lassen, eher schneidet er Euch die Kehle durch.«

»Ich töte ihn mit einem Biss, sobald ich sicher bin, dass sein Sohn in mir heranwächst.«

»Dann könnt Ihr auch gleich das Kind in Euch töten, denn damit macht Ihr den Heeresfürsten zum Thronerben.«

»Der Heeresfürst stirbt noch in derselben Nacht durch meinen Biss.«

»Damit löst Ihr den Sturz des Sultans aus. Die Fürsten werden sich gegen ihn erheben. Ein starker Sohn muss dem Sultan bleiben.«

»Ich will diese Männer tot sehen. Alle drei.«

»Ihr wisst, dass das keine Lösung ist. Wir werden Aššu nur beherrschen, wenn wir uns die Mächtigen dieses Landes gefügig machen. Die Feuergeborenen werden uns helfen, dieses Ziel zu erreichen.«

Heftig schüttelte sie den Kopf. »Es muss einen anderen Weg geben. Einen Weg, bei dem kein unschuldiges Blut vergossen wird.«

»Vielleicht gibt es den.«

Meliaé studierte Miltiades' reglose Miene. »Woran denkt Ihr?«

»Ich töte Khayam, und Ihr werdet die Gemahlin des Heeresfürsten. Bei ihm besteht die Aussicht, dass er Euch im Angesicht der Gefahr, die von den Feuergeborenen für sein Land ausgeht, gehen lässt.«

»Nein, vergesst es. Ich verhelfe doch nicht dem Mann, der mir alles genommen hat, auf den Thron! Außerdem habe ich mir geschworen, Khayam selbst zu töten, ich will ihn leiden sehen, ich will dabei zusehen, wie er qualvoll an meinem Gift zugrunde geht.«

»Ihr müsst aufhören, Euch nur von Hass und Rachegedanken leiten zu lassen. Ihr müsst tun, was die größte Aussicht auf Erfolg hat. Und was im Interesse von Najadís ist.«

Kapitel 27

Ašra Zayandeh

Durch die Sonnwendschwemme glitzerten die sprießenden Felder entlang des Zayandeh wie ein grünes Juwel. Dattelpalmen säumten die ertrinkenden Felder und trugen schwer an ihrer goldenen Last. Sayaf stand auf der Bugplattform seiner Flussfeluke und genoss den Fahrtwind im Gesicht. Die nach modrigem Fisch riechende Luft versprach den Ländereien entlang des Zayandeh volle Kornkammern.

Das und die Tatsache, dass er pünktlich zur Ernte wieder hier sein würde, sollten ihn zufrieden stimmen, aber das tat es nicht. Denn sollte der Sultan entscheiden, dass Meliaé Khayam gehören sollte, würde er keinen ruhigen Moment mehr haben. Er würde in Dschadun bleiben müssen. In Meliaés Nähe. Kopfschüttelnd schloss er die Augen. Ein sinnloses Unterfangen. Im Harem war sie unerreichbar. Und selbst Miltiades würde ihr dort nicht mehr beistehen können.

Eine Erschütterung der Plattform veranlasste Sayaf, die Augen zu öffnen, doch statt sich zur Holzstiege umzudrehen, heftete er den Blick an drei weiße Fischreiher, die dem Segelschiff im Tiefflug folgten. Aus dem Augenwinkel beobachtete er, wie sich ihm eine zierliche Frau in blaugoldenen Gewändern näherte. Sie legte ihre mit Goldranken bemalten Hände auf dem Geländer ab.

Meliaé hatte seine Einladung, das Einlaufen im Hafen von

Ašra Zayandeh gemeinsam anzusehen, also angenommen. Das ließ darauf hoffen, dass sie endlich zu einem Gespräch mit ihm bereit war.

Aber womit sollte er beginnen, um nicht zu riskieren, dass ihre Unterhaltung wieder in einer Auseinandersetzung gipfelte. Er verschränkte die Hände hinter dem Rücken und blickte auf Meliaé hinab, die den mit winzigen Goldmünzen verzierten Schleier trug, den er ihr durch Miltiades hatte überbringen lassen. Eine lange, flammend rote Haarsträhne hatte sich darunter hervorgestohlen und bildete einen reizvollen Kontrast zu dem edlen Blauton des Schleiers.

Völlig reglos stand sie da und betrachtete die vorbeiziehende Landschaft, während der Wind immer mehr gewellte Haarsträhnen unter ihrem Schleier hervorlockte.

Ob ihr gefiel, was sie sah, ließ sie sich nicht anmerken.

Entschlossen, das unangenehme Schweigen zu brechen, wandte sich Sayaf ihr zu. »Wir werden den Hafen von Ašra noch vor Einbruch der Dunkelheit anlaufen. Dort werdet Ihr ein paar Tage in meinem Palast ausruhen können, bevor wir nach Dschadun weiterreisen.«

»Wie lange werden wir in der Wüste unterwegs sein?«, erkundigte sie sich mit einer leisen Unsicherheit in der Stimme.

Sayaf verbiss sich ein Schmunzeln. Sie fürchtete das Sandmeer, wann immer die Rede darauf kam. Er deutete zu der schneebedeckten Gebirgskette, die sich hinter den vorbeiziehenden Feldern erhob. »Wir haben Glück. Der Zayandeh führt reichlich Schmelzwasser aus dem Kheš dieses Jahr. Ich gehe davon aus, dass wir bis kurz vor Dschadun auf den Feluken bleiben können. Was in knapp vier Tagen zu schaffen sein müsste.« *Und was vor allem den Sklaven zugutekäme,* fügte er im Stillen hinzu, hütete sich aber, dies in ihrer Gegenwart laut auszusprechen.

Sie tat einen schweren Atemzug. »Ich will mir gar nicht vorstellen, was es für die armen Menschen in Euren Frachträumen bedeutet, durch die Gluthitze gehen zu müssen. Viele sind noch immer krank von der Kälte auf See, und mir sind schon wieder die Heilkräuter ausgegangen.«

Schnaubend verdrehte er die Augen. »Den Sklaven in meinen Laderäumen geht es derzeit besser als so manch einem aššunischen Bauern!«

Ihr Kopf ruckte zu ihm hoch, und sie funkelte ihn an. »Tagtäglich behandle ich eiternde Wunden und geschwollene Gelenke, die von Euren Ketten stammen. Die Menschen der Feuerinseln dürften gar nicht hier sein. Schließlich habt Ihr doch, was Ihr wolltet. Ich bin mit Euch gekommen.«

Ärger wallte in Sayaf hoch. Sie trieb sich ständig bei den Sklaven herum, und selbst Miltiades schaffte es nicht, sie davon abzuhalten. Doch wenn er sie jetzt dafür tadelte, würde sie sich umdrehen und ihn stehen lassen. Dabei gab es so viel, worüber er unbedingt mit ihr sprechen musste, bevor es dazu in Dschadun keine Möglichkeit mehr gab. Er blickte zu den Bergen, um sich nicht zu Schroffheiten hinreißen zu lassen. »Macht mir eine Liste von den Heilmitteln, die Ihr benötigt. Sobald wir in der Stadt sind, lasse ich nach einem Hakīm schicken, der nach den Kranken sieht, und ich verdopple in dieser Zeit die Rationen der Sklaven. Aber im Gegenzug verlange ich, dass Ihr die freie Zeit nutzt, um Euch auszuruhen. Ihr arbeitet schwerer als Eure Dienerinnen, und das nehme ich nicht länger hin. Ihr vergesst Euren Stand. Wenn der Sultan von diesen Dingen erfährt, reißt er mir den Kopf ab.«

»Ich bin hier, weil ich nicht wollte, dass von den Feuerinseln Menschen verschleppt werden. Aber Euch schert das einen Dreck, ebenso wie Fürst Miltiades.«

»Eine Kriegsflotte zu unterhalten, fordert Tribut, das ist auch Eurem Fürsten nicht neu.«

Mit den Händen umklammerte sie das Holzgeländer so fest,

dass ihre Handknöchel weiß hervortraten. »Eigentlich wollte ich über etwas anderes sprechen.« Doch statt fortzufahren, blickte sie nur angestrengt ins Wasser.

»Über was möchtet Ihr reden?«

»Ich wollte auf Euer Angebot zurückkommen.«

Als sie nicht weitersprach, sah Sayaf seine Geduld erneut auf eine harte Probe gestellt. »Ich habe Euch einige Angebote gemacht. Von welchem sprecht Ihr?«, tastete er sich vor.

»Ihr wolltet mir von Eurem Land erzählen.«

Enttäuscht stieß er die Luft aus. Eigentlich hatte er gehofft, sie käme auf etwas anderes zurück. Er hatte ihr angeboten, alles daranzusetzten, dass sie seine Gemahlin bleiben durfte, wenn sie dies auch wünschte. »Was möchtet Ihr hören?«

»Erzählt mir etwas über die Menschen hier. Was bewegt sie?«

Sayaf lächelte in sich hinein. Sie wollte wissen, ob er sich um die Belange seines Volks scherte. *Nette Fangfrage!* Er sah zu einem Ochsen am Feldrand, der bis zu den Flanken mit schwarzem Schlamm bespritzt war und mit hängendem Kopf darauf wartete, dass ihm sein Herr, der nicht minder verdreckt war, das Pfluggeschirr abnahm. »Aššu ist ein sehr trockenes Land. Das war es immer schon. Ich bange jedes Jahr mit meinen Bauern, ob der Zayandeh genügend Wasser für unsere Felder führt.«

Flüchtig sah sie auf. »Ihr nehmt Euch doch andernorts, wofür andere hart gearbeitet haben. Was also kümmern Euch die Nöte von ein paar Bauern zu Hause?«

Sayaf atmete tief durch. Es hätte schon an ein Wunder gegrenzt, sich normal mit ihr zu unterhalten. »Auch wenn ich nicht oft hier bin, kenne ich doch jeden, der meine Felder bewirtschaftet, persönlich.«

»Das hier sind Eure Felder? Aber sagtet Ihr nicht, Ihr residiert in Ašra?«

»Ja, aber viel mehr als diese Felder, die sich bis zum Kheš erstrecken, und eine lehmbefestigte Stadt rund um meinen Palast ist Ašra nicht.«

»Versucht Ihr gerade, mir mit Bescheidenheit zu imponieren?«

»Wohl kaum!«

»Schön. Wenigstens das gesteht Ihr ein. Denn so, wie ich Euch einschätze, lasst Ihr Euch in Dschadun sicher gern als siegreicher Held lobpreisen.«

Sayaf löste den Blick von ihr und gab vor, die Landschaft zu betrachten. »Mein Vater darf die Ausbeute meiner Feldzüge ebenso von mir erwarten wie das sichere Nachhausebringen von Legion und Kriegsgerät. Und ich gebe zu, dass ich ein paar Tage des Feierns in Dschadun durchaus genieße. Aber dann zieht es mich wieder hierher zurück.«

»Ach so ist das. Euer Gewissen erkauft sich ruhige Nächte in diesem Idyll, indem Ihr Eure Gräueltaten damit rechtfertigt, nur auf Befehl des Sultans gehandelt zu haben.« Erneut nestelte sie an ihrem Schleier, um zu ihm aufzusehen. »Euer Innenleben ist ja noch verkommener, als ich dachte.«

»Ich möchte nicht streiten, Meliaé. Aber ebenso wenig möchte ich mir ständig Beleidigungen an den Kopf werfen lassen. Ihr wart es, die mich gebeten hatte, Euch von meinem Land zu erzählen.«

Hastig sah sie unter sich. »Tut mir leid, eigentlich wollte ich nicht wieder persönlich werden. Ich wollte wirklich nur etwas über die Schwierigkeiten hören, die Euch dazu bewegen, alles daranzusetzen, ein Siegel haben zu wollen.«

Sayaf schloss den Mund, der ihm vor Erstaunen aufgeklappt war. Es war nicht nur das erste Mal, dass sie eine Beleidigung wieder zurücknahm. Sie sprach auch erstmals von sich aus das heikle Thema Siegel an. Das ließ nun wirklich hoffen. Er wartete, bis sie ihn ansah. »Schon lange wird uns der Untergang von Aššu prophezeit, sollten die Söhne des Sultans nicht das Siegel finden, mit dem sich die Mächte des Glarnsteins brechen lassen. Mächte, die dem Land schaden, weil sie das Wetter beeinflussen.« Er verstummte, weil sie plötzlich sein Gesicht so intensiv mit ihren Meeraugen erforschte, dass es ihm kaum noch gelang, einen klaren Gedanken zu fassen. Alles, was er sagen wollte, war wie aus seinem Kopf gefegt.

Ihre Lider begannen zu flattern. »Sprecht weiter.« Sie bekam vor Verlegenheit rosige Wangen und sah damit noch schöner aus.

Um sich zu sammeln, flüchtete sich Sayaf in die Betrachtung eines Ackers mit Gemüsepflanzen. »Lange Zeit haben wir uns geweigert, auch nur ein Körnchen Wahrheit in diesem haltlosen Unsinn zu erkennen. Aber dann ist nach und nach eingetroffen, wovon Ras al-Hayya, der in Ungnade gefallene Leibarzt meines Urgroßvaters, gewarnt hat. Von Jahr zu Jahr wird das Sandmeer gefräßiger. Flüsse trocknen zu steinigen Wadis aus, die nur noch selten oder gar kein Wasser mehr führen. Überall hatten wir Hungersnöte zu verkraften. Nach langen Sommern taugt der Zayandeh nur noch selten als schiffbarer Fluss, mit dem man Dschadun erreichen kann. Wir haben versucht, Abhilfe zu schaffen, indem wir auf den Gütern der Bauern Brunnen haben graben lassen. Aber die Bauern beklagen immer öfter, dass die Schächte austrocknen. Eine schleichende Katastrophe, die uns zwingt, Ländereien dazuzugewinnen, die uns Holz und Getreide liefern.«

»Aber warum verzichtet ihr nicht auf den Glarnstein, wenn vermutet wird, dass seine Kräfte etwas Derartiges in Eurem Land bewirken?«

»Dasselbe hat al-Hayya auch gefordert. Aber mein Urgroßvater und mein Großvater konnten sich dazu ebenso wenig durchringen wie mein Vater.«

Sie runzelte die Stirn. »Aber warum denn nicht?«

Er holte tief Luft. Sie hatte ein Recht, alles zu erfahren.

Schließlich würde sie, wenn es nach ihrer Mutter ging, die Gemahlin des aššunischen Thronerben sein. »Nun, die Verblendung mit Glarnstein an den Festungsmauern von Dschadun schützt die Stadt vor den al-Maguš. Ein Zusammenschluss von Schwarzmagiern, die den Sultan stürzen und die Macht im Land an sich bringen wollen. Der Glarnstein beraubt sie ihrer Kräfte, wo immer sie von diesem Stein umgeben sind, können sie ihre todbringende Magie nicht nutzen. Deswegen galt die Prophezeiung lange Zeit als Mythos. Als Erfindung des Ras al-Hayya, der nicht nur Gelehrter war, sondern später auch zum Führer der al-Maguš wurde.«

Nach einem ungläubigen Kopfschütteln versenkte sie sich wieder in die Betrachtung der Landschaft. »Habt Ihr mit Fürst Miltiades über diese Dinge gesprochen?«

»Ja. Euer Fürst sagt dasselbe wie Ihr. Wir sollten den Glarnstein von den Mauern lassen und uns mit den Forderungen der Magier auseinandersetzen. Aber da hat er wohl auch leicht reden. Da, wo er herkommt, steht er über den Dingen, indem er über tödliche Magie gebietet.«

»Aber gibt es unter euch Ašhāk denn keine Magiebegabten?«

Sayaf nickte. »Doch, die gibt es.«

»Ja, aber wo liegt dann das Problem? Ihr könntet zu einem Gleichgewicht gelangen …«

Er hob die Hände. »Ich weiß, was Ihr sagen wollt, aber lasst das bloß nicht meinen Vater oder Khayam hören. Darauf steht der Tod. Der Sultan sieht darin den Verlust seiner Macht. Deswegen wird jeder, der vom göttlichen Geschlecht des Schakals ist und Anzeichen zeigt, dass die Ketzergabe in ihm wohnt, hingerichtet.«

»Aber, was ist dann mit mir? Ich gebiete über Magie. Und meine Kinder werden diese Kraft auch in sich haben.«

»Das ist der Grund, warum ich nicht einfach darauf beharren kann, dass wir vermählt sind. Warum ich mich Euch nur unter Zeugen nähere. Der Sultan muss sein Einverständnis geben, dass ich ein Siegel mit Euch haben darf, sonst mache ich mich des Verrats an ihm schuldig, und er täte recht daran, mich dafür jagen und hinrichten zu lassen.«

»Aber warum habt Ihr mir nicht schon eher von alldem erzählt?«

»Die Götter können bezeugen, wie oft ich das in den letzten Wochen versucht habe.«

Sie biss sich auf die Lippe. »Ich will ehrlich sein, ich konnte nicht mit Euch sprechen. Der Gedanke an eine erneute Zwangsvermählung erfüllt mich mit Grauen.«

»Verstehe«, murmelte er und sah weg. So gern hätte er ihr gesagt, dass es zwischen ihnen nicht wie in einer arrangierten Verbindung zugehen musste. Aber das Grauen, von dem sie sprach, stand ihr gerade wieder ins Gesicht geschrieben. Hinzu kam, dass auch er sich den Wünschen des Sultans zu beugen hatte. Und wenn dieser es für richtig hielt, dass sie Khayams Gemahlin wurde, würde er es klaglos hinnehmen müssen. Ein Gedanke, der ihn zu Überlegungen verführte, die ihn den Kopf kosten konnten.

»Was ist in Glarnos geschehen, nachdem ich weg war? Habt Ihr die Stadt niedergebrannt, so wie Euer Bruder es verlangt hat?«

»Nein.« Er schüttelte den Kopf. »Die Stadt niederzubrennen, wäre, nachdem es kein Siegel mehr gab, ein sinnloser Verschwendungsakt gewesen. Wir sind zwei Wochen später nach Aššu aufgebrochen. Dutzende Männer konnten bezeugen, was in der Zisterne vorgefallen war, sonst hätte mein Bruder meinem Vater wohl nur noch meinen Kopf gebracht.«

Das Entsetzen in ihren Augen wuchs. »So weit wäre er gegangen?«

»Ich habe den Sieg meines Bruders in eine Niederlage verwandelt, indem ich Euch habe gehen lassen. Ich habe den Tod verdient. Ich stehe jetzt nur vor Euch, weil die Gardisten für mich gesprochen haben. Khayam hat jeden Einzelnen vernommen. Und letztendlich hat das wirre Gestammel jenes jungen Soldaten, der durch Euren Schrei taub geworden ist, Khayam dazu bewogen, diesen Männern Glauben zu schenken und mich als Heeresfürsten nicht abzusetzen und hinzurichten.«

Sie keuchte ein fassungsloses Lachen. »Und das ist alles wahr?«

»Überprüft es. Fragt Naphassa. Fragt meinen Bruder und den Sultan.«

Ohne dass ihr das bewusst zu sein schien, wanderte ihre Hand zu ihrer Kehle. »Warum wollt Ihr, dass Euer Vater mich Euch zuspricht und nicht Khayam?«

Sayaf schaffte es nicht länger, ihr in die Augen zu sehen. »Weil es für alle Beteiligten das Beste wäre«, erwiderte er nüchtern. »Khayams Fürstgemahlin hat ihm bereits zwei Söhne geboren. Müsste er sich Euretwegen von ihr trennen, würde dies Konsequenzen nach sich ziehen, die nur Schaden anrichten. Ich kann nur hoffen, dass mein Vater das genauso sieht. Außerdem ist der Harem ein gefährlicher Ort, vor allem für die neue Favoritin und ihre Kinder.«

Sie zog die Unterlippe zwischen die Zähne. »In diesem Fall wäre ich die Favoritin?«

»Ihr würdet als Favoritin gelten, auch wenn Khayam nicht so für Euch empfindet.«

»Wie viele Frauen leben im Harem?«

Sayaf musste lächeln und zuckte die Schultern. »Keine Ahnung. Ein paar Hundert vielleicht.«

Sie schnappte nach Luft. »Und wie viele davon gehören Euch?«

»Keine.«

Sie presste die Lippen zusammen und sah weg. Sie glaubte ihm kein Wort.

»Bisher bin ich nur mit Euch vermählt.« Als sie darauf beharrlich nichts erwiderte und ihn nur wieder voller Argwohn von der Seite musterte, holte er tief Luft. »Wenn Ihr meine Gemahlin bleiben würdet, müsstet Ihr nicht im Harem leben. Wir würden hierher zurückkehren. Mein Palast ist nicht groß, aber er wird Euch gefallen. Hoffe ich.«

Ihr schien bewusst zu werden, dass sie ihn anstarrte, denn sie wandte sich stirnrunzelnd ab. »Habt Ihr über diese Dinge mit Fürst Miltiades gesprochen?«

Sayaf zwang sich zu einem Lächeln. »Ja, auch das habe ich.«

Sie sah ihn erwartungsvoll an. »Und? Was hat er dazu gesagt?«

»Er meinte nur, er will die Entscheidung des Sultans abwarten, und auch, wie sich Khayam dazu äußert. Erst dann will er Euch fragen, wen Ihr vorzieht.«

Ašra erhob sich aus goldenen Lehmmauern, erbaut in vier Ebenen, in den tiefblauen Himmel. Obenauf thronte der Palast mit schlanken Türmen und blauen Kuppeldächern. Die Festungsmauern zierten geometrische Ornamente, hervorgehoben durch Einlagen aus Glarnstein.

Meliaé ließ den Blick zur Anlegestelle des Flusshafens wandern, wo sich zu beiden Seiten die Menschen der Stadt drängten.

Bellende Hunde und halbwüchsige Bauersjungen rannten barfuß einen steinigen Weg zwischen den Feldern am Ufer entlang und folgten der Feluke mit wildem Geschrei. Einige hatten ihre Tuniken ausgezogen und schwenkten sie über dem Kopf.

Abu Sayaf beobachtete das Treiben mit einem verhaltenen Lächeln und hob zum Gruß den Arm, woraufhin die Jungen in begeisterte Jubelstürme ausbrachen.

Als er sich zu ihr umdrehte und sie angrinste, schoss ihr erneut die Hitze ins Gesicht. Meliaés Mundwinkel verselbstständigten sich, denn seine bernsteinfarbenen Augen leuchteten vor Freude, wieder zu Hause zu sein. Etwas, das sie sehr gut nachempfinden konnte.

Doch plötzlich veränderte sich etwas in seiner Miene. Er merkte wohl auch, dass sie einander zum ersten Mal anlächelten. Während ihr mit einem Schlag alles verging, strahlten seine Augen noch eine Spur intensiver, bevor auch er wieder ernst wurde. Doch sie war nicht in der Lage wegzusehen, denn ihr ganzer Körper kribbelte unter seinem Blick.

»Es wäre schön, Ihr dächtet über mein Angebot nach. In Ašra könntet Ihr ein Leben mit sehr viel mehr Freiheiten führen als in Dschadun. Mit dem Einverständnis des Sultans erkläre ich Euch zu meiner Fürstgemahlin. Das ist eine Stellung, die selbst ich Euch nicht mehr nehmen kann. Und es hat zur Folge, dass nur unsere Söhne meine Erben sind.«

Das Schlucken fiel ihr schwer. »Ich werde darüber nachdenken.« Sie tastete nach ihrem Hals, in dem ihr Herzschlag rasend pochte. Fest heftete sie den Blick auf die Menschenmenge bei der Anlegestelle, und ihr wurde schlagartig elend zumute, als sie an die Feuergeborenen auf Simos' Feluke dachte. Der Bevölkerung durfte kein Leid geschehen, es waren nur einfache Leute, die wie überall auf der Welt um ihr Überleben kämpften.

»Kommt!« Unter Abu Sayafs Aufforderung war sie wie ertappt zusammengezuckt und starrte auf die Hand, die er ihr hinhielt. »Erlaubt mir, Euch mit meiner Stadt bekannt zu machen.«

Als sich seine Finger ihrem Schleier näherten und an dem bestickten Stück Seide zupften, das dazu vorgesehen war, ihr Gesicht vor neugierigen Blicken zu verbergen, wich sie zurück. »Ich empfinde keine Scheu, Menschen offen ins Gesicht zu sehen.«

Sein Kiefer fing zu mahlen an. »Das eine hat mit dem anderen nichts zu tun. Verhüllt Euer Gesicht, sonst bleibt Ihr an Bord!«

»Aber warum dürfen Eure Leute nicht sehen, wen sie vor sich haben?«

»In unserem Land gehen nur Sarârîyu unverhüllt vor die Tür. Sklavinnen, die dem Beischlaf dienen.«

»Solch absurde Gesetze können auch nur Männer erlassen, die weder Anstand noch Moral besitzen!«

Seine Miene verfinsterte sich. »In den langen Wochen auf See habt Ihr Euch geweigert, Euch mit den Eigenarten meines Landes vertraut zu machen. Jetzt werdet Ihr Euch an unsere Sitten und Gebräuche halten, ob Ihr sie nachvollziehen könnt oder nicht!«

»Aber ich lasse mir nicht vorschreiben …«

»Eine freie Frau, die ohne Verhüllung öffentliche Plätze betritt, riskiert es, gesteinigt zu werden. Ihr seid meine Gemahlin. Noch jedenfalls. Und Ihr tut, was ich Euch sage!«

»Eine freie Frau riskiert die Steinigung, nur weil sie ihr Gesicht nicht verhüllt? Was bitte schön ist daran frei?«

Schnaubend machte er kehrt und ging davon. »Meine Wachen lassen Euch so nicht von Bord!«

Sie lehnte sich gegen das Geländer. »Schön, das kommt mir sehr entgegen, dann bleibe ich eben auf dem Schiff.«

Er fuhr zu ihr herum. Nach nur zwei langen Schritten stand er wieder vor ihr. »Bedeckt Euer Gesicht, so wie es sich für eine respektable Frau gehört, und folgt mir. Sonst werden wir die Reise gleich morgen auf Dromedaren fortsetzen.«

Sie starrte ins Wasser. Die Wüste, ein Meer aus glühendem Sand. Eine Tortur für alle. Und am schlimmsten würde es die Sklaven treffen.

»Am Ufer wartet eine ganze Stadt auf uns.«

Meliaé bemerkte Miltiades, der unterhalb der Aussichtsplattform auf dem Deck stand und mit verschränkten Armen zu ihr heraufsah. Ihm war nichts von der auf Tharisch geführten Unterhaltung entgangen. Seine Stirn war gerunzelt, unmerklich nickte er ihr zu. Aus ihrem tiefen Atemzug wurde ein gequälter Seufzer, und sie tastete nach dem Schleier, den sie sich am liebsten vom Kopf gezerrt und in den Fluss geworfen hätte, und verhüllte ihr Gesicht.

Der Heeresfürst fing ihre Hand ab und half ihr, von der Plattform zu steigen. Aber statt sie loszulassen, geleitete er sie an Miltiades vorbei zu der Holzrampe, die hinunter auf den Anleger führte.

Unter harschen Rufen drängten berittene Gardisten die Menge am Flussufer zurück. Einige der Halbwüchsigen, die die ganze Zeit neben der Feluke hergelaufen waren, entkamen den Kriegern und rutschten in ihrem Eifer, dem Heeresfürsten zuzuwinken, auf den bewachsenen Abhängen aus und landeten im Wasser. Durchnässt, aber lachend winkten sie mit beiden Armen.

Etwas abseits auf einem gepflasterten Weg, der zu einem freien Platz führte, entdeckte Meliaé eine Gruppe Frauen mit kleineren Kindern. Sie verbargen ihre Gesichter hinter Schleiern. Die Kinder schwenkten bunte Stoffstreifen, die sie sich um die Handgelenke gewickelt hatten.

Über die Holzrampe betrat Meliaé mit Abu Sayaf den Anleger, dabei hielt er ihre Hand mit einer Unnachgiebigkeit, der sie sich nur mit Gewalt hätte entziehen können.

Verstohlen blickte sie über ihre Schulter, bis sie Áris und Miltiades direkt hinter sich entdeckte. Abu Sayaf hatte ihr eine Falle gestellt. Er inszenierte die Heimführung seiner Braut. Der kostbare Schleier, den er ihr geschenkt hatte, die förmliche Einladung zum Gespräch. Das gute Zureden von Miltiades, der das alles auch noch förderte. Sie warf dem Verräter, der selbstgefällig lächelnd hinter ihr schritt, einen bösen Blick zu.

Als sie wieder nach vorne sah, kamen ihnen eine Schar Áristokraten in goldbestickten Mänteln mit schwarzen Turbanen auf dem Kopf entgegen. Der Heeresfürst hielt ihre Hand fest, und bevor sie seine Absicht durchschauen konnte, hatte er sie angehoben und küsste sie auf die Innenseite ihres Handgelenkes. »Verzeiht, aber ich vergaß, dass sich selbst meine Fürstgemahlin im Hintergrund zu halten hat, wenn mir ein offizieller Empfang bereitet wird.«

Sie mühte sich, ihm die Hand möglichst gelassen zu entziehen. Doch ihr Herz überschlug sich. »Verzeiht, der Moment könnte nicht ungünstiger sein, Euch daran zu erinnern. Aber ich bin Eurem Bruder versprochen und sehe im Moment keinen Grund, dem zu widersprechen.«

In seinen Augen blitzte Mutwille auf. »Wir werden sehen.« Damit verneigte er sich und ging auf die in gebührendem Abstand wartenden Áristokraten zu, von denen sich einige über seine rechte Hand beugten, um seinen Siegelring zu küssen.

Meliaé blieb, wo sie war, während Áris und Miltiades neben sie traten. Die Männer redeten voller Überschwang auf den Heeresfürsten ein, und es zog sich hin, bis sie endlich von ihm abließen, und sie alle den Anleger verlassen konnten.

Über eine gepflasterte Säulenallee, an der sich zu beiden Seiten die Menschen drängten, gelangten sie auf eine Agora, einen öffentlichen Versammlungsplatz. Dort begann ein Stadtbeamter eine ausgedehnte Ansprache.

Vom langen Stehen schmerzten Meliaé die Füße, und sie sah zu Miltiades auf. »Ich möchte nicht, dass Ihr den Heeresfürsten noch einmal dazu ermuntert, mir den Hof zu machen. Die Königin versprach mich seinem Bruder.«

Miltiades sah auf sie herab. »Statt Euch ständig mit ihm in den Haaren zu liegen, solltet Ihr mit Bedacht Eure Möglichkeiten abwägen. Er wäre sicher nicht die schlechteste Partie.«

»Ich halte mich an den Befehl meiner Mutter. Ich habe Khayam in Glarnos erlebt, er ist ein Dämon. An Brutalität und Gnadenlosigkeit stellt er selbst seinen Bruder in den Schatten. Khayam muss sterben. Ich töte ihn noch in unserer Vermählungsnacht. Wenn es sein muss, bringe ich ihn vorher dazu, mich grün und blau zu prügeln. Der ganze Palast wird Zeuge seiner Gewalttätigkeit gegen seine Braut sein. Am nächsten Morgen wird man mich als Schlange auf seiner erkalteten Leiche finden. Alle Welt darf sehen, dass sich hinter dem Schleier kein wehrloses Weib verbirgt.« Fest heftete sie den Blick auf Abu Sayaf, der den Ansprachen seiner Stadtbeamten aufmerksam folgte. »Dieser Mann dort vorne wird sich nicht davon abschrecken lassen, dass ich seinen Bruder getötet habe. Er will ein Siegel, er soll eines bekommen. Aber es wird kein Triumph. Er soll Abscheu für mich empfinden, er soll mich so sehr hassen wie ich ihn.«

Miltiades schwieg, erstmals schien er ernsthaft über ihre Pläne nachzudenken, statt sie ihr ausreden zu wollen. Dann aber schüttelte er den Kopf. »Nein, ausgeschlossen, Khayam ist zu gefährlich.«

Meliaé schürzte die Lippen. »Im Schlaf ist er wehrlos. Er wird nicht einmal mehr dazu kommen, nach seinen Wachen zu rufen, und ich werde es genießen, ihn beim Ersticken zu beobachten.«

Miltiades lächelte spöttisch auf sie herab, der silbrige Farbton seiner Augen schlug in Ozeanblau um. »Zum ersten Mal klingt Ihr wie Eure Mutter. Sie hat sich auch von niemandem etwas sagen lassen. Nicht einmal auf den Fürstenrat hat sie gehört, geschweige denn auf mich.«

»Na und? Sie ist die Königin. Sie muss tun, was sie für richtig hält.«

Über Miltiades' Miene glitt ein schmerzlicher Ausdruck, der jedoch sofort wieder verschwand. »Ja, damit habt Ihr wohl recht.« Er setzte an, dem noch etwas hinzuzufügen, doch er stieß den Atem wieder aus. »Bei Euren Plänen lasst Ihr nur völlig außer Acht, dass der Sultan ein Mitspracherecht besitzt. Was, wenn er entscheidet, Euch an den Zweitgeborenen zu geben, weil sein Erstgeborener nicht aus den Verpflichtungen zu seiner Fürstgemahlin herauskommt? Bedenkt, dass Ihr diese Frau und ihre Kinder töten müsstet, wenn Ihr den Weg für Euch und Euren Sohn freiräumen wollt.«

Meliaé fuhr ein kalter Stich durch den Magen. Sie musste in Khayams Bett gelangen, es war nach wie vor der einfachste Weg, ihn zu töten. Danach war Abu Sayaf der Thronerbe, und Khayams Frauen und Kinder waren außer Gefahr. »Ich werde darauf bestehen, dass der Sultan die Bedingungen meiner Mutter akzeptiert.« Das ungute Gefühl, dass das alles sehr viel komplizierter werden würde, als sie sich ausgemalt hatte, wuchs.

Die Ansprachen zogen sich hin, bis die versinkende Sonne den Platz in rötliches Gold tauchte.

Meliaé sah zum Fluss, wo sich die vertauten Segelschiffe sanft in der Strömung wiegten. »Es ist unnötig, hier herumzustehen, lasst uns zurück auf die Feluke gehen. Er hat wohl vergessen, dass wir hier noch immer warten.«

»Gewöhnt Euch besser daran«, murmelte Miltiades neben ihr, als hätte sie ihn mit ihrer Bemerkung aus seiner Gedankenversunkenheit gerissen. »Ihr werdet noch einige solcher Empfänge über Euch ergehen lassen müssen.« Sein Blick verweilte irgendwo in der Menschenmenge, winzige Fältchen bildeten sich um seine Augen. Etwas schien ihn zu erheitern. »Seht nur da drüben.« Er deutete mit dem Kopf zum Rand der Menschenmenge. »Ich beobachte diese beiden Frauen schon eine ganze Weile, aber jetzt verspricht es, interessant zu werden.«

Sie verstand nicht gleich, worauf Miltiades hinauswollte, bis ihr zwei verschleierte Frauen auffielen, die sich zu einer Säule vorgewagt hatten, genau in Blickrichtung des Heeresfürsten. Eine hielt einen kleinen goldhaarigen Jungen an der Hand, der sich unentwegt aus ihrem Griff loszumachen versuchte, die andere hatte ein Wickelkind im Arm.

Mehrfach sah der Heeresfürst zu den Frauen hin, er war jetzt dabei, den Beamten für ihre Ansprachen zu danken. Nachdem er die letzte Hand geschüttelt hatte, winkte er einen Gardisten zu Pferd zu sich, dem er eine knappe Anweisung erteilte. Daraufhin zitierte dieser noch einen zweiten herbei, und sie ritten auf die Frauen zu.

Als sich die Kerle zu den Frauen hinabbeugten, um ihnen die Schleier vom Kopf zu reißen, stockte Meliaé der Atem. Während die eine nur stocksteif dastand und ihren Säugling an sich drückte, entkam der kleine Junge der anderen. Er huschte geradewegs unter dem Bauch eines Gardistenpferds hindurch in die Arme des Heeresfürsten. Der Kleine strahlte ihn an. Es schien, als kannten sie sich. Meliaés Herz machte einen kleinen Satz. Der Heeresfürst drückte das Kind liebevoll an sich und reichte es dann einem Soldaten in den Sattel hoch.

Angestrengt suchte Meliaé die Menge nach den Frauen ab, aber sie konnte sie nirgendwo mehr entdecken.

»Tariq will ein Pferd! Und ein richtiges Schwert!« Mit seinem Holzschwert drosch Tariq auf die Köpfe der Rosen ein, sodass die Blütenblätter in alle Richtungen flogen.

Sayaf löste den Blick von seinem Sohn und lächelte Naphassa an. »Ist das zu fassen? Der Bengel hat kaum ein Wort herausgebracht, als ich ihn das letzte Mal gesehen habe.«

Naphassa setzte zu einer Entgegnung an, doch seine Augenbrauen zuckten hoch und er machte nur »Oh-oh!« und deutete zu Tariq hin. Der Kleine stand auf der Ummauerung des Springteichs und machte Anstalten, gegen die wasserspeienden Löwen zu kämpfen.

Sayaf rannte los. Aber Tariq zog den nassen Fuß bereits wieder zurück, machte kehrt, sprang von der Mauer und stieß ihm das Holzschwert mit der Spitze gegen das Knie. Sayaf zog eine Schmerzgrimasse. Tariqs Reflexe waren für sein Alter beachtlich. Jedoch verlor der angehende Heeresfürstbezwinger das Gleichgewicht und landete höchst unrühmlich auf dem Hintern. Sayaf half ihm wieder auf die Beine, woraufhin der Kleine seine Milchzähne fletschte und sich mit wildem Kriegergeschrei auf Naphassa stürzte.

»Komm her, Goldschopf!«, polterte der Legat. »Wenn du so weitermachst, ist bald dein erster Bronzebuckel fällig!« Naphassa griff sich Tariq und warf ihn hoch.

»Bronzebuttel!«, jauchzte der Kleine.

Naphassa deutete auf die wuchtige Sonnenscheibe aus Bronze, die im Zentrum seines ledernen Brustpanzers prangte. Sein Legatsabzeichen. »So eins! Hm? Gefällt dir das?«

Tariq nickte. »O ja!«

Naphassa zerzauste ihm die Locken. »Na, da musst du dich noch ein bisschen mehr ins Zeug legen, mein Junge. Vor allem gehorchen musst du lernen. Dann kriegst du eines Tages auch eine Sonne von Aššu!«

»Schonne von Aschu!« Tariq schlang Naphassa die Arme um den Hals und drückte zu, dass der Legat erstickte Laute von sich gab.

Sayaf schluckte, gern hätte er noch mehr Zeit mit dem Jungen verbracht. Bereits in drei Jahren würde Tariq so weit sein, seine Ausbildung in den Legionslagern zu beginnen. Und dabei schien es noch gar nicht so lange her zu sein, als Sayaf im Alter von sechs von Naphassa an die Legionsschule geholt worden war.

Lächelnd schüttelte Sayaf den Kopf, er würde noch viele Söhne aufwachsen sehen. Mit etwas Glück waren es endlich keine Bastarde mehr. »Tut mir den Gefallen, Naphassa, und gebt den Jungen in den Frauengemächern ab.«

Naphassa zog die Brauen zusammen und blickte auf Tariq hinab, der ihm die Klinge seines Holzschwerts unter die Achselbeuge zu stoßen versuchte. »Hm!«, brummte der nur, und es lag mehr Missbilligung darin als in einem Morgenappell nach durchzechter Nacht. Er sah auf, und aus seinen schwarzen

Augen funkelte der Schalk. »Entscheidende Schlachten sollte man stets selbst anführen, mein Fürst!«

Sayaf schnaufte. »Also gut.« Doch als sich auf Naphassas Miene ein anzügliches Grinsen breitmachte, hob er nur die Hände. In die Frauengemächer würde er sich ganz gewiss nicht begeben. »Nein. Ihr geht! Und richtet ihnen aus, dass ich sie zu sehen wünsche. Alle beide.«

Moira blickte auf die mit Holzornamenten verzierte Tür, die zu den Gemächern des Heeresfürsten führte. Plötzlich schienen ihre Füße fest mit dem Flurboden verwachsen zu sein. Sie hob die Arme und sah in das winzige Gesicht ihrer zwei Monde alten Tochter Darayah, das im Halbdunkel des Flurs kaum mehr als eine blasse Rundung war.

»Warum zögerst du?«, erkundigte sich Helena hinter ihr, trat an sie heran und schlang die Arme um sie und Darayah. »Möchtest du, dass ich sie halte?«

Moira überkam ein Gefühl der Geborgenheit, wie immer, wenn sie den schlanken Körper ihrer Gefährtin im Rücken fühlte. Sie drehte den Kopf, sodass sie in Helenas blaue Augen sehen konnte. »Ich weiß nicht, was geschickter ist. Einerseits möchte ich, dass ihn bei meinem Anblick so sehr das Verlangen packt, dass er mich unbedingt haben muss, aber andererseits soll er nur Augen für Darayah haben.«

»Entspann dich«, flüsterte Helena und sah über Moiras Schulter auf die Kleine hinab. »Ich denke, es ist besser, du hältst sie.« Mit dem Zeigefinger berührte sie Darayahs dunklen Haarflaum und zeichnete die Kontur ihres Pausbäckchens nach. »Dann kann ich mich ganz darauf konzentrieren, seinen Ärger zu zerstreuen.«

Moira drehte sich in Helenas Arm, um sie flüchtig zu küssen. Aber Helena dachte nicht daran, sich so harmlos abspeisen zu lassen. Keck wagte sich ihre Zungenspitze vor.

Ein männliches Schnauben, und Darayahs strampelnde Beinchen an ihren von der Milch schmerzenden Brüsten katapultierten Moira in die Wirklichkeit zurück. Hastig löste sie sich von Helena, die mit einem unterdrückten Kichern zu den beiden Gangwachen hinüberblickte, die sie, seit sie den Flur betreten hatten, mit unverblümter Lüsternheit begafften.

Helena blickte an sich hinab und zupfte so lange am Ausschnitt ihres Gewands herum, bis die Rundungen ihrer Brüste besser zur Geltung kamen. Augenzwinkernd sah sie wieder auf. »Konzentrier dich darauf, seine Aufmerksamkeit auf Darayah zu lenken. Alles andere überlässt du mir.« Helena trat auf Moira zu und zupfte auch ihr das Kleid zurecht, dann drehte sie sich zur Tür um und klopfte an.

Die männliche Stimme, die ihnen einzutreten befahl, brachte Moiras Herz zum Hämmern. Es musste ihnen gelingen, ihn zurückzugewinnen. Ihr Wohlergehen und das der Kinder standen auf dem Spiel.

Helena trat vor ihr in die überkuppelte Windhalle, die gleichzeitig ein Verteiler für die einzelnen Räume war.

Der Sultanssohn stand in seinem lichtdurchfluteten Arbeitssaal und sah ihnen mit hinter dem Rücken verschränkten Händen entgegen. Seine Miene war finster und verhieß nichts Gutes. Er war noch immer zornig über den peinlichen Vorfall auf dem Platz vor dem Hafen.

In seiner schwarzen Brokatgewandung sah er beeindruckend gut aus, doch die lange Reise hatte ihn mitgenommen. Seine Gestalt war sehniger geworden. Aber das konnte auch an der weiten Kleidung und dem zurechtgestutzten Kinnbart liegen. Äußerlich wurde er seinem älteren Bruder immer ähnlicher.

Helena, die sich schneller gefasst hatte, lief ihm auf Zehenspitzen entgegen, doch als sie die Hände nach seinem Gesicht ausstreckte, wehrte er ihre Umarmung mit einer harschen Geste ab. »Ihr seid einfältiger, als ich dachte, ihr dummen Gänse.

Fünfzig Stockhiebe! Und die Stadtbeamten stehen mir deswegen schon hämisch grinsend auf den Füßen. Was habt ihr euch bloß dabei gedacht?« Er kreuzte die Arme vor der Brust und wirkte noch unnahbarer.

Der Raum schien zu schwanken. Moira taumelte einen Schritt zurück. Fünfzig Stockhiebe dafür, dass sie es gewagt hatten, sich wie Eheweiber zu verschleiern. Verstohlen sah sie zu Helena, die mit demütig gesenktem Kopf dastand und ihr mit einem kurzen Schließen der Augen signalisierte, Ruhe zu bewahren.

Moira zwang sich zu einem Lächeln. »Darf ich vorstellen, Hoheit, das ist Darayah, Eure Tochter.« Ihr schossen die Tränen in die Augen, denn auf ihre Worte zog er die Brauen nur noch ärgerlicher zusammen. Er schien kurz davor zu stehen, sie beide hinauszuwerfen. »Darayah bint Abu Sayaf kam am siebten Tag des vierten Monds zur Welt«, stieß sie auf Aššunisch stockend hervor und blickte auf das zappelnde Bündel in ihrem Arm hinunter.

Rasch schlug sie das Leinentuch zurück, sodass die Kleine nackt dalag. Dann setzte sie sich mit gesenktem Kopf in Bewegung, ging an Helena vorbei und blieb vor dem Sultanssohn stehen.

Moira schlug das Herz bis zum Hals. Ihr süßes Mädchen lag da wie ein aus dem Nest gefallenes Vogelkind und blinzelte mit geballten Fäustchen zu ihrem Vater hoch, der wie ein Racheschinn über ihr schwebte.

Unzählige Herzschläge vergingen, ohne dass sich der Sultanssohn rührte, doch dann lockerte er die gekreuzten Arme und streckte die Hände nach Darayah aus.

Moira hielt die Luft an, als sich seine gebräunten Finger um den milchweißen Körper ihrer Tochter legten und er das Kind hochhob.

Darayah gab schmatzende Laute von sich und begann an ihrem Fäustchen zu nuckeln, an das sie herangekommen war.

In Moiras Brust zog sich alles zusammen. Sayafs markante Züge wurden weicher, je länger er Darayah musterte.

Vor ihrem geistigen Auge erstanden Nächte der Leidenschaft, die sie und Helena mit diesem schönen Mann geteilt hatten. Er war begnadet gut darin, einer Frau Lust zu bereiten. Nie war er brutal oder rücksichtslos gewesen. Das durfte nicht Vergangenheit sein, nur weil er das feuerhaarige Gildemädchen wiedergefunden hatte. Moira presste die Lippen zusammen. Helena und sie würden alles daransetzen, ihn in ihr Bett zurückzuholen.

»Sie hat dunkles Haar«, stellte er fest. Er klang enttäuscht, dass Darayah nicht blond wie Tariq war. Wie alle aššunischen Männer begehrte er Frauen mit Goldhaar.

»Darayah hat Euer Haar, Hoheit«, schmeichelte sie, und ihr Herz machte einen Sprung, denn er küsste die Kleine auf die Stirn.

»Möglich«, brummte er aber nur und reichte ihr das Kind zurück.

Moira blickte zu ihm auf und versuchte seinen umherhetzenden Blick einzufangen. Sie konnte kaum atmen, denn endlich sah er sie mit seinen Goldaugen an. »Darayah ist Euer Kind, Herr. Sie kam in einer der Nächte zustande, bevor Ihr zu den Feuerinseln aufgebrochen seid. Weder Helena noch ich haben bei einem anderen Mann gelegen. Den Tag von Darayahs Geburt wird Euch die Dienerschaft bestätigen. Die Geburt war zwar leichter als bei Tariq, aber es war dennoch eine Hebamme anwesend.« Moira wickelte das kleine Mädchen, das die Musterung ihres argwöhnischen Erzeugers klaglos hingenommen hatte, wieder in das Leinentuch ein.

Neben ihr atmete Helena hörbar ein und griff nach der Linken des Sultanssohns. »Wir lieben Euch, Hoheit«, stieß sie ebenfalls in aššunischer Sprache hervor und begann, seine Hand mit den Lippen zu liebkosen. »Wir sehen keine anderen Männer an. Deswegen haben wir uns verschleiert. Ihr könnt uns das nicht zum Vorwurf machen. Fast ein Jahr haben wir Euch nicht mehr gesehen und haben das Haus nur unter Begleitung verlassen. Wenn Ihr der Meinung seid, dass wir fünfzig Stockhiebe verdient haben, weil wir es vor Sorge und Sehnsucht nach Euch nicht ausgehalten haben, dann werden wir uns gleich morgen bei den Stadtwachen melden. Aber ich will Euch gestehen, dass ich es war, die Moira dazu überredet hat. Und deswegen werde ich ihre fünfzig Hiebe auf mich nehmen. Die Kinder brauchen sie bei Kräften.«

Der Sultanssohn entzog ihr brüsk die Hand, drehte sich um und begann mit weiten Schritten im Raum umherzugehen. »Tariq hat sich prächtig entwickelt!«, begann er dann unerwartet ein anderes Thema. Abrupt blieb er stehen, und Moira wurde unter seinem missbilligenden Blick ganz schlecht. »Aber es wird höchste Zeit, dass er Disziplin lernt und mit anderen Jungen seines Alters zusammenkommt.«

Moira keuchte auf. Er wollte ihr Tariq wegnehmen. Die Erkenntnis traf sie wie ein Schlag. Darayah an sich gedrückt, sank sie zu Boden. »O nein. Tariq ist doch noch so klein.«

»Es wird Zeit, ihn von seiner Mutter zu entwöhnen!«

»Nehmt ihn mir nicht weg!«, presste sie hervor und meinte, sich bei diesen Worten übergeben zu müssen.

»Hier gibt es nichts mehr für Tariq. Er braucht gute Lehrer, die ihn nicht nur Gehorsam, sondern auch den Gebrauch seines Verstands lehren. All das wird er in Dschadun lernen.«

Wie aus weiter Ferne hörte Moira, dass Darayah zu schreien begonnen hatte. Sie hatte das Kind zu fest an sich gedrückt. Verschwommen sah sie, wie Helena vor ihr niederkniete, um ihr das Kind abzunehmen.

Schwarze Stiefel mit Goldbeschlägen traten in ihr Sichtfeld. Moira blickte an langen Beinen in schwarzer Hose aufwärts. Der Sultanssohn sah mit gleichgültiger Miene auf sie herab. »Morgen brechen wir nach Dschadun auf. Packt nur das

Allernötigste ein. Du, Helena und die Kinder, ihr werdet mich und Prinzessin Meliaé in den Palast begleiten. Ihr werdet der Prinzessin als Dienerinnen in den Harem folgen. Ich will, dass ihr für sie Augen und Ohren aufhaltet, denn sie spricht kaum Aššunisch. Aber sollte der Sultan entscheiden, dass mein Bruder die Hand der Prinzessin haben soll, werde ich dich, Moira, zur Gemahlin nehmen und Tariq als meinen Sohn legitimieren. Die kleine Darayah wird den Harem nicht mehr verlassen, bis sie alt genug ist, um sie mit einem Offizier der Legion zu verheiraten. Das wäre alles. Jetzt erhebt euch und macht euch zur Abreise bereit.«

Meliaé tauchte ein letztes Mal im warmen Wasser der Therme unter, dann stieg sie über Steinstufen aus dem Becken und nahm das Laken entgegen, das Helena ihr reichte. »Danke!« Verlegen blickte sie auf Moira hinab, die mit einem Handtuch behutsam ihre Füße abtupfte. Aber als Moira Anstalten machte, auch noch ihr Bein abzutrocknen, entzog sie sich dem hastig und huschte durch den offenen Bogen in ihr angrenzendes Schlafgemach.

Dort blieb sie neben einer Kommode stehen und blickte verstohlen zu ihren beiden neuen Dienerinnen, die noch in der Therme waren. Mehrmals holte sie tief Luft, um etwas zu sagen, aber ihr Mund weigerte sich, Wörter zu formen.

Das musste damit zu tun haben, dass sie sich in letzter Zeit ständig in sich selbst verkroch. In ihr war so viel Widerwille gegen ihre Situation, dass sie am liebsten jeden mit Verachtung gestraft hätte, der es wagte, ihr über den Weg zu laufen. Aber so durfte es nicht weitergehen. Sie stieß Menschen vor den Kopf. Dabei hatte sie sich doch einiges zurechtgelegt, um eine Unterhaltung mit Moira und Helena in Gang zu bringen.

»Es tut mir so leid«, stieß Meliaé hervor, als Helena aus der Therme kam und für Meliaé Reisekleidung aus dem Schrank heraussuchte. »Ich meine, was euch in Glarnos widerfahren ist.

Das alles war meine Schuld. Die Hohe Mutter hat euch beide dazu missbraucht, Abu Sayaf von mir abzulenken. Dabei hatte ich gar nicht vor wegzulaufen. Ich wollte ...« Betroffen biss sich Meliaé auf die Lippe. Was stammelte sie sich da bloß zurecht?

Moira, die mit gebrauchten Handtüchern die nassen Fußspuren vom Boden aufwischte, hielt inne und blickte zu Helena hinüber. »Macht Euch keine Gedanken, Prinzessin Meliaé. Ihr könnt doch nichts dafür, was in Glarnos passiert ist. Außerdem hat uns Abu Sayaf immer gut behandelt.«

»Und verkauft hat er uns auch noch nicht«, ergänzte Helena spitz. Sie stand vor Meliaés Bett und legte darauf eine Auswahl Tuniken und Pluderhosen für sie zurecht, dabei sah sie lächelnd in ihre Richtung.

Meliaé musste daran denken, was sie den beiden am Abend ihres Verschwindens in der Brauttherme prophezeit hatte. Abu Sayaf würde seine Liebesdienerinnen verkaufen, sobald er ihrer überdrüssig geworden war. Doch inzwischen waren vier Jahre vergangen, und sie befanden sich noch immer in seinem Besitz. Helena wollte sie wohl mit der Nase darauf stoßen, dass er noch immer Gefallen an ihnen fand. Womöglich hatten sie ihn in der letzten Nacht in ihrem Bett willkommen geheißen.

Der Gedanke versetzte Meliaé einen unerwarteten Stich, und sie musste über sich selbst den Kopf schütteln. Sollte Abu Sayaf doch schlafen, mit wem er wollte.

»Jedenfalls sind wir froh, dass wir es in Abu Sayafs Palast so gut getroffen haben«, konnte sich Helena nicht verkneifen, obenauf zu setzen.

Mit zusammengepressten Lippen blickte Meliaé auf die Salbgefäße, die sich auf der Kommode aneinanderreihten. »Ich habe nicht vor, mit Abu Sayaf vermählt zu bleiben. Der Sultan wird diese Verbindung lösen, sobald ich in Dschadun bin. Darauf bestehe ich.« Sie griff nach dem Elfenbeinkamm, der auf der Kommode in einer Schale mit Rosenöl lag. Etwas von dem Öl massierte sie in ihr Haar ein und fing an, es mit langen Strichen auszukämmen.

Moira stand vom Boden auf und warf die schmutzigen Handtücher in einen Korb. »Aššunische Männer von hohem Stand halten sich viele Eheweiber und Konkubinen. Das ist hier so üblich und wird sich auch nicht ändern.«

»Das ist mir bekannt.« Meliaé legte den Kamm weg und begann, ihr noch feuchtes Haar zu einem Zopf zu flechten. In ihr regte sich Neugier. Wie dachten die beiden wohl wirklich darüber, Abu Sayaf mit einer Gemahlin teilen zu müssen? Machte es sie eifersüchtig? Sie ging zu Helena hinüber, die Tuniken zusammenfaltete, um sie in der Reisetruhe zu verstauen. »Habt Ihr auch Kinder mit Abu Sayaf?«

Als Helena mitten in der Bewegung erstarrte und nur den Kopf schüttelte, durchfuhr Meliaé die Gewissheit, den Finger in eine schmerzende Wunde gelegt zu haben. Womöglich hatte Helena Fehlgeburten erlitten. »Es tut mir leid.«

»Das braucht es nicht«, stieß Helena unerwartet scharf hervor.

»Offen gestanden haben wir uns schon gewundert, warum er nicht schon längst eine Gemahlin in den Palast gebracht hat. Nicht wahr, Helena?«, ergriff Moira wieder das Wort. Doch die Angesprochene gab keine Antwort. »Abu Sayaf ist ein schöner Mann. Und vermögend ist er auch.« Mit einem leisen Luftschnappen schlug sich Moira auf den Mund. »Ich muss mich entschuldigen. Es steht mir nicht zu, so in Gegenwart seiner Gemahlin über ihn zu sprechen.« Hastig sank sie in einen Knicks. »Bitte seid nicht ärgerlich auf mich und versteht mich nicht falsch. Es ist mir eine Ehre, Euch zu dienen.«

Unwillig schüttelte Meliaé den Kopf. »Ich habe genug Dienerinnen. Ihr braucht nicht von hier fortzugehen, wenn Ihr das nicht möchtet.«

Moira legte sich die frische Kleidung, die Helena ihr reichte, über den Arm und trat auf Meliaé zu, um ihr beim Ankleiden zu helfen. »Der Heeresfürst hat entschieden, uns und die Kinder in den Harem zu schicken. Das ist nicht zu ändern.«

Obwohl es Meliaé unter Moiras abschätzendem Blick unbehaglich zumute wurde, ließ sie sich von ihr die Tunika aus hellem Leinen überstreifen. Jedoch griff sie nach der Pluderhose und stieg ohne ihre Hilfe in die bequemen Beinkleider.

Moira hielt ihr den Zopf hoch, während sie das goldbestickte Brustwams über die Tunika zog und die Bänder unter ihrer Brust zusammenknotete. Als Meliaé die Hände sinken ließ und aufsah, begegnete sie Moiras Blick. »Ich werde mit Abu Sayaf reden, meinetwegen braucht er sich nicht von Euch zu trennen.«

Moiras Mundwinkel bogen sich nach oben, doch ihre Augen blieben unberührt von dem verkrampften Lächeln. »Abu Sayaf hat nicht vor, sich von mir zu trennen. Das zumindest ließ er mich letzte Nacht wissen. Er schickt mich und seine Kinder in den Harem. Meine Darayah wird dort bleiben, bis er sie vermählen kann, und ich bleibe bei ihr, bis sie mich verlassen muss. Dadurch, dass ich Amir Abu Sayaf Kinder geboren habe, genieße ich mehr Rechte als eine gemeine Sklavin. Und wer weiß, vielleicht heiratet er mich ja eines Tages doch noch und macht mich damit zu einer freien Frau.«

»Verstehe«, murmelte Meliaé betroffen und griff nach ihrem Haar, das Moira noch immer festhielt. »Ich wünsche Euch, dass es so kommen wird.« Sie schluckte. »Ich meine, dass er Euch zur freien Frau macht.«

Moira nahm ihre Worte mit einem ernsten Nicken auf, dann wandte sie sich ab, um Helena dabei zu helfen, Meliaés Reisetruhe fertig zu packen.

Meliaé trat vor das Bett und schlüpfte in die hellen Leinenstiefel, die davor standen, und steckte die Pluderhose in den Schaft. Ein leises Klopfen an der Tür ließ sie aufsehen, doch Helena durchquerte bereits das Gemach, um sie zu öffnen.

Eine ältere Dienerin stand auf dem Flur, die etwas auf Aššunisch sagte, und Helena drehte sich zu Meliaé um. »Abu Sayaf und der najadische Fürst drängen zum Aufbruch. Sie sitzen beim Frühmahl und lassen nachfragen, ob Ihr so weit seid.«

Meliaé griff nach ihrem Schleier und ließ den Blick durch das Gemach schweifen, in dem es noch einiges aufzuräumen gab. »Die hohen Herren werden sich wohl noch etwas gedulden müssen, bis wir alle zur Abreise fertig sind.« Sie sah von Helena zu Moira, die sich über ihre Reisetruhe bückte. »Geht nur in eure Gemächer. Ich schicke nach den Frauen, die mich auf dem Schiff bedient haben. Sie werden sich um den Rest kümmern und auch euch beim Packen behilflich sein.« Sie zog ihren Schleier über und fing Moiras Blick auf, der verblüffter nicht hätte sein können.

»Was ist mit den Kindern? Soll ich nach ihnen sehen? Ich könnte Tariq zum Frühmahl mitnehmen.«

Mit einer Verbeugung trat Moira auf sie zu. »Danke, die Unterstützung beim Packen nehmen wir gern an, Prinzessin. Aber nach den Kindern braucht Ihr nicht zu sehen. Sie sind bei der Amme, die Abu Sayaf mir für Darayah geschickt hat, und schlafen noch.«

»Tariq ist ein süßer Bursche. Er macht Euch bestimmt viel Freude.« Bei dem Gedanken an den ungezähmten kleinen Kerl musste Meliaé lächeln. Sie hatte ihn mit Moira und Helena im Garten spielen sehen. Der Junge konnte sich glücklich schätzen, zwei Mütter zu haben, die ein Auge auf ihn hatten.

Ein schmerzlicher Ausdruck glitt über Moiras Züge. »O ja, das tut er.« Sie senkte den Kopf und es war eine Geste, die hoffnungsloser nicht wirken konnte.

Meliaé schluckte, als sie daran dachte, dass Lydraia einen Sohn von ihr forderte. Bisher hatte sie nur voller Abscheu an die Zeugung gedacht. Was aber, wenn sie das kleine Wesen in sich heranwachsen fühlte? Sie würde sich nicht vor der Liebe zu dem

Kind verschließen können. Schließlich konnte es doch nichts dafür, dass sein Vater ein Ungeheuer war.

»Ihr werdet mich doch bei Amir Abu Sayaf nicht in Schwierigkeiten bringen?«, drang Moiras Stimme in ihre Gedanken.

»Aber nein, wie kommt Ihr darauf?« Betroffen stellte Meliaé fest, dass in Moiras Augen Tränen schimmerten.

»Ich würde Euch wirklich gerne dienen, Prinzessin.« Moira griff nach Meliaés Händen. »Bitte behaltet meine offenen Worte für Euch. Ich muss an meine Kinder denken.«

Meliaé erwiderte Moiras Händedruck. »Keine Sorge, was wir miteinander besprechen, geht niemanden etwas an.«

Kapitel 28

Vergebene Liebesmüh

Erstickende Hitze lag über dem Torhof der Karawanserei. Unter den Rufen des Legaten nahmen drei Hundertschaften von Aŝhāk auf ihren Streitrössern Aufstellung. Unzählige Pferdehufe wirbelten Staub auf. Meliaé, die neben Hauptmann Áris im Arkadengang des Hofs herging, blieb neben einer Säule stehen und sah zu den fünf Dromedarsänften hinüber, die in einer schattigen Ecke standen.

Jeweils zwei Dromedare, die hintereinander angeschirrt waren, trugen eine Sänfte, in der bis zu drei Frauen Platz fanden. Die Fenster waren mit hellen Leinentüchern verhängt, um den Insassen Schutz vor der Sonne und dem allgegenwärtigen Staub zu bieten.

Meliaé machte keine Anstalten, aus dem Arkadengang herauszutreten. Moira und Helena mit den Kindern und Dienerinnen waren längst eingestiegen. Nur sie nicht. Sie hatte es absichtlich so eingerichtet, als Letzte im Torhof anzukommen. Die Zeiten, in denen sie sich in Sänften ins Ungewisse tragen ließ, waren ein für alle Mal vorbei. Sie hatte gefordert, dass letzte Stück zum Palast auf einem eigenen Reitpferd zurücklegen zu dürfen.

Abu Sayaf saß auf seinem prachtvoll angeschirrten schwarzen Hengst und stand bei seinen Gardisten. Sein Blick wanderte unschlüssig zwischen ihr und seinem Legaten hin und her, er schien kurz davor zu stehen, ihr Naphassa auf den Hals zu hetzen, doch der war beschäftigt: Er sprach mit den Torwachen.

»Wir sollten gehen, Hohe Tochter«, murmelte der Hauptmann neben ihr. »Abu Sayaf macht einen ungeduldigen Eindruck.«

Sie zuckte die Schultern. »Na und? Wenn er glaubt, mein Anliegen ignorieren zu können, weil ihm ständig sein verquerer Stolz im Weg ist, soll er da stehen bleiben und sich einen Sonnenstich holen!«

Áris atmete hörbar aus. »Alle warten, was bei dieser Hitze wahrlich kein …«

Sie fuhr zu ihm herum. »Dann geht und besorgt mir ein Pferd, Hauptmann.« Damit machte sie kehrt und schlug den Weg zurück zu der Unterkunft ein, in der sie übernachtet hatten. Gewiss war es nicht in Ordnung, dass alle auf sie warten mussten, aber das war nicht ihre Schuld.

Sie hatte sich den Mund fusselig geredet, damit man ihr erlaubte, das letzte Stück nach Dschadun reiten zu dürfen. Miltiades hatte sich taub gestellt, was auch nicht anders zu erwarten gewesen war. Aber er war zum Glück nicht hier, weil er zusammen mit Simos auf dem Sklavenmarkt seinen schändlichen Geschäften nachging.

Verstohlen sah Meliaé hinter sich. Ein Dutzend Schatten folgten ihr, jedoch in gebührendem Abstand. Áris war nirgends zu entdecken. In stillem Jubel presste sie die Lippen zusammen. Seit der Hauptmann wusste, dass sie eine Tochter der Königin war, wagte er es nicht mehr, sie wie ein ungehorsames Kind herumzuschubsen. Sie beschleunigte ihre Schritte und bog in einen abzweigenden Gang ein, in der Gewissheit, von Áris' fähigsten Kriegern beschützt zu werden.

Das Doppeltor der Kaufmannsunterkünfte kam in Sicht. Sie schritt hindurch und fand sich in einer prachtvoll überkuppelten Halle wieder, die den wohlhabenden Kaufleuten als Agora diente.

Von den Männern in den goldbestickten Gewandmänteln, die laut und gestenreich ihre Geschäfte tätigten, sahen viele mit unverhohlenem Missfallen zu ihr her. Eine Frau, selbst wenn vermummte Krieger sie eskortierten, schien in ihren heiligen Handelshallen ein ungewohnter, ja empörender Anblick zu sein. Meliaé war froh, den Schleier vor dem Gesicht zu haben. Die Blicke waren unverschämt.

Plötzlich hallte Hufschlag vom Arkadengang her, und das tosende Stimmengewirr in der Halle senkte sich schlagartig.

Meliaé drehte sich um und glaubte im ersten Moment, einem Trugbild zu erliegen. Auf dem Arkadengang saß der Heeresfürst auf seinem Pferd und führte einen zierlichen Grauschimmel am Zügel. Die anmutige Stute war ebenso prächtig angeschirrt wie sein eigenes Pferd.

Meliaé gab sich einen Ruck und setzte sich in Bewegung. Das Herz schlug ihr bis zum Hals, während sie auf den Arkadengang hinauseilte und Abu Sayaf sich aus dem Sattel gleiten ließ. »Es war doch Euer Wunsch, das letzte Stück zu reiten?«

Ungläubig blickte Meliaé auf die rauchgraue Stute, die eine schwarze Mähne und wache dunkle Augen besaß.

»Hauptmann Áris und Fürst Miltiades wussten Bescheid, es sollte eine Überraschung werden.«

»Die ist gelungen«, murmelte Meliaé mit heißen Wangen. Schnell sah sie die Stute an und streckte die Hand nach ihrer Stirn aus. »Es tut mir leid, dass alle auf mich warten mussten.« Die Stute trat sogleich näher und stieß sie mit der Nase in der Erwartung auf einen Leckerbissen an.

»Sie hört auf den Namen Ramadi und stammt aus der Zucht eines Beduinenfürsten.«

Als sich das Pferdemaul feucht schnaubend in ihre Handfläche grub, unterdrückte Meliaé ein Grinsen. »Tut mir leid, Ramadi, aber ich habe nichts für dich.« Unwillkürlich dachte sie an die Pferde ihres Vaters, und die Erinnerung an ihr zerstörtes Zuhause versetzte ihr einen schmerzhaften Stich. Vier Jahre waren ihre Eltern nun tot, und sie stand hier und plauderte mit dem Mann, der sie auf dem Gewissen hatte.

»Lasst mich Euch in den Sattel helfen.«

»Nein, ich …« Sie wich vor ihm zurück, Wut stieg in ihr auf, und noch ein anderes seltsames Gefühl mischte sich hinzu, das sie nicht einzuordnen wusste. Es fiel ihr schwer, klar zu denken. Er hatte ihren Wunsch also doch nicht ignoriert. Er hatte sich sogar mit Miltiades abgesprochen. Dieser berechnende Mistkerl versuchte sie zu umgarnen. Bediente sich jeder List, um sie für sich zu gewinnen. Er war auf ein Siegel aus.

Ihr Kopf ruckte zu ihm hoch. »Warum die Umstände? Werft mich doch einfach über den Rücken Eures Pferds.« Als er darauf scharf die Luft einsog, hob sie die Hand. »Nein, wartet. Wie wäre es, wenn Ihr mir droht, jemanden, der mir nahesteht, die Kehle durchzuschneiden?«

Seine Miene war erstarrt, Zorn glomm in seinen Augen auf. »Was in Glarnos passiert ist, war auch für mich nicht einfach. Ihr habt keine Vorstellung davon, unter welch immensem Druck ich damals stand.«

»Ach? Ich hatte aber nicht den Eindruck, dass es Euch sonderlich schwergefallen ist, mir damit zu drohen, Menschen vor meinen Augen abzuschlachten.«

Er atmete hörbar durch die Nase aus. »Meliaé. Lasst uns damit aufhören. Ich hatte gehofft, dass Euch mein Angebot, meine Gemahlin zu bleiben, zusagt. Es wäre in erster Linie zu Eurem Wohl und Vorteil.«

Sie zog sich den Schleier vom Gesicht. Er sollte die Verachtung in ihrer Miene sehen. »Ich kann das nicht mit meinem Gewissen vereinbaren, mit einem Mann verheiratet zu sein, der bereits Frau und Kinder hat.«

»Moira ist meine Konkubine, und die Kinder mit ihr sind Bastarde. Das ist nichts von Bedeutung.«

»Sie bedeutet Euch nichts?« Fassungslos schüttelte sie den Kopf. »Aber wie könnt Ihr so von der Frau sprechen, die Euch zwei so wunderbare Kinder geboren hat? Euer Charakter ist durch und durch verdorben. Ihr widert mich an.«

Getrieben sah er sich um. »Man beobachtet uns. Ich hebe Euch jetzt in den Sattel, damit wir von hier wegkommen. Wir unterhalten uns später weiter.«

»Nein, die Unterhaltung ist beendet. Ich nehme die Sänfte. Behaltet Euer Pferd.«

Er nickte knapp. »Gut, dann geht die Stute zum Abdecker. Zum Streitross taugt sie nämlich nicht.«

»Das passt zu Euch. Wer in Euren Augen keinen Wert besitzt, wird getötet oder abgeschoben. Ihr seid zu nichts anderem fähig, als mich mit Drohungen gefügig zu machen. Aber verlasst Euch drauf, so einfach lasse ich mich nicht mehr einschüchtern. Weder von Euch noch von sonst irgendwem!«

»Begebt Euch jetzt zur Sänfte!«, stieß er zwischen den Zähnen hervor.

»Nein! Ich behalte Ramadi. Sobald wir im Palast sind, wird Miltiades Euch die Auslagen für das Pferd und das Reitgeschirr erstatten.« Meliaé bedeckte ihr Gesicht wieder mit dem Schleier, zog ihm die Zügel aus der Hand und trat an die Stute heran, um aufzusitzen. Der Sattel war ein Kunstwerk aus weißem Leder, und die silbernen Steigbügel waren mit Edelsteinen verziert. Wenn dieses bohrende Augenpaar in ihrem Rücken nicht gewesen wäre, hätte sie die Stute gern eingehender betrachtet, bevor sie aufsaß.

Als Abu Sayaf an sie herantrat, wehrte sie seine Hände ab. »Ich brauche keine Hilfe, im Alter von zehn hat mir mein Vater das Reiten beigebracht.« Sie zerrte den Steigbügel aus der hochgeklemmten Position.

»Wie Ihr meint.« Sein Tonfall war Spottgesang.

Sie fasste die Zügel zusammen, hob den Fuß in den Steigbügel und schwang sich auf, was ihr dank der weiten Pluderhose recht einfach gelang.

Wortlos stapfte er um sein Pferd herum und saß auf, aber sie wartete nicht, sondern trabte in Richtung Tor los. Áris und die Schatten saßen mittlerweile ebenfalls auf ihren Pferden und folgten ihr.

Auf ein Handzeichen des Legaten drückten zwei Dutzend Torwachen das Doppeltor auf. Hinter der palmenbewachsenen Oase flirrte die Luft über einer weiten, sandigen Ebene. Einige Meilen in östlicher Richtung schien der Zayandeh mit den gleißend blauen Stadtmauern der Medina Dschadun zu verschmelzen. Einem Bollwerk aus eckigen Türmen und meilenlangen Mauern.

Meliaé trabte gefolgt von Áris und seinen Kriegern neben Abu Sayaf her. Die sengende Sonne und der Staub, den die vielen Pferdebeine aufwirbelten, machten ihr erstaunlich wenig aus. Gut, dass sie sich durchgesetzt hatte.

Es linderte ihre Schmach, von ihrer Mutter und Königin wie Ware an den Thronerben verkauft worden zu sein. Außerdem stimmte das nicht. Sie hatte nun alles in der Hand. Khayam musste sterben. An nichts anderes durfte sie denken. Nur das war der Grund, warum sie hier war.

Khayam musste büßen, dass er den Befehl zu Nekarias Hinrichtung gegeben hatte, er musste dafür bezahlen, was er Theréon und Simos an Folterqualen angetan hatte.

Meliaé blickte auf ihre um die Zügel gekrampften Finger. Sie zwang sich, sie zu lockern. Ihre Oberschenkel brannten von der ungewohnten Anstrengung. Die lange Schiffsreise und die mangelnde Bewegung durch das Liegen in den Sänften hatte sie verweichlicht. In Vasumana war sie durch ihre Jagdausflüge in weitaus robusterer Verfassung gewesen.

Aus dem Augenwinkel bemerkte sie, dass Abu Sayaf sie beobachtete. Er schien immer noch zu überlegen, wie er ihr die Ehe mit ihm schmackhaft machen konnte. Sollte er ruhig. Sie würde dafür sorgen, dass der Sultan sie an Khayam gab. Dagegen war selbst er machtlos.

Nach einer Weile fing Durst in ihrer Kehle an zu brennen, doch sie beschloss, sich nichts davon anmerken zu lassen. Die mächtigen Mauern von Dschadun dehnten sich in dem Nichts aus Sand und Geröll bis zum Horizont aus. Eine größere Stadt hatte sie noch nie gesehen. Der Sultan besaß unsägliche Macht. Er hatte diese Stadt nur errichten können, weil seine Söhne drauf und dran waren, die ganze Welt zu erobern. Und nun nahte Abu Sayaf mit seiner neuesten Errungenschaft, der Frau, die ihnen ein Siegel schenken konnte.

Plötzlich tanzten Meliaé schwarze Flecken vor den Augen, ihr Kopf war so schwer, als hätte jemand Steine hineingefüllt. Sie wankte und schrak zusammen, denn sie drohte aus dem Sattel zu fallen.

»Ihr solltet etwas trinken.« Abu Sayaf hielt ihr seinen entkorkten Wasserschlauch hin.

Mechanisch löste sie den Schleier und streckte den bleischweren Arm aus. Doch der Schlauch wäre ihr aus der Hand gerutscht, hätte er ihn nicht geistesgegenwärtig festgehalten.

»Ihr seid das sturste Weibsstück, das mir je begegnet ist. Ihr würdet eher vom Pferd kippen, als mich um Wasser zu bitten.« Er ritt dichter zu ihr heran und half ihr, den Schlauch an die Lippen zu heben.

Das warme Wasser kratzte wie Sand in ihrer Kehle, und sie krallte die Finger in das weiche Leder, obgleich dadurch jede Menge daneben floss und in ihrer Tunika versickerte. Selig schloss sie die Augen und schluckte.

»Das genügt!« Er entwand ihr den Schlauch, und nachdem er ihn wieder an seinem Sattel befestigt hatte, zwinkerte er ihr mit unverhohlener Belustigung zu.

Das Osttor Dschaduns erhob sich aus der steinigen Ebene wie eine Festung. Zwei mächtige Flankentürme, die sich nach oben hin verjüngten, verbunden durch eine zinnengekrönte Wehrmauer, in der es ein doppelflügeliges Bogentor gab. Das gesamte Mauerwerk war mit Glarnstein verblendet. Dazwischen schimmerten Reliefs des dreiköpfigen Schakals in goldener Tonglasur.

Durch die Tore strömten berittene Soldaten und Händlerkarawanen mit ihren Dromedaren. Dahinter breiteten sich Palmenhaine und Felder aus. Steinige Straßen folgten, die allmählich in die Vorstadt übergingen. Der Sultan hatte die gesamte Stadt mit dicken Wehrmauern umgeben, die jeden Angreifer abschrecken mussten.

Überall auf den Straßen und Plätzen waren Menschen unterwegs, die den Vorbeizug Amir Abu Sayafs mit seinem Heer beobachteten.

Meliaé sah sich nach den Kamelsänften um und dachte an die Strapazen, die nun hinter Moira und Helena lagen. In der stickigen Enge war es mit den Kindern schwierig gewesen. Darayah hatte viel geschrien, und Tariq hatte sich mehrmals aus Wut, nicht draußen herumtoben zu können, Ohrfeigen von Helena und den Ammen eingeholt.

Meliaé kam ein Gedanke. Sie würde Abu Sayaf dazu bringen, über Khayam zu sprechen. Und egal, wie schlecht er über ihn wieder redete, würde sie die Vorteile herausstellen, die es für sie hatte, den Thronerben zu heiraten. Als sie den Gesichtsschleier abnahm und dem Heeresfürsten so lange Blicke zuwarf, bis er es bemerkte, bekam sie heftiges Herzklopfen. »Tariq ist sehr traurig, dass er von zu Hause fortmusste.« Sie setzte ein mitfühlendes Lächeln auf. »Für den Jungen war die Reise eine Tortur.«

Abu Sayaf sah sie einige Zeit an, als wäge er sorgsam ab, was er ihr entgegnen sollte. Schließlich nickte er zögernd. »Ja, da muss ich Euch recht geben. Aber er wird sich im Serail schnell eingewöhnen, er wird dort viele Vettern zum Spielen haben und die besten Lehrer.«

Vor Aufregung bekam Meliaé einen trockenen Mund. Das Gespräch entwickelte sich ohne Umschweife in die gewünschte Richtung. »Wie viele Kinder hat Euer Bruder denn?«

Der Heeresfürst zuckte die Schultern. »Es sind sicher sehr viel mehr, als ich habe. Legitime wie illegitime. Khayam hat ungezählte Konkubinen und eine stattliche Anzahl von Eheweibern. Die genaue Zahl wird er Euch vermutlich selbst nicht nennen können.«

Es fiel ihr schwer, ihm fest in die Augen zu sehen und dabei ihr Lächeln beizubehalten. »Nun, je länger ich darüber nachdenke, desto mehr komme ich zu dem Schluss, dass es Euer Bruder ist, dem ich die Hand zur Ehe reichen sollte.«

Wie von einer Ohrfeige getroffen starrte Abu Sayaf sie an.

Meliaé sprach weiter, obwohl ihr von ihrem berechnenden Daherreden so übel geworden war, dass sie kaum noch atmen konnte. »Khayam macht sich nichts aus seinen Ehefrauen. Und ich kann mir nicht vorstellen, dass sich auch nur eine dieser Frauen ernsthaft etwas aus ihm macht. Deswegen ist er für mich die Wahl, die ich mit meinem Gewissen vereinbaren kann. Es wird Königin Lydraia sehr erleichtern, dass ich mich so entschieden habe.«

Kopfschüttelnd blickte er geradeaus. »Eure Argumentation ist absurd. Ihr kennt doch Khayam, in Glarnos habt Ihr ihn selbst erlebt. Würde Eure Mutter ihn kennen, hätte sie nie eingewilligt, Euch an ihn zu geben.« Seine Fäuste krampften sich um die Zügel.

»Meine Mutter muss mich mit demjenigen verheiraten, der unserem Reich die größte Sicherheit bietet. Und das ist nun einmal Euer Bruder.«

»Ihr irrt. Khayam wird Euch schwängern, Euch das Kind wegnehmen und sich trotzdem auf den Feuerinseln nehmen, was ihm gefällt.«

»Das wird er nicht!«, keuchte sie, und trotz der Hitze brach ihr der kalte Schweiß aus.

»Ihr unterschätzt ihn noch immer. Und wenn Ihr mir endlich glaubt, wird es zu spät sein!«

»Ihr redet Euren Bruder absichtlich schlecht, um Euch ins rechte Licht zu rücken.«

Sein Kopf fuhr wieder zu ihr herum. »Meliaé, Ihr rennt sehenden Auges ins Unglück.«

Sie zwang sich zu einem Lächeln. »Spart Euch den Atem. Ich habe mich entschieden. Aber nicht für Euch.«

Kapitel 29

Der Wille des Sultans

In der Empfangshalle des Serails drängte sich der Adel aus allen Landesteilen wie auf einem schillernden Basar. Hohe Offiziere der Legion, Stammesfürsten und reiche Kaufleute. Die Luft war heiß und überladen von Wohlgerüchen, obgleich alle Tore zu den Außenhöfen, Gärten und Festsälen offen standen. Die meisten Gäste waren in Begleitung ihrer Lieblingsfrauen und heiratsfähigen Töchter erschienen.

Lachende Gesichter und Hände, die sich Sayaf entgegenreckten, wohin er blickte. Den kurzen Moment der Besinnung, den er sich in seinen Gemächern nach dem Bad gegönnt hatte, schien es nie gegeben zu haben. Und jetzt noch eine Festnacht. Der Sultan kannte keine Gnade.

Naphassa ging mit dem Flottenkommandanten und der Hundertschaft an Kapitänen vorweg, die sich in der Entdeckung der Feuerinseln besonders verdient gemacht hatten. Doch kaum einer der Geladenen ließ es sich nehmen, Sayaf selbst zu gratulieren. Hinzu kam, dass die Neugier auf die najadische Prinzessin enorm groß war, denn sie ging mit ihrem Gefolge Schattenkrieger direkt hinter ihm.

Sayaf zwang sich zu lächeln, die dargebotenen Hände kurz zu drücken und höfliche Floskeln auszutauschen. Der Flottenkommandant und die Kapitäne sollten ausreichend Gelegenheit erhalten, ihr Bad in der Menge zu genießen.

Der Aiwan, die Halle des Sultans, kam in Sicht. Maschrabiyyas, Ornamentgitter aus Alabaster und Ebenholz, waren in die Wände und Flügeltore eingelassen und verbargen, wer und was sich dahinter befand. Dennoch ermöglichten sie jenen dahinter einen Blick in die Empfangshalle.

Mit einem Mal erscholl dumpfer Trommelschlag, hinzu mischte sich das Spiel von Flöten und Lauten. Sayaf atmete auf. Der Sultan wurde langsam ungeduldig, er wünschte seinen Heeresfürsten zu sehen. Wenig später schwangen die Tore des Aiwans auf.

Sayaf ließ dem Flottenkommandanten und den Kapitänen auch hier zunächst den Vortritt und drehte sich zu Meliaé um, die in einen perlenbestickten Mantel aus weißer Seide gehüllt war. Aus der weiten Kapuze, die ihr Gesicht verbarg, ergoss sich ihr mit Perlen verwobenes Haar in tiefroten, seidigen Wellen. Schöner und geheimnisvoller als in diesem Moment hatte sie noch nie ausgesehen. Gleichzeitig strahlte sie etwas Überirdisches, ja Unantastbares aus.

Sayaf zwang sich, Miltiades anzusehen, der sich ihre Hand auf den Arm gelegt hatte. Er nickte dem Najadenfürsten zu, der diese Geste mit zuckenden Mundwinkeln erwiderte. Wie immer war ihm nicht anzumerken, was in ihm vorging. Aber er und seine Schatten würden die nächsten Stunden auf ihre Prinzessin achtgeben, nichts anderes zählte.

Die Musiker kamen näher, und der Rhythmus ihres Spiels wurde schneller, die Klänge eindringlicher. Dazu gesellten sich Tänzerinnen mit nichts als klimperndem Tanzschmuck auf dem nackten Leib. Im Takt ihrer Fingerzimbeln zuckten sie mit den Hüften und geleiteten den Flottenkommandanten mit seinen Männern aus dem Aiwan in die Festsäle. Einige blieben zurück, umkreisten Sayaf und Meliaés Gefolge und klatschten dazu singend in die Hände.

Sayaf ließ sich von den tanzenden Schönheiten zum Kiosk

des Sultans führen. Umringt von seinen Wesiren und engsten Vertrauten saß dieser auf einem Lederkissen, einen Mantel aus Goldbrokat auf den Schultern und einen wuchtigen Reif aus altem Gold auf dem ergrauten Haupt. Seit seiner Rückkehr aus Glarnos hatte Sayaf seinen Vater nicht mehr aus der Nähe gesehen. Der Sultan war erschreckend gealtert. Es schien, als hätte er die letzten Jahre in strenger Askese verbracht. Tiefe Furchen gruben sich in seine Wangen, und sein einst dichter schwarzer Bart war nahezu grau. Nur seine dunklen Augen blickten so scharf und kritisch wie stets unter seiner gerunzelten Stirn.

Sayaf zwang sich, zu Boden zu blicken, und legte sich die Rechte auf die Brust. »Al-Šhamaš, Al'Malik an-Nāşir«, zählte er die Thronnamen des Sultans auf, wie es die Regeln des Hofs verlangten. »Seid mir gegrüßt, Vater!«

Der Sultan erhob sich und kam mit ausgestreckten Armen auf Sayaf zu, um ihn fest an sich zu ziehen. Vor Überraschung blieb Sayaf die Luft weg, denn ihm wurde auch noch kräftig auf den Rücken geklopft. Zu einem solchen Überschwang hatte sich der Sultan bisher noch nicht hinreißen lassen. Sayaf wurde bewusst, dass er sechs gewesen war, als sein Vater ihn das letzte Mal an sich gedrückt hatte.

»Mein Herz jubelt über deine Rückkehr, Sohn«, murmelte er neben seinem Ohr, löste sich, hielt ihn aber bei den Schultern gepackt. »Lass dich anschauen, du Eroberer der Weltmeere, großartig siehst du aus!«

»Danke, Vater«, entfuhr es Sayaf, und er schalt sich, dass ihm nichts Geschliffeneres als Erwiderung einfiel. »Ihr seht auch gut aus«, schob er rasch hinterher, aber der Sultan lachte nur.

»Hör auf, mir zu schmeicheln, Junge, ich weiß selbst, dass meine besten Tage nicht wiederkommen werden.« Der Sultan ließ den Arm auf Sayafs Schultern liegen, während er sich zu Meliaé und ihrem Gefolge umdrehte. »Nun, Schwert von Aššu, verratet uns, wen habt Ihr uns da mitgebracht?«

Einen Moment lang konnte Sayaf nur auf Meliaés Kinnspitze starren, die unter der Kapuze zu sehen war. Dass sich der Sultan derart erfreut über seine Rückkehr zeigte, verschlug ihm die Sprache. Sayaf gab sich einen Ruck und sah in die leuchtenden Augen seines Vaters. »Das ist Prinzessin Meliaé, die Tochter von Königin Lydraia von Najadís. Sie ist das königliche Siegel. An ihrer Seite seht Ihr Fürst Miltiades, Mitglied des najadischen Fürstenrates und Gesandter der Königin. Der Fürst war bisher der Vormund der Prinzessin.«

»Ah, das also ist der najadische Fürst, der die Ansicht vertrat, dass der Sultan von Aššu nie in den Besitz des Siegels kommen könnte«, rief der Sultan auf Tharisch aus und nahm den Arm von Sayafs Schultern. Er trat auf die beiden zu, hatte dabei aber nur Augen für Meliaé. »Prinzessin Meliaé, willkommen in meinem Palast. Aus allen unseren Fürstenstädten wird mir berichtet, dass Märchenerzähler von der Schönheit und Anmut der Schlangenprinzessin erzählen, die einst durch die List eines Dschinns meinem siegreichen Heeresfürsten ins Meer entkam. So gestattet mir, Euer Antlitz zu sehen. Ich wünsche zu erfahren, ob die Erzählungen wahr sind.«

Unwillkürlich biss Sayaf die Zähne zusammen. Hoffentlich brüskierte sie seinen Vater jetzt nicht mit allzu schroffen Worten. Aber zu seinem Erstaunen schob sie folgsam die Kapuze von ihrem Kopf. Umrahmt von schwarzgoldener Schminke strahlten ihre meergrünen Augen noch intensiver aus ihrem weißen Gesicht. Sie schob das Kinn vor und funkelte den Sultan vernichtend an.

Doch den schien die offenkundige Verachtung nicht zu stören. Er reichte ihr die Hand, die sie nach kurzem Zögern ergriff, und führte sie zu einem Kuss auf den Handrücken an seine Lippen. »Mir ist nun klar, was meinen Heeresfürsten zu solchen Taten angespornt hat. Ich an seiner Stelle wäre auch um die Welt gesegelt, nur um Euch zu finden.« Er lächelte verhalten.

Ihre Miene zeigte keinerlei Regung. »Euer Sohn segelte um die Welt, weil er auf ein Siegel aus ist, mit dem er sich über Euch erheben kann.«

Der Sultan ließ es zu, dass sie ihm ihre Finger entzog. »Die Geschichten über Euch sind wahr. In jeder Hinsicht.« Er furchte die Stirn, als bestätigte sie seine schlimmsten Befürchtungen. »Die Prinzessin spricht mit hervorschnellender Zunge und verspritzt dabei ihr Viperngift.«

Um Atem ringend starrte sie ihn an. »Könnt Ihr es riskieren, dass ich recht habe?«, keuchte sie dann.

»Nein, Teuerste.« Er schüttelte den Kopf. »Aber noch viel weniger kann ich es riskieren, dass Ihr meinem Thronerben im Geringe der ehelichen Leidenschaft die Viperznähne in den Hals schlagt!«

Wie geohrfeigt blickte sie zu Boden, und Sayaf durchfuhr die eisige Gewissheit, dass der Sultan ins Schwarze getroffen hatte. Darauf also war sie aus. Sie wollte Khayam töten. Als Sayaf an das Gespräch mit ihr auf dem Ritt dachte, verkrampfte er die Hände zu Fäusten. Von wegen, sie wollte einen Mann nicht seinen liebenden Weibern entreißen. Diese verlogene Schlange! Und sie glaubte doch allen Ernstes, Khayam gewachsen zu sein.

Gelächter erscholl, das Sayaf durch und durch ging, und er riss den Blick von Meliaé los. Khayam betrat den Kiosk, schob die Hände aus den Ärmeln seines Gewandmantels und applaudierte. »Meinen Glückwunsch, Bruder!« Er kam auf Sayaf zu und schloss ihn kräftig in die Arme. Dann löste er sich und bleckte die Reißfänge zu einem breiten Grinsen. »Es ist gut, dich wohlbehalten zurückzuhaben!«

Khayam wandte sich Meliaé zu. »Prinzessin.« Er verstummte, als fehlten ihm bei ihrem Anblick die Worte. »Wer hätte das gedacht.« Mit der Rechten auf der Brust verneigte er sich vor ihr. »Verzeiht mein rüdes Benehmen bei unserer ersten Begegnung.« Er hob die Schultern und breitete die Hände aus. »Ich sah ein verhungertes Kind im Dreck der Straßen, ich hatte ja nicht ahnen können, wen ich da vor mir hatte.«

Ein flüchtiges Lächeln huschte über ihre Lippen. »Unter den Schleifern der Gilde galt es, dass sich unter der dicksten Kruste oftmals der reinste Glarn verbirgt.«

Leise lachend schüttelte Khayam den Kopf. »In Eurem Mund verbirgt sich eine giftige Zunge. Jedoch tröstet der Rest Eurer Erscheinung so gut darüber hinweg, dass ich mir vorstellen könnte, Euch zu meiner Sultana zu machen.«

Ihr Lächeln vertiefte sich, und jemand, der sie nicht kannte, hätte es für echt halten können. »Was dem Wunsch meiner Königin Mutter sehr entgegenkäme. Nun, vielleicht gelingt es Euch ja, mich vergessen zu lassen, dass meine Ziehmutter auf Euren Befehl starb und Ihr meinen Vater grausam habt foltern lassen.«

Khayam trat dicht vor sie, und sie hatte sichtliche Schwierigkeiten, ruhig weiterzuatmen. Doch dann reckte sie das Kinn und funkelte ihn an, ohne zu blinzeln. »So mutig, kleine Prinzessin, damals wie heute.« Er hob die Hand und zeichnete mit dem Fingerrücken die Kontur ihrer Wange nach. »Euch alles vergessen zu machen, stelle ich mir sehr aufregend vor.« Der hasserfüllte Sturm, der in ihren Augen tobte, schien Khayam zu amüsieren, sein Daumen verweilte jetzt an ihrem Kinn.

Sayaf presste die Zähne zusammen. Sein Bruder hatte Feuer gefangen, denn sie weckte seinen Jagdtrieb. Er würde nicht lockerlassen, bis sie bezwungen unter ihm lag. Sayaf ballte die Fäuste, alles in ihm drängte danach, Khayam von ihr wegzustoßen.

Der Sultan trat neben Khayam und brachte ihn dazu, ihr Kinn loszulassen. »Ja, mein Sohn, sie ist zweifellos eine Versuchung. Aber dennoch möchte ich, dass sie Sayafs Gemahlin bleibt. Zumal er sonst noch keine Eheweiber hat. Und vielleicht schafft das ja den Anreiz, dass er sich zu Hause öfter einmal…«

»Das ist nicht richtig, ehrenwerter Sultan Al-Šhamaš!«, fiel Meliaé ihm scharf ins Wort, und er war viel zu perplex, um sie deswegen zu maßregeln. »Verzeiht mir die Einmischung, Hoheit, aber Euer Heeresfürst hat sehr wohl Eheweiber, wenn auch nicht offiziell.«

Sayaf brach der Schweiß aus allen Poren. »Unsinn!« Er machte einen Schritt auf sie zu und rang die Hände, die jetzt danach gierten, sich um ihren Hals zu legen. Mit ihrem törichten Geplapper brachte sie ihn in eine heikle Situation.

Eine kräftige Hand legte sich Sayaf auf die Schulter. Der Sultan trat an ihm vorbei und verstellte ihm die Sicht auf Meliaé. »Bitte, Prinzessin, sprecht nur frei. Was wolltet Ihr sagen?«

»Euer Sohn hat sehr wohl Frauen. Und er hat Kinder.«

Gepeinigt kniff Sayaf die Augen zu. Was redete sie denn da? Sie war drauf und dran, ihn in die größten Schwierigkeiten zu bringen.

»Die Frauen des Heeresfürsten sind mir aus Glarnos bekannt. Beide stammen aus vornehmen Häusern. Eine davon hat ihm zwei Kinder geboren, einen Jungen und ein Mädchen. Und Ihr müsst wissen, Hoheit, dass ich es nicht mit meinem Gewissen vereinbaren kann, einer Frau, die ich kenne, den Mann streitig zu machen. In meiner Heimat ist es weder für Männer noch für Frauen denkbar, sich mehrfach zu vermählen. Die Sitten in diesem Land befremden mich also sehr. Und doch habe ich mich dem Willen meiner Königin zu beugen. Daher habe ich mich entschlossen, Eurem Sohn Khayam die Hand zur Ehe zu reichen.«

Sayaf biss die Zähne zusammen, als sich der Sultan abrupt zu ihm umdrehte und auch Khayam ihn jetzt scharf ins Visier nahm.

»Du hast Kinder?«

Sayaf sah erst betreten zu Boden, dann blickte er zu seinem Vater auf. Dem Zweitgeborenen des Sultans war es untersagt, Kinder zu haben, von denen der Hof nichts wusste. Jeder Sohn, ob legitim oder bei sonstigen Gelegenheiten entstanden, galt als Gefahr für den Thron und seinen Erben. »Ja, zwei Bastarde.«

»Wo sind diese und ihre Mütter jetzt?«, erkundigte sich Khayam schneidend.

»Im Harem, wo sie hingehören.«

»Halten sich sonst wo in deinen Häusern und Palästen noch weitere Bastarde von dir auf? Oder Weiber, derer du dich regelmäßig bedienst?«, hakte Khayam nach.

»Nein.«

Khayam nickte, aber er sah aus, als glaubte er kein Wort.

Der Sultan atmete tief durch und drehte sich wieder zu Meliaé um.

Sayaf schaffte es kaum, dem höhnischen Blick seines Bruders standzuhalten. Das so mühsam zurückerlangte Vertrauen seines Vaters hatte er sich soeben wieder verspielt. All seine Bemühungen um Meliaé waren vergebens. Ohne es zu ahnen, hatte sie sich unwiderruflich in Khayams Fänge gespielt.

Der Sultan griff nach ihren Händen. »Nun, Prinzessin, es betrübt mich, Euch so aufgelöst zu sehen. Daher will ich Euch meine Entscheidung in der Hoffnung darlegen, dass sie dann leichter zu akzeptieren ist. Mein Sohn Khayam hat zwei prächtige Jungen, die unsere Herrschaftslinie vorzüglich fortführen. Khayam gehört meine ganze Liebe und irgendwann auch mein Reich. Aber auch mein Sohn Sayaf hat sich meinen Respekt und meine Anerkennung durch seine großen Taten verdient. Er hat Euch unberührt hierhergebracht, obwohl er auf der langen Reise wahrlich genug Gelegenheit gehabt hätte, von Eurem Liebreiz zu kosten. Dass er die von Euch geschätzte Dame nicht zu seiner Gemahlin gemacht hat, zeigt doch nur, dass sie ihm wohl doch nicht so teuer ist. So und nun findet Euch damit ab, dass ich meinem Sohn Sayaf als Zeichen meiner Wertschätzung Eure Hand zur Ehe überlasse.«

Noch während der Sultan gesprochen hatte, war Khayam zu ihm herumgefahren. »Vater, die Prinzessin besitzt die Ketzergabe! Willst du, dass mein Bruder sich mit den al-Maguš verbündet? Mit einem magiebegabten Erben wird er in der Lage sein, mich vom Thron zu stoßen.«

»Unsinn, Khayam! Dein Bruder ist fast ein Jahr lang auf den Meeren umhergeirrt, um die Prophezeiung von uns abzuwenden. Und nachdem er das Siegel gefunden hat, hatte er nichts Eiligeres zu tun, als es dir unangetastet vor die Füße zu legen. Einen ehrenhafteren und ergebeneren Heerführer als deinen Bruder wirst du nicht mehr an deine Seite bekommen. Sei kein Narr und würdige den Segen, mit dem dich die Götter beschenkt haben!«

»Wie kannst du mich vor versammeltem Hof einen Narren schimpfen?«, brauste Khayam auf. »Während du dich hier in blinder Wiedersehensfreude ergehst. Du weißt ja nicht mehr, was du tust!«

»Du vergisst dich, Khayam!«, knurrte der Sultan.

Khayam presste die Lippen aufeinander, auf seiner Stirn schwoll eine Ader an. »Verzeih, Vater! Aber du kannst nicht von mir erwarten, dass ich zusehe, wie du den Fehler deines Vaters wiederholst.«

Sayaf pochte das Herz im Hals, so erbittert hatte er die beiden noch nicht streiten sehen. Khayam sprach vom Bruder des Sultans. Fehden um Land und Fürstentöchter hatte die jungen Herrschersöhne derart verfeindet, dass der damalige Sultan seinen Zweitgeborenen durch das Schwert des Onkels richten ließ.

»Beruhige dich, Khayam, meine Entscheidung ist wohl durchdacht. Ich wiederhole keine Fehler, ich vermeide nur welche.« Der Sultan quittierte Khayams erbostes Starren mit einem unwilligen Kopfschütteln. »Ich werde meine Meinung nicht mehr ändern, Khayam, und bitte dich, sie zu akzeptieren.« Es folgte ein kurzes Schweigen, ehe Khayam knapp nickte und mit einer sichtlich erzwungenen Verbeugung zurücktrat.

Der Sultan trat auf Meliaé zu, die ihn verstört ansah, weil sie den auf Aššunisch geführten Wortwechsel vermutlich nicht ganz verstanden hatte. Lächelnd hielt er ihr die Hand hin. »Ich bin mir sicher, Prinzessin, Eure Mutter wird meine Entscheidung ebenfalls gutheißen. Denn um wie viel bedeutsamer ist es für Najadís, ein Ehebündnis mit meinem Heeresfürsten zu schließen.« Der Sultan wandte sich an Miltiades. »Gern erkläre ich Eurer Königin meine Beweggründe in einem langen Brief. Gebt mir nun die Hand Eures Mündels, damit ich unseren Friedensvertrag besiegeln kann.«

Sayaf mühte sich, ruhig zu atmen, als Miltiades auf Meliaé hinabsah, die seinen Blick in dem stummen Flehen, es nicht zu tun, erwiderte. Schließlich nickte der Fürst ihr aufmunternd zu, löste ihre Hand von seinem Arm und legte sie in die Rechte des Sultans.

Kapitel 30

Das Vergehen des Hofdichters

Mit einem flauen Druck im Magen saß Meliaé an der endlos langen Festtafel des Sultans. Neben ihr schob sich Miltiades eine aufwendig zubereitete Köstlichkeit nach der anderen in den Mund, und ihr war schon vom Zusehen ganz schlecht.

»Wie könnt Ihr bloß dasitzen und Euch vollstopfen?«

Als Miltiades keine Reaktion zeigte, beugte sie sich näher zu ihm heran. »Das habt Ihr fein eingefädelt, Ihr habt mich um mein Mitspracherecht gebracht, und obendrein habt Ihr den Befehl der Königin unterwandert.«

Miltiades beäugte den Happen aus Flusskrebsfleisch und bunten Zutaten zwischen seinen Fingern, der hübsch in einer Muschelschale angerichtet war. »Während Ihr Eure kindischen Launen an dem Heeresfürsten auslasst und seine Gutmütigkeit ausnutzt, tat ich das einzig Vertretbare in unserer Situation.« Er ließ den Happen im Mund verschwinden und sah sie kauend an.

»Gutmütigkeit?« Meliaé musste sich zwingen, ihre Stimme gesenkt zu halten, und presste die Fäuste links und rechts von ihrem Teller gegen die Tischplatte. »Dieser Mann hat alles von den Feuerinseln fortgeschleppt, was in die Laderäume seiner Schiffe gepasst hat, und selbst an Nilas Tod trägt er die Schuld.« In ohnmächtiger Wut blinzelte sie die aufsteigenden Tränen weg. »Und da bezeichnet Ihr diesen räudigen Dreckshund als gutmütig? Ihr solltet etwas vorsichtiger mit dem Wein sein. Ihr seid ja betrunken!«

Miltiades kaute zu Ende und trank von seinem Wein, bevor er sie wieder ansah. »Ihr habt doch nicht im Ernst geglaubt, ich würde zulassen, dass Khayam Euch in die Finger kriegt.«

»Pah, und wo liegt der Unterschied, ob er mich entehrt oder sein Bruder? Bei dem Gedanken, mich freiwillig zu einem dieser Männer legen zu müssen, überkommt mich Brechreiz.«

Er griff nach dem Tuch unter seiner Rechten und wischte sich den Mund ab. »Es gibt Mittel, Euch diese schwere Aufgabe zu erleichtern.«

»Verschont mich, ich brauche nichts, was mich in Paarungslaune versetzt!«

»Ich kann mir nicht vorstellen, dass der Heeresfürst Euch mit Rücksichtslosigkeit begegnet.«

»Aha? Und woher wollt Ihr das wissen?«

Miltiades hob eine Braue. »Ihr mögt es nicht glauben, aber mir entgeht nicht, wenn ein Mann sich ernstlich um eine Frau bemüht, die ihm gefällt.«

Dafür hatte Meliaé nur ein Schnauben übrig.

»Er hat sich bei mir nach Euren Vorlieben erkundigt, und er war es, der sich dafür ausgesprochen hat, dass Ihr ein Reitpferd bekommt. Und warum glaubt Ihr wohl, hat er den Sklaven diese ganzen Vergünstigungen angedeihen lassen? Nur Euretwegen.«

»Ihm liegen eben Schmeicheleien mehr als Khayam. Das ist alles.«

»Khayam darf nie auf den Thron von Aššu gelangen, er ist durch nichts zu beherrschen. Selbst für seinen Vater stellt er eine Gefahr dar. Er muss sterben, und das so rasch als möglich.«

»Aber wie wollt Ihr das anstellen, ohne dass der Verdacht sofort auf uns fällt? Ich hätte es weitaus leichter gehabt, es aus Notwehr zu tun.«

»Zerbrecht Euch nicht den Kopf über meine Aufgaben.«

Miltiades löffelte eine gebackene Flussauster und biss herzhaft in ein Stück Fladenbrot. Als er mit Kauen fertig war, sah er sie wieder an. »Besinnt Euch lieber darauf, recht bald von Eurem Gemahl einen Sohn zu erwarten, damit wir von hier wegkommen.«

»Aber er wird uns seine Kriegsschiffe hinterherschicken.«

Mit geschürzten Lippen bewegte Miltiades bedachtsam den Kopf hin und her. »Nicht, wenn er hier alle Hände voll zu tun bekommt.«

Meliaés Herz setzte einen Schlag aus. Er meinte die Feuergeborenen. »Nein, das erlaube ich nicht. Wir können damit drohen, aber wir lassen sie nicht frei. Ich will nicht, dass Unschuldige sterben.«

»Von einer Drohung wird sich der Heeresfürst aber nicht einschüchtern lassen.«

»Wo sind die Feuergeborenen jetzt?«

»Sie befinden sich unter den Mitgiftgaben Eurer Mutter, die von Simos' Männern und Simhas Soldaten bewacht werden.«

Eine ungute Ahnung packte Meliaé, und sie presste die Hand auf ihren flatternden Magen. Seit der Nacht auf Simos' Schiff hatte sie ihn nur wenige Male zu Gesicht bekommen. Jedoch nie allein. In seinen Augen hatten Sehnsucht und Verzweiflung gestanden. Hoffentlich machte er keine Dummheiten. Sie traute ihm zu, dass er den Käfig öffnete. Meliaé holte tief Luft. »Ihr habt doch mit Simos gesprochen.« Nervös nippte sie an ihrem Wein.

Miltiades sah sie von der Seite an. »Was meint Ihr?«

»Weiß er, dass ich dagegen bin, die Feuergeborenen freizulassen? Weiß er um die unkalkulierbare Gefahr?«

»Ja, er weiß darum. Er wird nichts auf eigene Faust unternehmen. Er gab mir sein Wort, sich an meine Befehle zu halten.«

»Was will er tun, jetzt, wo ich vermählt bin?«

»Er bleibt hier und hält uns den Rücken frei. Daran hat sich nichts geändert. Er wird Euch in ein paar Monden mit seinem Schiff an den najadischen Hof bringen.«

»Aber dazu brauchen wir ihn nicht.«

»Doch. Verwandlungen sind zu riskant, wenn ihr schwanger seid. Ihr könntet das Kind verlieren und selbst dabei Schaden nehmen.«

Meliaé nahm noch einen Schluck Wein. »Weiß er auch um diese Dinge?«

»Ja.«

Ein Gefühl dunkler Hoffnungslosigkeit überkam sie, womöglich liebte er sie doch, auf seine Weise. Erneut kamen ihr die götterverfluchten Tränen, sie blinzelte sie rasch weg.

Miltiades ließ sich Wein nachschenken und sah bedeutungsvoll auf ihren Teller. »Ihr habt seit dem Frühmahl nichts mehr gegessen. Jetzt entspannt Euch und genießt das Essen. Es schmeckt vorzüglich.«

Mit zugeschnürter Kehle sah sie auf die goldenen Platten, die vor Miltiades standen und auf denen sich Muschelschalen und die Köpfe und Gräten von Flussbarschen stapelten. Wie konnte er solche Unmengen vertilgen, während sie über das Schicksal einer Stadt sprachen und über ein Kind, das nicht einmal gezeugt war.

Sie zwang sich, noch etwas Wein zu trinken, und die Wärme, die sich daraufhin in ihr ausbreitete, half, den Widerwillen gegen das Essen zu überwinden. Sie kostete von dem Barsch, den sie nur der Beschäftigung willen entgrätet hatte, und probierte auch von den anderen Speisen. Allerdings trank sie nur noch Wasser, weil ihr der Wein bereits zu Kopf stieg.

Ihr Blick wanderte zum Kopfende der Festtafel, wo Abu Sayaf zur Linken des Sultans und Khayam zu dessen Rechten saß. Khayam war von seinem Wutausbruch nichts mehr anzumerken. Die Brüder unterhielten sich und wirkten recht entspannt. Der Sultan hörte seinen Söhnen mit einem leicht verschmitzten Ausdruck in den Augen zu.

Den Mann, der über Aššu herrschte, hatte sich Meliaé ganz anders vorgestellt. Wesentlich finsterer. Doch er war nicht die noch skrupellosere Ausgabe von Khayam. Aus Rücksicht auf Khayams eifersüchtige Natur verbarg er sogar seine Zuneigung zu seinem Zweitgeborenen vor aller Welt. Er würde einlenken, wenn er die Gefahr begriff, die von den Feuergeborenen ausging. Im Gegensatz zu Khayam würde er alles daransetzen, um Schaden von seinem Volk abzuwenden.

Er würde sie und Miltiades gehen lassen, auch wenn es bedeuten würde, das Siegel wieder aus der Hand geben zu müssen, dessen war sich Meliaé ziemlich sicher.

Sie atmete schwer aus und musterte Abu Sayaf, der wie üblich in Schwarz und Gold gewandet war. Er trug das lange Haar in dicke Strähnen eingedreht. Kleine Goldspangen waren damit verwoben. Äußerlich war nichts Abstoßendes an ihm, im Gegenteil. Trotz der Bedrohung, die von ihm als Feldherr ausging, nahm er Frauen spielend für sich ein. Bei der Vorstellung, er könnte sie auf die gleiche Weise küssen, wie Simos es getan hatte, jagten Meliaé heiße Stiche durch den Bauch. Heute Nacht würde er darauf bestehen, die Vermählung endlich zu vollziehen. Betreten sah sie auf ihren Teller. Wenn alles nichts half, würde sie sich betrinken und es irgendwie hinter sich bringen.

Nach dem Essen war Meliaé froh, dem stickigen Bankettsaal entkommen zu können. An Miltiades' Arm ging sie inmitten der Festgesellschaft, die als Prozession über eine Steinbrücke schritt. In der Tiefe schimmerten die Terrassen der Palastgärten mit ihren Teichanlagen. Am Ende der Brücke ergossen sich aus turmhohen Wänden künstliche Wasserfälle, deren Gischtschwaden der Wind über die Köpfe der Menschen hinwegwirbelte.

Die Bewegung an der frischen Luft tat Meliaé gut, und sie kam nicht umhin, den Einfallsreichtum der Palastbaumeister zu bewundern. Die Gärten erstreckten sich auch auf den Dächern anderer Bauten, und selbst dort gediehen noch Bäume. Hinter der Brücke tat sich der Vorplatz eines Odeions in tharischem Baustil auf, dessen Bühnenhausfassade sich wie eine Steilklippe in den Nachthimmel erhob.

Die Festgesellschaft geriet ins Stocken, als einige Fürsten auf den Heeresfürsten zutraten und ihm ihre prachtvoll gewandeten Töchter vorstellten.

»Noch mehr Eheweiber für den Heeresfürsten«, stellte Miltiades schmunzelnd fest.

Meliaé schüttelte den Kopf. »Mir ist schleierhaft, was in diesen Leuten vor sich geht. Man stelle sich nur vor, wie es mir jetzt erginge, würde ich mir ernsthaft etwas aus meinem Gemahl machen.«

Die Begeisterung Abu Sayafs über den Vermählungsbasar hielt sich in Grenzen. Zwar hörte er den gestenreichen Ausführungen der Fürsten zu und bedachte die jungen Frauen mit einem Lächeln, doch sonst war ihm keine Reaktion abzuringen. Dennoch zog es sich hin, bis der Ansturm auf ihn nachließ.

Die Festgesellschaft strömte durch das Portal des Odeions, und Meliaé sah verblüfft nach oben. Die strahlend helle Glarnkuppel erinnerte sie an das Pantheon von Glarnos. Ringsum erhoben sich Marmortribünen, deren Logen mit prächtigen Sitzmöbeln ausgestattet waren. Der Aufführungsplatz im Zentrum war so groß wie die Agora einer Stadt.

Legat Naphassa führte Meliaé und Miltiades über eine Treppe und einen Korridor zur geräumigsten Loge. Dort von einem Baldachin überdacht saß der Sultan auf einer bequem aussehenden Bank. Neben ihm eine Frau in smaragdfarbenem Brokat, auf deren Haupt sich ein imposantes Schleiergebilde aus Seide, Gold- und Perlenschmuck türmte. Links von dem schillernden Herrscherpaar auf einer weiteren überdachten Bank hatte Khayam mit einer wunderschönen Dunkelhaarigen Platz genommen. Ein tief ausgeschnittenes Seidenkleid in hellem Alabaster betonte den zarten Bronzeton ihrer Haut. Die Schöne nahm den durchscheinenden Gesichtsschleier ab, kaum dass sie der Ankömmlinge gewahr wurde, und lächelte.

»Jetzt folgt die Bekanntmachung mit den Herrscherinnen des Harems«, spöttelte Miltiades, und Meliaé bekam einen trockenen Mund.

»Verzeihung, ich wurde aufgehalten.« Die atemlos männliche Stimme hinter Meliaé peitschte ihre Aufregung noch mehr auf. Es war Abu Sayaf. Dann war er neben ihr und sah Miltiades über ihren Kopf hinweg an. »Soweit ich mich erinnere, wolltet Ihr meinem Vater die Mitgift überreichen. Das wäre nun der passende Moment.«

Miltiades ergriff Meliaés Hand, die sich plötzlich wie abgestorben anfühlte, und reichte sie dem Heeresfürsten. »Ja, richtig. Würdet Ihr Euren Legaten bitten, mich durch dieses Palastlabyrinth zu geleiten?«

Als Abu Sayaf ihre Hand mit seinen warmen Fingern umschloss, stieg Panik in ihr auf. Um Luft ringend sah sie Miltiades an.

»Entschuldigt mich, ich bin bald zurück«, sagte der aber nur und ging mit dem Legaten davon.

»Kommt, Meliaé, ich mache Euch mit meiner Mutter, der Sultana und Khayams Fürstgemahlin Parušha bekannt. Ihr werdet die beiden mögen. Parušha spricht recht gut Tharisch. Meine Mutter leider kaum.« Er sah sie mit einer Mischung aus Unnachgiebigkeit und Mitleid an.

In Meliaés Magen brach ein Tumult los. Hätte sie bloß nicht so viel gegessen. »Mir ist schlecht!«, platzte sie heraus und versuchte, sich loszumachen. »Ich muss hier raus!«

»Ausgeschlossen!« Er zwang ihre Hand gegen seinen Unterarm, was ihr Elend nur noch verschlimmerte. »Atmet ein paar Mal tief durch und zeigt Euch aufgeschlossen und fügsam, sonst wird mein Vater uns nicht von hier fortlassen.«

Meliaé sank der Kopf auf die Brust. Er hatte recht. Wenn sie zu aufsässig erschien, würde sie nur im Harem landen.

»Geht es wieder?«

Sie nickte und straffte die Schultern. Als sie zum Baldachin kamen, deutete die Sultana auf die freie Bank neben sich und löste ebenfalls ihren Gesichtsschleier. Abu Sayaf kniete vor ihr nieder und küsste ihr die Hände, die sie ihm rasch entzog, um sein Gesicht zu umfassen. Sie kämpfte mit den Tränen.

Meliaé ließ sich auf der gepolsterten Bank nieder und sah betreten unter sich. Eine solche Reaktion wäre bei Lydraia undenkbar, sie hatte es ja nicht einmal für notwendig befunden, ihr bei ihrer Abreise von Vasumana alles Gute zu wünschen.

»Bitte, Sayaf, stell mir deine Braut vor«, verlangte die Sultana in holprigem Tharisch zu wissen.

Meliaé schob sich die Kapuze vom Kopf und sah der Sultana in die smaragdgrünen Augen. Khayams Augen. Jedoch war der Ausdruck darin offen und freundlich. Sie war ebenfalls eine Schönheit und um einiges jünger als der Sultan. Von ihrem Haar war nichts zu sehen, sie verbarg es vollständig unter ihrem prachtvollen Schleier.

Im Stillen überschlug Meliaé ihr Alter. Sie mochte in der Mitte ihrer fünften Lebensdekade sein, musste also zwischen dreizehn und sechzehn gewesen sein, als sie Khayam geboren hatte. Vermutlich hatte sie auch keine andere Wahl gehabt, als sich in die arrangierte Ehe hineinzufügen.

Der Heeresfürst sprach leise mit seiner Mutter. Hin und wieder hörte sie, wie er Meliaés Namen erwähnte.

»Ich grüße Euch, hohe Dame«, presste Meliaé stockend das wenige auf Aššunisch hervor, zu dem sie imstande war. Es fiel ihr überraschend leicht, die Sultana anzulächeln, was diese prompt strahlend erwiderte.

Abu Sayaf ließ sich neben Meliaé auf der Thronbank nieder. »Sprecht meine Mutter mit Sultana an«, murmelte er.

Als Meliaé nickte, fing sie den verschmitzten Blick des Sultans auf. Im fast taghellen Licht des Saals sah sie zum ersten Mal seine Augen. Sie waren golden wie die des Heeresfürsten.

»Wie schön, dass sich alle auf Anhieb verstehen«, kommentierte Khayam bissig und lächelte die Frau an, die neben ihm saß. »Parušha, darf ich vorstellen, das ist die Dschinnprinzessin, die geglaubt hat, unserem Heeresfürsten entkommen zu können.«

»Freut mich, Euch kennenzulernen, Prinzessin Meliaé«, sagte Parušha in tadellosem Tharisch. »Wir werden in nächster Zeit noch Gelegenheit haben, uns zu unterhalten. Ich heiße Euch in unserer Familie willkommen.« Ihr Ton war höflich, und ihre unverbindlich lächelnde Miene verriet nichts von ihren wahren Gefühlen. Bei einem Mann wie Khayam war eine solche Fähigkeit wohl überlebenswichtig.

Meliaé mühte sich, sie und die Sultana nochmals mit einem freundlichen Lächeln zu beschenken.

Auf ein Handzeichen von Khayam eilte eine Dienerschar mit Weinkaraffen und Gebäckschalen herbei.

Fanfarenstöße erklangen, so laut und durchdringend, dass Meliaé Gänsehaut am ganzen Körper bekam. Nachdem die Klänge verhallt waren, hielten Musiker und Tänzerinnen Einzug in das Odeion. Es war ein buntes Durcheinander, das Meliaé schnell in den Bann zog. Frauen in farbenfrohen Gewändern wirbelten zum Spiel der Flöten über den Platz. Dazwischen gaben Akrobaten in kurzen Einlagen ihre Kunststücke zum Besten, und Scharen schwarzgesichtiger Affen tanzten zur Musik und trieben allerhand Späße mit den Akrobaten und Tänzerinnen.

Khayam wurde nicht müde, die Weinbecher nachfüllen zu lassen, und unterhielt sich trotz des Lärms mit seinem Bruder und dem Sultan auf Aššunisch. Meliaé ließ ihren Weinbecher unangetastet, vorerst noch wollte sie einen klaren Kopf behalten.

Nach und nach ließ das fröhliche Treiben auf dem Aufführungsplatz nach. Die Akteure sammelten sich und zogen unter dem Applaus der Zuschauer, bei denen es sich durchweg um den Adel handelte, in einem langen Zug aus dem Odeion. Erneut ertönten die Fanfaren.

Hufschlag näherte sich, und Meliaé fuhr der Schrecken in die Glieder. Eine Schar berittener Aŝhāk kam durch das Tor des Odeions gedonnert.

Mit gesenkten Lanzen trieben die Soldaten zwei Frauen in den Gewändern der Gilde vor sich her. Meliaé schrie vor Entsetzen auf, denn eine der Frauen ging von einer Lanze in den Rücken gestoßen zu Boden. Die andere warf sich schreiend über sie und riss sich den Schleier vom Kopf. Blutrotes Haar ergoss sich über ihr Gewand und die reglos am Boden Liegende.

Khayam brüllte vor Lachen, und Meliaé wich das Blut aus dem Gesicht. *Ein Schauspiel!* Das Ganze war eine Inszenierung der kaltblütigen Ermordung ihrer Stiefmutter auf der Agora von Glarnos. Der Festsaal verschwamm vor ihren Augen, und sie versuchte, Abu Sayafs Arm wegzuschieben, der damit verhinderte, dass sie aufsprang.

Sein Weinbecher krachte auf den Beistelltisch, und sie konnte nur auf die roten Spritzer starren, die auf einmal überall auf ihrem Seidenmantel waren.

Er knurrte etwas auf Aŝŝunisch, woraufhin Khayam in beißendem Ton etwas erwiderte. Dann drückte er sie in die Polster und beugte sich über sie. »Es tut mir leid, Meliaé. Ich hätte diese Aufführung absagen lassen, hätte ich davon gewusst.«

»Gar nichts hättest du!«, schnarrte Khayam auf Tharisch. »Meine Einwände sind schließlich auch ungehört in den Ohren des Sultans verhallt. Das Volk ist begeistert von diesem Spektakel. Es will nichts anderes mehr sehen. Man stelle sich nur vor: Der siegreiche Amir Abu Sayaf verliebt sich in die liebreizende Tochter des Gilde-Ersten von Glarnos. Und obendrein rettet er sie vor seinem grausam finsteren Bruder, der ihr gar Schlimmes antun will. Das Dumme ist nur, der böse Bruder ist der Erstgeborene des Sultans!« Khayam schnalzte mit der Zunge und schüttelte mit aufblitzenden Augen den Kopf. »Der Hofdichter muss betrunken gewesen sein, er hat unsere Rollen vertauscht. Ich sollte diesen unfähigen Schreiberling für sein Vergehen in die Löwengrube werfen lassen. Aber ich fürchte, davon wird mein Ruf auch nicht besser. Was für ein Dilemma.«

»Genug davon!«, polterte der Sultan.

»Ja, Vater!« Khayam leerte seinen Weinbecher in einem Zug. »Ich sollte deinen Hofdichter nicht so offen kritisieren. Wenn ihm etwas zustößt, glauben am Ende noch alle, ich hätte etwas damit zu tun.«

Meliaé blinzelte zu dem Sultan hin, der Khayam mit gerunzelter Stirn einen erbosten Blick zuwarf.

Neben ihr hatte Abu Sayaf Mühe, ruhig zu atmen. Er hielt sie noch immer fest, sein Körper war wie zum Sprung durchgespannt.

Meliaé schob die Hände über seine und brachte ihn dazu, sie loszulassen. Er sah sie an, öffnete den Mund, nur um die Lippen gleich wieder fest zusammenzupressen. Brüsk stieß er den Atem aus und lehnte sich in die Polster zurück.

Unten auf dem Theaterplatz tobte die Aufführung. Fanfarenstöße erschollen, dazu schmetterten die Mimen des Dramas ihre Verse.

Meliaé senkte den Kopf und wischte mit den Fingerspitzen vorsichtig ihre Tränen weg, um die Schminke auf ihrem Gesicht nicht zu verderben. In ihrer Brust war ein Druck, an dem sie zu ersticken glaubte. Was für eine Demütigung. Sie schloss die Augen und stellte sich vor, im Meereskloster neben Hati beim Morgengebet zu sitzen. Die Gemahlin des Dukuns hatte ihr beigebracht, wie man sich in sich selbst versenkte und Frieden dabei fand, egal, was um einen herum geschah. Sie zwang sich zu tiefen Atemzügen und wiederholte in Gedanken die monotonen Gebetsverse.

Ein Rascheln und ein Luftzug ließen Meliaé aufsehen. Parušha, Khayams Gemahlin, hatte sich vor ihr auf einem Sitzkissen niedergelassen, eine Flut aus heller Seide umgab sie. »Hier, etwas Wasser mit Wein.« Sie reichte ihr einen goldenen Kelch.

Meliaé nahm ihn entgegen, der Lärm der Aufführung rauschte in ihren Ohren. Befangen senkte sie den Blick und nahm einen Schluck.

Parušha beugte sich zu ihr vor, ein kleines Tuch in der Hand. »Lasst mich nur rasch Euer Gesicht in Ordnung bringen.«

Meliaé sah auf, und Parušha kam ganz dicht heran. »Wo ist Euer Stolz, Prinzessin?«, raunte sie, und Meliaé zwang sich stillzuhalten, als sich die junge Frau behutsam an ihrem Gesicht zu schaffen machte. »Wollt Ihr Euch tatsächlich schon von etwas Löwengebrüll einschüchtern lassen? Diese Männer bestimmen unser Schicksal. Besser, Ihr findet Euch damit ab und macht das Beste daraus. Ihr hättet es wahrlich schlimmer treffen können.« Sie rückte von ihr ab, um ihr Werk zu begutachten, dann beugte sie sich erneut vor. »Außerdem stimmt es, was man sich über Euch und den Heeresfürsten erzählt. Er liebt Euch.«

Meliaé wich zurück, bis sie wieder in Parušhas dunkle Augen sah. »Unsinn, er liebt den Gedanken, bald ein Siegel zu besitzen. Genau wie Euer Gemahl und der Sultan.«

Die junge Frau lächelte. »Verzeiht, aber Ihr seid blind in Eurem Groll.«

»Danke, Fürstin Parušha.« Hastig richtete sich Meliaé stockgerade auf.

»Für Euch nur Parušha, Prinzessin.«

Grimmig presste Meliaé die Lippen zusammen. Sie würde dieser Frau bestimmt nicht anbieten, sie beim Vornamen zu nennen. Parušha musterte sie mit einem spöttischen Funkeln in den Augen. Dann erhob sie sich und kehrte auf den Platz neben Khayam zurück, der von ihr jedoch keine Notiz nahm, sondern nur gebannt das tosende Spektakel auf dem Theaterplatz verfolgte. Parušha tat gut daran, ihr Abu Sayaf schönzureden. Dann brauchte sie nicht zu fürchten, sie könnten Rivalinnen werden.

Meliaé begegnete dem Blick der Sultana, die sie und Parušha beobachtet hatte. Ihre Miene wirkte angespannt.

Plötzlich wandte sich neben ihr der Sultan von der Aufführung ab und sah in Meliaés Richtung. »Ah, Fürst Miltiades, Ihr kommt spät!« In seiner Stimme lag Tadel. »Leider habt Ihr von der Aufführung das meiste verpasst.«

Miltiades ließ sich auf dem Sitzkissen nieder, auf dem zuvor noch Parušha gesessen hatte, und sah Meliaé an. Seine Augen verengten sich. »Ist alles in Ordnung?«

Meliaé nickte nur.

Khayam erhob sich und stellte sich an die Brüstung der Tribüne. »Seht Euch wenigstens den Exodus dieses Spektakels an und sagt uns, was Ihr davon haltet.«

Die Fanfaren dröhnten so laut in Meliaés Ohren, dass sie sie sich am liebsten zugehalten hätte. Über den Aufführungsplatz strömten aus entgegengesetzten Richtungen Tänzerinnen in wallend blauen Gewändern, die mit ihren Bewegungen Meereswellen imitierten.

Am Rande der Szenerie stand ein Soldat barfuß in der Lederrüstung des Heeresfürsten und trug das Mädchen mit dem blutroten Haar. Nackt hing es wie tot in seinen Armen. Ihr Körper war weiß gepudert, und ihre Beine waren mit weißen Tüchern zu einem Schlangenschwanz gewickelt.

Peinlich berührt kniff Meliaé die Augen zu, und als sie wieder hinsah, tauchte zwischen den blau gewandeten Tänzerinnen ein weiß geschminkter, nackter Mann auf, der ein lächerliches Gebilde um die Hüften trug, das entfernt an eine Haifischflosse erinnerte.

Der kostümierte Heeresfürst trug das Mädchen zwischen die umherwirbelnden Tänzerinnen, und die beiden Männer schmetterten sich erbost Verse entgegen. Und just, als der Heeresfürst das Mädchen dem anderen übergab, erwachte es in dessen Armen wieder zum Leben, woraufhin die Zuschauer in Jubelstürme ausbrachen.

Khayam fuhr zu Miltiades herum. »Aber wie Ihr wisst, ist das erst der Anfang, denn der geschlagene Heeresfürst brach auf, um dem Sultan sein Versagen zu berichten. Und dieser ließ eilends eine Flotte bauen, wie sie die Welt noch nicht gesehen hat, und der Heeresfürst zog aus, um die Najaden zu …«

»Es reicht, Khayam!« Jäh erhob sich auch Abu Sayaf.

»Warum so bescheiden, Bruder?« Khayam ging ihm grinsend entgegen und fing ihn mit einem Arm am Hals ein. Grob stieß er ihn mit der Stirn an. »Mir schmeichelt dieses Mimenspiel nun wirklich nicht. Aber du kannst dich doch nicht beschweren. Sag uns lieber, wann wir dich wieder in der Arena bewundern dürfen. Nach dieser Aufführung werden wir sie vergrößern lassen müssen, um die Massen zu fassen, die dich kämpfen sehen wollen.«

Mit einem Ruck befreite sich Abu Sayaf aus der Mangel seines Bruders und sah zu seinem Vater. »Vorerst bin ich für so etwas nicht zu haben.«

»Lass gut sein, Khayam. Dein Bruder ist gerade erst nach Hause gekommen. Wie ich ihn kenne, wird er nicht lange untätig herumsitzen wollen. So, und nun setzt euch. Halb Aššu sieht zu uns herauf. Außerdem haben wir Gäste, die wir nicht länger durch unsere Unaufmerksamkeit beleidigen wollen.« Der Sultan wartete, bis beide wieder saßen, und trat vor Miltiades. »Nun, Fürst, sagt mir Eure Meinung zur Aufführung. Ist sie ein Skandal? Fandet Ihr sie zu gewagt für diesen Abend?«

Miltiades schürzte die Lippen, was seiner Miene einen gönnerhaften Ausdruck verlieh. »Nun, bis auf das Kostüm bin ich in diesem Stück doch recht gut weggekommen. So will ich mich nicht beklagen.«

Der Sultan warf lachend den Kopf zurück. »Eure Reaktion gefällt mir, Ihr nehmt es mit Humor.«

Miltiades räusperte sich. »Erlaubt mir, Hoheit, Euch nun eine kleine Auswahl von Königin Lydraias Mitgift zu zeigen. Dies dürfte auch Eure Gäste gut unterhalten.«

Als der Sultan erfreut nickte, gab Miltiades Áris, der bei der Treppe stand, ein Handzeichen, und dieser verschwand. Kurz darauf erhoben sich erneut die Fanfaren, und unten auf dem Theaterplatz, rollten die ersten Gespanne herein, auf denen sich die Stoßzähne von Elefanten und die Felle von Raubkatzen stapelten.

Meliaé schloss die Augen bei dem Gedanken, wie viele dieser wunderbaren Tiere dafür wohl ihr Leben gelassen hatten. Weitere Gespanne mit Schnitzereien und Goldschmiedearbeiten folgten. Darunter auch eine Wagenladung kristallklarer Glarnsteinbrocken, die direkt nach ihrer Entstehung vom Grund des Meeres geholt worden sein mussten.

Ein Trupp Soldaten aus König Simhas Heer begleiteten einen Wagenzug mit Kisten, in denen Schwerter und Rüstungen lagen. Dahinter stapfte ein prächtig geschmückter weißer Elefant mit einer Sänfte auf dem Rücken. Zwei Tiger in einem Gitterwagen folgten, die verstört von der plötzlichen Helligkeit mit ihren Schwänzen peitschten.

Meliaé hatte genug gesehen, sie wandte sich ab und begegnete Abu Sayafs Blick. »Glückwunsch!«, zischte sie so leise, dass nur er sie hören konnte. »Euer Beutezug hat sich wieder einmal gelohnt. Betrachtet Eure Auslagen für mein Reitpferd damit als abgegolten!«

Er sah an ihr vorbei und lächelte.

Sie sah den Sultan an. »Erlaubt mir, Hoheit, mich zurückzuziehen. Ich bin sehr müde.«

Die buschigen Brauen des Sultans zuckten hoch. »Es betrübt mich, Prinzessin, dass Euch das Theater so sehr in Aufregung versetzt hat.«

Meliaé kniff die Lippen zusammen, damit ihr nur ja keine bissige Erwiderung entschlüpfte. Sie wollte weder riskieren, im Verlies zu landen, noch erneut in Tränen ausbrechen. Parušha hatte recht, sie durfte es diesen Männern nicht so leicht machen, über sie zu triumphieren.

Der Sultan lehnte sich zurück. »Gute Nacht, ich sehe ein, dass ich Euch nicht länger aufhalten darf, wenn ich meinem Sohn nicht alle Freuden dieser Nacht verleiden will. Geht ruhig, ich werde ihm bald erlauben, Euch zu folgen.«

Meliaé zwang sich zu einer unterwürfigen Verneigung. »Auch Euch und der Sultana eine gute Nacht«, stieß sie stockend auf Aššunisch hervor und verneigte sich auch vor Parušha und Khayam.

Auf einen weiteren Wink von Miltiades betrat Áris den Tribünenrang. Aber er war nicht allein. Hinter ihm ging ein zierliches Mädchen in transparenter Pluderhose mit einem Schleier vor dem Gesicht.

»Werter Al-Šhamaš.« Miltiades erhob sich. »Erlaubt mir, Euch diese besondere Mitgift vorzustellen.«

Meliaé keuchte auf. Mitgift? Dieses Mädchen? Mit offenem Mund musterte sie die zarte Person, die wie eine Haremsdame von König Simha zurechtgemacht war und von Miltiades direkt vor den Sultan geführt wurde. Dünne Goldketten zierten ihre nackte Körpermitte, und ein jeder freie Fleck Haut war mit Goldranken bemalt.

Miltiades bedeutete ihr mit einer Geste, den Schleier abzunehmen. »Darf ich vorstellen, das ist König Simhas jüngste Tochter.«

Meliaé blieb die Luft weg. Ayu, sie war es tatsächlich. Aber was war nur mit ihr geschehen? Da war nichts Kindliches mehr an ihr. Kokett lächelte sie in die Runde und versank in einen Hofknicks, woraufhin Miltiades mit ihrer Vorstellung fortfuhr.

»Der Herrscher von Vasumana gab mir seine Jüngste mit, er würde sich freuen, wenn derjenige Eurer Söhne Gefallen an ihr fände, dem die Hand von Prinzessin Meliaé versagt geblieben ist.«

Kapitel 31

Falscher Schatten

Instinktiv senkte Simos den Blick, denn es marschierten Palastgardisten in schimmernden Bronzepanzern an ihnen vorbei. Hauptmann Áris hatte ihm erlaubt, ihn zu begleiten, um Meliaé ein letztes Mal zu sehen, bevor sie einem anderen gehörte.

Er lächelte unter der schwarzen Seidenbinde, die sein Gesicht bis auf einen Sehschlitz verhüllte. Wer hätte gedacht, dass sich der Hauptmann einmal als sein Verbündeter erweisen würde? Vielleicht besaß der Kerl ja doch so etwas wie ein Herz.

Meliaé war in einen weißen Perlenmantel gehüllt und ging hinter einem halben Dutzend Gardisten her, die ihr Gemahl zu ihrer Bewachung abgestellt hatte.

Der Flur, in den sie eintraten, mündete in eine runde Halle, die von einer Mosaikkuppel überspannt war. Vor dem Flügeltor aus dunklem Holz, das zu den Gemächern des Heeresfürsten führte, waren zwei Wachen postiert, die einen Flügel für Meliaé öffneten.

Simos' Herz schlug schneller, womöglich würde es wieder scheitern, mit ihr zu sprechen. Die verfluchten Gardisten waren überall.

Meliaé schritt an den Wachen vorüber, nichts deutete darauf hin, dass sie sich vor ihrer Vermählungsnacht fürchtete. Vielleicht hatte sie ihre Abneigung gegen den Heeresfürsten ja überwunden. Schließlich war an dem Prinzen nichts Abstoßendes, er sah gut aus und besaß Macht und Reichtümer. Von solchen Attributen fühlten sich Frauen gemeinhin angezogen wie die Fliegen vom Gassendreck.

Simos betrat mit Áris den Flur zu den Gemächern, die Meliaé nun mit ihrem Gemahl bewohnen würde. Staunend blickte er in die offenen Hallen und Räume, an denen sie vorbeikamen. Kostbare Teppiche und goldverzierte Möbel, wohin er blickte, dazu riesige Fenster und Durchgänge zu den Innenhöfen und Gärten. Leise hallte das Plätschern der Springteiche durch den Flur.

Das Elend in Simos wuchs. Solch einen Luxus würde er ihr nie bieten können, selbst dann nicht, wenn er Glarnos zurückeroberte und den Königspalast besetzte. Was also suchte er hier? Seit dem Zwischenfall auf dem Schiff hatte sie keinen Versuch mehr unternommen, ihn zu treffen. Und im Gegensatz zu ihm schien ihr das nichts auszumachen.

Wieder gelangten sie zu einem Flügeltor, und die sechs Gardisten blieben zurück. Nur Meliaé und ihre beiden Schatten traten in die Verteilerhalle dahinter ein.

Mehrere Räume standen hier offen, unter anderem eine Therme aus sandfarbenem Marmor, in der es ein von Glarnstein blau leuchtendes Schwimmbecken gab.

Zwei dunkelhäutige Dienerinnen traten zu Meliaé und halfen ihr, den Perlenmantel abzulegen. Darunter trug sie ein Seidenkleid, das von Perlenschnüren auf ihren Schultern gehalten wurde.

Áris verbeugte sich vor Meliaé und richtete einige Worte in seiner Sprache an sie, die sie aufhorchen ließ.

Als Meliaé die Dienerinnen wegschickte und Áris die Thermentür hinter den Frauen schloss, bekam Simos Herzklopfen. Dann lief sie ihm entgegen, und Simos riss sich die Seidenbinde vom Gesicht.

»Verschwinde auf der Stelle!«, fauchte sie ihn an.

Er fasste nach ihren Schultern. »Flieh mit mir, es muss ja nicht heute sein. Ich komme wieder, wir bereiten es besser vor. Ich schaffe dich in Gestalt der Schlange hier raus.«

»Du bist ja verrückt!« Sie machte sich von ihm los. »Verschwinde und versuch nicht, mich wiederzusehen! Geh zurück nach Glarnos oder Northan und vergiss mich.«

»Aber das kann ich nicht.«

Unwillig schüttelte sie den Kopf. »Das auf dem Schiff, es war nicht richtig, ich war verzweifelt.« Beschwörend sah sie ihn an. »Es war nur Trost, den ich bei dir gesucht habe, weiter nichts.«

Simos klappte der Mund auf, ihr Kuss und ihr Körper hatten ihm etwas anderes erzählt. Er griff nach ihren Händen, die sich kalt anfühlten. »Ich kann nicht gehen und dich vergessen.«

Mit einem Ruck riss sie sich los. »Doch, du dummer Kerl, du bildest dir doch nicht im Ernst ein, ich würde deinetwegen die Feuerinseln im Stich lassen. Ich habe hier eine Aufgabe zu erfüllen, und du bist der Letzte, der mich davon abbringt.«

Simos schluckte, ebenso gut hätte sie ihm in den Magen treten können.

»Geh!«

Mit einem Krachen schwangen die Flügeltüren auf. Vier Palastwachen marschierten herein, und als sie Simos ohne Gesichtsbinde so dicht bei Meliaé stehen sahen, zogen sie ihre Säbel und kamen auf ihn zu.

Zwei der Wachen musterten Simos von oben bis unten, und die beiden anderen winkten Áris zu sich. »Binde runter, zeig dein Gesicht!«

Áris, der kaum ein Wort Aššunisch hervorbringen konnte, kam der Aufforderung umgehend nach.

Die anderen beiden beäugten Simos misstrauisch. »Schleier runter! Ganz runter!«

Innerlich stöhnte er auf. Wenn sie seine northanische Runentätowierung sahen, war er geliefert. Seine Hand krampfte sich um das Heft der Schattenklinge, die er zur Tarnung trug. Zu zweit sollten sie doch mit diesen vier Palastwichten fertigwerden. Er wechselte einen Blick mit Áris, aber der Hauptmann schüttelte unmerklich den Kopf.

»Meine Leibwachen sind im Begriff zu gehen!«, stieß Meliaé auf Aššunisch hervor und packte nach Simos' Arm, doch im nächsten Moment wurde ihm die schwarze Binde vom Kopf gezerrt.

»Nein!«, keuchte Meliaé. Ein Gardist hatte sie um die Mitte gepackt und schleppte sie in Richtung Therme davon.

Simos zog die Schattenklinge blank, aber Áris trat mit erhobenen Händen den Rückzug an.

»Hinter dir!« Meliaés Stimme kreischte durch die Halle. Simos hob den Arm und blockte eine heranfliegende Klinge, doch prasselten von allen Seiten sengende Hiebe auf ihn ein. Schmerz raste wie eine Feuersbrunst durch seinen Körper, seine Bewegungen erlahmten. Der Wachmann machte eine Drehung, und sein Ellenbogen traf Simos mitten im Gesicht. Grelle Pein riss ihn in die Finsternis. Von dem Aufprall seines Körpers auf dem Boden spürte er nichts mehr.

Kapitel 32

Schlangennacht

Das Schluchzen brach nur so aus Meliaé heraus. Sie kniete auf dem Teppich ihres neuen Schlafgemachs, und ihre beiden Dienerinnen murmelten tröstende Worte und streichelten ihr den Rücken, aber sie konnten sie nicht beruhigen. Simos war tot. Die mörderischen Hiebe der Palastwachen – das konnte er unmöglich überlebt haben. Ob Áris ihm absichtlich eine Falle gestellt hatte? Auf Miltiades' Geheiß?

Ihr schwirrte der Kopf von den immer gleichen Fragen, den Vorwürfen, die sie sich machte. Sie hätte Simos' Hoffnung auf eine gemeinsame Zukunft viel konsequenter zunichtemachen müssen. *Oh, dieser Dummkopf!*

Sie entzog sich den Dienerinnen, indem sie auf allen vieren bis zum Teppichrand kroch. Wenn sie dem Gemach und der Therme doch bloß entfliehen könnte, aber sämtliche Türen hinaus in die Halle waren verschlossen. Gleich würde er hier aufkreuzen, ihr Gemahl. Dass er nicht längst schon da war, wunderte sie, denn seit der Theateraufführung mussten Stunden vergangen sein.

Womöglich unterzog er Áris und Miltiades einem Verhör, und wer weiß, was er ihnen antat.

Als die Dienerinnen ihr hinterhergerutscht kamen, streckte sie in Abwehr die Hand aus. »Nein, nicht, lasst mich in Ruhe!« Was für eine Situation, sie konnte die Frauen nicht einmal wegschicken. Sie meinten es sicher nur gut, aber Meliaé ertrug ihr Getue nicht. Sie waren Fremde, die weder wussten, was ihr passiert war, noch was in ihr vorging. Sie brauchte kein Mitleid, sie brauchte jemanden, der die Türen aufsperrte. Sie wollte zu Miltiades, diesem verschlagenen Mistkerl, um ihn zur Rede …

Ein lautes Klacken, das durch die angrenzende Therme hallte, ließ Meliaé zusammenzucken. Sie fuhr herum und sah die Dienerinnen aufspringen. Durch den Türspalt schien bläuliches Licht, das von dem mit Glarnstein verblendeten Becken stammte. Feste männliche Schritte näherten sich, und Meliaé hielt die Luft an, bis sie die dunklen Umrisse ihres Gemahls im Türrahmen erblickte.

Eine der Dienerinnen lief ihm mit gesenktem Kopf entgegen und fasste in hektische Worte, dass sie alle nicht imstande gewesen waren, die Fürstin zu trösten.

Eine Handbewegung von ihm brachte sie zum Schweigen, dann brummte er einen Dank und entließ die Frauen.

Meliaé wischte sich mit dem Handrücken über die nassen Wangen, das Schluchzen hauste in jedem Winkel ihres Körpers und schüttelte sie durch. Sie krallte die Finger in den Teppich und versuchte aufzustehen, aber es ging nicht, ihre Beine waren so schlapp wie die Fangarme eines verendeten Kraken.

Ein Luftzug streifte sie, dann wurde sie von kräftigen Händen gepackt und emporgezogen. Der Geruch von Blut und Schweiß stieg ihr in die Nase. Er war also bei Simos gewesen, es war sein Blut, das sie an ihm roch. Mit zusammengepressten Lippen rang sie um Fassung und zwang sich, zu ihm aufzusehen. Seine Züge langen im Dunkeln, nur seine Augen funkelten. Sie hatte den Dienerinnen untersagt, die hell strahlenden Glarnlampen anzuzünden. Jetzt bereute sie es, denn die Angst vor ihm schnürte ihr die Kehle zu.

»Wo habt ihr denn hingewollt, du und Simos?« Seine Finger um ihre Oberarme gruben sich in ihr Fleisch. »Bildest du dir auch ein, ihr wärt lebend aus diesem Palast gekommen oder gar bis zu einem der Stadttore? Rede!« Er drückte fester zu.

»Was ist mit Simos?«, presste sie hervor. »Wo hat man ihn hingebracht? Die Palastwachen …«

»Ist das alles, was du mir zu sagen hast?«, fiel er ihr barsch ins Wort.

»Nein, ja, ich …« Ihr Versuch, sich gegen ihn zu stemmen, endete damit, dass sie vor Schmerz aufkeuchte.

Er lockerte seinen Griff. »Dann sag mir jetzt«, zischte er, »was ist zwischen euch? Und lüg mich ja nicht an. Ich weiß, du warst auf seinem Schiff. Du hast seine verkommene Fratze geheilt, die er stets vor mir unter seinem Schleier verborgen gehalten hat.«

Simos war nicht tot! Ihr entrang sich ein hysterischer Laut, irgendetwas zwischen Lachen und Weinen. »Was ist mit Miltiades?« Heiße Sorge durchzuckte sie, doch sie wurde zum Bett gedrängt und landete auf der Decke.

Abu Sayaf wandte sich ab und ging zu dem riesigen Fenster, vor dem sich dünne Vorhänge in der Nachtluft bauschten.

»Miltiades«, flüsterte sie. »Was habt Ihr mit ihm angestellt?« Noch immer brachte sie es nicht fertig, ihren Gemahl zu duzen.

»Ich stelle hier die Fragen«, beschied er ihr mit einem flüchtigen Blick. »Wann hast du die Narbe in Simos' Gesicht behandelt? Bei welcher Gelegenheit?«

In ihrem glühenden Kopf überschlugen sich die Gedanken, aber sie durfte die Antwort keinen Atemzug länger hinauszögern. »Auf der Überfahrt«, platzte sie heraus und hoffte, dass sie ihn am ehesten überzeugte, wenn sie dicht bei der Wahrheit blieb.

Abu Sayaf rührte sich nicht, er wandte ihr nur leicht den Kopf zu. »Hast du dich öfter von Bord gestohlen, um ihn zu sehen?«

»Nein, nur dieses eine Mal.«

»Wusste Miltiades davon? Wusste er, wo du dich herumtreibst?«

»Ja, und er hat mir die heftigsten Vorhaltungen gemacht.«

Er nickte knapp. »Wolltest du Simos dazu überreden, mit dir zu fliehen?«

»Nein!«, empörte sie sich.

»Warum bist du dann bei ihm gewesen?«

Sie verkrampfte die Finger ineinander. »Ich musste ihn sehen, weil ich so verzweifelt war. Aššu war nicht mehr weit, und ich habe mich gefürchtet vor dem, was …«

»Hast du mit ihm geschlafen?«

Sie verzog das vor Scham brennende Gesicht, heilfroh, dass nur Öllampen das Gemach erhellten. »Nein!«

»Und das soll ich dir glauben?«

»Er ist mein Bruder.«

»Stiefbruder.«

Kurz kniff sie die Augen zu. »Ich kenne ihn, seit ich denken kann, er ist mein Bruder.«

»Er ist ein Idiot, euch beide in eine solche Situation zu bringen.«

»Ja, das ist er.« Sie hielt die Luft an. »Darf ich zu ihm, ich will nach seinen Verlet…«

»Nein. Du wirst ihn nicht wiedersehen.«

»Aber jemand muss seine Wunden …«

»Leg dich schlafen.«

»Aber das kann ich nicht.«

»Miltiades ist bei ihm. So, und nun gib Ruhe.« Er kehrte dem Fenster den Rücken zu und ließ sich auf der anderen Bettseite nieder.

Fassungslos starrte sie auf seinen Rücken, während er die Stiefel abstreifte und sich dann erhob, um dem Brokatmantel abzulegen. Das konnte nicht sein Ernst sein, er speiste sie damit ab, dass sie Simos nicht wiedersehen durfte, und die Sache war für ihn erledigt. Als er an der Verschnürung seiner Hose nestelte, sprang sie vom Bett.

»Was passiert jetzt mit Simos? Mit welcher Strafe hat er zu rechnen?«

»Du sollst dich schlafen legen«, knurrte er, ohne sich zu ihr umzudrehen. Aber dann schnaubte er missbilligend. »Keine Angst, Teuerste, ich habe nicht vor, unsere Vermählung in nächster Zeit zu vollziehen. Jedenfalls nicht, bevor der Leibarzt des Sultans deine Blutung festgestellt hat.«

Erneut stieg ihr beißende Hitze in den Kopf, und sie sah ihm hinterher, wie er in der Therme verschwand. Simos lebte. Mehr war im Augenblick nicht wichtig. Er lebte, und sie würde gleich morgen Nachforschungen anstellen, wo er gefangen gehalten wurde.

Sie griff nach der Bettdecke, warf sie zurück und setzte sich. Nebenan strömte und plätscherte Wasser zu Boden, sie schlang die Arme um sich. Ihr Gemahl würde sie die nächste Zeit nicht anrühren, und doch sie fühlte keine Erleichterung darüber, denn Simos würde für diesen Aufschub mit dem Leben bezahlen.

Sie schob das Kissen zum Bettrand, legte sich mit angezogenen Beinen hin und zog das Laken über sich. Sie würde einen Weg finden, ihn zu befreien. Angestrengt sah sie in das Halbdunkel des Gemachs und lauschte auf Geräusche aus der Therme, bis sie die nackten Füße ihres Gemahls auf dem Steinboden hörte. Er ging umher und löschte die Lampen, dann senkte sich das Bett unter seinem Gewicht, und er streckte sich mit einem Seufzer aus.

Für die Dauer einiger Herzschläge hielt sie die Luft an, doch er regte sich nicht mehr, und bald waren nur noch tiefe und gleichmäßige Atemzüge von ihm zu hören. Ungläubig blinzelte sie ins Dunkle. Er war eingeschlafen!

Eine kleine Ewigkeit blieb sie so liegen, weil sie dem Frieden nicht traute, dann aber sah sie über die Schulter. Knapp zwei Armlängen von ihr entfernt lag er auf dem Rücken. Die Decke bis zur Brust hinaufgezogen, auf der seine Rechte mit dem wuchtigen Siegelring ruhte. Das Gesicht hatte er ihr zugewandt, schlafend, und im Dunkeln wirkten seine Züge nicht mehr so bedrohlich.

Langsam wandte sie sich von ihm ab, neigte sich über den Bettrand und glitt zu Boden. Einige Zeit blieb sie auf dem Bauch liegen und lauschte auf seine Atemzüge, dann richtete sie sich auf und spähte zu ihm hin. Unter dem Leinen zeichnete sich seine Gestalt unbekleidet ab, er lag unverändert da. In sein gleichmäßiges Atmen mischte sich leises Schnarchen. Sie presste die Lippen zusammen. Das passte zu ihm – nach einer solchen Aufregung legte er sich einfach schlafen, als ob nichts geschehen wäre.

Sie stand auf und ging auf nackten Sohlen in die Therme. Vor dem gut sechs Schritt langen und zwei Schritt tiefen Becken blieb sie stehen. Es war mit Glarnstein verblendet und bis zum Rand mit Wasser gefüllt.

Vorhin, als die Wachen die Tür zur Halle hinter ihr und den Dienerinnen abgeschlossen hatten, hatte sie sich flüchtig gefragt, was das sollte. Warum diese Verschwendung von kostbarem Nass?

Ihr Blick fiel auf eine kunstvoll geschnitzte Kleiderbank, über der Abu Sayafs Hemd und seine Hose lagen. Im Marmorboden daneben gab es eine flache Ausschachtung, in der eine Pfütze glitzerte, und eine Mannslänge darüber wölbte sich ein Bronzeschädel aus der Decke. Ein Löwenkopf mit aufgerissenem Maul und heraushängender Zunge, eine Art Wasserspeier.

Meliaé schüttelte den Kopf, eine derartige Vorrichtung zum Waschen hatte sie noch nie gesehen. Ihr Gemahl musste sie benutzt haben. Sie blickte auf die Stufen, die ins Becken führten, und raffte ihr Kleid, um hineinzusteigen.

Die angenehme Kühle bescherte ihr eine Gänsehaut. Als ihr das Wasser bis zum Hals reichte, tauchte sie lautlos unter, und beim nächsten Atemzug trat ihre Wandlung zur Schlange ein. In ihrem Schädel knirschte es, und ihr Körper wurde eins mit der flüssigen Schwebe. Mit sachten Schlängelbewegungen befreite sie sich aus ihrem Kleid und glitt einige Zeit ziellos durch das Becken.

In Gestalt der Schlange war alles so einfach, da waren keine Gefühle, die sie quälten, nichts hatte mehr eine Bedeutung. Angenehme Schwere überkam sie. Ihre Bewegungen erlahmten, sie ließ sich zu Boden sinken, und noch während sie sich zusammenrollte, fiel sie in den Schlaf.

Sayaf blickte in das blau leuchtende Becken. Auf dem Grund schimmerte Meliaés weißes Kleid mitsamt den Perlen und Goldschnüren, die sie im Haar getragen hatte. Unweit davon lag eine zusammengerollte Schlange. Sie glühte wie flüssiges Kupfer und war gut das Doppelte der schwarzen Kobra. Unwillkürlich musste er lächeln. Das hatte er sich gedacht. Einem wassergefüllten Becken würde sie nicht lange widerstehen können. Seine Erheiterung erlosch.

Ja, eine Schlange, das war sie, und ihr war nicht zu trauen. Sie mimte die Unschuld und verdrehte einem anderen so den Verstand, dass er mit ihr fliehen wollte.

Bedacht darauf, kein Geräusch zu machen, stieg er über die Stufen ins Becken, und sein Herzschlag beschleunigte sich. Was tat er da? Er sollte zurück ins Bett gehen und sie in Ruhe lassen.

Erneut musste er lächeln. Eine Schlange zu fangen, war recht einfach. In den Wüstenlagern hatten sie sich einen Spaß daraus gemacht. Alles, worauf es dabei ankam, waren Schnelligkeit und das Überraschungsmoment.

Er füllte seine Lunge mit Luft und tauchte mit offenen Augen und einer kräftigen Armbewegung zu ihr hinab. Mit einer Hand tippte er ihren Schuppenleib an, mit der anderen packte er sie beim Hochschnellen im Genick.

Ihm entfuhr ein Schwall Luftblasen. Für eine Schlange besaß sie erstaunliche Kräfte, peitschte wie besessen um sich. Aber dann änderte sie die Taktik, wickelte sich um seinen Arm und presste zu, bis seine Finger taub wurden. Immer wieder stieß ihr zuschnappendes Maul vor seinem Gesicht zu. Sayaf schlug das Herz bis zum Hals. Hoffentlich kostete ihn dieser alberne Nervenkitzel nicht das Leben. Doch dann ließ sie von seinem Arm ab und glitt um seinen Oberkörper. Erneut entwichen ihm dicke Luftblasen, ihre Schuppen prickelten auf seiner Haut.

Die Schlange wuchs, ihr sich verdickender Leib fuhr an seinem abwärts und wickelte sich um eins seiner Beine.

Weiches Haar wogte ihm entgegen, dazwischen erblickte er feine, helle Züge und zornige Augen. Wieder entkamen Sayaf kostbare Atemblasen, und er hob die Hände, um ihr Gesicht einzufangen. Aber sie rammte ihm die Fäuste in den Magen, und er musste zum Luftschnappen an die Oberfläche. Auf der Stelle tretend sah er unter sich und entdeckte sie eingehüllt in einer Wolke aus Haar.

Er nahm sich Zeit, um seine Lunge mit Luft zu befüllen und seinen Herzschlag zu beruhigen. Dann sank er zu ihr hinab, und zu seinem Erstaunen wehrte sie sich nicht, als er sie an sich zog. Verschwommen sah er ihr Gesicht vor sich, und ihr laues Atemwasser wirbelte ihm gegen den Mund.

In Sayaf erhob sich eine warnende Stimme – besser, er gab sie frei und tauchte auf. Nicht lange, und die Puste ginge ihm schon wieder aus. Jeglicher Vernunft zum Trotz fing er ihre Lippen mit seinen ein, und sie hielt still und ließ es zu, dass er sie behutsam küsste. Er machte sich zum Narren, er hatte sie doch nicht anrühren wollen, aber das war ihm auf einmal egal. Ihr Mund war weich und nachgiebig, und ihre Hände und Arme schoben sich über seine Brust und legten sich um seinen Nacken. Doch dann wurden ihre Finger kalt, Eis sickerte ihm ins Genick, eine Kälte, die sich wie ein zuschnappendes Maul in seiner Kehle verbiss und seine Muskeln lähmte. Sprudelnd entwich ihm sämtliche Atemluft, und er sank wie ein Stein zu Boden.

Meliaé umschlang Abu Sayafs Oberkörper und zerrte ihn, unterstützt von der Macht der Verzweiflung, zu den Stufen. Was war bloß in ihn gefahren? Er hätte ihr nicht so nahe kommen dürfen. Im Wasser war alles anders. Sie war dann anders. Miltiades hatte recht. Die Gestalt der Schlange stellte etwas mit der Seele an, sie machte ein grausames Wesen aus ihr. Ein Geschöpf ohne Skrupel.

Sie erreichte die Treppe, aber sobald das Wasser den erschlafften Körper nicht mehr trug, bewegte sie ihn kein Stück weiter. Sie zwängte sich unter Abu Sayaf, fasste durch seine Achseln hindurch und zog mit aller Kraft. Ihr entwich ein Keuchen, sie schaffte es nicht. Furcht packte sie. Was, wenn er ertrank?

Sie zwang ihren Schwanz dazu, sich in ihre Beine zu teilen, und stellte die Füße auf. Und da endlich geriet der Körper auf ihr ins Rutschen. Sie spannte die Arme an und drückte sich abermals kräftig ab. Vor Schmerz japsend hielt sie inne, ihr Rücken brannte von den Kanten der Stufen, und sein Kopf lastete schwer auf ihrer Brust. Doch jetzt hatte sie ihn dauerhaft an der Oberfläche. Mit zusammengebissenen Zähnen kämpfte sie sich unter ihm hervor und bettete ihn so, dass sein Gesicht über Wasser blieb. Mit fliegenden Händen umfasste sie seinen Kopf und überstreckte seine Kehle, dann senkte sie den Mund auf seinen und stieß ihm Luft in die Lunge.

Keuchend wiederholte sie die Prozedur, bis ihr von der Schnappatmung ganz schwindelig wurde, aber sosehr sie sich auch bemühte, er zeigte keine Reaktion.

Kurzerhand setzte sie sich auf seine Hüften, ignorierte dabei seine Weichteile und rammte ihm die Fäuste in den Brustkorb. Immer und immer wieder. Das Wasser musste aus ihm heraus, sein Herz durfte nicht stehen bleiben.

Der Ruck, mit dem er sich aufbäumte, beförderte sie rücklings ins Wasser, und als sie wieder auftauchte, saß er da und hustete sich die Seele aus dem Leib. Seine Schultern bebten, und die Therme dröhnte von seiner Stimme.

Sie glitt neben ihn auf die Stufen und tastete nach seinem Arm. »Es tut mir leid, ich …«

Mit einem wütenden Schnauben stieß er sie von sich. »Spar dir das Gesäusel, du Schlange.« Er deutete mit dem Finger auf sie. »Gleich morgen lasse ich die Wasserzufuhr zu dieser Therme abstellen! Dann kannst du dich mit Sand abreiben, wenn dir nach Waschen ist!« Sein Oberkörper spannte sich wie zum Sprung, aber er blieb nur vorgelehnt. Lichtreflexe umtanzten seine Züge, warfen Schatten über seine glitzernden Augenhöhlen.

Meliaé verfluchte sich, sie hätte sich nicht von ihm festhalten lassen dürfen. Zuerst hatte sie ihn gar nicht küssen wollen, aber dann hatte sein Kuss sie so hungrig nach seinen Berührungen und seiner Nacktheit gemacht, dass sich ihre Magie verselbstständigt hatte. Mit einem heißen Ziehen im Bauch dachte sie an Simos. Was hatte sie bloß angerichtet? Stöhnend kniff sie die Augen zu. Den Atem, sich noch einmal zu entschuldigen, konnte sie sich sparen. Er würde ihr doch nicht glauben.

Abrupt stand er auf, und das Wasser strömte funkelnd an seinem muskulösen Körper herab, es schien ihm nichts auszumachen, sich ihr nackt zu zeigen. Ohne ein weiteres Wort machte er kehrt und tappte ins Schlafgemach zurück.

Sie ließ sich zum Beckengrund hinabsinken, atmete Wasser und wartete darauf, dass sich ihr rasendes Herz beruhigte. Aber es beruhigte sich nicht. Sie schloss die Augen und konzentrierte sich auf die Wandlung zur Schlange.

Nach etlichen Atemzügen gab sie es auf, es ging einfach nicht. Alles in ihr sträubte sich gegen die Schlangengestalt, sie musste an Abu Sayafs Hände auf ihrer Haut denken, wie behutsam er sie gehalten und geküsst hatte. Was für ein Irrwitz. Besser, sie dachte darüber nach, wie sie Simos aus seiner ausweglosen Lage befreien konnte. Wie sie ihren Gemahl davon überzeugen konnte, dass zwischen ihr und Simos nichts war. Aber alles, was ihr Verstand hergab, war Abu Sayafs Arme um ihren Körper und seine unglaublich sanften Lippen.

Sayaf wusste nicht, was ihn geweckt hatte. Doch irgendetwas riet ihm, sich nicht zu bewegen. Meliaé war im Bett. Träge hob er die Lider und erblickte im ersten Morgenlicht ihre schlanke Gestalt, kaum verdeckt vom Laken. Sie lag auf dem Bauch, und überall war ihr Haar. Es war noch feucht. Als er das Seidenkleid an der Wölbung ihrer Kehrseite kleben sah, zuckte sein Mundwinkel. Sie musste sich nass hineingezwängt haben.

Ernüchterung machte sich in ihm breit. Er würde sie nie für sich gewinnen können. Nicht nach dem, was letzte Nacht vorgefallen war, und erst recht nicht, nachdem sie von den Konsequenzen für Simos erfuhr.

Er zwang sich, die Augen zu schließen, und lauschte auf ihre leisen Atemzüge. Sein Verdruss wuchs. Egal, wie hoch der Druck auch werden mochte, mit ihr einen Erben zu zeugen, er würde sie zu nichts drängen oder zwingen.

Als sie sich neben ihm regte, flogen seine Augen auf, und er sah in zwei klare Lagunen, umkränzt von dunkelroten Wimpern. Ihre Nasenflügel bebten, und ihr zog eine feine Röte ins Gesicht, doch sie blieb liegen. Winzige Mimikmuskeln arbeiteten auf ihrer Stirn.

Fast hätte er gelacht, er konnte sich lebhaft vorstellen, was in ihr vorging. Sie sorgte sich um den ungewaschenen Bastard, der mit ihr fliehen wollte, und musste ihrem Gemahl dabei in die Augen sehen. Ihrem Gemahl, dem sie Hörner aufgesetzt und den sie obendrein beinahe ersäuft hatte.

Plötzlich schimmerten Tränen in ihrem Blick, und als sie die Lider senkte, perlten sie zwischen ihren Wimpern hervor und rannen ihr über den Nasenrücken.

»Na, quält dich das schlechte Gewissen?«

Zu seinem Erstaunen nickte sie. »Das unter Wasser. Ihr hättet mich nicht festhalten dürfen, als Schlange bin ich nicht ich selbst.« Sie zog die Hand unter dem Kissen hervor und betrachtete sie mit gerunzelter Stirn. »Vor Kurzem erst habe ich entdeckt, dass ich über heilende Magie gebiete.« Sie sah ihn wieder an und schob die Hand zurück. »Bisher habe ich noch niemandem damit geschadet. Was da unter Wasser passiert ist … Ich kann es mir nicht erklären. Es muss an der ganzen Aufregung gelegen haben.«

»Dann hatte Simos ja verdammtes Glück, dass du in seiner Nähe nicht so aufgeregt warst.«

Ihre Lider flatterten, aber sie sah ihm unverwandt in die Augen. »Zwischen mir und Simos ist nichts. Und dafür, dass ich seine Narbe behandelt habe, kann er doch nicht bestraft werden.« Sie presste die Lippen aufeinander und sah ihn mit angehaltenem Atem an.

»Dennoch ändert das nichts an der Tatsache, dass er bis in unsere Gemächer vorgedrungen ist, um mit dir zu verschwinden.«

Angestrengt blinzelte sie ihre Tränen weg. »Er ist so ein Schafskopf, und ich kann nichts anderes tun, als Euch um sein Leben zu bitten.« Alles Blinzeln half nicht mehr, und sie vergrub das Gesicht im Kissen und gab einen ersticken Laut von sich.

Ihre Verzweiflung berührte Sayaf, und doch nagten Eifersucht und Enttäuschung heftiger denn je an ihm. Ohne noch lange zu überlegen, rutschte er an sie heran, aber sie zog die Schultern hoch und umklammerte das Kissen.

»Wie wäre es, wenn du mir einen Kuss gewährst?«, murmelte er neben ihrem Ohr. »Sagen wir, als kleines Zeichen deiner Wertschätzung.« Einerseits kam er sich schäbig vor, andererseits – warum sollte er die Situation nicht für sich ausnutzen? Lächelnd strich er über ihren nackten Arm, auf dem sich prompt eine Gänsehaut bildete, und schob ihr das feuchte Haar aus dem Nacken.

Mit einem resignierten Seufzer ließ sie sich auf ihr Kissen sinken, dann drehte sie sich auf den Rücken. Schmunzelnd betrachtete er ihr gerötetes Gesicht, in dem alle möglichen Gefühle um die Wette stritten. Aber dann hielt sie seinen Blick fest, und er beugte sich über sie. Doch er wartete damit, den Mund auf ihren zu senken, bis sie die Augen schloss und die bitter verkniffenen Lippen entspannte. Zu seiner Verblüffung ließ sie sich auf den Kuss und das behutsame Vortasten seiner Zunge ein.

Von Sayaf bröckelte jegliche Zurückhaltung, er konnte nicht mehr, so lange schon wollte er genau das mit ihr tun. Und noch so einiges mehr, denn ihm strömte das Blut zwischen die Beine. Dann aber drückten ihre Handflächen entschieden gegen seine Brust, und ihm entwich ein Stöhnen in ihren Mund. Stetig fester gruben sich ihre Fingernägel in sein Fleisch, etwas, das sein Verlangen, ihren Widerstand ins Wanken zu bringen, nur noch mehr anstachelte.

Sayaf spannte die Rückenmuskeln an, und dennoch kostete es ihn seine ganze Selbstbeherrschung, den Kuss zu beenden. Mit angehaltenem Atem sah er in ihre aufgerissenen Augen. Es hatte ihr gefallen, aber sie war noch weit weg davon, sich das einzugestehen.

Das hallende Klacken des Türriegels in der Therme ließ sie beide erstarren. Sayaf drehte den Kopf. Das musste die Dienerschaft mit dem Frühmahl sein. *Verflucht.* Er sah sie wieder an und streifte sie noch einmal mit den Lippen. »Das sollten wir bald wiederholen.«

Verlegen schlug sie die Augen nieder, aber Sayaf war bereits abgelenkt, er war nur noch Ohr für die energischen Schritte, die sich aus der Therme näherten. Das war nicht die Dienerschaft.

Die Tür flog auf, und Khayam kam mit wehenden Gewändern hereingestürmt. Hastig rollte sich Sayaf herum und zog dabei das Laken über Meliaé. So gut es ging, verbarg er sie hinter seinem Rücken. Doch Khayam machte erst am Fußende halt und kreuzte die Arme vor der Brust. »Offen gestanden waren Vater und ich etwas in Sorge, du könntest diese Nacht nicht gut überstanden haben.« Er bleckte die Fänge. »Unbegründet, wie ich sehe.« Sein Blick glitt in aller Ausführlichkeit über das Bett, und es wurde ein anzügliches Grinsen daraus. »Demnach ist davon auszugehen, dass du ihr von deinen Plänen noch nichts gesagt hast«, wechselte er unvermittelt in die tharische Sprache und zwinkerte dabei. »Hätte ich an deiner Stelle auch nicht anders gemacht.«

Mit einem eisigen Ziehen im Magen war Sayaf ins Sitzen hochgeschnellt und hoffte, dass sein finsterer Blick Khayam eine Warnung war. »Nun, da du dich von meinem Wohlergehen überzeugt hast, kannst du Vater ja beim Frühmahl Gesellschaft leisten und ihm von deinen Beobachtungen berichten.«

»O ja, das werde ich.« Khayam ließ die Arme fallen und wandte sich zum Gehen. »Sieh zu, dass du aus dem Bett kommst«, rief er, bevor er durch die Thermentür trat. »Die Vorbereitungen zu den Festspielen erledigen sich nicht von selbst.«

Kapitel 33

Muharib

Simos zog die letzte Schnalle seines Torsopanzers zu und überprüfte den Sitz seiner Unterarmschienen, in dem er die Fäuste drehte und bewegte. Im Fackelschein schimmerten seine eingeölten Arme glatt und narbenlos. Weshalb Miltiades ihn nicht vor drei Tagen in seinem Blut hatte ersaufen lassen, war ihm schleierhaft. Und auch, warum er sich solche Mühe mit seinen Narben gegeben hatte.

Kopfschüttelnd trat Simos zu dem dunkelhäutigen Kentauren Farkon, der sich abmühte, den Haltegriff seines Langschilds mittels Lederbändern an seinem Arm zu fixieren.

Simos griff nach dem Lederband, um ihm zu helfen. »Tut mir leid, Farkon«, murmelte er in dem Schuldbewusstsein, dass er mit seiner Torheit fast alle seine Männer in eine aussichtslose Lage gebracht hatte.

Der Kentaur funkelte belustigt auf ihn herab. »Nun hör auf, mir in den Ohren zu liegen. Aus der Scheiße, die ich schon gebaut habe, könnte man ein Gebirge aufschichten!« Er spuckte auf den Boden.

Auf dem Korridor dröhnte Eisen auf Eisen. Die Knüppel der Aufseher tanzten über die Gitter. Türen wurden entriegelt und aufgestoßen. Die Schläge kamen näher.

Prüfend wog Farkon den Schild an seinem Arm und nickte Simos zu. Im nächsten Moment hämmerte der Knüppel des

Aufsehers über die Vergitterung ihrer Zelle, und die Tür flog auf. »Los, raus da!«

Mit einem flauen Druck im Magen nahm Simos seinen Helm von der Schlafpritsche und trat gefolgt von Farkon hinaus auf den von Fackeln erhellten Gang.

Der Aufseher, ein schwarzhäutiger Riese in Lederrüstung, führte einen Trupp von Simos' Söldnern an. Die Männer nickten Simos zu, und ihm wurde ganz übel. Ein jeder von ihnen verdankte es seiner Vernarrtheit in eine unerreichbare Frau, dass er sie nun alle zur Schlachtbank führte.

Der Aufseher ging voran, und Simos erhielt Gelegenheit, in die Kerkerzellen zu blicken, in denen fast ausschließlich die Mitglieder seiner Schiffsmannschaften auf den Pritschen saßen oder lagen. Seine Reue wuchs, und er schämte sich für seine Dummheit in Grund und Boden.

Vor ihnen tat sich ein Gewölbe ohne Vergitterung auf. Die Waffenkammer, in der ihnen die Schwerter samt dem Gurtzeug ausgehändigt wurden.

Simos setzte seinen Helm auf, legte sich den Gurt um und zurrte ihn fest. Es waren gute Schwerter und ausgezeichnete Rüstungen, die sie da bekommen hatten. Gegen wen auch immer sie antreten mussten, es würde nicht nur eine Hinrichtung werden. Sie erhielten die Chance auf einen ordentlichen Kampf.

Der schroffe Ruf des Aufsehers, ihm zu folgen, erscholl, und Simos nahm im Hinausgehen einen Rundschild entgegen. Mit schweißnassen Fingern umschloss er den Haltegriff, dann ging er mit Farkon dem Söldnertrupp voran.

Der nächste Korridor war doppelt so breit wie der, aus dem sie kamen. Bänke standen vor den Wänden, und am Ende lag ein zweiflügeliges Tor. Die aššunische Sonnenscheibe war darin eingelassen, ein Flechtwerk aus Holz und Eisen, durch das die Sonnenstrahlen stachen. Jenseits davon tosten die Stimmen Abertausender.

Mit hämmerndem Herzen schloss Simos die Augen, und die Droge der Furcht raste wie eine Feuerbrunst durch seinen Körper. Mit tiefen Atemzügen mahnte er sich zur Ruhe.

Als dann Lurenstöße die Menschenmenge übertönten, zog er ohne Hast sein Schwert und wechselte einen Blick mit Farkon und den beiden Northanern, die neben ihm standen.

Mit dem Verklingen der letzten Lure schwang das Tor auf und offenbarte gleißenden Sand, der von einem Ring aus schwarzen Granitmauern und darüber liegenden Tribünenrängen umschlossen war. Auf der anderen Seite erhob sich ein dreigeteiltes Tor, über dem die Säulenloge des Sultans thronte, beschattet von Stoffbahnen in nachtdunklem Purpur.

Simos trat mit verkniffenen Augen hinaus in die sengende Helligkeit, und Farkon und die anderen Männer folgten ihm.

Die Menschen auf den Rängen sprangen in einer gewaltigen Woge auf. »Mu-ha-rib! Mu-ha-rib!«, schrien sie, bis die Luft von ihren Rufen kochte.

Da traten weiß verschleierte Frauen vor die Brüstungen und leerten körbeweise rote Blütenblätter aus. Von Windböen erfasst, wirbelten sie wie Blutstropfen herab.

Die Luren erhoben sich erneut, und das Tor unter der Sultanloge schwang auf. Aus der Dunkelheit fuhren von Schimmeln gezogene Streitwagen mit Lenker und Bogenschützen ein, ihnen folgte ein Reiter auf einem schweren weißen Streitross in Schwarz und Silber gerüstet. Das Haupt verbarg er unter einem Helm, einem aufgerissenen Löwenmaul, aus dem eine spiegelblanke Schakalschnauze hervorschaute.

Er vollführte anmutige Drehungen mit seinem Ross, und für die Menge gab es kein Halten mehr. Sie brandeten gegen die Brüstungen und schwenkten voller Begeisterung Tücher und Fahnen.

Simos schnaubte durch die Nase. Es war keine Frage, wer sich da feiern ließ. Wehmütig blickte er hinauf zur Sultanloge, irgendwo da oben musste Meliaé sitzen. Was jetzt wohl in ihr vorging?

Im nächsten Moment schwangen die Seitentore auf, und aus der Dunkelheit stürmten schwarz verschleierte Krieger, die im Sand liegende Eisenringe ergriffen, um darin verborgene Ketten hervorzuzerren. Unter Getöse taten sich unweit von Simos drei Schächte im Boden auf, aus denen Käfige emporstiegen.

Als er die drei gehörnten Ungeheuer auf zwei stämmigen Stierbeinen herausspringen sah, klappte ihm vor Überraschung der Mund auf. Minotauren. Bisher hatte er sie für Gestalten aus den Legenden gehalten. Ihre Fratzen waren abstoßende Fleischgrimassen mit sabbernden Schnauzen.

Die Stiermänner schwangen brüllend ihre Doppeläxte und ließen sie als Kampfansage gegen ihre Langschilde krachen.

Umso mehr überraschte es Simos, dass der Reiter in der Prachtrüstung von seinem Streitross glitt und mit gezogenem Schwert auf den größten der Minotauren zurannte. Mit dem hochgerissenen Schild wehrte er den herabkrachenden Axthieb ab und landete obendrein selbst einen Schwerthieb, der einen klaffenden Schnitt im Arm des Ungeheuers hinterließ.

Erneut gab es für die Menge auf den Tribünen kein Halten mehr, ihr Jubel war ohrenbetäubend.

Farkon stieß Simos an und bleckte die Zähne. »Willst du dem rausgeputzten Sultanssöhnchen etwa den ganzen Spaß allein überlassen?« Ohne eine Antwort abzuwarten sprengte er los, um den zweiten Minotaur anzugreifen, der sich anschickte, Abu Sayaf in den Rücken zu fallen.

Simos rannte los, sein Schwert und den Schild fest gepackt, um den beiden Northanern beizustehen, die von dem dritten Minotaur angegriffen wurden. Das Ungeheuer holte mit dem Schild aus und brachte einen der Männer zu Fall. Den heranfliegen Schwertstreich des zweiten wehrte er mit einem Schwenk seiner Doppelaxt ab.

Als Simos hinzukam, sauste der Schild des Minotaur wie ein Fallbeil auf den am Boden Liegenden nieder, und das Blut des Geköpften klatschte ihm warm gegen die Schienbeine. Mit Gebrüll zog er dem Minotaur die Schwertklinge zwischen Brustpanzer und Waffengurt vorbei, und auf dessen bleichem Wanst erschien ein schwarzroter Schnitt. Das Ungeheuer grunzte vor Pein, aber dennoch vollführte es eine Drehung und erwischte den zweiten Northaner, der Simos beigesprungen kam, mit der Doppelaxt am Helm. Das Blut des Mannes flog in dicken Spritzern aus allen Helmöffnungen, und er brach zusammen.

Als der Minotaur erneut mit der Axt ausholte, riss Simos den Schildarm hoch, aber der Treffer rammte ihn zu Boden. Im nächsten Augenblick stampfte ihm der Klauenfuß des Stiermanns die Luft aus der Lunge, und ihm entglitt der Haltegriff seines Schilds.

Gleißender Sand stob auf, und Simos sah aus dem Augenwinkel flinke Füße in schwarzen Schnabelstiefeln herbeieilen. Mit einem Ruck wand er sich unter der Stierklaue heraus, und im gleichen Moment krachte der Schild des Minotaur neben seinem Kopf in den Sand. Benommen rappelte er sich auf, doch bevor er zum Zustechen kam, kreischte Metall auf Metall.

Das obere Blatt der Doppelaxt des Minotaur hatte sich in der gezackten Säbelklinge von Abu Sayafs Beidhänder verkeilt, und als das Ungetüm seinen mächtigen Arm zurückzog, riss es den Sultanssohn fast von den Beinen. Durch die Menge auf den Rängen ging ein bestürztes Raunen.

Simos holte aus und ihm entrang sich ein Wutschrei, denn seine Klinge schrammte den Brustpanzer des Minotaur nur, statt ihm den Wanst aufzuschlitzen. Schadenfroh grunzend schwang das Ungeheuer seine Axt, und Simos duckte sich darunter weg.

Im Hinfallen und Abrollen bekam er seinen verlorenen Schild wieder zu fassen, aber als er damit aufspringen wollte, beugte sich ihm der Minotaur mit verzerrter Fratze entgegen. Aus seinem Maul troff zähes Blut, und durch seinen mächtigen Leib rann ein Ruck, dann tauchte hinter ihm eine spiegelblanke Schakalschnauze auf – der Helm von Abu Sayaf.

Keuchend wich Simos dem fallenden Stierungeheuer aus und sprang auf die Beine.

Abu Sayaf machte kehrt und ging mit ausholenden Schritten dem letzten noch lebenden Minotaur entgegen, der in diesem Moment Farkons offene Deckung zum Zuhauen ausnutzte. Fassungslos sah Simos den Arm des Kentauren mitsamt dem Schild in den Sand fallen. In einer Fontäne schoss Blut aus dem Stumpf, und noch ehe Abu Sayaf beide erreichte, stieg der Kentaur auf die Hinterläufe. Doch der Stiermann schwang erneut seinen Beidhänder und der Huf, der ihn an den Hörnern traf, knickte an der Fessel getroffen wie ein angeschlagener Ast ein. Brüllend setzte der Kentaur mit dem heil gebliebenen Vorderbein auf, während der andere Lauf, nur gehalten von etwas Fell, in der Luft schwang. Blut tropfte herab und tränkte den Sand.

Abu Sayaf legte einen Sprint hin und drückte sich aus vollem Lauf mit einem Satz vom Boden ab und landete einen Schwertstich in den Nacken des Minotaur. Einen Moment stand dieser wie erstarrt da, während das Publikum lostobte, dann aber schlug er wie ein gefällter Baum mit der Fratze in den Sand.

Simos riss sich den Helm vom Kopf, rannte zu Farkon, der nun zusammenbrach und mit bebenden Flanken und zuckenden Hufen liegen blieb. Neben seinem Kameraden fiel er auf die Knie.

»Los, mach schnell, bring's zu Ende!«, keuchte der Kentaur, seine Augen funkelten zwischen den Sehschlitzen seines Helms.

Simos' Blick glitt zu dem halb abgetrennten Pferdelauf, aus dem bleicher Knochen ragte, und das Blut pulsierte, dann sah er in Farkons schmerzverzerrte Miene. Die Faust um den Schwertgriff gekrampft, sprang er auf und rammte dem Kentauren das Schwert in den Hals.

Die Luren schmetterten los, und die Luft kochte erneut von Rufen der Schaulustigen: »Mu-ha-rib! Mu-ha-rib!«

Mit einem Aufschrei zog Simos die Klinge aus dem Hals seines alten Freundes, und als er aufblickte, stand Abu Sayaf hinter Farkons Pferdeleib. Den Löwenhelm hatte er abgenommen und unter den Arm geklemmt. Er nickte Simos knapp zu, dann rollte ein Streitwagen heran, und Sayaf sprang auf.

Meliaé beruhigte ihr rasendes Herz mit konzentrierten Atemzügen und lockerte ihre ineinander verkrampften Hände. Simos war am Leben, und auch Abu Sayaf war nichts passiert. Wenngleich ihr Gemahl durch die Leichtigkeit, mit der er das Schwert geführt hatte, den Anschein erweckte, als wäre das blutige Spektakel für ihn nur ein unterhaltsamer Zeitvertreib.

»Hoffentlich hat der Northaner, der ein Tharier ist, im nächsten Durchgang mehr zu bieten.«

Meliaé wandte den Kopf und sah zu den beiden Männern, die im Zentrum der Loge auf wuchtigen, schwarzen Steinthronen nebeneinandersaßen, beide in Brokatmäntel aus nachtdunklem Purpur gewandet. Auf dem Haupt des Sultans saß eine Krone aus altem Gold, während Khayams dunkel gewelltes Haar ein Reif aus geschwärztem Silber zierte. Die ganze Zeit schon sprach Khayam Tharisch mit seinem Vater, wohl um sicherzugehen, dass Meliaé dem Wortwechsel auch folgen konnte. Dass er dabei seine Mutter, die zur Linken des Sultans saß, von der Unterhaltung ausschloss, kümmerte ihn wenig.

Khayam bemerkte ihren Blick und lächelte. »Na? Wollt Ihr uns nicht verraten, an wem Eure Augen hängen, während Ihr Euch die Lippe zerbeißt?«

Sie fasste all ihren Mut zusammen und sah dem Sultan in die goldenen Augen, die sie in diesem Moment sehr an Abu Sayaf erinnerten, denn sie blickten auf die gleiche Weise, wachsam und spöttisch. Aber auch voller väterlicher Nachsicht, und das ließ sie hoffen, dass er für ihr Anliegen ein offenes Ohr hatte. »Verzeiht mir, Hoheit, aber ich kann nicht verstehen, weshalb Ihr es gestattet, dass sich Euer gerade erst heimgekehrter Sohn derart in Gefahr bringt. Nur um …« Sie stockte, als sich die Miene des Sultans verfinsterte. »Nun, ich meine – nur um gegen einen haltlosen Vorwurf zu kämpfen.«

Khayam lachte verächtlich auf, aber der Sultan hob die Hand. »Sprecht nur weiter, Fürstin, wie kommt Ihr darauf, dass der Vorwurf gegen Euren Stiefbruder haltlos ist? Wo er doch bis in die Gemächer meines Sohns vorgedrungen ist, in der Absicht, Euch zu entführen.«

Vor Aufregung glühten plötzlich ihre Wangen. »Mein Bruder war außer sich vor Sorge«, stieß sie hervor. »Er musste mich noch einmal sehen, bevor sich keine Gelegenheit mehr dazu ergeben würde.« Demonstrativ sah sie zu Miltiades, der mit Legat Naphassa etwas abseits in der Loge saß. »Fürst Miltiades trägt einen nicht unerheblichen Anteil an dem lebensmüden Wagemut meines Bruders. Wenn er ihn nicht von mir …«

»Ihr meint Stiefbruder!«, korrigierte Khayam sie scharf. »Dem Blute nach seid ihr keine Geschwister. Euer Fürst Miltiades tat also recht daran, ihn von Euch fernzuhalten. Offensichtlich gibt sich dieser Strauchdieb dem verstiegenen Gedanken hin, sich durch Euch Glarnos zurückzuholen.«

»Aber das ist doch Unsinn, wie soll er Glarnos erobern, wenn die Stadt doch nun dem Sultan gehört? Und außerdem wird Simos immer mein Bruder sein. Ich bin mit ihm aufgewachsen.«

»Genug davon!« Der Sultan funkelte sie erzürnt an. »Euer Stiefbruder wird für seine Verfehlung einen ehrenvollen Tod sterben. Mehr Zugeständnis für diesen tolldreisten Narren könnt Ihr kaum erwarten.« Er schlug mit der Faust auf die Steinlehne. »Und wärt Ihr meine Fürstgemahlin, so wäre er schon längst nicht mehr am Leben. So, und nun wünsche ich, dass Ihr nicht länger von diesem Mann sprecht. Ich könnte sonst den Eindruck gewinnen, dass Ihr ihn Eurem Gemahl vorzieht.«

Meliaés Magen verkrampfte sich, und sie hielt die Luft an, damit ihr nur ja kein weiteres Wort mehr entschlüpfen konnte. Sie würde den Sultan in den nächsten Tagen um ein Gespräch bitten. Unter vier Augen, ohne dass Khayam oder sonst wer zugegen war und sich einmischen konnte.

Khayam erhob sich, nahm seinen Weinbecher von einem kleinen Tisch auf und schlenderte an die Steinbrüstung. Er blickte auf den Arenaplatz hinab, wo noch immer Blut- und Kampfspuren beseitigt wurden.

Um Fassung ringend sah sie Miltiades an, der den Kopf schüttelte und sie tadelnd anblickte.

Da schob sich eine schmale, mit Goldranken bemalte Hand über Meliaés Faust, die sie im Schoß ballte. Sie gehörte Parušha. »Auch wenn es dir schwerfällt, sprich in Gegenwart des Sultans nicht mehr von deinem Stiefbruder«, flüsterte sie.

Meliaé blinzelte verzweifelt. »Aber ich muss doch irgendetwas für ihn tun können.«

Parušha verzog bedauernd das Gesicht »Das kannst du, aber nicht so offenkundig. Sorge dafür, dass du bei Simos' Kämpfen zugegen bist. Ich kann dir dabei behilflich sein, herauszufinden, wann er kämpfen muss.«

Verwirrt zog sie die Brauen zusammen. »Ich soll hier sitzen und dabei zusehen, wie er in Stücke gehauen wird?«

»Muharib zu sein, bedeutet nicht, dass seine Tage gezählt sind. Die Besten garantieren ihren Herren ein einträgliches Geschäft. Zudem würde Abu Sayaf nichts tun, was sein Glück mit dir gefährdet. Er wird ihn also von seinen fähigsten Ausbildern auf die Kämpfe vorbereiten lassen.«

Sie schüttelte den Kopf. »Ach was, er wird mir verbieten hierherzukommen, dann ist die Sache für ihn erledigt.«

»Die Spiele der Muharib sind bei uns hoch angesehen, du

hast ein Recht darauf, einen wegen dir Verurteilten in der Arena zu sehen.«

Behutsam entzog sich Meliaé Parušhas Griff, ihre Schwägerin sah sie mitfühlend an, und sie nickte ihr für ihre angebotene Unterstützung dankbar zu.

Als ein Schatten auf sie beide fiel, sah Meliaé auf, es war Khayam, der der Arena den Rücken zugekehrt hatte. Auf einen Wink von ihm erhob sich Parušha und ging zur Sultana hinüber, und er ließ sich neben ihr nieder. Er hob seinen Weinkelch, und ein Diener eilte herbei, der einen für Meliaé brachte und ihr Wein eingoss.

Khayam lehnte sich zurück und prostete ihr zu. »Im Grunde können wir Eurem Stiefbruder dankbar sein, denn er hat uns vor Augen geführt, wie angreifbar wir in unserem Palast sind. Auch die Wachen, die in jener Nacht Dienst taten, teilen nun sein Schicksal. Vermutlich werden sie hocherfreut sein, in der Arena auf ihn zu treffen.« Er nippte an seinem Wein.

Meliaé sah auf den goldenen Becher in ihrer zitternden Hand. Wie gern hätte sie Khayam den Inhalt ins Gesicht gekippt, damit ihm das süffisante Lächeln verging. »Ich möchte nicht wissen, was in den Köpfen der übrigen Palastwachen vor sich geht, wenn sie ihre Kameraden derart hart bestraft sehen – für etwas, das sie nicht vorhersehen konnten.«

Khayam trank noch einen Schluck und lächelte. »Ich kann Euch nicht verübeln, dass Ihr so denkt. Ihr seid eine Frau, noch dazu eine sehr junge. Doch ein Soldat, der das Eindringen des Feinds nicht oder zu spät bemerkt, verliert in der Regel sein Leben. Und sollte er es dennoch überleben, verdient er nicht länger das Vertrauen seines Dienstherrn.« Mit einem bedeutsamen Blick auf ihren Becher hob er den eigenen an. »Aber lassen wir dieses unerfreuliche Thema, es tut Euch nicht gut, Ihr seid auffallend blass. Nur zu, trinkt von diesem köstlich gekühlten Wein, das wird das Blut zurück in Eure Wangen bringen. Und tadelt mich ruhig, wenn ich das sage, aber Ihr seid eine Augenweide, wenn Ihr errötet.«

Meliaé krampfte die Finger um den Weinkelch. Die Versuchung, ihm den Wein ins Gesicht zu kippen, wurde übermächtig.

In seinen Augen blitzte es herausfordernd auf, er schien zu wissen, was in ihr vorging.

Als sie aufsah, begegnete sie dem Blick des Sultans, und auch Parušha und die Sultana beobachteten sie, wobei die Frauen sichtlich angespannt wirkten. Der Sultan griff nach seinem Weinbecher. »Ich würde es sehr begrüßen, wenn sich die Spannungen, die seit Eurer Ankunft in unserer Familie herrschen, endlich legten. Ihr mögt es glauben oder nicht, aber es tut mir aufrichtig leid, dass Euer Stiefbruder Euch solchen Kummer bereitet. Aber was für ein Sultan wäre ich, wenn ich die Mitglieder meiner Familie von den Konsequenzen unserer Gesetze ausnehmen würde?«

Darauf wusste Meliaé nichts zu sagen, und insgeheim musste sie ihm sogar recht geben. Sie blickte auf den Weinbecher und hob ihn zögernd zum Mund. Die Kühle des verdünnten Weins und die wohlschmeckenden Gewürze, mit dem er versetzt war, taten ihr tatsächlich gut. Jetzt erst wurde ihr bewusst, wie ausgelaugt sie sich von der Sonnenhitze fühlte, und leerte ihn.

Khayam nickte ihr zu und erhob sich, und mit einem neuerlichen Wink bedeutete er Parušha, wieder neben ihr Platz zu nehmen. Er trat an die Steinbrüstung, und Parušha sah sie erleichtert an. »Ich helfe dir herauszufinden, wann Simos zu den Kämpfen eingeteilt ist. Wenn wir hier sitzen, wird ihm nichts geschehen.«

Lurenstöße erklangen, das Kampfspiel ging weiter. Der Sultan applaudierte, aber er sah Meliaé dabei an. Khayam hob den Weinbecher, und der Jubel der Zuschauer brandete auf.

Meliaé zwang sich, in das Rund der Arena zu blicken, wo von Schimmeln gezogene Streitwagen in einer langen Reihe einfuhren, die nach beiden Seiten auffächerten und im Kreis fuhren. Die Wagenlenker trugen Helme und Muskelpanzer, und die Bogenschützen dahinter hatten zusätzlich noch Leopardenfelle um ihre Schultern gelegt.

Simos ritt nun auf einem schwarzen Streitross ein, während etliche seiner Männer in Kettenhemden und Dornenhelmen mit Schwertern und Schilden bewaffnet über den Platz liefen.

Ihre Augen fanden Abu Sayaf, der wieder auf seinem Schimmel saß und den Löwenhelm trug. Doch im gleichen Moment nahm sie mehrere heranfliegende Objekte wahr. Es waren Pfeile! Abgeschossen von den Bogenschützen auf den Streitwagen, surrten sie durch die Luft.

Getroffen taumelte Khayam zurück, ein weiterer Pfeil schlug in seinen Oberschenkel ein, und mit einem erstickten Aufschrei stürzte er rücklings über den Beistelltisch, der unter ihm zu Bruch ging.

Blut spritzte Meliaé warm gegen Hals und Wange, und im nächsten Moment sackte Parušha schwer gegen sie. Sie schloss die Arme um die junge Frau und blickte fassungslos auf den fingerdicken Pfeilschaft, der seitlich aus ihrem Hals ragte und der ihr leuchtend rotes Gewand am Hals dunkel verfärbte. Unfähig, das Gesehene zu begreifen, drückte Meliaé Parušha an sich.

Die Sultana warf sich schreiend über den Sultan, dem mehrere Pfeilschäfte aus der Brust und dem Hals ragten. Sie versuchte, ihn mit ihrem eigenen Körper vor dem Pfeilregen zu schützen.

Auf der anderen Seite der Loge packte Miltiades den Pfeilschaft, der aus seiner Seite ragte, aber er bekam ihn nicht herausgezogen. Kurzerhand brach er ihn ab.

Legat Naphassa war aufgesprungen, seine Rüstung hatte ihn geschützt, aber er war über und über mit Blut bespritzt. Dann marschierten endlich Palastgardisten mit erhobenen Schilden zur Brüstung, obwohl längst keine Pfeile mehr heranflogen.

Meliaé starrte auf Khayam hinunter, der sich brüllend auf dem Rücken wand und an dem Pfeilschaft zerrte, der ihm oberhalb des Schlüsselbeins aus der Brust ragte. Der Geruch des Bluts machte sie schwindelig. Ihr Kopf war schwer wie ein Stein, ebenso ihre Glieder.

»Meliaé, der Sultan!« Meliaé sackte das Kinn auf die Brust, und sie sah in Parušhas kreidebleiches Gesicht. »Hilf ihm.« Sie versuchte, sich an ihr aufzurichten. »Er darf nicht sterben, rette ihn, hörst …« Blut rann über ihre Lippen.

Meliaé verschwamm alles vor den Augen, sie konnte sich nicht bewegen, etwas stimmte nicht mit ihr. Dabei hatte sie doch gar keinen Pfeil abbekommen. Sie lauschte in sich hinein, suchte nach ihrer Magie. Aber in ihren Händen, die sich taub und gefühllos in Parušhas Gewänder krallten, tat sich nichts. Kein Kribbeln, kein Brennen. Nichts. Aber Parušha würde sterben, wenn sie nicht bald etwas unternahm.

Gardisten brüllten durcheinander, als sie zu viert Khayam vom Boden hochhievten und wegschleppten.

Meliaé sah in Parušhas dunkle Augen, aus denen zusehends Glanz und Ausdruck schwanden. »Nein, bleib bei mir!« Doch sie hörte sie schon nicht mehr, aus ihrem Körper wich die Spannung, und sie wurde noch schwerer.

Tränen brannten Meliaé in den Augen, unter Aufbietung all ihrer Kräfte stemmte sie sich gegen Parušha, deren Gewicht sie in den Sessel presste. Sie drückte sie von sich und löste schweren Herzens ihre Hände von ihr. Für sie konnte sie nichts mehr tun. Aber da waren noch mehr Verletzte.

Meliaé ließ sich zu Boden auf die Knie gleiten, überall lagen die Trümmer der Beistelltische, zertretenes Obst, verbeulte Weinbecher. In ihrem Kopf drehte sich alles, ihr Magen rebellierte, und wieder verschwamm ihre Sicht. Sie fand einfach nicht die Kraft aufzustehen. So kroch sie auf allen vieren zum Thron hin. Aber der Sultan war bereits fortgebracht worden. Meliaé kämpfte sich in den Thronsitz hoch. Abu Sayafs Mutter lag mit verrenktem Hals auf der Armlehne, die smaragdgrünen Augen im Tod aufgerissen. Überall in ihrem Körper steckten Pfeile. Niemand hatte sich um sie gekümmert. Tränenblind hob Meliaé die Hand und drückte ihr die Augen zu. Doch da rempelte sie jemand an. »Weg da! Schlangenhexe! Du stehst mit den al-Maguš im Bund!« Eine Ohrfeige schleuderte ihren Kopf hart gegen die Steinlehne, schwarze Flecken tanzten vor ihren Augen. Verschwommen sah sie eine dunkle Gestalt, die sich über sie beugte. Einer der Palastgardisten kam auf sie zu und presste ihr einen nassen Schwamm ins Gesicht. Der stechend bittere Geruch flüchtigen Schlafmohns fuhr ihr in Mund und Nase, und in ihrem Kopf breitete sich dicke breiige Schwärze aus.

Kapitel 34

Miltiades' Magie

Die unterirdischen Gänge der Arena waren erfüllt vom Johlen der Palastsoldaten, vom Knirschen und Kreischen aufeinanderschlagenden Metalls. Im Halbdunkel blitzten ihre breiten Säbelklingen auf. Miltiades riss den Arm hoch und blockte mit seiner Shía Hatthaí einen Hieb. Schmerz explodierte unter seinem rechten Rippenbogen, dort, wo sich die abgebrochene Pfeilspitze verkantet hatte. Mit zusammengebissenen Zähnen lenkte er die gegnerische Klinge ab, drängte seinen Gegner gegen die Korridorwand und setzte mit dem Dolch in seiner Linken unter dessen Brustpanzer nach. Der Mann ächzte und sackte zu Boden.

Áris und seine Männer trieben die Soldaten in dem Gang, der in den Stallungshof hinausführte, mehr und mehr auf eine Seite. Die Schatten nutzten die Leiber der Gefallenen und auch die Wände dazu aus, um daran emporzulaufen oder zu springen. Jeder Stich ihrer Klingen saß mit tödlicher Präzision. Metall sang auf Metall. Etliche der ledergepanzerten Sultanskrieger fielen oder verloren ihre Schwerthand. Áris, der nur schwach über die Magie gebot, war ein Magier mit dem Schwert, ein fintenreicher Stratege, der seine Männer zu lenken wusste.

Miltiades steckte den Dolch in die Scheide an seinem Gürtel weg und kümmerte sich nicht um die Nässe, die ihm unter der Tunika über den Bauch rann. Er benötigte seine Magie für

Wichtigeres. Mit einem erzwungen tiefen Atemzug sog er alles ein, was sich in dem von Blutgestank erfüllten Korridor befand. Es war das, was kein Auge erfassen konnte. Die Energien, die die Krieger beim Kämpfen und Sterben freisetzten. Wut. Angst. Hass und Schmerz. All das, was ihre kampfverdorbenen Seelen ausschwitzten.

Miltiades nahm es in sich auf, bündelte es und ließ es in seine Linke fließen, die er zur Faust ballte. »Raus hier!«, brüllte er dann auf Najadé.

Áris, der wusste, was jetzt kam, stürmte seinen Schatten in den Stallungshof voran, wo sie kehrtmachten, um von außen mit versammelter Kraft gegen das Tor zu drücken.

Die Soldaten hätten nicht verwunderter dreinblicken können, als sich die eben noch kampfwütigen Schatten so plötzlich zurückzogen. Grimmig bleckte Miltiades die Zähne, schmetterte seine sich öffnende Faust vor und entließ die gebündelte Destruktion. Schlagartig erloschen alle Fackeln an den Wänden. Die Luft in dem finsteren Korridor wurde schwer wie Wasser und brandete über die Soldaten hinweg. Und das, was ihre Seelen und Körper im Augenblick des Todes ausstießen, sog Miltiades wiederum tief in sich ein. Seine Lunge drohte zu platzen, aber er hielt den Atem an und wartete mit hämmerndem Herzen, dass sein Blut diese noch weitaus zerstörerische Destruktion in jede Faser seines Körpers schwemmte. Unterdessen presste er die Hand auf die Pfeilwunde, aus der das Blut jetzt nur so pulsierte.

Mit der Schulter lehnte er sich an die Korridorwand. Die Beine zitterten ihm, Übelkeit drohte ihn zu überwältigen, verhalten ließ er den Atem aus sich herausfließen, denn nichts vom Dreck des Todes, den er geschluckt hatte, durfte ihm entweichen.

Tageslicht gleißte in den Korridor, als die Schatten das Tor einen Spalt aufzogen. Áris' sehnig hohe Silhouette huschte geduckt durch die Dunkelheit auf Miltiades zu. »Fürst?«

»Bestens!«, knirschte Miltiades durch die Zähne, stieß sich von der Wand ab und versenkte die Shía Hatthaí in der Schwertscheide an seinem Gürtel.

Áris legte den Kopf schräg und vertrat ihm den Weg. »Ihr müsst Euch endlich die Zeit nehmen, die Pfeilwunde zu heilen. Soll ich vielleicht ...«

Schnaubend winkte Miltiades ab. Gelinde ausgedrückt waren Áris' magische Fähigkeiten lausig. Er war der Letzte, der ihm helfen konnte, solange die Pfeilspitze noch unter dem Knochen steckte. »Später! Ich kümmere mich später darum.« So behände es ging, schob er sich an dem Kommandanten vorbei.

Verzögert setzte sich auch Áris in Bewegung. Beim Tor verharrten sie, bis er das Zeichen bekam, dass auf dem Hof noch alles ruhig war. Dann zwängten sie sich durch den Spalt ins Freie und rannten über den schattigen Hof, der von turmhohen Mauern umgeben war.

Sie saßen wie die Ratten in der Falle, schoss es Miltiades durch den Kopf. Aber das spielte erst einmal keine Rolle. Vor dem Tor der Stallung, wo sie ihre Reittiere und einen Teil ihrer Reiseausrüstung verwahrten, standen zwei von Simhas Soldaten mit Lanzen, die ihnen die Stalltür aufhielten und hinter ihnen zuwarfen.

Die Luft war geschwängert von den Ausdünstungen der Pferde. Im diffusen Halblicht tat sich eine Gasse mit dunklen Holzverschlägen auf. Miltiades sah davon ab, stehen zu bleiben, um zu Atem zu kommen. Er presste sich die Hand in die Seite und rannte, ohne sich nach Áris umzublicken, zum letzten Pferdeunterstand. Dort in der Dunkelheit stand der mit mehreren Planen abgedeckte Verschlag, in dem die Feuerkinder saßen, die die Feuergeborenen in sich trugen. Und obwohl er unter Meliaés Mitgift nicht weiter aufgefallen war, hatten sie ein ums andere Mal gefürchtet, sein Geheimnis könnte auffliegen. Miltiades bückte sich, um die Planen zu lösen, und Áris half ihm dabei. Gemeinsam zerrten sie sie herab. Die Ummantelung der Gitterstäbe mit Glarnstein begann zu strahlen, der Verschlag sandte Wärme aus. Die Stammeskrieger saßen einander unverändert reglos gegenüber. In der Karawanserei hatte es Miltiades eine Nacht in völliger Erschöpfung gekostet, als er Ayu aus dem Käfig geholt hatte. Nun würde es ihn wohl noch einiges mehr kosten, ihn zu öffnen und seine Insassen auf den Weg zu bringen.

Miltiades stützte sich mit den Händen auf den Knien ab. Schwindel und schwarze Schatten vor den Augen machten es ihm unmöglich, sich aufzurichten. Vor ihm platschten dunkle Tropfen auf die Plane, und er stellte rasch einen Fuß darüber, damit Áris nichts davon bemerkte. Gegen den metallischen Blutgeruch, den er verströmte, war er jedoch machtlos.

»Fürst?« Áris' Füße traten in sein Sichtfeld.

»Geht gleich wieder.«

Behutsam legten sich kräftige Hände um seine Schultern und richteten ihn auf. Voller Sorge sah Áris ihn an. »Fürst, Ihr werdet Euch jetzt zuallererst heilen!«

Als Áris Anstalten machte, ihn von dem Verschlag wegzuziehen, stemmte Miltiades die Füße in den Boden. »Dazu ist keine Zeit.« Er machte sich los, stützte sich auf Áris' Schulter und packte den Kommandanten mit einer Hand im Genick. »Hör mir zu, Junge. Meliaé ist nun deine Königin. Du musst sie nach Najadís zurückbringen. Sie ist hier nicht länger sicher.«

»Aber Fürst!« Entsetzt rang der Hauptmann um Worte. »Ich kann sie nicht beschützen, ich kenne weder die Mitglieder des Hohen Rats noch irgendwen bei Hof, woher soll ich wissen, wem ich …«

Miltiades umfasste den sehnigen Nacken noch etwas fester. »Du bist von nun an der Fürst der Tigerinseln und somit Mitglied des Hohen Rats. Ich habe keinen Sohn – nur dich. Versprich mir, dass du gut auf Meliaé aufpasst – sie ist mir lieb wie eine Tochter.«

Erneut rang Áris um Worte.

»Und noch etwas…« Er presste seine Stirn gegen die des Hauptmanns. »Nur Meliaé vermag es, die Feuergeborenen in die Unterwelt zurückzuschicken. Sie muss zum Schlund eines Feuerbergs. Egal, ob an Land oder im Meer.«

»Fürst, ich…« Áris stieß einen Fluch aus, als sich Miltiades gewaltsam von ihm löste.

»Geht jetzt, Áris! Ihr kennt Eure Befehle. Räumt den Hof, zieht Euch mit den Schatten in die Katakomben unter der Arena zurück, beeilt Euch.«

»Fürst Miltiades, ich lasse Euch hier nicht zurück.«

»Doch, genau das tut Ihr, denn ich befehle es Euch. Die Königin braucht einen verlässlichen Meuchler. Einen Verlässlicheren als mich. Ich hätte Khayam gleich in der ersten Nacht töten müssen, ganz gleich, was es gekostet hätte. Auf Ayu zu setzen, war ein Fehler. Ein Fehler, den Ihr jetzt ausbaden müsst. Seht zu, dass Ihr es besser macht. So, und nun geht!«

Schwer atmend stand Áris da, sein Blick schweifte über den Verschlag, dessen Gitterstäbe jetzt glühten. Ringsum in den Boxen schnaubten die Pferde. »Kann nicht ich dieses verdammte Ding öffnen?«

»Nein. Ihr wisst um die Bescheidenheit Eurer Fähigkeiten. Lebend nutzt Ihr unserer Königin mehr.«

»Das bezweifle ich. Sie ist…«

»Ja, mit ihrem Dickschädel kommt sie ganz nach ihrer Mutter«, presste er hervor, während er den Schlüssel des Verschlags unter seiner Tunika hervornestelte.

Als Áris unwillig den Kopf schüttelte, machte Miltiades eine scheuchende Geste. »Wegtreten, Hauptmann!«

Einen Moment lang starrte Áris ihn noch an, dann schien er sich zu besinnen. Er verbeugte sich und trat rückwärts auf die Stallgasse hinaus, dort machte er kehrt und sprintete los. Pferde wieherten schrill, einige keilten donnernd gegen das Holz ihrer Unterstände aus. Die Tiere spürten das Unheil.

Miltiades drückte sich die Hand gegen die Pfeilwunde und heftete den Blick auf den Verschlag, der nun eine solche Hitze ausstrahlte, dass ihm davon die Gesichtshaut spannte. Die Feuerkinder saßen unverändert ruhig da, jedoch glomm die schwarzgoldene Tätowierung ihrer Haut auf. Der Glarnstein, mit dem die Gitter ummantelt waren, floss zäh wie Honig herab, tropfte zu Boden.

Der Zauber, den Lydraia um diesen Verschlag gewoben hatte, war Miltiades fremd. Er gehörte jener dunklen Art an, auf die sich nur die Erbin Tionés verstand. Es war die Art Magie, die nur Oron lehrte. Irgendwann würde sich Meliaé darauf verstehen. Ihr göttlicher Vater würde ihr dieses Wissen zugänglich machen, wenn die Zeit dafür gekommen war.

Schwindel erfasste Miltiades. Er biss die Zähne zusammen und fasste nach dem Sperrfederschloss. Sengender Schmerz fuhr ihm durch die Finger, und der Geruch verbrannten Fleisches stach ihm in der Nase. Gleichzeitig jagten ihm magische Schläge wie Blitze durch die Arme, während er die Schlossteile auseinanderzog und ihm die Verschlagstüren entgegenschwangen. Er arretierte sie mit Splinten zu beiden Seiten des Verschlags und zog seine Shía Hatthaí.

Die goldbraune Haut der Stammeskrieger war nun schwarz und stumpf wie Basalt. Asche blätterte davon ab und verwirbelte in der Hitze des Verschlags. Von der schwarzgoldenen Tätowierung waren nur mehr die Heiligen Zeichen in strahlendem Gold sichtbar. Die Krieger drehten gleichzeitig die Köpfe in Miltiades' Richtung. Aus ihren glühenden Augenhöhlen schlugen Flammen, aus ihren aufgerissenen Mündern strömte dickflüssiges Feuer. Vielstimmiges Grollen erhob sich. Orons Söhne schienen zu spüren, dass Meliaé in Gefahr war.

Die Glut in der Box nahm Miltiades den Atem, er umfasste den Griff seiner Shía Hatthaí mit beiden Händen. Lydraias Antlitz schob sich in seine Gedanken, und die Stelle auf seiner

Brust, wo sie ihm sterbend die Hand hingedrückt hatte, begann dumpf zu pochen. Er hatte es nie geschafft, ihr zu sagen, wie er für sie empfand, und auch bei Meliaé hatte er in dieser Hinsicht versagt. Bedauernd schüttelte er den Kopf und packte die Klinge, die sein Vater ihm hinterlassen hatte, umso fester. Durch tiefes Ein- und Ausatmen löste er den Dreck des Todes, den er in den Katakomben inhaliert hatte. Und als die Schattenklinge in seinen Händen von dieser Macht zu vibrieren begann, rammte er sie dem vordersten Stammeskrieger in die Brust. Flüssiges Feuer spritzte in einer gleißenden Fontäne aus dem wild zuckenden Krieger. Ringsum erhoben sich Wisperstimmen, und Miltiades umklammerte den Griff seiner Shía Hatthaí, während der sengende Regen auf ihn herniederging und seine Schwertklinge tief in dem aufberstenden Leib versank. Die infernalische Hitze, die über ihn hinwegbrandete, verbrannte ihm das Fleisch mit den Knochen, aber er spürte keinen Schmerz. Denn da war ein goldenes Geflecht, das ihn umgab und das sich mit ihm durch die Flammen aufwärtsschraubte.

Durch die Stallgasse donnerte eine Springflut aus Flammen, die über die schrill wiehernden Pferde hinwegspülte, die sich in ihren Verschlägen loszureißen versuchten. Dachbalken krachten herab, als die Steinpfeiler, die sie trugen, in den weiß glühenden Fluten einknickten. Aus den alles schmelzenden Lohen löste sich ein flirrender Schwarm aus Rauch und Feuer, strömte durch die brennenden Trümmer in den Himmel und verdunkelte ihn.

Kapitel 35

Das Verhör

Sayaf mühte sich, den Kopf erhoben zu halten, doch es gelang ihm nicht. Das Kinn sackte ihm immer wieder auf die Brust. In seinem Schädel dröhnte es merkwürdig leer. Selbst die Pein, die in jeder Ecke seines Körpers jaulte, schien weit entfernt. Ob er nur Stunden zwischen den Pfählen gehangen hatte oder gar Tage, vermochte er nicht zu sagen. Auch nicht, welche Tageszeit es war.

Durch die roten Schlieren vor seinen zugeschwollenen Augen konnte er nicht erkennen, wohin er gebracht worden war. Nur eines wusste er: Es kostete immense Kraft, die Füße voreinander zu schieben, denn heben ließen sie sich nicht.

Schmerzende Helligkeit drang in sein Bewusstsein. Ein Tor tat sich vor ihm auf.

»Los, beweg dich!« Mit dem Befehl der Verlieswache, der von den Wänden hallte, rammte sich ihm etwas so hart zwischen die geborstenen Rippen, dass ihm die Luft wegblieb. Jedoch half ihm der Schmerz, den Kopf erhoben zu halten und die Füße über den Boden zu ziehen. Er war in eine Halle geführt worden. So viel konnte er erkennen. Wieder bohrte sich etwas hart in seine Seite, und er wäre fast über seine Füße gestolpert.

»Dorthin mit ihm!« Khayams Stimme zerschnitt die Leere in seinem Kopf wie ein Peitschenhieb. Ein Ruck an seinen Armen ließ ein sengendes Inferno durch seine Schultern branden. Rasselnd schnappte er nach Luft, doch die Knie gaben unter ihm nach, und er schlug auf dem Boden auf, wo er sich krümmte, unfähig zu atmen oder zu schreien.

»Wer hat das zu verantworten? Ich wollte ihn geständig. Aber so kann ich ihn nicht verhören.« Die ganze Halle dröhnte unter Khayams Wutgebrüll.

Finger krallten sich in Sayafs Haar und hoben seinen Kopf empor. Etwas Hartes wurde ihm zwischen die zerschundenen Lippen geschoben, dann spritzte ihm bittere Süße in den Mund. Er schluckte und schluckte, weil er wusste, dass es den Schmerz betäuben würde, aber als Übelkeit in ihm aufwallte, drückte er das Mundstück des Trinkschlauchs mit der Zunge weg. Die Faust in seinem Haar öffnete sich, und er sackte wieder auf den angenehm kühlen Boden zurück.

Erneut dröhnte die Halle unter Khayams Gebrüll. Aber Sayaf schien plötzlich sehr weit weg zu sein. Das Mardom wirkte nicht so schnell. Es war Schmerz, der ihn in den Abgrund zerrte, doch Sayaf widerstand. Er konzentrierte sich auf den verzerrten Schemen, den er erkennen konnte. Ein dunkles Oval, ein Gesicht mit ausgeprägten Wangenknochen. »Ja, sieh mich nur an, Bruder! Ich habe deinen feigen Angriff überlebt!«

Sayaf presste die Augenlider zusammen. Sand kratzte dahinter. Wovon sprach Khayam? Er teilte die Lippen, um seine Frage zu formulieren, aber der Sand war auch in seinem Mund.

»Wer sind diese Männer, Sayaf?« Hände schoben sich Sayaf unter die Achseln, hoben ihn empor. Die Bewegung presste ihm die Lunge leer. Weit weg erhob sich Schmerz wie eine alles erstickende Welle.

»Wer sind diese Männer, Bruder?«

Angestrengt starrte Sayaf auf die verschwommenen Gestalten, die sich vor ihm kaum vom Boden abhoben. Sie trugen Leopardenfelle über der Rüstung, so viel konnte er erkennen. Es waren jene toll gewordenen Hunde seiner Leibgarde, von denen er eigenhändig zwei getötet hatte. Sie hatten plötzlich auf die Loge gezielt und geschossen. Seine eigenen Männer.

»Wer sind diese Gardisten, Sayaf? Gibst du zu, dass es deine sind und dass du sie angeheuert hast, um unsere Familie zu töten? Deinen Vater! Mich, deinen Bruder. Deine Mutter. Parušha. Nur deine kleine Fürstin sollten sie schonen?«

Sayaf wollte den Kopf bewegen, aber es ging nicht. Etwas ätzte wie Säure in seiner Kehle. Hatte er etwas gesagt? Waren es Worte, die in seiner Kehle brannten? Er blinzelte, und die Gestalten, die vor ihm lagen, traten deutlicher hervor, aber er konnte ihre Gesichter nicht erkennen.

Khayam schwebte wieder direkt vor ihm. Er lächelte. »Ich helfe dir, Bruder. Die Männer sind deine besten Schützen. Warum hast du das getan, Sayaf? Konntest du nicht widerstehen, alles haben zu wollen? Alles? Das ganze Reich? Komm, sag es mir. Ich bin dein Bruder. Mir kannst du dich doch anvertrauen. Sag es!«

»Ja.« Der Laut schnitt Sayaf wie eine Klinge durch die Kehle.

»Gut, das genügt fürs Erste. Lasst ihn.«

Sayaf fiel zu Boden.

Meliaé hämmerte das Herz in der Brust. Sie konnte nur auf den Mann zu Khayams Füßen am Boden starren. Die schwarze Tunika klebte ihm nass am Rücken. Nass von seinem Blut. Nichts, was ihn ausgemacht hatte, war noch von ihm übrig. Sein Gesicht war eine blutverkrustete Maske. Der Foltermeister, der ihm das angetan hatte, war ein Schlächter, eine Bestie. Den Heeresfürsten gab es nicht mehr, der eigene Bruder hatte ihn zwei Tage und Nächte halbtot prügeln lassen.

Meliaés Sicht verschwamm in Tränen, sie blinzelte und wischte sich die Nässe von den Wangen. Das war ihr Gemahl. Der Mann, gegen den sie so erbittert gekämpft hatte. Er durfte nicht sterben. Er durfte sie nicht mit Khayam allein lassen, der dabei war, die Macht über Aššu an sich zu bringen. Ein ersticker Laut entrang sich ihr, während sie sich in dem Thronsaal umblickte, der für das Verhör mit Bänken für die Zeugen vollgestellt worden war. Verhör? Das war eine groteske Inszenierung, weiter nichts. Der Mann am Boden wusste ja nicht einmal mehr seinen eigenen Namen.

Khayam, der unter dem Brokatmantel keine Tunika trug, wohl um aller Welt die Verbände um seine Brust zu zeigen, humpelte vor die Stufen, die zum Thron hinaufführten. Einem Monument aus schwarzem Stein und Gold, mit dem dreiköpfigen Schakal auf der Lehne. Zu beiden Seiten davon standen goldene Stühle, auf denen die vier Reichswesire saßen.

Jene Fürsten, von denen Lydraia befürchtete, einer von ihnen könnte die Macht über Aššu an sich bringen, wenn dem Sultan und seinen Söhnen etwas zustieß.

Khayam wandte sich auf Aššunisch an die Männer, und wieder einmal verfluchte sich Meliaé dafür, dass sie sich nicht intensiver um das Erlernen dieser verhassten Sprache bemüht hatte. Dementsprechend rauschte die Rede in einer Geschwindigkeit an ihr vorbei, dass ihr noch immer von Mardom umnebelter Geist kaum etwas zu fassen bekam. Nachdem Khayam geendet hatte, wandte er sich der Bank zu, auf der Legat Naphassa flankiert von seinen Gardisten saß. »Legat, tretet vor. Obwohl wir Euch schon mehrmals dazu vernommen haben, wollen wir es jetzt und hier nochmals von Euch hören.«

Der so Angesprochene erhob sich steif, er war nicht in Ketten gelegt. Sein unansehnliches Gesicht wirkte noch grimmiger als sonst.

Khayam winkte ihn zu sich und humpelte zu den acht toten Gardisten, die vor dem Thronpodest lagen. »Wessen Männer sind das?«

Der Legat konnte kaum die Augen von seinem Heeresfürsten abwenden, als er an ihm vorbeiging. Seine Bewegungen wirkten hölzern. Vor den Leichen blieb er stehen, betrachtete sie einige Zeit, dann blickte er zu Khayam. »Diese Männer standen unter meinem Kommando, Hoheit, sie gehörten der Leibwache Eures Bruders an. Sie zählten zu unseren besten Schützen.«

Khayam, der hinter seinem Rücken vorbeigegangen war, legte ihm die Hand auf die Schulter. »Ihr wurdet ebenso getäuscht wie ich, Legat.« Kurz drückte er Naphassas Schulter, dann ließ er die Hand sinken. »Setzt Euch. Ihr habt mit der niederträchtigen Verschwörung gegen den Sultan nichts zu tun.« Kurz sah es so aus, als wollte Naphassa einen Einwand machen, aber er nickte nur knapp, drehte sich um und kehrte zu seiner Bank zurück.

Ein Schluchzer neben Meliaé riss sie aus ihrer Starre und erinnerte sie an Moira, die neben ihr saß. Sie tastete nach ihrer Hand und bekam sie zu fassen. »Still!«, flüsterte sie. Aber Moira konnte nicht, sie krümmte sich wie unter Schmerzen.

Meliaé schluckte, auch sie stand kurz davor, sich von ihren Tränen übermannen zu lassen. Wie es aussah, war wirklich jeder davon überzeugt, dass Abu Sayaf hinter der Meucheltat an seiner Familie steckte. Sie atmete tief ein und aus. Sie musste klar überlegen, was sie tun konnte. So durfte es für Sayaf nicht enden. Khayam durfte nicht über sie alle obsiegen.

Unterdessen zog Moiras Weinen alle Blicke auf sich. Ob Gardisten oder Wesir, sie alle sahen her. Aber als sich Meliaé an Moira wandte, um sie zu beruhigen, kam ihr Helena zuvor, indem sie die Freundin in ihre Arme zog.

»Ach nein, wie rührend. Die liebenden Weiber meines Bruders.« Khayams Ausruf fuhr Meliaé wie ein Dolch in den Magen.

Erschrocken sah Helena in seine Richtung. »So fass dich doch!«, flüsterte sie ihrer Freundin zu.

Meliaés Herz setzte einen Schlag aus, als er auf die Bank zugehinkt kam.

»Fürstin Meliaé.« Er hielt ihr die Hand hin. »Ich ertrage es nicht, Euch neben Sklavinnen sitzen zu sehen.«

In Meliaés Hals vereinten sich Wut und Hass zu einem dicken Klumpen. Ehe sie diese Hand berührte, fasste sie einer Muräne ins Maul. »Ich sehe keine Sklavinnen neben mir, Amir Khayam. Nur zwei Frauen, die bis vor vier Jahren noch der Adelsschicht meiner Heimatstadt angehört haben.«

Khayam ließ die Hand sinken. Milder Spott umspielte seinen Lippen. »Nun, Fürstin, Ihr habt doch sicher nichts dagegen, wenn ich den Konkubinen meines Bruders einige Fragen stelle, die zur Aufklärung der Verschwörung gegen das aššunische Herrscherhaus beitragen.«

»Selbstverständlich nicht«, antwortete Miliaé. *Mieser Heuchler, du selbst steckst doch hinter alldem. Nur wagt es niemand, dir Fragen zu stellen.*

Khayam musterte die Frauen neben ihr, als handelte es sich um bleiches Gewürm, das er unter einem umgedrehten Stein entdeckt hatte. »Mit welcher von euch hat mein Bruder seine Bastarde gezeugt?«

»Mit mir, Hoheit«, presste Moira zwischen zittrigen Atemzügen hervor.

»Und was ist mit dir?« Mit dem Kinn deutete er auf Helena. »Lege kurz den Grund dar, warum er mit dir keine hat.«

»Weil ich unfruchtbar bin.«

Er schürzte die Lippen. »Schon immer?«

»Nein, Erhabener. Mit dreizehn trieb mir meine Hohe Mutter das Kind eines Priesters mit dem Stock aus dem Leib, seither kann ich nicht mehr empfangen.«

Meliaé rann ein Schauer über den Rücken. Die alte Theia hatte das getan. Und Helena sprach über die Gewalt, die ihr angetan worden war, als plaudere sie über das Wetter.

Khayam musterte Helena mit unverhülltem Interesse. »Hm, wie praktisch. Mein Bruder tat gut daran, sich deiner zu bedienen.« Er strich sich über das Kinn. »Ahnte eine von euch von der Niedertracht, die euer Herr gegen seine Familie ersonnen hat? Gab es Andeutungen, die er in eurem Beisein gemacht hat?«

»Nein, Erhabener.« Helena schüttelte den Kopf, während sie Moiras Hand drückte. »Euer Bruder hat in unserer Gesellschaft nie von bedeutsamen Dingen gesprochen. Er hat uns nicht mehr aufgesucht, seit er zu den Feuerinseln aufgebrochen ist.«

Khayam nickte, während sein Blick auf Moiras gesenktem Kopf verweilte. Dann legte er die Hand auf seine Verbände und drehte sich halb zu den Wesiren um.

Von dem, was er sagte, verstand Meliaé nur, dass er den Samen der Rache als Gefahr für das Reich erachtete. Eine Gefahr, die es zu tilgen galt, solange sie noch ein harmloses Pflänzchen war.

»Nein!«, japste Moira, und bevor Helena es verhindern konnte, warf sie sich auf den Boden und robbte Khayams zurückweichenden Stiefeln hinterher. »Nein, Erhabener, nicht mein Tariq, er ist ein Bastard, ein Nichts. Tötet mich, aber lasst ihn leben.« Schluchzend sah sie zu ihm auf.

Khayam lächelte auf sie herab, dann hinkte er gänzlich unerwartet auf sie zu und trat ihr mit solcher Wucht ins Gesicht, dass ihr Kopf erst hochflog und dann zu Boden schlug. Mit der Ferse setzte er ihr ins Genick nach, sodass sie mit verrenktem Hals liegen blieb. Keuchend taumelte er zurück.

Gardisten sprangen ihm bei, und er ließ sich zu einem goldenen Sessel führen, den andere für ihn heranschleppten. Mitten in der Halle ließ er sich nieder und schloss stöhnend die Augen.

Meliaé bekam keine Luft mehr. *Dieses Schwein!* Fast gleichzeitig mit Helena warf sie sich von der Bank. Aber als sie nach Moiras goldgelocktem Schopf tastete, um zu sehen, was sie noch ausrichten konnte, fasste sie in dunkle Schatten hinein. Das magische Kribbeln in ihren Händen erlosch, denn das, was sie berührte, barg schon kein Leben mehr.

»Nun seht euch das an!« Khayams Stimme zerschnitt das Rauschen in Meliaés Ohren. »Für diesen Dreck wirft sie sich auf die Knie. Aber den Sultan ließ sie sterben, und meine Parušha lag blutend in ihren Armen. Für das Leid meiner Familie hatte sie nur ein kaltes Lächeln übrig.«

Meliaé presste die Fäuste in den Schoß, um nicht aufzuspringen und sich schreiend auf Khayam zu stürzen. Sie zwang sich, zum Thronpodest zu blicken. Wie konnten die Wesire nur dasitzen und zusehen, wie dieser verlogene Hund seine lausige Inszenierung aufführte? Ihr Blick fiel auf Sayafs am Boden liegende Gestalt, und sie kniff die Augen zu. *Los, denk nach,* befahl sie sich, *du musst etwas unternehmen!* Khayam ist noch lange nicht fertig. *Aus allem, was du sagst oder tust, wird er dir einen Strick drehen.* Sie riss die Augen wieder auf, denn sie hörte Palastgardisten heranmarschieren. Diese trugen einen großen Schild, den sie neben Moira ablegten.

Instinktiv packte sie Helena bei den Schultern, die schluchzend über ihrer Freundin lag. »Setz dich wieder hin!«

Aber Helena warf sich zu ihr herum und klammerte sich an sie wie eine Ertrinkende, während die Soldaten Moiras Leiche auf den Schild luden.

»Nun komm!«, flüsterte sie. »Setz dich.« Es gelang ihr, die wesentlich größere Helena dazu zu bewegen, sich wieder auf der Bank niederzulassen. Mit weichen Knien drehte sie sich zu Khayam um.

Häme und Triumph glitzerten in seinen Augen. Zurückgelehnt in seinem Sessel beobachtete er sie, doch als sie sich in Bewegung setzte, um zu Sayaf zu eilen, schnellte seine Hand hoch, und vier Gardisten verstellten ihr mit gesenkten Lanzen den Weg.

»Na?«, keifte Khayam. »Liegt er jetzt da, wo du ihn immer haben wolltest?«

Meliaé verkrampfte der Magen, als sie von den Lanzenspitzen zu Sayaf sah. Seine Gesichtszüge waren durch die Schwellungen kaum wiederzuerkennen und dunkel von Blutergüssen. »Lasst mich nach ihm sehen, er hat schwerste Kopfverletzungen, womöglich stirbt er daran.«

»Unsinn, er ist nur ohnmächtig.« Auf einen weiteren Wink von ihm eilte ein rundlicher Mann in goldgelben Brokatgewändern mit einem Pharmakonkasten herbei, der neben Sayaf niederkniete, um ihn zu untersuchen. »Du rührst ihn nicht an, Schlangenhexe. Der Leibarzt des Sultans kümmert sich um ihn. Ich glaube nicht, dass ihm viel fehlt. Mein erster Foltermeister weiß genau, was er tut. Vor vier Jahren hat er sich um den Gilde-Ersten von Glarnos gekümmert, meine kostbarste Geisel.«

Meliaé ballte die Fäuste. »Ich habe meinen Vater auf der Totenbarke gesehen. So grausam, wie Euer Foltermeister ihn verstümmelt hat, hätte er sich nie mehr davon erholt.«

»Mag sein. Die Folter hinterlässt Spuren, das will ich nicht bestreiten.«

»Aber das hier ist Euer Bruder.« Hilflos streckte sie die Hände nach Sayaf aus. »Er kann Euch doch nicht gleichgültig sein. Lasst mich ihn heilen, damit er sich zu den gegen ihn erhobenen Anschuldigungen …«

»Meinen Bruder so daliegen zu sehen, zerreißt mir das Herz, das könnt Ihr mir glauben, Fürstin Meliaé«, fauchte Khayam. »Aber noch mehr als das hat es mich zerrissen, Parušha mit einem Pfeil im Hals in Euren Armen verbluten zu sehen. Und es hat mich fast umgebracht, die Wunden meines Vaters anzuschauen und die meiner Mutter und dabei an Euer kaltes Lächeln zu denken. Denn Ihr habt nichts für sie getan. Ihr habt bloß dagesessen und ihnen beim Sterben zugesehen.«

Meliaé schnappte nach Luft, Zorn brannte in ihrem Gesicht. »Ich war so benommen, dass ich mich nicht mehr rühren konnte. Der Wein, den mir Euer Mundschenk serviert hat, war mit einem Betäubungsmittel versetzt.«

Khayam erhob sich aus seinem Sessel und hinkte mit ausgestrecktem Finger auf sie zu. »Ihr wagt es, Bezichtigungen zu erheben?«

»Wer sonst soll es wagen, Euch Fragen zu stellen. Euren Bruder habt Ihr ja so schlimm zurichten lassen, dass er zu keinem Vorwurf mehr Stellung nehmen kann.«

Mit wutverzerrter Miene trat Khayam zwischen den zurückweichenden Lanzen hindurch. »Ihr besitzt die Dreistigkeit, Euch vor die Wesire meines Vaters hinzustellen und mich mit Dreck zu bewerfen? Mich, den Thronerben, der sich der Liebe seines Vaters stets gewiss war?« Schwer atmend griff er nach einer Lanzenstange. »Nie werde ich Euren Blick vergessen, als ich angeschossen weggeschleppt wurde. Diese Schadenfreude. Endlich hattet Ihr Eure Rache für Glarnos, Euren Vater und Eure hingerichtete Stiefmutter. Für die arrangierte Ehe, die Euch mit meinem Bruder aufgezwungen worden war.« Er schob die Lanze beiseite und trat vor sie hin. »Meine schöne Parušha, die Mutter meiner Erben, hing blutüberströmt in Euren Armen.« Khayams Hand flog heran, und im nächsten Moment explodierte eine Ohrfeige in ihrem Gesicht. »Schluss mit den Lügen!«

Er packte sie am Oberarm und zerrte sie vor eine offene Fensterbrüstung mit Blick über das Häusermeer von Dschadun. »Was ist das?« Grob stieß er sie gegen die Brüstung. »Was hat dein Fürst Miltiades da auf unsere Stadt losgelassen?« Mit dem Finger wies er auf Türme und Kuppeldächer innerhalb der Palastmauern, aber Meliaé verstand nicht, worauf er hinauswollte. »Dort begann es«, erklärte er. »Sieh hin und sag mir, was das ist.«

Meliaé blinzelte ins Sonnenlicht und sah zu den Türmen hin, und da endlich verstand sie, was er meinte.

Die Türme standen schief, früher oder später würden sie einstürzen. Die Kuppeldächer darunter waren an mehreren Stellen eingebrochen, und die Luft darüber flirrte so sehr, als verströmten die Gebäude noch immer große Hitze.

Sie ließ den Blick über die Stadt schweifen und erkannte, dass das, was sie im ersten Moment für gelblichen Sandstaub gehalten hatte, keiner war. Es war Rauch. Ganze Stadtviertel standen in Flammen. Sie schnappte nach Luft. Miltiades. Er hatte die Feuergeborenen auf die Stadt losgelassen.

Die Gardisten machten hinter ihr einen Schritt, und eine Metallspitze drückte ihr hart gegen den Rücken, Khayam trat neben sie. »Noch einmal. Was siehst du? Was verheert da Dschadun?«

»Feuer, es brennt«, keuchte sie und sah zu ihm auf.

»Ganz recht, Brände!«, knurrte er und schob die Lanze weg. Dann zerrte er sie wieder herum und deutete zu Hauptmann Áris, der mit Kettenschellen um die Hand- und Fußgelenke allein auf einer Bank saß. »Wer ist dieser Mann, der sein Gesicht stets hinter schwarzen Binden verbirgt?«

»Das ist Hauptmann Áris, der Kommandant meiner Leibgarde«, würgte Meliaé mit wachsender Übelkeit hervor.

»Unter welchem Befehl steht er?«

»Unter Fürst Miltiades'.«

»Gut, dann sage uns jetzt, wohin sich dein Fürst verkrochen hat. Denn seit dem feigen Anschlag auf das aššunische Herrscherhaus bleibt er unauffindbar.«

»Ich weiß es nicht.« Ihr Kopf bewegte sich von allein hin und her. Was hatte Miltiades nur angerichtet?

»Sprich lauter! Damit die Wesire es auch hören können.«

»Ich weiß nicht, wohin Fürst Miltiades verschwunden ist.«

»Warum, glaubst du, ließ ich Hauptmann Áris in Ketten legen?«

Meliaé konnte nicht mehr atmen, sie schüttelte nur den Kopf. Alles lief falsch. Sie wurde zur Schuldigen und entfernte sich immer weiter davon, Sayaf helfen zu können.

Khayam deutete zu den schief stehenden Türmen. »Dort, wo die Hitze aufsteigt, lag das Stallgebäude, in dem die Pferde deiner Schattenkrieger untergestellt waren. Nach der Befragung etlicher Zeugen stellte sich heraus, dass sich dort auch ein Verschlag befunden hat, der den Gardisten meines Bruders schon einige Male aufgefallen war. Jedoch wurden ihre Nachfragen stets zerstreut. Der Verschlag tauchte hier und dort immer wieder auf. Bestens bewacht von deinem Hauptmann Áris und vasumanischen Kriegern. Und obwohl dieser Verschlag mitsamt dem Stallgebäude in Flammen aufgegangen ist, wissen wir noch immer nicht, was sich darin befunden hat.«

Meliaé bekam weiche Knie, so schlecht war ihr. Khayam lächelte wissend auf sie herab. »Wir haben Hauptmann Áris und seine Männer foltern lassen, um die Wahrheit zu erfahren. Vergeblich. Außer Gestammel in einer Sprache, die niemand von uns beherrscht, haben wir nichts aus ihm herausgebracht. Aber ich frage nun dich: Warum haben dein Hauptmann und dein Fürst mehr als zwanzig Palastwachen mit ihren Schwertern niedergemacht, um in den Stall zu gelangen, in dem sich dieser Verschlag befand? Was war darin verborgen? Was habt ihr uns hier eingeschleppt?«

»Miltiades glaubte mich in höchster Gefahr«, krächzte sie mit staubtrockener Kehle.

»Was willst du damit andeuten?«

»Er wurde im Pfeilhagel getroffen. Was sollte er denken, als er Fürstin Parušha angeschossen auf mir liegen sah? Überall war Blut. Auf ihrem Kleid, auf meinem. Ich konnte mich nicht rühren, so benommen war ich. Durch meine Hände floss keine Magie, ich konnte Parušha nicht helfen.« Ein Schluchzen entrang sich ihr. »Und als ich mich endlich zum Thron geschleppt hatte, war der Sultan längst fortgebracht. Auch für Eure Mutter konnte ich nichts mehr tun, denn sie war schon tot. Das Letzte, woran ich mich entsinne, ist, dass mir ein Gardist einen Schwamm ins Gesicht gedrückt hat. Ich verlor die Besinnung. Fürst Miltiades konnte nicht zu mir, und auch Hauptmann Áris nicht. Mein Fürst musste davon ausgehen, dass der Anschlag auch mir gegolten hat.«

»Genug von deinen Anschuldigungen und Lügen. Komm auf den Punkt. Was war in dem Verschlag? Welche verheerende Macht hat dein Fürst in deinem Namen auf Dschadun losgelassen?«

Meliaé prallte rücklings gegen die Brüstung. »Nein, er hat es nicht auf mein Geheiß getan.«

»Was hat er nicht auf dein Geheiß getan?« Auf einen Blick von ihm setzte ihr ein Gardist die Spitze der Lanze auf die Brust.

Meliaé sah zu den Wesiren. Sie durfte nicht länger schweigen, sonst verlor sie jegliche Glaubwürdigkeit. »Fürst Miltiades handelte gegen meinen Befehl.«

»Was war in dem Verschlag?«

Sie griff nach der Eisenspitze, die gegen ihr Brustbein stach. »Feuergeborene«, japste sie.

»Wiederhole es. Laut und deutlich.«

»Es waren Feuergeborene, die die najadische Königin Fürst Miltiades zu meinem Schutz mitgegeben hat. Aber ich habe ihm befohlen, den Verschlag unter keinen Umständen zu öffnen.«

»Deine Mutter gab dir Feuergeborene mit?« Er presste die Lippen zusammen, Triumph funkelte in seinen Augen. »Und Sayaf? Wusste er davon? Wusste er, was er uns da ins Land schleppt?«

Meliaé rannen Tränen über die Wangen, sie schüttelte den Kopf. »Nein, nein, er wusste es nicht. Sayaf ahnte nichts davon. Ich selbst habe es ja erst erfahren, als es zur Umkehr längst zu spät war.«

Khayam nickte, noch immer wirkte er hochzufrieden mit dem, was er von ihr zu hören bekam. »Also gut. Jetzt bekommen wir eine Vorstellung davon, womit wir es zu tun haben, denn die Brände sind noch nicht alles. Es mehren sich Berichte über eine merkwürdige Seuche. Sie beginnt mit Fieber, das so drastisch steigt, dass sich den Betroffenen das Fleisch wie gekocht von den

Knochen schält. Die Haut ist übersät mit Brandblasen. Unzählige sind daran bereits binnen kürzester Zeit gestorben.«

Khayam zerrte sie von der Brüstung weg, und die Gardisten bedeuteten ihr mit ihren Lanzen, sich in Bewegung zu setzen. Vor den Wesiren blieben sie mir ihr stehen. Khayam trat zu Sayaf und wechselte einen Blick mit dem Leibarzt, der zu ihm aufsah und den Kopf schüttelte. Dann sah er zu den Wesiren auf, die sich gespannt vorgeneigt hatten. »Mein Bruder wird mir heute nicht mehr Rede und Antwort stehen können. Er soll wieder ins Verlies gebracht werden, wo sich die Ärzte um ihn bemühen. Die Folter wird vorläufig ausgesetzt.«

»Nein!« Flehend sah Meliaé zu den Wesiren. »Bitte nicht mehr ins Verlies. Gestattet mir, Abu Sayaf in seine Gemächer zu bringen, wo ich ihn heilen ...«

Khayam packte sie am Arm. »Das würde dir so passen. Du fasst ihn nicht an! Du wirst ihn nicht wieder mit deiner Magie verhexen. Du kommst jetzt mit mir. Und wir unterhalten uns darüber, wie du gedenkst, diese Feuergeborenen aus meinem Land zu schaffen, ohne dass sie noch mehr Unheil anrichten.«

Kapitel 36

Gebrochenes Siegel

Kaltes Wasser rann Meliaé über den Kopf. Khayam hatte sie in dem leeren Thermenbecken, das zu Sayafs Gemächern gehörte, an ein Schragenkreuz binden lassen. Die Handgelenke über dem Kopf, die Fußgelenke auseinander an die Balken gegurtet. Sie biss die klappernden Zähne zusammen. Das Zittern ihres Körpers wurde zur Zerreißprobe für ihre Glieder.

Der dünne, jedoch konstante Wasserstrahl, der ihr über den Kopf floss, stammte aus einem Bleirohr, das ihre Bewacher über dem Kreuz angebracht hatten. Von Zeit zu Zeit stieg ein Gardist zu ihr ins Becken und kippte einen Eimer warmes Wasser über sie. Das war kein Akt der Gnade, denn dadurch fror sie nach kurzer Zeit nur noch erbärmlicher.

Inzwischen war es dunkel geworden. In der Therme wie im angrenzenden Gemach waren Öllampen entzündet worden, und die Verblendung aus Glarnstein in dem Thermenbecken tauchte alles in sein kaltes Licht.

In Gedanken war Meliaé immer wieder durchgegangen, was sie Khayam sagen wollte, wenn er zurückkam. Sie musste ihn dazu bringen, dass er sie zu Sayaf ließ, damit sie ihn heilen konnte. Wenn er sich nicht zu den Anschuldigungen seines Bruders äußern konnte, war er verloren.

Die Tür zur Verteilerhalle schwang auf, und auf dem Marmorboden erklangen unstete Schritte. Sie hob den Kopf und sah

Khayam eintreten. Noch immer trug er kein Hemd unter seinem Brokatmantel. Er humpelte am Becken entlang, und vor den Stufen, die ins Thermenbecken hinabführten, blieb er stehen und weidete sich an ihrem Anblick. »Es gibt nichts, was dich besser kleidet als Wasser und Seide.« Als er die Treppe hinabgehumpelt kam, folgte ihm ein Gardist mit einem Wassereimer. Sie schloss die Augen, und im nächsten Moment klatschte ihr warmes Wasser ins Gesicht. Verschwommen sah sie Khayam näher kommen. »Wasser abstellen!«, befahl er und betastete die Fesseln um ihre Handgelenke. Das kalte Rinnen über ihr versiegte. Er strich über die Innenseite ihres Unterarms. Prompt klapperten ihr wieder die Zähne. »Na? Ist dir kalt? Soll ich dich losmachen und wärmen? Es würde mir gefallen.«

Meliaé blinzelte zu ihm auf. »Wie geht es Eurem Bruder?«

Er schürzte die Lippen. »Nun, ich fürchte, du hattest recht. Mein Foltermeister ist zu weit gegangen, er hat ihm den Schädel eingeschlagen.«

Panik schoss ihr in den Magen. »Schnell! Bindet mich los, ich kann ihm helfen. Sayaf muss nicht sterben.«

Khayam trat zurück und verschränkte die Arme. »Die Hakīm des Hofs sagen, er hat ein starkes Herz. So schnell wird es nicht aufhören zu schlagen. Das kann sich noch einige Tage hinziehen, meinten sie.«

Sie rang die tauben Hände in den Fesseln. »Bitte, so bindet mich doch los und lasst mich zu Sayaf. Er ist doch Euer Bruder.« Ihr Flehen ließ ihn kalt, er zuckte nur die Schultern. »Wenn es Sayaf wieder gut geht, will ich mich mit meinen Leuten beraten, was wir gegen die Feuergeborenen unternehmen können.«

Seine Finger trommelten ungeduldig gegen seinen Unterarm, dann schnaubte er belustigt. »Das genügt mir aber nicht. Mein Bruder hat für seinen schändlichen Verrat den Tod verdient.«

Sie kniff die Lippen zusammen, damit sie nicht in Versuchung geriet, Khayam anzuspucken, ihn anzuschreien, was für ein verlogenes Aas er doch war. Die Wut auf ihn kochte dermaßen in ihr, dass sie die Augen schließen musste, um sich zu sammeln. »Ihr wisst so gut wie ich, dass Euer Bruder unschuldig ist«, gelang es ihr dann ruhig zu sagen.

»Oh, du willst also endlich gestehen?«

Ein hysterisches Lachen entrang sich ihr. »Gestehen? Bei den Göttern, es gibt nichts, was ich gestehen könnte.« Der Hass auf diesen elenden Verleumder raubte ihr die Luft, sie wand die Hände und bäumte sich in ihren Fesseln auf.

»Gibst du zu, dass du hinter dieser Intrige steckst? Die Beweislage ist vernichtend. Gib endlich zu, dass du Sayaf verhext hast! Dass du ihm eingeflüstert hast, sich den Weg zum Thron freizuräumen. Gestehe endlich, dass du Dämonen direkt aus den Niederhöllen in mein Land gebracht hast.«

»Von welchen Beweisen sprichst du?«, fauchte sie, denn sie schaffte es nicht länger, ihn höflich anzuwinseln. Sonst musste sie ersticken. »Von acht toten Prätorianern aus Sayafs Garde? Diese Männer konnten sich ebenso wenig zu deinen Vorwürfen äußern wie ihr Heeresfürst. Und Legat Naphassa durfte nichts weiter sagen, als dass diese Männer unter seinem Kommando standen. Das ist doch lächerlich! Wo sind Leute aus dem Publikum oder Soldaten, die bezeugen können, dass Sayafs Gardisten tatsächlich geschossen haben? Wo ist der Mundschenk, der mir den Wein serviert hat? Wein, der mit einer Schlafdroge versetzt war. Warum ist jetzt kein Wesir …«

»Halt endlich dein verlogenes Maul!«, brüllte Khayam und machte einen Schritt auf sie zu. Im nächsten Moment krachten seine Faustknöchel gegen ihre Wangenknochen, und ihr Kopf flog zur Seite. Vor ihren Augen gerann die Sicht zu roten Schlieren, ihre Gesichtshälfte prickelte taub, sie schmeckte Blut. Er packte sie an den Haaren und bog ihren Kopf zurück. »Mein Vater hat uns alle vor dir gewarnt. Du machst den Mund auf, und es kommen Verleumdungen oder Hexensprüche heraus.« Mit der freien Hand griff er hinter sich und zog einen Krummdolch hervor. Er presste ihn ihr mit der Breitseite gegen die Kehle. »Ich bin nicht hier, um mich von dir beschuldigen zu lassen. Ich bin hier, um zu erfahren, wie du gedenkst, die Feuergeborenen unschädlich zu machen, die meine Stadt verheeren.«

Sie spannte die Halssehnen, ihr Kehlkopf wollte unter dem Druck des Metalls bersten, dennoch sammelte sie blutigen Speichel, und als er den Griff lockerte, spuckte sie ihn an.

Sein nächster Fausthieb traf sie, und ihr Kopf flog zur anderen Seite. Erneut löste sich ein hysterisches Lachen aus ihrer geschundenen Kehle. »Bringst du mich jetzt auch zum Schweigen?«, krächzte sie. »So wie alle anderen, die Sayaf entlasten könnten?«

Erneut zerrte er ihren Kopf an den Haaren zurück und setzte ihr die Klinge an die Kehle. »Bei allen Rachegeistern, nichts täte ich lieber, als dich auszuweiden.«

Stoßweise schlug ihr sein Atem ins Gesicht, was ihr den Magen umdrehte.

Langsam bewegte er den Kopf hin und her. »Aber nein«, zischte er, bevor er aus voller Kehle brüllte: »Noch brauche ich dich!« Abrupt ließ er von ihr ab, und gerade als sie die Augen aufriss, klatschte ihr eine Ladung Wasser ins Gesicht.

Sie konnte nicht schlucken, in ihrem Hals schien sich zersplittertes Holz verkantet zu haben. Japsend blinzelte sie, bis sie Khayams verzerrte Umrisse wieder deutlicher sehen konnte, und merkte, dass er den Dolch weggesteckt hatte.

Breitbeinig stand er da und massierte sich die Stirn. »Wie kam deine Mutter an die Feuergeborenen? Woher stammen sie? Aus welch finstrem Höllenloch sind sie gekrochen?«, verlangte er mit gepresster Stimme zu wissen. »Wie wird man dieser Plage Herr, ohne dass sie noch Schlimmeres anrichten?«

»Ich weiß es nicht«, würgte Meliaé hervor. Was hätte es

genutzt, Khayam zu sagen, dass die Feuergeborenen aus dem Schlund des Agung Vasuma stammten. Dorthin mussten sie zurück. Aber wie sollte sie sie einfangen? Wie den ganzen Weg zurücktransportieren, ohne dass sie sich befreiten? Der mit Glarnstein ummantelte Verschlag existierte nicht mehr. Und mit den Zaubern, die dazu nötig waren, kannte sie sich schon gar nicht aus.

Khayam atmete hörbar aus und blickte auf. »Also gut. Du sagst, du weißt es nicht. Aber was soll ich tun, damit deine Feuergeborenen nicht ganz Aššu verheeren?«

»Ich muss Miltiades finden, und ich könnte einen Boten zu meiner Mutter schicken, der …«

»Was soll das bringen?«, schnarrte er und ballte neuerlich die Fäuste. »Ich bin sicher, von deinem Fürsten ist nicht einmal mehr Asche übrig, wenn er tatsächlich in dieser Stallung war, als das Feuer ausbrach. Ringsum sind sogar die Steine geschmolzen. Das kann niemand überlebt haben. Und deine Mutter, die Drecksschlampe, sitzt am anderen Ende der Welt und lacht sich ins Fäustchen, weil hier alles nach ihren Plänen läuft.« Auf seiner Stirn schwoll eine Ader an, er sah aus, als wollte er sich jeden Moment auf sie stürzen. »Wenn ich könnte, würde ich dich tausend Tode sterben lassen. Und Sayaf auch. Selbst um meinen Vater dauert es mich kaum, denn er hat sich viel zu sehr von der Prophezeiung beeinflussen lassen. Nun, da du und damit das Siegel im Land ist, wird Aššu noch schneller untergehen.«

»Ich will nicht, dass Aššu untergeht. Genauso wenig wie Sayaf. Lass mich zu ihm, damit ich ihn heilen kann. Er wird mir helfen, der Feuergeborenen Herr zu werden. Er liebt sein Land. Ich wäre nicht hier, wäre er nicht so entschlossen gewesen, mich zu finden. Du kannst ja deine Männer mit uns schicken.«

Khayam stieß die Luft aus. Nachdenklich glitt sein Blick über sie. »Also schön. Nehmen wir an, ich ließe mich auf dein Geschwätz ein. Wer sagt mir, dass du nicht die nächstbeste Gelegenheit nutzt, um dich davonzustehlen? Wer garantiert mir, dass du mit deinen Feuergeborenen nicht ganz Aššu verheerst?«

»Niemand. Außer Sayaf! Nur seinetwegen werde ich mich an mein Wort halten! Einen stärkeren Verbündeten als ihn hast du nicht.«

»So, meinst du?« Er lachte gehässig.

Sie rang die gefesselten Fäuste, nie hatte sie sich sehnlicher gewünscht, jemanden zu töten, als in diesem Augenblick. »Du warst es, der Najadís den Krieg erklärt hat. Nun bekommst du die Antwort darauf, und niemand außer Sayaf kann dir noch helfen.«

Khayam stieß ein Knurren aus, mit einem Schritt war er bei ihr und rammte ihr die Faust in den Magen. Der Schlag presste ihr die Lunge leer. Bitterer Schleim schoss ihr den Hals hoch. »Droh mir nie wieder!«, herrschte er. »Wenn du noch einmal das Wort Krieg in den Mund nimmst, stopfe ich ihn dir mit meiner Faust!« Abrupt trat er zurück und deutete um sich. »Siehst du das? Du bist von Glarnstein umgeben.« Er legte den Kopf schräg und grinste. »Sieh dich nur an, kleine Maguša. Weit kann es mit deinen magischen Kräften ja nicht her sein. Du willst den gebrochenen Schädel meines Bruders heilen?« Sein Lachen schepperte von den Thermenwänden. »Du kannst dich ja nicht einmal selbst heilen. Königin Lydraia ist ein verdammt raffiniertes Biest. Sie hat uns kein Siegel geschickt. Sie hat dich geschickt, wer immer du auch bist, damit du uns den Untergang bringst.« Wieder ballte er die Faust und rammte sie ihr in den Bauch. Als sie nach Luft japste, traf sie ein Aufwärtshaken im Gesicht, und ihr Kopf flog zurück. Vor ihren Augen mischten sich rote Schlieren mit wirbelnder Schwärze. In ihrem Brustkorb braute sich ein Druck zusammen, unter dem ihr ganzer Körper zu kribbeln begann – ihre Magie. Das Kribbeln steigerte sich ins Unerträgliche, es schüttelte sie durch, bis es wie ein Sturm, wie ein sengender Orkan aus ihr herausbrach.

Khayam stieß einen erstickten Schrei aus. Verschwommen sah sie, wie er von ihr weggeschleudert wurde und rücklings auf die Stufen schlug. Zwei Gardisten stürmten ins Thermenbecken, griffen Khayam unter die Achseln und schleiften ihn die Treppe hoch. Lautes Gebrüll hallte durch die Therme, es stammte von den Bogenschützen, die durch die aufgerissenen Türen gestürmt kamen und auf sie anlegten. Hinter ihr sprang jemand ins Becken, und im nächsten Augenblick traf sie ein harter Schlag am Hinterkopf, der sie in die Finsternis riss.

Kapitel 37

Die Legaten des Sultans

Naphassa blickte von den Karten auf, die vor ihm ausgerollt auf dem Tisch lagen. Energische Schritte erklangen vom Gang her. Sein Herz galoppierte los, als ritte er in die Schlacht. Seit Khayams niederträchtiger Verleumdung gegen den eigenen Bruder war auch er auf der Hut vor Verrat. Er sprang auf und bedeutete der Wache bei der Tür, diese zu öffnen.

Es war Tribun Adšhara, der eintrat, sich gegen den Brustpanzer schlug und vor dem Tisch stehen blieb.

Naphassa trat ihm entgegen. »Wie ist die Lage in der Stadt?«

Adšharas Miene verfinsterte sich. »Amir Khayam lässt die brennenden Viertel abriegeln, dadurch soll die Ausbreitung der Seuche eingedämmt werden.«

Innerlich stöhnte Naphassa auf. Ein Befehl, der Khayam allzu ähnlich sah. Das Schicksal von Einzelnen hatte diesen Mordbrenner noch nie interessiert. »Aber die kleinen Bastarde sind doch dort noch sicher, wo Ihr sie hingebracht habt?«

Der Tribun hob die Schultern. »Wenn Ihr mich fragt, ist in Dschadun nichts mehr sicher.«

Naphassa massierte sich das Kinn. Er hatte alles für die Kinder des Heeresfürsten getan, was in seiner Macht stand. Jetzt oblag ihr Schicksal den Göttern. »Was ist mit Babak al-Mawadi? Können wir ihm vertrauen?« Der Karawanenhändler, der Gewürze aus den Seidenländern im Osten bezog, schickte Karawanen in alle Landesteile. Naphassa hatte überlegt, den Heeresfürsten mit dessen Hilfe aus Dschadun zu schaffen. Irgendwohin, wo er vor Khayam sicher war.

Adšhara nickte. »Ja, das können wir guten Gewissens. Ich wollte ihm Gold geben, aber da hat er mich beschimpft. Er sagte, wir sollen den Heeresfürsten in sein Haus bringen.«

»Gut, dann bereitet …« Naphassa verstummte, auf dem Gang vernahm er erneut Schritte. Diesmal war es ein ganzer Trupp, der sich näherte. Mit dem Kinn deutete er auf die Tür, die in die angrenzenden Gemächer führte, aber Adšhara hastete bereits dorthin.

Erneut gab er der Wache bei der Tür ein Zeichen, sie zu öffnen. Der Flur war voller Gardisten in dunklem Purpur. Allen voran Legat Tattenai, Khayams erster Kommandant, der hereingestürmt kam. Der drahtige, hochgewachsene Mann trug das schwarze Haar kurz geschoren und hielt seinen Rossschweifhelm unter den Arm geklemmt. »Legat Naphassa, folgt mir zu den Wesiren. Ich habe eine Meldung zu machen, von der ich will, dass Ihr sie ebenfalls hört.«

Naphassa zwang sich, die verkrampften Schultern sinken zu lassen. Hätte Khayam vor, ihn von seinem Foltermeister durchprügeln zu lassen, zöge Tattenai jetzt nicht so eine griesgrämige Miene. Seine hübsche Fratze wäre voller Häme. »Um was geht es denn? Was ist passiert?«

Tattenai bog einen Mundwinkel nach oben. »Das erfahrt Ihr im Beisein der Wesire.«

Während Naphassa neben Tattenai auf dem Weg zum Aiwan, dem privaten Audienzsaal des Sultans, hereilte, ging ihm alles Mögliche durch den Kopf. War aufgeflogen, dass er Vorbereitungen für Abu Sayafs Flucht traf? Hoffentlich war Fürstin Meliaé bei Khayam kein Leid geschehen. Denn wer sollte Sayaf heilen, wenn es die Ärzte nicht mehr vermochten?

Die Tür aus Ornamentschnitzereien vor dem Aiwan wurde

aufgestoßen, und Naphassa trat neben Tattenai vor die vier Wesire, die auf ihren Sitzkissen um das verwaiste Lederkissen des Sultans herumsaßen.

Verstohlen sah sich Naphassa nach Khayam um, aber der Mordbrenner war nirgends zu entdecken. Was jedoch nichts heißen musste. Der Aiwan war von Jalis und Maschrabiyyas umgeben, dekorativen Gitterwänden, durch die man in den Aiwan blicken konnte, nicht aber in die umliegenden Gemächer. Der Sultan hatte stets Berater mithören lassen, wenn wichtige Entscheidungen für das Reich anstanden. Berater, von denen er nicht immer gewollt hatte, dass sie einander sahen oder gar voneinander wussten.

»Ah, die Herren Legaten!« Großwesir Rāšid, ein Mann von hagerer Statur mit rundem Bauch und erschlafftem Kinn, erhob sich und kam auf sie zu. »Was gibt es vom Verhör der Fürstin zu berichten?«

Khayams Legat schlug sich mit gesenktem Blick die Faust gegen die Brust. »Nichts Gutes. Es gab einen bösen Zwischenfall.«

Naphassa brach der Schweiß aus allen Poren.

»Sprecht!«, brauste Rāšid auf.

Langsam sah Tattenai auf. »Der Glarnstein in dem leeren Thermenbecken hat die Schlangenhexe nicht ihrer Kräfte beraubt. Im Gegenteil. Sie hat Seine Hoheit, Amir Khayam, mit Magie verletzt.«

Der Wesir riss die Augen auf. »Wie schlimm steht es?«

Khayams Bluthund presste die Lippen zusammen. »Der Prinz ist wieder bei sich, aber er hat üble Blessuren davongetragen. Wir haben ihn in die Gemächer des Sultans gebracht, wo sich der Hofarzt um ihn kümmert.«

Naphassa hustete, um nicht laut aufzulachen. Das geschah dem Mordbrenner recht. Niedergestreckt von einem Weibsbild, das einem gestandenen Mann gerade mal bis zur Brust reichte.

»Und Fürstin Meliaé?«, hakte der Wesir nach.

»Es ist uns gelungen, die Hexe niederzuknüppeln, sie hängt jetzt bewusstlos in ihren Fesseln.«

»Wie viele Männer außer dem Prinzen wurden noch verletzt?«, verlangte Rāšid zu wissen.

Tattenai rang sichtlich mit sich. »Nun«, druckste er herum. »Niemand sonst. Aber ich habe nicht vor zu warten, bis sie wieder zu sich kommt. Ich schlage vor, wir töten das Biest und alle, die …«

»Nein, Legat Tattenai!«, unterbrach der Wesir ihn schroff. »Die Fürstin mag eine durchtriebene Person sein, und weil ihr mit Glarnstein nicht beizukommen ist, auch extrem gefährlich. Aber ihr darf kein Haar gekrümmt werden. Ihre Höllenbrut wird sonst das ganze Land verheeren.«

»Ich sehe nach der Fürstin!«, mischte sich Naphassa hastig ein.

Rāšid nickte. »Schafft sie ins Verlies! Von mir aus ins tiefste Loch! Aber es darf ihr nichts geschehen.«

Das schmerzhafte Reißen an ihren Armen brachte Meliaé wieder zu sich. Sie bewegte die tauben Hände, die noch immer über ihrem Kopf gefesselt waren. Die Riemen um ihre Handgelenke schnitten ihr wie Klingen ins Fleisch.

Als sie den Kopf hob, zuckte sie zusammen, denn unter ihrer Schädeldecke wütete ein Hammer. Blinzelnd sah sie sich um. Khayam und seine Soldaten waren verschwunden, die Therme war leer. Neuerlich begann ihr Körper vor Magie zu kribbeln, und die Schmerzen ließen nach.

Sie sah auf ihre gefesselten Handgelenke. Sie musste sich befreien und Sayaf finden. Bestimmt tauchte jeden Moment wieder jemand hier auf.

Mit zugekniffenen Augen konzentrierte sie sich auf das magische Kribbeln, das ihr durch die Glieder strömte und ihre Verletzungen heilte. Solange sie an das Kreuz gebunden war, konnte sie nicht in ihre Schlangengestalt wechseln. Allein der Versuch würde sie zerreißen. Aber ihre Hände würde sie befreien können, wenn sie sie in Schlangenfortsätze verwandelte. Kaum dass sie daran dachte, verschoben sich ihre Handknochen unter hellem Schmerz. Ihre Arme sackten schwer herab, und sie rieb sich die Hände.

Gedämpft erscholl der Ausruf eines Wachmanns in der Verteilerhalle. Panik schoss ihr in den Magen. Es waren also doch Wachen da. Und vermutlich kamen sie jetzt mit Verstärkung zurück, um sie zu töten. Sie sank in die Hocke und löste mit fliegenden Fingern die Lederschnallen um ihre Fußgelenke. Dann stolperte sie zur Treppe und fiel vor der untersten Stufe in Schlangengestalt zu Boden. Verdeckt von ihrem Unterkleid rollte sie sich zusammen. Auf den ersten Blick würde es so aussehen, als sei sie entkommen. Ringsum löste sich die Welt in graue Schatten auf. Züngelnd schob sie den Kopf aus der Seide. Das Becken kam ihr jetzt vor wie ein riesiges schimmerndes Rechteck. Sie musste sich vorsehen, sonst würden die Soldaten sie bemerken. Ihr sträubten sich die Schuppen. Da war ein pochendes Vibrieren um sie herum. Schritte, die von den Wänden hallten. In der Hoffnung, irgendetwas wahrzunehmen, das ihr verriet, wer da gekommen war, verharrte sie. Aber als sich nichts tat und sie die Ungewissheit nicht länger aushielt, kroch sie unter der Seide hervor und wechselte zurück in ihre menschliche Gestalt. Nackt auf dem Bauch liegend sah sie nach oben und erstarrte. Ein Mädchen in roten Gewändern und dunkelblauer Pluderhose, dem sich das glatte, schwarze Haar aus dem Schleier hervorgestohlen hatte, stand am Beckenrand und sah zu ihr herab.

»Ayu!«, keuchte Meliaé, denn sie erkannte die grazile Gestalt sofort wieder.

Die Prinzessin juchzte verhalten und kam die Treppe hinabgerannt, dann lagen sie sich in den Armen.

»Was hat sich Miltiades bloß dabei gedacht, dich hierherzubringen.« Gequält schüttelte Meliaé den Kopf.

Ayu löste sich aus der Umarmung. »Mach dir keine Gedanken. Ich bin hier, weil Oron es so wollte.« Sie ließ den Blick über Meliaé wandern. »Du musst dir was anziehen, mach schnell. Wir müssen hier weg. Ich habe die Soldaten darüber reden hören, wo Khayam dich gefangen hält. Du hast ihn mit Magie fast umgebracht, erzählen sie sich.«

Meliaé entfuhr ein fassungsloses Schnauben. Dieser feige Hund. Sie machte sich von Ayu los, las ihr Unterkleid vom Boden auf und streifte sich die feuchte Seide wieder über. »Was ist mit den Wachen in der Halle? Wie bist du an ihnen vorbeigekommen?«

Ayu hob die Schultern und ließ sie wieder fallen. »Ich hab sie alle getötet, glaub ich. Sie liegen auf dem Boden, und als ich sie mit dem Fuß angestoßen habe, regten sie sich nicht mehr.«

Meliaé klappte der Mund auf. Mit Ayu stimmte etwas nicht. Offensichtlich stand sie unter Schock und fantasierte herum. Wut auf Miltiades wallte in ihr hoch. Wie hatte er nur ein Kind in diesen Wahnsinn mit hineinziehen können?

Nebenan in Sayafs Schlafgemach ging eine Tür, das Geräusch hallte durch die Therme. Alarmiert sahen sie einander an.

»Komm!« Meliaé griff nach Ayus Hand und zerrte sie hinter sich her, während sie die Treppe des Beckens hinaufrannte. »Bleib hinter mir! Dann passiert dir nichts.«

»Aber ich …«

»Still!«, zischte Meliaé und spähte durch den offenen Türspalt in das Schlafgemach, wo ein grimmig dreinschauender Legat Naphassa mit gezogenem Säbel flankiert von zwei Gardisten breitbeinig vor dem Bett stand und in Richtung Therme starrte. Er bedeutete den Soldaten zurückzubleiben, während er langsam auf die Tür zukam.

Meliaé nahm all ihren Mut zusammen und stürmte mit Ayu an der Hand hinaus.

Kapitel 38

Auf der Klippe

In der Tiefe donnerte die Brandung gegen die Klippen. Eiswind peitschte Gischtschwaden über den Rand des Felsvorsprungs, auf dem Sayaf stand. Er zog den Mantel enger um seine von der Kälte tauben Schultern und drehte sich zu der Höhle um, die sich hinter ihm auftat. Davor brannte ein Feuer, dessen Glutfunken in den Nachthimmel stoben.

Vor dem Höhleneingang auf einem flachen Stein saß ein imposant gekleideter Mann. Er war in einen goldbestickten Mantel aus nachtdunklem Purpur gehüllt. Doch er zog frierend die Schultern hoch, denn der Wind riss an seinem grauen Haar, in dem eine schwere Krone aus altem Gold schimmerte. »Wir sollten gehen«, rief der alte König und hielt seine Hände vor die emporschlagenden Flammen.

Irritiert schüttelte Sayaf den Kopf. Der alte König kam ihm irgendwie vertraut vor, doch hätte er nicht sagen können, woher er ihn kannte. »Geht Ihr ruhig schon, Hoheit!«, rief Sayaf zurück. »Ich bleibe noch etwas.«

Mit steifen Gliedern erhob sich der König von seinem Platz am Feuer, wickelte den Mantel enger um sich und trat zu ihm an den Abgrund. Und nun, da er ihm so nah war, hatte Sayaf mehr denn je das Gefühl, den Alten gut zu kennen. Zumal der ihm auch noch vertraulich die Hand auf die Schulter legte und sanft zudrückte. »Es wird Zeit zu gehen, mein Sohn«, sagte er und deutete hinter sich zur Höhle. »Gleich nach Sonnenaufgang sollten wir uns an den Abstieg machen. Es ist nicht gut für uns, allzu lange an diesem Ort zu verweilen. Wir könnten uns verlieren, vergessen, wer wir sind und wohin wir jetzt müssen.«

Sayaf sah zu der Stelle in der Ferne, wo sich das erste schwache Silber zeigen würde, wenn die Nacht vorüber war. Er konnte dem alten König nicht eingestehen, dass er längst vergessen hatte, wer er war und was er hier tat. Aber eins wusste er genau, er konnte hier nicht weg. Denn vor jedem nahenden Tag – wenn auch nur für einen flüchtigen Moment – erschien Sayaf ein wunderschönes Antlitz über dem Abgrund. Eine junge Frau, an die zu denken ihn schmerzte. Aber die Erinnerung an sie wurde mit jedem endlosen Moment blasser, den er hier verweilte.

Der alte König griff mit beiden Händen nach seiner Krone und setzte sie mit einem Ächzen ab. Kurz betrachtete er ihren matten Glanz, dann hielt er sie Sayaf hin. »Hier, nimm. Aber ich muss dich warnen, sie ist eine erdrückende Last. Mein ganzes Leben war sie das.« Um seine faltigen Mundwinkel erschien ein Lächeln, als Sayaf erst ungläubig auf die Krone blickte und dann dem Alten in die bernsteinfarbenen Augen starrte.

»Aber das könnt Ihr nicht tun. Wie käme ich dazu, Eure Krone zu nehmen?«

Das Lächeln des Alten vertiefte sich. »Ich bestehe darauf, dass du sie nimmst. Du bist der Einzige, der ihrer würdig ist!« Dann drückte er sie ihm so entschieden gegen die Brust, dass Sayaf sich gezwungen sah, sie zu nehmen.

Erleichtert stieß der König die Luft aus. »Nun, wenn du es rundheraus ablehnst, sie zu tragen, dann wirf sie ins Meer und folge mir.« Mit diesen Worten drehte er sich um und verschwand im Dunkel der Höhle hinter dem Feuer.

Meliaé blickte schaudernd in die Düsternis der Zelle. Es stank nach Tod, Blut und Schweiß und nach dem, was von der Folter Geschundene nicht mehr bei sich behalten konnten. Auf dem feucht schimmernden Boden in einem Deckenhaufen lag Abu Sayaf, und über dessen Kopf gebeugt kniete ein Mann mit nacktem Oberkörper. Es war Áris. Meliaé erkannte ihn an seiner drahtigen Statur, der bleichen Haut und dem langen Haar, das ihm vor das Gesicht fiel. Áris' Hände lagen auf Abu Sayafs Stirn, der Hauptmann versuchte wohl, heilende Magie fließen zu lassen.

Ayu fand als Erste aus ihrer Erstarrung, sie lief zu Áris hin und ließ sich neben ihm nieder.

Meliaé blickte zu Legat Naphassa auf, der ihr den Pharmakon aus ihrem Gemach geholt hatte. Auch er war erschüttert. Da war kein Leibarzt, der sich um seinen Heeresfürsten gekümmert hatte. Sayaf war in diesem stinkenden Loch zum Sterben abgelegt worden. Nur Tribun Adšhara hatten sie es zu verdanken, dass sie nicht zu spät kamen, denn er hatte Hauptmann Áris zu ihm gelassen.

Naphassa stellte den Pharmakon neben Sayaf auf dem Boden ab und wandte sich ihr zu. »Ich hole noch mehr von meinen Männern und komme dann zurück. Beeilt Euch, Fürstin, uns bleibt nicht viel Zeit.« Mit diesen Worten ließ er sie stehen.

Meliaé sank zu Boden, und Áris machte ihr Platz. »Gut, dass Ihr da seid«, ächzte er.

Sie ließ den Blick über Sayafs Gestalt gleiten. Die Haut auf seiner Brust war von Peitschenhieben zerfetzt, und sein Brustkorb hob sich nur noch schwach unter seinen Atemzügen.

Als sie ihn an der Schulter berührte, schnappte sie unwillkürlich nach Luft, denn eine Flut von rötlich schimmernden Bildern überschwemmte sie mit dem ganzen Ausmaß seiner Verletzungen. Seine Schulter war ausgekugelt, aber das war bei Weitem nicht das Schlimmste, was ihr ihre seherische Gabe offenbarte.

Schnell rutschte sie näher an ihn heran, umfasste seinen Kopf, und im nächsten Moment war ihr, als stürze sie in einen Abgrund. Ringsum rasten Felsen vorbei. Tief unter ihr tobte ein schwarzer Ozean. Aber das alles war nicht echt, sagte sie sich. Sie durfte sich nicht von dieser beängstigenden Macht mitreißen lassen. Besser, sie konzentrierte sich nur auf Sayafs im Dunkeln kaum auszumachendes Gesicht.

Ihr Herz hämmerte. In pulsierenden Stößen schoss ihr die Magie durch die Arme, doch was sie nun durch ihre Hände wahrnahm, erschütterte sie umso mehr. Sayafs Schädel war am Hinterkopf geborsten. Zudem war sein Nasenbein zertrümmert, und ein Knochensplitter ragte in sein Hirn. Winzige Blutwege waren zerrissen, bluteten ein und stauten sich zu einem dunklen Gebilde zusammen, das Ähnlichkeit mit einem Spinnennetz besaß.

Das magische Pulsieren in ihren Händen verstärkte sich, und der Riss in seinem Hinterkopf verschwand. Sie biss sich auf die Lippe und betrachtete den Knochensplitter. Daran durfte sie nicht rühren. Miltiades hatte sie gelehrt, dass das Hirn der sensibelste Bereich eines jeden Organismus war. Jede noch so kleine Verletzung konnte fatale Folgen haben. Lähmungen bis hin zum Verlust des Verstands.

Aber so konnte das nicht bleiben. Wenn sie die alte Ordnung nicht herstellte, war Sayaf verloren.

Tioné, lass mich das Richtige tun, betete Meliaé und leitete willentlich den magischen Strom zu dem Knochensplitter hin. Das Fragment bewegte sich, und es gelang ihr, es dorthin zu schieben, wo es aus dem Nasenbein gebrochen war. Sogleich wurde das Gerinnsel in Sayafs Hirn zusehends blasser, bis es schließlich ganz verschwunden war.

Erleichtert atmete sie auf, und mit einem Mal wurden ihr die Arme so schwer, als hätte sie ein Gebirge hochgestemmt. Eine leise Regung von Sayaf ließ sie ungläubig blinzeln.

Gleich darauf entrang sich ihm ein Stöhnen. Er kam zu sich! Die heiße Freude darüber brachte das magische Strömen in Meliaés Händen noch einmal zum Anschwellen, doch dann überkam sie eine solche Erschöpfung, dass sie Sayafs Kopf nicht länger festzuhalten vermochte. Kraftlos glitten ihre Finger durch sein Haar.

Jemand berührte ihre Schulter. Es war Ayu, die ihr die ganze Zeit über zugesehen hatte. »Lass gut sein, Meliaé. Er wird leben. Komm, lass dich wärmen.«

Als Ayu sie mit ihren dünnen Armen umfing, rannen Meliaé Hitzeschauer durch den Leib. Die Temperatur im Verlies war merklich gesunken und fiel noch weiter, bis ihnen weiße Atemwolken vor den Mündern standen.

Ayu sah sie an, und Meliaé wurde klar, dass auch die Prinzessin über Magie gebot. »Wir haben alles genommen, was an Magie um uns war«, raunte Ayu und blickte zu Sayaf, der stöhnend den Kopf wand. »Du magst ihn wohl ziemlich gern, hm?« Sie seufzte. »Er ist ja auch ein Bild von einem Mann. Aber ich hasse ihn. Er hat meine Nila auf dem Gewissen, nur seinetwegen bin ich hier.« Die Prinzessin senkte den Blick.

Meliaé strich ihr über die Wange und murmelte, wie leid ihr das alles tue. Doch im Grunde war ihr klar, dass Nila nicht wegen Sayaf in den Tod gesprungen war. Es war ihr eigener Vater gewesen, der sie dazu getrieben hatte. Derselbe Vater, der zugelassen hatte, dass Ayu jetzt hier war.

Als Sayaf abermals stöhnte, schob sie ihm die Hände unter den Kopf und bettete ihn in ihrem Schoß. Eine Welle der Zuneigung zu ihm erfasste sie. An allem, was ihr im Leben Schlimmes widerfahren war, hatte sie ihm die Schuld gegeben. Aber das war kindisch. Er war ein Gefangener seiner Pflichten, und lehnte er sich dagegen auf, erwartete ihn der Tod.

Sie ließ den Blick über die dunklen Konturen seines Gesichts gleiten und schnappte nach Luft. Seine Augen waren offen!

»Wir müssen hier weg!« Eine männliche Stimme ließ Meliaé aufblicken. Áris trat mit einer Fackel in der Hand neben sie. Ihn hatte sie völlig vergessen, wie alles andere rundum. In den Gängen des Verlieses war Tumult ausgebrochen, dessen wurde sie erst jetzt gewahr.

Männer brüllten durcheinander. Schwerter klirrten. Jemand blaffte etwas auf Northanisch. Im nächsten Moment stürmte Simos begleitet von Gardisten in die Dunkelheit der Zelle, darunter auch Legat Naphassa.

»Meliaé, bei den Göttern, du lebst!«, rief er aus und hielt dem herbeihuschenden Áris eine Schattenklinge samt Waffengurt hin, die dieser sich flugs um die Hüften schnallte. Mit zwei langen Schritten war er bei ihr, um sie zu packen. »Lass ihn und komm mit. Sofort!«

»Nein, ohne ihn gehe ich nirgendwohin.« Sie sah auf Sayaf hinunter, der sich bereits ihrem Griff entzog und sich mit einem Ächzen aufsetzte. Er wankte, doch bevor er zur Seite kippen konnte, waren Naphassa und noch ein anderer Gardist bei ihm, legten ihm einen Mantel mit Kapuze um und halfen ihm vereint auf die Beine, indem sie ihm unter die Achseln griffen.

»Nein, nicht doch! Seine Schulter ist ausgekugelt!«, schrie sie auf Aššunisch und wäre über den Pharmakon gestolpert, hätte Simos nicht nach ihr gegriffen. Als sie sah, wie Sayaf, umringt von Prätorianern, aus der Zelle gebracht wurde, schlug sie nach seiner Hand. »Wo bringen sie ihn hin? Seine Rippen sind gebrochen, er …«

»Es sind seine Leute, die passen schon auf. Er muss hier weg. Sein Legat hat einen Trupp zusammengestellt, um ihn zu befreien. Uns alle! Nun komm schon, bevor Khayams Männer den Braten riechen.« Er setzte an, sie mit sich zu zerren, doch sie wehrte sich.

»Mein Pharmakon. Die Wundinstrumente darin sind unter …«

»Vergiss es!« Simos schob den Kasten mit dem Fuß beiseite und zerrte sie hinaus auf den Gang. Áris und Ayu folgten auf dem Fuß. Im Laufschritt ging es durch finstere Gänge, die sich immer wieder verzweigten. Hinter ihnen klirrten Gefechte, in die bald auch Simos und Áris verwickelt wurden.

Meliaé rannte mit Ayu an der Hand mit den Verlieswachen mit, bis sie in einen dunklen Innenhof gelangten, in dem ein heilloses Durcheinander aus reiterlosen Pferden und Gardisten herrschte.

Als sie einen Aŝhāk im Kapuzenmantel auf einem Pferd sah, der sich kaum im Sattel halten konnte, schnappte sie nach Luft. Sayaf. Das musste er sein. In dieser Gestalt hatte sie ihn nur noch nie zu Gesicht bekommen. Zwei Aŝhāk mit gezogenen Säbeln, einer davon ein Titan, flankierten ihn.

Plötzlich tauchten Simos und Áris mit Pferden am Zügel in dem Getümmel auf. Áris erreichte sie zuerst und reichte ihr einen Mantel, den sie hastig um sich schlang. »Ihr reitet mit Eurem Bruder. Ich bin direkt hinter Euch.« Er griff Ayu um die Mitte, hob sie in den Sattel und sprang hinter ihr auf. Im nächsten Moment schlossen sich Simos' Hände um ihre Taille, dann saß sie auch schon auf seinem Pferd, und er schwang sich hinter ihr auf. Mit dem Arm presste er sie an sich, und sie sprengten los, mitten durch das Kampfgetümmel. Todesschreie, aufeinanderdreschende Klingen. Diesmal kämpften Gardisten gegen Gardisten. Es war unmöglich zu sagen, wer auf welcher Seite stand.

Auf den Mauern des Innenhofs waren Bogenschützen postiert und schossen eine Pfeilsalve auf die nachrückenden Palastwachen ab, die aus den Katakombenausgängen drängten.

Unter Kettengerassel hob sich das vergitterte Falltor des Hofs, und Simos preschte mit ihr darunter hindurch. Sie gelangten in eine von hohen Mauern umgebene Gasse. Auch hier hatte Naphassa Bogenschützen aufgestellt, die ihre Verfolger aufhalten würden. Meliaé kniff die Augen zu. Diese Männer gaben ihr Leben, sie würden nicht mehr hier wegkommen. Khayam würde sie alle hinrichten lassen.

Kapitel 39

Dschinnīya

Ayu blickte sich in dem Arkadenhof der Karawanserei um, in den Áris mit ihr geritten war. Von Zinnen gekrönte Lehmmauern und Rundtürme umgaben das Anwesen des Gewürzhändlers. Unweit des Haustors sprang Simos aus dem Sattel und half Meliaé abzusitzen.

Áris, der sich nach allen Seiten umsah, schien völlig zu vergessen, dass er sie noch immer an sich drückte. Sein Blick folgte Meliaé, die zu dem Pferd rannte, auf dem sich Abu Sayaf nicht länger halten konnte. Der Heeresfürst kippte seinem Legaten in die Arme, und mehrere Soldaten sprangen herbei, um ihn vorsichtig auf dem Boden abzulegen. Meliaé sank neben Abu Sayaf nieder und beugte sich über ihn.

Áris steuerte auf die Ansammlung zu, die sich im Nu um Meliaé und den Heeresfürsten bildete, und mit einem Satz war er vom Pferd. Ärgerlich blinzelte Ayu ihm hinterher, doch er sah sich nicht einmal mehr um. Kurzerhand rutschte sie ohne seine Hilfe aus dem Sattel und landete mit ihren dünn besohlten Seidenschuhen unsanft auf dem Boden.

Als die Soldaten Abu Sayaf zu viert hochhievten, mahnte Meliaé, dass sie gefälligst vorsichtiger sein sollten, denn die Schulter des Heeresfürsten war ausgerenkt.

Ayu lief hinter Áris her, der sich an Meliaés Fersen geheftet hatte. »Hauptmann, ich muss dringend mit Euch reden.«

Er sah auf sie herab, als folgte ihm ein streunender Hund. »Jetzt nicht, Prinzessin. Ich muss sehen, wo wir hier hingeraten sind. Geht mir einfach hinterher.« Mit diesen Worten drohte er in dem Gedränge, das sich in Richtung Portal schob, zu verschwinden. Ayu beeilte sich, ihm hinterherzukommen, dabei wallte heftiger Ärger in ihr auf. Er nahm sie nicht ernst, er glaubte wohl, dass sie noch ein Kindermädchen brauchte.

»Nein, so wartet! Ich kann nicht ins Haus!« Im nächsten Augenblick traten ihr Soldaten in den Weg, und sie musste die Ellbogen einsetzen, um nicht über den Haufen gerannt zu werden.

Plötzlich fing sie jemand um die Mitte ein und hob sie hoch. »Ja, wen haben wir …« Das Lachen blieb dem unverschämten Kerl im Hals stecken, als sie ihm die Hände mit Magie versengte. Er stieß sie von sich, und sie stolperte über ihren zu langen Mantel und fiel hin.

»Áris!«, schrie sie, doch sie verhedderte sich nur umso heilloser mit den Füßen. »Hauptmann! Kommt zurück!« Ihr Ärger schlug in heißen Zorn um, und sie hielt instinktiv die Luft an. Sie durfte nicht noch wütender werden. Ihre Magie würde sich sonst verselbstständigen. Dort, wo sie die Finger in den groben Stoff krallte, stieg bereits Qualm auf. Hastig nestelte sie die Fibel auf, warf den Mantel von ihren Schultern und sprang auf.

Zwischen den Soldaten, die sie nun wegen ihrer freizügigen Haremsgewandung begafften, tauchte Áris auf und hob beschwichtigend die Hände. »Mädchen gehören zu mir«, stammelte er in miserablem Aššunisch.

Die Männer winkten lachend ab und entfernten sich. Auch der, den sie mit ihrer Magie verbrannt hatte.

Beschämt über ihren Aufzug wurde ihr kalt, und sie schlang die Arme um sich. »Ich muss zurück in die Stadt!«

Der Hauptmann las ihren Mantel mit einer wütenden Bewegung vom Boden auf und packte sie am Arm, doch er ließ sie sogleich wieder los. Mit gerunzelter Stirn blickte er auf seine

Hand, die er sich offenbar an ihr versengt hatte. »Du bist eine Feuergeborene!«, stieß er verblüfft hervor.

Mit klappernden Zähnen riss sie ihm den Mantel aus der Hand und wickelte sich darin ein. »Ich dachte, Ihr wüsstet davon.«

Er schüttelte den Kopf. »Miltiades sagte, Ihr wärt anders.«

»Bin ich ja auch«, fauchte sie und wünschte sich vor Scham und Peinlichkeit, im Erdboden zu versinken. Sie hätte Khayam verführen und töten sollen, aber als sie den älteren Prinzen zusammen mit einer ganzen Gruppe nackter Frauen und Männern bei seinem widerwärtigen Treiben beobachtet hatte, war sie davongerannt und hatte sich versteckt. »Es ist Orons Wunsch, dass ich Meliaé diene.«

»Oron?«, schnaubte Áris ärgerlich. »Ihr wollt mich wohl für dumm verkaufen.«

»Aber wenn es doch so ist, ich kann ihn hören. Seine Stimme ist in meinem Kopf.« Ayu ertrug es kaum noch, zu Áris aufzublicken, ihr war, als müsste sich in ihren Augen spiegeln, was sie in Khayams Gemächern gesehen hatte.

»Folgt mir«, knurrte Áris schließlich. »Ich muss mir ansehen, wo Prinzessin Meliaé hier hingeraten ist.«

»Aber ich kann nicht.« Ayu blickte an ihm vorbei in die hell erleuchtete Eingangshalle, in der sich das Gedränge nun gelichtet hatte. »Mir wird andauernd so schrecklich heiß. Ich traue mich nicht ins Haus, es könnte durch mich in Flammen aufgehen.« Sie streckte ihm die Hände hin, die jetzt schmerzhaft glühten und im Dunkeln golden schimmerten. »Ich muss in die Stadt, ich kann dafür sorgen, dass die Brände aufhören. Geht und sucht den Legaten, er soll uns mit einigen Männern begleiten.«

Áris fluchte. »Mein Aššunisch ist zu schlecht, ich kann ihm das nicht erklären.«

»Das macht nichts. Sagt ihm einfach, im Hof wartet eine Dschinnīya.«

Kurz spielten seine Kaumuskeln, dann aber drehte er sich um und verschwand in der Eingangshalle.

Flammen leckten über die Lehmfassaden der dicht gedrängten Häuser. Ayu hüpfte das Herz vor Aufregung. Sie saß wieder vor Áris im Sattel, und sein Oberkörper drückte sich wie kaltes Felsgestein gegen den Rücken. Jedoch fühlte sie das schnelle Pochen seines Herzens, und es wurde ihr ganz bange davon. Er, das Pferd, auf dem sie saßen, und die Soldaten, die mit ihnen ritten, sie alle konnten in der Hitze vergehen, die ihr wie ein lauer Wind vorkam. Doch zuvor würden sie im Rauch ersticken.

»Lasst mich hier absteigen, Áris!«, rief sie gegen das Krachen des Feuers an. »Na los, macht schon, und zieht Euch dorthin zurück, wo das Feuer noch nicht hingefunden hat. Schnell!« Mit dem ausgestreckten Finger wies sie geradeaus.

»Ausgeschlossen, zu gefährlich. Wir …« Ein Hustenanfall schüttelte ihn.

Sie umwickelte ihre Hand mit Mantelstoff, bevor sie ihn berührte. »Mir macht das Feuer nichts aus.« Es gelang ihr, seinen Arm hochzuschieben und flink vom Pferd zu rutschen.

Den Mantel zog sie aus. »Reitet die Straße entlang. Wenn ich die anderen Feuergeborenen zur Vernunft gebracht habe, komme ich nach. Ich finde Euch schon.« Sie reichte ihm den Mantel hinauf und wandte sich dann an den Legaten, dessen Pferd panisch den Kopf hochwarf.

»Schnell, folgt dem Hauptmann«, sagte sie auf Aššunisch, denn ihr kam diese Sprache problemlos über die Lippen, seit sie die Augen zum ersten Mal in diesem Land aufgeschlagen hatte. »Ich sorge dafür, dass die Brände aufhören. Ihr könnt mir vertrauen. Ich will ja auch nicht, dass noch mehr Unschuldige sterben.« Sie wandte sich um und rannte auf die offene Tür eines Hauses zu, aus der qualmende Lohen schlugen.

Im Laufen setzte ihre Wandlung ein. Da waren keine Füße mehr, die den Boden berührten. Unter ihr flossen Flammen dahin, und ihre Pluderhose ging in einer Stichflamme auf. Sie gelangte in den Hausflur, in dem selbst die Wände lichterloh brannten, und endlich fror sie nicht mehr. Heißer Wind erfasste die Reste ihres Seidenoberteils und wehte es als glühende Flocken davon.

Sie blickte an sich hinab. Ihre Haut gleißte wie flüssiges Gold. Sie griff nach einer Strähne ihres Haars und betrachtete die Flammen, die damit spielten. Wunderschön sah das aus. Freude durchfuhr sie. So, wie sie jetzt war, konnte ihr niemand mehr etwas anhaben, und es machte ihr auch nichts mehr aus, dass ihr Vater sie verstoßen hatte. Oron war nun ihr Vater.

Ein lautes Krachen ließ sie erschrocken nach oben blicken, und im nächsten Moment donnerten von Glut durchdrungene Dachbalken herab. Funkenstaub wirbelte auf, der sich prickelnd auf ihre Haut legte.

Jäh besann sie sich, warum sie hier war. »Wo seid ihr, Söhne des Feuers?«, rief sie und kam sich albern dabei vor, aber da war eine Stimme in ihrem Kopf und ihrem Herzen, die ihr befahl, laut nach ihren Brüdern zu rufen.

Ayu blickte zu der Treppe am Ende des Hausflurs, die nur noch ein brennendes Skelett war und von der sich knackend die Trümmerteile lösten und herabfielen. Sie schwebte daran empor und gelangte in Räume, die völlig von den Flammen überflutet waren.

Dunkle Schemen zwischen den Möbeltrümmern, die wohl einmal Betten gewesen waren, zogen sie an, und ihr stockte der Atem. Es waren grotesk geschrumpfte Gestalten. Menschen, die im Feuer umgekommen waren, durch und durch verkohlt.

Ayu schwebte höher und legte den Kopf schräg, um die miteinander verbackenen Körper besser erkennen zu können. Es handelte sich um einen Mann, der seine Kinder schützend in die Arme genommen hatte. Dicht bei ihm eine etwas kleinere Gestalt, die sich den im Feuer verdorrten Arm vor die Augen presste – seine Frau.

Aufkeuchend schlug sich Ayu die Hand vor den Mund. Diese Menschen hatten unsägliche Qualen erlitten, als sie starben. Ein heftiges Beben erfasste das Gemach, und im nächsten Moment donnerte es mit allem, was sich darin befand, in die Tiefe. Trümmerteile knüppelten Ayu nieder, schwer atmend stemmte sie sich gegen das geborstene Stück Glutholz, das ihr den Brustkorb zusammenquetschte. Gleichzeitig geriet der Boden erneut ins Wanken, und sie hatte Mühe, Halt zu finden, um sich unter den Trümmern hervorzukämpfen. Mühsam rappelte sie sich auf. Dabei schrie sie immer wieder: »Brüder, Brüder!«

Verzweiflung überkam sie. Was, wenn sie sie nicht fand? Wo sollte sie sie in dieser riesigen Stadt, in diesem Häusermeer, bloß finden?

Ihr entfuhr ein Schrei, der Boden löste sich grell unter ihr auf. Mit einem Sprung rettete sie sich auf einen Balken, der in dem glühenden Sumpf versank. Sie ruderte mit den Armen und hüpfte zum nächsten Trümmerteil. Um Luft ringend blieb sie darauf stehen. Ihre Brüder waren in der Nähe. Sie fühlte es. Und dennoch kreischte sie in Panik auf, denn vor ihr erhob sich ein dreikantiger Bestienschädel mit Widderhörnern und einem feuertriefenden Maul aus dem weiß glühenden Schlamm.

Der Schrei verklemmte sich ihr im Hals, und sie sank auf dem schwankenden Trümmerteil nieder. Vor ihr richtete sich eine schwere Knochenkreatur aus bizarr erstarrter Lavakruste auf. Der im Verhältnis zum Rumpf gedrungene Schädel saß auf geschwungenen Wirbelknochen, die in einen schwarzen Skorpionstachel übergingen. »Da bist du ja!«, fauchte die Bestie mit einem Chor aus Stimmen. »Du warst nicht mehr im Käfig, als Miltiades uns befreit hat.«

Uns!, schrillte es Ayu nur noch in den Ohren. Was sollte sie jetzt machen? Gegen solche Kreaturen war sie doch machtlos. Sie zwang sich, Luft für eine Frage zu holen. »Wo ist Miltiades?«

Der Feuergeborene stieß ein fauchendes Lachen aus. »Oron hat den Narren aus dem Spiel genommen.«

»Spiel?« Ayu glaubte, an dem nur geflüsterten Wort zu ersticken. »Spiel nennst du das?«, schrie sie dann aber. »Eine Stadt brennt! Unschuldige kommen um. Das muss aufhören!« Sie brach ab, weil ihr das Grauen den Hals zuschnürte. So hatte sie sich die Feuerbrüder nicht vorgestellt. Mit den Stammeskriegern, die sie einst waren, hatte diese Bestie nichts mehr gemeinsam.

Ayu schüttelte den Kopf. Sie war in einen Albtraum geraten. Oron war doch der Schöpfer der Feuerinseln mit all seinen Bewohnern. Er liebte seine Kinder, die Menschen und Najaden. Jedenfalls hatte sie das immer gedacht. Wie konnte er den wehrlosen Menschen bloß eine solche Heimsuchung schicken.

Die Feuerbestie senkte ihren kantigen Schädel mit dem spitzen Maul, das wie eine Ramme geformt war, zu ihr herab. »Wo hast du nur gesteckt? Wir suchen schon seit Tagen nach dir. Den Palast mit Meliaé darin haben wir nicht anzurühren gewagt.«

Ayu bekam keine Luft mehr. Sie hatte im Harem die Zeit vergessen. Sie hatte die Stimme in ihrem Inneren ignoriert, die sie Tag und Nacht mahnte, endlich ihre Brüder zu suchen. Sie trug die Schuld am Tod Hunderter Menschen, wenn nicht gar Tausender, so denn die Brände nicht bald aufhörten.

Ayu kniff die Augen zusammen. Der Schmerz und die Sehnsucht nach ihrer toten Schwester Nila und dem verlorenen Leben auf Vasumana zerrissen ihr das Herz. Blinzelnd blickte sie dem Feuergeborenen direkt in die Glutaugen. Starr vor Schreck hielt sie still, als der seine Klaue hob und ihr Gesicht zwischen seine Krallen nahm. Aus seinen Nüstern blies ihr Verwesungsgestank entgegen. »Meliaé ist doch nichts zugestoßen? Oder?«

Etwas, das Ayu wie Eis auf der Haut ätzte, rann ihr über die

Wangen. Tränen, wie sie begriff. Mühsam rang sie nach Atem. »Wie heißt du?«, krächzte sie und versuchte, gegen das Schlottern in ihrem Inneren anzukommen. Sie durfte ihm nicht zeigen, wie sehr sie sich fürchtete. »Du bist mein Bruder, aber ich kenne ja nicht einmal deinen Namen.«

Er ließ ihr Gesicht los und bleckte seine Fänge, als erheitere ihn, was sie sagte. »WIR haben viele Namen. Aber hier sind wir nur Ifrīt, der aus der Asche der Rache Geborene.«

Ayu riss die Augen noch weiter auf. »Es gibt dich nur einmal?«, hakte sie sicherheitshalber nach.

»Ja, bist du denn der Meinung, einer wie ich ist nicht genug?«

»Doch, doch, völlig!«

Der Ifrīt nickte. »Oron sagt, wir sollen dir gehorchen. Denn du bist unsere Schwester.«

Ayu stöhnte auf vor Schmerz. Sie wollte nicht die Schwester dieser Kreatur sein. Sie war immer noch Ayu. »Du musst die Stadt verlassen!«, platzte es aus ihr heraus. »Unschuldige sterben. Menschen, die den Tod nicht verdient haben. Das ist keine Rache. Das ist Unrecht! Du musst von hier weg.«

Brüllend schoss der Ifrīt vor ihr auf, schüttelte sein gehörntes Haupt, sodass ihm Feuer aus dem Maul spritzte. »Aber das geht nicht!« Dann stieß er wieder zu ihr herab, und Ayu zog den Kopf in der Gewissheit ein, dass es nun endgültig um sie geschehen war. Doch als nur sein erstickender Atem über sie hinwegfegte, löste sie sich aus ihrer geduckten Haltung und blickte in sein Feuermaul. »Zum einen sind wir dazu bestimmt, Meliaé zu beschützen. Und zum anderen finden wir nur hier genügend Nahrung.«

Ayu ertastete hinter sich ein aufragendes Stück Holz und zog sich daran empor. Ihre Beine zitterten so sehr, dass sie kaum stehen konnte. Auf Vasumana war sie freiwillig den Opfertod gestorben. Sie hatte es für ihre Heimat und für Nila getan. Und es war Orons Wille, dass diese Bestie ihr gehorchte. Was also sollte ihr passieren? Sie atmete tief ein und blickte zu dem Ifrīt auf. »Du und alle, die sich in dir verbergen, tut, was ich euch befehle! Ihr beherrscht euren Hunger und verschlingt keine Häuser mehr. Meliaé wird die Stadt verlassen. Und wenn dein Hunger gar zu schlimm wird, verschlinge eben die, die uns in mörderischer Absicht folgen.«

Kapitel 40

Im Haus des Karawanenhändlers

Meliaé zog die Tür hinter sich zu und lehnte sich mit dem Rücken dagegen. In der Hand hielt sie einen Wasserkrug, und mit dem Unterarm drückte sie einen Stapel Verbände an sich.

»Ihr kommt spät«, brummte Legat Naphassa und erhob sich von dem Stuhl, auf dem er neben dem Krankenlager seines Heeresfürsten gesessen hatte. Gähnend dehnte er die Glieder und rückte sich das verrutschte Säbelgehänge zurecht.

Sie blinzelte in das von Öllampen erhellte Schlafgemach. Hinter ihren Lidern schienen Sandkörner zu kratzen. Sie war zum Umfallen müde. »Vor dem Hoftor stehen die Menschen in Scharen für Arzneien an. Viele darunter, die das Fieber so schlimm erwischt hat, dass sie den Nachhauseweg nicht mehr schaffen. Ich habe al-Mawadi gebeten, die Menschen zu mir zu lassen, damit ich sie behandeln kann. Wir haben nun in den Scheunen und Sklavenunterkünften Krankenlager für sie hergerichtet.«

Schnaubend kam Naphassa auf sie zu. »Dann werde ich diesen Unfug jetzt sofort unterbinden!«

Sie rührte sich nicht von der Tür weg. »Das ist kein Unfug! Die Menschen brauchen Hilfe.«

»Na großartig, dann weiß Khayam ja bald, wohin er seine Truppen schicken muss.«

»Ach, woher denn?«

»Es wird sich herumsprechen, dass sich in al-Mawadis Haus eine Maguša aufhält, die heilen kann.«

»Wir müssen ohnehin schnellstmöglich aus der Stadt.«

»Ja, doch dazu müsste Euer Gemahl erst einmal auf die Beine kommen.« In seine Augen trat ein verächtliches Funkeln. »Aber Ihr kümmert Euch um den Pöbel.«

Sie presste die Lippen zusammen. Naphassa meinte es nicht böse, er war voller Sorge. Sie sah zum Bett, wo Sayaf reglos auf dem Rücken lag. Offensichtlich war er wieder in die Ohnmacht gedriftet. Naphassas dröhnende Stimme hätte ihn unruhig machen müssen. Sie schob sich an dem Legaten vorbei, lud den Wasserkrug und die Verbände auf der Kommode neben dem Bett ab und beugte sich dann über ihren Gemahl.

Zwei Nächte zuvor, kaum dass sie hier angekommen waren, war er besinnungslos vom Pferd gefallen. Und seither war er mehr ohnmächtig, als dass er wach war. So recht konnte sie sich das nicht erklären. Jedoch lag es nahe, dass sein Körper Zeit brauchte, um sich von der Folter zu erholen. Dagegen war auch mit Magie nicht viel auszurichten.

Sie strich ihm über die Stirn, worauf er keine Reaktion zeigte, und fühlte neben seiner Kehle nach dem Puls, der flach, aber gleichmäßig schlug. In ihren Fingerspitzen kribbelte Magie, angezogen von den Prellungen und Blutergüssen in seinem Gesicht. Sie ließ den Heilstrom gewähren und konnte dabei zusehen, wie die violetten Schatten unter seiner Haut verblassten und die Schwellungen auf seinen Wangenknochen zurückgingen.

»Was ist denn nur mit ihm? Warum kommt er nicht zu sich?« Naphassa war neben sie getreten und reckte den Hals.

Das Kribbeln in ihren Fingern verebbte, und sie trat an die Kommode, wo ein Becher stand und ein Krug mit schmerzlinderndem Kräutersud. Sie schenkte etwas davon ein und drehte sich damit um. Eindringlich sah sie Naphassa in die schwarzen Augen. »Euch scheint nicht klar zu sein, wie schlimm er zugerichtet war. Er hatte einen Schädelbruch. Ein Nasenbeinfragment steckte in seinem Hirn, wo es zu einer Blutung kam. Dass er überhaupt noch lebt, ist ein Wunder. Fürst Miltiades hat mich vor Eingriffen am Hirn immer gewarnt. In der Heilkunst weiß man zu wenig darüber. Was ich getan habe, war ein Wagnis. Aber ich will, dass mein Gemahl lebt, denn er ist meine einzige Hoffnung auf Frieden. Nun befürchte ich, je länger sein bewusstloser Zustand andauert, dass er…« Ihr traten Tränen in die Augen.

»Was?«, bellte Naphassa ungeduldig.

»Dass er nicht mehr der ist, den ihr einst kanntet.« Sie schluckte an der Angst, die sich bei der bloßen Erwägung dieser Möglichkeit in ihrer Kehle zusammenklumpte. »Er könnte den Verstand verloren haben«, flüsterte sie und hielt den Atem an, um nicht loszuweinen.

In der Miene des Legaten rangen hilfloser Zorn und Bestürzung miteinander, er ballte die Fäuste und schüttelte den Kopf. »Lässt sich denn da gar nichts machen? Könnt Ihr ihn nicht irgendwie zu sich bringen? Ihr habt es doch im Verlies geschafft.«

Sie stieß die Luft aus. »Ja, das habe ich. Aber dann ist er aufs Pferd gestiegen und hat einen halsbrecherischen Ritt hingelegt, der ihm offensichtlich sehr geschadet hat. Obendrein ist seine Schulter ausgerenkt. Doch ich wage nicht, daran zu rühren, weil er durch das schmerzhafte Einrenken in noch tiefere Ohnmacht stürzen könnte, sodass ich ihm nicht einmal mehr schmerzlindernde Tränke einflößen kann.«

»Verstehe.« Der Legat stieß den Atem durch die Nase und verharrte einige Zeit mit gesenktem Kopf, bevor er wieder aufsah. »Ihr solltet jetzt schlafen.« Es klang niedergeschlagen und blickte zum Bett. »Ruft nach mir, wenn Ihr Hilfe braucht.«

Sie nickte und zwang sich zu lächeln. »Ja, danke, ich melde mich.«

Kurz sah es so aus, als wollte er dem noch etwas hinzufügen, dann aber wandte er sich ab und polterte mit schweren Schritten zur Tür.

Doch just fiel ihr ein, was ihr schon die ganze Zeit zu schaffen machte. »Wartet!«, rief sie ihm nach.

In der offenen Tür blickte er über die Schulter.

»Wo habt ihr die Kinder und Helena hinbringen lassen?«

Er stieß ein Brummen aus und sah in den dunklen Gang. »Macht Euch keine Gedanken um die Bastarde Eures Gemahls.«

»Ich möchte, dass Ihr jemanden hinschickt, der sie herbringt. Und Helena auch. Die Seuche wütet überall.«

Darauf blieb er die Antwort schuldig. Er zog die Tür hinter sich zu, und sie war allein mit Sayaf.

Sie nahm den Arzneilöffel von der Kommode und ließ sich mit dem Kräutersud auf der Bettkante nieder. Einige Zeit betrachtete sie sein Gesicht. »Wach auf! Du kannst mich doch nicht im Stich mit allem lassen. Ich brauche dich, dein Land braucht dich. Wach auf!« Nie hätte sie sich träumen lassen, dass sie sich einmal so verzweifelt wünschte, dass er sie ansah. Dass er spöttisch den Mund verzog und ihr Dinge sagte, für die sie ihn wieder verfluchte. Sie strich ihm über die Wange und zog ihm mit dem Daumen die Unterlippe herab, um ihm Sud einzuflößen. Glücklicherweise war sein Schluckreflex nicht erlahmt. Das ließ hoffen, dass er bald zu sich kam.

Sie stellte den Becher weg und löschte die Öllampen bis auf eine. Dann ging sie zur freien Bettseite hinüber, wo sie sich niederließ und die Schuhe abstreifte. Sie zog sich den Schleier vom Kopf und blickte auf das blaue Tuch, das ihr die Gemahlin des Händlers zusammen mit einigen von ihren Gewändern geschenkt hatte. Al-Mawadi hatte nicht gezögert, sie alle in seinem Haus aufzunehmen. Aber das konnte ihn teuer zu stehen kommen. Abu Sayaf galt als Sultanmörder, und dennoch war der Händler überzeugt, dass es sich um eine Verschwörung handelte. Ein Komplott, wie er sagte, der die Handschrift des Thronerben trug. Und angeblich gab es viele in Dschadun, die nicht das Beste von Khayam hielten.

Meliaé konnte die Augen nicht länger offen halten, sie schlüpfte unter die Decke und legte sich ihrem Gemahl zugewandt hin. Über den Kissenrand beobachtete sie das Heben und Senken seines Brustkorbs. Sie fasste nach seinem Handgelenk. Wenn er aufwachte, sollte ihr das nicht entgehen. Im nächsten Moment war sie eingeschlafen.

Sayaf trieb auf einem zähen Strudel aus Dunkelheit. In seiner Schulter pochte infernalischer Schmerz. Ein glühender Schmiedehammer schlug ihm das Gelenk zu Brei. Flach atmend lag er da und ertastete Verbände auf seiner Brust, unter denen es schauderhaft juckte. Die Rechte vermochte er weder zu heben noch zu bewegen. Etwas von betörender Kühle umschloss sein Handgelenk und hielt es fest.

Angestrengt lauschte er in sich hinein. Warum lag er hier? Was war passiert? In seiner Erinnerung tauchte eine finstere Verlieszelle auf, in der er auf dem feuchtkalten Steinboden lag. Soldaten stürzten herein, halfen ihm auf und legten ihm einen Mantel um. Auf wackeligen Beinen folgte er ihnen durch ein düsteres Gewölbe. Jemand, auf dessen Brustpanzer das Legatsabzeichen prangte, trat ihm mit einer Fackel entgegen. Bei dem Gedanken an den hell zuckenden Feuerschein kniff Sayaf noch jetzt geblendet die Lider zusammen. Eine Flut von Bildern und Empfindungen überrollte ihn. Jedoch blieb nichts lange genug, um zu ergründen, wie das alles zusammenpasste.

Gleißendes Sonnenlicht. Jubelnde Massen in der Arena. Das Aufblitzen eines goldenen Kelchs in der Hand eines dunkel gewandeten Mannes auf der Tribüne des Sultans. Pfeile, die im hohen Bogen durch die Luft surrten. Modrige Finsternis. In Sayafs Rücken kaltes Holz. Eisenschellen um seine Hand- und Fußgelenke. Eine Faust flog heran und zertrümmerte ihm das

Nasenbein. Blut füllte seinen Mund. Der krachende Widerhall einer Saaltür. Hassverzerrte Züge, grün funkelnde Augen. »Vatermörder! Dafür krepierst du!«

Sayaf konnte nicht mehr atmen. »Aŝhāk!« Der Befehl des Legaten, in die Aŝhākgestalt zu wechseln, hallte durch seine Gedanken, und er biss unwillkürlich die Zähne zusammen. Denn der Schmerz, als sich sein Schädel in den eines Schakals wandelte, war ihm noch allzu präsent.

Dann – umringt von Soldaten – stand er in einem Hof, in dem Pferde bereitstanden. Mit Beinen, die ihm kaum gehorcht hatten, hatte er sich in den Sattel geschwungen. Trotzdem war er losgeritten. Der Legat war dicht an seiner Seite geblieben.

Erneut ergab sich Sayaf der überwältigenden Bilderflut. Nächtliche Gassen. Häuser in Flammen. Er sah auf seine Hände, durch die ihm die Zügel glitten, er konnte sich nicht länger aufrecht halten und sackte über den Pferdehals, aber der Aufprall blieb aus. Da war nur bodenlose Finsternis, in die er stürzte. Warme Müdigkeit überkam Sayaf, und er sank in einen Traum, in dem eine Frau in einem weißen, perlenbestickten Mantel neben ihm herging. Sie war zierlich, und aus ihrer Kapuze quoll dunkelrotes Haar. Sayaf mühte sich, unter der Seide ein Gesicht zu erkennen, doch es blieb bis auf das feine, helle Kinn unsichtbar.

Meliaé schrak aus dem Schlaf, ihre Hand kribbelte vor Magie. Sie blinzelte zu Sayaf hinüber, der stöhnend den Kopf wand. In heißer Aufregung beugte sie sich über ihn. Mit verdrehten Augen kämpfte er gegen das Herabsinken seiner Lider an, aber er schaffte es nicht, sie offen zu halten.

Sie umfasste sein Gesicht und keuchte im gleichen Moment selbst vor Schmerz auf. Die Magie, die ihr nun in die Handflächen schoss, verwandelte ihre Blutwege in Eisströme. Vor ihren Augen verschwammen seine schmerzverzerrten Züge. Rote Schattenbilder stiegen in ihr auf. In Sayafs Schädelhöhlen rotierten die

Augäpfel, und sie konnte dabei zusehen, wie sich die wässrigen Schwellungen ringsum in der mimischen Muskulatur auflösten. Ein Strom funkelnder Magie floss ihm durch die Augenhöhlen ins Schädelinnere.

Sayaf stieß ein wohliges Stöhnen aus, und in Meliaés Armen verebbte das eisige Ziehen. Ungläubig sah sie auf ihre Hände, die so taub prickelten, als drückte sie sie in den Schnee. Die Züge ihres Gemahls schimmerten zwischen ihren Fingern hindurch, alles sah wieder normal aus.

Er lag mit zugekniffenen Augen da. Unter ihr hob und senkte sich sein Brustkorb. Hastig richtete sie sich auf. Seine Rippen waren gebrochen, sie musste vorsichtiger sein. Flatternd hoben sich seine Lider, dann sah er sie an. Ein Blick, der ihr durch und durch ging.

Mit klopfendem Herzen strich sie ihm über die Stirn. »Du bist endlich wach«, flüsterte sie, und es durchströmte sie unsägliche Erleichterung.

Ihm entfuhr ein gequältes Keuchen, denn fasste er nach ihrem Gesicht. Behutsam griff sie nach seiner Hand. »Deine Schulter ist ausgerenkt, lieg möglichst still.«

Sie strich ihm über die Wange. »Ich hole dir etwas gegen die Schmerzen, dann wird es erträglicher.«

Er gab ein unverständliches Brummen von sich, und ihr stiegen die Tränen in die Augen. Sie musste sich zwingen, sich von ihm abzuwenden und vom Bett zu steigen. Durch das Ornamentgitter vor dem Fenster fielen blasse Sonnenstrahlen, und sie nahm Rauchgeruch wahr. Entweder hatte der Wind gedreht, oder die Brände kamen näher.

Sie verdrängte diesen beunruhigenden Gedanken und lief zur Kommode, um von dem mit Mardom versetzten Kräutersud in den Becher zu gießen, und hastete damit zu ihm zurück. Behutsam schob sie ihm eine Hand unter den Kopf, und er kam dem Becherrand mit den Lippen entgegen. Er war so durstig, dass einiges daneben ging. Also setzte sie ab und stopfte ihm ihr Kissen in den Rücken.

Äußerst darauf bedacht, dass er sich nicht verschluckte, half sie ihm den Rest zu trinken. Dann sank er schwer atmend zurück, und sie rutschte vom Bett, um den Becher wegzustellen. Auf der Kommode stand eine Waschschüssel bereit, in die sie Wasser goss. Sie griff nach sauberen Tüchern, die daneben lagen, und setzte sich wieder zu ihm. Die Schüssel platzierte sie zu ihren Füßen und befeuchtete ein Tuch, das sie ihm auf die schweißfeuchte Stirn legte. Zwar zog er die Brauen zusammen, aber er ließ sich gefallen, dass sie ihm das Gesicht und den Hals abtupfte. In seine Augen trat ein konzentrierter Ausdruck, er sah aus, als dächte er angestrengt nach.

»Da ist so einiges, woran ich mich nicht erinnern kann«, platzte es schließlich aus ihm heraus. Er sprach nicht weiter, sondern fasste nach ihrem Handgelenk und zog sie zu sich heran. Seine Goldaugen musterten sie, als sähe er einen Geist. »Du bist…« Das unsichere Schwanken in seiner Stimme ließ ihn verstummen.

Sie biss sich auf die Lippe, weil sie nicht wusste, was sie sagen sollte. Hoffentlich war seine Desorientierung nicht so schwerwiegend, dass er sich an nichts mehr erinnerte.

Er blinzelte sie an. Hinter seiner gerunzelten Stirn arbeitete es fieberhaft. Ihm war anzusehen, dass die Erinnerungen ihn übermannten, und es musste schrecklich für ihn sein. Sein Blick, in dem sich nun Qual widerspiegelte, hetzte über ihr Gesicht. »Meliaé«, flüsterte er dann, und es klang so verloren, wie sie noch nichts von ihm zu hören bekommen hatte. »In der Arena. Das waren meine Bogenschützen. Und nun glauben alle, ich hätte befohlen, meinen Vater zu töten.«

»Nicht alle. Dein Legat und die Männer, die deine Flucht erst ermöglicht haben, wissen sehr wohl, dass Khayam dahintersteckt.«

»Khayam hat unsere Eltern getötet«, zischte er durch die Zähne und kniff überwältigt von seinen Gefühlen die Augen zu. »Und nur, weil Vater ihm nicht schnell genug den Thron geräumt hat.« Er sah sie wieder an. »Aber ich kann das nicht verstehen. Auf die paar Jahre, bis Vater ihm den Stuhl aus freien Stücken geräumt hätte, wäre es doch nicht angekommen.«

»Khayam ist ein Ungeheuer. Er ist an Grausamkeit nicht zu überbieten. Nicht einmal die Mutter seiner Kinder hat er verschont.« Als sie an Moira dachte, musste sie schlucken.

»Erzähl mir, was während des Anschlags in der Sultanloge vor sich gegangen ist. Khayam stand an der Brüstung, ich habe ihn gesehen. Der Becher in seiner Hand hat in der Sonne gefunkelt. Er stand da wie eine Zielscheibe, und trotzdem hat er in dem Pfeilhagel kaum etwas abbekommen.«

Mit knappen Worten fasste sie die Geschehnisse zusammen und ließ auch das Verhör vor den Wesiren im Thronsaal nicht aus.

»Was ist mit meinen Bastarden? Sind sie noch im Palast?«

Niedergeschlagen sah sie unter sich. Sie ertrug die Sorge in seinem Blick nicht.

»Was ist mit meinen Kindern, Meliaé?«, erkundigte er sich eindringlicher.

Sie blickte auf ihre ringenden Hände und sah wieder auf. »Ich habe Legat Naphassa gestern Abend gebeten, sie zu suchen und herzubringen. Ich vermute, er hat sie bei irgendwem in der Stadt untergebracht.«

»Und Moira?«

Meliaé schluckte. »Es tut mir leid, aber sie ist tot«, flüsterte sie.

Sayaf ließ den Kopf ins Kissen fallen. »Woher weißt du das?«

»Ich war dabei.« Sie konnte nicht weitersprechen, die Worte verkanteten sich in ihrer Kehle, die Tränen liefen ihr nun doch über die Wangen.

»Schon gut, verstehe«, kam es gepresst. »Reden wir nicht mehr davon.«

»Doch!« Meliaé krampfte sich der Magen zusammen, sie ertrug es nicht, das so stehen zu lassen. Jetzt, da er von ihrem Tod wusste, sollte er auch die Umstände erfahren. »Ich wünschte, ich hätte es verhindern können.« Stockend berichtete sie, was passiert war.

Sayaf aber blickte starr zur Decke, und als sie endete, schwieg er.

In Meliaé regten sich heftige Schuldgefühle. »Wenn ich deinem Vater bei unserer Vermählung nicht von deinen Frauen ...«

»Hör auf«, unterbrach er sie schroff. »Bastarde sind immer ein heikles Thema. Insbesondere für mich. Ich hätte sie nach der Geburt zu verschwiegenen Ammen geben müssen. So, wie Männer meines Standes solche Dinge regeln.« Er gab ein erschöpftes Stöhnen von sich und schloss die Augen.

Meliaé presste die Lippen zusammen. *Solche Dinge!* Der Ärger stieg ihr heiß ins Gesicht. Aber da war auch Eifersucht auf Moira. Und das beschämte sie. Moiras Leben war bis auf das kurze Glück, das sie mit ihrem Entführer gehabt hatte, eine einzige Demütigung gewesen. Und nun verlor Sayaf nicht einmal ein bedauerndes Wort über sie.

»In wessen Haus sind wir hier?«, riss er sie aus ihren widerstreitenden Gefühlen.

Sie zwang sich, ihn anzusehen. »Im Haus des Gewürzhändlers al-Mawadi.«

Er sah zum Fenster. »Letzte Nacht, die Brände. Was war da los?«

Sie wartete, bis er sie wieder ansah. »Das war vor zwei Nächten. Du warst die ganze Zeit bewusstlos.«

»Zwei Nächte? Verflucht!« Als er sich aufzurichten versuchte, entfuhr ihm ein gepeinigtes Grollen. »Meine Schulter«, keuchte er. »Kannst du sie richten?«

Sie griff nach der Waschschüssel und stand auf, um sie wegzustellen. »Ja, das kann ich.« Sie goss erneut von dem schmerzlindernden Sud in den Becher und trat damit ans Bett. »Trink das, ich möchte nicht, dass du mir beim Einrenken bewusstlos wirst.«

Er tastete über die Verbände auf seiner Brust und den Salbenumschlag auf seiner Schulter, doch bevor sie ihn zurückhalten konnte, hatte er sich aufgesetzt. »Feuer«, ächzte er und sah zum Fenster. »Ich rieche den Rauch. Was geht da draußen vor sich? Brennt es etwa immer noch?«

Schuldbewusst sah sie ihm in die Augen und nickte, es hatte keinen Zweck, es zu leugnen. »Ja, die Brände wüten noch immer.«

»Was hat das zu bedeuten?«

Sie rang um Luft. Davon, was seine Stadt bedrohte, musste sie ihm in aller Ruhe berichten. Die Sache mit Moira und den Kindern hatte ihm schon genug zugesetzt. Er brauchte seine Kraft, um wieder auf die Beine zu kommen. Sie setzte sich neben ihn und hielt ihm den Becher hin. »Trink das. Später, wenn deine Schulter in Ordnung ist, erzähle ich dir mehr.«

Er schüttelte den Kopf. »Ich brauche nichts, fang an.«

Zögernd stand sie auf, um den Becher wegzustellen. Sein Blick folgte ihr mit finsterer Entschlossenheit. Mit einem Bein kniete sie sich auf das Bett und begann vorsichtig, die Verbände zu lösen. Vor Schmerz keuchend sah er ihr dabei zu. Dann waren die Binden abgenommen, und sie besah sich sein von Blutergüssen dunkel verfärbtes Schultergelenk. Der Oberarmkopf war aus der Gelenkpfanne gerutscht. Sie kannte solche Verrenkungen von Stammeskriegern, die sich im Zweikampf den Arm verdreht hatten. Bei der Vorstellung, welche Folterqualen hinter ihm lagen, zog sich ihr Magen zusammen.

So behutsam es ging, tastete sie in seiner Achselbeuge nach dem verschobenen Gelenkkopf und fand ihn auf Anhieb.

Er versteifte sich, knirschte mit den Zähnen. Sie fing seinen Blick ein. »Das Einrenken geht schnell, ist aber ziemlich schmerzhaft, soll ich dir nicht doch …«

»Nein, ich halte einiges aus.«

»Gut. Wie du meinst.« Nun war es an ihr, auf die Zähne zu beißen. Ihm nun bewusst Qualen zuzufügen kostete sie Überwindung. Sie ergriff seinen angewinkelten Arm und sah ihm in die Augen. »Keine Gegenwehr. Bleib möglichst locker. Ich drücke dir den Ellenbogen an den Körper und führe dann eine schwingende Bewegung damit aus. Atme tief durch und sag mir, wenn du so weit bist.«

»Mach schon!«, grummelte er.

Sie grub die Finger in seine Armmuskulatur und spürte, dass er tatsächlich locker ließ.

»Leg los«, kam es gepresst.

»Nicht die Luft anhalten, atme ganz entspannt.«

Als er zum zweiten Atemzug ansetzte, führte sie die Bewegung aus, und er sackte aufstöhnend in sich zusammen. Rasch kletterte sie aufs Bett und untersuchte seine Schulter. Das Gelenk saß wieder an seinem Platz, Bänder und Sehnen waren heil geblieben.

Aufatmend ließ sie ihre Hände, wo sie waren, um noch weiter heilende Magie fließen zu lassen. Dadurch würden sich die Blutergüsse auflösen, was das Abheilen um Wochen beschleunigte.

Als sie die letzten dunklen Prellungsspuren zu seinem Arm hin ausstrich, entrang sich ihm ein Seufzer. Er war wieder zu sich gekommen.

Sie beugte sich über ihn, und er blinzelte sie benommen an, vor Freude kamen ihr erneut die Tränen. Sanft strich sie ihm die schweißnassen Haare aus der Stirn.

Noch immer kribbelten ihre Hände vor Magie, und sie konnte nicht aufhören, ihn zu streicheln. Sie war so unsäglich froh, dass er lebte, dass er wieder gesund werden würde, dass er sie nicht allein gelassen hatte.

Er beobachtete sie mit zusammengezogenen Brauen, dann hob er die Hand an ihre Wange. »Nicht weinen«, murmelte er und wischte ihr mit dem Daumen die Tränen fort.

Sie wusste nicht, was da über sie kam. Wie von selbst senkte sich ihr Kopf, und sie küsste ihn behutsam auf die Lippen. Doch plötzlich war seine Hand in ihrem Haar, und er drückte gegen ihren Hinterkopf, sodass sie ihm nicht mehr entkommen konnte.

Kapitel 41

Von der Freiheit und den Fliegen

Die Hofmauern ringsum verschwammen in der brütenden Mittagshitze. Helena verscheuchte die Fliegen mit der Hand, die ihren Kopf umtanzten. Die Biester machten nicht einmal davor halt, ihr in die Augen zu kriechen. Sie zog sich den Schleier vor Mund und Nase. Erstickender Aasgestank lag in der Luft. Überall, in jedem Winkel des Stadtviertels, war dieser grauenhafte Gestank. Niemand hatte eine Erklärung dafür. Allerorts wurden die Fenster und Türen sorgsam verschlossen gehalten. Ansonsten fielen die fliegenden Heerscharen über alles Essbare her. Doch ungeachtet dessen wimmelte es in den Vorratskrügen des Hauses dennoch vor Maden.

Helena trug die kleine Darayah in einem Tuch an den Körper gebunden. Sie war mit einem leeren Schöpfeimer auf dem Weg zum Brunnen. Schon beim Aufstehen hatten ihr die Glieder geschmerzt, als hätte sie die Nacht hindurch schwer gearbeitet. Aber sie ignorierte das Unwohlsein, denn sie war jetzt eine freie Frau und Mutter und kannte ihre Pflichten. Allerdings war das mit der Freiheit so eine Sache. Sie war zu dem Witwer Omar gegeben worden. Ein Mann, der sich am liebsten vor seiner mutterlosen Kinderschar in seine Zeltwerkstatt verdrückte. Er würde sie gut behandeln, wenn sie ihm die Hausarbeit machte und die Kinder großzog. Beim Brunnen angekommen, ließ Helena den Schöpfeimer fallen und sank gegen den ummauerten Rand, um nach Darayah zu sehen. Die Kleine verhielt sich auffällig still. Als Helena das Tuch beiseiteschob, hielt sie erschrocken die Luft an. Darayahs Gesichtchen war hochrot und glühte vor Hitze. Nun hatte das Fieber sie genauso erwischt wie Tariq und zwei von Omars Kindern. Helena musste sich beeilen, rasch ins Haus zurückzukommen. Sie würde der Kleinen, wie auch den anderen Kindern, kühlende Essigumschläge machen. Mit beiden Händen griff sie nach dem Brunnenhebel, und der Schöpfsack aus Ziegenhaut fuhr nach oben. Prall gefüllt platschte er auf den Brunnenrand, und eine braune stinkende Brühe spritzte ihr über die Hände und durchtränkte das Tragetuch und ihre Gewänder. Mit einem Aufschrei stolperte sie zurück. Das Wasser war verdorben. Wie konnte das passieren? Im nächsten Moment erhob sich ein Surren aus dem Brunnenschacht.

Helena drückte die nun aus voller Kehle schreiende Darayah an sich, unfähig, den Blick von dem schwarzen Schwarm zu lösen, der aus dem Schacht emporstieg. Dann aber erwachte sie aus ihrer Starre und rannte zum Haus zurück. Hinter ihr schwoll das Surren an. Bei der Tür angekommen, riss sie am Riegel, bekam ihn aber nicht auf, ihre Hände brannten, als leckten Flammen daran. In stummem Entsetzen besah sie sich ihre Hände. Die Haut auf ihrem Handrücken warf Brandblasen und war über den Knöcheln aufgeplatzt, aber es trat kein Blut aus, nur wässriges Sekret.

Helena schrie auf. Mehr aus Panik denn vor Pein, und sie fummelte an dem Riegel, und endlich gelang es ihr, ihn anzuheben, und sie stolperte in den finsteren Hausflur. Orientierungslos taumelte sie gegen die Wand und rutschte daran hinab. Mit ihren wie in Feuer getauchten Händen umfing sie Darayahs Köpfchen. *Ihr Götter! Helft mir! Meiner Kleinen darf nichts geschehen, sie ist doch alles, was mir von Moira geblieben ist.* Das Surren war jetzt im Flur, und mit dem Fliegenlärm kam der Gestank. Überall kitzelten die kleinen geflügelten Leiber, verschafften sich Einlass in ihre Ohren, die Nase, den Mund.

Helena konnte weder atmen noch schreien, aus ihrem Mund quollen Maden.

Die verwinkelte Häuserschlucht war verstopft von Leuten, die nur mit dem, was sie tragen konnten, vor dem Feuer und der merkwürdigen Seuche flohen. Ganz Dschadun war auf den Beinen. Aus einem Hausflur kamen Burschen gestürzt, die gackernde Hühner unter den Arm geklemmt hielten, und tauchten in der Menge ab. Ein faltiger Mann mit Turban kam aus demselben Haus getorkelt und sah sich um.

Simos, der sich verschleiert und in schwarzer Wüstengewandung zu Pferd einen Weg durch die Flüchtenden bahnte, blickte auf die bewusstlose Frau in seinen Armen. Die Konkubine Helena, die sie aus dem Haus des Witwers Omar geholt hatten. Sie sah aus, als hätte sie jemand mit kochendem Öl übergossen. Und wäre es nach Áris gegangen, hätten sie sie bei den toten Kindern des Witwers zurückgelassen und nur die Bastarde des Heeresfürsten mitgenommen.

Simos verstand sein Handeln nicht. Womöglich tat er der Frau nicht einmal einen Gefallen damit, sie mitzunehmen. Selbst wenn sie dieses Fieber, das die Menschen bei lebendigem Leib verbrannte, überlebte, würde sie entstellt bleiben. Simos sah zu Áris, der mit dem Feuermädchen Ayu vorausritt. Sie war ebenso schwarz gewandet wie der Hauptmann und hielt das Stillkind im Arm, das sie bei der Konkubine gefunden hatten. Eine Pferdelänge vor ihr bahnte sich einer von Legat Naphassas Männern mit seinem Ross den Weg durch die Flüchtenden. Er hatte den bewusstlosen Bastard des Heeresfürsten im Arm. Das Chaos in den Gassen machte es leicht, sich unbehelligt von Khayams Soldaten in der Stadt zu bewegen. Die von der Fieberseuche betroffenen Viertel hatte Khayam unter Truppeneinsatz abriegeln lassen. Den Bürgern blieb nichts anderes übrig, als Dschadun zu verlassen. Denn versuchten sie die Absperrungen zu überwinden, riskierten sie, von Bogenschützen niedergestreckt zu werden.

Das festungsartige Anwesen des Gewürzhändlers lag in der Nähe eines Stadttors, das seit dem Morgen zu den Seuchenbezirken zählte. In der Straße, die an der kleinen Karawanserei vorbeiführte, herrschte dichtes Gedränge. Die Leute belagerten das Tor mit Handkarren, auf denen sie ihre bewusstlosen Angehörigen herbrachten. Es hatte sich herumgesprochen, dass in al-Mawadis Haus ein Heiler wirkte. Simos schüttelte den Kopf. Seuche hin oder her, früher oder später würden Khayams Schakale hier aufkreuzen, und dann saßen sie in der Falle. Als das Hoftor aufschwang, konnten auch Áris und Naphassas Mann mit ihren gezogenen Säbeln nicht verhindern, dass sich etliche mit ihren Handkarren hinterherschoben.

Vor dem Bogenportal des Hauses angekommen, zügelten sie die Pferde, und Simos ließ sich mit der Bewusstlosen aus dem Sattel gleiten. Zwei Haussklaven in ungefärbten Gewändern erschienen und geleiteten sie durch den Küchengarten zu den Unterkünften der Knechte und Mägde. Dort waren selbst auf dem Boden Krankenlager errichtet worden. Simos blickte auf die Frau, die schwer in seinen Armen hing. Warum nur hatte er sie mitgenommen? Aus einer Tür trat eine zierliche Frau in einem vor Dreck starrenden Gewand, die sich die Hände an einem Tuch abwischte. Als sie ihn und hinter ihm Áris und das Feuermädchen erblickte, zog sie sich den Schleier vom Gesicht. Es war Meliaé.

Simos runzelte die Stirn. Dunkle Schatten lagen unter ihren Augen. *Bei den Göttern!* Sie sah aus, als hätte sie nächtelang nicht mehr geschlafen. Die vielen Kranken, die man ihr anschleppte. Sie konnte doch nicht ernsthaft vorhaben, sich um alle zu kümmern.

Áris schienen ähnliche Gedanken durch den Kopf zu gehen.

Er schob das Feuermädchen beiseite, nachdem dieses Meliaé das Stillkind übergeben hatte, und redete auf sie ein. Seinem Tonfall war zu entnehmen, dass er ihr gehörig die Meinung sagte. Allerdings hörte sie ihm nicht lange zu, denn als sie den Soldaten mit dem Bastard ihres Gemahls erblickte, winkte sie allen zu, ihr zu folgen.

Es ging zurück in den Garten, wo es neben dem Küchentrakt noch eine weitere aus Lehmziegeln erbaute Unterkunft gab. Durch das Windloch in der Kuppeldecke fiel Sonnenlicht wie eine funkelnde Säule, und in den Wandnischen hinter den Schlafpritschen brannten Öllampen. Simos, dem die Arme von seiner Last mittlerweile zitterten, war froh, die Bewusstlose ablegen zu können.

Meliaé untersuchte zuerst das Stillkind und den Bastard ihres Gemahls, und das Feuermädchen ging ihr dabei zur Hand. Naphassas Soldat, der sie interessiert bei ihrem Tun beobachtete, wechselte einige Worte mit ihr. Dann machte er kehrt und verschwand, wohl um dem Legaten zu vermelden, dass die Kinder gefunden und wohlauf waren.

Simos zog sich den Schleier vom Gesicht und beugte sich zu der Bewusstlosen hinab. Doch als er ihr das Tuch vom Kopf zog, blieb ihr schwarzes Haar daran hängen. Haarbüschel mitsamt der Kopfhaut hatten sich abgelöst. Der Anblick hob Simos den Magen, betroffen schlug er sich die Hand vor den Mund. Einen grausamer entstellten Menschen hatte er noch nicht gesehen. Besser, er hätte die Frau dem Tod überlassen.

»Hilf mir, sie auszuziehen«, riss Meliaé, die auf einmal neben ihm stand, ihn aus seinem Zaudern. »Nimm dein Messer und zerschneide ihr Gewand, aber sei vorsichtig!«

Simos zog den Dolch, den er an seiner Gewandgürtung trug, und tat wie geheißen. Mit zitternden Händen hob er den Stoff behutsam an und fuhr mit der Klinge hinein. Wie zu erwarten, war es um den Leib der Frau nicht besser bestellt. Die Haut warf sich in faustgroß aufgeplatzten Brandblasen, aus denen blutiges Sekret rann. Der Anblick von so viel Zerstörung ließ Simos auf die Zähne beißen. Die Frau müsste längst tot sein. Es war ein Wunder, dass sie noch atmete. Dann aber, als Meliaé die schrecklichen Wunden berührte, geschah das Unfassbare. Die Haut begann in einer unglaublichen Geschwindigkeit zu heilen.

Simos war unfähig, sich zu rühren. Obwohl er Meliaés Heilkräfte am eigenen Leib erfahren hatte, war es doch unheimlich, ihr dabei zuzusehen. Sogar die Ohrmuscheln der Frau wurden unter ihrer Berührung wieder ansehnlich.

Simos tastete nach seiner Dolchscheide und steckte die Klinge weg.

Bei den Beinen der Bewusstlosen angelangt, fingen Meliaés Hände an zu zittern. »Geh und hol mir Essigwasser und saubere Tücher«, wies sie ihn an, ohne von ihrem Tun aufzusehen. »Was ich brauche, findest du in der Küche. Bitte eine der Mägde darum.«

»Aber ich spreche doch kein Aššunisch.«

»Verschwinde in die Küche, dort versteht man dich schon.«

Simos war froh, endlich etwas tun zu können. Er eilte hinaus, und kaum dass er stammelnd und gestikulierend in der Küche stand, drückte ihm eine lächelnde Frau eine Schüssel mit Essigwasser und Tücher in die Hand.

Zurück in der Unterkunft, hielt er Meliaé das Gewünschte hin, und sie deckte den Körper der Bewusstlosen mit nassen Tüchern ab.

»Die Umschläge sorgen dafür, dass das Fieber nicht wieder ansteigt.«

Erneut wurde Simos gewahr, dass Meliaé die Hände zitterten. »Was hast du?«

Sie sank auf den Pritschenrand. »Es ist nichts, ich bin bloß müde.«

Fluchend stellte er die Schüssel ab und ging vor ihr in die Hocke. »Müde? Du bist am Ende.« Er beschwor sie mit den Augen. »Das hier kann nicht so weitergehen.« Er ließ den Blick über die Bewusstlose wandern, die zwar kaum mehr Haare, dafür aber eine nahezu neue Haut besaß. »Du kannst nicht alle heilen, die man dir anschleppt.«

Sie schnappte nach Luft und funkelte ihn an. Mit einer zornigen Geste deutete sie auf die Frau. »Sieh dir an, was du angerichtet hast! Wie konntest du dir von meiner Mutter bloß diesen götterverfluchten Käfig aufschwatzen lassen? Du hast das Unheil über diese Menschen gebracht. Du und Miltiades. Aber meinem Lehrmeister kann ich keinen Vorwurf mehr machen.« Sie kniff die Augen zu. »O bei Oron, er hat den Tod verdient!« Sie sah ihn wieder an, Tränen glänzten in ihrem Blick. »Aber er fehlt mir. Ich hätte noch so viel von ihm lernen können. Was soll ich denn jetzt dem Mann sagen, dem ich meine Hand als Friedenspfand gegeben habe? Was ich über seine Stadt gebracht habe, übertrifft alle Gräueltaten, die er als Kriegsherr je verbrochen hat.« Sie ließ den Kopf hängen, und ihre Schultern wurden vom Weinen durchgeschüttelt.

Simos schluckte. Ihr Kummer zerriss ihm das Herz. Krieg war ein dreckiges Geschäft, und sie verstand sich nicht darauf. Statt dass sie die Gelegenheit zur Flucht nutzte, fühlte sie sich auch noch an ihr Vermählungswort gebunden. »Hör mal, du kannst hier nichts mehr tun.« Behutsam fasste er nach ihren Schultern. »Komm mit mir…«

Sie schlug seine Hände weg. »Ich habe dir schon einmal gesagt: Ich gehe nicht mit dir! Ich stehle mich nicht aus meiner Verantwortung, um mit einem gewissenlosen Halunken wie dir davonzulaufen.« Sie stand auf und schob sich an ihm vorbei. »Du bist frei zu gehen. Ich halte dich nicht auf. Aber du wirst nicht ohne Helena gehen. Du wirst sie nach Hause bringen. Nach Glarnos, wenn sie das noch will. Du wirst wiedergutmachen, was du ihr angetan hast. Haben wir uns verstanden?«

Simos sprang auf, atemlos vor Herzklopfen. »Ja, ich bin ein gewissenloser Halunke«, stieß er hervor. »Genauso einer wie dein hochwohlgeborener Gemahl, der Glarnos erobert und deine geliebten Vasumati versklavt hat!«

Erschöpft ließ sie den Kopf hängen. »Geh, Simos, verschwinde einfach.«

Er ballte die Fäuste. Dem Kriegsfürsten, der sie um die halbe Welt gejagt hatte, konnte sie verzeihen, aber ihm, mit dem sie unter einem Dach aufgewachsen war, nicht. »Also gut. Ich bringe diese Frau nach Glarnos, wenn du das verlangst«, hörte er sich sagen und schüttelte gleichzeitig den Kopf darüber. Was redete er denn da? Er sollte mit den Verbliebenen seiner Mannschaft das Weite suchen.

Áris, der mit vor der Brust gekreuzten Armen an der Wand lehnte, stieß sich ab und trat vor Meliaé. »Hoheit, Ihr nicht wegschicken Simos«, knurrte er in schlechtem Tharisch. »Wir ihn brauchen, um zu Fluss Zayandeh durchschlagen. Ihr haben Heeresfürst gerettet und viele Menschen. Aber damit jetzt genug. Ich Euch zurück nach …«

Mit einem wütenden Handstreich gebot sie ihm zu schweigen. »Ich lasse nicht zu, dass der Ifrīt Aššu verheert. Ich lade nicht Tod und Verwüstung eines ganzen Reichs auf mein Gewissen. Ihr werdet mir helfen, das Verderben, das meine Mutter über dieses Land gebracht hat, aus der Welt zu schaffen. Haben wir uns verstanden?«

Mit einem Ruck löste er seine Arme. »Ich Fürst Miltiades Versprechen gegeben, Euch unversehrt zurückbringen an Hof von Najadís. Euer Bruder haben recht. Ihr hier nichts mehr tun könnt, ohne in Gefahr bringen Euch.«

»Das ist mir gleich, ich laufe nicht davon.«

Das Feuermädchen Ayu, das den Wortwechsel von Áris und

Meliae mit einem besorgten Stirnrunzeln verfolgte, trat mit dem schreienden Stillkind auf dem Arm zwischen die beiden. »Wir müssen zu einem Feuerberg!«, sagte sie in überraschend flüssigem Tharisch, mehr an Áris als an Meliaé gewandt. »Wir machen uns kundig, wo es in dieser Gegend einen solchen Berg gibt. Wenn wir nichts unternehmen, wird der Ifrīt von Aššu nichts als Sand und Asche übrig lassen. Das kann Euch doch nicht gleichgültig sein, Hauptmann.«

Áris gab ein resigniertes Schnauben von sich. »Also gut. Sobald Nacht, wir brechen auf. Im Meer es geben Feuerberge. Ich kennen Plätze.«

»Nein«, widersprach Meliaé. »Ich führe den Ifrīt nicht quer durch das Land und hinterlasse dabei eine Schneise des Todes.« Sie blickte das Feuermädchen an. »Wir locken den Ifrīt hinaus ins Sandmeer. Dorthin, wo es keine Siedlungen mehr gibt. Dort überlegen wir dann, wie es weitergeht. Wir besorgen uns Karten und wählen die Route mit Bedacht aus.« Meliaé sah zu Simos auf. »Ich rede jetzt mit meinem Gemahl. Sobald es Nacht ist, verlassen wir die Stadt. Je früher wir aufbrechen, desto eher hört das Sterben in Dschadun auf. Bist du dabei? Wirst du mir helfen?«

Simos entrang sich ein Schnauben. Den Ifrīt in die Wüste locken! Sie müsste verrückt geworden sein! »Natürlich bin ich dabei«, knurrte er durch die Zähne und räusperte sich. Auch wenn sie sich nichts aus ihm machte, er würde sie nie im Stich lassen. Mit dem Kopf deutete er zu der bewusstlosen Frau auf der Schlafpritsche. »Ich hoffe, du hast nicht vor, sie und die Bälger deines Gatten mitzunehmen. Dann könnten wir uns ebenso gut Mühlsteine um den Hals hängen.«

Meliaé heftete den Blick auf das strampelnde Stillkind, das Ayu in den Armen wiegte, und schüttelte zu seiner Erleichterung den Kopf. »Nein, die Wüste ist kein Ort für solch kleine Kinder. Ich rede auch mit al-Mawadi. Er muss Helena und die Kinder dabehalten, bis wir zurückkommen, um sie zu holen.«

Simos verdrehte die Augen. Zu was hatte er sich da bloß breitschlagen lassen?

Kapitel 42

Feuersturm

Die Nachtluft war ein erdrückendes Gemisch aus dem Qualm der Brände und Aasgestank. Etwas ungelenk schwang sich Sayaf in den Sattel und blickte in die rauchgetrübte Schwärze des Himmels, in der verloren einige Sterne funkelten. Verstohlen rieb er seinen Brustkorb und ließ die rechte Schulter kreisen. Der Schwertarm war frei beweglich, und von den gebrochenen Rippen war nichts mehr zu spüren. Und dennoch hatte Meliaé ihn gewarnt, in den nächsten Tagen einen Säbel zu schwingen.

Er sah zu ihr hin, und sein Herz schlug schneller. Ohne sie säße er jetzt nicht im Sattel, ohne sie wäre er nicht mehr am Leben. Aber ohne sie wäre Khayam nicht so weit gegangen, die eigene Familie auszulöschen. Und doch war Meliaé die Letzte, die für das verantwortlich gemacht werden konnte, was über Dschadun hereingebrochen war. Vielmehr, so wusste Sayaf, musste er die Schuld bei sich selbst suchen.

Meliaé saß in Männergewändern und dem hellen Wüstenschleier auf einem von al-Mawadis Pferden. Neben ihr ebenso gekleidet und auf Rössern Hauptmann Áris und die junge Prinzessin Ayu, hinter den beiden Simos. Unmerklich schüttelte Sayaf den Kopf. Nur ihm verdankte Helena es, dass sie noch am Leben war. Gequält verzog er das Gesicht, mit einem Mal hatte er wieder Tariqs Weinen nach seiner Mutter und Darayahs Schreien im Ohr. Aber es war besser, die Kinder zu vergessen.

Sie waren Bastarde. Und insbesondere für Tariq war es besser, wenn er nicht wusste, wer sein Erzeuger war. Es würde ihn nicht in Versuchung bringen, nach einer Macht zu streben, die ihm als Sohn einer bedeutungslosen Frau nicht zustand. In der Obhut von al-Mawadis Familie würden er und seine Schwester es gut haben. Hier konnten sie als freie Menschen aufwachsen und ein anständiges Leben führen.

»Wir wären dann so weit.« Naphassa hielt sein Pferd neben ihm an, und Sayaf ließ den Blick durch den Innenhof der Karawanserei schweifen, wo ein stattlicher Zug Aufstellung genommen hatte. Desertierte der Sultangarde und Soldaten, die, sobald sie an seiner Seite durch das Hoftor ritten, zu Gejagten des Reichs wurden. Aber es waren auch einige von Áris' Schatten darunter und northanische Söldner aus Simos' Gefolgschaft.

Langsam atmete Sayaf aus. Es waren viel zu viele, die sich zu ihm bekannten. Eine solche Bewegung würde Legat Tattenai nicht lange verborgen bleiben. Der zweite Legat des Reichs war für seine Gnadenlosigkeit gefürchtet, mit der er gegen Desertierte vorging. Er würde nicht eher ruhen, bis er jeden abtrünnigen Kopf vor sich im Staub liegen sah.

Sayafs Augen blieben an Ayu hängen. Alles, was er über die junge Prinzessin zu hören bekommen hatte, klang so abenteuerlich, dass es ihm noch immer schwerfiel, auch nur ein Wort davon zu glauben. Sie selbst nannte sich Feuergeborene, weil ihr Vater sie angeblich dem Feuerberg von Vasumana geopfert hatte. Naphassa sprach von ihr als Dschinnîya, die einen Feuerleib besaß und in brennende Häuser spazierte. Das Mädchen behauptete, dass sie den Ifrīt, der alles verheerte, dazu bewegen konnte, ihnen aus der Stadt zu folgen.

Ayu, die seinen Blick bemerkt hatte, ritt heran. »Lasst mich Euren Soldaten vorweg reiten.«

»Nein!« Er schüttelte den Kopf. »Meine Männer müssen erst

die Lage am Tor erkunden. So lange bleibt Ihr bei Hauptmann Áris.«

»Aber ich muss doch vorne mit dabei sein«, begehrte sie auf und zog eine trotzige Miene.

Sayaf runzelte die Stirn. »Ihr tut, was ich sage, denn mit einem Pfeil in der Brust nutzt Ihr niemandem etwas.«

Einen Moment blinzelte sie ihn verunsichert an, dann aber nickte sie.

Legat Naphassa gab das Zeichen zum Öffnen des Tors, und die Vorhut setzte sich die Straße hinaus in Bewegung. Sayaf ritt neben Meliaé, und sie reihten sich vor den mit Proviant und Ausrüstung beladenen Dromedaren ein. Ihre Blicke blieben ineinander hängen, bis Sayaf sich zwang, die Augen abzuwenden. Sie hatte diese Katastrophe nicht über Dschadun gebracht. Alles, was geschehen war, hatte Khayam zu verantworten. Er war unwürdig, Sultan zu werden. Doch wer sollte ihn jetzt noch aufhalten? Ein Bruder, der als Vatermörder galt und einen Haufen Abtrünniger um sich scharte? Sayaf biss die Zähne zusammen, als er unweit einen Mann und eine verschleierte Frau erblickte, die sich im Dunkeln mit einem Handkarren abmühten, auf dem sie ihre spärliche Habe und ihre Kinder vor dem Feuer retteten. Das Volk war auf der Flucht, und der Heeresfürst schlich sich wie ein Dieb in der Nacht davon.

»Sayyid!«

Sayaf zuckte von der ungewohnten Anrede zusammen. Er hatte sich mit seinen Männern darauf geeinigt, ihn nur mit Herr anzusprechen. Die Soldaten, die zum Erkunden vorausgeritten waren, trabten herbei und zügelten ihre Pferde.

»Die Straße zum Tor ist mit Toten gepflastert. Bogenschützen sind auf und entlang der Tormauern postiert. Sie legen auf jeden an, der die Stadt verlassen will.«

Sayaf zischte einen Fluch. Khayam wusste, dass er noch in der Stadt war. Sie saßen in der Falle, kampflos würden sie nicht davonkommen. Er wandte sich an Naphassa. »Wir suchen nach einem weniger bewachten Durchlass.«

»Was soll das bringen?«, brummte der Legat. »Tattenai wird alle Tore auf diese Art bewachen lassen.«

»Ich räume das Tor!«, rief Ayu.

Sayaf entfuhr ein Schnauben. Wie wollte dieses Mädchen einen Rachedämon dazu bewegen, ihr zu folgen? Von ihrem feuertriefenden Ifrīt fehlte nämlich jede Spur. Er hob die Hand, um den Zug zu stoppen. Was sollte er tun? Er sah zu Áris. »Wir machen kehrt und versuchen es an einem anderen Tor.«

Ayu aber glitt bereits aus dem Sattel und warf im Losrennen ihren Mantel ab. Sie schlug Haken um die Pferde der Soldaten, und als ihre Gewänder in einer hochschießenden Lohe aufgingen, hielt Sayaf die Luft an. Die Flüchtenden, die sie erblickten, wichen ihr schreiend aus.

Aus Ayus fliegenden Haaren wehten Flammen, und von ihrem goldglühenden Leib blätterten Ascheflocken ab. Als sie das Ende der Straße erreichte, rann ein Beben durch den Boden, das die Rösser tänzeln ließ.

Sayaf parierte seinen Hengst und sah, wie Meliaé mit ihrem scheuenden Pferd rang.

»Wir müssen hinterher!«, rief sie ihm zu.

Sayaf sah zu seinem Legaten, und als der grimmig nickte, hob er die Hand und gab das Zeichen zum Losreiten. Doch die Erde schüttelte sich erneut. Pferde wieherten, Flüchtende kamen auf sie zugerannt. Über ihnen glühte der Himmel, und es drückte eine Hitze von oben herab, die Sayaf den Schweiß aus allen Poren trieb.

Ein Donner rollte durch die Häuserschlucht, gefolgt von einem Sturm sengender Luft. Ziegel prasselten hernieder, und Mauerteile begleitet von brennenden Balken begruben Menschen und die Karren mit ihren Habseligkeiten unter sich.

Wie hypnotisiert sah Sayaf nach oben. Die Dächer der Häuserreihe waren explodiert. Unwillkürlich zog er den Kopf ein und sah hinter sich. Meliaé rang ihr Hufe schmeißendes Ross nieder, und im Qualm dahinter zeichneten sich die Silhouetten der Pferde und Reiter ab. Die Dromedare torkelten und grölten mit schäumenden Schnauzen, aber wenigstens gingen sie nicht durch.

Sayaf blickte vor sich, in seinen Ohren schrillte ein Ton, der jeglichen Lärm überdeckte. Alles erinnerte an eine Schlacht unter dem Einsatz von Feuerschleudern. Doch dies war keine Schlacht, jedenfalls keine, die mit voranstürmenden Soldaten zu gewinnen war.

In das Grauen, das ihn überkam, schob sich die Erinnerung an Lydraias grüngelbe Schlangenaugen, die ihn boshaft anfunkelten. »Wenn meiner Tochter bei Eurem Bruder ein Leid widerfährt, wird ganz Aššu dafür brennen. Vergesst nicht, Eurem Vater das von mir auszurichten.« Sayaf hatte die durchtriebene Hexe unterschätzt. Nun hatte er eine Ahnung davon, mit welchen Mächten sie im Bunde stand. Schuldgefühle schnürten ihm die Luft ab. Er hatte ihre Drohung nicht ernst genommen und versäumt, mit dem Sultan darüber zu sprechen.

Die Straße, die zum Stadttor führte, war ebenfalls mit Leichen übersät. Pfeile ragten aus den Kadavern von Mensch und Tier. Pfeile des Sultans. Sayaf stieß ein Knurren aus. »Khayam!« Der Name seines Bruders kratzte ihm wie Qualm in der Kehle. Das Stadttor selbst gab es nicht mehr, stattdessen klaffte ein gewaltiges Loch in der Wehrmauer, und dahinter schimmerte die Wüste.

Kapitel 43

Das Wadi der Siegreichen

Der Wind trieb den Sand in feinen Wirbeln über die rotgolden gewellten Felsen. Sayaf erklomm die letzten in den Felsen gehauenen Tritte, bis ihn nur noch wenige Schritte vom Abgrund trennten. Darunter erstreckte sich ein Meer goldener Dünen. Meilen entfernt zog der Zayandeh eine weite glitzernde Schleife um das wie ein Neuneck geformte Dschadun. Dichter Qualm lag über der Stadt, er verdeckte selbst den Palasthügel im Herzen.

Die Brände mochten nachlassen, aber es würde dauern, bis die schwelenden Feuernester überall bekämpft waren. Wasser war noch knapper als sonst, und die Wüste entfachte mit ihrem heißen Atem tagsüber viele Brände aufs Neue. Hoffentlich war es um die Bekämpfung der Seuche besser bestellt, dachte Sayaf.

Er sah auf in den Himmel, wo die Sonne wie ein glühendes Götterauge auf ihn herabstarrte, dann weiter gen Westen, wo sich Ausläufer des Kheš als bläuliche Schattenrisse in der Ferne verloren. Abschließend fiel sein Blick in die Tiefe, wo sich am Fuß der Wadischlucht ein bizarr geformter und ausgehöhlter Felsenbogen spannte. Darunter luden Soldaten Zeltgestänge und Kamelhaarplanen von einem Dromedar, und Simos und Áris gingen dabei zur Hand. Sie erweiterten das Lager, das sie in der vergangenen Nacht nur notdürftig errichtet hatten.

Hinter Sayaf knirschten Schritte auf den Felsen. Er zog sich den Schleier vom Gesicht und blickte sich nach den drei Männern um, die ihm auf die Schlucht hinauf gefolgt waren.

Zwischen Legat Naphassa und Tribun Adšhara mühte sich der Setem, der höchste Totenpriester des Reichs, die Tritte herauf. Der Setem trug die weißen, goldgesäumten Plisseegewänder seines Amts, und auf seinem Kopf thronte ein eiförmiger Helm aus blau gefärbtem Leder, um den sich die goldene Speikobra wand. Er war der fünfte Großwesir. Der Wesir der Fürstennekropole, und wie all seinen Amtsvorgängern war es ihm nicht gestattet, unter den Lebenden zu weilen. Sein Leben gehörte den verblichenen Königen und Siegreichen. Er wachte über deren einbalsamierten Leiber und Grabschätze.

Sayaf verschränkte die Arme und ließ den Männern Zeit, sich umzusehen. Er heftete den Blick auf zwei zierliche Gestalten auf dem Kamm einer Düne. Meliaé und Ayu, deren Gewänder im Wind flatterten. In dem Dünental vor ihnen glänzte eine kraterförmige Vertiefung. Der Sand an dieser Stelle war zu ockerfarbenem Glas geschmolzen. Von dem Ifrīt ragte nur mehr der eingerollte Skorpionstachel heraus. Wie Obsidian schimmerten die gepanzerten Schwanzglieder und zuckten auf und ab.

Im ersten Tageslicht war es Ayu gelungen, den Rachedämon zur Ruhe zu bewegen. Die ganze Nacht hatte er vor dem Wadi getobt und damit Felsen zum Herabstürzen gebracht. Einen Sandsturm hatte er entfesselt, und durch die Erschütterungen seines Getrampels waren sogar die Säulen einiger Grabportale wie morsche Hölzer eingeknickt und zerbrochen. Nun aber schien er sich beruhigt zu haben, nachdem er sich, Sandberge werfend, in den Boden gegraben hatte. Die Hoffnung, dass er sich geradewegs in die Unterwelt bohrte, hatte sich leider nicht erfüllt.

Sayaf wandte den Kopf, als der Setem neben ihn trat.

»O Ba'al, steh uns bei!«, rief dieser aus und berührte mit gekreuzten Händen das Pantherfell auf seinen Schultern. »Die

Prophezeiung des Ras al-Hayya erfüllt sich nun doch. Aššu wird in Sand und Feuer vergehen.«

Frustriert stieß Sayaf die Luft aus. Seit er alt genug war, in die Schlacht zu reiten, trieb diese rätselhafte Prophezeiung seinen Vater dazu, ihn und Khayam auf die entlegensten Feldzüge zu schicken. Aber inzwischen wusste Sayaf überhaupt nicht mehr, was er von alldem noch halten sollte. Die Weissagung erschien ihm haltloser und unsinniger denn je. Letztendlich hatte sie die Anstrengung, das Siegel ins Land zu holen, dem Untergang nur noch näher gebracht. Er sah in das vom Alter zerfurchte Profil des Totenpriesters, aus dem die Nase hervorstach wie ein Raubvogelschnabel. »Ich brauche Eure Hilfe, Ehrwürdiger. Ihr sollt mir etwas Zeit verschaffen. Einige Wochen oder vielleicht auch ein paar Monate, damit ich meine Unschuld am Tod meines Vaters beweisen kann. Aber zuvor muss ich die Gefahr, die von dem Ifrīt ausgeht, von unserem Reich abwenden.«

Der Setem gab ein verächtliches Schnauben von sich. »Ihr wollt mich beschwatzen, dem rechtmäßigen Thronerben in den Rücken zu fallen. Ihr seid auf den Thron aus.«

»Nein. Ich brauche Zeit, um einen Feuerberg zu finden. Meine Gemahlin, die Prinzessin von Najadís, ist überzeugt …«

»Ihr meint, die Schlange, die Euch und Euren Bruder gleichermaßen zu Torheiten verführt, so lange, bis sie hat, wonach es ihre Mutter giert. Das Reich der Sonne. Aššu.«

Sayaf zog die Brauen zusammen. »Nach allem, was in Dschadun geschehen ist, kann ich Euch nicht verdenken, dass Ihr so voll Misstrauen gegen mich seid.«

Der Setem wies mit dem ausgestreckten Arm in die Schlucht und sah Sayaf dabei scharf an. »Mit welchen Mächten habt Ihr Euch da bloß verbündet? Mörder des Sultans und Erschütterer von Aššu!«

Sayaf schluckte. *Erschütterer!* So hatte ihn noch niemand genannt, und doch musste er sich diesen Vorwurf gefallen lassen. »Ich habe meinen Vater nicht ermordet.«

In den Augen des Setem blitzte Häme auf. »Nun, dafür hattet Ihr treffsichere Bogenschützen, wie inzwischen bekannt ist.«

»Es waren zwar meine Schützen, die das Blutbad angerichtet haben. Aber nicht auf mein Geheiß. Es ist das, was mein Bruder die Welt glauben machen will. Er ließ mir von seinem Foltermeister den Schädel einschlagen und verhörte mich dann vor den Wesiren. Was ich bei dieser Gelegenheit von mir gab, kann man wohl kaum als Geständnis bezeichnen.«

Der Setem lachte auf, und sein Lederhelm schwankte unter der unwilligen Kopfbewegung. »Ihr wisst ja nicht, wovon Ihr da redet. Wäre Euch der Schädel eingeschlagen worden, stündet Ihr jetzt nicht redenschwingend vor mir. Ihr lägt auf meinem Salbungstisch, wo ich Euch das Hirn zur Nase herauszöge.«

Ärgerlich wies Sayaf in die Schlucht. »Ich verdanke mein Leben Prinzessin Meliaé von Najadís. Sie hat mich mit Magie geheilt.«

»Oh, Ihr seid also ihren dunklen Künsten erlegen. Gebt zu, sie hat Euch auf dem Liebeslager eingeflüstert, Euren Vater aus dem Weg zu räumen. Die Natter, die die Brüder entzweit und die letztendlich den prophezeiten Untergang über uns bringt.«

»Sie hat mir nichts eingeflüstert. Schon gar nicht auf dem Liebeslager. Sie sieht in mir den Eroberer von Glarnos und den Unterwerfer der Feuerinseln. Sie verachtet mich, weil ich sie gegen ihren Willen hergebracht habe, damit sie meinen Bruder heiratet. Aber der Sultan hat anders entschieden, er gab sie mir zum Weib. Und nach allem, was seither geschehen ist, hätte sie mehr als einmal Gelegenheit zur Flucht gehabt. Aber sie ist noch hier. Mit mir.«

»Ganz recht, sie ist noch hier, weil Aššu noch nicht bezwungen ist.«

Kurz ließ Sayaf die Kaumuskeln spielen, dann sagte er so gelassen er konnte: »Ich wünsche, dass Ihr mit ihr sprecht, dass Ihr sie kennenlernt. Ihr hättet sie in dem Haus erleben sollen, in dem wir Unterschlupf gefunden haben. Sie war sich für keinen niederen Dienst zu schade und hat bis zum Umfallen an der Feuerpest Erkrankte mit Magie geheilt. Und überhaupt neigt sie dazu, das Wohl anderer über ihr eigenes zu stellen.«

»Nichts von dem, was Ihr mir erzählt, könnte etwas an dem Umstand ändern, dass die Prinzessin von Najadís in jeder Hinsicht gefährlich ist.« Wütend stieß Sayaf die Luft aus.

»Und doch bestehe ich darauf, dass Ihr sie kennenlernt.«

»Und ich bestehe darauf, dass Ihr weiterzieht, Heeresfürst. Geht und schafft den Ifrīt außerhalb unserer Reichsgrenzen, soll das Untier doch unsere Feinde fressen.« Abrupt wandte er sich ab und ging auf den Felsen in Richtung Nekropole weiter.

Naphassa, der Anstalten machte, den Setem zurückzuholen, blieb, wo er war, als Sayaf ihm die Hand auf die Schulter legte und sich an ihm vorbeischob.

»Ihr müsst die Beisetzung meines Vaters hinauszögern, denn wenn sich mein Bruder zum Sultan ausrufen lässt, werde ich meine Unschuld nicht mehr beweisen können. Er wird das ganze Reich gegen mich aufbringen.«

Der Setem hielt inne und sah über die Schulter. »Euer Plan ist ebenso gerissen wie lästerlich den Göttern und Eurem Vater gegenüber. Schlagt Euch das aus dem Kopf, ich lasse mich nicht vor Euren Karren spannen.«

Sayaf blickte in das Wadi hinab, in dem die Herrscher von Aššu seit mehr als zwei Jahrtausenden ihre letzte Ruhestätte fanden. Zu Lebzeiten der Fürsten wurden Korridore und Kammern in den Felsen getrieben, die, nachdem ihre Mumien beigesetzt waren, mit Felsblöcken verschlossen wurden. Prächtige Säulenportale mit Verblendungen aus Glarnstein, Lapis und Malachit zierten sie. »Glaubt mir, Setem, hätte ich meine Schützen auf die Sultanloge anlegen lassen, wäre Khayam, der direkt an der

Brüstung stand, gewiss zuerst gefallen. Ist es nicht verdächtig, dass er mit nur zwei unbedeutenden Treffern einer Pfeilsalve trotzt, die fast allen, die mit ihm in der Loge waren, den Tod gebracht hat?«

»Blieb Eure Gemahlin nicht auch von den tödlichen Pfeilen verschont? Und ist das nicht ebenso verdächtig?«

»Sehr richtig. Mein Bruder will sie noch immer, denn von ihr kann er magiebegabte Söhne haben.«

»Ein Bruder der Feind des anderen. So wie in der Prophezeiung, so wie im wahren Leben, und Ras al-Hayya behält am Ende recht.« Der Setem ging weiter und blieb dann ohne sich umzublicken stehen.

»Dann unterstützt mich wenigstens dabei, die Gefahr, die von dem Ifrīt ausgeht, vom Reich abzuwenden. Ich brauche Karten, auf denen sämtliche Berge des Landes verzeichnet sind. Meine Gemahlin ist auf der Suche nach einem Feuerberg. Sie ist überzeugt, dass der Ifrīt über den Höllenschlund eines solchen Bergs aus der Welt zu schaffen ist.«

Der Setem machte eine unwirsche Geste. »Sucht Euch jemand anderen. Ich kann Euch nicht weiterhelfen, und darüber hinaus stelle ich mich gewiss nicht dem Usurpator an die Seite.« Mit diesen Worten setzte er sich so abrupt in Bewegung und sprang über die Felskante in den Abgrund, dass Sayaf unmöglich reagieren konnte. Der Schrei des Setems hallte von den Wänden der Schlucht wider.

Haussklaven schwarz wie Ebenholz und in kurzen weißen Wickelröcken huschten in dem riesigen Schlafgemach von Fenster zu Fenster und schlossen die Maschrabiyyas. Auf den Möbeln entzündeten sie vielarmige Ölleuchter.

Ein höher gestellter Diener in goldbestickten Gewändern trat vor Sayaf und verbeugte sich. »Der ehrwürdige Sem ist hier. Der Zeremonienmeister des Setem.« Er deutete zur Tür, durch die ein hagerer Mann in weißen Plisseegewändern gehinkt kam, der sich auf einen goldenen Krummstab stützte. Eines seiner Beine war missgestaltet wie ein verkümmerter Ast. Auf dem Kopf trug er den blauen Lederhelm mit der Speikobra.

Ohne Sayaf eines Blickes zu würdigen, humpelte er an ihm vorbei und blieb vor dem dreistufigen Bettpodest stehen. Dort scharte sich die Dienerschaft mit allerlei Gefäßen, Binden und Tüchern um Meliaé, die auf dem Bett kniete und den Setem mit Magie zu heilen versuchte. Der lebensmüde Totenpriester hatte den Sturz in die Felsenschlucht wie durch ein Wunder überlebt, aber er war noch nicht aus der Ohnmacht erwacht.

»Ich habe lange mit mir gerungen, diese Gemächer zu betreten«, stieß der Zeremonienmeister heiser hervor. »Denn ich fürchtete schon, meinen Vater endgültig gescheitert zu sehen.«

»Euren Vater?« Meliaé fuhr von ihrem Tun auf. Mit ihrem ungläubigen Ausruf nahm sie auch Sayaf die Frage aus dem Mund.

»Ganz recht, mein Vater«, keifte der Sem, »und er ist noch fanatischer, als ich das nach all der Zeit noch für möglich gehalten habe.«

Sayaf runzelte die Stirn. Offenbar höhlte das Alter dem Sem den Schädel aus.

Meliaé blinzelte irritiert. »Grämt Euch nicht. Der Setem ist stark, er wird wieder gesund.«

Jedoch schien das den Zeremonienmeister nur noch mehr aufzubringen. »Steigt sofort von diesem Bett, Maguša! Ihr habt dort nichts verloren. Ihr hättet diesen Mann nie anrühren dürfen!« An die Dienerschaft gewandt zischte er: »Raus mit euch! Allesamt!«

Die Leute ließen alles stehen und liegen und flüchteten aus dem Gemach. Sichtlich irritiert blickte Meliaé auf den Bewusstlosen, doch gerade als Sayaf nach den Wachen rufen wollte, um den verrückten Alten abführen zu lassen, kletterte sie vom Bett.

»Der Setem hatte enormes Glück, den Sturz überlebt zu haben. Wie könnt Ihr da sagen, ich hätte ihn nicht anrühren dürfen? Zumal Ihr behauptet, dass er Euer Vater ist.«

Der Setem humpelte ihr an seinen Stab geklammert entgegen und musterte sie wie ein liederliches Weib, das gesteinigt gehört. »Glück nennt Ihr das?« Er bleckte eine Reihe brauner Zahnstümpfe. »Glück hat nichts damit zu tun. Ihr werdet es noch erleben, wenn er sich erst erholt hat. Er ist dabei, sich in die größten Schwierigkeiten zu bringen. Und ich werde auf meine alten Tage mit ansehen müssen, wie ihm der nächste Sultan den Kopf abhacken lässt.«

Meliaé runzelte die Stirn. »Was Ihr nicht sagt«, murmelte sie und ihr Blick huschte zum Bett, wo er nachdenklich verweilte.

»Haltet Euch fern von ihm.« Der Alte machte eine wütende Handbewegung, und Sayaf hätte brennend gern nachgehakt, warum sie sich fernhalten sollte, doch da wurde er auch schon scharf von der Seite angefahren: »Ihr hättet diese Frau nie in unser Land bringen dürfen, Heeresfürst! Ihr seid der Untergang von Aššu!«

Langsam atmete Sayaf aus, er würde sich von dem geistesschwachen Alten nicht provozieren lassen. »Ich rufe jemanden, der Euch hinausgeleitet.«

»Nicht nötig, ich gehe ja gleich.« Mit schmalen Augen wandte sich der Alte an Meliaé. »Weshalb seid Ihr hier, Prinzessin? Um Aššu für Eure Mutter einzunehmen?«

»Wachen!«, blaffte Sayaf, nun doch am Ende mit seiner Geduld.

Meliaé griff nach seinem Arm. »Schick ihn nicht fort. Er hat allen Grund, mir zu misstrauen. Ich möchte offen zu ihm sein.«

Sayaf machte den Soldaten ein Zeichen, bei der Tür stehen zu bleiben, und Meliaé wandte sich dem Alten zu. »Ich wusste nichts von der Gefahr, die sich unter meiner Mitgift befand. Meine Mutter hat mich hintergangen.«

»Ach, so ist das«, rief der Zeremonienmeister schneidend aus. »Dann schlage ich vor, Ihr nehmt Euren Rachedämon und fahrt mit ihm an den Hof Eurer Mutter zurück und stellt sie zur Rede.«

Meliaé stemmte die Hände in die Hüften. »Das würde ich ja tun, ließe sich diese Kreatur da draußen in den Dünen wie ein Hofhund an die Kette legen.« Ärgerlich funkelte sie ihn an.

Vom Bett her erklang ein Ächzen. Der Setem war zu sich gekommen und kämpfte darum, sich in den Kissen aufzurichten.

Meliaé machte kehrt und eilte zu der Bettstatt, aber als sie sich zu dem lebensmüden Priester setzte, packte der sie und drückte sich ihre Hände gegen die eingefallenen Wangen. Ihr entfloh ein Schrei, und sie wurde stocksteif.

Sayaf zischte einen Fluch und zog den Säbel. Den Wachen bedeutete er, sich zurückzuhalten. Mit zwei Greisen würde er ja wohl noch fertig. Er sprintete das Bettpodest hinauf.

Aber da sackte Meliaé auch schon erschlafft in die Kissen. Und als Sayaf den Setem von ihr wegzerren wollte, erfasste ihn ein sengender Schlag, der ihn mit ungeheurer Macht von ihr wegdrückte. Er stolperte über den Plunder auf den Stufen und landete auf seiner lädierten Schulter. Der Säbel entglitt seiner Hand und schepperte zu Boden.

»Vorsicht! Al-Maguš!«, warnte er seine Männer, die nun mit Verstärkung und gezogenen Säbeln herbeigeeilt kamen.

Sayaf versuchte nach dem Säbelheft zu greifen und aufzuspringen, doch sämtliche Muskeln verweigerten ihm den Dienst. Naphassa und Adšhara waren zur Stelle und halfen ihm auf. »Bleibt alle zurück!«, keuchte Sayaf, denn er wollte nicht, dass Meliaé in dem Tumult Säbel schwingender Soldaten etwas geschah.

Der Setem presste sich noch immer ihre Hände gegen die Wangen und gierte sie dabei an, als wollte er sie mit Haut und Haar verschlingen. Von seinen Verletzungen war ihm nichts mehr anzumerken.

Sayaf signalisierte seinen Männern, dass er gedachte, Meliaé von dem Alten wegzuholen. Den Säbelgriff gepackt, setzte er langsam den Fuß auf der ersten Stufe auf. »Loslassen!«, herrschte er.

Der Setem sah flüchtig von Meliaé auf. »Bleibt, wo Ihr seid, Heeresfürst. Eurer Gemahlin geschieht nichts. Ich stärke mich nur an ihr.«

Mit einer knappen Kopfbewegung bedeutete Sayaf seinen Soldaten, sich den Zeremonienmeister zu schnappen. »Wenn er sich wehrt, tötet ihn!«

Der Setem stieß einen Fluch aus, dachte aber nicht daran, Meliaé freizugeben. »Mein Sohn kann Euren Männern nichts tun. Seine Gabe ist ebenso verkrüppelt wie sein Bein. Er wurde geblendet, als man ihn seiner Mutter aus dem Leib geschnitten hat.«

»Soso«, machte Sayaf und sah zu seinen Männern hinüber. Der Krummstab des Zeremonienmeisters polterte zu Boden, und der Alte jaulte vor Pein, als ihm die Arme auf den Rücken gedreht wurden. Entweder besaß er die Ketzergabe tatsächlich nicht, oder es war eine Finte. »Seht euch vor«, warnte er und blickte wieder zu dem Setem, der noch immer nicht von Meliaé abließ.

Heiße Wut packte ihn. Er hatte keine Ahnung, was der Maguš mit ihr anstellte, aber es schadete ihr. »Der Ifrīt wird von Aššu nichts übrig lassen, wenn der Prinzessin ein Leid geschieht. Das ist Euch doch hoffentlich klar?«

Nur zögernd ließ der Setem ihre Hände los, und ihre Arme fielen schlaff auf die Bettdecke. Unter den Laken tauchten seine bleichen Füße auf, er schob sich aus dem Bett und erhob sich. »Wie ich bereits sagte, liegt es mir fern, ihr zu schaden.« Er strich sich das blutbefleckte Gewand glatt. »Nicht, nachdem wir Maguš so lange auf das Siegel gewartet haben.«

Sayaf packte den Griff seines Säbels fester. »Los, runter da, ich will nach ihr sehen!«

Beschwichtigend hob er die Hände. »Keine Sorge, es ist nur eine Schwäche, die sie schnell überwunden haben dürfte.«

Instinktiv wich Sayaf zurück, und er bedeutete auch Naphassa und dem Tribun, sich vorzusehen. Maguš töteten mit bloßen Händen.

Er machte einen Bogen um den Setem und hastete das Bettpodest hinauf. Erschreckend blass und mit geschlossenen Augen lag sie in den Kissen. Aber als er ihr gegen die Wange klopfte, schlug sie blinzelnd die Augen auf. Erleichtert fuhr er zu den Soldaten herum, die dem greisen Sohn des Maguš einen Dolch an die Kehle gesetzt hatten. »Lasst ihn!«

Der Alte torkelte einige Schritte nach vorn, als die Männer ihn freigaben.

Sayaf sah sich nach Meliaé um, die sich benommen aus den Kissen erhob. »Bleib liegen!«

Sie schüttelte den Kopf. »Mir fehlt nichts, mir ist nur etwas schwindelig.«

Sein Blick flog zur anderen Bettseite, wo der Setem nun stand und in einen Brokatüberwurf schlüpfte. »Wer zur Hölle seid Ihr?«

Ohne auf die Frage einzugehen, stieg der Setem die Stufen herab und ging auf den alten Zeremonienmeister zu, der jetzt mit beschämt gesenktem Kopf dastand. »Ist das so schwer zu erraten?«

»Nein!«, knurrte Sayaf. »Aber ich will es aus Eurem Munde hören.«

Bedächtig verdeckte der Totenpriester sein unansehnliches Untergewand mit dem edlen Überwurf aus lapisblauem Brokat. Nur die getrockneten Blutspuren an seinem kahlen, etwas unförmigen Schädel zeugten noch von seinen Verletzungen. Ein überlegenes Lächeln glitt über seine Züge, die Sayaf jetzt trotz der tiefen Furchen neben seinen Mundwinkeln verjüngt vorkamen.

»Euer Urgroßvater verbannte mich und meinen Sohn hierher.

Er gab mir die Insignien der Nekropole und ernannte mich zum Wesir über die Totenstadt.«

Sayaf überschlug, wie lange das zurückliegen mochte. »Dreiundsechzig Jahre«, murmelte er und sah auf. »Ihr wollt mir weismachen, Ras al-Hayya treibt sich all die Zeit vor den Toren Dschaduns herum?« Ungläubig schüttelte er den Kopf.

Die Miene des Setem verfinsterte sich. »Ich bin nicht der, für den Ihr mich haltet. Ich bin Hasan Kahin al-Mawt. Ras al-Hayya ist mein Bruder. Er war derjenige, der verschwunden ist. Erst wurde er Prophet. Dann war er nur noch ein Geist. Er ließ seine Familie im Stich. Und während die meisten von uns hingerichtet worden sind, überlebte ich, weil ich mich selbst ausgeliefert habe und dazu mein Weib.«

»Wussten mein Großvater und mein Vater von alledem?«

Häme blitzte in den Augen des Maguš auf. »Was glaubt Ihr denn? Selbstverständlich. Und Euer Bruder weiß es auch.«

Sayaf tastete nach seiner Säbelscheide und stieß die Klinge hinein. »Mir wurden diese Dinge vorenthalten.« Verärgert presste er die Lippen zusammen. Er stand da wie ein Narr.

»Aus gutem Grund.«

Flüchtig sah Sayaf zu Meliaé, und der Maguš nickte.

»Ganz recht, nun, da Ihr es wisst, hat Amir Khayam allen Grund, um sein Geburtsrecht zu fürchten. Euer Vater hat sich in eine äußerst prekäre Lage begeben, als er Euch die Hand der najadischen Prinzessin gab. Es ist mir unbegreiflich, wie der Sultan so etwas tun konnte.«

Von schmerzlichem Begreifen erfüllt, kniff Sayaf die Augen zu. Hätte er nur eher von diesen Dingen gewusst, er hätte auf Meliaé verzichtet. Aber als er zu ihr hinübersah, wusste er, dass er sich etwas vormachte. Nie hätte er sie allein mit Khayam in Dschadun gelassen.

»Was geschah mit Eurer Gemahlin?«, erkundigte sich Meliaé. »Sie war eine Maguša, nicht wahr?«

»Ja, das war sie, und ich habe sie ans Messer geliefert. Denn naiv, wie ich war, glaubte ich, sie würde verschont, weil sie so kurz vor der Niederkunft stand.«

Während Meliaé al-Mawt entsetzt anstarrte, bückte der sich nach dem Krummstab und drückte ihn seinem greisen Sohn in die Hand.

»Was ist mit ihr passiert?«, hakte sie nach.

Al-Mawt und sein alter Sohn wechselten einen Blick, bevor er fortfuhr. »Der neue Leibarzt des Sultans ersann wahrlich Finsteres, um uns Maguš zu vernichten: die Blendung mit Glarnstein. Verlieszellen wurden auf sein Geheiß mit dem Stein verkleidet, der uns Maguš die Kräfte aus den Knochen saugt. Und meine Leyla ließ er in solch einer Zelle betäubt in eine Wanne legen und schnitt ihr das Kind aus dem Leib. So aufgeschnitten ließ er sie liegen, und mich zwang er, es mit anzusehen. Mein wimmerndes Kind lag die ganze Nacht im Blut seiner toten Mutter, bis auch sein Lebensfunke fast erloschen war. Der Sultan stellte mich dann vor die Wahl: Meinen Sohn nehmen und über die Fürstennekropole herrschen, oder selbst ins Totenreich eingehen.«

Aufstöhnend kniff Sayaf die Augen zu. »Ich bin beschämt, wie mit Euch verfahren wurde, es tut mir aufrichtig leid.«

Der Totenpriester verzog bitter den Mund und blickte auf seinen Sohn. »Aber nun scheint der Tag nicht mehr fern, da die al-Maguš nicht länger die Gejagten sind. Die Prophezeiung meines Bruders hat sich erfüllt, wenn auch etwas anders als vorhergesagt.« Er trat zu Meliaé vor das Bettpodest. »Eure Mutter gab Euch da eine mächtige Waffe an die Hand. Wie ist es Euch bloß gelungen, diesen Rachedämon unbemerkt hierherzuschaffen?«

Meliaé schüttelte den Kopf. »Zunächst wusste ich nichts von der Gefahr, die sich unter meiner Mitgift befand. Denn der Ifrīt wurde erst in Dschadun zu dem, was er heute ist.« Sie warf ihm einen Blick zu, und Sayaf fühlte Ärger in sich aufwallen. »Ja, nur zu, erzähl ihm davon«, knurrte er. Egal, wie die Dinge damals zwischen ihnen lagen, sie hätte ihm die Gefahr für sein Reich nicht verschweigen dürfen. Unter seinem anklagenden Starren fingen ihre Lider nervös an zu flattern.

»Wir steuerten bereits aššunisches Festland an, als ich auf dem Schiff meines Bruders eine seltsame Entdeckung machte.« Die feine Röte, die Meliaé beim Erzählen ins Gesicht stieg, entging Sayaf nicht, und sein Groll auf sie wuchs. Sie dachte an ihr heimliches Treffen mit Simos. »Mir fiel ein abgedeckter Verschlag auf, den ein blaues Leuchten umgab. Ein Sklavenkäfig. Die Gitterstäbe waren mit Glarnstein ummantelt, und dahinter saßen wie in Trance Krieger der Feuerinsel Vasumana. Ich konnte nicht ergründen, was mit den Männern geschehen war, denn von dem Käfig ging ein solch machtvoller Zauber aus, dass ich die Vergitterung nicht einmal flüchtig berühren konnte, ohne mir die Hände zu versengen. Daraufhin stellte ich meinen Bruder zur Rede, und er gestand mir, dass er von meiner Mutter dazu angeheuert worden war, die Krieger nach Aššu zu bringen. Angeblich seien sie von Feuergeborenen besessen, die meine Mutter aus der Unterwelt geholt hatte.«

Al-Mawt schnalzte mit der Zunge. »Nun, Eure Mutter besitzt ja beträchtliche Verbindungen.« Er machte eine abschätzige Geste. »Aber gut. Wie ging es weiter mit diesem Verschlag?«

Erneut sah sie zu Sayaf, bevor sie fortfuhr. »Ich verlangte von dem najadischen Fürsten, der mich auf Befehl meiner Mutter nach Aššu begleitete, dass er den Verschlag auf der Stelle über Bord werfen sollte. Aber er klärte mich auf, dass das keine Lösung sei. Die Feuergeborenen würden sich im Meer befreien und Tod und Verderben über alles und jeden auf dem aššunischen Festland bringen. So nahm ich ihm das Versprechen ab, dass wir den Käfig mit einem Schiff zurück an den Hof meiner Mutter entsenden werden, sobald sich uns dafür die Gelegenheit bieten würde.«

»Und wie kamen die Feuergeborenen dann letztendlich frei?«

Sie schloss die Augen. »Nach dem Attentat in der Arena

wusste mein Fürst nicht, ob ich noch am Leben war. Er war es, der den Käfig geöffnet hat, und er kam in dem Inferno um, das er entfesselt hat.«

Al-Mawt wandte sich an Sayaf. »Der Ifrīt ist eine mächtige Waffe. Mit ihm ließen sich ganze Reiche unterwerfen.«

Sayaf hörte den alten Zeremonienmeister scharf Atem holen, und er musste daran denken, was der über seinen Vater gesagt hatte. Keine Frage, für seine aufrührerischen Reden gehörte dem Maguš der Kopf abgeschlagen. Sayaf erlaubte sich ein schmales Lächeln. »Tja, nur dazu müsste er sich von jemandem beherrschen lassen.«

»Bist du verrückt geworden?« Wie von einem Skorpion gestochen, sprang Meliaé vom Bett auf und stand im nächsten Moment vor ihm.

Sayaf verschränkte die Arme vor der Brust und ignorierte, dass sie ihm die Hand auf den Unterarm legte. »Allerdings möchte ich mir nicht ausmalen, was der Ifrīt anrichten wird, wenn er den Befehlen der al-Maguš oder gar denen meines Bruders gehorcht.«

Die Miene des al-Mawt blieb ausdruckslos. »Was haltet Ihr davon, den Ifrīt in einem Grablabyrinth einzuschließen? Der Hauptschacht des Grabs von Eurem Vater führt tief in das Bergmassiv hinein. Mithilfe Eurer Gemahlin würde es mir gelingen, einen Steinquader mit Magie in den Schacht zu schieben, um das Labyrinth zu verschließen.«

»Vergesst es, dazu gebe ich mich nicht her«, zischte Meliaé erbost. »Der Ifrīt hat die Wehrmauer von Dschadun eingerissen, als wäre sie ein loser Stapel Holz. In einem Grab wird er sich nicht einschließen lassen, eher verwandelt er dieses Tal in einen Schutthaufen.«

Sayaf hob die Schultern. »Ich muss meiner Gemahlin recht geben. Euer Vorschlag ist ebenso nutzlos wie gefährlich.«

Meliaé stemmte die Hände in die Hüften und funkelte den

Maguš erbost an. »Was ist mit den Karten, um die Euch mein Gemahl gebeten hat?«

Nachdenklich spitzte der Maguš die Lippen. »Die Karten werden Euch nichts nutzen. Der einzige Feuerberg, den es in Aššu gibt, ist erloschen.«

Ihre Miene hellte sich auf. »Feuerberge erlöschen nicht. Sie ruhen nur, mitunter Hunderte von Jahren.«

»Dieser nicht«, nahm er ihr schroff die Hoffnung. »Es türmt sich ein Gletscher auf ihm.«

»Ihr sprecht vom Dahāka?«, versuchte Sayaf klarzustellen, indessen berührte Meliaé erneut seinen Arm.

»Wir müssen dorthin. Die Kälte in den Bergen wird den Ifrīt schwächen.«

Sayaf runzelte die Stirn. »Das ist ja alles gut und schön, aber in solche Höhen hat sich kaum je ein Mensch hinaufgewagt.«

»Nun, ganz so ist es nicht«, kam der Maguš Meliaé unerwartet zu Hilfe. »In Quadešh gibt es erfahrene Karawanenführer, die für den Handel mit dem Seidenreich ständig neue Saumpfade erschließen. Ich kann nur empfehlen, dass Ihr Euch dort nach Führern umseht.«

Sayaf fing Meliaés leuchtenden Blick auf. »Wir müssen es versuchen. Ich will sogleich hinaus zu Ayu.«

»Ayu?«, erkundigte sich al-Mawt, und Meliaé drehte sich zu ihm um.

»Ihr würdet sie eine Dschinnīya nennen. Aber da, wo sie herkommt, gilt sie als zurückgekehrtes Feuerkind. Ihr Vater, der König von Vasumana, ließ sie dem Feuerberg seiner Insel opfern. Die Insulaner glauben, wenn sie freiwillig Menschenopfer darbringen, würden die Ausbrüche weniger großen Schaden auf den Inseln anrichten.«

»Auf Euren Feuerinseln herrschen ja feine Sitten«, schmunzelte al-Mawt. »Was wisst Ihr sonst noch über diese Bräuche? Wie geht das Ritual vonstatten?«

Bedauernd schüttelte Meliaé den Kopf. »Darüber wusste Ayu nichts zu berichten, sie war betäubt.«

»Menschenopfer«, murmelte der Maguš und blickte Sayaf an. »Ein Pakt mit Dämonen oder, wie andere meinen, mit den dunklen Seiten der Götter. Besiegelt mit Blut.«

»Versteht Ihr Euch darauf?«, hakte Sayaf in der Gewissheit nach, dass sich al-Mawt nun selbst der schwarzen Künste überführte.

Doch der Maguš ließ sich Zeit mit einer Antwort. Nachdenklich wiegte er den Kopf. »Das Wissen hätte ich noch, aber nicht mehr die Macht.«

Meliaé stand die Bestürzung ins Gesicht geschrieben. »Ayu und ich werden, auch ohne Blut zu vergießen, einen Weg finden, den zugefrorenen Höllenschlund zu öffnen.«

In die Augen des Maguš trat ein spöttisches Funkeln. »Die Götter gewähren nur jenen ihre Gunst, die gewillt sind, Opfer zu bringen.«

»Unsinn!«, brauste Meliaé auf. »Ihr redet daher wie alle Priester.«

»Ich wüsste jemanden, der noch die Macht dazu besitzt, einen Blutzauber zu weben«, fuhr al-Mawt unbeirrt an Sayaf gewandt fort. »Jemand, der schon sehr lange darauf wartet, dass ein Sultan die al-Maguš an seine Seite befiehlt.«

Sayaf hob eine Braue. »Euer Bruder lebt? Wo?«

Der Maguš verzog unbehaglich das Gesicht. »Nun, das ist schwer zu sagen. Er hält sich gut verborgen.«

»Könnt Ihr ihm eine Nachricht zukommen lassen? Lasst ihn wissen, dass ich ihn zu treffen wünsche.«

Al-Mawt wiegte den Kopf. »Ja, das will ich tun.«

Sayaf ließ die gekreuzten Arme fallen. »Und ich schicke jemanden zu meinem Bruder.«

Sichtlich irritiert sah Meliaé von einem zu anderen, Sayaf hielt ihren Blick fest. »Khayam soll seinen Hintern gefälligst aus dem Palast bewegen. Er muss nicht glauben, ich schaffe ihm den Ifrīt vom Hals, damit er mich nach getaner Arbeit als Verbündeter der al-Maguš jagen lässt.«

Meliaé schlang sich das Handtuch um, das über dem Rand des Badebeckens lag, und stieg aus dem Wasser. Gurgelnd versickerte es im Ablauf. Die Dienerin des al-Mawt, die sie in dieses Gemach begleitet hatte, hatte sie fortgeschickt. Und Sayaf ließ auf sich warten. Dabei musste sie unbedingt mit ihm reden. Sie würde sich jetzt wieder anziehen und nach ihm suchen. Vor dem Fenster blieb sie stehen und sah durch das kunstvoll geschnitzte Jali hinaus in die im Dunkeln liegende Totenstadt. Die Portale der Gräber leuchteten vom Glarnstein und von den Feuerschalen, die überall entzündet worden waren. Sie drückte die Nässe aus ihrem Haar und ging zu einer Holzbank, auf der die Dienerin saubere Kleidung für sie und Sayaf bereitgelegt hatte. Einen langen Kaftan aus Brokat und eine Hose für ihren Gemahl und feminine Gewänder aus feinem Plissee. Sie schlüpfte in das ärmellose Untergewand und blickte zweifelnd an sich hinab. Zum Schlafen mochte es taugen, nicht aber, um damit das Gemach zu verlassen. Sie zog den langen, blauen Überwurf mit den Fächerärmeln darüber und kam sich noch immer mehr nackt als angezogen vor. Sie würde einfach die Wachen bitten, Sayaf zu rufen.

Unter dem Geräusch der sich schließenden Tür nebenan fuhr sie mit klopfendem Herzen herum. Im Schein der Öllampen auf den dunklen Holzmöbeln sah sie eine hochgewachsene Gestalt in Lederrüstung den Raum durchqueren. Sie versuchte erst gar nicht, Ordnung in ihre nassen Haare zu bringen. Hastig trat sie aus dem Durchgang.

Der kuppelartige Schlafraum glich einer in den Felsen getrieben Grabkammer. Daran änderten auch das flackernde Feuerbecken und der gemauerte Abzug darüber nichts. Ihr Blick fiel auf die Bettstatt, die drei Stufen erhöht in eine Felsennische eingepasst war. Sayaf stand am Fußende und zerrte an einer Decke und las noch ein Kissen auf.

Sie bekam einen trockenen Mund vor Aufregung, ihn endlich zu sehen. »Was machst du denn da?«

»Mich schlafen legen«, kam es schroff zurück. Ohne sie eines Blickes zu würdigen, stieg er die Stufen hinab und warf die Sachen auf den Teppich in der Raummitte, dann kehrte er ihr den Rücken zu und nestelte an den Schnallen seines Brustpanzers.

»Aber doch nicht auf dem Boden.«

»Verschwinde ins Bett.« Sein abweisender Tonfall versetzte ihr einen Stich.

Seit sie Dschadun vor zwei Tagen verlassen hatten, ging diese Reserviertheit von ihm aus. Er nahm ihr übel, dass sie ihm die Gefahr für sein Reich verschwiegen hatte. Und das konnte sie ihm nicht einmal verdenken. Sie war hergekommen, um Khayam und ihn zu töten. Und darüber hinaus erwartete Lydraia sie schwanger mit einem Sohn zurück.

Meliaé bekam Herzklopfen. Sie musste Sayaf endlich alles gestehen. Mit weichen Knien ging sie zu ihm hin, aber er ignorierte sie. Er hob den Brustpanzer über den Kopf und zog die Armschienen aus, die Sachen ließ er zu Boden fallen. Im Stehen streifte er die Stiefel ab. Verstohlen sah er über die Schulter. »Was soll das werden?« Er verzog den Mund. »Siehst du mir gern beim Auskleiden zu?«

Mit heißen Wangen starrte sie auf seine schwarze Tunika, die voller Salzkränze und Schweißflecken war. »Ich hätte dir die Gefahr nicht verschweigen dürfen. Aber welchen Unterschied hätte es gemacht, es dir zu sagen?«

Sayafs Schultern spannten sich, und sie zwang sich, ihm in die Augen zu sehen, über denen sich nun auch noch die Brauen finster zusammenzogen. Bevor sie der Mut ganz verließ, holte sie tief Luft und fuhr hastig fort: »Meine Mutter zwang mich hierher, damit ich dem Thronerben von Aššu einen Sohn stehle. Ich soll ihr das Kind nach Najadís bringen. Miltiades wollte, nachdem ich sicher war, einen Sohn zu erwarten, die Feuergeborenen freisetzen, damit du hier alle Hände voll zu tun bekommst. Du solltest Wichtigeres zu tun haben, als mir mit deiner Flotte zu folgen. Und ich war entschlossen, meiner Mutter den geforderten Sohn zu bringen.« Ihr Mund war jetzt so trocken, dass sie nicht mehr schlucken konnte. »Aber ich habe Miltiades das Versprechen abgenommen, die Feuergeborenen nicht freizusetzen. Das musst du mir glauben.«

Eine kleine Ewigkeit hielt er ihren Blick gefangen, dann aber lachte er. »Du bist ziemlich naiv. Was hast du denn geglaubt, warum Ehen zwischen Herrscherfamilien geschlossen werden? Es geht um Machtausbau. Deine Mutter will einen Erben mit Anspruch auf den aššunischen Thron. Nichts anderes habe ich erwartet, als ich dich herbrachte.« Ärgerlich schüttelte er den Kopf. »Glaubst du im Ernst, Miltiades hätte sich an das dir gegebene Versprechen gehalten? Wo er doch seine Befehle bereits von deiner Mutter hatte.« Unter seinem funkelnden Blick fing ihr ganzer Körper vor Scham zu glühen an. Mit einer fließenden Bewegung zog er sich das Hemd aus. »Geh ins Bett, Meliaé.« Er machte einen Bogen um sie und verschwand in der Therme.

Während dort Wasser ins Becken rauschte, las Meliaé die Teile seiner Rüstung und die Tunika auf und legte alles auf eine Kommode. Die Stiefel stellte sie davor. Dann richtete sie sich ihr Nachtlager mit noch einigen Kissen mehr auf dem Teppich ein. Sollte er das Bett nehmen, wenn er es nicht ertrug, sich neben sie zu legen.

Nachdem sie die Öllampen gelöscht hatte und aus dem Überwurf geschlüpft war, kroch sie unter die Decke. Ihr Blick wanderte zu den Flammen im Feuerbecken, die den Raum noch erhellten, und sie konzentrierte sich darauf, nicht einzuschlafen. Sie wollte mit Sayaf über al-Mawt sprechen. Dem Magier war nicht zu trauen. Und sie konnte nicht verstehen, warum Sayaf jemanden mit einer Nachricht zu Khayam in den Palast geschickt hatte.

Endlich hörte sie Sayafs nackte Füße auf dem Steinboden. Im Halbdunkeln konnte sie erkennen, dass er die Hose und den wie Bronze schimmernden Kaftan trug. Sie setzte sich auf, und als er sie bemerkte, blieb er wie angewurzelt stehen. »Verschwinde ins Bett.«

»Nein. Ich muss mit dir reden. Über al-Mawt.«

»Hat das nicht Zeit bis morgen?«

»Als ich ihn geheilt habe, ist etwas in seinem Körper passiert. Seine magischen Kräfte sind wieder ins Fließen gekommen. Den Sprung vom Felsen. Er wusste, was passieren würde, wenn ich ihn heile. Die Geschwindigkeit, mit der seine Knochen verheilt sind … Das ist nicht normal.«

»Auch das ist mir keineswegs entgangen. Und schließlich hat er es doch zugegeben.«

»Diesem Mann ist nicht zu trauen.«

Sayaf schnaubte. »Was du nicht sagst. Und doch ist al-Mawt derjenige, der uns helfen kann, und durch ihn komme ich an Ras al-Hayya heran.«

»Und warum willst du Khayam mit hineinziehen?«

Sayaf trat vor das Flammenbecken und fuhr sich durch die nassen Haare. »Ich muss wissen, ob er das Wohl des Reichs über sein eigenes stellt. Er ist der Erbe, und wenn ich ihn vom Thron dränge, wird mir das Vertrauen der aššunischen Fürsten fehlen. Das Reich wird sich spalten. Es wird Fürsten geben, die Khayam unterstützen, und welche, die lieber mich auf dem Thron sähen.«

Sie warf die Decke von sich, stand auf und trat neben ihn. »Das kann nicht dein Ernst sein. Du hältst Khayam immer noch für den rechtmäßigen Nachfolger deines Vaters?«

Verächtlich funkelte er auf sie herab. »Es geht nicht darum, was ich in Khayam sehe oder was er verbrochen hat. Ich hätte meinen Vater nie in die Verlegenheit bringen dürfen, dass er seinen Thronerben meinetwegen zurücksetzt. Ich hätte Khayam das Feld räumen müssen, denn nur er hat das Recht dazu, einen Erben mit dir zu zeugen.«

Ihr entfuhr ein Keuchen. Sein abweisender Ton und die Art, wie er jetzt über diese Dinge dachte, versetzten ihr einen Stich. »Ich glaube nicht, dass du heute in einer leichteren Situation wärst, hätte ich Khayam geheiratet.«

»Ganz recht«, schnaubte er und wandte sich ab, um zum Teppich zu gehen.

Sie folgte ihm und vertrat ihm den Weg. »Es gab nichts, wovon ich mehr geträumt habe, als Khayam meine Giftzähne in den Hals zu schlagen. Dann wärst du der Nächste in der Thronfolge gewesen. Ich wollte, dass du mich hasst, wenn ich dir sage, dass ich sein Kind erwartete. Ich wollte dir den Triumph nehmen, ein Siegel für dein Reich zu bekommen.«

Zischend stieß er die Luft aus. »Das alles interessiert mich nicht mehr!«, herrschte er sie an, so dass sie von der Lautstärke zusammenzuckte. »Es spielt keine Rolle mehr.« Mit der flachen Hand schlug er sich gegen die Brust. »Für mich spielt es keine Rolle mehr.« Um Luft ringend legte er den Kopf in den Nacken. »Verschwinde endlich ins Bett. Ich bin müde und will meine Ruhe.«

Meliaé war, als schwankte der Boden unter ihr. Seine Worte brannten wie Ohrfeigen in ihrem Gesicht. Sie ließ den Kopf hängen und in ihrer Brust ballte sich etwas zusammen, das ihr die Luft abschnürte. »Es tut mir so leid«, keuchte sie. »Ich wollte, du könntest mir verzeihen.« Sie zwang sich, sich umzudrehen.

Aber da machte er einen Schritt auf sie zu, zerrte sie zu sich herum und sie taumelte gegen ihn. Die Hitze seines Körpers durchdrang sie. Er umschlang sie mit den Armen, und im nächsten Moment lag sein Mund auf ihrem, und sie konnte nichts weiter tun, als sich ihm zu ergeben, doch der Kuss geriet völlig außer Kontrolle. Zähne schlugen aneinander, Lippen sprangen davon auf. Sie schmeckte Blut und wusste nicht, ob es ihres oder seines war.

Aber auf einmal lagen seine Hände auf ihrem Gesicht, und nur zögernd gab er ihren Mund frei. Rasch hob er sie hoch und trug sie zum Bett, wo er sie auf die Füße stellte. Schwer atmend sah er sie an. »Ich habe dir nichts zu verzeihen. Aber du mir – jede Menge.«

Sie streckte die Hände nach ihm aus. Fahrig glitt sie auf der Suche nach Wärme und Haut unter seinen Kaftan, dessen Gürtel er nicht gebunden trug. Sein hart angespannter Bauch zuckte unter ihrer Berührung, und es entrang sich ihnen beiden ein Keuchen, denn ihr schoss die heilende Magie nur so in die Fingerkuppen. Seine Haut war rau von Narben.

Mit einem Luftschnappen packte er sie bei den Handgelenken. »Hör auf! Ich kann nicht.«

Mit angehaltenem Atem sah sie zu ihm auf. Seine Miene war finster. Er wollte sie doch nicht. Sie stieß ihn ab. Sie war das Schlangenweib, die Maguša. Wieder hatte sie das Gefühl zu fallen. »Halt mich nur.« Die Worte waren heraus, bevor sie es verhindern konnte. Verzweifelt biss sie sich auf die Lippe, weil ihr vor Scham die Tränen in die Augen stiegen. Seine Zurückweisung tat unglaublich weh.

»Du weißt, dass ich das nicht kann. Ich kann dich nicht nur festhalten.«

Es dauerte einen Moment, bis sie begriff. Die letzten beiden Worte hatte er nur ganz leise gesagt. Er hatte Angst, dass er nicht mehr aufhören konnte.

Ihr Herz hämmerte wie verrückt. »Das macht nichts, dann hörst du eben nicht auf.« Ohne den Blick von seinen im Flammenschein funkelnden Augen zu nehmen, legte sie ihre Hände auf seine Brust, die sich jetzt unter heftigen Atemzügen hob. Die Peitsche seines Misshandlers hatte seine Haut in narbiges Leder verwandelt. Erneut wurde das heilende Kribbeln in ihren Handflächen unerträglich, und ihm entwich ein wohliges Stöhnen. Fasziniert sah sie dabei zu, wie seine Narben unter ihren Händen weicher und glatter wurden.

Er schob seine Hände über ihre, ergriff sie und küsste sie auf ihre funkensprühenden Fingerspitzen. Es entrang sich ihm ein amüsierter Laut. Die überschießenden Magieblitze schienen ihn ebenso zu kitzeln wie sie selbst. »Lass mir ein paar dieser Narben.« Er sah sie an, und sein Kehlkopf bewegte sich auf und ab beim Schlucken.

Durch ihren Bauch wirbelten heiße Wellen, und sie befreite ihre Hände, um seinen Hals zu streicheln. Unter ihren Fingerkuppen pochte sein Puls genauso schnell wie ihr Herz, und sie schob die Hände unter seinen aufgeklafften Kaftan und strich über seine Schlüsselbeine, die Rundungen seiner Schultern und die großen, jedoch elegant geformten Armmuskeln.

Zaghaft neigte sie sich vor, um den Mund auf seine stark gewölbten Brustmuskeln zu drücken, und ihr schlugen Hitze und männlicher Geruch entgegen. Sie konnte nicht widerstehen und kostete mit der Zunge von ihm.

Hörbar sog er die Luft ein, dann lagen seine Hände auf ihr, und er schob ihr das Unterkleid von den Schultern. Der leichte Stoff rieselte an ihr herab. Seine Augen verschlangen sie, und ihr Bauch hüpfte unter seinen Berührungen. Rasch fuhren seine Hände zu ihrem Gesäß hinab, und er zog sie mit sich auf das Bett. Sie landete auf seinen Hüften. »Es ging mir immer nur um dich«, raunte er ihr ins Ohr. »Wann begreifst du das? Nur um dich. Du bist alles, was ich immer wollte.«

Freude und Aufregung über sein Geständnis nahmen ihr die Luft. Ganz langsam näherte sie sich seinem Gesicht und küsste ihn so sanft sie nur konnte. Mit den Fingern fuhr sie durch sein feuchtes Haar, das sich in seinem kräftigen Nacken krauste. Sie sog seinen Atem ein und lockte seine Zunge in ihren Mund. Federleicht strich sie seinen Hals entlang, bis er nicht mehr stillhalten konnte. Rastlos wühlten seine Hände in ihrem Haar, strichen über ihren Rücken, bis sie zu ihrem Gesäß zurückfanden und er sie stöhnend gegen seine Erektion presste. Sie gab seine Lippen frei und bog sich ihm entgegen, und sein Mund fand den Weg von ihrem Hals zu ihrer Brustwarze. Er saugte an ihr, dass es ihr siedend heiß im Schoß wurde. Kleine Schreie entkamen ihr. Als es ihm nicht länger gelang, sie festzuhalten, drückte er sie in die Kissen und setzte sich auf, um den Kaftan von den Schultern und die Hose von seinen Hüften zu streifen. Unter dem plötzlichen Verlust seiner Berührung konnte sie nicht mehr stillliegen, sie wand sich wie unter einer unsichtbaren Folter.

Aber dann war er über ihr, drückte ihr den Mund auf den Bauch, in dem jetzt lauter kleine Fische zu zappeln schienen. Sie schnappte nach Luft, während er noch tiefer glitt, zwischen ihre Beine, wo er ihre Weiblichkeit fand und diese wie zuvor ihren Mund küsste. Seine Zunge lockte, tauchte ein und erforschte, bis sie sich keuchend unter seinen Händen aufbäumte. Sie hielt das keinen Moment länger aus! Er reizte sie, bis es ihr aufs Köstlichste durch den Unterleib zog. Alles strömte und pulsierte in ihr, und sie wollte noch mehr. Noch viel mehr, und sie hatte es wohl auch laut herausgestöhnt, denn er erhob sich über ihr und drückte ihre Beine auseinander. Dann griff er nach seiner Männlichkeit und senkte sich auf sie. Als er in sie eindrang, blieb ihr vor Schmerz die Luft weg. Reglos verharrte er und flüsterte unbekannte aššunische Worte.

Es mussten Zauberworte gewesen sein, denn auf einmal wollte sie nur noch, dass er sich bewegte. Sie schlang die Beine um seine Hüften und zog seinen Kopf zu sich herunter, um ihn zu küssen wie eine Verhungernde. Doch irgendwann ließ er sich nicht mehr festhalten. Immer kräftiger stieß er in sie hinein, bis ihr erneut köstliche Wellen durch den Leib jagten. Aber ihm schien es nicht viel anders zu ergehen. Ihn so außer sich zu erleben und dazu diese unerhörte Hitze in ihrem Bauch, dieses Zucken und Pulsieren zu spüren. Davon drohte sie zu zerspringen.

Glück rann ihr wie Feuer durch die Adern, sie musste die Luft anhalten, weil ihr auf einmal die Tränen über das Gesicht flossen. Seine Bewegungen verebbten, er sank auf sie nieder und strich mit den Lippen über ihre nassen Wangen. »Tut mir leid, ich wollte dir nicht wehtun«, stieß er atemlos hervor, und sie musste lächeln und den Kopf schütteln.

»Du hast mir nicht wehgetan.«

»Aber du weinst.«

»Nein, ja, keine Ahnung, warum.«

Er drückte die Stirn gegen ihre. »Wir haben ziemlich viel Zeit mit Streiten vergeudet. Hm, was meinst du?«

Obwohl ihre Wangen nicht mehr heißer hätten glühen können, taten sie es doch. Sie hätte ihm gern gesagt, dass sie ihn nie mehr loslassen wollte, aber sie brachte keinen Ton hervor. Deswegen nickte sie nur. Das war doch verrückt, es gab Zeiten, da hatte sie ihn gehasst, und jetzt wollte sie, dass er nicht mehr aufhörte, sie zu liebkosen und all diese ungehörigen Dinge mit ihr anzustellen.

»Geht es dir gut?« Er löste sich, um ihr Gesicht zu betrachten.

Sie schluckte, nickte wieder und klammerte sich an ihn. *Ich lass dich nie mehr los!* Diese Erkenntnis durchfuhr sie mit einer Intensität, dass ihr angst und bange davon wurde. Aber wie konnte das sein? »Ja, ja, es geht mir gut«, flüsterte sie. »Ich bin nur … so verwirrt.«

Als er die Brauen traurig zusammenzog, vergrub sie die Finger fester in seinem Haar. *Sag ihm doch etwas! Irgendwas!* Sie hatte das Gefühl, von ihm weggerissen zu werden. »Dir so nahe zu sein, ist wunderschön. Das hätte ich nie gedacht.« Die Worte klangen hohl in ihren Ohren und trieben ihn nur noch weiter von ihr weg. Aber seine Augen begannen zu leuchten, er senkte den Mund auf ihren, und es wurde ein langer Kuss daraus, bevor sie noch mehr dummes Zeug von sich geben konnte.

Ich lass dich nicht mehr los! Der Satz war in ihrem Kopf. Die ganze Nacht. *Ich lass dich nie mehr los!* Jedes Mal, wenn er sich im Schlaf regte. Jedes Mal, wenn aus dem sich Regen ein Lieben mit allen Sinnen wurde.

Sayaf, noch gefangen im Strudel der Müdigkeit, atmete tief ein, und im nächsten Moment war vergessen, was ihn geweckt hatte, denn er wurde sich des zarten Körpers bewusst, der halb auf ihm lag. Das schlanke Bein, das um seins gewickelt war. Die Haare und der gleichmäßige Atem, der ihn an der Brust kitzelte. Ein Lächeln schlich sich in seine bis dahin noch entspannten Züge und breitete sich in ihm aus. Doch mit einem Schlag war er hellwach, denn Meliaés Hand bewegte sich auf seinem Bauch. Aber das war nicht der Grund, warum er die Augen aufriss.

Jemand war im Gemach! Jemand, dessen Lederrüstung knarzte. Sayafs Kopf fuhr vom Kissen hoch, und er entdeckte den Legaten bei der Tür.

Meliaé schnappte nach Luft, und ihr Bein trat den Rückzug unter die Decke an.

»Ihr müsst kommen, Heeresfürst!«, brummte Naphassa mit grimmiger Miene. »Der Ifrīt hat die Hundertschaft angegriffen, die Khayam als Antwort auf Eure Nachricht losgeschickt hat. Die Dünen sind mit verkohlten Leichenteilen übersät. Bis auf einige, die es schwer erwischt hat, hat niemand überlebt. Selbst die Pferde hat sich der Ifrīt geholt.«

Khayam! Verfluchter Idiot! Sayaf musste sich beherrschen, das nicht laut herauszubrüllen. »Ich komme!«, knurrte er durch die Zähne.

»Ich sehe sofort nach den Verletzten.«

Sayaf presste Meliaé an sich, damit sie in ihrem Eifer nicht nackt aufsprang. »Lasst die Verwundeten herschaffen, Naphassa. Ist al-Mawt über den Vorfall informiert?«

Der Legat nickte. »Ja, der ist schon mit seiner Dienerschaft auf dem Weg vor die Schlucht.«

»Gut. Wartet vor der Tür und gebt uns einen Augenblick zum Ankleiden. Wegtreten!«

Naphassa schlug sich im Kehrtmachen gegen die Brust und stürmte aus dem Gemach.

Sayaf ließ den Kopf ins Kissen sinken, und im nächsten Moment war Meliaés erschrockenes Gesicht über ihm, umrahmt von zerzausten roten Locken. »Wir können nicht hierbleiben! Wir müssen in die Berge.« Sie machte Anstalten, sich aus seinen Armen freizuwinden, doch er hielt sie zurück, indem er die Muskeln anspannte. Kurz kniff er die Lider zu. Auf seinem Körper richteten sich die Haare auf, als er durch die Nase einatmete und sich darin ihr blumiger Körperduft verfing. Warum mussten sie mit solch einer Nachricht geweckt werden? »Ich habe es dir schon mal erklärt… Wenn ich die Belagerung der Nekropole zu schnell aufgebe, wird Khayam unseren Vater beisetzen und sich zum Sultan ausrufen lassen. Kein Wesir unseres Reichs wird dann noch über ihn Gericht halten können.«

»Aber willst du riskieren, dass noch mehr Menschen sterben? Was, wenn der Ifrīt in der nächsten Nacht nach Dschadun zurückkehrt? Ayu kann ihn offenbar doch nicht beherrschen.«

Sayaf hob die andere Hand, um mit der Fingerrückseite über ihre seidige Haut am Hals zu streichen. »Nein, natürlich will ich die Stadt nicht wieder in Gefahr bringen… Aber ich brauche Zeit. Ich muss mir klar werden, was ich will.«

Über ihrer Nasenwurzel grub sich eine Falte ein. »Wie meinst du das?« Unverständnis schwang in ihrer Stimme mit.

Sayaf kniff die Augen zu. Gerade zeichnete sich ab, dass sein innigster Wunsch in Erfüllung ging, und gleichzeitig nahm das Schicksal eine Wendung, die all seine Hoffnungen zunichtemachte. Eine Zukunft nur mit ihr!

Sie umfasste sein Gesicht und musterte ihn mit verzweifelter Verwirrung, was sein Herz noch schneller schlagen ließ. *Kein Ausweichen mehr!* Von jetzt an würde er nur noch ehrlich mit ihr sein. »Die Ereignisse zwingen mich in eine Position, die ich nie wollte. Ich habe Khayam keinen Moment darum beneidet, Thronfolger zu sein. Schon immer habe ich mir nichts sehnlicher gewünscht, als endlich dem Hof meines Vaters zu entkommen und zu den Heeren zu dürfen. Die Intrigen im Harem.« Er machte eine Pause. »Du kannst dir nicht vorstellen, mit welchen Mitteln die Weiber meines Vaters darum gekämpft haben, ihre Söhne in eine bessere Position zu bringen. Selbst vor Mord wurde nicht haltgemacht. Khayam und ich, wir lebten in ständiger Bedrohung, bis mein Vater unserer Mutter ihren eigenen Palast schenkte. Und selbst dort durften wir uns keinen Moment zu sicher fühlen.« Sayaf wurde flau im Magen. Auf ihrer Miene zeichnete sich nicht nur Begreifen ab, sondern auch Bestürzung. »Das alles hat mich angewidert. So ein Leben wollte ich nie. Du kannst dir nicht vorstellen, wie glücklich es mich gemacht hat, als mein Vater mir das Fürstentum Ašra übertragen hat. Land und Bauern, die meine Felder bestellen. Eine Festung. Die Aussicht, fernab des Hofs mein eigenes Reich zu haben. Und wann immer ich es einrichten konnte, war ich auf meinen Ländereien. Mit meinen Händen und einer Spitzhacke habe ich meinen Bauern geholfen, jene Rinnen in die hart gebackene Erde zu graben, die heute die Felder entlang des Zayandeh bewässern. Ich kenne die Mühsal einfacher Arbeiten und scheue sie nicht. Doch wenn ich nur könnte, ich würde ungeschehen machen, was Khayam getan hat. Denn mein Bruder gehört auf den Thron. Sein ganzes Leben wurde er darauf vorbereitet. Ich bin kein Sultan, Meliaé. Eher würde ich mit einem meiner Bauern tauschen. Ich will keine weiteren arrangierten Ehen mehr, um mir die Fürsten des Reichs gewogen zu machen. Mindestens zwölf weitere Prinzessinnen müsste ich heiraten, denn aus ebenso vielen Großfürstentümern besteht Aššu. Für mich gibt es nur eine, die ich will. Und das bist du.«

Meliaé sah ihn stumm an. Sie begriff offenbar, was sein würde, wenn er Sultan wurde. »Ich verstehe«, flüsterte sie und neigte sich vor. Ganz sanft küsste sie seine Lippen. »Aber wenn du zögerst«, sagte sie dann und sah ihm eindringlich in die Augen, »wird Aššu von einem Mann wie deinem Bruder beherrscht. Das kannst du deinem Reich nicht antun. Khayam ist schlimmer als der Ifrīt. Er darf nicht Sultan werden.« Sie senkte den Kopf, sodass er ihr Gesicht nicht mehr sah, und drückte ihren Mund auf seine Brust. Die Stelle, unter der sein Herz jetzt wie verrückt hämmerte.

Kapitel 44

Im Sandmeer

Über zwei Monde waren sie nun in dem Nichts aus goldenen Dünen und roten Felsenschluchten unterwegs, das sich zwischen der Sultansstadt und dem Fürstentum Quadešh im Nordosten von Aššu ausbreitete. Sie reisten auf einer Route, die sie in seiner gesamten Länge am Khešgebirge vorbeiführte. Zur Linken die Berge, zur Rechten das Sandmeer. Seit einigen Tagen wehten eisige Winde von den schneebedeckten Kuppen des Kheš zu ihnen herab. Meliaé, die in der Dämmerung mit Ayu und Áris und dem Maguš al-Mawt vor dem Wachzelt saß, spürte nichts von der schneidenden Kälte. Die Luft über dem Dünental, in dem der Ifrīt lag, flirrte vor Hitze. Die von Flammen umspielte Knochenkreatur aus krustiger Lava spähte mit ihren Glutaugen zu ihrem Lager aus bunten Zelten hinüber. Keine Bewegung dort entging dem Rachedämon. Er war hungrig. Seit der Fürstennekropole hatte er keine Menschen mehr verschlungen. Jedoch verfütterten sie regelmäßig Ziegen und Schafe an ihn, damit er friedlich blieb und aus Wut über seinen Hunger keine Sandstürme entfesselte.

Die Bewachung des Ifrīt war Meliaés größte Sorge. Verschlagen, wie der Dämon war, wartete er nur darauf, sich nachts auf Beutefang davonzustehlen. Aus diesem Grund arbeiteten sie seit ihrem Aufbruch aus der Nekropole an einer mit Glarnstein ummantelten Eisenkette, die sie mit einem Bannzauber zu belegen versuchten, ähnlich dem, der den Sklavenkäfig mit den Feuergeborenen umgeben hatte. Die über zwanzig Schritt lange Lastenkette stammte wie der Glarnstein von der Baustelle des Sultangrabs. Áris hatte das Eisen durch sorgfältiges Polieren mit Sand vom Rost befreit, und Ayu schmolz Glarnsteinklumpen mit ihren goldglühenden Händen und ummantelte damit die Kettenglieder.

Meliaé und al-Mawt ließen die blank polierten Eisenglieder durch ihre Hände wandern und murmelten dabei alt-aššunische Zauberverse, mit denen angeblich Dämonen zu bezwingen waren.

Al-Mawt hatte sein Priestergewand gegen Kaftan, Pluderhose und Wüstenschleier eingetauscht. Er hatte sich bereit erklärt, seinen Bruder ausfindig zu machen. Der Untergangsprophet lebte angeblich in den unwirtlichen Höhen des Kheš, wo er sich vor der Welt und den Häschern des Sultans verborgen hielt. Gemeinsam mit Ras al-Hayya, so die Hoffnung al-Mawts, würde es ihnen gelingen, den unter dem Gletscher schlafenden Feuerberg Dahâka zu erwecken, um den Ifrīt in die Unterwelt zurückzuschicken.

Al-Mawts Sohn, der alte Zeremonienmeister, war in der Fürstennekropole verblieben. Zum einen war er für eine solch strapaziöse Reise zu gebrechlich, und zum anderen musste es einen hohen Totenpriester in der Nähe von Dschadun geben, der sich um den Leichnam des Sultans kümmern würde. Bis die Mumifizierung und alle Rituale der Bestattung abgeschlossen waren, würden drei Monde ins Land ziehen. Vorher durfte das Grab des Sultans nicht verschlossen werden. Dadurch, so hoffte Sayaf, blieb ihm genügend Zeit, seine Unschuld zu beweisen, bevor Khayam den Thron besteigen konnte.

Neben al-Mawt stand ein Schriftenbehälter aus geprägtem Leder im Sand, aus dem die Silberkappen von Pergamentrollen herausragten. Abschriften alt-aššunischer Zauberverse, die sich hinter wunderschönen Kalligrafien verbargen. In Meliaés Schoß lag ein solches Pergament. Anhand der in den Bildern verborgenen Verse brachte al-Mawt ihr die alten Schriftzeichen und Buchstabenkombinationen näher. Meliaé mochte es, sich damit zu beschäftigen. Nun aber, da die Dämmerung voranschritt und Sayaf noch nicht wieder ins Lager zurückgekehrt war, befiel sie solche Angst um ihn, dass sie nicht länger still sitzen konnte. Sie steckte das Pergament zurück in den Lederbehälter, erhob sich und sah zum Lager jenseits der sandigen Wellenkämme. Für einige Nächte hatten sie ihre Zelte bei der Ruine einer Lehmfestung aufgeschlagen. Die Vorräte waren aufgebraucht, und Sayaf war mit Simos und seinem Trupp Soldaten zu den Nomaden und Bergbauern geritten. Sie besorgten Vieh und Lebensmittel. Sayaf nutzte dies auch, um mit den Stammesfürsten der Reiternomaden über die Geschehnisse in Dschadun und den Mord am Sultan zu sprechen. Die Fürsten sollten nicht blind glauben, was Khayam über ihn verbreiten ließ.

»Ja, sieh nur!«, donnerte hinter ihr der Ifrīt wie das Echo tausender Leidensstimmen, und das Versgemurmel des al-Mawt brach ab. »Der kommt nicht mehr, dein Gemahl. Sein Bruder hat ihn gefunden und ihn mit seinem Schwert durchbohrt.«

Meliaé fuhr herum. Sie blinzelte zu dem Rachedämon empor, der drohend über der Düne aufragte. Den dreikantigen Bestienschädel mit den Widderhörnern hielt er gesenkt und starrte sie mit seinen Feueraugen an. »Tritt beiseite, damit ich mir dieses Schandmaul von einem Magier schnappen kann, der mich mit seinem Gefasel noch in den Wahnsinn treibt.«

Im Reflex riss Meliaé den Arm hoch. Der Atem des Dämons wirbelte glühend heißen Staub auf. »Nein! Leg dich gefälligst wieder hin«, schrie sie und sah im Augenwinkel, wie al-Mawt, den Schriftrollenbehälter an sich gepresst, rückwärts auf Knien davonkroch.

Auch Áris war aufgesprungen. Ayu aber rannte schon mit den Armen fuchtelnd zum Rand der Düne hin. »Hör auf! Nieder mit dir!«, kreischte sie außer sich. »Gar niemanden wirst du mehr fressen! Hast du mich verstanden?«

Der Ifrīt senkte sein Haupt, bis sein wie eine Ramme geformter Unterkiefer keine Elle mehr von Ayu weg war. »Doch, ich werde fressen. Und zwar jene, die euch in mörderischer Absicht folgen, kleine Schwester!«

»Lass den Maguš in Frieden, der will uns doch nur helfen.«

Der Ifrīt legte seinen Kopf schief. »Wobei? Mich anzuketten? Ein Schwätzer ist dieser al-Mawt, ein Blender und Betrüger. Hört nicht auf ihn. Lasst mich ihn fressen.«

Meliaé bedeutete Áris zurückzubleiben und lief zum Rand der Düne, wo ihre Füße bis zu den Knöcheln im Sand versanken. »Aufhören! Alle beide«, keuchte sie außer Atem. »Ich muss ins Lager und Männer losschicken, die nach Abu Sayaf suchen. Aber du wirst hier bei Ayu bleiben und auf mich warten.«

Der Ifrīt wich aufbrüllend zurück. Er stemmte sich aus dem geschmolzenen Sand und schüttelte unwillig sein Haupt. »Nein!«, stöhnte er mit seinen vielen Stimmen. »Lass mich nach deinem Gemahl suchen, ich fresse alles und jeden, der sich euch in den Weg stellt.«

Meliaé, die auf dem sandigen Abhang ins Rutschen kam, griff nach Ayu und versuchte, sie vom Dünenrand wegzuziehen. Doch Áris war schon da und zerrte sie beide bis zum Wachzelt zurück. Der Hauptmann zitterte am ganzen Leib und keuchte ihr ins Ohr, als sei er am Ersticken. Er umklammerte sie und Ayu so fest, dass Meliaé vor Schmerz die Luft ausging. Unterdessen reckte sich der Ifrīt in die Höhe und starrte zum Lager. »Sieh nur«, fauchte der Dämon, und aus seinem Maul schoss schwarzer Qualm. »Sieh nur, wie das feige Schandmaul auf einmal rennen kann. Der Maguš, der glaubt, mich mit seinen lächerlichen Bannsprüchen zu bezwingen.« Er warf den Kopf zurück und spie sein donnerndes Hohngelächter mit einer turmhohen Stichflamme in den Himmel.

Meliaé befreite sich aus Áris' Armen und stolperte am Wachzelt entlang, um freie Sicht zu haben. Al-Mawt hetzte, die Schriftrollen an sich gedrückt, über die steinige Ebene vor den ersten Zelten. Da bemerkte sie die Kriegerschar, die an der Ruine der Lehmfestung vorbeiritt. Es waren Männer in den hellen Schleiern der Wüstenstämme, die eine Karawane schwer beladener Dromedare anführten. Es folgten Hirten, die Ziegen und Schafe vor sich hertrieben. Und Soldaten des Sultans. Darunter Sayaf, Naphassa und Simos. Vor Erleichterung entrang sich ihr ein Schrei. Sie raffte ihre Gewänder und schlitterte den Abhang der Düne hinab, um Sayaf entgegenzulaufen.

Nirgendwo funkelten die Sterne heller und zahlreicher am Nachthimmel als über dem Sandmeer. So jedenfalls kam es Meliaé vor. Sie saß auf ihrem Lager aus Bettfellen und Decken, blickte durch den offenen Zelteingang und kämmte ihr Haar aus. Über dem Dünental, in dem der Ifrīt lag, schwebte nun ein rötliches Glühen. Der Dämon hatte sich niedergelegt und gab endlich Ruhe, jedoch erst, nachdem er etliche Ziegen verschlungen hatte. Das verzweifelte Meckern der armen Geschöpfe hallte noch in ihrem Kopf. Am liebsten hätte Meliaé gar nicht hingesehen, als Sayaf die Tiere an den Dünenrand gezerrt und angepflockt hatte. Doch sie konnte ihn und das feuertriefende Maul nicht aus den Augen lassen. Sie war hingelaufen und hatte die Arme um ihren Gemahl geschlungen, bis der Dämon zurückgewichen war. Die Tiere lebendig zu verfüttern, tat ihr in der Seele weh, aber es war die einzige Möglichkeit, den Ifrīt zu besänftigen. Es war der Preis, den sie für seinen Gehorsam zahlten und für seinen Schutz vor Khayams Schergen.

Meliaés Blick wanderte zu Sayaf, der mit bloßem Oberkörper vor ihr auf der Decke saß. Im Schein der Öllampen betrachtete er eine von al-Mawts kunstvollen Kalligrafien. Flammen und darüber zwei gekreuzte Säbel.

Sayaf hielt dieses Pergament nicht zum ersten Mal in der Hand. Doch wann immer Meliaé ihn nach der Bedeutung des Verses fragte, behauptete er, es nicht zu wissen. Allerdings nahm sie ihm das nicht ab. Was dort so kunstfertig verborgen geschrieben stand, beschäftigte ihn. Und zwar weit mehr, als er zugeben wollte. Sie legte ihren Kamm weg und kroch zu ihm hin. Sanft strich sie über seinen vernarbten Rücken und massierte ihm die angespannten Nackenmuskeln.

Aber mehr als ein wohliges Brummen war ihm nicht zu entlocken, denn er ließ sich in seiner Betrachtung nicht stören. Sie rutschte noch näher an ihn heran und küsste seine Schulter, dabei sog sie genüsslich seinen männlichen Geruch ein. Doch als er nur weiter reglos auf das Pergament starrte, schlang sie die Arme um ihn. »Lass uns schlafen«, murmelte sie in sein Ohr und musste im gleichen Atemzug lachen, denn in ihrem Bauch erhob sich ein Flattern, das sie auf verwegenere Gedanken brachte, als sich nur an ihn zu kuscheln und einzuschlafen. Sie strich sein Haar beiseite und biss ihm in die Schulter, was ihm zwar ein amüsiertes Schnauben entlockte, ihn aber noch immer nicht dazu bewegte, das Pergament aus der Hand zu legen.

»Was steht da geschrieben?«, flüsterte sie gegen seine Haut. »Lies es mir vor.« Mit den Lippen und der Zunge erkundete sie seinen Hals und die Senke an seinem Schlüsselbein. Er schmeckte nach Salz und dem Quellwasser, mit dem er sich in der Felsenschlucht hinter der Ruine gewaschen hatte.

Im nächsten Augenblick hatte er sie bei den Handgelenken gepackt und drückte ihr die Lippen gegen die empfindsame Innenseite. Ihr entwich ein heftiger Atemzug in sein Ohr, denn das aufgeregte Flattern in ihrem Bauch schlug in Hitze um. Endlich legte er das Pergament beiseite und löste sich aus ihrer Umarmung.

Mit einem gespielten Knurren fuhr er zu ihr herum und drängte sie mit gebleckten Zähnen auf den Rücken. Er schob ihr die Tunika bis zu den Hüften hoch, und sie musste lachen, denn er bearbeitete ihren Hals mit zärtlichen Bissen. Seine Bartstoppeln kitzelten derart, dass ihr bald die Luft ausging. Sie schlang die nackten Beine um ihn und fühlte nun deutlich seine Erregung. Suchend wanderten seine Lippen über ihr Kinn, bis er ihren Mund fand, der vor lauter Lachen kaum in der Lage war, auf seinen Kuss einzugehen. Aber von dem Drängen seiner Zunge und seinem köstlichen Gewicht auf ihr wuchs ihr Verlangen auf sehr viel mehr von ihm, und das möglichst schnell. Sie stemmte sich gegen ihn, und er ließ sich von ihr auf den Rücken werfen. Ihr Haar hüllte sie jetzt beide ein, behutsam ließ sie sich auf seiner Erektion nieder, was ihn zum Stöhnen brachte, und küsste ihn.

Er schob die Hände unter ihre Tunika und packte sie bei den Hüften. »Hast du es so eilig?« Lachend richtete er sich auf und rieb seine Nase an ihrer. Mit einer fließenden Bewegung zog er ihr das Hemd aus.

»Ja«, flüsterte sie gegen seinen Mund und drückte ihn nieder, um sich an seiner Hose zu schaffen zu machen.

Sein Bauch spannte sich an, als er ihr zu Hilfe kam. Und sie ertappte sich dabei, dass sie sich an seinem kraftvollen Körper und dem Spiel seiner Muskeln gar nicht sattsehen mochte. Sie bog sich ihm entgegen und überließ sich seinen kundigen Händen, bis er sie beim Eindringen auf seine Hüfte zog. Schmerz und Lust nahmen ihr den Atem, und sie konnte sich nur noch an ihn klammern. Seine Finger gruben sich in ihr Gesäß, und ihr wurde klar, sie musste ihn bremsen, sonst würde er ihr wehtun. Unmerklich nur bewegte sie sich, so sanft, dass er bald atemlos und ungeduldig wurde. Sie griff nach seinen Händen, die sie noch immer schmerzhaft fest packten, um sie anzutreiben, und bog ihm die Arme hinter den Kopf. Jetzt lag er still, aber sein Brustkorb hob sich unter heftigen Atemzügen.

Sie sah ihm in die Augen, bis er ruhiger atmete, dann setzte sie sich auf. Langsam reizte sie ihn durch den Tanz ihrer Hüften, er folgte gebannt ihren Bewegungen und streichelte ihren Bauch, in dem sich schon bald eine Köstlichkeit anbahnte, die sie am liebsten hinausgeschrien hätte. Sie klammerte sich an seinen Schultern fest, und in diesem wunderbaren Sturm, der sie nun beide ergriff, umfing er sie mit den Armen. Schwer atmend sahen sie einander an. »Wenn du mich nur für immer so festhalten könntest«, flüsterte sie, obwohl sie kaum die Luft dazu fand.

»Nichts täte ich lieber«, murmelte er und sah sie ernst dabei an. »Sobald wir den Ifrīt los sind, lassen wir alles hinter uns. Wir gehen ins Seidenreich. Dort gibt es Herrscher, die nicht zögern würden, mir ihr halbes Reich zu überlassen, wenn ich nur ihre Heere gegen meinen Bruder führen würde. Aber ich ziehe nicht gegen Khayam. Ich will nur irgendwo etwas Land erstreiten, genug, um uns und unseren Kindern eine Heimat zu bieten.«

Meliaé traten Tränen in die Augen, nickend erwiderte sie seinen Blick, der sie inständig darum bat, dem endlich zuzustimmen. So oft sie sich einander hingaben, so oft breitete er diese Pläne vor ihr aus, und bis jetzt hatte sie ihm das immer auszureden versucht. Khayam durfte nicht Sultan werden, weil die Welt sonst im Krieg versank. Aber vielleicht irrte sie sich auch, und sie mussten nur weit genug fortgehen, damit ebendies nicht eintraf. Fest sah sie ihn an. »Lass uns irgendwohin gehen, wo außer uns beiden nichts anderes mehr zählt.« Heftiges Bedauern überkam sie. So viel Leid hätte verhindert werden können, wenn sie in Glarnos nicht vor ihm geflohen wäre. Bestimmt lebten sie längst glücklich mit ihren Kindern in seinem Palast am Zayandeh. Nie wieder wollte sie ihm etwas ausreden, offenbar wusste er schon immer besser als sie, was gut für sie beide war. »Wäre ich dir doch nur nie entkommen und hätte mich Miltiades nur nie gefunden.«

Das Lächeln in seiner Miene erlosch. »Vielleicht musste alles genauso kommen, weil das, was uns passiert ist, schon vor sehr langer Zeit bestimmt und festgeschrieben wurde.«

»Festgeschrieben? So ein Unsinn, das ist unser Leben. Nichts ist festgeschrieben, es sei denn, wir entscheiden uns so.« Sie runzelte die Stirn. Was er da sagte, passte so gar nicht zu ihm.

Behutsam löste er sich von ihr, und sie sank auf die Felle und schmiegte ihren Kopf in seine Armbeuge. Dabei blieb ihr Blick an dem Pergament hängen, das er beiseiteschob und das sich bei dieser Gelegenheit ein Stück entrollte.

Als er die kunstvoll geschwungenen Schriftzeichen sah, hielt Sayaf inne. »Früher habe ich nicht an Dinge wie das Schicksal geglaubt. Aber seit ich diese Verse kenne ...« Er schüttelte den Kopf und sah sie dann an. »Sie sind Teil der Prophezeiung. Und jedes Wort davon ist wahr. Es geht um Khayam und mich. Und um das Siegel – um dich.«

Ein ungutes Gefühl überkam Meliaé. Wenn sie ihm jetzt gestattete fortzufahren, würde das womöglich ihren Entschluss, mit ihm ins Seidenreich zu fliehen, wieder ins Wanken bringen. Hastig zog sie sein Gesicht zu sich heran. »Nicht«, flüsterte sie gegen seine Lippen. »Wir waren uns doch einig, alles hinter uns zu lassen. Auch diese unselige Prophezeiung.«

Einen Moment lang sah er sie mit angehaltenem Atem an, dann nickte er, legte sich hin und zog sie in seine Arme. »Du hast recht, mein Licht«, murmelte er in ihr Haar. »Reden wir nicht mehr davon. Leben wir nur noch für uns.«

Kapitel 45

An den Berg gekettet

Eisige Böen wirbelten Schneeflocken durch die Luft. Die Qasr Aršhan, eine der fürstlichen Handelsfesten von Quadešh, thronte umgeben von riesenhaften Zedern und verschneiten Geröllhängen auf einem schräg in die Landschaft stehenden Felsen. Meliaé vergrub ihre von der Kälte steifen Hände auf der Suche nach etwas Wärme in der Pferdemähne. Obwohl sie eine Männerhose trug und in einen Soldatenmantel gehüllt war, fror sie erbärmlich. Aber heute Nacht würden sie zum ersten Mal wieder hinter Steinmauern Schutz finden, ein Kaminfeuer, warmes Essen und ein richtiges Bett haben. Vielleicht sogar einen Zuber voll heißes Badewasser. Sie heftete den Blick auf die skorpionschwänzige Kreatur in den Qualmschwaden, die auf sechs Raubtierläufen vor ihr hertrottete. Der Umstand, dass die Kälte dem Ifrīt die Kraft nahm, erfüllte Meliaé nur bedingt mit Erleichterung, denn dies verlangte auch Ayu alles ab. Das Mädchen klammerte sich an den knöchernen Wirbeln im Nacken des Ifrīts fest, und ihre zu Anfang noch goldene Flammengestalt glomm nur mehr wie vergehende Kohle. Sie schaffte es kaum, den Kopf zu heben, obgleich den Rachedämon helle Flammen umspielten. Meliaé blickte hinter sich, wo Sayaf einen Zug von über hundert Berittenen und knapp fünfzig Männern zu Fuß anführte, die sich ihnen mittlerweile angeschlossen hatten. Großteils waren es die Krieger der freien Wüstenstämme, aber auch Soldaten des Quadešher Fürsten. Begleitet wurden sie von Dromedarführern und Viehhirten, die sich um das Errichten der Zelte und um die Versorgung kümmerten.

Sayaf, der ihren Blick bemerkt hatte, machte Áris und Simos ein Zeichen, ihm zu folgen, und galoppierte mit Tribun Adšhara heran, während Legat Naphassa an der Spitze des Zugs blieb. Meliaé zügelte ihr Pferd und wartete, bis Sayaf zu ihr aufgeschlossen hatte. Sein Gesicht, bärtig und eingerahmt von einem schwarzen Schleier, war von der Kälte gerötet. Sie deutete zu einer Senke, die bis auf einen Knick parallel zum Anstieg der Festung verlief. Die Stelle erschien ihr für den Ifrīt als Rastplatz geeignet. »Was meinst du? Wenn wir ihn hierlassen, wird jeder, der zur Festung will, an ihm vorbeimüssen.« Sayaf sah sich um und nickte dann. An Adšhara gewandt, gab er die Anweisung, bei der Weggabelung das Wachzelt zu errichten. Als der Tribun in Richtung Zug davongaloppierte, lenkte Meliaé ihr Pferd neben Simos. Ein struppiger Bart wucherte auf seinen Wangen, und unter seinen Augen lagen dunkle Schatten. »Reite weiter zur Festung«, sagte sie zu ihm. »Heute sollen andere deine Wache übernehmen.« Simos schüttelte den Kopf und blickte zu Sayaf. »Gegen ein Bad und etwas Warmes zu essen hätte ich nichts einzuwenden, aber mir wäre wohler, wir änderten nichts an der Wachordnung.« Die von Naphassa ausgesandten Späher hatten das Vorrücken versprengter Heeresteile gemeldet, die Khayams Legat Tattenai anführte. Doch was genau Khayams Legat plante, vermochten sie nicht in Erfahrung zu bringen.

»Wie Ihr meint«, entgegnete Sayaf. »Ich gebe aber zu bedenken, dass uns der Aufstieg in die Höhen des Dahāka noch einiges abverlangen wird. Ihr solltet ein paar Tage ausruhen.« Sein Blick war dabei an Áris hängen geblieben, dem die Erschöpfung ebenfalls ins Gesicht geschrieben stand. »Gebt mir den Sack mit der Kette und reitet zur Festung. Ich kümmere mich darum.« Es war Meliaé tatsächlich gelungen, einen Bannzauber an die Lastenkette zu binden, ohne dass sich der Glarnstein in der Gluthitze des Dämons verflüssigte. Mit der Kette nun konnten sie den Ifrīt daran hindern, sich nachts von seinem Lagerplatz zu erheben. Áris schüttelte nur den Kopf und beeilte sich, den Ifrīt einzuholen. Meliaé aber musste lächeln, als sie Sayafs verständnislose Miene sah. »Lass ihn. Es ist wegen Ayu, er möchte nicht, dass sie jemand anderem nackt in die Arme fällt.« Das entlockte sowohl Sayaf als auch Simos ein Schmunzeln, und Meliaé ließ die beiden bei der Weggabelung zurück und beeilte sich, dem Hauptmann hinterherzukommen. Der Ifrīt, der ihr Näherkommen bemerkte, wandte sich ihr zu, und Meliaés Pferd schnaubte nervös. Obenauf in seinem Nacken klammerte sich Ayu fest und sah mit hängendem Kopf zu ihnen herab. »Bald ist es geschafft«, rief sie dem Mädchen zu. Dabei ließ sie das feuertriefende Maul, das über den Boden schwang, nicht aus den Augen. Sie wollte auf einen unerwarteten Schwenk des Dämons gefasst sein, der ihr Pferd womöglich zum Durchgehen brachte. In der Kehre der Geröllsenke angekommen, bedeutete Meliaé dem Ifrīt, sich niederzulegen, und er versank mit einem Ächzen in der Staubwolke, die er beim Aufschlag hochwirbelte. Ayus kohlenschwarze Gestalt kam aus dem Staub getaumelt, und Meliaé glitt aus dem Sattel und rannte ihr entgegen, ohne sich um ihr davonstiebendes Pferd zu kümmern. Nach wenigen Schritten brach Ayu zusammen und blieb liegen. Innerhalb eines Atemzugs bildete sich eine Ascheschicht auf ihr, die der Wind von ihrer darunter wieder menschlich erbleichenden Haut wehte. Meliaé zerrte sich den Mantel von den Schultern, rannte trotz der verzehrenden Hitze zu ihr hin und warf ihn ihr über. Dann sank sie nieder, um das Mädchen in den groben Stoff zu wickeln. Mit vor Magie kribbelnden Händen schob sie Ayu die mit Asche verklebten Haare aus dem Gesicht und tastete nach ihrem Pulsschlag. Erleichtert stieß sie die Luft aus, als sie das leise Klopfen unter ihren Fingern fühlte. Bang blickte sie zu dem

Ifrīt hin, der sie mit seinen Glutaugen aus den Rauchschwaden anstarrte. »Bleib bloß liegen!« Bei der Vorstellung, dass er in seinem Hunger über die Soldaten auf der anderen Seite des Berghangs herfallen könnte oder sich gar Áris schnappte, wurde ihr ganz flau im Magen.

»Ayu wird sterben!«, unkte der Ifrīt. »Und das kommt nur von der Kälte, in die du uns geführt hast.«

»Nein, sie muss sich nur mal richtig ausschlafen und kräftig essen.«

»Fressen muss ich auch!«, grollte der Dämon und stieß dicken Qualm aus. »Aber keine Ziegen und Schafe mehr. Ich will Menschenfleisch.«

»Du hast halb Dschadun verschlungen! Und dazu eine Reiterei!«

»Aber das ist zwei Monde her!«, schnaubte er in den Staub und schob ihr den Kopf entgegen, dabei visierte er Ayu an. »Geh weg von ihr, ich wärme sie mit meinem Atem.«

»Das wird ihr nicht helfen. Sie kommt mit mir, und du bleibst hier liegen und bewachst die Festung.«

»Aber die Kälte macht mich müde!«

In den Qualmschwaden tauchte Áris' hochgewachsene Gestalt auf, und die Glutaugen des Ifrīt folgten ihm, als er in einem weiten Bogen vorbeiging. Der Hauptmann trug den Sack mit der Bannkette über der Schulter, und für Ayu hatte er einen Mantel dabei. Meliaé überließ es ihm, sich um Ayu zu kümmern und sie wegzutragen. Sie zerrte die Kette aus dem Sack, deren eherne Glieder in der Dämmerung blau leuchteten. »Hier bleibst du, bis ich dich hole!«, befahl sie ihm. »Also nieder mit dir.« Der Dämon warf sein Haupt hin, und eine Mischung aus heißem Staub und Qualm wehte Meliaé ins Gesicht. Sie kniff die Augen zu. Dann holte sie aus und schwang ihm die Kette über den Hals.

Der Ifrīt stieß ein Heulen aus, das an Sturmgetose erinnerte.

»Aber wie soll ich die Festung bewachen, wenn du mich an diesen Berg kettest?« Schwarz rußte es aus seinem Maul.

»Die Festung braucht keinen Schutz. Und wenn doch, kommen Áris oder Simos, um dich zu befreien.«

Mit einem gequälten Ächzen versuchte das Untier, den Kopf zu heben, aber es gelang ihm nicht. »Was, wenn der Feind in der Festung lauert?«

Meliaé machte kehrt. Sie würde sich von dem Geschwätz des Dämons nicht verunsichern lassen. Was vor der Nekropole passiert war, durfte kein zweites Mal geschehen. Sayaf bekam so viel Unterstützung von dem ansässigen Fürsten und den Wüstenstämmen, doch wenn der Ifrīt wieder eine Reiterei verschlang, würde Sayaf das Vertrauen dieser Männer verlieren. Sie raffte ihre Gewänder und rannte den Hang hinauf, den ihr Pferd hochgeprescht war.

Kapitel 46

Der Fürst von Quadešh

Die Festhalle der Burg Aršhan mit ihrem farbenfroh gekachelten Sternengewölbe war die einzige Zierde in dem sonst schlichten Bau aus grauem Felsgestein. Vom Essen schläfrig lehnte sich Meliaé im Stuhl zurück und beobachtete das Gelage, das der Quadešher Fürst Ibn Sabbāh für seine Gäste gab. Der Fürst saß am Kopfende zwischen Sayaf und al-Mawt, und sie unterhielten sich in einem eigenwilligen Dialekt, dem Meliaé kaum folgen konnte. Gekleidet war Ibn Sabbāh wie seine Soldaten. Über der Schuppenrüstung trug er einen nachtblauen Mantel und dazu einen ebenso blauen Turban. Durch seine hager faltigen Gesichtszüge wirkte er etwas mürrisch. Der Fürst hatte ihnen eine Truhe voll warmer Kleidung zum Geschenk gemacht. Darunter eine neue Rüstung für Sayaf und kostbare Kleider für Meliaé. Sayaf lauschte dem Bericht des Ibn Sabbāh über die Edelsteinminen von Quadešh und dem gedeihenden Handel mit dem Seidenreich, derweil sich Ayu, die rechts von Meliaé saß, von Áris einen Nachschlag des scharf gewürzten Lammeintopfs in ihre Schale füllen ließ. In den roten Gewändern, die sie aus der Truhe trug, gab sie ein ausgesprochen schönes Bild ab. Was wohl auch die angetrunkenen Soldaten des Fürsten ermutigte, ihnen anzügliche Blicke zuzuwerfen.

Áris, dem das nicht entging, lehnte sich zu Meliaé herüber. »Hoheit, Ihr braucht es nur zu sagen, und ich geleite Euch in

Eure Gemächer.« Ayu hielt beim Kauen inne. »Das ist ziemlich unhöflich, Hauptmann, ich habe ja nicht einmal aufgegessen.«

Meliaé musste schmunzeln. »Da habt Ihr es. Wir können unmöglich gehen, bevor das Gebäck serviert ist. Zudem sprach der Fürst von einem Boten, den er mit Neuigkeiten von Ras al-Hayya erwartet. Und das wiederum möchte ich mir nicht entgehen lassen.«

Aus Simos' Richtung kam ein Schnauben. »Sieh zu, dass du und Ayu in euren Gemächern verschwindet, dein Gemahl kann dir davon berichten.«

Unerwartet beugte sich Sayaf herüber. »Es gibt noch freie Quartiere«, raunte er auf Tharisch. »Also überlegt es euch.«

Doch Áris hob abwehrend die Hand. »Danke, nein, ziehen vor Wache bei Ifrīt.«

Nachdem Áris und Simos den Saal verlassen hatten, um die Wache vor der Festung anzutreten, wurde noch mehr heißer Gewürzwein serviert und dazu Silberplatten mit von Honig triefendem Baklava. Ayu knabberte mit Begeisterung an der Nascherei aus hauchdünnem Teig und Nüssen, und Meliaé, die sich die klebrigen Fingerspitzen leckte, spürte den Blick des al-Mawt auf sich ruhen. Der Maguš sah von Tag zu Tag weniger wie ein Mann aus, hinter dem an die neunzig Lebensjahre lagen. Ein listiges Lächeln umspielte seine Lippen, aber sie verzog keine Miene, denn sie wusste, auf was er aus war. Er wollte sich an ihrer Magie laben. Und als hätte er ihre Gedanken erraten, streckte er ihr die nach oben gedrehten Handflächen entgegen. »Würdet Ihr mir die Ehre erweisen, bevor Ihr Euch zurückzieht?«

»Nein«, kam Sayaf ihr schroff zuvor. »Meine Gemahlin ist erschöpft.«

»Aber wir waren uns doch einig, dass Ihr mir ein paar meiner verlorenen Jahre vergeltet«, entrüstete sich der Maguš.

Meliaé funkelte ihr Gegenüber verärgert an. »Gilt das Maßhalten nicht als höchste Tugend der Priesterschaft? Ihr seht aus wie Euer eigener Enkelsohn. Was also wünscht Ihr mehr?«

Daraufhin schob Ayu ihre Hände über die Tischplatte zu ihm hin, doch al-Mawt wich vor ihr zurück. Mehr als einmal hatte er sich an ihr Brandblasen zugezogen. Sie begann mit den Fingern zu trommeln, und dort, wo sie das Holz berührte, hinterließ sie schwarz qualmende Fingerabdrücke.

Meliaé warf ihr einen strafenden Blick zu, aber das Mädchen grinste nur biestig und nahm sich noch ein Stück Gebäck. Da neigte sich Ibn Sabbāh vor, und seine Augen wanderten mit einem anerkennenden Aufleuchten über Meliaé. »Freut mich, dass Ihr in der Truhe etwas gefunden habt, das Eurer Schönheit zu schmeicheln vermag. Bestes Tuch und feinster Brokat aus dem Seidenreich. Ich habe vor, meiner Tochter ebenfalls eine solche Gewandtruhe mitzubringen.« Meliaé nickte ihm verlegen zu. »Danke für Eure Großzügigkeit. Eure Tochter wird von Eurem Geschenk sicher hellauf begeistert sein. Und es würde mich sehr freuen, sie einmal kennenzulernen.«

Unter ihren Worten hatte sich die Miene des Fürsten schlagartig ernüchtert. »Es gibt nicht mehr viel, was meiner Nuria noch Freude macht. Ihr Gemahl verstarb im letzten Winter an Wundbrand. Er stand als Tribun im Dienst des Sultans und kehrte mit einer eiternden Wunde aus dem Feld zurück.«

»Oh, das tut mir leid.« Innerlich stöhnte Meliaé über den misslungenen Versuch, mit ihrem Gastgeber unverfängliche Höflichkeiten auszutauschen.

»Mir auch.« Der Tonfall des Fürsten war frostig geworden. »Der Gemahl meiner Tochter könnte noch am Leben sein, wenn ich ihm hätte helfen dürfen. Aber sein Legat hat jegliches Eingreifen unterbunden, indem er ihn im Lager behielt und mir den Zutritt verweigerte.«

In dem betretenen Schweigen, das entstand, wurde Meliaé klar, was Ibn Sabbāh damit durchblicken ließ. Er war ein Maguš.

Sayaf nickte mit zusammengepressten Lippen. »Soweit mich das betrifft, habe ich meine Offiziere stets angehalten, es mit dieser Dienstvorschrift nicht allzu streng zu nehmen. Ich verstehe Eure Verbitterung, und es tut mir aufrichtig leid für Euren Schwiegersohn. Aber ist es nicht so, dass sich die meisten Menschen ihren Krankheiten und Missgeschicken zu beugen haben, da sie nicht über die Gabe des Magiewirkens verfügen?«

»Das ist wohl wahr. Aber, wenn Ihr mich fragt, schreit dieses Gesetz förmlich danach, gebrochen zu werden. Wer sieht seinen nächsten Angehörigen oder auch dem Nachbarn beim Sterben zu, wenn er es verhindern kann? Eurem Vater wie seinen Vorgängern wurden zahllose Bittgesuche vorgelegt. Doch er gab sich ebenso unnachgiebig wie alle, die vor ihm herrschten.«

Sayaf wiegte den Kopf. »Die Herrscher unseres Reichs sahen in dieser Macht stets eine Klinge mit zwei Schneiden, was sie zweifelsfrei ja auch ist.«

»Wenn Ihr mich fragt, eine reine Eitelkeit des Hochadels. Die Reinhaltung des Bluts steht über allem. Und Menschen mit anderen Vorzügen und Anlagen werden als nieder oder gefährlich abgestempelt.«

»Das mag aus Eurer Sicht so sein.« Sayaf war anzumerken, dass ihm die Richtung, die das Gespräch nahm, nicht behagte.

»Aber was ist mit Euch? Nun da Ihr ein Weib besitzt, das Euch magiebegabte Erben zu schenken vermag, die sich selbst über uns erheben könnten?«

In Meliaé stieg Ärger auf. Nicht genug, dass der Fürst sie als den Besitz ihres Gemahls betrachtete. Sie fühlte sich auch an die Unterredung mit Lydraia erinnert. Überall auf der Welt schien es dem Adel stets nur darum zu gehen, Nachfahren mit besonderen Anlagen zu züchten.

»Es erübrigt sich, mich das zu fragen«, entgegnete Sayaf. »Ich habe weder vor, meinem Bruder den Thron streitig zu machen, noch will ich mich über die Maguš erheben.«

Der Fürst hob die Brauen. »Ihr wollt verzichten? Euch verstecken und verleugnen? Aššu dem Untergang überlassen?«

»Aššu wird nicht untergehen«, widersprach Sayaf. »Nicht, wenn ich das Reich verlasse, um mein Glück woanders zu finden.« Dabei legte er seine Hand über Meliaés.

»Würdet Ihr die Prophezeiung kennen, würdet Ihr nicht so sprechen.«

»Ich kenne die Prophezeiung«, stellte Sayaf richtig.

»Das tut Ihr nicht«, mischte sich al-Mawt ein. »Ihr kennt bloß einen Vers daraus. Die anderen hat mein Bruder mit sich genommen. Und ich sage Euch, es reicht nicht, sich die Verszeile herauszusuchen, die Euch am bequemsten in der Umsetzung erscheint. In den Versen heißt es auch: Der Sonne Reich im Sand versinkt, das Siegel in Areios' Land verschwind.«

Sayafs Blick verfinsterte sich. »Diese Prophezeiung hat schon genug Unheil heraufbeschworen. Ich lasse mich nicht länger in diesen Unsinn verstricken. Mein Bruder soll Sultan werden, und ich räume mit meiner Gemahlin das Feld.«

Der Fürst wandte sich Meliaé zu und streckte ihr die Hände mit nach oben gedrehten Handflächen entgegen. »Ich bin neugierig auf die Macht, die Ihr an die Söhne Eures Gemahls weitergebt. Gebt mir eine Kostprobe davon.«

Ihr Blick glitt zu Sayaf. Er schien kurz davor, aufspringen zu wollen, um mit ihr den Saal zu verlassen. Dabei kam ihr die Kalligrafie in den Sinn. Die Flammen und die gekreuzten Säbel. Sayaf wollte nicht, dass das Reich im Bruderkrieg versank. Das war ihr längst klar. Deswegen wollte er mit ihr fortgehen. Und sie würde ihm folgen, wo immer es sie hinverschlug. Sie zwang sich, den Fürsten freundlich anzusehen. »Ich möchte nicht unhöflich sein, aber ich bin sehr müde und ziehe mich jetzt zurück.«

Einen Moment wirkte Ibn Sabbāh, als wollte er ihren Widerspruch nicht gelten lassen, doch dann hellte sich seine Miene auf. »Ihr wollt zu Bett, ehe Ihr gesehen habt, was uns durch einen Boten des Ras al-Hayya überbracht wurde?«

Unsicher glitt ihr Blick zu Sayaf, der ihr durch ein Nicken signalisierte, sitzen zu bleiben, und sie lehnte sich zurück. Daraufhin gab der Fürst einem Soldaten am Nebentisch ein Handzeichen, woraufhin der sich erhob und den Saal verließ. Sayaf wandte sich ihr zu. »Ibn Sabbāhs Vater hat dem Propheten auf seinem Land einst Zuflucht gewährt. Aber er wollte gar nicht wissen, wo genau er sich hinverkroch. Ras al-Hayya hat nun erfahren, dass sein Bruder nach ihm sucht, und er ist gewillt, uns zu treffen. Aber dazu müssen wir noch höher in die Berge. Am Fuße des Dahāka gibt es eine Karawanenfeste: die Qasr al-Khamasia. Dort will er uns empfangen.«

Der weggeschickte Mann kehrte mit einer Schatulle wieder, die Ibn Sabbāh auf den Tisch stellte und zu al-Mawt hinüberschob. Dieser öffnete sie und drehte sie so, dass Meliaé hineinsehen konnte. Auf dunkelblauer Seide lagen drei Amulette mit sternförmigen Fassungen aus dunklem Gold. Blutrot pulsierende Steine mit blau schimmernden Einschlüssen waren darin eingelassen. Als Ayu einen entzückten Laut von sich gab und die Hand danach ausstreckte, ließ al-Mawt die Schatulle zuschnappen. »Das ist nichts für Euch, kleine Dschinnīya. Es sind Feueralmandine, die mir mein Bruder übersandt hat. Die Amulette werden uns vor der Eiseskälte in diesen Höhen schützen, denn die Festung liegt auf der letzten Aufstiegsetappe des Dahāka.«

Kapitel 47

Wie Quallen in Seeanemonen

Meliaé blickte auf Ayu hinab, die sich in den Schlaf geweint hatte und der sie noch immer das seidenschwarze Haar streichelte. Der Ifrīt erhob die gehässige Behauptung, dass sie ihr Leben lang ein Mädchen bleiben musste. Sie würde nie zur Frau erblühen, weil sie im Feuer wiedergeboren war. Nun aber war Ayu unglücklich in Áris verliebt, der davon nichts zu bemerken schien und sie wie ein Kind behandelte. Meliaé lächelte. Der Gedanke, dass Ayu und Áris mit der Zeit zueinanderfinden könnten, gefiel ihr. Behutsam zog sie ihr die Decke unters Kinn und stellte sich dabei vor, wie es wäre, eine Tochter zu haben. Ein Mädchen, das sie jeden Abend ins Bett bringen und zudecken würde. Ihr Lächeln wurde von einem Gähnen verjagt, und sie erhob sich, um die Öllichter zu löschen. Das Gemach besaß ein gemauertes Feuerbecken, in das sie noch einige Holzscheite nachlegte, bevor sie durch den Verbindungsgang hinüber in ihr und Sayafs Schlafgemach ging. Leise schloss sie die Tür hinter sich.

Muster in kräftigen Farben zierten die Wände, und der Steinboden verschwand unter bunten Webteppichen. Auch hier löschte sie die Lampen und legte einige Scheite im Feuerbecken nach, bis es hell aufloderte und knackte. Vor der Gewandtruhe blieb sie stehen und zog den gefütterten Mantel aus feinem blauen Tuchbrokat aus. Bewundernd glitten ihre Finger über den kostbaren

Besatz aus Schneeleopardenpelz. Eine edlere Gewandarbeit hatte sie weder gesehen noch besessen. Sie legte das schöne Stück auf dem Deckel ab, streifte ihre Stiefel von den Füßen und schlüpfte aus den Untergewändern und der Hose. Auf ein Nachtgewand verzichtete sie, weil es angenehm warm im Raum war, so kroch sie nackt unter die Decken. Es würde das erste Mal seit der Nekropole sein, da sie und Sayaf wieder ein richtiges Bett miteinander teilten. Deswegen wollte sie nicht gleich einschlafen und streckte sich auf dem Rücken aus. Lächelnd dachte sie an den Morgen nach ihrer Vermählungsnacht, als sie in seinem prunkvollen Gemach neben ihm aufgewacht war. Obwohl er sie nicht hatte anrühren wollen, hatte er es auf einen aufregenden Kuss ankommen lassen.

Ihr stockte der Atem. Ihre Blutung!

Daran hatte sie überhaupt keinen Gedanken mehr verschwendet. Kurz nach dem Aufbruch aus der Nekropole hatte sie zuletzt geblutet. Im Stillen überschlug sie die seither vergangenen Wochen. Aber ihre vor Magie kribbelnden Hände wanderten bereits zu ihrem Bauch. Konzentriert fühlte sie in sich hinein, bis sie eine dunkelrote Landschaft wahrnahm, die sie an wogende Seeanemonen erinnerte. Darin eingebettet schimmerte ein goldenes Gespinst in Form einer Qualle. Im Inneren ein Wurm mit Kopf und Ansätzen von Gliedmaßen, der ein pulsierend rotes Licht aussandte.

Meliaé konnte nicht länger stillliegen und fuhr auf. »Mein Kind!«, flüsterte sie und biss sich auf die Lippe, um ihre Erkenntnis nicht hinauszujubeln. Nur schwer widerstand sie dem Drang, aufzuspringen und in ihre Gewänder zu schlüpfen, um die Wache zu bitten, Sayaf sofort zu ihr zu rufen. Sie sah auf ihre Brüste, die sich unter ihren aufgeregten Atemzügen hoben und senkten. Beim Baden war ihr aufgefallen, dass sie schmerzten und spannten, und sie hatte sich nichts dabei gedacht. Ihr entfuhr ein Lachen. Die Frauen und Mädchen auf Vasumana hatte sie stets dazu angehalten, auf solche Anzeichen zu achten. Doch im eigenen Fall war ihr sogar das Ausbleiben ihres Bluts entgangen. Verrückt! Was wohl Sayaf dazu sagte, wenn sie es ihm erzählte. Sie griff nach der Decke und ließ sich wieder in die Kissen sinken.

Die Hände legte sie zurück auf den Bauch und schloss die Augen, um abermals das Wunder zu bestaunen, das da in ihr heranwuchs. Doch entfuhr ihr ein überraschter Laut, denn da war noch ein zweites Gebilde, das ihr nur deswegen nicht gleich aufgefallen war, weil es nicht von einem goldenen Gespinst umgeben war. Ihr Lächeln erstarb. Nur ein schwachrotes Glimmen ging davon aus.

Irgendwas stimmte nicht mit diesem Kind.

Zwar pulste sein winziges Herz ebenso schnell wie das seines Geschwisters, jedoch besaß es keine Gliedmaßen. Meliaé kamen die Tränen, und das leuchtend rote Bild vor ihrem geistigen Auge erlosch. Womöglich waren die langen Ritte und die Entbehrungen der letzten Wochen schuld daran, dass sich dieses Kind nicht richtig entwickelte.

Sie wischte sich die nun heftig fließenden Tränen weg und zwang sich, ruhiger zu atmen. Es war noch zu früh, um Sayaf von der Schwangerschaft zu berichten. Sie wollte ihn nicht enttäuschen. Dann, obwohl sie das in ihrer Aufregung kaum für möglich hielt, übermannte sie die Erschöpfung, und sie fiel in einen traumlosen Schlaf.

Jedoch weckte sie ein Geräusch so bald wieder auf, dass sie meinte, gerade erst eingeschlafen zu sein. Sie tastete nach Sayaf, weil sie die bleischweren Augenlider nicht aufbekam, und im gleichen Moment war sie hellwach. Das Bett war leer und kalt. Sie riss die Augen auf. Im Schein des Kaminfeuers huschten verschleierte Soldaten durch das Gemach. Die Krieger des Ibn Sabbāh. Doch schaffte sie es weder zu schreien noch sich aufzurichten. Zwei der Kerle knieten bereits über ihr, und jemand drückte ihr eine Klinge an den Hals. Das Bett ächzte unter dem Gewicht von noch mehr Männern. Die Decken wurden ihr entrissen, und brutale Hände fingen ihre um sich tretenden Füße ein. Aber dort, wo man sie anpackte, setzte ein so eisiges Ziehen ein, dass ihre Muskeln in Taubheit erlahmten. Die Kerle saugten ihr die Magie aus. Schwindel erfasste sie, und das finstere Gesicht des Mannes mit dem Dolch kam näher. Ibn Sabbāh. Er bleckte die Zähne. »Du bist sehr mächtig, aber gegen so viele von uns kommst du nicht an.«

Sayaf! war alles, was sie denken konnte. Das Blut rauschte in ihren Ohren, während die hämische Fratze über ihr in Tränen verschwamm. Kälte griff in ihrem Inneren um sich, doch da war auch ein Glühen, das stetig heißer wurde und sich zu einem Orkan zusammenbraute. Ibn Sabbāh brüllte einen Befehl, den sie nicht verstand, und plötzlich waren noch mehr eisige Hände auf ihr, und es senkte sich eine wirbelnde Schwärze über sie, die ihr jede Empfindung entriss.

Kapitel 48

Nachtwache

Simos schlug die Augen auf und sah zu der im Dunkeln liegenden Zeltdecke auf. Sturmböen rissen am Zelt. Er hob den Kopf und sah hinüber zu dem unordentlichen Haufen aus Fellen und Decken. Áris' Nachtlager. Simos grinste freudlos. Der Hauptmann war auf Rundgang, und wenn das Weichei zurück war, würde er sich wieder dessen Geschnatter anhören können.

Gähnend reckte er seine Glieder und drehte sich so, dass er den Zelteingang im Visier hatte. Er zwang sich, die Augen offen zu halten. Denn sobald Áris' unter seine Decken gekrochen war, begann Simos' Teil der Wache. »Gassendreck«, grummelte er. Nun reute es ihn doch heftig, dass er den Vorschlag, die Nacht in der Festung zu verbringen, ausgeschlagen hatte. Gegen ein ordentliches Gelage war nichts einzuwenden, selbst wenn man am nächsten Morgen mit einem Brummschädel neben dem Kamin aufwachte. Simos fielen die Augen zu, und er unternahm nichts dagegen. Sobald der Hauptmann die Zeltplane hob und die Kälte hereinblies, würde er hellwach sein. Als dann das Leder vor dem Zelteingang flappte und ihm eine eisige Böe entgegenschlug, schrak er zusammen. In der durch den Schnee erhellten Nacht zeichneten sich die Silhouetten von verschleierten Kämpfern ab. Keiner davon war Áris. Simos kam noch dazu, die Felle von sich zu werfen. Doch bevor er sein Schwert zu greifen bekam, waren zwei Mann im Zelt, und es traf ihn ein Fußtritt, der ihm die Nase brach. Blut schoss ihm in den Hals, und im nächsten Moment wurde er zu Boden gerungen, und die Angreifer zerrten ihn ins Freie. Das Gesicht drückten sie ihm in den Schnee, während sie ihm die Arme auf den Rücken drehten, um ihm Kettenschellen anzulegen.

Kapitel 49

Zerbrochenes Schwert

Ein schmerzhaftes Reißen an ihrem Haar brachte Meliaé wieder zu sich. »Ja, komm schon, sieh mich an!«

Eine Ohrfeige explodierte auf ihrem Gesicht, dicht gefolgt von einer zweiten. Obwohl sie sich redlich mühte, sie kam nicht gegen das Blei an, das ihr die Augen zudrückte. Allerdings schien ihrem Peiniger das Zucken ihrer Lider nicht entgangen zu sein, denn er lachte.

»Ja, so ist's gut, streng dich an.«

Sie kannte diese Stimme. Wohlklingend männlich, aber durchtrieben und gehässig. *Khayam!* Mit aller Kraft begehrte sie gegen die Schwere auf, die sie im Dunkel gefangen hielt, und es drang ein Gleißen durch ihre Lider. Ein Knie in Leder schob ihre Beine auseinander, und im nächsten Moment wurde sie von einem muskulösen Körper niedergewalzt. Panik erfasste sie, als fremde Lippen sich ihr aufzwangen. »Mein bist du jetzt«, raunte ihr Khayam zu und erstickte sie fast mit seinem Kuss.

Er quetschte sie so ein, dass sie weder atmen konnte noch die Hände freibekam. Verzweifelt befahl sie ihren Zähnen zuzuschnappen, nach der Zunge, die in ihren Mund tauchte, den Lippen, die an ihren saugten. Aber sie brachte nicht einmal das zustande. Khayams Arme umklammerten sie wie Eisenzwingen. Doch plötzlich lockerte er seinen Griff, und sie riss nach Luft schnappend die Augen auf. Seine Stirn und Nase drückten gegen ihre, und ihr wurde mit wachsendem Entsetzen bewusst, dass er ihr die erigierte Männlichkeit gegen die Scham presste. Er bleckte seine Fänge und rieb sich so fest an ihr, dass ihr ein gepeinigter Laut entfuhr. Dabei keuchte er ihr Obszönitäten an den Mund.

Ekel rann ihr in Gänsehautschüben über den Körper, gleichzeitig überschlugen sich ihre Gedanken. Ibn Sabbāh musste Khayam in die Festung gelassen haben. Er und al-Mawt. Diese durchtriebenen Halunken. Ein Hinterhalt. Aber was war mit Sayaf? Und den anderen?

So fest sie nur konnte, spannte sie ihren vor Schwäche zitternden Körper an und bekam eine Hand frei. Allerdings fehlte ihr die Kraft, Khayam das Gesicht zu zerkratzen. *Sayaf.* Was hatte er mit ihm angestellt? Einen Moment lang dachte sie daran, Schlangengestalt anzunehmen, um ihm die Giftzähne in den Hals zu schlagen, aber sie verwarf es sofort wieder. Letztendlich würde sie auch ihre Kinder damit töten.

»Sayaf!« Sein Name entfuhr ihr nur als Stöhnen und Khayam zischte einen Fluch.

»Schade, dass du gerade jetzt von ihm anfängst, wo ich beginne, nur noch an dich und mich zu denken. Und an den magiebegabten Erben, den du mir schenken wirst.« Erneut zwang er ihr seine nassen Lippen auf. Dann aber drückte er sich von ihr weg, und mit einer geschmeidigen Bewegung erhob er sich vom Bett. Grinsend ließ er sich die Verschnürung seiner Hose durch die Finger gleiten. »Zu schade, dass wir nicht ungestörter sind.«

Meliaé stemmte sich auf die Ellenbogen und versuchte, ihre zitternden Beine zusammenzupressen. Jetzt erst bemerkte sie die blau gewandeten Quadešher Soldaten, darunter Ibn Sabbāh, vor dem Durchgang zu Ayus Gemach. Hastig zerrte sie die Decke über sich und setzte sich auf. Ihr Gesicht glühte vor Scham.

Khayam schnalzte bedauernd mit der Zunge. »Du kannst mir glauben, dich nicht anzurühren, hat mir einiges abverlangt. Doch ich will erst sichergehen, dass du nicht schon Sayafs Kind in dir trägst!« Das Grinsen kehrte in seine lüsterne Fratze zurück. »Aber wir haben ja Zeit. Und vielleicht entdeckst du ja doch noch deine Zuneigung zu mir.« Er wies mit dem Finger auf sie. »Sobald ich wieder in Dschadun bin, bricht unsere Flotte zu den Feuerinseln auf. Ich freue mich schon, von deiner Mutter zu hören. Ich werde das hinterhältige Miststück in Ketten vor meinen Thron schleifen lassen, und wenn es mich das letzte Schiff kostet!«

Meliaés Mund war so trocken, dass sie nicht schlucken konnte. »Wo ist Sayaf?«, krächzte sie. »Wie bist du bloß hier hereingelangt?« In ihrem Bauch klumpte sich die Angst um den Mann, den sie liebte, kalt zusammen.

Khayam schlüpfte in die Tunika, die am Fußende des Bettes lag, dann sah er auf sie herab. »Was glaubst du wohl, wen die Fürsten unterstützen? Meinen Bruder, der bestreitet, ein Mörder zu sein, obwohl halb Dschadun es bezeugen kann und der Aššu mit einem Ifrīt bedroht? Oder mich, den Thronfolger, der Ehebündnisse mit jedem Fürstenhaus hat, und hinter dem die Legionen stehen?«

Khayam nahm ihren Mantel von der Gewandtruhe und warf ihn ihr zu. »Zieh dich an, dann erfährst du, was Sayaf erwartet, wenn du dich weigerst, mir einen Erben zu gebären.«

Sie krallte die Finger in die Decke, ihr Herz schlug so schnell, dass ihr übel wurde. Aber sie musste Ruhe bewahren. Es würde sich eine Gelegenheit ergeben, Sayaf zu befreien und mit ihm zu fliehen. Nebenan im Gemach ertönte ein schriller Schrei. *Ayu!*

Meliaé rutschte in die Decke gewickelt zum Bettrand und blickte dabei zu Ibn Sabbāh, der noch immer vor dem Durchgang zu ihrem Schlafgemach stand und der jetzt gehässig grinste.

»Lasst sie in Ruhe!« Der Fürst sah über die Schulter, und auf seinen Wink hin kam Ayu im tropfnassen Nachtgewand aus der Dunkelheit des Gangs getapst. Sie schlang die Arme um sich und dampfte am ganzen Leib. Hinter ihr ein Soldat mit einer Lanze, bereit, damit zuzustoßen, und jemand, der einen Eimer mit Schnee hereintrug.

Als Ayu Meliaé erblickte, brach ein Schluchzen aus ihr heraus. Mit geballten Fäusten funkelte sie Khayam an. »Hätte ich dich bloß in Dschadun getötet.« Ihr Nachtgewand begann noch stärker zu dampfen.

In Khayams Augen blitzte es amüsiert auf. »Ah, die kleine Dschinnīya.« Auf sein Handzeichen stürmten Soldaten vom Gang herein und kippten der erschrocken zurückweichenden Ayu ein Gemisch aus Wasser und Schnee über. Nachschub bekamen sie von ihren Kameraden auf dem Flur, die sich in einer Kette die Eimer reichten.

Ayu beschirmte ihren Kopf mit den Armen und sank kreischend in die Knie. Dampfschwaden hüllten sie ein.

Vier von Ibn Sabbāhs Soldaten stürzten sich auf sie, fingen ihre strampelnden Füße und um sich schlagenden Arme ein, und ihr Geschrei verebbte zu einem Wimmern.

»Aufhören!«, schrie Meliaé und kämpfte sich aus dem Bett. Doch die Soldaten verstellten ihr den Weg zu Ayu, die nur noch keuchte, sich aber nicht mehr regte.

Die schneidende Kälte auf dem Wehrgang der Festung verschlug Meliaé den Atem. Schneeflocken schmolzen auf ihrem vor Angst und Aufregung glühenden Gesicht. Neben ihr ging Ibn Sabbāh, der sie am Handgelenk gepackt hielt und sich unablässig an ihrer Magie labte. Vor ihr seine Soldaten, die ihre Lanzen auf Ayu richteten, die barfuß und in nichts als ihrem nassen Nachtgewand ins Freie gezwungen worden war. Auf den Mauern zwischen den Zinnen standen Bogenschützen, die Pfeile auf den straff gespannten Sehnen liegen hatten.

Meliaé sah in den Himmel, wo die Dämmerung mit violettgrauen Schneewolken heraufzog. Schwarz wie Ungeziefer tanzten dicke Eisflocken herab. Dann blickte sie in die versteinerte Miene des Ibn Sabbāh. »Wie könnt Ihr nur einen Mann unterstützen, der nicht einmal davor haltgemacht hat, seine Eltern zu ermorden, und die Mutter seiner Kinder. Egal, was er Euch verspricht, er wird es nicht halten. Khayam wird das Reich in den Untergang führen. Sein Vater muss das erkannt haben, deswegen hat er ihn sich vom Hals geschafft.«

Ibn Sabbāh schnaubte. »Was wisst Ihr schon davon, wen ich unterstütze?«

Sie schüttelte den Kopf. »Khayam wird es niemals zulassen, dass die al-Maguš in diesem Land zu Macht kommen. Ihr werdet es noch bereuen, Abu Sayaf in den Rücken gefallen zu sein. Der Ifrīt wird Eure Festung dem Erdboden gleichmachen, er wird Eure Soldaten verschlingen.«

Die Lippen des Fürsten verhärteten sich zu einem schmalen Lächeln. »Erspart mir das Gezüngel. Ihr befehlt dem Ifrīt, sich ruhig zu verhalten, ansonsten werdet Ihr es sein, die es reut.«

Sie versuchte ihr Handgelenk zu befreien, mit dem Ergebnis, dass ihre Muskeln unter dem Sog erlahmten, mit dem er ihr die Magie aus dem Körper zerrte. »Aber was, wenn der Dämon sich nichts von mir befehlen lässt? Er hungert, er will nicht länger Schafe und Ziegen verschlingen, er verzehrt sich nach dem Fleisch Eurer Soldaten.«

Mit einem Ruck zog Ibn Sabbāh sie zu sich heran. »Der Ifrīt wird Euch gehorchen!« Greller Schmerz, der sie unwillkürlich in die Knie gehen ließ, zuckte ihr durchs Handgelenk, das er brutal zusammenquetschte. »Er wird Euch gehorchen. Wartet's nur ab, bis Ihr Euren Gemahl gesehen habt und die, die ihn unterstützt haben.«

Der Atem, den sie zum Sprechen schnappte, blieb ihr im Halse stecken, als ihr Blutgeruch in die Nase stieg. Sie schlug sich die Hand vor den Mund und kämpfte gegen die aufwallende Übelkeit. Der Fürst lachte nur.

Zu ihrer Rechten tat sich ein steinerner Treppenabgang auf, und die Soldaten stießen Ayu mit ihren Lanzen an, damit sie die Treppen in den Festungshof hinabstieg.

Ibn Sabbāh zerrte Meliaé weiter zu einer Steinbrüstung, die freie Sicht in den Hof bot. »Da, seht ihn Euch an, den ruhmreichen Heeresfürsten, der noch nie eine entscheidende Schlacht verloren hat. Seht, was Ihr aus ihm gemacht habt.«

Sie taumelte gegen die Mauer. Der zertretene Schnee im Hof war dunkel vom Blut der Geköpften. Die Körper der Hingerichteten stapelten sich auf der einen Seite des Richtblocks, während sich die Köpfe auf der anderen Seite in Flechtkörben türmten. Ob Desertierte oder Wüstenkrieger, Khayams Scharfrichter hatten keinen Unterschied gemacht.

Ayu lief barfuß vor den Soldaten her, die sie mit ihren Lanzen anstießen, aber nach nur wenigen Schritten brach sie weinend zusammen. Áris und Simos hingen in Ketten zwischen Pfählen in einer Hofecke, ihnen gegenüber Naphassa und Adšhara, die Brustseiten und den Rücken von Peitschenhieben zerfetzt.

Meliaé aber hatte nur Augen für Sayaf, der mit nacktem Oberkörper zwischen zwei Pferden angekettet war, auf denen Soldaten saßen. Schneeflocken umtanzten ihn. Auf seiner Brust und seinem Bauch schimmerten die verblassten Narben, die Khayams Foltermeister ihm auf den Leib gezeichnet hatte. Vor ihm im blutigen Schneemorast lag sein Säbel. Die Klinge zerbrochen.

Meliaé blinzelte gegen die Tränen an, die ihren Blick verschleierten. Den Ifrīt anzuketten, war ein fataler Fehler gewesen.

Das Geräusch klirrenden Eisens fuhr ihr wie ein Hieb durch den Leib. Sayafs Miene verzerrte sich in Qual, seine Fesseln standen so stark unter Zug, dass an seinem Hals und den Armen die Sehnen hervortraten. Keuchend warf er den Kopf in den Nacken, seine Hände krampften sich um die Ketten. Die Soldaten, die ihre Pferde in entgegengesetzte Richtungen antrieben, lachten.

»Nein!«

Erst nachdem Sayaf die Augen aufriss, war ihr klar, dass es ihr Schrei gewesen war, der durch den Hof gehallt war. Hinter einem der Pferde tauchte Khayam auf und bückte sich unter den stramm gezogenen Ketten hindurch. Mit den zerrauften Haaren, dazu unrasiert und in Lederrüstung, ähnelte er Sayaf auf absurde Weise. Auch er blickte zu ihr empor. Um den Hals trug er eines der rot leuchtenden Amulette. Einen Feueralmandin, der ihn gegen die Kälte schützte. »Mach ihn los!«, schrie sie.

Zur Antwort erntete sie das Gelächter der Soldaten, und auf seinen Wink trat ein sehniger Mann mit kurzem Haar in Legatsrüstung zu ihm und reichte ihm eine zusammengewickelte Peitsche. Sein Bluthund Tattenai, der zweite Legat des Reichs, der nicht eher ruhen würde, bis er jeden Deserteur vor sich im Dreck liegen hatte.

Meliaé entrang sich ein entsetztes Keuchen.

»Wie viel ist er dir denn wert, mein gefallener Heeresfürst?«, rief Khayam und schüttelte die Peitsche, sodass die Riemen herabrieselten. An den Enden waren Eisenhaken befestigt. »Na? Wir hören ja gar nichts.«

Meliaé konnte sich weder rühren noch atmen. Er würde ihn damit umbringen. Ihm die Eingeweide aus dem Leib reißen.

»Was ist?«, herrschte Khayam sie an, aber er wartete ihre Erwiderung gar nicht erst ab. Mit erhobenem Arm flog er zu Sayaf herum, und die mit Dornen bewehrten Ledertentakel klatschten auf seine Brust und seinen Bauch und rissen dunkel klaffende Wunden.

»Nein!«, schrie sie schrill, denn der Schmerz, diese Misshandlung mit anzusehen, raste ihr wie eine Feuersbrunst durch den Leib.

Khayam hob die Hand, und die Pferde setzten sich entgegengesetzt in Bewegung, wodurch die Ketten Sayaf in eine aufrechte Position rissen. Dann wirbelte er erneut mit der Peitsche herum, und wieder gab es dieses widerliche Klatschen. Blut und Haut spritzten nur so weg. Wiehernd warfen die Pferde die Köpfe herum, und Sayaf brüllte seine Qual hinaus.

Wut und Hass durchfuhren Meliaé mit ungeahnter Kraft, und sie stieß Ibn Sabbāh von sich und rannte zum Treppenabgang. Ihre Füße flogen die Stufen hinab, wobei es sie nicht interessierte, dass die Schützen nun direkt auf sie zielten. »Was willst du denn noch?«, schrie sie im Laufen. »Sag es mir, aber hör damit auf und binde ihn los.«

Khayam ließ sich die blutigen Riemen durch die Finger gleiten, finster lauernd blickte er ihr entgegen. Sie machte einen Bogen um ihn, um zu Sayaf zu gelangen, aber er vertrat ihr den Weg. Tadelnd schnalzte er mit der Zunge. »Komm her!«

Der Atem dampfte ihr stoßweise aus dem Mund, und sie zwang sich, auf ihn zuzugehen. Die Pferde warfen nervös die Köpfe, sie trugen um Brust und Bauch ein Geschirr, das dazu diente, jemanden dazwischen in Stücke zu reißen. Die Tränen strömten ihr nur so über das Gesicht. Sie würde einen Weg finden, das Liebste, was sie auf der Welt hatte, zu befreien. Sie sah zu Khayam auf, um dessen Mundwinkel es nun boshaft zuckte.

»Was willst du denn noch? Sag es mir, und es soll so sein, aber mach ihn auf der Stelle los«, würgte sie hervor und wischte sich mit dem Handrücken über die nassen Wangen.

Mit seinen blutverschmierten Fingern bedeutete er ihr, näher zu treten, und sie ließ es zu, dass er den Arm um sie legte und an sich zog. Mit der freien Hand hob er das Amulett mit dem Feueralmandin über seinen Kopf und hielt es ihr hin. »Hier nimm, ich möchte nicht, dass du frierst.«

Sie musste sich überwinden, das Amulett entgegenzunehmen, und kaum da sie es mit der Handfläche umschloss, brach um sie herum die Kälte.

Khayam fasste nach ihrem Kinn und brachte sein Gesicht dicht vor ihres. Die fehlende Rasur nahm die Strenge von seinen Zügen, die Sayafs in diesem Moment so sehr ähnelten. Und doch kam es ihr so vor, als sähe sie in eine vom Aussatz zerfressene Fratze. Gier flackerte in seinem Blick.

»Du schaffst mir den Ifrīt auf den Dahāka und hilfst al-Mawt dabei, ihn so zu bannen, dass ich ihn jederzeit zurückholen kann. Du wirst dieser Kreatur klarmachen, dass sie mir zu gehorchen hat.«

Sie mühte sich stillzuhalten, nicht zurückzuweichen vor seinem nach Wein riechenden Atem. Was er da verlangte, war unmöglich. Der Ifrīt brannte darauf, ihn zu verschlingen, und das Verlangen, Khayam ebendies ins Gesicht zu schreien, wurde so übermächtig, dass sie es kaum schaffte, ruhig zu atmen. Der Moment, ihn zu töten, würde kommen. Doch zuvor sollte er sich am Ziel wähnen. »Das kann ich tun. Aber das hat seinen Preis.«

Ein freudiger und zugleich begehrlicher Glanz trat in seine Augen, ein Ausdruck, der sie schaudern ließ. Meliaé zwang sich zu einem Lächeln, von dem sie hoffte, dass es nicht halbwegs so grimassenhaft aussah, wie es sich anfühlte. »Bis ich deine Forderungen erfüllt habe, wirst du alle, die mir wichtig sind und die Sayaf unterstützt haben, anständig behandeln. Niemandem wird auch nur ein Haar gekrümmt. Du machst Sayaf auf der Stelle los und lässt mich seine Wunden heilen. Anschließend kümmere ich mich um die anderen, die du hast foltern lassen. Das sind meine Bedingungen. Glaubst du, wir werden uns einig?«

Für kaum länger als zwei Wimpernschläge glitt Verblüffung über seine Miene, dann entfuhr ihm ein Lachen. »Du bildest dir doch hoffentlich nicht ein, mich überlisten zu können?« Er zwinkerte, aber seine Erheiterung erlosch sofort wieder. »Du bannst den Ifrīt für mich im Eis des Dahāka. Naphassa und was von seinem Haufen noch übrig ist, gehen als Muharib nach Dschadun. Dein Gemahl, dein Buhle von Stiefbruder und dein Schattenhauptmann werden meine Geiseln bleiben. Sie ziehen mit der Legion unter Tattenais Obhut und werden Sklaveneisen tragen, bis ich deinen und meinen Sohn in den Händen halte.«

»Und was dann?« Sie klang heiser vor Angst, dass er sie durchschaute, dass er noch in dieser Nacht von ihr den Beweis forderte, dass sie Wort hielt. »Ich verlange, dass du mich nach Najadís zurückkehren lässt. Mit Sayaf und jedem, der sich mir anschließen will.«

Er nickte gönnerhaft. »Oh, aber natürlich. Sobald du mir einen Erben geboren hast, erhältst du ein Schiff, das dich zu deiner Mutter zurückbringt.«

Es war ein Wunder, dass er an dieser Lüge nicht erstickte. Meliaé bohrte ihren Blick in seinen und musste an sich halten, ihm nicht ins Gesicht zu spucken. Doch Khayam zog sie noch enger an sich. »Es wird mir zwar das Herz brechen, dich wieder gehen zu lassen. Aber gut, ich gebe dir mein Wort, so soll es sein.« Dann senkte er den Kopf und drückte ihr seine widerlichen feuchten Lippen auf.

Kapitel 50

Die Prophezeiung

Rings um den Anstieg zur Qasr al-Khamasia ragten schwarze Felskuppen aus dem Schnee. Die Festung mit ihren fünf Wehrtürmen und mächtigen Basaltmauern hob sich schwarz gegen den von Sternen übersäten Nachthimmel ab. Die letzte Zuflucht vor dem Gipfel des Dahāka, der als weiß schimmernder Bergkegel über allem thronte.

Sayaf dampfte der Atem aus der Schakalschnauze. Obgleich er zum Aŝhāk gewandelt war und dichtes Fell weite Teile seines Körpers bedeckte, schnitt ihm der eisige Wind dennoch bis auf die Knochen. Er war ja so ein Narr gewesen. Wie oft er sich das in den letzten Wochen vorgeworfen hatte, wusste er selbst nicht mehr. Niemals hätte er den Maguš trauen dürfen, denn nun witterten sie ihre Chance, sich über die streitenden Sultanssöhne erheben zu können.

Inwiefern Khayam auf den Rückhalt unter den Fürsten der al-Maguš zählen konnte, war schwer zu sagen. Auf der Hand aber lag, dass er ihnen einiges versprechen musste. Womöglich die Posten der Reichswesire. Allerdings zweifelte Sayaf an, dass sein Bruder es dazu kommen ließ. Sobald der Ifrīt auf dem Dahāka gebannt war, würde sich Khayam der Maguš entledigen. So wie er schon immer mit denjenigen verfuhr, die sich zwar als nützlich erwiesen hatten, auf die Dauer aber zu gefährlich wurden. Die Ketten von Sayafs Sklaveneisen klirrten. Er wandte sich nach einem Schimmel um, der im gestreckten Galopp an ihm vorbei durch den lockeren Schnee stob. Heeresfürst Tattenai in Mantel und Stiefel aus weißgrauem Schneeleopard. An seiner Rechten trug er Sayafs Siegelring mit der Sonnenscheibe. Das Insigne, das ihn nun auch zum Fürsten über Sayafs Ländereien am Zayandeh erhob.

Tattenai gab dem Tribun, der den Zug von Aŝhākgardisten und Soldaten anführte, ein Zeichen, ihm zu folgen, und galoppierte dann in Richtung des doppelflügeligen Festungstors davon.

Sayaf blickte über die Schulter, wo mit einigen Pferdelängen Abstand und flankiert von Aŝhāk zwei zusammengesunkene Gestalten in ihren Sätteln kauerten. Áris und Simos, die ebenso wie er an ihre Pferde gekettet waren. Sie trugen verdreckte Schaffelle um den Körper und die Stiefel gebunden. Der Frost und die fehlenden warmen Mahlzeiten setzten den beiden sichtlich zu. Sayaf ließ den Blick in die Ferne schweifen, zum Rand eines dick verschneiten Zypressenwalds. Die Hoffnung, etwas von dem Ifrīt zu sehen, hatte er aufgegeben.

Durch die Kälte, die dem Rachedämon die Kraft nahm, lag Meliaé mit ihrem Versorgungszug mehr als einen Tag hinter Tattenai und dem Heer zurück. Khayam pendelte zwischen den Lagern hin und her, und manchmal blieb er über Nacht weg.

Gequält stieß Sayaf den Atem aus. Wann immer er an Meliaé dachte, sah er sie in Khayams Armen. Seine Fantasie kannte keine Gnade mit den Bildern, die sie ihm von den beiden vorgaukelte. Dabei war das Unsinn. Meliaé tat das einzig Vernünftige in ihrer Situation. Sie ging auf Khayams Spiel ein, und wenn sie es geschickt anstellte, machte sie ihn sich gefügig.

Die Rufe der Wachen auf den Basaltmauern der Qasr al-Khamasia rissen Sayaf aus seinen Gedanken. Mauern, die gut so hoch wie sieben übereinanderstehende Männer waren. Das Festungstor schwang nach innen auf, und der Zug ritt durch ein finsteres Torgewölbe, hinter dem sich ein von Fackeln und Feuerkörben erhellter dreistöckiger Arkadenhof mit bleiverglasten Fenstern auftat. Al-Khamasia bot nicht nur Karawanen aus dem Seidenreich Zuflucht vor den Unbilden der Höhe und des Wetters, sie war auch Heeresstützpunkt des Quadešher Fürsten Ibn Sabbāh. Der hatte immer als verlässlicher Schützer der Reichsgrenzen gegolten. Deswegen hatten er nie fürchten müssen, allzu kritisch von den Reichswesiren ins Visier genommen zu werden. Ein Fehler, wie sich nun herausstellte. Ibn Sabbāh nahm Magiebegabte unter seine Kämpfer auf und bildete sie in ihren magischen Kräften aus. Ein Vergehen, auf das die Hinrichtung aller Beteiligten stand.

Der Zug kam, nachdem sie ein weiteres Torgewölbe passiert hatten, in einem Stallungshof zum Stehen.

»Absitzen!«, tönte der Befehl des Tribuns, und die Gardisten schwangen sich aus den Sätteln und wandelten ihre Schakalköpfe in Menschenhäupter. Sogleich eilten Knechte aus den Stallungen herbei, die sich um ihre Pferde kümmerten.

Die gewöhnlichen Soldaten hatten ihre Reittiere selbst zu versorgen. Sayaf blieb durch seine Ketten nichts anderes übrig, als sitzen zu bleiben. Ein Gardist und ein Soldat traten vor sein Pferd. Während der Soldat die Laterne hielt, entsperrte der Gardist die Schlösser.

Schließlich konnte sich auch Sayaf steif von der Kälte aus dem Sattel schwingen, und der Gardist führte ihn zu dem Stallungsgebäude, in dem zuvor Áris und Simos mit ihren Aufsehern verschwunden waren.

Wärme und die scharfen Ausdünstungen der Pferde drangen Sayaf in die Schakalnase. Er ließ die Wandlung in sein menschliches Haupt geschehen und hob die aneinandergeketteten Hände, um sich den durchnässten Schleier vom Kopf zu ziehen und die Haare zu raufen. Vor ihm tat sich eine Stallgasse mit offenen Pferdeverschlägen auf, in denen vereinzelt Rösser mit peitschenden Schweifen standen. In der Düsternis der Gasse schlurften Áris und Simos vor ihren Aufsehern her und wurden in gegenüberliegende Verschläge geführt. Im Vorbeigehen erhaschte Sayaf einen Blick auf Áris, der aufstöhnte, als der Gardist ihn gegen die Bretterwand stieß, um seine Ketten an einem Ring im Mauerwerk zu befestigen.

Sayaf kam am Gassenende in einen leeren Verschlag. Dort ließ er sich mit dem Rücken zur Wand nieder und wickelte sich mit den Zähnen die Lumpen von seinen steif gefrorenen Händen. Doch kaum dass er gegen seine gefühllosen Fingerspitzen blies, fingen diese wie in Feuer getaucht zu brennen an. Er sah zu dem Gardisten auf, der damit beschäftigt war, den Fallriegel zwischen seinen Ketten und dem Mauereisen anzubringen und abzuschließen. »Wann rechnet der Tribun mit dem Eintreffen der Fürstin?«

Sein Aufseher zeigte zunächst keine Reaktion auf die ihm gestellte Frage, und Sayaf glaubte schon, er würde mit voller Absicht ignoriert, doch dann sah der Mann mit im Dunkeln fahl aufblitzenden Fängen auf ihn herab und ließ die Hände sinken. »Tja, wie es aussieht, wird das mit dem heißen Bad und dem feinen Gemach heute wieder nichts. Deine Fürstin muss dich vergessen haben.« Er zuckte die Schultern. »Ja, so ergeht es Männern, die ihre Macht verloren haben. Was soll sie mit dir, wenn sie den Sultan haben kann?« Der Gardist gab einen amüsierten Laut von sich und ging zum Boxenausgang, wo der Soldat mit der Laterne stand, dort verharrte er. »Nachher schicke ich jemanden mit ein paar Küchenabfällen zu euch armen Hunden raus«, sagte er im Gehen, und als er und der Soldat aus der Stallgasse verschwanden, senkte sich Dunkelheit über den Verschlag. Sayaf lehnte den Kopf gegen die Wand und schloss die Augen. Erneut sah er Khayam vor sich, der Meliaé umschlungen hielt und sie küsste. Aber er sah sie auch über seine zerfetzte Bauchseite gebeugt. Tränen schimmerten in ihrem Blick. Mit ihren kühlen Händen drückte sie seine klaffenden Wunden zu, und der die Sinne verzehrende und bis auf die Rippen glühende Schmerz verebbte.

»Glaubst du, wir entkommen Khayam? Glaubst du, er lässt uns je in Ruhe? Und glaubst du, wir können dieser Prophezeiung entkommen, die mir doch eher ein Fluch zu sein scheint?« Ganz leise nur hatte sie das gefragt, während sie ihm geholfen hatte, den mit Mardom versetzten Wein zu trinken. Dann war sie aufgestanden, um nach ihrem Bruder und Áris zu sehen. Seither hatten sie keine Gelegenheit mehr gehabt, allein miteinander zu reden.

Sayaf ballte die schmerzenden Fäuste. Sie hatte recht. Die Prophezeiung ist unser Fluch, denn ich darf nicht zulassen, dass Khayam Sultan wird. Er kniff die Augen zu. Nur daran wollte er noch denken. Auch wenn es bedeutete, Meliaé zu verlieren. Das Leben am Hof würde ihre Liebe vergiften. Ganz sicher würde es so kommen. Kein Sultan gehörte nur einer Frau. Er gehörte all seinen Eheweibern. Und davon würde es viele geben müssen, wollte er sich die Loyalität seiner Fürsten und Stammesoberhäupter sichern.

Die Flure der Qasr al-Khamasia waren düstere und zugige Gewölbe. Mit raschen Schritten gingen Meliaé und Ayu zwischen Ibn Sabbāh und Heeresfürst Tattenai her. Sie waren auf dem Weg zur Gelagehalle, wo Khayam sie bereits erwartete. Hinter ihnen ein Gefolge von al-Maguš in schwarzem Leder und blauen Umhängen, die Kämpfer des Ibn Sabbāh. Sie trugen vergiftete Wurfeisen an ihren Gürteln, und sollte Ayu auf den Gedanken kommen, Flammengestalt anzunehmen, würden sie nicht zögern, die sternförmigen Klingen nach ihr zu werfen.

Meliaé umklammerte Ayus Hand, die sich so kalt anfühlte wie die einer Toten. Ayu war von den eisigen Temperaturen geschwächt, und sie ängstigte sich um Áris. Seit zwei Wochen nun hatten sie abwechselnd den Hauptmann oder Simos zu Gesicht bekommen. Diese hatten Meliaé zwar versichert, dass Sayaf wohlauf war, doch die verzehrende Furcht um ihn blieb.

Khayam schürte Angst. Auf diese Weise zahlte er Meliaé heim, dass sie sich weigerte, das Bett mit ihm zu teilen. Die Flügeltüren des Gelagesaals lagen nun vor ihnen, und auf ein Zeichen des Ibn Sabbāh stießen die Saalwachen sie auf. Verqualmte Hitze und der Gestank ungewaschener Männer schlugen Meliaé entgegen. Die Unterhaltungen der Soldaten verebbten. Getrübt von Kaminrauch offenbarten sich Tischreihen, die eine lange Fürstentafel flankierten. Dahinter thronte Khayam auf einem Lehnstuhl, neben ihm al-Mawt in schwarzem Leder und eine Reihe freier Stühle. In einer mächtigen Mauernische in seinem Rücken ein Steinkamin, in dem helle Flammen tanzten.

Meliaé schob sich die Fellkapuze vom Kopf und schritt mit Ayu an der Hand durch das nun aufbrandende Gejohle der Soldaten, das jedoch auf Tattenais harschen Ruf hin verebbte.

Während al-Mawt sich erhob und um die Tafel herumkam, lehnte sich Khayam zurück. »Endlich. Da seid ihr ja.«

Meliaé trat an die Stirnseite der Tafel, die sich unter der Last der dargebotenen Speisen zu biegen schien. »Wo ist Sayaf?«, fuhr sie ihn an, worauf es im Saal augenblicklich so still wurde, dass sie ihr erregtes Keuchen hörte. »Schaff ihn her. Auf der Stelle!« Sie zog Ayu an sich, nicht da sie fürchtete, dass er ihr etwas antat, sondern weil sie das Mädchen vor einer Torheit bewahren wollte, die Áris womöglich das Leben kostete.

Im ersten Moment zog Khayam die Brauen zusammen, jedoch entspannte sich seine Miene sofort wieder. Mit einer ausholenden Geste deutete er auf die überquellenden Platten und Schalen vor sich. »Aber wollt ihr euch nicht zu mir setzen, um mit mir zu speisen? Sayaf wird uns gleich beehren, genau wie der Prophet.«

»Und was ist mit Áris?«, fuhr Ayu ihn über die Tafel hinweg an. Zu Meliaé aber drehte sie sich mit Tränen im Blick herum.

»Ah, der kleinen Dschinnīya steht der Sinn wieder nach einer Abkühlung?«, spöttelte Khayam, doch sein lauernd gesenkter Kopf sprach eine deutliche Warnung aus. Er hob die Hand, und auf seinen Wink trat Tattenai an ihn heran. »Holt mir Abu Sayaf her«, trug er ihm auf, und sein neuer Heeresfürst verneigte sich, machte kehrt und entfernte sich mit ausholenden Schritten.

Ehe Meliaé es verhindern konnte, langte Ayu auf den Speiseplatten zu und steckte sich mit beiden Händen von den Pasteten in den Mund. »Ich hab Hunger«, nuschelte sie mit vollem Mund und schnappte sich flugs noch zwei Geflügelkeulen, in die sie gierig und abwechselnd hineinbiss.

»Setzt euch!«, knurrte Khayam und brachte mit einem Wink zum Ausdruck, dass sie um die Tafel herumgehen sollten.

Meliaé schob Ayu vor sich her. Doch kaum dass das Mädchen vor einem Stuhl stand, warf sie Meliaé die angenagten Keulen vor die Füße. Die Stuhllehne wie einen Schild an sich gepresst, zerrte sie den Stuhl zu dem Steinkamin hin. Glühende Holzscheite purzelten heraus, als sie einen Satz ins Feuer machte. Die herbeistürzenden al-Maguš kamen nicht dazu, ihre Wurfklingen nach ihr zu schleudern. Beißender Qualm nahm ihnen die Sicht.

Khayam trat wutschnaubend nach seinem umgekippten Stuhl, aus dem er aufgesprungen war, und beschimpfte die Maguš als unfähige Idioten, die sich von einem Mädchen aufs Kreuz legen ließen.

Ayu aber lachte nur, obwohl ihr Pelzmantel mit dicken Qualmschwaden Feuer fing, und es klang so ausgelassen wie schon lange nicht mehr. »Nur zu, ihr Feiglinge, holt mich doch. Kommt, wenn ihr euch traut.« Der Stuhl, hinter dem sie Deckung suchte, fing mit einem vernehmlichen Knacken Feuer, und es schwappte verzehrende Hitze aus dem Kamin, der die Maguš neuerlich zurückweichen ließ.

Khayam zog Meliaé am Oberarm gepackt mit einem Ruck zu sich heran. »Sag ihr, sie soll da rauskommen, sonst lasse ich sie von Lanzen aufgespießt da herauszerren.«

»Ich verlange, dass Áris hergebracht wird!«, schrie Ayu. »So lange rühre ich mich hier nicht von der Stelle.«

Meliaé blickte auf die kräftige Hand, die ihren Arm schmerzhaft zusammenquetschte. »Entsprich ihrem Wunsch, und ich will sie zur Vernunft bringen.«

Abrupt ließ er sie los. »Ich habe mit dir zu reden, sag dem Gör, sie soll da rauskommen. Ich lasse den Hauptmann später herbringen, wenn du mit dem Propheten gesprochen hast.« Auf seine wütend hervorgestoßenen Worte schüttelte ihn ein Hustenanfall. Und er hieb sich mit der Faust gegen die Brust.

Meliaé fuhr zum Kamin herum, wo Ayu mit golden schimmernden Raubtieraugen hinter dem lichterloh brennenden Stuhl hervorlugte. Funken stoben aus ihrem schwarzen Haar, das im Aufwind der Hitze tanzte. Aber sie bewegte nur störrisch den Kopf. »Ich kann hier nicht raus, meine Sachen sind verbrannt.«

Khayam entrang sich trotz seiner Hustenattacke ein Lachen. »Nun, das Feuer wird nicht ewig brennen, und ich lasse gewiss kein Holz mehr nachlegen.«

An die Lehne geklammert, sah sie flehentlich zu Meliaé. »Könntest du mir vielleicht deinen Mantel leihen?«

Meliaé, der der Rauch bitter im Hals kratzte, bückte sich nach den qualmenden Holzscheiten zu ihren Füßen und warf sie in die Flammen. »Bleib, wo du bist, doch jetzt gib erst einmal Ruhe, ich lasse dir nachher etwas zum Anziehen bringen.«

»Ist gut«, rief das Mädchen und verschwand hinter dem Stuhl. Als sie sich vor die Rückwand des Kamins zwischen die brennenden Scheite kauerte, stoben Funken auf. Die Arme schlang sie um die Beine und legte ihre Stirn auf den Knien ab. Das schwarze Haar hüllte sie ein wie ein Schleier.

Khayam, der mühsam wieder zu Atem kam, machte einen Wink zur Tafel, wo sein Lehnstuhl von zwei Dienern aufgerichtet wurde. »Setz dich, ich muss mit dir reden.«

Hinter ihm bezogen Gardisten mit Lanzen und al-Maguš Posten vor dem Kamin, darunter Ibn Sabbāh und al-Mawt.

Khayam wartete, bis sie saß, und setzte sich neben sie. Trotz der verqualmten Luft kroch ihr der Geruch der Speisen in die Nase, und sie hielt unwillkürlich den Atem an. Das fehlte noch, dass sich ihr jetzt der Magen umdrehte.

Khayam griff nach der Weinkaraffe und schenkte ihr von der granatroten Flüssigkeit ein. »Trinken wir. Auf dich und mich. Und die Prophezeiung.«

Meliaé nahm den Becher entgegen, stellte ihn jedoch unangetastet zur Seite. »Das letzte Mal, als wir Wein getrunken haben, sind deine Eltern und Parušha gestorben. Seither ist mir der Geschmack daran vergangen.«

Die einzige Reaktion, die Khayam zeigte, war ein träges Senken und Heben seiner Lider und ein leiser Seufzer. Er nahm einen Brotfladen und riss ihn auseinander. Eine Hälfte reichte er ihr und schob eine Schale mit Fleischstücken in Bratensaft vor sie hin. Von seinem Brot brach er ab, tauchte es in die Soße und steckte es sich in den Mund. »Nun iss schon. Dieser Tage steht uns ein beschwerlicher Aufstieg bevor.« Kauend sah er sie an. »Ibn Sabbāh hat mir berichtet, es gibt nicht viele, die es bis zu dem vereisten Kraterspiegel des Dahâka hinauf geschafft haben. Aber sei unbesorgt, ich habe die besten Führer anheuern lassen sowie robuste und an die Höhen gewöhnte Pferde.«

Widerstrebend nahm sich Meliaé von einer Platte, die direkt vor ihr stand, ein gefülltes Weinblatt und biss hinein. Die stark gewürzte Füllung bestand aus zerhacktem Lammfleisch und gekochtem Getreide, doch ebenso gut hätte sie auf welkem Laub und Sägespänen herumkauen können. Sie verzog das Gesicht, aß aber alles auf, denn sie wollte nicht riskieren, dass ihr wieder übel wurde. Das geschah nun häufiger. Vor allem morgens oder wenn sie länger mit leerem Magen herumlief. Unwillkürlich sah sie ihre heranreifenden Kinder vor sich, die sie jeden Abend, so sie in ihrem Zelt lag, nicht müde wurde zu beobachten. Während sich das eine prächtig entwickelte und sie das Gefühl nicht loswurde, dass es ein Junge war, lag das andere deutlich im Wachstum zurück. Allerdings besaß es nun ebenfalls Gliedmaßen. Und doch lag ein dunkler Schatten über diesem Kind.

»Ich möchte dir ein Angebot machen, das du nicht ausschlagen wirst.« Khayam schob ihr eine Platte mit Gebäck und Nüssen in Honig hin.

Meliaé sah zu ihm auf und studierte einen Moment den Ausdruck auf seiner Miene, den sie nicht einzuordnen wusste. Eine Mischung aus Verdrossenheit und einer Regung, die sie ihm nicht zugetraut hätte. Resignation. Misstrauisch bohrte sie den Blick in seinen. Doch er ließ sich Zeit, konkreter zu werden. Er nahm sich von dem Gebäck, biss hinein und musterte sie kauend. Schließlich presste er die Lippen zu einer harten Linie zusammen. »Freiwillig steigst du niemals in mein Bett. Und glaube es oder nicht, auf Gewalt möchte ich verzichten. Damit schade ich nur der Aussicht auf einen gesunden Erben. Und dennoch weiß ich einen Ausweg aus unserem Dilemma.« Bedeutsam ließ er die Brauen auf- und abtanzen.

Meliaé würgte hinunter, was sie im Mund hatte. »Was schlägst du vor?« Ihr Gesicht glühte vor Verlegenheit. Jeder, al-Mawt und die Soldaten, konnten hören, worüber sie sprachen.

Khayam griff nach dem Leinentuch neben seiner Hand und wischte sich den Mund ab. »Nun, ich gebe dir und Sayaf etwas Zeit und ernte, was mein Bruder gesät hat. Ich fände nichts dabei, Sayafs Sohn zu meinem Erben zu erklären. Er wird das Siegel von Aššu sein, und der Prophezeiung ist Genüge getan.«

Nach diesen Worten lehnte er sich zurück und beobachtete sie aufmerksam. »Was hältst du davon?«

Im Augenwinkel sah Meliaé, wie al-Mawt und Ibn Sabbāh ihre Posten neben dem Kamin verließen und sich rechts von Khayam niederließen. Keine Frage, wer hinter dieser Einsicht steckte, es fragte sich nur, was sie damit bezweckten. Hatten sie es gar selbst auf diesen besonderen Erben abgesehen? Sie zwang sich, Khayam lächelnd in die abschätzend verengten Augen zu sehen. »Du überraschst mich.« Sie lächelte. Atemlos von der Möglichkeit, schon bald mit Sayaf fliehen zu können. »Dann lässt du Sayaf zu mir? Noch heute Nacht?«

Khayam wiegte den Kopf. »Du darfst mit ihm zusammen sein, sobald der Ifrīt auf dem Eisspiegel gebannt ist. Mach dem Dämon klar, dass er mir zu gehorchen hat.« Er legte sich den Zeigefinger an die Lippen. »Bedenke, dass der Dämon das Reich schützt, über das dein Sohn einmal herrschen wird, während du selbst vielleicht schon Königin bist. Diese Aussicht muss dir doch gefallen.«

Meliaé kam nicht zu einer Erwiderung. Die Saaltüren wurden aufgestoßen, und aus den Unterhaltungen der angetrunkenen Soldaten ertönten Spottrufe und Pfiffe. Von Tattenai und seinen Gardisten eskortiert, schlurfte eine abgerissene Gestalt von hohem Wuchs mit Sklaveneisen vom Hals bis zu den Füßen herein. Sayaf.

Als Meliaé mit klopfendem Herzen aufsprang, packte Khayam sie am Handgelenk. Er hielt sie zurück, indem er sich selbst von seinem Stuhl erhob und sie mit sich um die Tafel zog.

Tattenai, der neben Sayaf herging, brachte die Spötter mit einem Wink zum Verstummen, sodass nur noch das Geräusch der über den Boden schleifenden Ketten zu hören war.

Meliaé heftete den Blick auf die ihr so vertraute Gestalt, die sichtlich sehniger wirkte, ja geradezu hager. Aus den schmutzigen Fellen, die er umgebunden trug, tropfte die Nässe. An seinem bärtigen Gesicht, mit den finster gefurchten Brauen und den hervortretenden Wangenknochen blieben ihre Augen hängen. Ihr Magen verkrampfte sich. Er war in noch schlechterer Verfassung als Simos und Áris.

Mit einem wütenden Ruck befreite sie ihr Handgelenk aus Khayams rüder Umklammerung und lief Sayaf entgegen.

Gefangen von seinem dunklen Blick und der angespannten Miene griff sie nach seinen mit Lumpen umwickelten Händen, und die Magie schoss ihr glühend in die Handflächen. Gequält blähte Sayaf die Nasenflügel, als sie ihm die verdreckten Lumpen abnahm, und sie musste sich zwingen, die Augen von seinem ausgezehrten Gesicht abzuwenden. Violette Blutblasen wucherten an seinen dunkel verfärbten Fingerkuppen. Sie biss sich auf die Lippe. Er schaffte es kaum, die Finger zu bewegen. Behutsam nahm sie seine Hand zwischen ihre Handflächen, und das heiße Strömen darin schwoll an. Noch einige Tage länger mit diesen unbehandelten Erfrierungen und er verlor seine Fingerglieder. Wut krallte sich in ihre Kehle. Hierfür würde Khayam tausend Tode sterben. Sie würde nicht zulassen, dass der Ifrīt ihn verschlang. Langsam und qualvoll sollte er zugrunde gehen, viele Stunden sollte es dauern, bevor der Tod ihn erlöste. Nur am Rande nahm sie wahr, dass sich erneut Spottrufe erhoben. Anfeuernde Pfiffe ertönten.

Für die angetrunkenen Soldaten war es jedes Mal ein unterhaltsames Spektakel, ihr beim Heilen zuzusehen. Je mehr Blut zuvor geflossen war, je grausamer die Wunden, je entstellter der geschundene Leib, desto schaubegieriger waren sie. Diese respektlose Meute in Sayafs Rücken, dachte sie grimmig, verdiente keine Schonung, der Ifrīt sollte sie allesamt mit in den Feuerschlund reißen. Die heilende Magie durchrann Meliaé nun in pulsierenden Stößen. Doch sie achtete darauf, die Durchblutung der Fingerglieder und damit den Abtransport von brandigem Gewebe nur behutsam zu erhöhen, um Sayaf nicht unnötig zu quälen. Die Blutblasen sanken ein, und es bildeten sich krustige Schwielen. Die Verfärbungen an den Fingerkuppen und unter den Nägeln hellten sich zusehends auf, und Sayaf konnte die Finger wieder bewegen.

Ihr Herz kam aus dem Takt, als sein schwieliger Daumen über ihren Handrücken strich. »Wie geht es dir? Du siehst blass aus«, murmelte er. »Khayam. Hat er? Ich meine, er tut doch nichts, was du nicht auch …« Unter seinen stockend hervorgepressten Worten schossen ihr Scham und Empörung heiß in die Wangen, und ihr Blick flog zu ihm auf.

Eine Falte, die ihn noch finsterer aussehen ließ, stand zwischen seinen Brauen, dazu flackerte etwas in seinen goldenen Augen, das offenbar ihr galt. Unterdrückte Wut und Enttäuschung. Er glaubte, dass sie mit Khayam das Bett teilte, dass sie diesem Untier gestattete, seine Triebe an ihr zu stillen.

Sie schnappte nach Luft. »Was du von mir glaubst. Wie kannst du bloß annehmen, dass ich …« Nun war sie es, die es nicht schaffte, den Satz zu beenden, ihr Gesicht brannte, als hätte er sie geohrfeigt, doch lag auf der Hand, warum er zu dieser Annahme kam. Sein Bruder ließ keine Gelegenheit aus, sie wie seine Konkubine vorzuführen. Dabei ahnte Sayaf nicht, dass Khayam sein Leben einzig dem Umstand verdankte, dass sie die Wandlung zur Schlange wegen der Kinder scheute – Sayafs Kindern. Aber das konnte sie ihm noch viel weniger eingestehen. Es würde ihn nur zu gefährlichen Dummheiten verleiten.

»Nun, es wäre nicht das Ungeschickteste in deiner Situation.« Seine Kiefermuskeln traten trotz des dichten Barts deutlich hervor.

»Wäre ich käuflich wie eine Hafendirne«, zischte sie, nun selbst zitternd vor Wut, »stündest du jetzt bestimmt nicht mit erfrorenen Gliedmaßen vor mir.« Sie bohrte den Blick in seinen. »Für das, was Khayam dir angetan hat, wird er sterben. Ich verfüttere ihn an den Ifrīt. Aber nicht nur ihn, ebenso die stinkende Meute, die er Soldaten nennt, und die Aasbruderschaft der al-Maguš.«

Zu ihrer Überraschung blitzte es belustigt in Sayafs Augen auf, doch sogleich verdüsterte sich seine Miene wieder, und er schüttelte den Kopf. »Ich muss mit Khayam reden.«

Ihr entfuhr ein Schnauben. »Reden? Worüber? Über die für ihn unterhaltsamste Weise dich zu Tode zu quälen? Nein, das erlaube ich nicht.«

Sayaf griff nach ihren kribbelnden Händen und zog sie noch dichter zu sich heran. »Du hältst dich da raus!« Sein warmer Atem an ihrem Ohr jagte ihr eine Gänsehaut über den Rücken. »Ich weiß nicht, inwiefern Khayam in der Lage ist, die Maguš in Schach zu halten. Sie werden sich seiner entledigen, wenn er nicht aufpasst. Was soll aus den Männern werden, ohne die ich jetzt gar nicht hier stehen würde? Tapfere Männer wie Naphassa und Adšhara. Ich muss nach Dschadun, ich muss sie da rausholen. Wenn die Maguš den Kampf gewinnen, drehen sie den Spieß um. Durch die Straßen von Dschadun wird das Blut der Sultangetreuen fließen.«

Sie rückte von ihm ab, damit sie ihm in die Augen sehen konnte. »Du bist ja verrückt, nach allem, was Khayam dir angetan hat. Er wird dir gar nicht zuhören. Er ist der Meinung, alles im Griff zu haben.« Beschwörend drückte sie seine Hände. »Bald sind wir frei zu gehen, wohin wir wollen. Nur wir beide. Wenn du zurück nach Dschadun gehst, kommst du da nicht mehr lebend heraus.«

Aber Sayaf hörte ihr schon gar nicht mehr zu, mit verkniffenem Mund sah er in Khayams Richtung, der jetzt mit Tattenai an der Stirnseite der Fürstentafel stand. »Ich muss mich meinem Bruder ein letztes Mal an die Seite stellen. Das bin ich Aššu schuldig.«

Meliaés Herz sprang schmerzhaft aus dem Takt. Aber er hatte ihr versprochen, mit ihr fortzugehen. Sie wollten doch alles hinter sich lassen. Hastig machte sie kehrt und eilte zu Khayam, der über irgendetwas ziemlich erzürnt zu sein schien. Mit einem wütenden Funkeln in den Augen drehte er sich zu ihr herum.

Sie packte ihn an dem ledernen Ärmel seines Sarrocks und scherte sich nicht um das empörte Emporzucken seiner Augenbrauen. »Deine nichtsnutzigen Pferdeknechte haben wohl nicht begriffen, wie wertvoll deine Geiseln sind«, raunte sie ihm mit einem vielsagenden Blick auf Tattenai zu, ohne sich darum zu scheren, dass diesem die Kinnlade herunterklappte. In Khayams Smaragdaugen erlosch der blasierte Glanz. »Ich verlange für Sayaf, Áris und Simos warme Gemächer innerhalb dieser Mauern, damit sie sich in den nächsten Tagen von ihren Erfrierungen erholen können. Dazu heißes Badewasser und reichlich zu essen. Außerdem sollen sie neu eingekleidet werden. Gefütterte Mäntel und Stiefel aus Pelz. Andernfalls sehe ich mich außerstande, den Ifrīt davon abzuhalten, seinen Hunger mit dem Fleisch deiner Soldaten zu stillen.«

Khayam nahm Tattenai mit einem Gesichtsausdruck ins Visier, der einem Mordversprechen gleichkam. »Findet heraus, wer es aus Euren Reihen gewagt hat, derart über das Ziel hinauszuschießen.«

Tattenai, der mit zuckenden Kiefermuskeln dastand, nickte. »Worauf Ihr Euch verlassen könnt, Hoheit.«

Khayams Augen verengten sich. »Was gedenkt Ihr gegen diese Eigenmacht zu unternehmen?«

Ohne zu blinzeln hielt Meliaé Tattenais stechendem Blick stand. »Die Köpfe der Verantwortlichen rollen noch in dieser Nacht«, presste er mühsam beherrscht hervor.

Etwas, das wie ein Fluch klang, entwich Khayam durch die zusammengebissenen Zähne. »Das hat Zeit. Im Augenblick brauchen wir jeden Mann.«

Hinter Meliaé klirrten Ketten, und im nächsten Moment

wurde sie von Sayaf einfach beiseitegeschoben. »Auf ein Wort, Bruder«, beschwor dieser ihn.

Khayam ließ dem zähnefletschenden Tattenai die Hand auf die Schulter fallen, denn der hatte Sayaf grob bei den Handschellen gepackt. Bedeutsam huschte sein Blick zum Kamin, wo al-Mawth und Ibn Sabbāh standen. »Es wäre mir lieber, Ihr hieltet mir den Unflat vom Leib, Heeresfürst, anstatt ständig über das Ziel hinauszuschießen.«

Abrupt ließ Tattenai von Sayafs Ketten ab. Mit der Faust schlug er sich gegen den Brustpanzer und wich dann mit einer Verbeugung zurück.

Sayaf fing den Blick seines Bruders mit versteinerter Miene ein. »Lass uns gemeinsam nach Dschadun zurückkehren«, zischte er, und Khayam sah aus wie ein Beute witternder Schakal. »Ich diene dir als Heeresfürst, wie ich unserem Vater gedient habe, und das Reich wird ein Siegel bekommen.«

Während Khayam den Kopf in gespielter Nachdenklichkeit wiegte, war Meliaé, als zöge ihr jemand den Boden unter den Füßen weg. Obwohl sie wusste, dass Sayaf gut daran tat, seine Ketten loszuwerden, kam sie sich dennoch von ihm verraten vor. Frei hatten sie sein wollen. Aber ihr Gemahl würde nie frei sein. Er konnte nicht aus seiner Haut. Derweil kamen al-Mawth und Ibn Sabbāh um die Tafel herumgeschlichen, weil sie wohl ahnten, dass sich zwischen den Sultanssöhnen ein Diskurs anbahnte, der ihre Pläne in Gefahr brachte. Doch Tattenai mit der Hand am Säbelgriff vertrat ihnen den Weg.

Khayam, dem das nicht entging, blickte Sayaf mit Triumphgefunkel in den Augen an. »Nun, Bruder, du führst mich in Versuchung, dir zu vergeben und dich wieder in deine Ämter einzusetzen. Aber du weißt ebenso gut wie ich, dass in Dschadun noch nie Platz für uns beide war. Was also hältst du davon, wenn du unsere Reichsgrenzen im Osten erweiterst? Mit dem Ifrīt sollte dir das im Handstreich gelingen.«

Als Sayaf nickte, ohne mit der Wimper zu zucken, schnürte sich Meliaé der Hals zu.

Khayam stieß den Atem aus. »Ich bin erleichtert. Nein wirklich, das sage ich nicht nur so dahin.« Mit beiden Händen griff er nach Sayafs Schultern. »Mir und dem Reich konnte nichts Besseres passieren, als dass du wieder zur Vernunft kommst. Wir sind Sultan und Schwert, so wie Vater es wollte.«

Sayaf erblasste sichtlich unter der verqueren Heuchelei und Sichtweise seines Bruders. Mühsam um Selbstbeherrschung ringend, presste er die Lippen zusammen, doch seine Goldaugen sprühten vor Zorn. Instinktiv rückte Meliaé näher an die beiden heran, sie hatte solche Angst um Sayaf.

»Die eroberten Gebiete fallen an dich«, köderte Khayam ihn weiter, und die Sehnen seiner Hände traten unter dem festen Griff hervor, mit dem er Sayaf gepackt hielt. »Im Gegenzug erwarte ich, dass du mir deinen Erstgeborenen überlässt. Ich setze ihn als meinen Erben ein.« Er zog ihn noch etwas näher zu sich heran, und die Brüder starrten sich schwer atmend in die Augen. »Dein Sohn wird einmal über Aššu herrschen.«

Sayafs Kehlkopf ruckte beim Schlucken, doch nickte er abermals. Meliaé schlug sich in plötzlich aufwallender Übelkeit die Hände gegen den Magen. Sie hatte das Gefühl, über eine Klippe zu stürzen. Aber als ihr Gemahl die angekettete Hand hob, um mit erhobenem Zeigefinger zu einer Entgegnung anzusetzen, ging die Saaltür auf, und Meliaé sah wie betäubt auf.

Kein Angetrunkener wagte es, die Stimme zu erheben. Ein Mann von schlanker Gestalt in dunkelblauen Batikgewändern trat ein. Volles graues Haar, von goldenen Spangen gehalten und zu Flechten eingedreht, fiel ihm auf die Schultern. Auf seiner Brust leuchtete ein Feueralmandin, eingelassen in einen Sechsstern. Der Mann kam langsam näher, und Meliaé entging nicht, dass die Augen unter dem buschigen Brauenpaar ausschließlich sie anblickten. Ein schmaler Kinnbart unterstrich seine asketischen Züge, die entfernte Ähnlichkeit mit denen von al-Mawt besaßen. Keine Frage also, wer er war. In einer Hand hielt er etwas, einen flachen Gegenstand, in Leinen eingeschlagen.

Im Augenwinkel bemerkte Meliaé, dass al-Mawt und Ibn Sabbāh neben ihr auftauchten. Der Prophet aber nahm kaum Notiz von Khayam und Sayaf, und selbst sein Bruder und der Fürst von Quadešh schienen ihn nicht sonderlich zu interessieren. Voller Neugier musterte er sie und wirkte dabei nicht unfreundlich. In seinem Mundwinkel zuckte es verschmitzt. Vor ihr blieb er stehen. »Ich freue mich, dass Ihr zu mir gefunden habt, Tochter der Tioné.«

Meliaé zog die Brauen zusammen, weil sie sich fragte, woher er wusste, dass sie auf den Feuerinseln so angesprochen worden war.

Der Prophet verneigte sich vor Khayam und Sayaf, die neben sie getreten waren. »Endlich treffe ich auch jene Söhne der Sonne, von denen in den Versen der Prophezeiung ebenfalls die Rede ist.« Vielsagend blickte er auf den flachen, in Leinen eingeschlagenen Gegenstand in seiner Hand. »Aber vielleicht sollte ich zuerst richtigstellen, dass die Verse gar nicht von mir stammen«, erklärte er, während er die Enden des Tuches auseinanderschlug. Zum Vorschein kamen drei tönerne Schrifttafeln, zwischen denen Papyrusblätter als Polster lagen. Mit Bedacht nahm er die zuoberst Liegende und hielt sie Meliaé hin. »Seid vorsichtig, diese Tafeln haben eine Ewigkeit überdauert, und es wäre schade, wenn sie ausgerechnet heute zerbrächen.«

Behutsam griff Meliaé nach dem Hingehaltenen. Auf Anhieb erkannte sie die Glyphen wieder, die im Ton eingeritzt waren. Ihr Vater hatte sie einst gelehrt, sie zu lesen. Sie sah auf. »Woher habt Ihr das?«

»Ihr werdet es kaum glauben, aber sie stammen aus der Palastbibliothek des Sultans. Damals war ich noch der Leibarzt des Sultans und suchte nach vergessenen Rezepturen, die der Fürstgemahlin helfen sollten, schneller den ersehnten Zweitgeborenen zu empfangen, bevor eine andere ihr zuvorkam. Zu dieser Zeit war ein alter Diener in der Bibliothek beschäftigt, ein Gelehrter der Schriften und Glyphen. Seine Vorväter waren Sklaven aus Tharien. Maguš, wie er mir später anvertraute. Durch sie waren die Tafeln nach Aššu gelangt. Der Alte, der seine Magiebegabung stets verleugnete, lehrte mich, die Glyphen zu lesen. Er war überzeugt, dass in den Versen eine Weissagung verborgen sei, die Aššu einmal den Sieg über Tharien bringen würde. Er erhoffte sich die Freiheit für sich und seine Nachkommen, wenn er dem Sultan davon berichtete. Aber er bat mich, der Überbringer zu sein, weil er niemals zu dem mächtigen Mann vorgelassen worden wäre. Zu dieser Zeit war es auch, da Aššu seine ersten verheerenden Dürrekatastrophen erlebte. Aber der alte Diener sah im Ausbleiben des Regens und dem Ausbreiten des Sandmeeres andere Gründe als unsere Priesterschaft. Er machte nicht die Launen des Ba'al dafür verantwortlich, sondern den zunehmenden Handel mit Glarnstein. Allerorts wurden Stadtmauern damit verblendet, um die Maguš in ihre Schranken zu verweisen. So wie einst in Tharien, wo es unter dem Einfluss des Steins zu Springfluten gekommen war. Springfluten, die erst aufhörten, nachdem die najadische Königin dem König ein Siegel geschenkt hatte. Als ich den Diener fragte, was es denn mit diesem Siegel auf sich hatte, lächelte dieser nur und verwies mich auf die Tafeln. Aber die Botschaft dieser Schriften war zu knapp. Es gelang mir nicht, etwas Sinnvolles daraus abzuleiten. Eine Weile noch traf ich mich mit dem Diener, und er erzählte mir, was nicht auf diesen Tafeln stand. Von Tioné, der Tochter des Landschmieds unter dem Meer. Von ihrer Liebe zu dem Götterbastard Glarnos, den sie in ihrer Eifersucht an den Meeresboden gekettet hatte, und von seinen Tränen, die versteinert an die Strände von Glarnos gespült wurden – dem Glarnstein. Von den Najaden, den Kindern dieses göttlichen Liebespaars. Ich war verzaubert von diesen Legenden, und mir wurde klar, dass der Sultan hiervon erfahren musste. So ging ich zu ihm, zeigte ihm die Tafeln und erzählte ihm von den Geschichten des Dieners, aber er schimpfte mich einen Narren. Einen gefährlichen Narren, der das Volk gegen seinen Herrscher aufbrachte. Insbesondere die Maguš. Er warnte mich, dass er es bedauern würde, mich als Freund zu verlieren, hatte ich doch viele seiner Liebsten mit meinen Händen geheilt. Einige Tage darauf suchte ich erneut die Bibliothek auf und stellte fest: Der Diener war fort. Die Wachen sagten mir, dass der Mann hingerichtet worden war. Ich floh noch in derselben Nacht aus dem Palast und der Stadt.« Der Prophet warf al-Mawt einen flackernden Blick zu. »Ich versuchte meinen Bruder dazu zu überreden, mit mir in die Berge fliehen, aber er lehnte ab, denn seine junge Frau stand kurz vor der Niederkunft.«

Meliaé blickte auf die Tafel in ihren Händen und fühlte sich mit einem Mal ganz kribbelig vor Aufregung.

»Was haltet Ihr davon, uns die Verse vorzutragen?«, erkundigte sich der Prophet und lächelte dann.

Meliaé sah auf die krähenfüßigen Abdrücke im Ton und brauchte einen Moment, bis sie die Zeichen wieder alle zuzuordnen wusste. Mehrmals las sie die Zeilen im Stillen, bevor sie Luft zum Rezitieren holte.

»Glarnos' Tränen vom Meeresgrund.
Die Fürsten zu Lande sie begehren.
Blauer Schein im Feuerschlund.
Die Fürsten der Meere sie verwehren.
Fluten springen auf Areios' Land.
Die Tochter der Tioné bestimmt,
den Königen Siegel und Pfand.
Nur der ein Siegel gewinnt,
reinen Herzens und Verstand.
Doch der das Siegel erwirbt,
dem das Meer es wieder nimmt.«

Ergiebig war es nicht, was auf der Tafel stand. Viel zu knapp und verworren. Enttäuscht sah sie den Propheten an.

Neben ihr gab Khayam ein unwilliges Glucksen von sich, er sah an Meliae vorbei zu Sayaf. »Wegen dieser lausigen Zeilen hat Vater uns nach Tharien geschickt, um es zu unterwerfen. Bis heute bereue ich es, die Abschriften nicht in die Flammen geworfen zu haben, denn dieser Schwachsinn vergiftet den Verstand.«

Der Prophet nahm Meliaé die Tafel ab und reichte ihr die zweite. Sie vertiefte sich einen Moment darin, ehe sie sie verlas.

»Der Sonne Söhne Kriege.
Gereichen stets zum Siege.
Der Erste der Thrones Bürde
ficht an des Bruders Würde.
Der Zweite des Schwertes Ehre.
Bricht an der Krone Schwere.
Der Sonne Reich im Sand versinkt,
Das Siegel in Areios' Land verschwind.
Der Sonne Reich im Feuer vergeht,
Sich Bruder gegen Bruder kehrt.«

Gefangen von dem abrupten Ende des Verses starrte sie auf die Schriftzeichen. Wenn man bedachte, dass die Tontafeln jahrtausendealt waren, war die Botschaft, bezogen auf die aktuellen Geschehnisse, atemberaubend. Gleichwohl die Schrift mehr Fragen aufwarf, als sie beantwortete. Sie sah zu Sayaf und begegnete seinem finsteren Blick.

Der Sonne Reich im Feuer vergeht,
sich Bruder gegen Bruder kehrt.

Nun wusste sie, was ihn an den Kalligrafien so ins Grübeln gebracht hatte. Er hoffte, den prophezeiten Untergang des Reichs aufzuhalten, indem er zum Himmel stinkende Kompromisse einging. Und Khayam? Bekam er kalte Füße, sich den Bruder zum Feind zu machen?

»Ich habe nie auch nur ein Wort von diesem Unsinn geglaubt«, raunte Khayam ohne Sayaf aus den Augen zu lassen. »Vogelschau und Orakelsprüche. Das ist nichts, worauf ein Herrscher seine Feldzüge begründen sollte. Aber unserem alten Herrn ließ das alles keine Ruhe, und er untersagte mir, dir die Schriften zugänglich zu machen oder dich auch nur zu fragen, was du davon hältst. Und nun sieh dir an, wohin es uns geführt hat. Deswegen untersage ich jetzt, diesen Unfug weiter zu verlesen.«

Meliaé starrte auf die dritte Tafel, die ihr der Prophet indes rasch noch zugesteckt hatte.

»Siegel der Tioné,
geraubt von Schwertes Hand.
Spiegel der Tioné,
verloren in Areios' Land.
Der gegen Welt und Feuer ficht,
Das Leben obsiegt im Siegel.
Der mit dem Throne bricht,
Obliegt dem Tod im Spiegel.
Der eine sie verehrt, der andere sie begehrt.
Am Ende beiden bleibt verwehrt.«

Die Versreihen echoten durch ihren Verstand. Die Prophezeiung beschied Khayam den Tod. Aber nicht nur das. *Der eine sie verehrt, der andere sie begehrt.* Meliaé musste lächeln. Sayaf war derjenige, der sie verehrte. Wohingegen Khayam nur das Siegel begehrte. *Am Ende beiden bleibt verwehrt.* Aber was bedeutete das?

Was blieb beiden verwehrt? Das Siegel oder die Frau? Oder beides? Meliaé schwirrte der Kopf. Ob Lydraia von diesen Versen wusste? Schließlich war sie es, die dem Thronfolger den Erben stehlen wollte. Während Meliaé immer und immer wieder den Vers las, wurde ihr klar, wie recht Lydraia damit hatte zu sagen, dass es keine Lösung war, den Sultan und seine Söhne zu vernichten. Andere würden an ihre Stelle treten, andere, die den Feuerinseln noch weitaus gefährlicher werden konnten. Die Maguš.

Meliaés Herz stolperte aus dem Takt, im Augenwinkel sah sie Khayams Hand heranzucken. Er entriss ihr die Tafel, schleuderte sie zu Boden und zertrat die Scherben zu Sand.

Tattenai, den er brüllend zu sich zitierte, befahl er, Sayaf die Ketten abzunehmen, und während der neue Heeresfürst mit Morddurst im Blick seinen ärgsten Rivalen befreite, erstarrte Meliaé. Der Prophet hatte sie mit ärgerlich funkelnden Augen bei den Händen gepackt. Doch er labte sich nicht gewaltsam an ihr. Im Gegenteil. Statt ihr die Magie zu stehlen, jagte ihr seine Macht wie ein Strahl eisigen Wassers die Arme aufwärts, verteilte sich in ihrer Brust und sickerte ihr bis tief in den Schoß. Nach Luft schnappend begriff sie, auf was er aus war. Er hielt Ausschau nach einer Schwangerschaft. Aber da verzog er auch schon die Lippen zu einem wissenden Lächeln.

Außer Atem klappte ihr der Mund auf, sie konnte ihn nicht abschütteln, ihre Armmuskeln gehorchten nicht. »Nicht«, flüsterte sie verzweifelt und hoffte, dass er das, was er sah, für sich behielt. Doch zu ihrer Überraschung schloss er nur nickend die Augen und gab dann ihre Hände frei. Sein Zorn, dass Khayam die Tafel zerbrochen hatte, war verflogen. Er hatte das Siegel gesehen.

Lächelnd wandte er sich an Khayam, der mit düster gefurchter Stirn auf seine im Sand knirschenden Stiefel starrte. »Wir sollten bei Tagesanbruch zum Dahāka aufbrechen. Das Wetter klart vorübergehend auf, die besten Voraussetzungen für den Aufstieg.«

Ruckartig hob Khayam den Kopf, derweil sich Sayaf die befreiten Handgelenke rieb. »Nun, wie wollt ihr den Ifrīt bannen, sodass er sich nicht mehr aus eigener Kraft befreien kann?«

Meliaé schnaubte. »Oh, dann fragst du dich endlich, was geschieht, wenn der Berg erwacht und wir noch da oben sind. Ströme flüssigen Gesteins werden uns um die Ohren fliegen. Nichts und niemand wird dieser Naturgewalt trotzen können. Auf den Feuerinseln fürchten die Menschen nichts mehr als den Ausbruch ihres Inselbergs. Deswegen bringen sie Menschenopfer dar, wenn sich die Zeichen am Meeresgrund zeigen. Geschmolzener Glarnstein steigt in leuchtenden Klumpen vom Meeresboden auf.« Als Khayam Luft holte, um ihr ins Wort zu fallen, hob sie die Hand. »Ich weiß, dass wir hier nicht auf den Feuerinseln sind und dass der Dahāka unter einem Gletscher ruht.«

»Der Berg ist erloschen!«, knurrte Khayam. »Und das seit Menschengedenken. Der Krater des Dahāka heißt nicht umsonst Eisspiegel.«

»Feuerberge erlöschen nicht«, beharrte Meliaé ungehalten, und es war ihr egal, dass selbst ihr Gemahl scharf die Luft einsog. »Sie ruhen nur. Mitunter Tausende von Jahren.«

»Die Tochter der Tioné hat recht.« Der Prophet bedachte Khayam mit einem durchdringenden Blick. »Der Eisspiegel wird zerbrechen, wenn sich die Mächte des Feuers darunter erheben.«

Khayam lachte grollend. »Und was soll diese Panikrede nun bewirken? Dass wir einen anderen Weg finden müssen, Eure Prophezeiung zu verhindern?«

»Es gibt keinen anderen Weg«, zischte Meliaé. »Der Ifrīt muss auf den Dahāka, und im besten Fall tut sich sein Höllenschlund auf und verschlingt den Dämon. Die Frage ist nur, was dann? Wie bringen wir den Berg dazu, sich wieder zu beruhigen, ohne dass er die Umgebung unter Flüssen glühenden Gesteins begräbt? Wenn uns das nicht gelingt, werden wir alle sterben.«

Khayam verschränkte die Arme vor der Brust, an seiner Wange zuckte ein nervöser Muskel. Er blickte Sayaf von der Seite an. »Ich fasse es nicht, ich stehe hier und lasse mich von deinem Weib vollschwatzen. Der Ifrīt liegt geschwächt vor der Festung im Schnee. Wir können froh sein, wenn er sich noch dazu ermuntern lässt, auf den Gletscher zu steigen. Ich will nur sichergehen, dass er da oben auf dem Eisspiegel bleibt, bis du ihn auf den nächsten Feldzug mitnimmst, wo er sich den Wanst mit unseren Feinden vollschlagen darf.«

Meliaé presste die Lippen zusammen. Innerlich stöhnte sie über sich selbst. Sollte Khayam doch glauben, den Ifrīt für seine Zwecke missbrauchen zu können. Hauptsache, er stieg mit auf den Berg. Dort würde er sterben. So oder so. Sie ballte die Fäuste.

Unterdessen starrten sich Prophet und al-Mawt in die Augen. Der gutmütige Ausdruck in der Miene des Älteren war längst erloschen. Meliaé, die von einem zum anderen blickte, konnte sich des Eindrucks nicht erwehren, dass sich diese Brüder ebenso sehr hassten wie Khayam und Sayaf.

»Der Dahāka ist durch seine enorme Höhe der sicherste Ort für den Ifrīt«, griff al-Mawt nun in die Unterredung ein und wandte sich an Khayam. »Der Berg wird nicht erwachen.« Er fing den Blick des Propheten wieder ein. »Wir beschwören die Sturmgeister. Nichts wird ihrer eisigen Macht trotzen können, selbst der Ifrīt nicht.«

Der Prophet fasste unwillkürlich nach dem Feueralmandin auf seiner Brust. »Aber nur wer ein solches Amulett trägt, wird das überleben.«

»Wie viele dieser Amulette habt Ihr?«, knurrte Sayaf.

Der Prophet schüttelte den Kopf. »Bei Weitem nicht genug, um ein Heer damit auszustatten.« Er sah Khayam an. »Das

Herbeirufen der Sturmgeister hat seinen Preis. Sie kommen nur, wenn sie Blut riechen. Aber nicht der Geruch von Tierblut wird sie herlocken. Da bedarf es schon eines größeren Opfers. Seid Ihr dazu bereit?«

In Khayams Mundwinkel schlich sich ein Lächeln. »Die Sturmgeister bekommen ihr Blut, seid da nur unbesorgt.«

Kapitel 51

Eisspiegel

Klar und blau wölbte sich der Himmel über den eisverkrusteten Felswänden. Wohin Sayaf auch blickte, sah er gefrorene Wasserfälle. Firn und staubfeiner Schnee bedeckten den Boden der Schlucht. Das Wasser musste schon sehr lange nicht mehr durch dieses Tal geflossen sein. Es schien nicht nur im Frost, sondern auch in der Zeit erstarrt. Sayaf hatte darauf verzichtet, Ashākgestalt anzunehmen. Zwar saß er ohne Sklaveneisen im Sattel, doch verdankte er es Tattenai, dass seine Handgelenke wieder in Kettenschellen lagen. Über der Lederrüstung trug er einen gefütterten Reitmantel aus Schneeleopard, dazu eine Schafsvlieskappe mit Schleier und pelzgefütterte Stiefel. An einer Lederschnur um seinen Hals hing ein Feueralmandin, der auf seinem Brustpanzer leuchtete. Vom Frost in diesen Höhen nahm er kaum mehr wahr als den durchdringenden Wind.

Hinter ihm lag eine Nacht in einem Gemach mit Kaminfeuer, üppigem Essen und allen nur erdenklichen Annehmlichkeiten, und dennoch hatte er kaum geschlafen.

Meliaé war zu ihm gekommen, als er im Badezuber saß. Sie hatte ihn mit dem Interesse eines Leibarztes inspiziert, sogar seine Zehen hatte sie sehen wollen. Dann aber, kaum dass er aus dem Wasser gestiegen war, hatte sie überraschend die Gewänder fallen lassen. Nicht ein Wort war zwischen ihnen gefallen, er hatte sie an sich gezogen und zum Bett gedrängt. Dort hatte sie jeden Ansatz, sie zu fragen, wie es ihr ergangen war, mit ihren weichen Lippen erstickt. Die Lust, die sie ihm bereitet hatte, hatte ihn so erschöpft, dass er mit ihr auf den Hüften sitzend eingeschlafen war. Frierend, nur mit dem Laken über sich, war er dann irgendwann erwacht. Sie war fort gewesen. Die Wachen auf dem Gang hatten anzüglich gegrinst, als er die Tür geöffnet hatte. Mit ihren gezogenen Säbeln hatten sie deutlich gemacht, dass sie instruiert waren, ihn nicht über die Schwelle zu lassen.

Zurück im Bett waren Sayafs Gedanken unaufhörlich um Meliaé und die Prophezeiung gekreist. Zu gern hätte er gewusst, warum sie so schweigsam gewesen war. Ob es mit der Tafel in Zusammenhang stand, die Khayam zertreten hatte? Es schien etwas zu sein, das nicht nur seinem Bruder zu schaffen machte.

Sayaf seufzte. Es brachte nichts, sich jetzt darüber den Kopf zu zerbrechen. Er sah über die Schulter. Hinter ihm ritt eine Hundertschaft Aš̄hāk durch die vereiste Schlucht, angeführt von einem verbissen dreinblickenden Tattenai, auf dessen Brust ebenfalls ein Feueralmandin glomm.

Von Meliaé, dem Ifrīt und Ayu war nichts zu sehen.

Außer den Gardisten, so wusste Sayaf durch Tattenai, saßen dreihundert Soldaten der ersten Legion im Sattel und mühten sich den Berg hinauf. Khayams Entscheidung, derart viele Männer durch diese mörderische Kälte zu jagen, verursachte Sayaf arge Gewissensbisse. Er hätte seinem Bruder ausreden müssen, all diese Männer zu opfern. Wofür? Als Sold für die Sturmgeister, die den Ifrīt in ihre eisigen Zangen nehmen sollten?

Sayaf keuchte weiße Atemwolken aus. Das Herz schlug ihm bis zum Hals. Mit jedem ansteigenden Schritt seines schwer schnaufenden Rosses geriet er selbst mehr und mehr in Atemnot. Das musste an der Höhe liegen. Er sah zu Khayam und al-Mawt, die ein gutes Stück vorausritten und denen der Atem nicht minder kräftig aus den Mündern dampfte. Sie folgten dem Propheten, der seine Gewänder gegen Lederrüstung und

Fellmantel eingetauscht hatte. Der erklomm mit seiner braunen Stute die verschneiten Schuttpfade mit einer Leichtigkeit, als ritte er jeden Tag hier entlang. Der Alte hatte die Zeit, die sie für den Aufstieg benötigten, mit einem halben Tag präzise angegeben.

Mit zusammengekniffenen Augen hielt Sayaf nach der Sonne Ausschau, die fast im Zenit stand. Nur noch ein schneefreier Geröllhang trennte sie von dem dampfumwehten Kraterkessel.

Am Boden wucherte leuchtend gelbes Gestein in bizarren Gebilden, dazwischen klafften überall Löcher, aus denen gelblich weiße Schwaden wehten. Der Wind, der sie verwirbelte, führte üble Gerüche mit sich. Sayaf verzog das Gesicht, unwillkürlich kam ihm seine Kriegerweihe in den Sinn. Im Feuertempel des Adar Mašda hatte es ebenso widerlich nach verfaulten Eiern gestunken. Es hieß, der Herr des Kriegs saß in den Feuerhöhlen der Unterwelt und schmiedete dort die Seelen der Krieger aus dem Feuer des Siegs und dem Erz der Tapferkeit. Doch so manches Erz war unrein. Feigheit und Eigensinn mussten erst herausgeschmolzen werden, bis der reine Seelenstahl für ein gutes Sultansschwert übrig blieb. Schnaubend schüttelte Sayaf den Kopf. Mit welchem Unsinn man doch junge Burschen auf das Kriegshandwerk einschwor.

Neben Sayaf tauchten Tattenai und dessen Tribun auf. Keuchend und mit gebleckten Fängen grinste der Rivale ihn an und deutete zum Gipfel. »Da oben wird sich zeigen, wie es um Euer Seelenerz bestellt ist, Abu Sayaf.« Er riss sich das Amulett mit dem Feueralmandin vom Hals und reichte es seinem verschleierten Tribun, dessen Augenbrauen weiß vom Frost verkrustet waren. »Na, und für wen gebt Ihr etwas von Eurer Bequemlichkeit her?«

Sayaf musste ebenfalls grinsen. »Offen gestanden ist es mit meiner Selbstlosigkeit nicht ganz so weit her.« Bedauernd hob er die Schultern.

Tattenai nickte. »Das dachte ich mir schon.« Er wandte sich

um und machte den Gardisten, die sich in einiger Entfernung die Schlucht heraufmühten, ein Zeichen. Daraufhin lösten sich aus dem Trupp drei Aŝhāk, die ihre vor Anstrengung mit den Köpfen wippenden Pferde mit scharfen Tritten in die Seite vorantrieben. Weiß quoll ihnen der Atem aus den Schakalschnauzen. Zwei wandelten sogleich ihre Häupter und zogen sich hastig Schleier vor die Gesichter, doch der Gardist in ihrer Mitte behielt sein markant schwarzgoldenes Schakalhaupt bei. Er trug keinen Säbel bei sich, und seine Hände lagen in Ketten.

Sayaf entrang sich ein Grollen. Er musste die Maserung dieses Gesichtsfells nicht erst studieren, um zu wissen, dass es sich um Adŝhara handelte. Er war also nicht mit Naphassa auf dem Weg nach Dschadun. Tattenai hatte ihn dabehalten. Sayaf ritt neben ihn und riss sich das Amulett vom Hals. Doch im gleichen Moment, da Adŝhara störrisch wie ein Maulesel den Kopf schüttelte, zog Tattenai den Säbel und stach zu.

Adŝhara bleckte die Fänge, seine Züge erstarrten auf groteske Weise in der Wandlung, und ein Ruck ging durch seinen Körper, als Tattenai seine Säbelklinge wieder zurückriss. Er hatte ihn in die von der Lederrüstung ungedeckte Seite gestochen. Blut tropfte von der gebogenen Klinge in den Schnee. Sayaf starrte in die allmählich menschlicher werdenden Züge von Adŝhara. Die Schakalschnauze sank ein, und sein Gesichtsfell zog sich unter seine Haut zurück. Nur am Rande nahm Sayaf wahr, dass ihm jemand das Amulett mit der Säbelspitze aus der Hand schlug.

Die Eiseskälte durchdrang ihn wie ein Schwerthieb, doch er war unfähig, sich zu rühren.

Tattenais Gardist sprang vom Pferd und fischte das Amulett aus dem Schnee. Adŝhara presste sich derweil die Hand gegen die Wunde. Blut quoll zwischen seinen Fingern hindurch, und Sayaf entrang sich ein ersticktes Keuchen. *Meliaé.* Wäre sie jetzt hier, sie könnte ihn noch retten. Erneut sauste Tattenais Säbel heran, und Sayaf sprühten Blutstropfen ins Gesicht. Von der

Klinge an der Kehle getroffen, kippte Adšhara rücklings aus dem Sattel. Schrill wiehernd machte das Pferd kehrt und rannte in halsbrecherischem Tempo durch die vereiste Schlucht.

»Los, weiter!«, blaffte Tattenai, und klatsche Sayafs Hengst die Breitseite des Säbels auf das Hinterteil, und das Tier tat einen erschrockenen Satz nach vorn.

Sayaf war versucht, die Zügel herumzureißen, um Tattenai mit einem Sprung aus dem Sattel zu holen. Doch was hätte er gewonnen, außer sich mit diesem ehrlosen Halunken im Schnee zu wälzen? Der ganze Zug würde in dieser mörderischen Kälte zum Erliegen kommen. Zähneknirschend schlug Sayaf die Fersen in den schwer atmenden Pferdeleib, und das Tier sprang auf dem Geröllhang voran. Khayam und al-Mawt waren beobachtend stehen geblieben, aber als sie sahen, dass er herannahte, trieben sie ihre Pferde wieder an.

Zu Sayafs Rechten fielen nun die Felsen senkrecht in die Tiefe, offenbarten schneebedeckte Bergkämme, die sich bis zum Horizont erstreckten. Über ihm erhob sich ein heller Schutthang, aus dem dunkle Gesteinswände herausragten. Der von Dampf umwehte Krater. Aus gelb verkrusteten Löchern im Boden fauchte und zischte der Atem des Bergs. Khayam passierte gerade ein solches Bodenloch, als ein Grollen durch den Abhang rann, das den gesamten Schutt ins Rutschen brachte.

Sayaf packte die Zügel fester, während beißender Gestank über ihn hinwegfegte. Al-Mawt und auch Khayam rangen mit ihren Pferden, bis sich der rutschende Untergrund beruhigte. Nur der Prophet ritt unverdrossen voran, und so bewältigten sie das verbliebene Stück zum Krater in mörderischer Hast.

Sayaf, dem das Herz nun wie ein Schmiedehammer in der Brust schlug, entging nicht, wie der Hengst unter ihm vor Anstrengung bebte und trotz der Kälte schwitzte. Doch dann tat sich endlich ein weiter Kraterkessel auf, dessen Mitte eine Eisfläche von mehreren hundert Schritten im Durchmesser bedeckte.

Khayam kam auf Sayaf zugeritten. Auf den Mantel aus Schneeleopard hatte er verzichtet, er trug nur den gefütterten und von Metallschuppen verstärkten Sarrock und den Schakalhelm. Ein Feueralmandin pulste hell auf seinem Brustpanzer. Er bedachte ihn mit einem missbilligenden Blick und schnalzte mit der Zunge. »Ist es dir nicht ein wenig peinlich, dich derart von Tattenai übertölpeln zu lassen?« Verhöhnend bleckte er die Fänge. »Aber vielleicht musste es ja genau so kommen. Schließlich hat uns doch die Prophezeiung hierhergeführt, nicht wahr?«

»Hast du deswegen die Tontafel zerschmettert? Ist da etwas, das dir an diesen Versen Unbehagen bereitet?«

Das Grinsen in Khayams Miene erstarb, er stieß den Atem aus. »Ich dachte, du kennst mich. Bevor mir etwas Unbehagen bereitet, schaffe ich es mir vom Hals.«

»So wie unseren Vater?«

»Er war ein ebensolcher Narr wie du.«

»Wer hat die Bogenschützen auf ihn anlegen lassen?«

Lächelnd schüttelte er den Kopf. »Musst du das wirklich noch fragen?«

»Ja, das muss ich.« Sayaf knirschte mit den Zähnen. Er hatte Mühe, ruhig im Sattel zu sitzen. »Ich hätte es gern von dir selbst gehört, wie unwürdig du bist, Vaters Nachfolge anzutreten.«

Erneut seufzte Khayam. »Glaub es oder lass es bleiben, aber ich habe mir die Entscheidung, dass Vater sterben muss, nicht leichtgemacht. Vor allem um unsere Mutter hat es mich geschmerzt, sie hat den Tod nicht verdient. Ebenso wenig wie Parušha.« Er ballte eine Faust. »Aber siehst du denn nicht, welche Möglichkeiten ich uns eröffnet habe? Wir schaffen uns die Maguš vom Hals. Der Ifrīt wird sie verschlingen. Ihr Blut wird die Sturmgeister herlocken und den Dämon an den Berg fesseln. Nur wir werden übrig bleiben. Ich, der Sultan. Du, mein Heeresfürst und deine Gemahlin, die mir sehr bald schon ein Siegel schenken wird. Deinen Sohn.«

Vor Überraschung schnappte Sayaf nach Luft. Meliaé schwanger? Sie bekam ein Kind? Der freudige Satz, den sein Herz machte, presste ihm die Lunge leer. Mit einem Mal war ein Druck in seiner Brust, der seine Rippen zu sprengen drohte. Krampfhaft hielt er die Zügel gepackt, er musste an sich halten, nicht aus dem Krater zu galoppieren. Den verfluchten Berg hinab, um sie zu suchen und sie gehörig auszuschelten. Sie gehörte nicht aufs Pferd, sondern vor den Kamin in der Festung.

Khayam unterdrückte ein Lachen. »Zu schade, dass du dein Gesicht nicht sehen kannst.« Er presste die Lippen zusammen. »Glückwunsch, du hast den Acker der Natter bestellt.«

Sayaf runzelte die Stirn. »Woher willst das wissen?« Was für ein perfides Spiel trieb sein verfluchter Bruder da nur wieder?

Doch Khayam hob nur vergnügt die Brauen. »Al-Mawt hat es mir gesagt. Der Prophet hat das Kind durch seine magischen Kräfte in ihrem Leib aufgespürt, als er sie gestern berührt hat.« Er fasste nach seinem Feueralmandin und grinste. »Sieh zu, dass du dir wieder ein Amulett beschaffst, sonst gehst du noch drauf.«

Sayaf trieb seinen Hengst näher an Khayam heran. »Aber wie konntest du zulassen, dass sie sich in ihrem Zustand solchen Strapazen aussetzt? Sie könnte das Kind verlieren, sie hätte in der Festung …« Weiter kam er nicht.

Ein Grollen, das aus dem Berg zu steigen schien, begleitet von einem Donnerschlag, rann durch die Schlucht. Derart heftig, dass die Pferde stiegen. Khayam rang fluchend mit seinem Hengst, dann zog er den Säbel. »Hier!«, brüllte er gegen das Getose an und reichte Sayaf die Waffe. »Sieh zu, dass du Tattenai findest, er hat den Schlüssel zu deinen Kettenschellen. Schaff ihn uns vom Hals. Nimm dir seinen Feueralmandin.« Damit sprengte er davon.

Einen Moment lang war Sayaf versucht, seinem Bruder hinterherzusetzen, ihn vom Pferd zu zerren und ihm den Schädel einzuschlagen, doch dazu war immer noch Zeit.

Khayam erreichte al-Mawt, der neben dem Eisspiegel abgesessen war und mit seinem scheuenden Gaul rang. Der Zug der Gardisten hatte sich im Krater eingefunden, dazu Bogenschützen aus den Reihen der Soldaten. Aber von Tattenai fehlte jede Spur. Sayaf zerbiss einen Fluch zwischen den Zähnen. Es würde ihn nicht wundern, wenn sich der Bluthund in dieser Situation selbst auf und davon gemacht hatte.

Sayaf lenkte seinen Hengst zur Eisfläche. Angeführt von Ibn Sabbāh fanden sich dort auch die in weißen Pelz gekleideten al-Maguš ein. Khayam ritt ohne zu zögern unter sie, er fühlte sich wohl durch seine Bogenschützen sicher. Auf sein Handzeichen traten Gardisten auf die Eisfläche. Und bevor Sayaf dazu kam, sich zu fragen, was das sollte, schleuderten die Maguš blitzende Wurfeisen aus ihren Ärmeln, und die Gardisten brachen getroffen zusammen.

Die Maguš sprangen von ihren Pferden und zerrten die Gardisten, von denen nicht einer mehr seinen Säbel gezogen bekam, auf den gefrorenen Kratersee hinaus. Dort stand al-Mawt und wies seine Mitstreiter an, die Gardisten, deren Bewegungen nun erlahmten, mit den Füßen zueinander hinzulegen. Unterdessen zückte der seinen Dolch und bückte sich, um einen Aŝhākgardisten bei dessen um sich beißender Schakalschnauze zu packen und ihm die Kehle zu zerschneiden. Die übrigen Maguš folgten seinem Beispiel, und das Blut der Aŝhāk zerrann dunkel auf dem Eis. Al-Mawt schlitzte die nächste Kehle auf, und das herausspritzende Blut benetzte seine Hände. Ringsum standen die Schützen mit ihren gespannten Bögen, darunter Khayam, doch unternahm der nichts, um das Morden zu unterbinden.

Sayaf fluchte stumm. Das Blutopfer für die Sturmgeister. Der Prophet trat neben al-Mawt, und sie bückten sich und zeichneten einen Kreis aus Blut um sich herum. Dann richteten sie sich auf und stimmten mit ihren erhobenen Händen einen monotonen Versgesang an. Altaššunische Worte.

Mit dem Singsang frischte der Wind auf, so kräftig, dass es Sayaf den Schleier vom Gesicht riss. Die Kälte fuhr ihm in die Haut wie unzählige Nadelstiche.

Einige der Bogenschützen ließen trotz Khayams Wutgebrüll ihre Bögen sinken und galoppierten in Richtung Krateröffnung davon. Durch das Eis rann ein Knirschen und Knacken. Unterdessen schmetterten die Maguš-Brüder unverdrossen ihre unheilvollen Zauberverse, und der Wind schlug in Sturmgeheul um. Doch plötzlich hallte Donner durch den Felsenkessel, und der Boden schüttelte sich so heftig, dass sich die Gesteinsmassen unter Getöse von den Felswänden lösten.

Während die Maguš-Krieger des Ibn Sabbāh ihre Pferde vom Eis zu bringen versuchten, gerieten Khayams Schützen mit ihren steigenden Gäulen auf die Eisfläche, wo die Tiere ausrutschten und sich die Beine brachen. Etliche der brüllenden Männer wurden unter hinschlagenden Pferdeleibern zerquetscht.

Das heillose Durcheinander nutzten diejenigen, die ihre Pferde unter Kontrolle brachten, dazu, um aus dem Krater zu flüchten. Darunter Ibn Sabbāh mit seinen Männern. Aber der Berg wollte sich nicht beruhigen. Erdstoß folgte auf Erdstoß.

Sayaf verlor das Gleichgewicht und stürzte. Khayams Schwert entglitt ihm. Scharfkantiges Gestein bohrte sich ihm durch das Leder der Hose in die Knie. Er rappelte sich auf, rang mit seinen Ketten und fiel erneut nach vorn. Schließlich gelang es ihm, sich auf den Rücken zu kämpfen, da sah er, wie der Ifrīt in die Schlucht gestampft kam. Obenauf in seinem Nacken klammerte sich Ayu fest. Der Dämon war jetzt schwarz wie die Nacht und spie Qualm und rote Flammen.

Flüchtende Soldaten spießte er mit den Hörnern auf und warf sie durch die Luft. Unter dröhnendem Gebrüll rammte er die Schnauze in die am Boden Zappelnden, um sie zu verschlingen.

Sayaf fluchte, unter ihm schüttelte sich unentwegt die Erde, was ihn erneut niederstreckte. Das Geschrei der sterbenden Soldaten und Pferde, das Donnern und Grollen von brechendem Gestein betäubte ihm die Ohren.

Sein Blick hetzte zur Eisfläche, wo Khayam mit al-Mawt und dem Propheten in der Mitte des aus Blut gezeichneten Kreises stand. Aus irgendeinem widernatürlichen Grund blieben sie sicher stehen, während das Beben sonst alles und jeden niederstreckte. Ungezählte Risse rannen wie Blitze durch das Eis.

Sayaf stolperte über die Beine eines Soldaten, der mit aufgerissenen Augen im Schutt lag. Er warf den Toten auf die Seite, sodass er an dessen Säbel kam. Das Heft umklammert, sah Sayaf zu dem Ifrīt, der einen Mann wie eine aasschlingende Hyäne schüttelte. Wo war Meliaé? Die Sorge um sie schnürte ihm die Luft ab. Hatte Tattenai ihr etwas angetan? Tobte der Ifrīt deswegen so?

Ayu saß aufrecht im Nacken des Dämons und sah aus wie eine golden glühende Rachegöttin. Ihr Gesicht war verzerrt vom Zorn. Sayafs Blick hetzte zur Eisfläche, wo Khayam und die Maguš noch immer beieinanderstanden. Unter seinen Füßen holperte der Boden, aber er taumelte voran und hielt den Säbel mit Entschlossenheit gepackt. Er würde sich jetzt diese elenden Magier holen, und wenn es das Letzte war, was er in diesem Leben noch zustande brachte.

Kurz vor dem Eis streckte ihn die bebende Erde neuerlich nieder, und der Schmerz raste ihm durch die Arme und machte sie taub. Das Heft war ihm entglitten, und er hatte Mühe, es wieder zu ergreifen. Beim Aufrappeln schlug ihm die Kette so hart gegen die Beine, dass er erneut hinstürzte. Endlich schaffte er es auf, jedoch kam er auf dem rutschigen Untergrund nicht weit und landete hart auf dem Kreuz. Fluchend machte er seinem Schmerz Luft, umklammerte den Säbelgriff und kämpfte sich ins Sitzen hoch.

Ungläubig blinzelte er. Nebel stieg auf. Das Eis, es taute! Sein

Blick hetzte durch das Chaos, da sah er sie. Meliaé galoppierte mit ihrem Pferd an dem Ifrīt vorbei und schrie aus voller Kehle. Wegen des Lärms war aber nichts davon zu hören. Das rote Amulett, das sie gegen die Kälte schützte, sprang auf ihrer Brust.

Sayaf mochte kaum hinsehen, weil er jeden Moment damit rechnete, dass sie aus dem Sattel rutschte und sich den Hals brach. Doch ihre Stute setzte mit einem Sprung über Leichen und Geröll hinweg, und sie umklammerte die Zügel, damit sie ihr nicht durchging. Dann war sie vor dem Ifrīt, und das Ungeheuer warf den Kopf hoch und stieß ein Kreischen aus, das direkt aus der Hölle zu kommen schien. Ihr Pferd stieg auf die Hinterbeine, und sie drohte aus dem Sattel zu rutschen.

»Nein!« Sayafs Schrei ging im Brüllen der Gesteinsmassen unter. Er mühte sich hochzukommen, während sich Meliaé nach vorn warf und ihre Stute wieder aufsetzte.

Sie zog den Fuß aus dem Steigbügel und ließ sich zu Boden gleiten. Ihr Pferd keilte nach dem Ifrīt aus und sprengte davon, und sie stand mit den Armen rudernd vor dem Feuerdämon.

Fluchend mühte sich Sayaf auf die Beine. Nicht schnell genug bei ihr zu sein, um sie da wegzuholen, war schlimmer, als dem Untier selbst in die Augen zu sehen.

Ein harter Stoß traf Sayaf in den Rücken, der ihn nach vorn warf und damit erneut niederstreckte. In hilflosem Zorn sah er mit an, wie der Säbel über das Eis davonschlingerte. Er rollte sich herum und sah Tattenai mit erhobener Klinge über sich, die Schakalfratze halb in der Wandlung befindlich. Instinktiv riss er die Hände hoch, um den herabsausenden Hieb mit seiner Kette zu blocken.

Kapitel 52

Seelenhandel

Meliaé wich den schwingenden Hörnern des Ifrīt mit einem Sprung über die Steine aus. Die Nüstern des Dämons blähten sich, während er mit seinem feuertriefenden Maul nach Leichen suchend über den Schutt glitt. Orons Höllenhund war wie im Rausch. Ayu hatte ihm die Kette abgenommen, entgegen ihrer Absprache, dies erst zu tun, wenn sie Sayaf befreit wussten. Glühende Augen blickten sie aus den Qualmschwaden an. »Geh mir aus dem Weg!«

Meliaé warf die Arme hoch, verzweifelt getrieben von dem Wunsch, ihn aufzuhalten. »Nein, hör auf mit der Toberei! Ich muss Sayaf finden, sein Bruder wird ihn töten.«

»Dein Sultanssöhnchen schert mich einen Dreck, geh mir aus dem Weg, ich will fressen!«

»Da!«, kreischte Ayu von oben herab und wies mit dem ausgestreckten Arm zum Eisspiegel. »Abu Sayaf!«

Meliaé wirbelte herum und sah im ersten Augenblick nur Nebel und emporwirbelnden Dampf, dann aber zerriss der Wind die Schleier, und sie erkannte zwei Krieger in Ufernähe, knietief im Eis. Während der eine den Säbel schwang, hatte der andere nichts als die Kette seiner Handschellen, um sich zu verteidigen. Sayaf und Tattenai.

Im Dunst tauchten weitere Gestalten mit gezogenen Säbeln auf. Rote Amulette glühten auf ihrer Brust. Al-Mawt und der

Prophet, dahinter Khayam. Meliaé entrang sich ein Schrei. Die Maguš-Brüder stoben auseinander. Blaue Blitze fuhren aus ihren Säbelklingen, erst streckten sie Tattenai nieder, dann gingen sie mit einer unerwarteten Drehung jeweils auf Sayaf und Khayam los. Eis spritzte auf, Sayaf war hinterrücks hineingestürzt. Im nächsten Moment zogen dichte Nebelschwaden über ihn hinweg, die auch Khayam und die Maguš verschluckten. Graues Eis schwappte wie Grütze über das Geröll am Kraterstrand.

Meliaé begann zu rennen, wie sie noch nie im Leben gerannt war. Vorbei an toten Soldaten, die zerschmettert von den Felsen oder erdrückt von ihren Pferden im Schutt lagen. Nichts war mehr wichtig. Nur Sayaf. Sie musste zu ihm.

Beim nächsten Schritt rutschte ihr Fuß zwischen die Steine, und sie schrie auf, denn ihr raste heiße Pein durch den Knöchel. Hinter ihr brüllte der Ifrīt, sodass die ganze Kraterschlucht erzitterte.

Magie in glühenden Schüben pulsierte ihr die Beine hinab zu ihrem verstauchten Knöchel, und als sie den Fuß erneut aufsetzte, war kaum noch Schmerz zu spüren.

Sie erreichte das Ufer des Eisspiegels, und ihr schwappte Eismatsch über die Stiefel. Das Amulett gegen die Kälte umklammert, hetzte ihr Blick durch den Nebel, der stetig dichter wurde. Sie watete bis zu den Knien ins Eis, während der Feueralmandin in ihrer Hand heiß zu pulsieren begann und ihr Wärme bis hinab in die Zehen sandte.

Da erzitterte der Boden. Der Ifrīt stampfte ins Eis, und es fauchte und brodelte, als sei die Sonne selbst in den Krater gefallen. Noch mehr Dampf schlug Meliaé ins Gesicht, und die Eismasse, in der sie stand, verflüssigte sich mit einem Schlag. Der Ifrīt trampelte weiter durch das Ufergeröll und machte sich über die Kadaver der Pferde her.

Doch Meliaé hatte keinen Blick für das Grauen um sie herum. »Sayaf!«, schrie sie nur in blanker Verzweiflung. »Wo bist du nur?« Sie ließ den Feueralmandin unter die Kleidung gleiten. In fliegender Hast zog sie den Mantel und die Tunika aus. Wenn die Maguš Sayaf in den tauenden See hinausgezogen hatten, musste sie ihn suchen. Ohne Amulett hatte er in dem eisigen Wasser keine Chance. Achtlos warf sie die Tunika hinter sich auf die Steine. Der leuchtende Almandin baumelte wild hin und her, während sie aus der Hose stieg.

»Was soll das werden?«, schrie Ayu. »Du willst doch nicht etwa da reinsteigen?«

Wütend fuhr Meliaé zu ihr herum. »Doch, genau das!« Aus dem Nebel trat Ayus goldene Gestalt. »Was du getan hast, ist nicht mehr zu ändern. Simos und Áris sind verloren. Aber Sayaf nicht!« Tattenai hatte Befehl gegeben, Simos und Áris zu töten, sollte Meliaé den Ifrīt auf die Soldaten loslassen.

Ayu taumelte näher. Sie bereute jetzt, was sie angestellt hatte, aber als ihre Flammenfüße mit dem Wasser in Berührung kamen, zischte es und sie kreischte mit schmerzverzerrtem Gesicht auf. Verzweifelt reckte sie die Hände nach Meliaé. »Nein, nicht! Der Ifrīt muss erst ins Wasser. Du erfrierst sonst!«

»Dazu ist keine Zeit!« Hastig streifte Meliaé die Stiefel ab. »Aber wenn du etwas für mich tun willst, dann such das Ufer nach Sayaf ab.« Mit den Armen rudernd stakste sie über den vom Eis glitschigen Schutt. Bei dem Gedanken, dass Sayaf ohne Feueralmandin in dieser Eisbrühe lag, stieg eine solche Panik in ihr auf, dass sie nicht mehr atmen konnte. Mit einer Hand umklammerte sie den heiß pulsierenden Stein, dabei verfluchte sie die Maguš. Vor allem den Propheten, von dem sie gehofft hatte, er stünde auf Sayafs Seite. Aber er war auch nur ein Betrüger mit seinem großväterlichen Lächeln und seiner aufgesetzten Höflichkeit. Doch wenigstens hielt sein Amulett, was ihr versprochen worden war.

Bis zu den Oberschenkeln stand sie im Eiswasser und klemmte sich den Almandin zwischen die Zähne, damit sie ihn beim Hinabtauchen nicht verlieren konnte. Dann warf sie die Arme nach vorn und tauchte in das dunkle, von Eisbrocken durchsetzte Wasser.

Die Wandlung zur Schlange ließ sie nur bis zu den Oberschenkeln zu, weil sie fürchtete, dass mehr von ihrer Schlangennatur den Kindern schadete. Eiswasser strömte ihr in die Lunge, und sie blinzelte in die trübe Düsternis. Von der Kälte spürte sie durch den Feueralmandin kaum etwas. Zudem lud die Energie des Wassers ihren Körper auf, als badete sie in Blitzen. Merkwürdige Gerüche drangen ihr in die Nase. Für Wasser gänzlich untypische. Neben Schwefel roch es nach Qualm und Feuer.

Unter einem mächtigen Eisbrocken glitt sie mit durchgestreckten Armen über Geröll und Felsgestein dahin. Dabei suchten ihre Augen den Grund nach Sayafs regloser Gestalt ab. Aber wohin sie auch sah, nur Eis und totes Gestein. Sie ließ sich emporsteigen, bis sie gegen die schimmernde Eisdecke stieß, die sich in der Weite verlor. Das Eis musste an dieser Stelle noch etliche Schritte dick sein. Womöglich befanden sich die Maguš direkt über ihr. Und hoffentlich auch Sayaf. Sie blickte nach unten und bemerkte zwischen ihren umherwirbelnden Haaren ein diffuses Glimmen in der Tiefe.

Die brodelnde Glut im Bauch des Bergs war erwacht. Das Portal zur Unterwelt. Sie musste Sayaf finden und dann mit ihm fliehen, bevor die glühenden Steinströme emporbrachen. Dem Ifrīt würde sie befehlen, dort hinabzutauchen, damit er zu Oron zurückkonnte.

Meliaé peitschte mit dem Schwanz und sauste unter dem schimmernden Eis vorbei. Sie musste raus aus dem Krater, Sayaf war hier nirgends zu entdecken. Womöglich war er bei den Maguš. Diese törichten Männer, ob Feueralmandin oder nicht, sie würden alle sterben, wenn das Eis brach.

Das Glimmen in der Tiefe weitete sich aus, heller und größer wurde es. Mächtige Luftblasen drängten empor, und im selben

Moment rann ein Donnern durch den See, und es setzte ein Sog ein, der Meliaé mit sich riss. Sie hielt das Amulett gepackt und peitschte mit dem Schwanz dagegen an, wurde aber unaufhaltsam abwärtsgezerrt.

Um sie herum erhoben sich Wisperstimmen in dem sprudelnden Getöse. Dann, mit einem Schlag, war das Wasser so heiß, dass ihr der Atem stockte. Panik erfasste sie, und sie ruderte verzweifelt mit den Armen, aber es riss sie nur noch tiefer in die Dunkelheit hinab, wo sich ein gleißender Spalt auftat. Qualmsäulen stiegen auf, raubten ihr die Sicht und bissen ihr in der Lunge.

Meliaé schlug das Herz zum Zerspringen. Sie war verloren. Instinktiv presste sie die Hände gegen ihren Unterleib. Ihre Kinder. Sie würden mit ihr sterben. Sie kniff die Lider zu und sah Sayaf vor sich. Seine goldenen Augen, seine zu einem Lächeln verzogenen Lippen, die er ihr auf die Nase drückte. Ja, sie liebte ihn. Aber sie hatte nicht den Mut gefunden, es ihm direkt zu sagen. Bedauern schnürte ihr die Kehle zu, während alles versengender Schmerz ihre Haut verbrühte, und ihr entrang sich ein Schrei. Unmenschlich schrill. Plötzlich ließ der Abwärtssog nach, und sie wurde emporgestoßen, dorthin, wo es kühler war.

»Tochter!«, grollte es aus der Tiefe des Bergs.

Meliaé japste. Kaltes Wasser fuhr ihr in die Lunge. Sie riss die Augen auf und sah unter sich ein flammendes Oval, ein Feuerauge. Qualmsäulen stiegen daraus wie Tränen empor.

»Tochter!«, dröhnte es erneut.

Mit lahmen Gliedern trudelte Meliaé abwärts. Doch sie wurde von einem Schwall Luftblasen erfasst und festgehalten. Ungläubig blinzelte sie in die silbrigen Blasen, die um sie herum erstarrt waren wie Einschlüsse in erkaltetem Glas.

Bin ich tot? Fühlt es sich so an? Verzweiflung überrollte sie, sie trieb schwerelos in der Dunkelheit, bar jeden Gefühls. So als ob ihr Körper verschwunden wäre, aufgelöst im Wasser.

»Du bist nicht tot!« Die Stimme klang angenehm männlich und war überall – in der Finsternis und jedem Wassertropfen um sie herum.

Sayaf, lebt er? Ist er in Sicherheit? Es war das Einzige, das sie interessierte.

»Bedeutet er dir denn so viel?«

Alles. Ich brauche ihn. Aššu braucht ihn.

»Und Najadís braucht dich. Als Königin.«

Mich? Gewiss nicht!

»Deine Mutter ist tot. Najadís steht ohne Herrscherin da.«

Aber wie kann das sein?

»Sie starb, als sie die Feuergeborenen rief. Der Ifrīt ist das Werk ihrer Rache.«

Lydraia tot?

»Ja, ihre Seele ist bei mir. Ich habe sie im Feuer gereinigt. Möchtest du sie?«

Ob ich sie will?

»Sie war immer schon deine Tochter, so wie du ihre. Im ewigen Kreislauf aus Tod und Wiedergeburt wechselt ihr euch ab. So wie einst Tioné mit ihrer ersten Tochter Liliaé.«

Verwirrung machte sich in Meliaé breit. *Ich verstehe nicht.*

»Brauchst du auch nicht. Sag mir nur: Nimmst du dich ihrer Seele an?«

Wie denn?

»Als deine Tochter.«

Kalt fasste etwas nach Meliaés Herz. Das zweite Kind, das fehlende goldene Licht – nun wusste sie, was ihm fehlte.

»Willst du, dass dir eine Seelenlose auf den Thron folgt?«

Die Worte machten sie fassungslos. *Wer bist du, dass du so etwas zulässt?*

»Oron, dein Schöpfer.«

Du bist grausam.

»Das kommt dir nur so vor, weil du nichts über mich weißt.«

Verzweiflung stieg in Meliaé auf. Während sie mit diesem bösartigen Gott sprach, rang Sayaf mit dem Tod, und der Ifrīt weckte mit seinem Toben den Feuerberg. *Du musst den Ifrīt zurücknehmen und mich freigeben. Hörst du?*

»Dann triff eine Entscheidung: Entweder ich nehme dich zu mir, oder du kehrst mit deiner Tochter an den Hof von Najadís zurück.«

Aber Sayaf. Sein Sohn wächst in mir heran. Ich muss zu ihm zurück, er muss Sultan werden. Sonst wird es keinen Frieden geben. Nimm dieses seelenlose Kind von mir, ich will es nicht.

Oron lachte. »Nun, so einfach mache ich es dir nicht. Gib mir dein Wort, dass du Königin wirst. Dann erhält deine Tochter eine Seele, und Sayaf wird Sultan. Das sind meine Bedingungen.«

Meliaé hatte das Gefühl, in Myriaden von Wassertropfen zu zerspringen. Sie konnte nicht Königin werden. Sie wollte mit Sayaf zusammen sein.

»Was ist? Entscheide dich endlich! Ich kann die Zeit nicht ewig für dich anhalten. Willst du nun eine Seele für deine Tochter oder nicht?«

Ja! Welche Wahl hatte sie denn? Natürlich brauchte ihr Mädchen eine Seele.

Aus der Finsternis wuchs ein Faden aus blauem Licht empor. Ein Faden, der Meliaé mit jeder Faser durchdrang.

»Kümmere dich gut um diese Seele. Bring deine Tochter nach Najadís, dorthin, wo ihr beide hingehört.«

Und mein Sohn? Er braucht mich doch auch.

»Der Junge gehört der Sonne, lass ihn bei seinem Vater. Ras al-Hayya wird beide beschützen.«

Zäh kamen die Luftblasen um Meliaé herum in Bewegung, und sosehr sie auch dagegen ankämpfte, sie stieg damit auf. Während sich die Dunkelheit in einem strahlenden Kometenschweif auflöste, der an ihr vorbei und nach unten raste.

Kapitel 53

Sich Bruder gegen Bruder kehrt

Sayaf war so unendlich müde. Schneeflocken verfingen sich in seinen Wimpern. Gern hätte er die Lider geschlossen, aber das durfte er nicht. Er lag auf dem Eis, konnte sich nicht rühren, und der Frost trank sein Leben und seinen Verstand. Neben ihm lag Khayam mit dem rot pulsierenden Amulett auf der Brust. Warum schlug er nicht endlich die Augen auf und unternahm etwas, bevor alles zu spät war? Tattenai lag ein Stück weiter, mit durchgeschnittener Kehle.

Verflucht, Khayam! Wach auf! Sayafs steife Gesichtsmuskeln schmerzten, er verspürte den irren Drang, loszulachen. Sie lagen hier und verreckten in der Kälte, doch er wünschte sich nichts sehnlicher, als dass sein zur Hölle verdammter Bruder zu sich kam.

Sayaf zwang sich, nach al-Mawt Ausschau zu halten. Dieser stand mit dem Propheten Rücken an Rücken, und sie beschworen noch immer die Sturmgeister. Schmetterten ihre Zauberverse in einem uralten Aššunisch, von dem Sayaf kaum ein Wort verstand. Das Donnergrollen und die Erschütterungen des Bergs gingen im Sturmgetöse unter. Doch da ließen die Maguš die Arme sinken, und al-Mawt trat zu Khayam. In der Erwartung, dass dieser seinem Bruder nun die Kehle zerschneiden würde, gab sich Sayaf einen Ruck. Aber er schaffte es nicht einmal, den Kopf zu heben. Dem Maguš war sein sinnloser Versuch, etwas zu unternehmen, nicht entgangen. Seelenruhig bückte er sich und zog Khayam den Siegelring vom Finger. Den Ring des Sultans. Lächelnd streifte er ihn sich über und nahm Khayam dann noch den Feueralmandin ab.

Sayaf kniff die Lider zusammen. *Khayam, du Narr! Hast dich von diesem elenden Schurken aufs Kreuz legen lassen und dafür deine gesamte Familie geopfert! Zur Hölle, wach endlich auf!* Als Sayaf die Augen wieder öffnete, blickte al-Mawt auf ihn herab.

»Ihr seid ein zäher Bursche, Abu Sayaf.« Der Maguš ging vor ihm in die Hocke und legte das Amulett auf seiner Brust ab. Schlagartig droschen die Eisklingen nicht mehr auf ihn ein. »Wäre es nicht schön, Ihr könntet miterleben, was nun geschieht?« Verstohlen sah er zu seinem Bruder hinüber, der noch immer die Sturmgeister beschwor. Dann packte er Sayaf unter den Achseln und setzte ihn auf. Der Almandin landete auf dem Eis.

Al-Mawt hob das Amulett auf und hing es Sayaf um den Hals. »Gebt Euch nicht der Hoffnung hin, dass Ihr das hier überlebt. Ich will nur, dass Ihr seht, wie wir Eure Gemahlin mitsamt dem Ifrīt einfrieren. Dank Euch ist das Siegel ja nun im Land, und es wird im Eis für alle Zeit gut aufgehoben sein.«

Sayaf entfuhr ein Keuchen. Durch das Amulett tauten seine steif gefrorenen Glieder auf. Ein die Sinne raubender Schmerz. Hände und Füße brannten, als würden Legionen von Feuerameisen darübermarschieren.

Al-Mawt packte Sayaf erneut und setzte ihn so, dass er den Ifrīt am Ufer im Schneegestöber sehen konnte. Wie ein Wolf stand der Rachedämon da, geduckt, als wollte er einen Satz auf das Eis machen, jedoch zögerte er aus einem unersichtlichen Grund. »Seht nur, Abu Sayaf, er überlegt, ob er es wagen kann, uns vom Eis zu holen, was ihm aber nicht gelingen wird, weil wir im Kreis des Ba'al stehen.«

Der Ifrīt reckte den Hals, aus seinem Maul troffen feurige

Speichelfäden. Mit seiner mächtigen Knochenklaue scharrte er das Eis am Ufer in dicken Brocken weg und stieß Qualm aus den Nüstern.

Wie eine Stichflamme fuhr Sayaf das Kichern des al-Mawt ins Ohr. »Euer Weib steckt unter dem Eis fest, und wenn der Ifrīt nicht bald seine Entscheidung trifft, werden die Sturmgeister sein Dämonenfeuer zum Erlöschen bringen.« Nach diesen Worten trat al-Mawt wieder in den aus Blut gezeichneten Kreis.

Sayaf schaffte es, den Kopf aus eigener Kraft erhoben zu halten, und heftete den Blick auf den Ifrīt, der mit seiner Klaue auf das immer rascher nachwachsende Eis einhieb.

Dampf stieg auf, wo es ihm gelang, ein Stück freizugraben, und mit einem wütenden Brüllen spie der Feuerdämon flüssige Flammen in das Loch. Endlich wich das Eis zurück. Angestachelt von diesem Erfolg stampfte der Ifrīt mit den Vorderläufen auf dem Eis auf. Immer und immer wieder, bis es barst und zu grauem Matsch zerfloss.

Ein Grollen rann durch den Boden, ein Beben und Rütteln, so heftig, dass Sayaf das Gleichgewicht verlor und nach hinten auf Khayams Brust kippte. Mühsam rappelte er sich auf und sah gerade noch, wie der Ifrīt in dichtem Dampf und kochendem Wasser versank.

Im nächsten Moment riss das Sturmheulen mit einem Schlag ab, und eine unheilverkündende Stille entstand. Fassungslos starrte Sayaf auf das brodelnde Loch im Eis, in dem der Ifrīt versunken war. Meliaé konnte es schaffen. Die Hoffnung machte ihn ganz schwindelig, und er wandte sich zu den Maguš um, die in ihrem aus Blut gezeichneten Kreis standen. Die Männer sprachen heftig aufeinander ein.

Er konnte nicht hören, um was es ging. Aber sie stritten, und wie es aussah, ruhten in dieser Zeit die Sturmgeister.

Sayaf blickte bedauernd auf Khayam hinab. Eiskristalle glitzerten auf dessen dunkel verfärbter Haut. Mit gefühllosen Fingern tastete er am Hals des Bruders. Dabei hielt er den Atem an und richtete den Blick auf das Ufer. Nichts. Er konnte nichts ertasten. Nicht das leiseste Pochen. Frustriert stieß Sayaf die Luft aus, und da bemerkte er es. Eine Bewegung in den Nebelschwaden. Als er die zierliche Gestalt sah, die sich zwischen den zerschmetterten Leichen regte, schlug sein Herz schneller. Für einen Moment hatte er geglaubt, es sei Meliaé. Aber es war Ayu, die sich sichtlich mühte, einem Toten den Mantel auszuziehen.

Bei allen Rachegeistern, sie war nicht im Eis gefangen. Hastig wandte sich Sayaf um. Durch den dichter werdenden Dunst drang der Streit der Maguš.

Sayaf war egal, worum sie stritten. Sie waren abgelenkt. Nur das zählte. Zwei Anläufe brauchte er, bis die Beine nicht wieder unter ihm wegsackten, dann stapfte er in Richtung Ufer los. Dabei wurde sein Blick von dem gewaltigen Loch angezogen, in dem der Ifrīt versunken war. Während die Mitte noch dampfend wallte, froren die Ränder bereits in widernatürlicher Geschwindigkeit zu. Heftiger Schneefall setzte ein. Sayaf stach die Lunge vor Anstrengung, und jeder Schritt trieb ihm glühende Nägel durch die Fußsohlen. Aber dann war das Ufer erreicht, und er stolperte über die verharschten Steine.

Ayu lag reglos zwischen den Toten im Geröll. Nackt und bleich, sie hatte es nicht geschafft, sich den Mantel anzuziehen. Sayaf kniete sich hin und drückte ihr den Almandin gegen die Schulter. Doch kaum dass er sie damit berührte, lohte ihm Hitze in die Hand. Mit zusammengebissenen Zähnen verharrte er, bis sie die goldenen Katzenaugen aufschlug und sie sich ungläubig weiteten. »Ihr?«, keuchte sie.

Sayaf ließ das Amulett auf ihrer Haut und duckte sich zu ihr hinunter. »Lieg still«, zischte er. »Die Maguš, ich will nicht, dass sie uns zu früh bemerken.«

»Oh, Ihr seid es wirklich.« Sie grinste. »Ihr lebt, wie schön.«

Sayaf griff nach ihrem Arm. »Schnell, Meliaé ist im See, du musst sie da rausholen.«

Ärgerlich stieß Ayu ihn von sich. »Nur Euretwegen ist sie da reingesprungen.« Sie rappelte sich auf.

Einen Fluch knurrend, riss Sayaf an seinen Ketten. Wenn er nur die Hände freibekäme.

Mit klappernden Zähnen sah Ayu ihn an. »Gebt mir den Almandin, dann befreie ich Euch.«

Als Sayaf ihr das Amulett reichte, nahm ihm die erneut auf ihn eindreschende Eiseskälte den Atem. Doch sobald sie es sich umgelegt hatte, schlug ihm die Hitze einer Feuerstelle von ihr entgegen.

Er hielt ihr die straff gezogene Kette hin, und sie ergriff sie zu beiden Seiten der Handschellen. Kaum zwei Atemzüge darauf rann ihr das Metall glühend durch die Finger, und die Kette landete auf den Steinen.

Ein erneutes Donnern erhob sich, begleitet von einem Beben, das Sayaf zu Boden warf. Aus dem Eisspiegel schoss eine dampfende Fontäne himmelwärts. Erneut ertönten Donnersalven, und es wuchsen weitere Geysirfontänen empor, bis ein Ring entstanden war, der ein riesiges Loch in die Eisdecke sprengte.

Sayaf setzte sich auf, um nach den Maguš zu sehen. Doch eine Bewegung zwischen den schießenden Geysiren ließ ihn innehalten. Am Eisrand stemmte sich eine schmale weiße Gestalt empor. *Meliaé.* Das rote Haar klebte ihr am Körper. Sie glitt auf dem Bauch heraus, das leuchtende Amulett schleifte über das Eis.

Vor Erleichterung stöhnte Sayaf auf, sein Blick hetzte durch den Nebel und die umherwirbelnden Schneeflocken auf der Suche nach den Maguš, aber als er die Männer nirgends entdeckte, rappelte er sich auf. Er brauchte ein Schwert, dann würde er sich ihre Köpfe holen.

»Seht nur!«, rief Ayu und wies zum Eisspiegel. »Schnell, wir müssen sie aufhalten!«

Sayaf hielt den Atem an. Al-Mawt schob Khayams steif gefrorenen Leichnam auf das brodelnde Loch in der Eisdecke zu. Eine unsichtbare Macht drängte ihm als Luftspieglung aus den Händen. In diesen Höhen schien der Maguš zu seiner vollen Zaubermacht zurückgefunden zu haben.

Der Prophet ging seinem Bruder mit einem Säbel hinterher, und Meliaé, die auf allen vieren kroch, gelang es, sich schwankend aufzurichten.

Mit zwei Schritten war Sayaf bei dem toten Soldaten, dem Ayu den Mantel ausgezogen hatte. Er nahm ihm den Säbel weg und stolperte los.

»Nein!«, schrie Ayu und hetzte nackt an ihm vorbei. Meliaé war al-Mawt entgegengetreten, der versetzte ihr einen Stoß, und sie schlug hin.

Sayaf setzte Ayu so gut es ging hinterher. Aber ihm blieb nur mit anzusehen, wie al-Mawt Khayams Körper mit Magie in das Eisloch stieß, um sich dann Meliaé zuzuwenden und sie am Handgelenk gepackt zum Rand zu zerren. Der Prophet kam mit erhobenem Säbel hinzu und schrie etwas.

Al-Mawt fuhr herum, das Gesicht vor Wut verzerrt, riss er die Hände hoch. Flirrende Luft schleuderte die Maguš auseinander. Al-Mawt landete rücklings in den brodelnden Fluten, den Propheten warf es aufs Eis, und der Säbel schlingerte ihm davon.

Ayu erreichte ihn nur wenig eher als Sayaf und saß ihm mit einem Satz auf dem Bauch. Sie fletschte die Zähne, aber bevor sie es schaffte, ihm die Gurgel zuzudrücken, packte er sie bei den Handgelenken, und sie kreischte vor Schmerz. Qualm stieg auf, dann brüllte auch der Prophet.

Sayaf holte mit dem Säbel aus, doch Meliaés Schrei ließ ihn innehalten. Nackt und auf allen vieren kroch sie zu Ayu. »Lass ihn.«

»Nein«, schrie das Mädchen voller Zorn, ihr Körper glühte nun wieder wie geschmolzenes Gold. »Jetzt ist er fällig, er hat es verdient.«

Der Prophet strampelte mit den Beinen, und Meliaé, die Ayu berührte, zuckte gepeinigt zurück.

Da warf sich die Dschinnīya mit einem Aufschrei von dem Maguš herunter, und das Eis zischte und dampfte, denn sie wälzte sich in einem wahren Tobsuchtsanfall darauf.

»Hör auf«, rief Meliaé, die sich vor Schmerz über ihre gesenkten Hände krümmte. »Du verletzt sonst noch jemanden.«

Da sprang Ayu auf und rannte weinend in Richtung Ufer davon.

Sayaf blickte auf den Propheten, der sich wimmernd die Hände gegen den qualmenden Bauch presste. Lederrüstung und Mantel waren schwarz miteinander verbacken. Sayaf riss den Säbel hoch, bereit, den Maguš zu töten, aber Meliaé hielt ihn zurück. »Nicht! Uns fliegt gleich der ganze Berg um die Ohren. Der Maguš muss die Sturmgeister rufen, die den Dahāka wieder abkühlen und beruhigen.«

Vor dem stöhnenden Propheten fiel sie auf die Knie und presste ihm eine Hand auf die Stirn, woraufhin dieser das Bewusstsein verlor. Fahrig streifte sie ihm das Amulett ab und warf es Sayaf zu. Dann schälte sie ihm die verkohlten Reste seiner Rüstung von der Brandblasen werfenden Haut.

Sayaf hängte sich das Amulett um, und seine Erfrierungen schmerzten mit einem Schlag noch schlimmer. Stöhnend ließ er sich auf dem Eis nieder, und sein Blick glitt über das blassrosa Fleisch, das sich dem Maguš von der Bauchdecke schälte. Angewidert verzog er das Gesicht.

Dann aber war Sayaf von Meliaés Anblick gefangen. Wie sie nackt und mit tropfenden Haaren auf dem Eis kniete und mit zitternden Fingern verkohlte Lederreste aus den Wunden des Maguš zupfte.

»Ich bin so froh, dass dir nichts passiert ist.« Im gleichen Moment schnaubte Sayaf über das, was er gesagt hatte. Sie war in den Eiskrater hinabgetaucht, weil sie geglaubt hatte, er sei hineingefallen.

Sie sah auf und runzelte die Stirn. »Hast du Schmerzen? Du hast Erfrierungen im Gesicht.«

Sayaf schüttelte den Kopf. Das sah ihr wieder einmal ähnlich, sie sorgte sich um jeden, nur nicht um sich selbst.

»Mir geht es gut.« Mit steifen Händen schälte er sich aus dem Mantel. »Verflucht, du holst dir noch den Tod«, knurrte er und rappelte sich auf. Er legte ihr seinen Mantel um die Schultern. Neben ihr kniete er sich hin und sah in ihr lächelndes Gesicht. Die Haut weiß wie Schnee und die Lippen violett gefroren. Ein wenig sah sie aus wie in jener Nacht in der Zisterne von Glarnos. Zur Hölle, und jetzt trug sie sein Kind und erwähnte es noch immer mit keinem Ton. Was für ein Idiot er doch gewesen war. Gestern Nacht hatte er sie rücksichtslos geliebt und in seinem Verlangen nicht das Geringste bemerkt.

»Meine Sachen müssen irgendwo am Ufer liegen«, murmelte sie, während sie auf ihre Hände und die heilende Haut des Maguš hinabblickte. »Ich glaube, Ayu sucht schon für mich danach.«

Sayaf hielt Ausschau nach dem Mädchen und entdeckte sie im Schutt zwischen den Leichen, wie sie Meliaés Kleidungsstücke auflas. Er sah wieder zu Meliaé und konnte nicht fassen, dazusitzen und sie frierend, aber sonst wohlauf vor sich zu sehen. Er kam sich vor wie in einem Traum, und ihn überkam Angst aufzuwachen. Am liebsten hätte er sie auf das Kind angesprochen. Doch das würde er nicht tun, es war nicht der Moment dafür. Er sah zu dem Eisloch hinter ihr. Das Sprühen der Geysire war verebbt. Zurückgeblieben war eine bräunliche Wasserfläche, die wallte und dampfte. Sie war da unten gewesen, um ihn zu suchen, sie hätte dabei sterben können.

Durch die Nebelschwaden kam Ayu in einem Mantel angestolpert, der ihr viel zu lang war. Sie drückte Meliaés aufgesammelte Kleidungsstücke an sich. Als sie bemerkte, dass sie beobachtet wurde, geriet sie so ins Straucheln, dass sie alles fallen ließ.

Sayaf mühte sich auf die Beine, ging ihr entgegen und half ihr, alles wieder aufzusammeln. »Danke«, murmelte sie nur, raffte den Mantel und lief zu Meliaé hin, um sich neben sie hinzuknien.

»Es tut mir ja so leid«, weinte sie. »Glaubst du wirklich, dass Áris und dein Bruder tot sind?« Geräuschvoll schniefte sie.

Meliaé zog die Schultern hoch. »Ich weiß es nicht. Wir werden es sehen, wenn wir uns an den Abstieg machen.« Mit gefurchter Stirn sah sie zu Sayaf auf. »Hast du Simos oder Áris gesehen, als du hier heraufgeritten bist?«

Sayaf schüttelte den Kopf, er suchte aus den Kleidungsstücken, die Ayu aufgelesen hatte, die Tunika heraus, und half Meliaé dabei, sie überzustreifen. Er ließ sie auch nicht eher an den Propheten ran, bis sie auch noch die Hose anhatte und wieder in den Mantel geschlüpft war.

Sanft lächelte sie zu ihm auf, und ihm wurde ganz flau davon. »Ich wecke jetzt den Maguš aus seiner Ohnmacht«, erklärte sie und warf Ayu einen warnenden Blick zu. »Und du lässt ihn in Ruhe, haben wir uns verstanden? Wir brauchen ihn noch.«

Ayu musterte den Bewusstlosen wie einen verwesenden Kadaver. »Aber wozu denn?«

»Er muss die Sturmgeister rufen, die den Eisspiegel wieder verschließen, sonst brechen die glühenden Steinströme empor.«

Sayaf bückte sich nach dem Säbel und setzte dem Maguš die Klinge an die Kehle. »Nur für den Fall, dass er sich zu widersetzen gedenkt.«

Meliaé, die sich bis jetzt um eine gestrenge Miene bemüht hatte, lächelte nun doch und legte dem Maguš die Hand auf die Stirn. Nach Luft schnappend riss der sofort die Augen auf.

»Bei Adar Mašda!«, krächzte er, dann wurden seine Augen noch ein Stück größer, als er den Druck der Klinge an seiner Kehle spürte.

Meliaé beugte sich über ihn. »Der Höllenschlund zur Unterwelt ist noch immer offen. Der Ifrīt kann zurück, und es werden sich Steinströme ins Tal ergießen, wenn Ihr die Sturmgeister nicht sofort herbeiruft!«

Ganz leicht nur erhöhte Sayaf den Druck. »So flink, wie Ihr mit Euren Händen seid, bin ich mit meinen schon lange«, warnte er und bleckte die Fänge.

Der Maguš keuchte. Die Muskeln in seiner Miene zuckten, verkrampft versuchte er zu lächeln. »Wie könnte ich etwas anderes wollen, als Euch und Euren Söhnen zu dienen? Abu Sayaf, Ibn Šhamaš, Al'Malik an-Nāṣir.«

Sayaf entlockte die Sultansanrede ein Schnauben. *Elender Speichellecker.* »Spart Euch das Gewinsel, erhebt lieber schleunigst Euren Hintern und tut, was meine Gemahlin verlangt. Und seid Euch eines gewiss, ich stehe hinter Euch und hole mir Euren Kopf, wenn Ihr auch nur eine falsche Bewegung macht.«

»Das werde ich nicht«, ächzte der Maguš. »Das Land braucht Euch, Hoheit. Ihr und nur Ihr gehört auf den Thron.«

Der Sultan von Aššu

Dunkel türmten sich die Gewitterwolken am Himmel über Dschadun, doch das störte die Menschen nicht, die sich jubelnd auf den Straßen und Gassen drängten. Sie feierten die Salbung und den Ausruf ihres neuen Sultans.

Auch wurden sie nicht müde, die Regenfälle der letzten Monde zu feiern. Der Regen, der die Spuren der verheerenden Brände ebenso weggewaschen hatte, wie er durch den nasskalten Wind die Aasfliegen vertrieben hatte.

Ein Regen, der Blütenteppiche in allen Farben auf die Dünen zauberte und das steinige Ödland vor dem Kheš in ein sattgrünes Grasmeer verwandelte.

Von sämtlichen Türmen des Sultanpalasts erschollen Trompeten. Dazu Fanfarenstöße, je einer für jedes Fürstentum von Aššu. Meliaé rannen ebenso viele Schauer über den Rücken. Doch kaum dass die Klänge verhallt waren, schwappte der Jubel der Massen bis hinauf in den Thronsaal.

Sayaf stand in einem blauen Brokatmantel, der mit Glarnsteinperlen bestickt war, vor den elf neu ernannten Großwesiren des Reichs und neigte den Kopf vor dem Zwölften.

Es war Ras al'Hayya, der ihm Salböl ins Haar strich. Danach trat er einen Schritt zurück, und ihm wurde von einem anderen Fürsten der Reif aus altem Gold aufgesetzt, der einst seinem Vater gehört hatte.

Meliaé klopfte das Herz vor Aufregung. Sie schob ihre Hände um ihren wie ein riesiges Ei gewölbten Bauch, in dem sich ihre Kinder jetzt heftig regten. Aber sie war sich der Blicke in ihrem Rücken bewusst, deswegen ließ sie die Arme wieder sinken. Leichter Schwindel erfasste sie, Sayaf hatte sich zu ihr umgedreht. Er wusste noch immer nicht, dass sie ihn bald verlassen musste, ahnte nichts von ihrem Oron gegebenen Wort. Noch einen Tag länger wollte sie warten, um Sayaf das Fest seiner Salbung nicht zu verderben. Sie bog die Mundwinkel nach oben.

Nur wenig später stand Sayaf vor ihr. »Ist dir nicht wohl?«, murmelte er.

»Es geht mir gut«, log sie und zwang sich zu lächeln. »Uns geht es gut.«

Sayaf griff nach ihrer Hand und küsste sie auf die Innenseite ihres Handgelenkes. »Du bist so schön, meine Fürstin.« Ernst sah er auf. »Aber du weißt, was jetzt kommt.«

»Ja«, stieß sie hervor und versuchte, sich ihren Schmerz nicht anmerken zu lassen.

»Denk daran. Du bist und bleibst die Einzige für mich. Alles andere ist Politik. Ich bin der Sultan, und doch habe ich keine Wahl.«

»Ich weiß.« Sie blinzelte die aufsteigenden Tränen weg.

Sayaf presste die Lippen zusammen und ließ ihre Hand sinken. »Sieh nicht hin, Liebste. Es ist bedeutungslos. Für mich wie für dich.«

»Geh nur. Mach dir keine Gedanken.«

Er nickte knapp und trat an ihr vorbei.

Meliaé sah ihm nicht nach, so wie sie es ihm versprochen hatte. Sie schloss die Augen, aber sie sah die beiden Frauen vor sich, die unterhalb der Thronstufen auf Sayaf warteten. Enkeltöchter jener Wesire, die Sayaf soeben zu ihrem Sultan gekrönt hatten. Fürstentöchter, die Sayaf zu ehelichen hatte. Frauen von großer Schönheit, die Sayaf Kinder zu schenken hatten, um das Reichsbündnis zu besiegeln.

Meliaé war nun so schlecht, dass sie nicht mehr atmen konnte. Die Eifersucht rann ihr wie Gift durch den Leib. Der Tag würde kommen, an dem sie Sayaf an andere Frauen verlieren würde. Es würde ganz sicher so kommen, wenn sie nicht mehr hier war. Sayaf war ein Mann, der Frauen verehrte. Das hatte er immer getan, sie wusste es von Helena, ihrer Zofe und nun engsten Vertrauten.

Dass er sich im Moment nichts aus anderen machte, lag nur daran, dass sie jede Nacht in seinem Bett war. Und obwohl er auf die Schwangerschaft große Rücksicht nahm, wusste er doch immer einen Weg, wie sie sich einander hingeben konnten.

Im Augenwinkel sah Meliaé, wie Sayaf mit der Frau die Stufen erklomm, die er gewählt hatte. Sie würde seine zweite Gemahlin werden. Die Zweite von insgesamt dreizehn. Meliaé wartete, bis die beiden vor dem Wesir standen, dessen Fürstentum sie vertrat, dann holte sie tief Luft und sah auf.

Ihr wurde flau im Magen. Das hatte sie sich gedacht. Prinzessin Latiŝha. Inzwischen kannte sie Sayafs Vorlieben. Latiŝha war fast auf Augenhöhe mit ihm, so hochgewachsen war sie, dazu schlank und ausgeprägt weiblich. Mit ihrem glatten schwarzen Haar, über das er jetzt einen goldgeschmückten Schleier zog, ähnelte sie Helena.

Meliaé senkte den Kopf und sah einer Träne nach, die auf ihrem Bauch landete. Sie bereute, aufgesehen zu haben. In den folgenden neunzig Tagen würde er die Ehe mit ihr vollziehen müssen, sonst galt die Vermählung als annulliert.

Was einer Beleidigung ihres gesamten Fürstentums gleichkam. Nur Politik, hatte Sayaf ihr versichert. Aber in der Nacht, wenn er Latiŝha zu seiner Gemahlin machte, würde sie ihm gehören, und er ihr. Und wenn sie ihm eines Tages einen Sohn schenken würde, würde sie glücklich sein und stolz. Auch wenn dieser Sohn nie sein Erbe sein würde.

Meliaé hörte Latišha mit klarer Stimme den Brautschwur sprechen. Daraufhin erinnerte Sayaf sie an ihre Pflicht, ihn mit Söhnen und Töchtern zu beschenken.

Wenig später erklangen Schritte auf den Stufen, Sayaf übergab seine Braut wieder in die Obhut ihres Vaters, dem Fürsten von Ebur, bis er sie zur Vermählungsnacht abholen würde.

Meliaé hielt den Blick gesengt, dann stand Sayaf vor ihr und griff nach ihrer Hand. »Ich gehöre nur dir.«

Sie presste die Lippen zusammen. Er machte sich und ihr etwas vor, stieß seine frisch vereidigte Gemahlin gerade mit Wucht vor den Kopf. Und so mutwillig, wie es jetzt in seinen Augen funkelte, tat er es mit voller Absicht. Er nahm ihre Hand, ohne sich noch einmal zu Latišha umzudrehen, und führte Meliaé die Stufen hinab. Davor standen Latišhas Schwestern und Cousinen, die von ihm verschmähten, die er keines Blickes mehr würdigte, und rangen um Fassung.

Meliaé war elend zumute. Diese Frauen waren weder um ihren Stand noch um ihr Schicksal zu beneiden. Auch wenn Latišha die Siegerin war, würden doch immer elf andere Frauen an Sayafs Seite bleiben, selbst wenn Meliaé als Fürstgemahlin das Feld räumte.

Sayaf führte Meliaé zu einer überdachten Sänfte, an der sich die durchscheinenden Vorhänge im Wind bauschten. Während sie Platz nahmen, musste Meliaé an ihre erste Festnacht in diesem Palast denken, als Simos versucht hatte, sie zu entführen.

Seit zwei Monden war Simos nun mit Helena vermählt, und die beiden nahmen auch an den Salbungsfeierlichkeiten teil. Sie hatte ihn und Helena zwar nicht gesehen, aber sie waren unter den Gästen. Wieder dachte sie wehmütig an Sayafs kleinen Palast am Zayandeh. Was würde sie darum geben, es wäre so gekommen, wie er es für sie beide gewollt hatte.

Feuchtkalter Sprühnebel von den Wasserfällen wehte durch die Vorhänge in die Sänfte.

»Du bist so still.«

Sie drückte seine Hand, die nach ihrer suchte, und sah zu ihm auf. Er hatte die Krone abgelegt und sah aus wie der Mann, den sie kannte und liebte. Goldspangen saßen in seinen langen Haaren, teilten es in dicke eingedrehte Strähnen. Ein wenig sah er aus wie damals in ihrer Vermählungsnacht. Er senkte den Kopf zu einem Kuss. »Das Festmahl wird es schwer haben, mich zu begeistern.«

Sie rückte von ihm ab, denn er war dabei, ihr den Schleier in Unordnung zu bringen. »Ich musste gerade an unsere Vermählung denken.«

Er verdrehte die Augen. »Ich kann dir sagen, was habe ich in dieser Nacht geschwitzt. Vor allem, als du meinem Vater meine Bastarde unter die Nase gerieben hast.«

»Sprich nicht so von deinen Kindern.«

Sayaf ging nicht auf ihren Tadel ein, finster sah er aus der Sänfte. Der Karawanenhändler al-Mawadi hatte Tariq und Darayah vor Khayams Schergen verstecken müssen und sie bei Verwandten in einem anderen Stadtviertel untergebracht. Zuerst hatte Sayaf die Kinder dort lassen wollen, aber Meliaé hatte ihm ins Gewissen geredet. Für einen Sultan gab es nicht Gefährlicheres als den Hass eines ungeliebten Sohns.

Tariq würde nicht verborgen bleiben, wer sein Vater war, und er würde ihm nie verzeihen, dass er ihn und seine Schwester vergessen hatte.

Meliaé zog Sayafs Hand auf ihren Bauch, sie mochte es nicht, dass er noch länger so grimmig dreinschaute. »Tariq löchert mich jeden Tag mit der Frage, wann er endlich seinen kleinen Bruder zu sehen bekommt, der sich beharrlich unter meinem Kleid versteckt hält. Der Junge freut sich so auf unser Kind.«

»Da ist er nicht der Einzige«, brummte Sayaf und sah sie schelmisch lächelnd an. »Wenn mein Erbe auf der Welt ist, müssen wir uns gleich um einen Heeresfürsten für ihn bemühen.«

Meliaé bekam Herzklopfen. Das wäre der Moment, ihm die Wahrheit zu sagen, dass sie zurück nach Najadís musste und ihm keinen weiteren Sohn schenken würde. Aber sie konnte ihm unmöglich diesen Abend verderben. Außerdem brauchten sie Zeit zum Reden.

Hitze wallte ihr durch den Körper. Hitze, unter der sich ihr Bauch hart anspannte. Sie unterdrückte ein erschrockenes Luftholen und schob Sayafs Hand weg, damit er weder von dem einen noch von dem anderen etwas bemerkte. Im Laufe dieses Abends würden die Wehen einsetzen. Ihre Kinder würden in dieser Nacht zur Welt kommen.

»Alles in Ordnung?« Er musterte sie prüfend. »Du wirkst bedrückt. Es ist wegen meiner Vermählung. Du machst dir Gedanken.« Durchdringend sah er sie an. »Diese Frau, die mir heute den Brautschwur geleistet hat, genießt nicht einmal den Stellenwert einer Konkubine. Daraus werde ich keinen Hehl machen. Sie wird mich in den nächsten drei Monden nur ein einziges Mal zu Gesicht bekommen, nämlich für einen lästigen Moment der Pflichterfüllung. Sie wird schnell begreifen, dass es für sie nichts zu gewinnen gibt. Du wirst noch vor ihr wieder schwanger sein.«

Die Wehenhitze ließ ihr Gesicht glühen. Hinzu kam die Scham darüber, dass sie ihm die letzten Monde etwas vorgespielt hatte, was nie sein würde. Wenn er seinem Erben ein Bruderschwert an die Seite stellen wollte, würde dieser Mann Tariq sein oder der Sohn, den er mit Latišha oder einer anderen bekam.

»Aber du bist deiner Gemahlin Kinder schuldig«, stieß sie hervor und glaubte, an ihren Worten zu ersticken.

Sayaf fasste nach ihrem Kinn und zwang sie, ihn anzusehen. »Ich bin ihr überhaupt nichts schuldig. Ich habe ihrem Vater das Edikt der Mitbestimmung eingeräumt, unabhängig davon, ob er mir dafür eine Tochter überlässt. Im Grunde tut mir Latišha leid. Sie wird im Harem sitzen, bis sie welk und grau ist. Ich werde ihr nahelegen, sich einen Liebhaber zu nehmen. Solange sie es diskret tut, kann sie tun, was ihr beliebt. Von mir aus kann sie auch Kinder mit ihm haben. Ich sehe weg.«

Der Abend im Aiwan des Sultans und den umliegenden Festsälen zog sich bei ausgedehntem Tafeln dahin. Meliaé gab sich Mühe, aufrecht in ihrem Stuhl zu sitzen. Das meiste von dem, das ihr serviert worden war, hatte sie wieder abräumen lassen. Ständig kamen leichte Wehenschübe, denen sie mit heilender Magie entgegenwirkte. Lange würde sie das Unvermeidliche aber nicht mehr hinauszögern können.

Sie sah zu Sayaf, der in der Runde seiner neuen Reichswesire saß und angeregt mit den Männern über die Veränderungen diskutierte, die er in den nächsten Jahren im Reich einzuführen gedachte. Er wollte den Fürsten, auch denen der freien Wüstenstämme, ein größeres Mitbestimmungsrecht einräumen, doch die Wesire waren skeptisch. Sie erwarteten von ihrem Sultan Durchsetzungsvermögen und Stärke.

Immer wieder verirrte sich sein Blick zu ihr, und jetzt runzelte er die Stirn. Offenbar sah er ihr an, dass sie sich nicht wohlfühlte. Lächelnd griff sie nach ihrem Weinkelch, der nur Wasser enthielt, und prostete ihm zu. Der Geruch der Speisen wurde langsam unerträglich. Ein Weilchen musste sie noch durchhalten, denn Sayaf hatte von einer Überraschung gesprochen. Und als ahnte er ihre Not, erhob er sich und wandte sich an einen Beamten, der nach nur wenigen Worten davoneilte. Aber Sayaf gesellte sich nicht zu ihr, er ging zu seinem von weißen Marmorjalis umgebenen Pavillon hinüber und setzte sich auf sein erhöhtes Thronkissen.

Einen Augenblick später erschollen Trompeten, die Flügeltüren der sich dem Aiwan anschließenden Halle schwangen nach innen auf, und ein auffallend groß und breit gebauter Mann, gewandet in Goldbrokat und Lederrüstung, trat mit Gefolge ein. Der neu ernannte Heeresfürst Abu Sayaf al-Naphassa. Er führte eine Gruppe festlich gekleideter Männer an, die noch mehr Geschenke brachten. Diesen folgten Simos und Áris. Sie alle versammelten sich im Pavillon um den Sultan.

Simos trat vor Sayaf und sprach in überraschend flüssigem Aššunisch die Formel des Untertaneneids.

Erstaunt hob Meliaé die Brauen. Sayaf würde Simos nun bald nach Glarnos schicken, damit dieser den Satrapen al-Aran von seinem Amt ablöste. Den Satrapen, der Simos' Mutter getötet hatte.

Als Simos mit seiner Rede endete, winkte Sayaf einen Beamten herbei, der ihm etwas auf einem blauen Kissen überreichte. Meliaé hielt die Luft an. Sie erkannte das Skēptron der Gilde. Ein goldener Stab, in dessen gedrehtem Kopf eine leuchtende Glarnsteinkugel eingelassen war. Das Skēptron hatte ihrem Vater gehört. Sayaf und Khayam mussten es von ihrem Feldzug mitgebracht haben.

Simos nahm den Stab entgegen, legte ihn zurück auf das blaue Kissen und bedankte sich beim Sultan, der aufgestanden war, um ihn unerwartet herzlich zu umarmen.

Sayaf schob Simos von sich und wies in Meliaés Richtung. Wenig später stand Simos vor ihr, in der Absicht, sie in den Sultanpavillon zu führen.

Meliaé biss die Zähne zusammen, am liebsten hätte sie abgelehnt, doch bei all den Augenpaaren, die auf sie gerichtet waren, ging das wohl schlecht. Sie griff nach der hingehaltenen Hand und erhob sich schwerfällig. Insgeheim verfluchte sie Sayaf, dass er ihr das antat. Sie war nicht nur unförmig, sie bewegte sich auch so.

Verhalten schritt sie zum Pavillon, bemüht, sich nichts von ihren Schmerzen anmerken zu lassen. Sayaf blickte so erwartungsfroh in ihre Richtung, dass sie ihm nicht böse sein konnte.

Simos stockte, als sie sich unwillkürlich nach vorn krümmte, und sah entsetzt auf sie herab. »Sag bloß nicht, es geht los.«

Sie hakte sich bei ihm unter. »Nun, geh schon«, murmelte sie nur, und Simos schlang den Arm um sie und zog sie in den Pavillon vor Sayaf, der sie nun besorgt musterte.

»Was ist mit dir?«

»Du kannst Fragen stellen«, schnaubte sie und schob Simos schmunzelnd von sich. »Die Wehen haben eingesetzt.«

»Du meinst, es ist so weit? Jetzt?«, entfuhr es ihm scharf.

Über seine entsetzte Miene musste sie grinsten. »Willst du mir nicht sagen, warum ich hier stehe und mich der Lächerlichkeit preisgebe? Es wird noch die halbe Nacht dauern, bevor es so weit ist.«

Einen Moment schien Sayaf mit sich zu ringen, sie sich auf die Arme zu laden und fortzuschleppen, doch dann besann er sich kopfschüttelnd. »Nun, dann muss ich die geplante Zeremonie eben drastisch abkürzen«, murmelte er, und auf seinen Wink hin trat ein Beamter mit einem blauen Kissen an ihn heran.

Meliaé konnte nur auf den zierlichen Stirnreif aus Meteorit starren, der ihr gereicht wurde. Schlangenleiber, ineinander verwoben und mit Perlen verziert. Eine ganz ähnliche Krone hatte Königin Lydraia besessen. *Sayaf wusste es!* Er wusste, dass sie nach Najadís zurückmusste. Entsetzt sah sie zu ihm auf, doch seine Augen leuchteten wie die eines Jungen, dem ein Streich geglückt war. Er wusste nichts, er war arglos.

Sayaf winkte zwei Wesire zu sich, denen er verkündete: »Auf die Rede, die ich halten wollte, muss ich verzichten. Prinzessin Meliaé wird sich gleich zurückziehen müssen, um meinen Erben zur Welt zu bringen. Aber bevor ich ihr erlaube, mein Fest zu verlassen, möchte ich sie noch ein Gelöbnis ablegen lassen, an dem mir sehr viel liegt.«

Im Pavillon herrschte mit einem Mal angespannte Stille. Die übrigen Reichswesire traten näher.

Sayaf schob Meliaé den mit Glarnsteinperlen bestickten Schleier achtlos vom Kopf und griff nach dem Stirnreif. »Als erster Frau überhaupt verleihe ich Euch, Prinzessin Meliaé von Najadís, den Titel einer Fürstin von Aššu. Die Salbung erfolgt in den nächsten Tagen.«

Meliaé konnte ihn nur sprachlos anstarren. Lächelnd setzte er ihr den Schlangenreif aufs Haar und legte dann ihre Hand auf seinen Arm, um sie vor den Pavillon zu führen.

In der weiten Halle des Aiwans schienen nun alle Augenpaare auf sie beide gerichtet. Aber die Mienen, in die Meliaé blickte, waren nicht eben freundlich, sie drückten von Empörung bis Ablehnung alle möglichen Regungen aus.

Sayaf ließ von den Saalbeamten um Ruhe bitten und hob eine Hand. »Ich, Abu Sayaf, Ibn Šhamaš, Al'Malik an-Nāṣir, erhebe Fürstin Meliaé von Aššu in den Kreis meiner Berater. Ihre Salbung zum Wesir erfolgt in den nächsten Tagen.« Kurz sah er sie an. »Sobald sie sich von der Geburt meines Erben erholt hat.«

Stimmengewirr fuhr auf, das sich bis hinaus in die angrenzenden Festsäle fortsetzte. In Meliaés Ohren klang es wie der Ruf nach ihrer Hinrichtung. Sayaf wollte zu viel in zu kurzer Zeit. Er tat das als Protest gegen seine ihm aufgedrängten Vermählungen und setzte Latišha und alle, die ihr folgen würden, damit noch weiter herab.

Mit einer Geste ließ Sayaf erneut für Ruhe sorgen. Als die aufgebrachten Stimmen verebbten, sah er sie an. »Fürstin Meliaé, wollt Ihr nun schwören, dass Ihr Aššu künftig mit Eurem Rat zur Seite steht? Ausschließlich zum Wohl des Reichs?«

Meliaé schluckte. Nun würde sie auch noch ein Gelöbnis ablegen müssen, das sie nicht halten konnte, doch jetzt einen Einwand zu machen, käme für Sayaf einem Schlag ins Gesicht gleich. Also holte sie Luft, um die Formel zu sprechen, die sie bei der Vereidigung der Wesire mehrfach gehört hatte. »Ich schwöre, den Sultan stets zum Wohle Aššus zu beraten, frei von persönlichen Belangen und Zielen, solange ich lebe.«

Sayaf nickte ihr zu, bevor er sich an seine Gäste wandte.

Nach kurzem Zögern standen die Ersten von ihren Plätzen auf und klatschten, bis sich mehr und mehr erhoben, die es ihnen gleichtaten.

Meliaé stieß die angehaltene Luft aus. »Wir müssen reden«, flüsterte sie.

Sayaf rührte sich nicht. »Ja, müssen wir«, knurrte er, »und mach dich auf etwas gefasst ... Mir zu verschweigen, dass du in den Wehen bist.« Er reichte ihr seinen Arm und brachte sie zurück in den Pavillon. Dort war eine ornamentvergitterte Tür geöffnet worden, die in die dahinterliegenden Gemächer führte. Im Durchgang stand eine Sänfte.

Sie ließ sich von ihm beim Einsteigen helfen, umklammerte aber seine Hand. »Da gibt es etwas, das ich dir unbedingt ...« Erschrocken brach sie ab, ein Schwall warmer Nässe rann ihr die Beine hinab.

Sayaf schnappte nach Luft. Der sich rasch ausbreitende Fleck auf ihrem Kleid war ihm nicht entgangen.

Sie griff nach seinem Gesicht, sodass er sie ansehen musste. »Sobald dein Fest vorüber ist, komm in mein Gemach. Wir müssen dringend reden. Du findest mich in meiner Therme.«

Sorge sprach aus seinem unruhig über sie huschenden Blick. »Soll ich nicht doch besser gleich mitkommen? Ich rufe nur rasch die Ärzte, ja?«

Sie lachte und widerstand nur schwer den Drang, ihn vor allen Leuten auf den Mund zu küssen. »So eilig ist es nun auch wieder nicht. Die Geburt wird bestimmt die ganze Nacht dauern.« Flüchtig küsste sie ihn nun doch. »Ich brauche keine Ärzte, ich komme schon klar.« Sanft küsste sie ihn noch einmal. »So, und nun entspann dich und genieße dein Fest. Ich lasse dich rufen, wenn dein Sohn da ist.« Sie löste sich von ihm. Rasch hob sie die Hand und gab den Sänftenträgern das Zeichen, sie wegzubringen.

Das Siegel von Aššu

Mit gekreuzten Beinen saß Meliaé auf dem Grund des Thermenbeckens. Warmes Quellwasser umgab sie, dazu das kühle Leuchten der Glarnsteinverblendung. Sie versuchte, sich vor der nächsten Wehe zu entspannen, und schob ihre Hände über die harte Kugel, die ihr Bauch war. Vor ihrem geistigen Auge sah sie ihre Kinder in der Enge ihres Leibs. Der Junge lag mit dem Kopf voran.

Er war tief in ihren Schoß hineingerutscht. Alles in Meliaé war vom Umfang seines Kopfes und der Wucht der Geburtskrämpfe, die ihn immer härter nach unten pressten, zum Zerreißen gespannt.

Sie atmete Wasser ein, was ihr Kraft gab und ihre Schmerzen auf wundersame Weise linderte. Es hatte ihr niemand gesagt, was sie tun musste, um sich die Geburt zu erleichtern. Es war ihr nur natürlich erschienen, ins Wasser zu gehen.

Ayu hatte das Wasser so angenehm für sie erwärmt. Sie saß oben am Beckenrand und ließ sie nicht aus den Augen. Die nächste Wehe rann ihr durch den Leib. Meliaé keuchte ihre Lunge leer, dann stieß sie sich mit den Füßen vom Grund ab. Es war so weit. Sie würde aufsteigen und sich zum Pressen auf die Stufen setzen.

Dort saß Helena, die gute Seele, im Unterkleid, um ihr in diesen schwierigen Stunden beizustehen. Hinter ihr vor der Thermentür saß Ayu. Die beiden harrten schon die ganze Nacht mit ihr aus. Während Ayu ihr bei Bedarf das Wasser erwärmte, massierte ihr Helena den schmerzenden Rücken und erzählte ihr von Moiras Geburten.

Ayu reckte den Hals, als Meliaé aufstieg, aber sie gab ihr mit einem Kopfschütteln zu verstehen, dass das Wasser noch warm genug war.

Mehrmals hatte Ayu die Dienerin weggeschickt, die Sayaf immer wieder herschickte, um zu erfahren, wie es Meliaé erging.

Die nächste Wehe kam, und Meliaé entfuhr ein spitzer Schrei. Sie paddelte mit den Armen, bis sie bei Helena auf den Stufen war, dann ließ sie sich mit dem Rücken gegen sie sinken und von ihr umarmen.

»Ich kann dir im Wasser nicht wirklich helfen!«, stieß die Freundin hervor. »Willst du dich nicht doch aufs Bett legen?« Ihr besorgtes Gesicht erschien über Meliaé.

Helena sah wieder schön aus, fand Meliaé. Auch ihr Haar war gut nachgewachsen, es hing ihr tropfnass ins Gesicht. Zahlreiche Heilsitzungen waren notwendig gewesen, bis sie ihr altes Aussehen nahezu wiederhatte.

»Nein, ich …« Ihr ging die Luft aus. Schmerz raste durch ihren Körper. Sie biss die Zähne zusammen und klammerte sich an Helenas Arme. Dann riss sie den Mund auf, und ihr Schrei zersprang wie Glas an den Wänden.

»Soll ich die Ärzte holen?«

»Nein«, kreischte Meliaé. »Nicht diese Nichtsnutze, die Sayaf nicht helfen konnten, und schon gar nicht den Propheten! Wir schaffen das auch so.«

Helena lachte. »Du meinst wohl, du schaffst das.«

Meliaé entrang sich ein Wimmern. Die nächste Wehe kam mit solcher Wucht, dass sie nicht einmal die Kraft zum Schreien fand. Hastig rutschte sie ins Sitzen hoch, schob sich die Hände in die Kniekehlen, und auf dem Höhepunkt der Schmerzwelle presste sie mit aller Kraft.

Der Kopf ihres Jungen drohte sie zu zerreißen, aber die Wehe trieb ihn mit aller Macht voran. Blut stob ins Wasser. Meliaé japste nach Luft, und unter einem immensen Druck glitt der Junge aus ihr heraus.

»Geschafft!«, keuchte Helena, offenbar hatte sie mit ihr den Atem angehalten.

Schwer atmend starrte Meliaé auf den bleichen kleinen Kerl, der gehalten von seiner Nabelschnur vor ihr im Wasser strampelte. Rabenschwarze Locken standen ihm vom Kopf ab, und er blinzelte sie an. Hastig beugte sie sich vor, griff ihn unter den Achseln und hob ihn aus dem Wasser. Sein empörter Schrei gellte durch die Therme.

»Oh, der ist ja süß!«, juchzte Ayu neben dem Becken hüpfend.

Helena zwängte sich unter Meliaé heraus. Sie nahm das Wundmesser, das auf den Stufen lag, um die Nabelschnur des Kindes zu durchtrennen.

»Schicke jemanden, der den Sultan holt!«, rief Meliaé Ayu zu, und das Mädchen wirbelte herum und rannte mit einem Jubelschrei zur Thermentür.

Dann hatte Meliaé nur noch Augen für ihren schreienden Jungen. Sie küsste ihn auf die Stirn. Er duftete nach Blut und Wasser, patschte mit seinen Händen in ihr Gesicht. Sie hob ihn höher, küsste seinen Bauch mit dem Nabelschnurstumpf.

Plötzlich polterte Sayafs Stimme durch die Therme. Ungehalten verlangte er Einlass, und Ayu übersprudelte ihn mit Glückwünschen.

Meliaé drückte ihren immer noch schreienden Sohn an sich, der sich an ihrer Haut jedoch sofort beruhigte.

Sayaf warf seinen Überwurf ab. Ohne Hemd, nur in der Hose stieg er zu ihr ins Wasser. Helena machte ihm Platz. Er war also da gewesen. Die ganze Zeit.

Meliaé sah auf ihren Sohn, der schmatzend das Gesicht gegen ihre Brust drückte, und küsste ihn auf die nassen Locken. Dann saß Sayaf hinter ihr und zog sie beide in die Arme. Sein Brustkorb drückte sich gegen ihren Rücken, und sie spürte sein Herz hämmern. »Bei den Göttern, ich habe einen Erben.« Er murmelte ihr Dankesworte ins Ohr und küsste sie aufs Haar. »Darf ich ihn halten?«

Mit zitternden Armen hielt Meliaé ihren Jungen ein Stück von sich weg. Sie bekam keine Luft. Durch ihren Bauch raste die nächste Schmerzwelle. Ihre Tochter wollte auf die Welt – das Mädchen, das ohne Seele hätte geboren werden sollen.

»Was ist denn?«, murmelte Sayaf gegen ihre Wange, obwohl er sie behutsam hielt, hatte sie das Gefühl, er erdrückte sie.

»Nimm den Jungen. Schnell!«

Er schob sich unter ihr heraus, dann war er vor ihr im Wasser. »Was ist los?« Erschrocken sah er zu Helena. »Ruf den Hakīm, mach schnell!«

»Nein! Nimm unseren Sohn und bleib da sitzen, ich muss mit dir reden!«

»Hat das nicht Zeit?«, schnaubte er.

»Nein!« Ihr Widerspruch war ein lang gezogener Schmerzensschrei.

Sayaf fluchte. »Was ist mit dir?« Er streckte die Hände nach ihr aus, doch ihre schmerzverzerrte Miene schien ihn davon abzuhalten, nach dem zappelnden Jungen zu greifen. Gehetzt, wie nach einem Ausweg suchend, sah er sich um.

»Nimm ihn!«, wimmerte Meliaé, und da schien er sich endlich zu besinnen und griff nach seinem Sohn, um ihn in die Arme zu schließen. Behutsam bettete er den Kleinen in seiner Armbeuge und umfasste den winzigen Kopf. Mit gerunzelter Stirn sah er auf.

Meliaé umfasste ihren Bauch, durch den jetzt eine wahre Feuersbrunst raste. »Unser Mädchen kommt!«

»Was?« Sein Blick glitt an ihr herab, und als er ihren immer noch gewölbten Bauch sah, wurden seine Augen groß. »Bei sämtlichen Rachegeistern! Noch ein Kind?« Er klang entsetzt.

»Ja!«, schrie sie ihre Wehe hinaus und nahm wieder die Stellung zum Pressen ein. Ihre Tochter war gerutscht und steckte irgendwie in ihr fest. Sie biss die Zähne zusammen. Die nächste Schmerzwelle erfasste sie, sie schnappte nach Luft, presste mit aller Kraft, und inmitten einer Blutwolke glitt ihr Mädchen aus ihr heraus.

Instinktiv hatte Sayaf eine Hand vorgestreckt, um die Kleine aufzufangen. Im Vergleich zu ihrem Bruder war sie ein Winzling, und ihre schneeweiße Haut schillerte wie Perlmutt. Roter Flaum spross auf ihrem Kopf. Sie ruderte mit den Ärmchen und strampelte mit ihren kurzen Beinchen.

Aber sowohl Meliaé als auch Sayaf lähmte Entsetzen. Die Kleine hielt etwas in einer Hand, das hell wie Glarnstein strahlte. Und obwohl sie die Finger spreizte, gelang es ihr nicht, das eiförmige Gebilde loszulassen. Es war mit ihrer Handfläche verwachsen.

Die Kleine atmete Wasser ein und schrie aus Leibeskräften. Schrill. Durchdringend. Unmenschlich. Der Schrei einer Najade.

Meliaé fasste sich wieder und griff zu, um ihre Tochter aus dem Wasser zu heben. Behutsam bettete sie das Mädchen an ihrer Brust. Ein winziges Kind, kaum größer als zwei Hände. So sanft sie nur konnte, tastete sie mit dem Daumen über die eiförmige Verwachsung in der kleinsten Hand, die sie je gesehen hatte. Es war ein wasserklarer Glarnstein, in dem eine Schlange eingeschlossen war, aber der Stein war weich wie der Körper einer Qualle.

Bang sah Meliaé zu Sayaf auf, der noch immer um Fassung rang und nur den Kopf schüttelte. Nun wussten sie beide, wie die Schlange in den Glarnstein gekommen war. Der Anhänger aus Glarnstein damals in Glarnos, den Meliaé an einer Kette bei sich getragen hatte. Der Stein war tatsächlich ein Geschenk ihrer Mutter, er war ihr Geburtsstein.

Die Morgensonne schien durch den Bogengang zu den Dachterrassen bis in Meliaés Bett. Sie hatte ein wenig geschlafen, während Sayaf in den Räumen nebenan die ersten Gratulanten empfangen hatte. Die Reichswesire, getrieben von der Neugier auf den Erben des Sultans. Auf den Sohn der Schlangenfürstin, der eines Tages über Aššu herrschen würde.

Nun hatte Sayaf sie alle weggeschickt und ihr seinen Sohn gebracht, damit sie ihn stillen konnte. Aber dann würde er ihr den Jungen erneut wegnehmen, um ihn einer noch größeren Gratulantenschar im Thronsaal zu zeigen.

Meliaé blickte auf ihren Sohn, der so kräftig an ihrer Brustwarze saugte, dass ihm die Milch aus dem Mundwinkel quoll. Sayaf nannte ihn Qādir, was so viel wie *machtvoll und gewaltig* bedeutete. Sie musste lächeln. Ja, der kleine Qādir machte seinem Namen alle Ehre, sein Appetit war gewaltig.

Sie streichelte seine runde Wange. Dann schob sie ihm den Finger unter die Hand, und sogleich regte sich ein leises Kribbeln darin. Er war ein Maguš, er gebot schon jetzt über Magie.

Sie schüttelte den Kopf, sie mochte sich kaum sattsehen an ihm. Sie wollte Sayaf nicht erlauben, ihn in den Thronsaal mitzunehmen, um ihn dort nackt den Blicken der Gaffer und Schaulustigen auszusetzen. Fürsten, die zu wissen verlangten, ob der Erbe des Sultans gesund gewachsen war. Ob er Beine besaß und keinen Schlangenschwanz.

Der Schmerz, dass sie diesen Jungen würde hergeben müssen, dass sie ihn nicht aufwachsen sehen durfte, traf sie so heftig und unerwartet, dass sie die Luft durch die Zähne einsog.

»Was hast du?«, murmelte Sayaf. »Quälen dich noch immer Schmerzen?« Er saß am Bettrand und beobachtete sie beim Stillen. Neben ihm stand das Schilfbettchen, in dem die kleine Nuri Liliaé schlief. Er wusste es noch immer nicht. Er wusste noch immer nicht, dass sie ihn und Qādir verlassen musste.

Sie zwang sich, den Blick von ihrem Sohn zu lösen, und sah Sayaf an, der nun wieder völlig von seiner Tochter vereinnahmt war. Er konnte kaum die Hände bei sich behalten. Immer wieder berührte er ihre Füße, die kaum größer waren als sein Daumen und unter der Decke hervorlugten. Er lächelte sie an und strich ihr mit einem Finger über den roten Flaum auf dem Kopf. Den weichen Glarnstein in ihrer Hand wagte er nicht zu berühren.

»Was meinst du?«, erkundigte er sich dann, ohne sie aus den Augen zu lassen. »Ob sich dieses Ding, sobald es fest geworden ist, von allein aus ihrer Handfläche löst?«

»Ich hoffe, ja.« Meliaé hielt die Luft an. Das war nur eine der Fragen, die ihr wohl nur in Najadís beantwortet werden konnten. Nuri Liliaé steckte voller Wunder. Meliaé mochte sich auch kaum an ihr sattsehen, und sie fragte sich, ob sie selbst ebenso winzig zur Welt gekommen war? Ob es eine Eigenheit najadischer Mädchen war, so klein zu sein und mit einem Glarnstein in der Hand das Licht der Welt zu erblicken? Lydraia hatte ihr nichts von alledem gesagt. Und außer ihr hatte Meliaé noch keine andere Najade zu Gesicht bekommen. Erneut überrollten sie der Schmerz und die Angst, alles zu verlieren, so heftig, dass sie keine Luft mehr bekam.

»Sayaf?« Seinen Namen auszusprechen, zog ihr den Hals zu.

Ihr Gemahl drehte sich zu ihr um, rutschte näher an sie heran und richtete seine Augen auf Qādir, die bei seinem Anblick voller Stolz und Freude leuchteten.

»Unsere Kinder sind wie Tag und Nacht. Qādir ist im Vergleich zu seiner Schwester ein grobschlächtiger Riese.« Er grinste. »Hast du mir Liliaé deswegen verschwiegen? Hattest du Angst, sie überlebt nicht, weil sie so klein ist?«

Seine Worte trafen sie kalt ins Herz. Es hatte Momente gegeben, da waren ihr solche Gedanken durch den Kopf gegangen. Insgeheim hatte sie sogar gehofft, es würde so kommen. Doch Liliaé lebte. Sie war klein, aber gesund, und sie hatte eine Seele. »Nein. Das ist nicht der Grund«, presste sie hervor und holte tief Luft, um ihm endlich die Wahrheit zu sagen. Luft, um alles zu zerstören.

»Ich habe dir Liliaé verschwiegen, weil du sie nicht behalten darfst. Liliaé muss nach Najadís. Zusammen mit mir.«

Jetzt war es gesagt.

Aber Sayaf saß nur da und blinzelte sie verständnislos an. »Warum sagst du so etwas?«, stieß er hervor. Erschrocken und verletzt sah er plötzlich aus – wie geohrfeigt.

»Meine Mutter ist tot. Najadís steht ohne Königin da. Lydraia rief die Feuergeborenen und kam dabei um.«

Während Sayaf sie mit finsterer Miene und zusammengepressten Lippen anstarrte, erzählte sie ihm von der Unterredung auf dem Kratergrund mit ihrem Schöpfer Oron.

Immer wieder schüttelte er fassungslos den Kopf. »Warum hast du mir das so lange verschwiegen?«

Meliaé sah auf Qādir hinab, der jetzt so kräftig an ihrer Brust saugte, dass sie vor Schmerz das Gesicht verzog. »Ich wollte nicht alles kaputtmachen«, presste sie hervor und streichelte das weiche Lockenhaar ihres Kinds. »Ich wollte die kurze Zeit, die uns noch bleibt, nicht damit belasten. Kannst du das nicht verstehen? Ich wollte so tun, als gäbe es kein Morgen. Als gäbe es nur uns beide.«

Wieder schüttelte Sayaf den Kopf. Die Kiefermuskeln traten hervor, seine Zähne mahlten heftig. »Nein. Das kann ich nicht verstehen. Du hast Zeit vergeudet. Zeit, um nach einem Ausweg zu suchen.« Er raufte sich die Haare und wandte sich von ihr ab. »Ich wäre nicht Sultan geworden, hätte ich das gewusst!«

»Ja!«, zischte sie, und ihr Sohn zuckte unter diesem scharfen Wort zusammen. Sie beschirmte sein Ohr mit der Hand.

»Und genau deswegen habe ich nichts gesagt. Du darfst hier nicht weg, Aššu braucht einen Sultan wie dich! Du hast mich gestern Nacht zu deinem Wesir ernannt. Und ich habe dir gelobt, meine persönlichen Belange zurückzustellen und dich im Interesse von Aššu zu beraten. Nichts anderes habe ich die letzten Monde getan.«

Sayaf fluchte, dann war sein Gesicht über ihrem, und für einen Moment sah es so aus, als wollte er sie küssen. Doch in seinen Augen stand kaum zu beherrschender Zorn. »Weißt du, was du mir antust?«

Meliaé hob die Hand und legte sie auf seine hart gespannte Wange. Tränen stiegen ihr in die Augen. Aus Sayaf geblähten Nasenflügeln stieß ihr sein Atem ins Gesicht. Sie reckte sich, um ihn zu küssen, aber er wich mit einem wütenden Schnauben zurück. »Wann willst du nach Najadís aufbrechen?« Meliaé sah auf Qādir hinunter, der beim Trinken eingeschlafen war, und streichelte seine Wange. Diesen wunderschönen Jungen anzusehen und zu wissen, sie musste ihn hier zurücklassen, zerriss sie. »Ich habe mich die letzten Monde eingehend mit Áris und Simos beraten. Immer wieder. Áris drängt zum Aufbruch, sobald ich mich von der Geburt erholt habe.«

»Ach«, schnaubte Sayaf, »hätte ich davon gewusst, wären die beiden vorhin nicht lebend hier herausgekommen. Hinter meinem Rücken …«

Sie schüttelte den Kopf und hielt seinen Blick fest. »Du kennst die Gründe nicht, die Áris dazu bewegen, etwas Derartiges von mir zu verlangen. Er hat dem Hof schon vor Monden meinen Brief überbringen lassen. Einen Brief, den wir gemeinsam aufgesetzt haben und in dem ich auch von meiner Schwangerschaft berichtet habe. Eines von Simos' Schiffen hat den Schatten mit meiner Nachricht an den Hof von Najadís gebracht. Vor drei Wochen nun haben wir eine Antwort erhalten.« Die Stimme versagte ihr, und sie musste sich räuspern.

»Der Hohe Rat war sehr erleichtert, von mir zu hören.« Unter dem Kissen tastete sie nach dem Brief, er lag neben dem Papyrus mit den Versen der Prophezeiung. Sie zupfte das Schreiben heraus und schob es über die Bettdecke Sayaf zu. »Der Brief ist in tharischer Sprache verfasst. Lies ihn, und du wirst verstehen, warum Áris zum Aufbruch drängt. Der Rat berichtet von einer Katastrophe apokalyptischen Ausmaßes, die sich auf den Feuerinseln anbahnt. Der Meeresboden um die Inseln schwitzt Unmengen von Glarnstein aus. Ein untrügliches Zeichen, dass die Feuerberge aus ihrer Ruhe erwachen. Die Inselherrscher sehen ihr Land und ihre Städte in Gefahr. Fast täglich lassen sie Menschen opfern, um die Berge zu besänftigen. Und als sei das noch nicht genug, ist im Palast meiner Mutter ein Streit um den Thron ausgebrochen. Diejenigen aus dem Fürstenrat, die mich als Erbin meiner Mutter ansehen, erwarten mich umgehend zurück. Sie glauben, nur ich – die wahre Königin – könne den Streit beenden, indem ich den Untergang der Feuerinseln verhindere.«

Fahrig griff Sayaf nach dem Schriftstück und vertiefte sich darin. Schließlich sah er finster auf und zerknüllte den Brief in der Faust. Unwirsch deutete er auf Qādir und fuhr dann zu Liliaés Bettchen herum. »Und was ist mit unseren Kindern? Du willst sie auseinanderreißen und mich verlassen. Das erlaube ich nicht. Du bleibst, und wenn ich dich in diesem Turm einsperren muss!«

Schmerzlich verzog Meliaé das Gesicht. Sayaf machte in diesem Moment durch, was sie schon hinter sich hatte. Sein Verstand weigerte sich anzuerkennen, was da geschrieben stand. In den kommenden Tagen und Nächten würde er unaufhörlich nach einem Ausweg suchen, aber es gab keinen.

Unter dem Kissen tastete sie nach dem Papyrus mit den Versen und zog ihn hervor. »Hier! Die letzten Zeilen der Prophezeiung sind dabei, sich zu erfüllen. Wir können nicht so tun, als existiere das alles nicht.«

Abwehrend hob er die Hände. »Jetzt fang nicht wieder mit diesem Unsinn an.«

»Ich fasse es nicht. Jetzt klingst du schon wie dein Bruder.« Ohne auf den Papyrus zu sehen, holte sie Luft zum Rezitieren:

»Siegel der Tioné,
geraubt von Schwertes Hand.
Spiegel der Tioné,
verloren in Areios' Land.
Der gegen Welt und Feuer ficht,
Das Leben obsiegt im Siegel.
Der mit dem Throne bricht,
Obliegt dem Tod im Spiegel.
Der eine sie verehrt, der andere sie begehrt.
Am Ende *beiden* bleibt verwehrt.« Sie blinzelte die Tränen weg. »Khayam hat diese Verstafel zu Boden geschmettert und zertreten. Er ist in der festen Überzeugung auf den Eisspiegel geritten, die Prophezeiung sei Unsinn. Wir wissen beide, wie das für ihn ausgegangen ist.« Als sie den Blick senkte, tropfte eine Träne auf die Tinte, und die Schrift zerrann. Die Verse entglitten ihr und landeten auf der Bettdecke. Sie wiegte ihren Sohn und drückte die Lippen auf seine zarte Stirn. »Beinahe alles ist eingetroffen«, stieß sie tränenerstickt hervor. »... der das Siegel erwirbt, dem das Meer es wieder nimmt! Genauso wird es kommen.«

Sayaf schnappte sich den Papyrus mit den Versen und zerknüllte ihn gemeinsam mit dem Brief. Wütend schleuderte er beides durch den Raum. »Ich kann dich nicht gehen lassen. Wer soll unseren Jungen beschützen, solange er so klein ist?«

»Ras al-Hayya weiß um den Brief und die Dringlichkeit meiner Abreise, er musste mir versprechen, Stillschweigen zu wahren, bis ich mit dir gesprochen habe. Er hat mir versichert, dass er Qādir beschützen wird und ihn im Gebrauch der Magie unterweist.«

»Verdammt, ich traue diesem Kerl nicht.«

Meliaé flossen nun die Tränen. »Du wirst dir eine Maguša zum Weib nehmen müssen und ihr klarmachen, dass ihr Qādir so lieb und teuer sein muss wie das eigene Kind. Nur gemeinsam werden deine Söhne stark sein. Mach dir deine Reichsfürsten gewogen und zeuge deine Söhne mit den anderen Fürstentöchtern, so wie du es bei deiner Salbung gelobt hast! Stoße sie nicht vor den Kopf wie gestern Latiša. Du könntest es bereuen.«

Vor Zorn war Sayaf dunkelrot angelaufen, auf seiner Stirn trat eine Ader hervor. Einen Moment lang sah es so aus, als wollte er aufspringen. Als hätte sie es geschafft, ihn in die Flucht zu schlagen. Aber er blieb schwer atmend sitzen. »Wie kannst du so reden? Du zerstörst alles! Du zerstörst mich!« Er erblasste und sah mit einem Mal erschöpft aus. Im Gegensatz zu ihr hatte er nicht geschlafen.

Meliaé musste sich zwingen weiterzusprechen. Ihm noch mehr zuzumuten. Auch wenn es ihn in die Flucht schlug. Vielleicht machte ihnen das ja die Trennung leichter. »Es geht hier nicht um uns, Sayaf, oder um das, was ich mir wünsche. Am anderen Ende der Welt werden die Feuerinseln in kochendem Gestein versinken, wenn ich mich nicht meinen Pflichten stelle. Najadís mit seinen Inseln ist mein Reich. Ich trage die Verantwortung für diese Menschen. Oron macht mir mehr als deutlich, dass er nicht gedenkt, mich von dem ihm gegebenen Wort zu entbinden. Glaubst du wirklich, ich könnte mich ungestraft mit dem Gott der Unterwelt anlegen?«

»Selbst Oron wird es nicht schaffen, mich von meiner Familie fernzuhalten«, grollte Sayaf. »Ich lasse dich und unsere Tochter nicht ins Ungewisse fahren, ich begleite euch mit Qādir und meiner Flotte.«

Meliaé löste sich von ihrem schlafenden Sohn. Freude und Angst über Sayafs Entschlossenheit wirbelten ihr durch den Magen. Sie legte das Kind auf der Decke ab und zog ihr Kleid hoch.

Als sie sich zu Sayaf umdrehte, begegnete sie seinem Blick.

Seine Augen wanderten über sie und ihr Unterkleid, das mehr preisgab, als es verhüllte. Er rührte sich nicht, bohrte nur die Fäuste in die Bettdecke. Sie streckte die Hände nach seinem Gesicht aus, und da kam Bewegung in ihn. Er drängte sie auf den Rücken, dann lag sein Mund auf ihrem, und er erstickte sie fast mit seinem Kuss. Doch schon bald ließ er von ihr ab und drückte seine Stirn gegen ihre.

»Ich kann dich nicht hergeben. Du bist mein Leben, meine Königin.«

Meliaé tupfte Küsse auf seine Lippen. »Aber du kannst hier nicht weg.«

Er schnaubte ihr den Atem in den Mund. »Wer sagt das? Gleich morgen rufe ich die Wesire zusammen und berichte von den Geschehnissen in Najadís. Ich erinnere sie daran, dass dieses Reich nun auch ein Teil von Aššu ist. Sie werden einsehen, dass ich mich zumindest zeitweise dort aufhalten muss. In meiner Abwesenheit wird Naphassa mich …«

Meliaé presste die Lippen zusammen und lauschte seiner glühenden Ansprache. So gern würde sie glauben, dass er zu alldem imstande war. Doch sobald er mit den Wesiren gesprochen hatte, würden die ihn auf den Boden der Tatsachen zurückholen. Er konnte hier nicht weg. Ebenso wenig wie sie sich aus ihrem Oron gegebenen Wort herauswinden konnte. Zärtlich strich sie ihrem Gemahl durch das Haar, zeichnete den Schwung seiner Braue nach, berührte die rauen Stoppeln auf seiner Wange. Sein enthusiastischer Redefluss verebbte, und dann presste er ihr die Lippen auf den Mund und küsste sie voll hungriger Verzweiflung. Sie schloss die Augen und gab sich dem aufregenden Drängen seines Mundes hin. Noch einmal wollte sie so tun, als gäbe es kein Morgen. Najadís würde nie ein Teil von Aššu werden. Der Thron der Königin stand auf dem Grund des Meeres …

Ende

Danksagung

Mythen und Legenden haben mich schon immer fasziniert. In diesem Fall sogar dazu verleitet, sie auszuspinnen und nach altem Vorbild eigene zu entwickeln. Die Ideen zu der vorliegenden Handlung, den Schauplätzen und Figuren kamen mir in flüchtigen Momenten. In fernen Ländern, an der Supermarktkasse, beim Autofahren, kurz gesagt: überall. Etwas mehr als vier Jahre habe ich jede freie Minute dazu verwendet, einen Roman daraus zu machen.

In dieser Zeit gab es Menschen, die mich, angesteckt von meiner Begeisterung, unterstützt haben. Mein Mann ist der wichtigste. Ohne seine Unterstützung hätte es all die Zeitfenster nicht gegeben, die es mir neben dem Beruf ermöglicht haben, dieses Buch zu schreiben. Danke für deinen Verzicht auf mich und dass ich selbst an den Wochenenden in Najadís abtauchen durfte.

Testleser sind wertvolle Schätze. Meine Kronjuwelen heißen Thomas, Berthold und Nadine. Schreibgruppen sind Orte der Erleuchtung, und die fand ich bei meinen Romanmentoren-Helden Armin, Corinne und Kristin sowie an der Universität Saarbrücken bei Klaus Behringer in seiner »Bebrablau«-Runde. Diana Menschig gebührt ein Dankeschön für die Ermutigung, den Roman *schnell* zu Ende zu bringen, und der Einladung zum ersten PAN-Branchentreffen in Köln. Der Zusammenkunft der wahren Phantasten.

Fest drücken möchte ich Kathrin Lange. Freundin und Geschichten-Hebamme. Ohne sie wären die Najaden bestimmt nur ein Flüstern in meinem Herzen geblieben.

Ein besonderer Dank geht an meine Agentin Anja Koeseling. Innerhalb eines Tages hat sie auf meine Manuskripteinsendung geantwortet. Sie ist nicht nur die Schnellste, sondern auch die Beste! Danke für die vielen freundschaftlichen Gespräche auch außerhalb der Geschäftszeiten.

Meiner Lektorin Beatrice Lampe möchte ich für ihr spontanes und begeistertes »Her damit!« danken, mit dem sie auf mein Manuskript reagiert hat. Der Außenlektorin Catherine Beck gebührt ein dickes Lob für ihr wachsames Auge auf aus dem Blick geratene Details und vergessene Kommas. Sie hat ein unglaubliches Textgespür und ist so tief in meine Geschichte eingestiegen wie nur ich selbst. Mit ihrer Hilfe ist die finale Textpolitur wirklich gelungen.

Doch wären all diese Mühen vergebens ohne den Buchhandel. Die Menschen, die den Begeisterungsfunken der Agenten und Lektoren in die Herzen der Leser tragen und ihre Regale für noch nie erzählte Geschichten zur Verfügung stellen.

Zuletzt geht mein Dank an die Leser – dafür, dass ich *Sie* in meine Welt entführen durfte.

Glossar

Agung Vasuma: Feuerberg der Insel Vasumana
Al-Maguš: vom Sultan verfolgte Schwarzmagier
Amiantbaum: Weideneiche mit knochenbleichem Holz und weißgrünem Laub
Ašhāk: Schakalköpf, aššunische Kriegerkaste von überwiegend Adligen
Aššu: das Reich der Sonne, ein riesiger wüstenreicher Kontinent, bestehend aus zwölf Fürstentümern, über die ein Sultan herrscht
Ašra: die Stadt von Heeresfürst Abu Sayaf am Zayandeh
Baumnymphen: northanisches Waldvolk, ihre Haut nimmt die Farbe der Umgebung an
Dahāka: höchste Erhebung von Aššu, eisbedeckter Feuerberg an der Nordost-Grenze zum Seidenreich
Dschadun: Sultanstadt von Aššu
Dschinn: weibliche Form Dschinnīya, menschenartige Dämonen des Feuers und des Wassers
Dukun: Hohepriester eines Meeresklosters, Verkünder des Feuerbergs
Eisspiegel: vereister Kratersee auf dem Dahāka
Eissturmgeister: bewohnen die Höhen des Dahāka
Feuerinseln: tropische Inseln von Najadís
Feuergeborene: Dämonen aus einem Feuerberg

Glarnstein: klares türkisfarbenes Gestein, dem ein magisches Leuchten innewohnt. Der Meeresboden unter den Feuerinseln bringt ihn durch seine Vulkanaktivitäten hervor. Der Legende nach sind sie die versteinerten Tränen von Halbgott Glarnos

Glarnos: Sohn von Göttervater Xern und einer Sterblichen, reichste Handelsstadt von Tharien

Glarnsee: Meer zwischen Tharien und Aššu

Holzorange: nicht essbare Frucht, aus der ein kostbares Duftöl gewonnen wird

Ifrīt: vernichtender Feuerdämon, erstanden aus den Feuergeborenen und der Asche der Rache

Kheš: zentrales Gebirgsmassiv von Aššu

Kentauren: halb Pferd, halb Mensch, streitbares Steppenvolk von Northan

Kontere: mächtiges Handels- und Reiseschiff mit Gefechtstürmen und Säulendecks

Meereskloster von Vasumana: die Residenz von Fürst Miltiades

Minotauren: Stiermenschen

Muharib: Kämpfer in den Arenen des Sultans

Najaden: Volk maritimer Gestaltenwandler

Najadís: das sagenhafte Reich der najadìschen Königin

Nebelsee: der Ozean von Najadís

Northan: nordisches Land mit Eiswäldern und Tundren, grenzt im Süden an Tharien, Heimat der Kentauren, Baumnymphen und Steppenkrieger

Oron: der Gott der Unterwelt und des Meeres

Quadešh: Fürstentum von Aššu, grenzt im Nordosten an das Seidenreich

Qasr Aršhan: Handelsfestung von Quadešh

Qasr al-Khamasia: die Fünf-Türme-Festung am Fuße des Dahāka

Schatten: schwarz vermummte najadische Schwertkämpfer
Shía Hatthaí: Schattenklinge, sanft gebogenes Langschwert
Tharien: florierendes Handelsreich aus sieben bürgergewählten Königsstädten
Tioné: Tochter von Unterweltgott Oron, die erste Najade
Tigerkopf: Bergfeste von König Simha auf der Feuerinsel Vasumana
Torbäume: heilige Baumart auf den Feuerinseln, sie wachsen sich zu natürlichen Festungen aus
Triere: wendiges Kriegsschiff aus Tharien und Northan mit drei übereinander liegenden Ruderreihen und einem Rammsporn
Vasumana: eine der Feuerinseln von Najadís
Vasumati: Inselvolk mit goldbrauner Haut und mandelförmigen Augen
Das Wadi der Siegreichen: die Fürstennekropole vor den Toren Dschaduns
Wald der Kommenden und Gehenden Geister: Mangrovenwald auf Vasumana
Weltengürtel: weltumspannende Gebirgskette, die auf Äquatorhöhe aus dem Meer ragt
Weißes Gebirge: trennt Northan von Tharien
Zayandeh: der längste Fluss von Aššu

Götter und Halbgötter

Adar Mašda: der Name Orons in Aššu
Almanthea: Gemahlin von Göttervater Xern
Ba'al: die höchste Gottheit von Aššu
Glarnos: Sohn von Xern und Glauke
Oron: Gotter der Unterwelt und des Meeres

Tioné: Tochter Orons, göttliche Mutter der Najaden, Geliebte von Glarnos

Prinzessin Glauke: sterbliche Geliebte Xerns, Mutter von Glarnos

Xern: Thariens Göttervater